Reader's Digest
Auswahlbücher

Reader's Digest Auswahlbücher

Verlag DAS BESTE
Stuttgart · Zürich · Wien

Inhalt

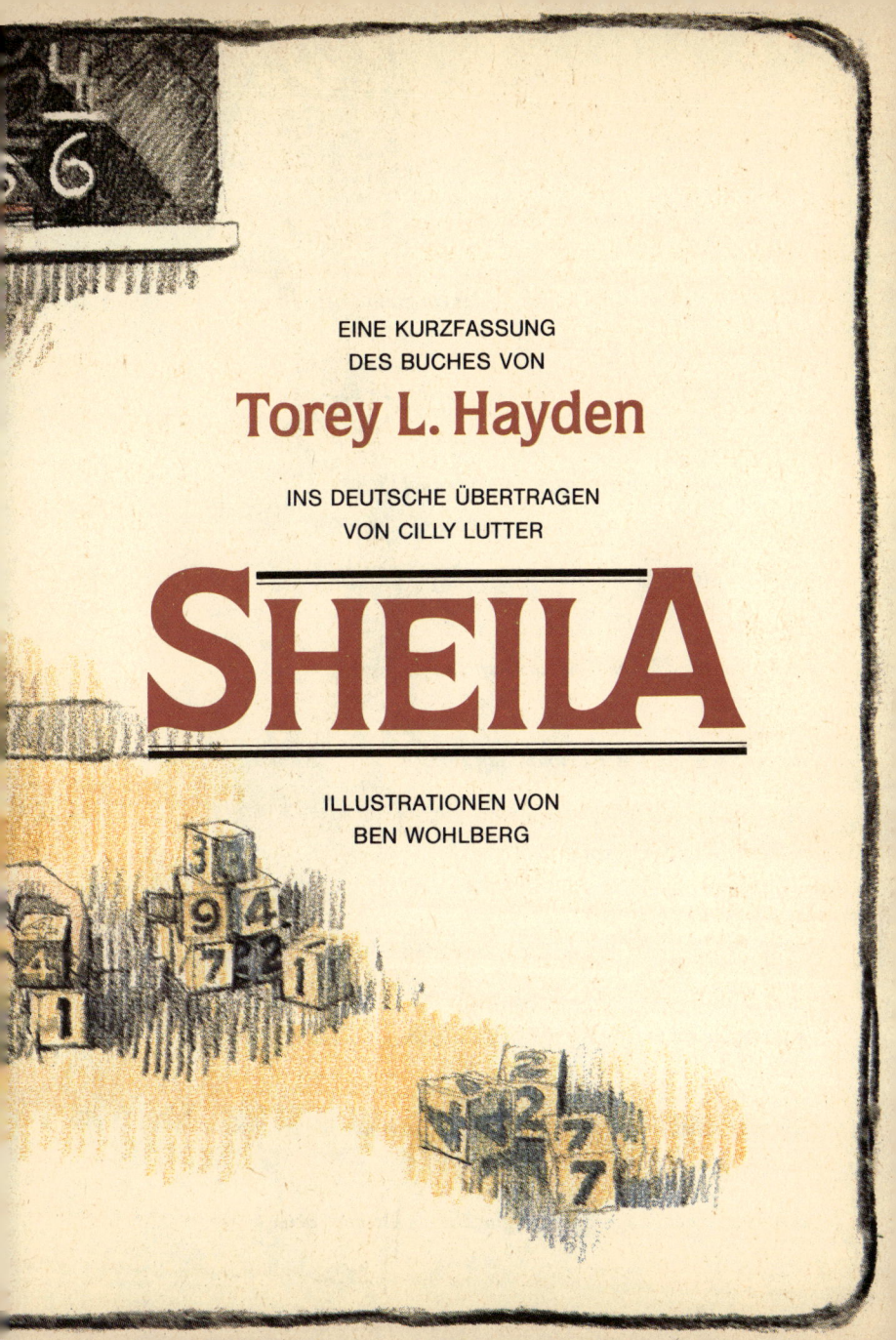

EINE KURZFASSUNG
DES BUCHES VON

Torey L. Hayden

INS DEUTSCHE ÜBERTRAGEN
VON CILLY LUTTER

SHEILA

ILLUSTRATIONEN VON
BEN WOHLBERG

Wie kann man ein Kind erziehen, das ein grausames Verbrechen begangen hat? Was kann selbst die verständnisvollste Lehrerin gegen ein offensichtlich zerrüttetes Elternhaus ausrichten? Besteht noch Hoffnung, ein Kind in die Gemeinschaft zu integrieren, das sich wie ein böser Dämon aufführt?

Torey Hayden, Sheilas Lehrerin, hegt diese Hoffnung. Sie gewinnt Einblick in eine tief verletzte, verkannte, verschlossene Kinderseele. Mit diesem Buch legt sie Rechenschaft ab über ihre Suche nach einem Schlüssel, einem Zugang zur unglücklichen kleinen Sheila.

Dieses Buch erzählt von einem Kind. Es wurde nicht geschrieben, um Mitleid zu erwecken oder um eine Lehrerin zu rühmen, und auch nicht in der Absicht, jene zu bedrücken, die ihr Gewissen mit der Ausrede „das habe ich nicht gewußt" beschwichtigen. Vielmehr ist es ein Loblied auf den Menschen; denn dieses kleine Mädchen ist wie alle meine Kinder, wie wir alle. Sie ist eine Überlebende.

KAPITEL EINS

ICH hätte es mir denken können. Der Artikel war kurz, nur ein paar Absätze unter den Comics. Er berichtete von einem sechs Jahre alten Mädchen, das ein Kind aus der Nachbarschaft entführt hatte. An einem kalten Novemberabend hatte sie den drei Jahre alten Jungen mitgenommen, ihn im nahen Wald an einen Baum gebunden und zu verbrennen versucht. Der Junge lag zur Zeit in bedenklichem Zustand in einem hiesigen Krankenhaus. Das Mädchen hatte man in Gewahrsam genommen.

Ich las diesen Artikel mit derselben Beiläufigkeit wie die übrige Zeitung und mit derselben leichtfertigen Was-ist-das-bloß-für-eine Welt-Reaktion. Doch später, im Laufe des Tages, kam mir die Meldung immer wieder in den Sinn. Ich fragte mich, was die Polizei wohl mit dem Mädchen gemacht hatte. Konnte man eine Sechsjährige ins Gefängnis stecken? Ich sah das Kind förmlich vor mir, herumgestoßen in unserem alten, zugigen Gefängnis. Der Gedanke an dieses Kind, das weder Gesicht noch Gestalt für mich hatte, ließ mich nicht los. Und ich hätte es mir gleich denken können.

Ich hätte mir denken können, daß kein Lehrer eine Sechsjährige mit dieser Vorgeschichte haben wollte. Daß Eltern ein Kind wie dieses nicht auf derselben Schulbank mit ihren Kindern sitzen haben wollten. Nein, niemand würde dieses Kind haben wollen. Ich hätte mir gleich denken können, daß sie bei mir, in meiner Klasse landen würde.

Ich unterrichtete die „Ausschußklasse", wie es so liebevoll in

unserem Schulbezirk in Iowa hieß. Es gab Klassen für Zurückgebliebene, für seelisch Gestörte, für körperlich Behinderte, Klassen für
Lernunfähige und eben meine Klasse. Ich hatte jene acht, die noch
übrig waren, die acht, die sich jeder Klassifizierung entzogen. Es war
die letzte Chance vor der Anstalt. Im Frühjahr zuvor war ich an
derselben Schule als Aushilfe eingesetzt für lernschwache und seelisch
gestörte Kinder, die für einen Teil des Tages in reguläre Klassen
gingen. Ich hatte bei dieser Arbeit mit den schwer seelisch Gestörten
eine Menge Erfahrung gesammelt, so daß es mich nicht wunderte, als
Ed Somers, der Direktor aller Sonderschulen in unserem Bezirk, im
Mai auf mich zukam und mich fragte, ob ich daran interessiert sei, im
Herbst die Ausschußklasse zu übernehmen. Er wüßte, daß ich
Herausforderungen schätzte, hatte er verlegen kichernd gesagt.

Ich war einverstanden, obgleich ich Bedenken hatte. Es lag mir sehr
daran, meine eigene Klasse zu haben, in einem eigenen Raum für die
Kinder. Außerdem wollte ich gern von einem Vorgesetzten frei sein,
der mich, wenn auch unabsichtlich, unterdrückte. Mr. Collins war ein
gutmütiger Mensch, aber wir sahen die Dinge nicht mit den gleichen
Augen. Es war ihm ein Ärgernis, daß ich mich so lässig kleidete, daß
es in meinem Klassenzimmer so unordentlich war und daß meine
Kinder mich mit dem Vornamen anredeten. Das waren zwar lauter
Kleinigkeiten, aber zusammengenommen wurden sie zum Stein des
Anstoßes. Ich sagte mir, daß man mir meine Jeans, meine Unordnung
und meine Vertraulichkeit mit den Kindern nachsehen werde, wenn
ich Ed den Gefallen täte, diese Klasse zu übernehmen. Also akzeptierte
ich das Angebot und vertraute darauf, daß ich mit etwaigen
Schwierigkeiten schon fertig würde.

Meine Zuversicht sank gleich am ersten Schultag, als ich unser
Klassenzimmer sah. Wir waren im Anbau der Schule untergebracht,
der nur die Turnhalle und unsere Klasse enthielt, und damit von der
übrigen Schule völlig isoliert. Das Klassenzimmer war hoffnungslos
mit Pulten, Tischen, Bücherregalen und zahllosen Stühlen überfüllt.
Also erst einmal raus mit dem Lehrerschreibtisch, mit einigen der
Bücherborde, mit den überflüssigen Stühlen und sämtlichen Pulten.
Hinzu kam, daß der Raum lang und schmal war und nur ganz am Ende
ein Fenster hatte. Da er ursprünglich als Prüfungs- und Beratungs-
zimmer dienen sollte, war er holzgetäfelt und mit Teppichboden

ausgelegt. Ich hätte diese ganze Pracht nur zu gerne für einen Raum eingetauscht, in dem man nicht den ganzen Tag über Licht brennen mußte, oder für einen mit Linoleumboden, auf dem man nicht gleich jeden Klecks und Fleck sah.

Laut Gesetz stand mir eine Ganztagshilfe zu, da ich die gerade noch zulässige Höchstzahl schwer gestörter Kinder zu unterrichten hatte. Ich hoffte auf einen der fähigen Leute, mit denen ich im vergangenen Jahr zusammengearbeitet hatte. Aber nein, ich bekam einen neu Eingestellten. In unserer Gemeinde, die ein Bezirkskrankenhaus, ein Bezirksgefängnis und ein riesiges Wanderarbeiterlager hatte, war die Zahl der Wohlfahrtsempfänger erschütternd hoch. Demzufolge blieben Gelegenheitsjobs, die keiner Ausbildung bedurften, gewöhnlich den Arbeitslosen, die Sozialhilfe bekamen, vorbehalten. Obwohl ich keineswegs der Meinung war, daß für diese Stellung eine ungelernte Kraft ausreichte – das Sozialamt war es. Und so sah ich mich am ersten Schultag einem lang aufgeschossenen jungen Mann mexikanischer Abstammung gegenüber. Anton war neunundzwanzig, hatte keinerlei Schulabschluß und noch nie mit Kindern zu tun gehabt. „Verstehen Sie doch", meinte er, „man muß den Job, den sie einem anbietet, annehmen, sonst verliert man die Unterstützung." Er habe eine Frau und zwei kleine Söhne zu ernähren. Wenn er diesen Job behalten könnte, fügte er hinzu, dann wäre es das erste Mal, daß er den ganzen Winter über im Norden bleiben könnte, statt mit den anderen Wanderarbeitern nach Kalifornien zu ziehen.

So waren wir also zu zweit. Kurz darauf nahm ich mir noch Whitney, eine vierzehn Jahre alte Schülerin von der High-School hinzu, die ihre beiden Freistunden täglich für die Arbeit in meiner Klasse opferte. Mit dieser Hilfstruppe stellte ich mich meinen Zöglingen.

Der erste, der an diesem Augustmorgen eintraf, war Peter. Ein acht Jahre alter, stämmiger, schwarzer Junge mit wuscheligem Afroschopf. Peters robuste Statur verdeckte seine schlechte nervliche Verfassung, die sich in schweren Anfällen und sich steigerndem, gewalttätigem Verhalten äußerte. Wutentbrannt, fluchend und schimpfend platzte er in die Klasse hinein. Er hasse die Schule, er hasse mich, er denke nicht daran hierzubleiben und ich könne ihn nicht dazu kriegen.

Die nächste war Tyler. Den dunklen Lockenkopf gesenkt, schlich sie hinter ihrer Mutter in die Klasse. Tyler war ebenfalls acht und hatte schon zweimal versucht, sich das Leben zu nehmen. Beim zweiten Mal hatte ihr der Rohrreiniger, den sie geschluckt hatte, ein Stück der Speiseröhre weggeätzt. Jetzt hatte sie eine künstliche Speiseröhre, und an ihrem Hals waren zahlreiche Operationsnarben zu sehen.

Max und Freddie wurden brüllend hereingeschleppt. Freddie war sieben und wog 42 Kilogramm. Das Fett quoll ihm über den Hosenbund und zwischen den Knöpfen seines Hemdes hervor. Kaum losgelassen, sackte er auf den Boden und hörte auf zu schreien, ja er rührte und regte sich überhaupt nicht mehr und lag nur wie ein lebloser Klumpen da. Ein Vermerk in seiner Akte besagte, er sei autistisch, ein anderer, er sei in der Entwicklung tiefgreifend gestört, und in einem dritten hieß es schlicht, daß man nicht wisse, was mit ihm los sei. Max, ein großer, blonder Sechsjähriger, trug den Stempel von infantilem Autismus. Außerdem litt er unter Echolalie, das heißt, daß er alles, was ein anderer sagte, wieder und wieder nachplapperte. Im Augenblick lief er sich drehend, schreiend und kreischend im Zimmer herum, wobei er dauernd in die Hände klatschte. Seine Mutter sah mich erschöpft an. Die Erleichterung, ihn für ein paar Stunden los zu sein, zeigte sich deutlich in ihrer Miene.

Sarah, sieben Jahre alt, kannte ich bereits seit drei Jahren. Ich hatte sie schon in der Vorschule gehabt. Als Opfer einer Notzucht und körperlicher Mißhandlung war sie ein trotziges, verschlossenes Kind. Sarah hatte sich, als sie im vorigen Jahr in die Vorschulklasse gekommen war, darauf verlegt, stumm zu bleiben. Damals weigerte sie sich, mit irgend jemandem zu sprechen, es sei denn mit ihrer Mutter und ihrer Schwester. Wir lächelten uns zu, als wir uns hier wiedersahen, beide froh über ein vertrautes Gesicht.

Die nächsten, die kamen, waren William und Guillermo, beide neun. Guillermo stammte aus einer der zahlreichen Wanderarbeiterfamilien mexikanischer Abstammung, die jedes Jahr zur Saisonarbeit auf den Feldern herüberkamen. Er war ein aufsässiger Knabe, aber nicht zügellos. Zu allem Unglück war er auch noch blind. Man hatte ihn mir zugeteilt, weil Klassen für Blinde nicht darauf eingestellt seien, mit seinem aggressiven Verhalten fertig zu werden. Nun, dachte ich mir, da stehen wir uns gleich. Ich war nicht darauf eingestellt, mit seiner Blindheit fertig zu werden. William war ein schlaksiger Junge mit einem Teiggesicht, verfolgt von der Angst vor Wasser und Dunkelheit, Staubsaugern und dem Staub unter seinem Bett. Um sich selbst zu schützen, hatte er sich seine eigenen kleinen Beschwörungsformeln ausgedacht, die er unablässig leise vor sich hin murmelte.

Eine sehr elegant angezogene Frau in mittleren Jahren brachte das letzte Kind herein, ein bildhübsches kleines Mädchen mit einem richtigen Engelsgesicht. Es sah wie ein Modepüppchen aus, mit seinem weichen, blonden, sorgfältig gekämmten Haar, seinem adretten und makellos sauberen Kleidchen. Susannah Joy war erst sechs, aber die Ärzte hatten ihren Eltern schon vor langem gesagt, daß sie schizophren sei und wohl niemals normal werde. Sie litt an Sinnestäuschungen und verbrachte fast den ganzen Tag damit, still vor sich hin zu weinen und sich dabei hin und her zu wiegen. Sie sprach so gut wie nie, und wenn, dann meist ohne Sinn und Verstand. Doch die Augen ihrer Mutter flehten mich an, ein Wunder zu tun und ihr kleines Elfenkind normal zu machen. Das Herz tat mir weh. Ich empfand im voraus das Leid, das den Eltern bevorstand, wenn ihnen erst einmal aufging, daß niemand Susannah Joy zu heilen vermochte.

Das also waren die acht Übriggebliebenen, jene acht, die in kein normales Schema paßten. Mit Whitney und Anton waren wir insgesamt elf. Als ich einen ersten Blick auf diesen buntscheckigen Haufen warf und auf meine beiden nicht minder verschiedenartigen Helfer, überkam mich Verzweiflung. Wie sollte aus uns je eine Klasse werden? Wie sollte es mir je gelingen, ihnen Rechnen beizubringen oder in den kommenden neun Monaten die Wunder zu tun, die vollbracht werden mußten. Drei machten noch in die Hose, zwei hatten Anfälle, drei konnten nicht sprechen, eine wollte nicht. Zwei konnten den Mund nicht halten, und einer konnte nicht sehen.

Hätte ich gewußt, was mir bevorstand, ich hätte mich nie darauf eingelassen!

Doch wir schafften es. Anton, mein Helfer, lernte, Windeln zu wechseln, Whitney lernte, Urinflecken aus dem Teppich herauszukriegen. Ich lernte Blindenschrift. Der Rektor, Mr. Collins, lernte, nicht in den Anbau herüberzukommen. Ed Somers lernte, sich im Hintergrund zu halten. Und so wurden wir allmählich eine Klasse.

Als es auf die Weihnachtsferien zuging, waren wir eine Gemeinschaft, und ich fing an, mich auf jeden neuen Tag zu freuen. Sarah

Peter

Tyler

Freddie

redete langsam wieder in richtigen Sätzen. Max lernte sein Abc. Tyler lächelte hin und wieder. Peter bekam nicht mehr so oft seine Wutanfälle; William konnte an sämtlichen Lichtschaltern vom Korridor bis zum Speisesaal vorübergehen, ohne einen Zauberspruch, der ihn beschützen sollte, vor sich hin zu murmeln. Guillermo machte sich, wenn auch mißmutig, daran, Blindenschrift zu lernen. Und Susannah Joy und Freddie? Nun, mit den beiden hatten wir noch unsere Schwierigkeiten.

Den Zeitungsartikel von Ende November hatte ich schon so gut wie vergessen. Aber das hätte ich nicht tun sollen. Ich hätte mir gleich denken können, daß wir früher oder später zwölf sein würden.

AM ERSTEN Schultag nach den Weihnachtsferien kam Ed Somers in meine Klasse. Sein gleichsam um Entschuldigung bittender Gesichtsausdruck bedeutete nichts Gutes. Diese Miene pflegte er aufzusetzen, wenn er mit Sachen kam wie: er könne für Guillermo keinen besonderen Lehrer abstellen, von dem neuen Arzt, den Susannahs Eltern aufgesucht hatten, gebe es wieder nur einen hoffnungslosen Befund. Ich war überzeugt, daß Ed sich von ganzem Herzen wünschte, die Dinge lägen anders. Das machte es mir unmöglich, böse auf ihn zu sein.

„Es soll noch ein Kind in Ihre Klasse kommen", sagte er.

Einen langen Moment starrte ich ihn an. Ich hatte mich wohl verhört. In meiner Klasse hatte ich schon das gesetzlich zulässige Maximum. „Aber ich habe schon acht Kinder, Ed!"

„Weiß ich, Torey. Wir müssen eins von ihnen woandershin stecken. Dies ist nämlich ein besonderer Fall. Wir wissen nicht, wohin sonst mit ihr. Ihre Klasse ist die einzige Möglichkeit, die wir haben."

„Was ist denn so besonders mit diesem Kind?" fragte ich zögernd.

Er blickte gequält drein. Er war ein Bär von einem Mann, groß und kräftig, aber wie es in mittleren Jahren meistens so geht, überall weich gepolstert. Was ihm an Haar noch geblieben war, lag sorgfältig über den kahlen Schädel gekämmt. Vor allen Dingen aber war Ed gutmütig.

Guillermo

Max

Sarah

„Es handelt sich um das Mädchen, das im November den kleinen Jungen fast verbrannt hat", sagte er. „Das Gericht hat verfügt, es sofort von der Schule zu entfernen und in die staatliche Heil- und Pflegeanstalt einzuweisen. Aber in der dortigen Kinderabteilung war kein Platz frei. Seitdem ist das Kind zu Hause und sich selber überlassen, und es macht uns allerhand Scherereien. Nun drängt die Sozialarbeiterin darauf, daß wir irgend etwas tun."

„Kann man ihr nicht jemand ins Haus schicken?" fragte ich, wobei ich daran dachte, daß es üblich war, einem Kind einen Lehrer ins Haus zu schicken, wenn es aus irgendeinem Grund die Schule nicht besuchen konnte. So machte man es häufig bei schwerst gestörten Kindern, bis sich eine geeignete Unterbringung fand.

William

Susannah Joy

Ed zog die Stirn kraus. „Keiner will mit ihr arbeiten."

„Haben sie etwa Angst vor einer Sechsjährigen?" fragte ich verwundert.

Er zuckte die Achseln. Sein Schweigen sagte mehr über dieses Kind, als Worte es vermocht hätten. „Wir müssen sie Ihnen hierhergeben, Torey. Nur so lange, bis sich ein Platz für sie in der Anstalt findet. Einzig und allein hier in Ihrer Klasse besteht die Chance, mit ihr fertig zu werden."

„Sie meinen, ich bin die einzige, die dumm genug ist, sie zu nehmen. Wann soll sie kommen?"

„Am achten."

Damit endete unsere Unterhaltung, denn meine Kinder kamen. Ed nickte mir zu und ging. Er wußte, daß ich es tun würde. Er wußte, so voll ich den Mund auch nahm, so leicht war ich herumzukriegen.

Nachdem ich Anton die Neuigkeit erzählt hatte, sah ich mir die Kinder an und fragte mich, welches ich abgeben sollte. Guillermo? Es bot sich geradezu an, ihn herauszunehmen; denn er war blind, und ich konnte ihm kaum helfen, etwas zu lernen. Doch was war mit Freddie und Susannah Joy? Keiner von beiden machte große Fortschritte. Sie herumschleppen und ihre Hosen wechseln, das konnte auch jeder andere. Vielleicht Tyler? Sie sprach so gut wie nie mehr davon, daß sie sich umbringen werde. Mit ihr konnte jetzt jede Sonderschullehrerin zurechtkommen. Doch während ich sie mir alle so ansah, wußte ich im Grunde meines Herzens, daß keins von ihnen die Unbilden einer weniger behüteten Klasse überstehen würde. Keins von ihnen war dazu imstande, noch war ich dazu imstande, eins aufzugeben.

„Ed?" Ich umklammerte den Hörer mit schweißnasser Hand. „Ich möchte keins von meinen Kindern abgeben. Wir kommen alle so gut miteinander aus."

„Aber Torey, ich hab Ihnen doch gesagt, wir müssen das Mädchen zu Ihnen geben."

Ich starrte mürrisch auf das Schwarze Brett neben dem Telefon mit all den Veranstaltungen, an denen meine Kinder nie teilnehmen würden. „Kann ich neun haben?"

„Sie wollen neun nehmen?"

„Es ist gegen die Vorschrift. Aber wenn ich noch eine Hilfe bekomme?"

„Wir müssen mal sehen", antwortete Ed. „Brauchen Sie noch ein Pult?"

„Was ich brauche, ist noch eine Lehrkraft. Oder ein anderes Klassenzimmer."

„Wollen Sie nicht doch noch ein Pult haben?"

„Nein, es war schon für die ersten acht kein Platz. Wir sitzen an den Tischen. Schicken Sie mir also das Kind."

KAPITEL ZWEI

SIE kam am achten Januar. Ich hatte seit dem Augenblick, da ich zugestimmt hatte, sie aufzunehmen, bis zu diesem Morgen, als sie in die Klasse hereinkam, keinerlei Bericht über sie bekommen und nichts über ihre Herkunft erfahren. Alles, was ich wußte, hatte ich aus dem Zeitungsartikel, den ich vor anderthalb Monaten zufällig gelesen hatte. Aber auch die ausführlichste Akte hätte mir wahrscheinlich nichts genützt. Nichts hätte mich auf das vorbereiten können, was nun auf mich zukam.

Ed Somers brachte sie, das heißt, er hielt sie am Handgelenk gepackt und zerrte sie hinter sich her. „Das ist deine neue Lehrerin", sagte Ed.

Wir sahen uns an. Ihr Name war Sheila. Sie war knapp sechseinhalb; ein kleines zappelndes Ding mit verfilztem Haar, feindseligen Augen und einem sehr üblen Geruch. In ihrer verschlissenen Latzhose und dem verwaschenen T-Shirt sah sie aus wie eins von den Kindern auf den Plakaten der Welthungerhilfe.

„Hallo, ich heiße Torey", sagte ich in meinem freundlichsten Lehrerinnenton und hielt ihr die Hand hin. Sie rührte sich nicht und sagte auch nichts. Schließlich wollte ich nicht länger warten und führte Sheila weiter. „Und das ist Sarah. Sie wird dich jetzt mit den anderen bekannt machen und dir alles zeigen."

Sarah streckte die Hand aus, aber Sheila übersah das. Ihr gehetzter Blick huschte von einem Gesicht zum anderen. „Komm schon!" Sarah griff nach ihrem Handgelenk. Aber Sheila sträubte sich gegen diese einladende Geste, riß die Hand weg und wich zurück. Dann machte sie kehrt und rannte zur Tür. Doch zum Glück stand Anton dort und hielt sie fest. Ich zog sie in die Klasse zurück.

„Ich geh jetzt lieber", sagte Ed, wobei er wie üblich entschuldigend das Gesicht verzog. „Ich habe Sheilas Akte ins Büro gelegt."

Nachdem Anton die Tür hinter Ed geschlossen hatte, schob er den Riegel vor. Ich zog Sheila quer durchs Zimmer zu meinem Stuhl und setzte sie mir zu Füßen auf den Boden. Die anderen Kinder hockten sich, Sheila argwöhnisch beäugend, um uns herum.

Wir begannen den Tag wie üblich mit einer „Diskussion". Die Kinder kamen alle aus einem so chaotischen und zerrütteten Zuhause, daß wir etwas brauchten, was uns jeden Morgen wieder aufs neue zu einer Gemeinschaft machte. Außerdem lag mir daran, das Miteinandersprechen anzuregen. Das erste, was wir taten, war, einen Kinderreim aufzusagen. Ein Kind sprach ihn vor. Das bedeutete, daß es die Verse auswendig können mußte, ein nützliches Verfahren, um Wörter in einem organischen Zusammenhang zu lernen. Als nächstes begann ich die Unterhaltung, indem ich ein Thema vorschlug, bei dem es gewöhnlich um irgendwelche Erlebnisse ging. Eine andere Möglichkeit war eine Gesprächsrunde zur Lösung eines Problems wie: Was machst du, wenn du siehst, daß sich jemand weh tut. Wir gaben acht, daß jedes Kind etwas dazu beitrug, selbst Susannah. Dann gab ich jedem einzelnen Kind ein paar Minuten Zeit zu berichten, wie es ihm von gestern bis heute ergangen war. Die Kinder hatten immer so viel zu erzählen, daß mir manchmal nichts anderes übrigblieb, als ihrer Redseligkeit ein Ende zu setzen. Danach umriß ich kurz, was jeweils für den Tag auf dem Lehrplan stand, und schließlich schlossen wir die Diskussion mit einem Lied. Ich hatte ein ganzes Repertoire von anfeuernden Marschliedern, die ich mehr mit Begeisterung als mit Stimmkunst sang, wobei ich eins der Kinder während des ganzen Marsches wie eine Marionette vor mir herschob. Die Kinder hatten großen Spaß daran, und es endete jedesmal damit, daß wir vor Lachen nicht mehr weitersingen konnten.

Nach dem Reim sagte ich an diesem Morgen zu den Kindern: „Kinder, das hier ist Sheila, sie gehört ab heute in unsere Klasse."

„Wieso?" fragte Peter argwöhnisch. „Wieso kriegen wir 'ne Neue? Davon hast du uns nie was gesagt!"

„Doch, Peter, das hab ich wohl. Denk doch mal daran, wie oft wir geprobt haben, wie wir Sheila zeigen können, daß wir uns freuen, sie bei uns zu haben."

„Ich freu mich aber nicht. Ich fand's so, wie's war, gerade gut." Er preßte die Hände gegen die Ohren, um mich nicht mehr zu hören, und fing an, hin und her zu schaukeln.

„Wir müssen uns erst aneinander gewöhnen. Aber das kommt

schon." Ich gab Sheila einen Klaps auf die Schulter, aber sie zuckte zurück. „Wer hat ein Thema?"

Keine Antwort. Von niemandem.

„Keiner? Nun, ich habe eins: Wie, glaubt ihr, ist einem zumute, wenn man neu ist und niemanden kennt? Oder, du möchtest zu einer Gruppe gehören, und keiner will dich haben. Nun, wie fühlt man sich da wohl?"

„Mies", sagte Guillermo. „Das hab ich schon mal erlebt."

„Kannst du uns davon erzählen?" fragte ich.

Plötzlich sprang Peter auf: „Die stinkt!" rief er und rückte von Sheila ab. „Die stinkt ja ganz gräßlich. Ich will nicht, daß die bei uns bleibt. Der Gestank steckt ja an!"

Sheila musterte ihn finster, tat aber keinen Mucks. In sich zusammengekrochen, die Arme fest um die Knie verschränkt, hockte sie da.

Sarah stand auf. „Ja wirklich, Torey, sie stinkt nach Pisse."

Gute Manieren waren nicht gerade unsere Stärke.

„Was meinst du, Peter, wie dir zumute wäre, wenn jemand von dir sagte, du stinkst!"

„Aber sie stinkt wirklich!" wiederholte Peter.

„Das war nicht meine Frage. Ich habe dich gefragt, wie dir zumute wäre."

„Mies!" Tyler meldete sich, indem sie unvermittelt aus der Hocke auf die Knie ging. Jedes Zeichen von Unstimmigkeit, jede Äußerung von Unmut machte Tyler angst und versetzte sie in Erregung.

„Und was ist mit dir, Sarah? Wie würde dir zumute sein?" fragte ich.

Sarah starrte auf ihre Finger. „Nicht gerade gut."

„Nein, und ich glaube keinem von uns. Wie also könnte man es besser anstellen?"

„Man könnte es ihr unter vier Augen stecken, daß sie stinkt", schlug William vor. „Dann muß sie sich nicht schämen vor den anderen."

„Man könnte ihr beibringen, nicht zu stinken", steuerte Guillermo bei.

„Wir können uns ja auch alle die Nase zuhalten", meinte Peter, der nie einsehen wollte, wenn sein Rat nichts taugte.

„Dann kriegste ja keine Luft!" rief William.

„Kriegste wohl! Du kannst ja durch den Mund atmen."
Ich lachte. „Also los. Jeder versucht mal Peters Vorschlag. Du auch,
Peter!"

Alle Kinder außer Sheila hielten sich die Nase zu und atmeten durch
den Mund. Ich redete ihr zu, es doch auch einmal zu probieren, aber sie
blieb unansprechbar und in sich gekauert. Es dauerte nicht lange, und
wir mußten laut lachen über die komischen Gesichter, die wir
machten. Alle bis auf Sheila. Da ich Angst hatte, sie könnte meinen,
wir machten uns über sie lustig, erklärte ich ihr, daß dem keineswegs
so sei, sondern daß wir auf diese Art und Weise unsere Probleme
lösten. Aber sie hörte mir gar nicht zu.

„Nun, wie findest du das?" fragte ich sie schließlich. Es blieb bei
ihrem Schweigen. Die anderen Kinder wurden schon ungeduldig.

„Kann sie nicht sprechen?" fragte Guillermo.

„Ich kenn das", kam Sarah ihr zu Hilfe. „Damals, als ich so verrückt
war, hab ich auch nie ein Wort rausgekriegt. Ich weiß, wie das ist,
Sheila!"

„Ich finde, wir lassen Sheila jetzt in Ruhe. Lassen wir ihr etwas Zeit,
sich an uns zu gewöhnen, okay?"

Wir beendeten unsere Diskussion, indem wir mit wachsender
Begeisterung „You are my sunshine" sangen. Freddie klatschte fröhlich den Takt, Guillermo dirigierte mit großer Geste, Peter sang laut
aus voller Brust, und ich schob und schwenkte Tyler wie eine Stoff-
puppe. Sheila blickte finster drein, verzog keine Miene, und ihr kleiner
Körper wirkte wie ein versteinerter Klumpen.

Darauf setzte sich jeder zur Rechenstunde auf seinen Platz, wobei
Anton den Kindern half, und ich führte Sheila in der Klasse herum.
Das heißt, ich führte sie nicht herum, sondern ich mußte sie auf den
Arm nehmen und sie herumtragen, da sie sich sträubte, aufzustehen
und einen Schritt zu tun. Hatte ich sie dort, wo ich sie haben wollte,
schlug sie beide Hände vors Gesicht und weigerte sich hinzuschauen.
Aber ich ließ nicht locker. Sie sollte merken, daß sie jetzt zu uns
gehörte. Ich zeigte ihr ihren Platz und ihren Garderobenhaken. Ich
stellte ihr Charles, unseren Leguan, vor, Benny, unsere Boa constrictor, und Zwiebelchen, unser Kaninchen, das biß, wenn man es zu sehr
neckte. Dann wies ich auf die Bücher, aus denen wir jeden Tag vor
dem Mittagessen vorlasen, und auf die Töpfe und Pfannen, mit denen

wir jeden Mittwochnachmittag selber kochten. Ich zeigte ihr unser Aquarium und unsere Spielsachen. Als lauschte sie begierig jedem Wort, plauderte und schwatzte ich. Aber falls sie zuhörte, war es ihr nicht anzumerken. Wie leblos und ebenso schwer, starr und steif ließ sie sich herumschleppen. Und sie stank wie ein Plumpsklo an einem schwülen Julinachmittag. Schließlich setzte ich Sheila auf einen Stuhl an einem Tisch und legte ein Blatt mit Rechenaufgaben vor sie hin. Das rief zum ersten Mal eine Reaktion bei ihr hervor. Sie packte das Blatt, zerknüllte es und warf damit nach mir. Ich nahm ein anderes. Wieder schleuderte sie es nach mir. Ich sah ein, daß mir eher meine Rechenbogen ausgingen als ihr die Kraft. Also setzte ich sie auf meinen Schoß, schlang einen Arm um ihren drahtigen Körper, so daß sie die Arme nicht freibekommen konnte. Dann legte ich noch einmal einen Bogen mit ganz leichten Rechenaufgaben auf den Tisch und zog das Brett mit den Rechenklötzchen zu mir hin.

„Okay, nun wollen wir rechnen. Also, wieviel ist zwei und eins?" Ich nahm zwei Klötzchen und legte ein drittes dazu. „Wie viele sind das nun? Zählen wir sie mal."

Sie drehte den Kopf weg und bäumte sich auf.

„Kannst du nicht zählen, Sheila?" Keine Antwort. „Komm, ich helfe dir. Eins, zwei, drei. Zwei und eins ist drei." Ich nahm einen Bleistift. „Hier, wir wollen es hinschreiben."

Ich löste die Hand von ihrem Körper, bog ihr die Finger zurecht und schob ihr den Bleistift dazwischen. Plötzlich lockerten sich die verkrampften Finger, und der Bleistift fiel zu Boden. In dem kurzen Moment, den ich brauchte, um ihn aufzuheben, hatte sie zwei von den Rechenklötzchen ergriffen und schleuderte sie quer durch die Klasse. Ich packte ihre Hand, schob den Bleistift hinein und versuchte ihr die Finger daran zu biegen. Aber ich war einfach nicht schnell genug. Sie kannte sich in den Listen dieses Kleinkrieges aus, und der Bleistift fiel wieder zu Boden.

Ich gab es auf. „Du hast offenbar heute keine Lust zu rechnen. Okay. Dann laß es. Wir wollen uns deswegen nicht streiten." Ich schleppte Sheila in den Schmollwinkel, wo ich die Kinder immer hinschickte, wenn sie außer sich waren und sich wieder fangen sollten, und setzte sie auf einen Stuhl dort. Dann wandte ich mich den anderen Kindern zu. Nachdem einige Zeit verstrichen war, blickte ich auf.

„Sheila, wenn du Lust hast mitzumachen, dann kannst du kommen." Sie saß mit dem Gesicht zur Wand und rührte sich nicht. Ich ließ sie in Ruhe. Nach ein paar weiteren Minuten wiederholte ich meine Einladung. Aber es war nur zu deutlich, daß sie nichts von dem, was ich vorschlug, tun würde. Ich ging also zu ihr hinüber und schob den Stuhl aus der Ecke in die Mitte des Raumes. Wenn sie drauf hocken bleiben wollte, meinetwegen. Aber sie sollte nicht länger isoliert sein.

Der Unterricht lief weiter wie gewohnt. Sheila beteiligte sich an nichts. Einmal stand sie auf, um auf die Toilette zu gehen, und hockte sich dann wieder auf den Stuhl, die Arme um die Knie geschlungen. Auch während der Pause saß sie so da, nur daß sie draußen auf den kalten Steinen kauerte. Noch nie hatte ich so ein regloses Kind gesehen. Lediglich ihre Augen folgten mir, wohin ich auch ging. Brütende, finstere, bittere Blicke, die nicht von mir abließen.

Zum Mittagessen half Anton den Kindern, sich für den Weg vom Anbau zum Speisesaal aufzustellen. Ich wartete, bis sie fort waren, dann ging ich zu Sheila hinüber. Ich schaute sie an, und einen Augenblick lang war mir, als sähe ich noch etwas anderes als blanken Haß in ihren Augen aufflackern. War es Angst? Ich setzte mich ihr gegenüber.

„Du und ich, wir beide müssen jetzt was klären."

Sie blickte mich finster an; ihre schmächtigen Schultern unter dem abgetragenen T-Shirt zuckten hoch.

„Es gibt nicht viele Regeln in dieser Klasse. Eigentlich sind es nur zwei. Die eine ist: Du darfst niemandem hier weh tun, auch dir selber nicht. Die zweite ist, daß du immer versuchst, dein Bestes zu tun. Und was diese Regel besagt, ist dir, glaube ich, noch nicht ganz klar."

Sie senkte leicht den Kopf, ohne aber den Blick von mir zu lassen.

„Weißt du, das eine, was du hier tun mußt, ist zu sprechen. Das gehört mit zum Mein-Bestes-Tun. Ich weiß, es ist schwer. Und der Anfang ist am schwersten. Manchmal bringt es dich fast dazu loszuheulen. Das ist ganz in Ordnung. Aber früher oder später wirst du reden müssen, und es ist viel besser, du tust es früher." Ich sah sie an und versuchte, ihrem mit keiner Wimper zuckenden Blick standzuhalten. „Ist dir das klar?"

Ihr Gesicht verfärbte sich vor Zorn. Ich war besorgt, was passieren könnte, wenn all dieser aufgestaute Haß aus ihr herausbräche, und versuchte, meine heimliche Angst nicht in meinen Augen sichtbar werden zu lassen. Sie verstand sich gut darauf, in den Augen zu lesen.

Ich habe es stets für wichtig gehalten, Erwartungen in meine Kinder zu setzen. Manche meiner Kollegen beurteilten meine Direktheit den Kindern gegenüber recht skeptisch und wiesen auf das schwache Selbstgefühl der Kinder hin. Ich war nicht ihrer Meinung. Gewiß waren alle diese kleinen Seelen bereits arg in Mitleidenschaft gezogen worden, aber schwach war keine von ihnen. Die Tatsache, daß sie das, was die meisten von ihnen schon hatten durchmachen müssen, überstanden hatten, war Beweis ihrer Stärke. Und ich wollte nicht zu dem Chaos in ihrem Leben noch beitragen, indem ich sie über das, was ich von ihnen erwartete, im unklaren ließ.

Da saßen Sheila und ich uns nun in eisigem Schweigen gegenüber, während sie meine Erklärungen verarbeitete. Nach ein paar Augenblicken stand ich auf, um die Rechenbogen zum Korrigieren einzusammeln.

„Du kannst mich nicht zum Reden bringen", sagte sie plötzlich.

Ich blätterte die Bogen durch. Den richtigen Augenblick abwarten zu können macht drei Viertel von einem guten Lehrer aus.

„Ich sage, du kannst mich nicht zum Reden bringen. Da gibt's nichts."

Ich blickte zu ihr hinüber: „Nein, ich kann das nicht." Ich lächelte. „Nur du selber. Das gehört zu deiner Aufgabe hier bei uns."

„Ich kann dich nicht leiden."

„Das brauchst du auch nicht."

„Ich hasse dich!"

Ich gab keine Antwort. Das ist eine von den Feststellungen, die man am besten auf sich beruhen läßt.

„Du kannst mich nicht dazu kriegen, irgendwas hier zu machen."

„Mag sein." Ich legte die Rechenbogen in den Ablagekorb und trat zu ihr: „Wollen wir jetzt essen gehen?" Ich streckte ihr die Hand hin. Sie nahm sie nicht. Sie musterte eine ganze Weile mein Gesicht. Etwas von ihrer Wut war aus ihrem Blick gewichen und hatte einer nicht so leicht ablesbaren Empfindung Platz gemacht. Und dann, ohne weiteres Drängen, stand sie auf und ging mit, immer darauf bedacht, mir nicht zu nahe zu kommen.

Nachdem ich Sheila in den Speisesaal gebracht hatte, zog ich mich ins Büro zurück, um ihre Akte einzusehen. Ich wollte wissen, was andere mit diesem erschütternden Kind gemacht hatten. Während ich sie beobachtete, war mir aufgefallen, daß sie keineswegs an gewissen lähmenden, unerklärlichen Störungen litt wie etwa Max und Susannah. Im Gegenteil, sie hatte sich erstaunlich gut unter Kontrolle, besser als die meisten anderen Kinder aus meiner Klasse. Hinter diesen haßerfüllten Blicken vermutete ich ein aufgewecktes und intelligentes kleines Mädchen. Ich wollte unbedingt wissen, was man bisher mit ihr angestellt hatte.

Ihre Akte war dünn. Über die meisten meiner Kinder gab es dicke Mappen, vollgestopft mit neunmalklugen Gutachten von Ärzten, Therapeuten, Richtern und Sozialarbeitern. Doch es war nur allzu deutlich, daß diese Leute niemals tagaus, tagein mit dem Kind zu tun gehabt hatten. Diese Unterlagen konnten einem verzweifelten Lehrer oder besorgten Eltern nicht verraten, wie zu helfen sei. Denn jedes Kind verhielt sich so unberechenbar, daß sich aus der Erfahrung eines Tages kaum ein Muster für den nächsten bilden ließ. Es gab keine Lehrbücher, keine Studienkurse, die eigens auf Kinder wie Peter, Max oder William zugeschnitten waren.

Sheilas Akte enthielt nur einen kurzen Bericht über die häuslichen Verhältnisse, Testergebnisse und die Protokolle von den gerichtlichen Ermittlungen ihres Falles. Ich las nur den Bericht der Sozialarbeiterin über ihre häuslichen Verhältnisse durch. Er war voll von düsteren Einzelheiten.

Sheilas Mutter war erst vierzehn, als sie Sheila gebar, zwei Monate nach einer Zwangsheirat. Sheilas Vater war damals dreißig. Während Sheilas ersten Lebensjahren befand sich ihr Vater die meiste Zeit wegen tätlicher Beleidigung und Gewalttätigkeit im Gefängnis. Nach seiner Entlassung war er eine Zeitlang in einer staatlichen Entziehungsanstalt für Alkoholiker und Drogensüchtige. Sheila wurde indes zwischen den Verwandten mütterlicherseits hin und her geschoben. Vor zwei Jahren dann hatte ihre Mutter sie am Rande einer Autobahn ausgesetzt, wo man sie, angeklammert an einen Maschendrahtzaun, fand. Sheila wurde in ein Heim gebracht, wo man zahlreiche Hautabschürfungen und Spuren von inzwischen verheilten Knochenbrüchen entdeckte. Dies deutete auf schwere Mißhandlung hin, obwohl sie damals erst vier Jahre alt war. Daß sie so schmächtig und klein wirkte, schrieb man der dauernden Unterernährung zu.

Nachdem sie Sheila ausgesetzt hatte, war die Mutter mit Sheilas kleinem Bruder verschwunden und lebte jetzt irgendwo in Kalifornien. Wie es in dem Protokoll hieß, hatte das Jugendamt seinerzeit entschieden, daß es das beste für Sheila sei, sie in ihrem Zuhause zu lassen, und gab sie in die Obhut des Vaters. Seitdem hausten die beiden in einer Baracke im Wanderarbeitercamp, die lediglich aus einem Raum bestand. In dieser Wellblechhütte gab es weder Heizung noch Strom, noch fließendes Wasser.

Dann fand ich ein Gutachten von dem amtlich bestellten Psychiater, in dem es kurz und bündig hieß: Fehlanpassung in der Kindheit. Ich mußte lächeln, obgleich mir nicht danach war. Fehlanpassung war ja wohl eine ganz normale Reaktion auf eine Kindheit wie die von Sheila. Die Testergebnisse waren überhaupt keine Hilfe. Neben jedem Punkt stand: VERWEIGERT. Alles, was diese Tests erbracht hatten, war, daß Sheila nicht getestet werden konnte.

Der Fragebogen der Sonderschule war vom Vater ausgefüllt worden. Da er in all diesen kritischen Jahren im Gefängnis gesessen hatte, ließ sich daraus über Sheilas frühe Kindheit und Entwicklung nichts entnehmen. Sie war bisher auf drei Schulen gewesen, und jeder Schulwechsel war eine Folge ihres unberechenbaren Verhaltens. Sie aß und schlief normalerweise zu Hause, nur machte sie jede Nacht ins Bett und lutschte am Daumen. Sie hatte keine Freundin unter den anderen Kindern des Lagers und offensichtlich auch keinerlei feste Bindung an Erwachsene. Nach Aussage ihres Vaters war sie eine Einzelgängerin, allen anderen, selbst ihm gegenüber, immer feindselig und unfreundlich. Zu Hause sprach sie nur, wenn sie wütend war. Sie weinte nie. Ich stockte und las den letzten Satz noch einmal. Sie weinte nie? Ein Kind von sechs Jahren, das nie weinte? Ich konnte es mir einfach nicht vorstellen. Er meinte wahrscheinlich, sie weint selten. Ich las weiter. Für ihren Vater war sie ein halsstarriges, trotziges Kind. Er strafte sie oft mit Prügeln und Entzug von Vergünstigungen. Ich fragte mich, was das wohl für Vergünstigungen waren, die er ihr in ihrem elenden Dasein entziehen konnte. Hinzu kam, daß sie schon zweimal vor ihrem Versuch, den kleinen Jungen zu verbrennen, wegen Brandstiftung im Lager belangt worden war.

Sheila hatte also mit ihren sechseinhalb Jahren schon dreimal mit der Polizei zu tun gehabt!

Ich starrte auf die Akte. Dieses Kind würde es einem nicht leichtmachen, es gern zu haben; denn es legte es geradezu darauf an, nicht liebenswert zu sein. Und es würde auch nicht einfach sein, sie zu leiten und zu unterrichten. Doch sie war nicht unerreichbar. Ja, wahrscheinlich war es leichter, an Sheila heranzukommen als an Susannah oder Freddie, gab es doch den deutlichen Hinweis, daß ihr gestörtes Verhalten nicht durch Zurückgebliebenheit oder neurologische Schäden bedingt war. Das schien den vor mir liegenden Kampf allerdings nur noch schwieriger zu machen. Ich war mir klar darüber, daß das Ergebnis nur von uns, vom Verhalten ihrer Umwelt abhing. Wenn wir bei Sheila versagten, dann hatten wir keinen Schild wie Autismus oder Hirnschaden, hinter dem wir uns verbergen konnten. Dieses kleine, feindselige Mädchen hatte schon erfahren, daß es für die wenigsten eine Lust ist zu leben und daß man, um weitere Kränkungen und Ablehnungen zu vermeiden, am besten daran tat, sich so abstoßend wie möglich zu machen. Das war die wirksamste Methode, um sich vor Enttäuschungen zu bewahren.

Ich hatte die Akte fast durch, als Anton hereinkam. Er setzte sich neben mich und las leise für sich den Bericht über Sheila. Trotz anfänglicher Befangenheit hatten Anton und ich uns völlig aufeinander eingespielt. Er konnte sehr geschickt mit diesen Kindern umgehen, und da auch er sein Leben bisher in Wanderarbeitercamps verbracht hatte, war ihm die Welt, aus der die Kinder vornehmlich kamen, vertrauter als mir. Ich hatte Erfahrung und Kenntnisse, aber Anton hatte den Instinkt und das Verständnis. Ich konnte mir nicht einmal vorstellen, wie das Leben dieser Kinder aussah. Ich hatte immer in einem warmen Haus gelebt und kannte weder Hunger noch Gewalt, noch Wanzen. Zwar hatte ich mit den Jahren gelernt, daß längst nicht alle Menschen so leben und daß ihre Art zu leben für sie ganz normal war. Ich konnte das zwar hinnehmen, aber nicht verstehen. Und ich glaube, wer von sich behauptet, er habe dieses besondere Verständnis, der belügt sich selber. Doch was mir fehlte, das machte Anton wett, und so war es uns gelungen, eine Beziehung herzustellen, in der der eine dem anderen half.

„Nun, wie ging es mit ihr beim Essen?" fragte ich.

Er nickte, ohne von der Akte aufzusehen. „Okay. Sie futtert, als ob sie nie was zu essen kriegt. Bekommt sie wahrscheinlich auch nicht. Haut rein ohne jede Manieren. Aber sonst war sie ganz brav."

„Kennen Sie ihren Vater aus dem Camp?"

„Nein. Sie hausen auf der anderen Seite. Da sind viele Asoziale. Wir gehn da nie hin."

Whitney kam herein und beugte sich über den Tisch. Sie war ein hübsches Mädchen, groß, schlank, mit haselnußbraunen Augen und langen, glatten, aschblonden Haaren. Obgleich Whitney Klassenbeste war und aus einer der angesehensten Familien der Gemeinde stammte, war sie geradezu peinlich schüchtern. Seit sie im Herbst zu uns gekommen war, machte sie ihre Arbeit stets still und wortlos. Wenn sie mal etwas sagte, dann geschah es nur, um sich selbst herabzusetzen oder sich zu entschuldigen, daß sie alles falsch mache. Unglücklicherweise machte Whitney zu Anfang tatsächlich alles falsch. Sie verschüttete einen großen Topf frisch angerührter grüner Farbe auf dem Fußboden der Turnhalle. Sie vergaß Freddie auf der Toilette auf dem Rummelplatz. Sie ließ eines Nachmittags die Tür zu unserer Klasse offenstehen, so daß Benny, unsere Boa constrictor, entwich. Und zu alledem war sie dauernd am Weinen. Wenn ich nicht so schrecklich auf Hilfe angewiesen gewesen wäre, hätte ich wohl kaum die Geduld für sie aufgebracht.

Aber wie Anton war auch Whitney die Mühe wert gewesen. Das Schicksal der Kinder ging ihr so zu Herzen, daß sie ihnen jede freie Minute widmete. Jeden Mittag kam sie in ihrer Freizeit oder nach der Schule herüber, um uns zu helfen. Sie brachte den Kindern ihr altes Spielzeug von zu Hause mit. Und immer hatte sie diesen flehenden Blick, der nach Anerkennung gierte. Über ihr eigenes Leben sprach sie so gut wie nie. Obwohl sie im Wohlstand lebte, hatte ich das Gefühl, daß es ihr in gewisser Weise nicht besserging als meinen Kindern hier in der Klasse, und ich gab mir alle Mühe, sie stets fühlen zu lassen, was für eine wertvolle Hilfe sie uns war.

„Haben wir eine Neue bekommen?" fragte Whitney.

„Ja, das haben wir." Kurz berichtete ich ihr, was während des Vormittags passiert war, als ich das Schreien hörte.

Ohne zu überlegen, wußte ich, daß es von einem meiner Kinder kam. Ich warf Anton einen Blick zu, während Whitney zur Tür lief

und hinausblickte. Im selben Moment kam Tyler heulend hereinge-
rannt. Sie zeigte mit dem Finger nach draußen, aber was sie sagen
wollte, ging in Schluchzen unter. Gleich darauf machte sie kehrt und
rannte wieder weg. Wir liefen alle drei sofort hinter ihr her auf den
Eingang des Anbaus zu. In der Regel standen die Kinder während der
Mittagspause unter der Aufsicht von Hilfskräften. In der kalten
Jahreszeit spielten sie nach dem Essen in ihren Klassenzimmern, und
die Helfer gingen durch die Klassen und sorgten für Ruhe und
Ordnung. Ich hatte ihnen immer wieder eingeschärft, daß man meine
Kinder nicht einen Augenblick unbeaufsichtigt lassen dürfe. Es
widerstrebte ihnen jedoch, auch nur einen Fuß in meine Klasse zu
setzen. Statt dessen blieben sie draußen stehen und lauschten mit
einem Ohr an der Tür, ob drinnen etwas passierte.

Wir stürmten in meine Klasse, wo alles drunter und drüber ging.
Sheila stand kriegerisch auf einem Stuhl vor dem Aquarium. In der
einen Faust hielt sie einen Goldfisch, in der anderen einen Bleistift. Sie
hatte, wie ich mit einem Blick sah, schon einige Fische gepackt und
ihnen mit dem Bleistift die Augen ausgestochen. Sieben oder acht
zappelten auf dem Fußboden und hinterließen winzige Blutflecken
darauf. Sheila stand da, wie auf dem Sprung zum Angriff, während die
Pausenaufsicht nervös um sie herumflatterte. Sie traute sich nicht,
Sheila in den Arm zu fallen. Sarah heulte laut, und Max sauste durch
das Zimmer, schlug wild mit den Armen um sich und kreischte.

„Loslassen!" schrie ich Sheila an. Sie blickte mit finster funkelnden
Augen um sich und schüttelte drohend den Bleistift gegen mich. Ich
zweifelte nicht einen Augenblick daran, daß sie angreifen würde,
wenn man sie reizte. Ihre Gebärde verriet diese blanke, wilde
Drohung, wie bei einem gehetzten Tier. Plötzlich ertönte ein
durchdringender Schrei. Susannah hatte ein krankhaftes Grauen vor
Blut. Blut zu sehen oder auch nur etwas, das sie dafür hielt, brachte sie
außer sich. Als sie nun die Fische sah, raste sie davon, quer durch die
Klasse. Anton stürzte ihr nach, und ich nahm die Gelegenheit wahr, in
der Hoffnung Sheila zu überrumpeln und zu entwaffnen. Doch sie war
auf der Hut. Sie stieß mir den Bleistift mit solcher Wucht in den Arm,
daß er einen Moment steckenblieb, ehe er zu Boden fiel. Mir schwirrte
noch so der Kopf von allem, daß ich keinen Schmerz empfand. Tyler
schluchzte immer noch vor sich hin, Guillermo hatte sich unter dem

Tisch verkrochen. Whitney versuchte, Max und Freddie einzufangen, die beide kreischend durch die Klasse liefen.

„Torey!" schrie William auf. „Peter hat einen Anfall!" Ich drehte mich um und sah, wie er sich in Krämpfen auf dem Boden wälzte. Ich überließ Sheila Whitney und lief zu Peter, um ihm zu helfen. Sheila gab Whitney einen hörbaren Tritt gegen das Schienbein, riß sich los, war mit einem Sprung an der Tür und draußen, Whitney hinter ihr her. Ich kniete mich neben Peter, der sich in seinem Anfall krümmte.

Das Ganze hatte sich binnen weniger Minuten abgespielt. Da hatten wir uns so viel Mühe gegeben, uns ein bißchen zu beherrschen, und mit einem Schlag war alles umsonst. Alle Kinder bis auf Peter heulten jetzt laut. Sarah, Tyler und William kauerten eng umschlungen an der Wand. Guillermo schluchzte in seinem Versteck unter dem Tisch vor sich hin. Susannah, die Anton in den Armen hielt, schlug mit Armen und Beinen um sich. Max und Freddie rasten wie verrückt immer noch im Kreis herum. Peter lag schlaff in meinen Armen. Nach Monaten voller Mühe und Arbeit war alles wieder umsonst.

Plötzlich standen Mr. Collins und die Schulsekretärin auf der Schwelle. In all den Jahren, die ich mit dem Rektor nun schon zusammenarbeitete, war es mir immer gelungen, mit meinen „verrückten" Kindern ohne große Zwischenfälle und ohne Unterstützung fertig zu werden. Aber diesmal hatte ich versagt. Meine Kleinen waren mir aus der Hand geglitten, waren außer Rand und Band.

Als Peters Anfall endlich vorüber war, nahm die Sekretärin ihn mit in das Krankenzimmer, und Mr. Collins versuchte, Freddie und Max einzufangen. Ich zog meinen armen Guillermo unter dem Tisch hervor und nahm ihn in die Arme. Wie mußte sich das alles wohl angehört haben für ihn, der nicht sehen konnte. Anton versuchte Susannah zu beruhigen. Schließlich hatten wir sie wieder einigermaßen unter Kontrolle. Tyler und Sarah ließen sich willig an ihre Plätze führen und trösteten sich gegenseitig. Nur William hörte nicht auf zu schluchzen. Whitney und Sheila waren noch immer verschwunden.

Mr. Collins war so taktvoll, nicht zu fragen, was passiert war. Ich dankte ihm für seine Hilfe und bat ihn, mir Mary zu schicken, eine fähige Hilfe, die mir schon früher öfter beigestanden hatte.

„Es fehlt immer noch ein Kind", erklärte ich ihm, „und ich könnte noch jemanden brauchen."

Als Mary kam, ging ich Sheila suchen. Gut möglich, daß sie sich auf den Korridoren, die uns mit dem Hauptgebäude verbinden, verlaufen hatte, als sie hinausgestürzt war. Whitney hatte die Tür nach draußen abgeschlossen, so daß Sheila nur die Flucht in die Turnhalle geblieben war. Ich fand Whitney dort am Eingang stehen und Sheila am anderen Ende an der Wand.

Die Tränen liefen Whitney über die Wangen, wie sie dort auf ihrem Posten stand. Das Herz tat mir weh, als ich sie sah. Das war zuviel verlangt von einem vierzehnjährigen Mädchen. Nie hätte ich sie in diese Lage bringen dürfen. Ich gab Whitney einen zärtlichen Klaps auf die Schulter und ging in die Turnhalle hinein auf Sheila zu. Ihre Augen und Wangen loderten vor Wut. Ich versuchte, mit ruhiger Stimme besänftigend auf sie einzureden. Aber sobald ich ihr auch nur einen Schritt näher kam, rückte sie weiter weg.

Also blieb ich stehen, sah mich um und versuchte einen klaren Gedanken zu fassen. In ihren Augen spiegelte sich Panik. Sie stand da wie ein Tier in der Falle, nur auf ihren Instinkt angewiesen. Ich wußte nicht, was ich tun sollte. Mir dröhnte der Kopf. Es pochte in meinem Arm. Wenn ich sie in die Enge trieb, machte ich es nur noch schlimmer. Sie mußte sich erst einmal beruhigen, mußte von selbst ihre Fassung wiedergewinnen; denn in diesem Zustand war sie eine echte Gefahr. Weniger für mich als für sich selber.

Ich schickte Whitney in die Klasse zurück und schloß die Tür zur Turnhalle. Dann ging ich so nah, wie ich es wagte, an Sheila heran und setzte mich hin.

Wir starrten einander an. Rasende Wut und Angst glühten in ihren Augen.

„Ich tu dir nichts, Sheila. Ich will nur abwarten, bis du dich ein wenig beruhigt und keine Angst mehr hast. Dann gehen wir in die Klasse zurück. Ich bin nicht böse auf dich. Und ich tu dir nichts!"

Die Zeit verstrich. Ich rutschte auf dem Hosenboden näher. Sie starrte mich an. Sie zitterte am ganzen Körper, und ihre mageren Schultern zuckten krampfhaft. Aber sie rührte sich nicht vom Fleck.

Wir kannten uns noch nicht. Es gab keinen Grund, warum sie mir trauen sollte. Was für ein tapferes, kleines Ding sie doch war, uns allen, die wir viel größer und stärker waren als sie, die Stirn zu bieten, ohne Worte, ohne Tränen.

Ich rückte ihr noch ein bißchen näher. Mindestens eine halbe Stunde waren wir jetzt schon hier. Ich war ihr inzwischen bis auf etwa drei Meter nahe gekommen, und sie fing langsam an, jedes Näherrücken mit argwöhnischen Blicken zu verfolgen. Ich blieb daher, wo ich war, und versicherte ihr wieder und wieder, daß sie von mir nichts zu befürchten hatte, und erzählte ihr von all den Dingen, an denen die Kinder in unserer Klasse soviel Spaß haben und die sie mit uns machen könnte.

Endlose Minuten verstrichen. Mir tat langsam alles weh vom Stillsitzen, und sie wurde von diesem langen Stehen, ohne sich zu rühren, allmählich wackelig auf den Beinen. Es gestaltete sich nachgerade zu einer Probe, wer es am längsten aushält.

Wir warteten. Das Gehetzte in ihrem Blick erlosch, wurde matt und müde, doch noch immer belauerten wir uns.

Auf einmal zeigte sich vorne auf ihrem Overall ein dunkler Fleck, und um ihre Füße bildete sich eine kleine Pfütze. Sie blickte an sich hinunter, und es war das erste Mal, daß sie ihren Blick von mir ließ. Sie biß sich in die Unterlippe. Als sie hochsah, zeigte sich deutlich ihr Schreck über das, was soeben geschehen war.

„Das kann jedem passieren. Du hattest ja keine Möglichkeit, aufs Klo zu gehen. Du kannst nichts dafür", beschwichtigte ich sie. „Ich hab da hinten ein paar Lappen für so etwas. Wir können es aufwischen."

Sie blickte wieder nach unten und dann auf mich, blieb aber stumm. „Wirst du mich jetzt verprügeln?" fragte sie schließlich.

„Nein, ich schlage nie ein Kind. Ich werde dir helfen, es aufzuwischen. Und es bleibt unter uns. Ich weiß ja, es war nur ein kleines Malheur."

„Ich wollte das nicht." Sie runzelte die Brauen.

„Ich weiß."

Sie blickte auf ihre Hose. „Mein Pa würde mich verprügeln wie wild, wenn er sieht, was ich gemacht habe."

„Hab keine Angst. Bis die Schule aus ist, ist das längst trocken."

Sie rieb sich die Nase. Zum ersten Mal schien sie unsicher zu sein. Langsam stand ich auf. Sie trat einen Schritt zurück.

Ich streckte die Hand aus: „Komm, wir wollen etwas zum Aufwischen holen."

Sie musterte mich einen Moment lang. Dann kam sie zögernd auf mich zu. Sie nahm zwar nicht meine Hand, ging aber neben mir in die Klasse zurück.

Dort war inzwischen wieder Ruhe eingekehrt. Anton und die Kinder waren gemeinsam am Singen. Whitney hielt Susannah im Arm, und die Aushilfe schaukelte Max auf den Knien. Die toten Fische waren weggeschafft. Die Kinder drehten die Köpfe nach uns um, aber ich gab Anton ein Zeichen weiterzumachen. Sheila nahm die alten Lappen und den Eimer, und wir gingen in die Turnhalle zurück und wischten den Boden auf, ohne ein Wort zu sprechen. Darauf folgte sie mir in die Klasse zurück.

Der Rest des Nachmittags verlief ruhig. Die Kinder waren noch wie gelähmt und voll heimlicher Angst, daß die brüchige Selbstkontrolle wieder zerbrechen könne. Sheila kauerte sich wieder auf dem Stuhl zusammen, auf dem sie den ganzen Morgen gehockt hatte, und lutschte am Daumen. Sie rührte und regte sich nicht, nur ihre Blicke ließen keinen Moment von uns ab. Ich ging von einem Kind zum anderen, nahm jedes einzelne von ihnen in die Arme und sprach ein paar Worte mit ihm.

Schließlich kam ich zu Sheila. Ich setzte mich neben sie auf den Fußboden und blickte zu ihr auf. Die Anstrengungen des Nachmittags zeigten sich noch auf ihrem Gesicht. Ich machte nicht den Versuch, sie anzufassen. Sie sollte nur merken, daß mir an ihr lag.

„Das war ein harter Nachmittag, nicht wahr?"

Keine Antwort. Der Daumen blieb in ihrem Mund.

„Morgen ist es schon leichter. Der erste Tag ist immer schwer." Ich versuchte in ihren Augen zu lesen, was in ihr vorging. Die offene Feindseligkeit war verschwunden, jedenfalls für den Augenblick. Aber was dahinter lag, vermochte ich nicht zu erkennen. „Ist deine Hose wieder einigermaßen trocken, damit du keinen Ärger zu Hause bekommst?"

Sie stand auf und besah sie sich sehr genau. Die noch etwas feuchte Stelle hob sich kaum von den übrigen Flecken ab. Sie nickte fast unmerklich.

„So etwas kann jedem passieren." Sie sollte wissen, daß das kein Problem für uns hier war.

Sie schob den Daumen in ihrem Mund hin und her. Dann wandte

sie sich von mir ab, um Anton zuzusehen, der gerade dabei war, die Kinder hinauszubegleiten. Ich blieb dicht neben ihr, bis sie als Nachzügler hinter den anderen Kindern draußen war.

Nachdem sie alle fort waren, räumten Anton und ich schweigend das Klassenzimmer auf. Keiner von uns erwähnte auch nur mit einem Wort, was geschehen war. Als ich nach Hause kam, wusch ich die Wunde von dem Bleistift aus, machte ein Heftpflaster darauf, legte mich aufs Bett und weinte.

Ob ich wollte oder nicht, ich mußte mir eingestehen, daß das Leben in meiner Klasse ein steter Kampf war. Nicht nur gegen die Kinder, sondern auch gegen mich selber. Um mit diesen Kindern fertig zu werden, verschanzte ich mich gegen meine eigenen Gefühle, denn wenn ich das nicht tat, verließ mich der Mut, um wirksam mit ihnen arbeiten zu können. Aber immer wieder kam einmal ein Kind, das mein Bollwerk regelrecht erschütterte, dann brachen alle Enttäuschungen hervor, und das Gefühl, es ist alles umsonst, quälte mich.

Aber mochte ich auch ein Träumer sein, mein Traum, daß man etwas ändern könne, verging nicht so leicht. So war es auch diesmal. Meine Tränen versiegten schnell, und es dauerte nicht lange, da saß ich mit einem Thunfischsandwich vorm Fernseher. Als Chad gegen sieben auftauchte, hatte ich mich wieder gefangen.

Chad und ich waren seit achtzehn Monaten zusammen, und wir sahen uns regelmäßig. Das Anfangsstadium des Kennenlernens mit Essen gehen, Kino oder Tanzen hatten wir hinter uns und waren in eine herzliche, angenehme Zweisamkeit geglitten. Chad war Juniorpartner in einer Anwaltskanzlei und verbrachte die meiste Zeit seines Tages als vom Gericht bestellter Pflichtverteidiger notorischer Herumtreiber und Tunichtgute, die sich unversehens im Gefängnis fanden. Kein Wunder also, daß er nicht viele Prozesse gewann. Wir verbrachten unsere Abende meistens damit, daß wir uns gegenseitig gutmütig wegen meiner Kinder und seiner Klienten neckten. Wir hatten zwar ein- oder zweimal vom Heiraten gesprochen, aber wir waren beide so zufrieden mit dem Status quo, daß damit das Thema vorläufig erledigt war.

Chad hatte Schokoladeneis mitgebracht, und während wir uns einen Eisbecher zurechtmachten, erzählte ich ihm von Sheila.

„Ich hab die Partie verloren", schloß ich. „Das Kind ist eine Wilde, und ich glaube nicht, daß ich die Richtige bin, es zu zähmen. Je eher sich ein Platz in der Anstalt für Sheila findet, desto besser."

Chad redete mir gut zu und meinte, ob ich nicht mal ihre frühere Lehrerin anrufen wolle. Nach unserer Eisschlemmerei, als ich schon etwas milder gestimmt war, suchte ich Mrs. Barthulys Nummer aus dem Telefonbuch und rief sie an.

„O du meine Güte", sagte Mrs. Barthuly, als sie hörte, wer ich sei und warum ich anrief. „Ich dachte, man hätte sie für immer eingesperrt."

Ich erklärte ihr, daß in der Anstalt bisher noch kein Platz frei sei, und fragte sie, wie sie sich verhalten habe, als sie Sheila in den ersten drei Monaten des Schuljahres in ihrer Klasse gehabt habe. Ich konnte hören, wie sie kleine glucksende Laute ausstieß.

„Ich habe noch nie ein so destruktives Kind erlebt. Wenn ich auch nur einen Blick von ihr ließ, zerstörte sie etwas – ihre Arbeit, die Arbeit der anderen Kinder, kurz, alles und jedes. Einmal hat sie sich sämtliche Mäntel der Kinder gegriffen und sie in die Toiletten gestopft. Es gab eine richtige Überschwemmung." Sie seufzte. „Was Sheila auch machte, sie zerriß die Arbeit, bevor man einen Blick darauf werfen konnte. Ich habe alles versucht, sie daran zu hindern."

Mrs. Barthulys Ton wurde immer matter und gottergebener. Sie habe versucht, diesem unliebenswürdigen Kind mit Liebe zu begegnen, habe ihm besondere Aufmerksamkeit geschenkt. Aber Sheila habe sich geweigert, mit ihr zu sprechen. Sie habe sich dagegen gesträubt, daß man sie anfasse, ihr helfe, sie gern habe.

Schließlich hatte Mrs. Barthuly es mit Strenge versucht, Sheila zu bändigen. Sie hatte ihr gewisse Vergünstigungen entzogen, sie zur Strafe in die Ecke gestellt, und es hatte damit geendet, daß sie Sheila zur Bestrafung mit dem Stock zum Direktor schickte. Aber selbst danach hatte Sheila nicht aufgehört, die Klasse zu terrorisieren. Schließlich hatte Mrs. Barthuly es aufgegeben und Sheila sich selbst überlassen. So konnte sie tun und lassen, was sie wollte. Sie verbrachte dann den ganzen Tag damit, im Klassenzimmer umherzustrolchen oder in Illustrierten zu blättern. Wenn man sie in Ruhe ließ, war sie ganz erträglich, und es kehrte wieder so etwas wie Ruhe in der Klasse ein. Dann kam es zu dem Vorfall, über den ich in der Zeitung gelesen hatte, und sie wurde sofort der Schule verwiesen, und zwar auf Verlangen der Eltern, die Angst um ihre Kinder hatten.

Die Stimme am anderen Ende der Leitung klang traurig und pessimistisch. Mrs. Barthuly sagte noch, daß sie trotz allem Sheila gern gehabt habe. Das Kind sei ihr so verwundbar und doch so tapfer vorgekommen, und es tue ihr als Lehrerin sehr leid, daß so wenig für sie getan worden sei. Sie wünschte mir Glück, und dann legte sie auf.

Alles, was sie gesagt hatte, machte mir das Herz aufs neue schwer. Ich wußte nicht, was ich noch tun sollte. Hatte man nicht schon alles versucht?

AM NÄCHSTEN Morgen, vor Schulbeginn, setzten Anton und ich uns zusammen, um den Tagesablauf festzulegen. Eine halbe Stunde bevor der Unterricht begann, kam die Sozialhelferin herein und zerrte Sheila hinter sich her. Sie erklärte, es gebe nur einen Bus, nämlich den Schulbus für die High-School, den Sheila von zu Hause nehmen könne. Sheila müsse also täglich etwas früher kommen und könne erst um fünf, also zwei Stunden nach Schulschluß, wieder nach Hause fahren. Ich war außer mir. Erstens hielt ich es nicht für ratsam, daß Sheila mit Kindern aus der High-School zusammen in einem Bus fuhr, ja, ich zweifelte sogar ernsthaft daran, daß man sie ohne Aufsicht in einem öffentlichen Bus fahren lassen dürfe. Zweitens, was sollte ich mit ihr in den zwei Stunden nach Schulschluß anfangen? Die Sozialhelferin lächelte bloß und meinte, die Schulbehörde zahle nicht für Sonderbeförderung, wenn eine bestehende Buslinie benutzt werden könnte. Damit überließ sie mir Sheila, machte kehrt und ging.

Ich sah Sheila an und spürte, wie all die Ängste vom Tag zuvor mich wieder überkamen. Ihre Augen waren aufmerksam, die Feindseligkeit von gestern verborgen. Ich lächelte sie zaghaft an. „Guten Morgen, Sheila. Ich freue mich, daß du wieder bei uns bist."

Ich nahm sie an einen der Tische mit und zog zwei Stühle heran. Sie war, ohne sich zu sträuben, mitgegangen. „Weißt du", sagte ich, „was gestern vorgefallen ist, war nicht gerade sehr komisch für mich, und ich glaube für dich auch nicht."

Sie runzelte die Brauen, als wüßte sie nicht, was ich meinte. Dann kauerte sie sich auf dem Stuhl zusammen. Sie hatte dasselbe Zeug an wie gestern – T-Shirt und Latzhose, beides ungewaschen, und sie roch sehr „streng".

„Gestern", redete ich weiter, „haben wir dich wohl ein bißchen eingeschüchtert, weil du noch niemanden von uns kanntest und wir vielleicht noch nicht ganz klargemacht haben, wie es bei uns zugeht. Darum will ich es dir noch einmal sagen. Ich schlage nie ein Kind; und auch Whitney und Anton tun das nicht oder sonstjemand. Du brauchst also keine Angst vor uns zu haben."

Sie hatte den Daumen im Mund und sah so verängstigt und bedrückt aus, daß es mir schwerfiel, das Kind von gestern in ihr wiederzuerkennen. Die Aufsässigkeit war verschwunden, doch ihr Blick, mit dem sie mich musterte, blieb unnachgiebig. „Möchtest du vielleicht auf meinem Schoß sitzen, während ich mit dir spreche?"

Sie schüttelte leicht den Kopf.

„Also dann zu unserem Tagesablauf: Ich möchte, daß du bei allem, was wir machen, mit dabei bist. Einer von uns wird dir erklären, was wir jeweils tun, bis du dich auskennst." Ich betonte, sie brauche nicht mitzumachen, wenn sie nicht wolle, aber sie müsse dabeisein. Da gebe es keine andere Wahl. „Und", schloß ich, „solltest du wieder einmal die Gewalt über dich verlieren, werde ich dich dort in die Ecke schicken müssen. Dort wirst du so lange sitzen bleiben, bis du dich wieder gefangen hast. Ist dir das klar?"

Ob es ihr klar war, ließ sie sich nicht anmerken.

Mittlerweile kamen die anderen Kinder. Ich gab ihr noch einen aufmunternden Klaps auf den Rücken und ging zu den anderen. Sie war zwar vor meiner Berührung nicht zurückgezuckt, hatte aber auch keinerlei sonstige Reaktion gezeigt.

Als wir mit der morgendlichen Diskussion beginnen wollten, saß Sheila immer noch an ihrem Platz am Tisch. Ich deutete auf den Platz neben mir auf dem Fußboden und sagte: „Sheila, hierher bitte, damit wir anfangen können."

Sie rührte sich nicht, worauf ich meine Worte wiederholte. Dabei verkrampfte sich bereits mein Magen. Ich blickte zu Anton hin, der gerade Freddie zu seinem Platz brachte. „Anton, hilfst du bitte Sheila, sich zu uns zu setzen?"

Als Anton auf sie zutrat, kam plötzlich Leben in Sheila. Sie sprang vom Stuhl auf, machte einen wilden Satz zur Tür und prallte, da die Klinke nicht nachgab, hart dagegen.

„Torey, mach, daß sie stehenbleibt", sagte Peter ängstlich. Die anderen Kinder sahen gebannt Anton zu, wie er sie umkreiste, um sie einzufangen. Sie hatte wieder diesen gehetzten Tierblick und raste wie in einer Falle umher. Aber der Raum war eng, und es dauerte nicht lange, da hatte Anton sie am Arm gepackt.

Sie stieß einen Schrei aus, daß uns der Atem stockte. Susannah begann laut zu weinen, und die anderen saßen wie erstarrt da, während Anton das wild zappelnde Kind zu uns in den Kreis zerrte. Ich zeigte wieder mit dem Finger auf den Platz neben mir, löste ihren Arm aus Antons Griff und zog sie hinunter auf den Fußboden. Sie schrie immer noch mit einem kehligen, trockenen Gellen, aber sie blieb sitzen.

„Okay", begann ich mit gespielter Munterkeit. „Wer hat ein Thema?"

„Ich!" sagte William und strengte sich an, um trotz Sheilas Geschrei gehört zu werden.

„Wird das immer so mit ihr sein?" Seine dunklen Augen waren voller Furcht. Damit war das Thema des Tages gegeben: Sheila. Die anderen Kinder beobachteten mich gespannt. Ich versuchte ihnen zu erklären, daß Sheila sich erst eingewöhnen müsse, daß sie unsere Geduld und unser Verständnis brauche.

Unsere Diskussion ging nicht völlig an Sheilas Ohren vorbei. Ihr Schreien stockte, kam nur noch stoßweise wie ein lautes Schluchzen. Nur wenn die Unterhaltung mal abriß oder wenn einer von uns zu ihr hinsah, setzte es von neuem ein. Schließlich verebbte es, und sie war still. Ich ließ die Kinder ihre Fragen stellen und versuchte, sie ihnen ehrlich zu beantworten. Alle zeigten den natürlichen Takt, nicht allzu kritisch Sheila gegenüber zu sein, alle bis auf Peter. Er hatte sich schon am Tage zuvor darüber beschwert, daß sie stinke. Nun brachte er wütend vor, daß er dieses Mädchen nicht in unserer Klasse haben wolle. Sie verderbe alles. Ich nahm Sheila vor seinen Anwürfen nicht in Schutz. Da ich genau wußte, daß er sie ihr später doch ins Gesicht sagen würde, zog ich es vor dabeizusein, wenn er sich über sie ausließ.

Dann berieten wir gemeinsam, wie wir am besten mit den Schwierigkeiten fertig werden könnten, solange Sheila sich noch nicht eingewöhnt hatte.

Tyler schlug vor, wir könnten sie in die Ecke schicken, um unsere Ohren zu schonen. Sarah war dafür, Pause zu machen, wenn Sheila mal wieder ihre Tour kriegte. Guillermo meinte, wir könnten uns abwechseln und ihr Gesellschaft leisten, damit sie nicht allein sei.

Schließlich kamen wir überein, daß jeder ganz einfach bei seiner Arbeit bliebe, wenn Sheila losbrüllte oder sonstwie die Klasse störte. Ich versprach ihnen, daß es zum Ende der Woche, wenn alle ihr Teil zum Gelingen unserer Abmachung beitrügen, Eis gebe. Ich schaute Sheila an: „Magst du Eis?"

Sie kniff die Augen zusammen.

„Du möchtest doch bestimmt auch gern ein Eis haben, nicht wahr?" Sie nickte zögernd.

Als wir Rechenstunde hatten, ließ Sheila sich immerhin dazu bewegen, sich zu uns auf einen Stuhl zu setzen. Sie kauerte sich wieder in sich zusammen und beobachtete mich argwöhnisch, während ich von Kind zu Kind ging. Der Rest des Vormittags verstrich ohne Zwischenfälle.

Das Mittagessen nahm ich zusammen mit den Kindern ein. Ich wollte keine Wiederholung dessen, was gestern passiert war. Außerdem hatte sich die Tischaufsicht geweigert, auf Sheila aufzupassen, solange sie so unberechenbar war.

Ich setzte mich im Speisesaal auf die Bank neben Sheila, die sofort von mir abrückte. Anton setzte sich auf die andere Seite neben sie, worauf sie wieder auf mich zu rückte. Sie schlang das Essen binnen Minuten in sich hinein. Sie konnte gar nicht so schnell kauen, wie sie sich den Mund vollstopfte. Nach dem Essen ging ich mit den Kindern wieder in die Klasse zurück und korrigierte die Rechenaufgaben, während sie spielten. Sheila nahm ihren gewohnten Platz wieder ein, steckte den Daumen in den Mund und starrte mich an.

Den ganzen Nachmittag über fügte sie sich stumm dem Unterricht. Verglichen mit dem Tag zuvor, wirkte sie ersichtlich geduckt, ja geradezu niedergeschlagen. Aber ich machte keine Anstalten, ihr mit Fragen zuzusetzen. Ich wollte mich ihr auf keinen Fall aufdrängen. Die anderen Kinder schienen enttäuscht, weil nichts Aufregendes passierte. Und Peter fragte mich, ob wir denn auch Eis kriegten, wenn Sheila sich nie mehr so schlimm aufführte. Ich beruhigte ihn mit einem Lächeln, daß es, wenn wir bis Freitag ohne alle Probleme über die Runden kämen, ganz bestimmt Eis gäbe.

Dann wurde es Zeit für die anderen Kinder, nach Hause zu gehen. Als alle fort waren, setzte ich mich zu Sheila. Diese zwei Stunden nahm ich mir gewöhnlich zur Vorbereitung auf den nächsten Tag.

Diesmal jedoch überlegte ich mir, ob ich sie nicht lieber dazu benutzen sollte, Sheila näherzukommen. „Du hast deine Sache gut gemacht heute, Kleines", sagte ich. „Ich hab mich richtig gefreut."

Sie wandte das Gesicht ab.

Ich sah sie an. Unter dem schmutzigen und verlotterten Aussehen verbarg sich ein hübsches Kind. Ich hätte sie am liebsten fest in die Arme genommen oder auf den Schoß und ein wenig von der Pein, die so deutlich aus ihren Augen sprach, weggestreichelt. Aber sie wollte mich nicht einmal ansehen.

„Hab ich dir angst gemacht, Sheila?" fragte ich sanft. „Das wollte ich nicht. In eine neue Schule zu kommen und mit lauter Leuten zusammenzusein, die man nicht kennt, das muß einem ja angst machen. Das geht mir genauso."

Sie verdeckte die mir zugekehrte Seite ihres Gesichts mit der flachen Hand, damit ich sie nicht mehr ansehen konnte.

„Was meinst du, soll ich dir eine Geschichte vorlesen, solange wir auf den Bus warten?"

Sie schüttelte den Kopf.

„Na gut, dann gehe ich jetzt an den Tisch da drüben und überlege mir den Stoff für morgen. Doch ich lese dir gern etwas vor, falls du dich anders besinnen solltest. Du darfst aber auch mit den Puppen spielen, wenn du möchtest."

Ich hatte mich kaum an meine Arbeit gesetzt, da nahm sie die Hand vom Gesicht, drehte sich mir zu und beobachtete mich, während ich schrieb. Ich blickte ein paarmal hoch, aber ihr Blick blieb starr und undurchdringlich.

AM NÄCHSTEN Tag beschloß ich, daß es Zeit sei für Sheila, sich an allem, was wir machten, zu beteiligen. Der Bus setzte sie an der High-School, zwei Blocks entfernt, ab, und Anton war sie dort abholen gegangen.

Als sie ankamen, zog Sheila flink ihre Jacke aus und ging stracks auf ihren Platz. Ich rief ihr zu, ich möchte, daß sie sich zu uns setze, so wie gestern, und ich erwartete von ihr, daß sie sich am Rechnen beteilige. Außerdem sei heute Mittwoch, und da sei nachmittags Kochen. Ich wollte gerne, daß sie uns helfe, Schokoladenbananen zu machen.

Sie ließ keinen Blick von mir, während ich redete, aber sie wurde immer finsterer und argwöhnischer. Auf meine Frage, ob sie mich verstanden habe, gab sie keine Antwort.

Zur Diskussion setzte sich Sheila schließlich, nachdem ich ihr einen bösen Blick zugeworfen hatte, zu uns in den Kreis. Sie hockte sich mir zu Füßen und blieb dort still sitzen. Dann ging es ans Rechnen. Jetzt kam es darauf an!

Ich hatte mir vorgenommen, ein paar einfache Rechenaufgaben mit ihr zu machen. Also ging ich an den Schrank beim Waschbecken und holte das Brett mit den Rechenklötzchen. „Komm bitte mal hierher, Sheila!" Ich zeigte auf einen Stuhl. Es war ihr Lieblingsstuhl. „Nun komm!"

Sie rührte sich nicht vom Fleck. Anton rückte ihr schon vorsichtig näher, um sie, falls sie ausrücken wollte, festzuhalten. Aber sie durchschaute sofort unseren Plan und geriet in Panik. Dieses Kind hatte eine krankhafte Angst davor, gefangen zu werden. Laut schreiend stürzte sie davon, und welches von den Kindern ihr im Weg war, wurde bei ihrer Flucht umgestoßen. Doch Anton bekam sie zu fassen und übergab sie mir.

„Kindchen, wir tun dir doch nichts!" Ich setzte mich an den Tisch und hielt sie auf meinem Schoß fest, während sie wie wild um sich schlug. Ihr Atem ging keuchend vor Angst.

„Ruhig, Kindchen, ruhig!"

„He! Alle sind jetzt artig!" rief Peter entzückt. Die kleinen Köpfe beugten sich eifrig über die Aufgaben.

Sheila begann wieder zu schreien, wobei ihr Gesicht rot anlief. Ich nahm ein paar Rechenklötzchen und reihte sie nebeneinander auf.

„Hier, zähl sie ab, wieviel Steine sind das?"

Sie schrie nur noch lauter.

„Zähl drei davon ab."

Sie strampelte wie wild, um meinem Griff zu entkommen.

„Komm, ich helfe dir." Ich führte ihre zusammengeballte Hand an die Steine heran. „Eins, zwei, drei. Siehst du. Nun versuch's mal allein."

Unversehens packte sie einen Stein und schleuderte ihn durchs Zimmer. Er traf Tyler an der Stirn. Tyler erhob ein lautes Wehgeschrei. Ich zog Sheila den Arm hinunter, drückte ihn an ihre Seite und zerrte sie in den Schmollwinkel.

„So was tun wir hier nicht. Du bleibst jetzt hier sitzen, bis du dich beruhigt hast und bereit bist mitzumachen." Ich winkte Anton herbei. „Paß auf, daß sie auf dem Stuhl sitzen bleibt."

Ich ging zu den anderen Kindern zurück, rieb die wunde Stelle auf Tylers Stirn und lobte alle, weil sie so fleißig und brav weitergemacht hatten. Dann machte ich einen Strich an die Tafel, um anzuzeigen, daß wir auf dem besten Wege seien, uns unser Eis am Freitag zu verdienen. Sheila in ihrer Ecke war immer noch am Schreien und trampelte mit ihren Füßen gegen die Wand. Anton schwieg grimmig und hielt sie auf ihrem Platz fest.

Die ganze Rechenstunde hindurch war Sheila am Krakeelen. Als wir eine halbe Stunde später Spielpause hatten, hörte sie, wohl müde geworden, mit Trampeln, Zappeln und Schreien auf, und ich trat zu ihr. „Willst du jetzt mit mir rechnen?" fragte ich.

Sie blickte hoch und fing erneut zu kreischen an. Ich fuhr fort: „Wenn du willst, dann kannst du zu mir herüberkommen. Sonst bleibst du da sitzen." Anton gab ich ein Zeichen, sie loszulassen, und wir machten kehrt und gingen. Sheila war einen Moment ganz verblüfft, allein gelassen zu sein, und hörte auf zu schreien. Als es ihr vollends aufging, daß weder Anton noch ich über sie gebeugt standen, erhob sie sich.

„Nun, willst du jetzt kommen und rechnen?" fragte ich vom anderen Ende des Zimmers, wo ich gerade Peter half, aus Bauklötzen eine Fahrbahn zu bauen.

Ihre Miene verfinsterte sich bei meiner Frage. „Nein, nein, nein!"

„Dann setz dich wieder hin."

Sie brüllte vor Wut und blieb neben dem Stuhl stehen.

„Ich sagte, setz dich, Sheila! Und du bleibst dort sitzen, bis du bereit bist, mit mir zu rechnen."

Für einen nicht enden wollenden Moment tobte sie so laut, daß mir der Kopf zu bersten schien. Dann plötzlich war alles still. Sie funkelte mich mit sichtlichem Haß an und setzte sich hin. Dann schrie sie aufs neue los.

Peter sah mich an: „Weißt du, Torey, ich finde, wir müßten diesmal zwei Striche kriegen. Es ist ganz schön schwer, sie zu überhören."

Ich lächelte: „Ja, Peter. Du hast ganz recht. Das ist zwei wert."

Sheila tobte die ganze Spielstunde hindurch weiter. Sie trampelte mit den Füßen und wippte mit dem Stuhl, sie zerrte an ihrem Zeug und schüttelte die Fäuste. Aber sie blieb auf ihrem Platz sitzen.

Als die Kaffeepause kam, war sie heiser, und alles, was aus ihrer Ecke noch kam, waren kleine erstickte Gluckser. Anton nahm die anderen Kinder mit nach draußen. Das brachte Sheila noch einmal auf Touren. Sie stieß ein paar Schreie aus, aber sie hatte sich schon zu sehr verausgabt. Als die Pause zu Ende ging, kamen aus ihrer Ecke keinerlei Laute mehr, nur in meinem Kopf hämmerte es immer noch.

Ich wiederholte nicht noch einmal die Bedingungen, unter denen sie die Ecke verlassen dürfe. Die anderen Kinder kamen von der Pause zurück, mit roten Backen von der Kälte und voller Geschichten über ihr Räuber-und-Gendarm-Spiel mit Anton draußen im Schnee, der jedesmal geschnappt worden sei. Und dann setzten wir uns hin, um zusammen zu lesen, als ob das elende Häufchen dort in der Ecke gar nicht existierte.

Gegen Ende der Lesestunde, als ich gerade mit Max übte, spürte ich eine federleichte Berührung an meiner Schulter. Ich drehte mich um und sah Sheila, das Gesicht ängstlich verzogen, hinter mir stehen.

„Willst du jetzt mit mir rechnen?" fragte ich.

Sie spitzte einen Moment die Lippen und nickte dann langsam.

„Okay! Ich will nur noch schnell Sarah bitten, mit Max weiterzumachen. Und du kannst schon gehen, den Stein aufheben, mit dem du geworfen hast, und noch ein paar mehr aus dem Schrank dort holen."

Ich sagte es ganz beiläufig, als wäre es selbstverständlich für mich, daß sie gehorchte. Sie sah mich aufmerksam an und tat, was ich ihr gesagt hatte.

Wir setzten uns zusammen auf den Fußboden, und ich schüttete die Steine vor uns aus. „Zeig mir drei Steine."

Mit spitzen Fingern pickte sie drei aus dem Haufen heraus.

„Zeig mir zehn!"

Sheila reihte zehn Steine auf dem Teppich vor mir auf.

„Gut gemacht, mein Kind! Du kannst ja schon richtig zählen."

Sie blickte scheu hoch.

„Jetzt wird es etwas schwerer. Zähl mal siebenundzwanzig ab."

Binnen Sekunden stellte sie siebenundzwanzig Steine vor mir auf.

„Kannst du auch zusammenzählen?" Sie gab keine Antwort. „Zeig mir, wie viele Steine zwei und zwei sind." Vier Klötzchen wurden, ohne zu zögern, herausgeklaubt. Ich sah sie einen Augenblick prüfend an: „Und drei und fünf, wieviel gibt das?" Sie stellte acht Klötzchen in eine Reihe. Ich konnte nicht genau sagen, ob sie das Ergebnis tatsächlich wußte oder ob sie die Steinchen einfach nebeneinanderstellte. Aber soviel stand fest, sie wußte, worauf es beim Zusammenzählen ankam. Ich beschloß, zum Abziehen überzugehen, um darüber Aufschluß zu erhalten. „Zeig mir sechs und nimm vier weg."

Sheila fischte zwei Steinchen heraus. Ich lächelte. Sie kannte also das Resultat, ohne erst sechs Steine hinzustellen und dann vier wegzunehmen.

„He, du bist ja ein kluges Kind. Aber paß auf! Zeig mir zwölf weniger sieben." Sie sah zu mir hoch, und ein Lächeln huschte über ihr Gesicht, und ohne zu zögern, baute sie fünf Steine übereinander auf. Du kleiner Teufel, dachte ich bei mir. Wo immer sie in diesen letzten paar Jahren auch gewesen sein mochte, was immer sie auch getan haben mochte, sie hatte auch dabei gelernt. Sie konnte weitaus besser rechnen, als ein Kind ihres Alters es im Durchschnitt konnte. Mein Herz tat einen Freudensprung bei dem Gedanken, daß unter all dem Trotz und Schmutz vielleicht ein aufgewecktes Kind verborgen war.

Nachdem sie noch ein paar Aufgaben gelöst hatte, sagte ich, sie könne die Steine wegräumen. Es war immer noch Lesestunde, und ich stand auf, um mich wieder den anderen Kindern zu widmen. Sheila folgte mir, wobei sie den Kasten mit den Rechenklötzchen fest an sich gepreßt hielt. „Du kannst sie wegstellen, wenn du willst, Herzchen. Du brauchst den Kasten nicht mit dir herumzutragen."

Doch Sheila hatte anderes im Sinn. Als ich mich wieder einmal nach ihr umsah, saß sie auf ihrem Lieblingsplatz, die Klötzchen auf dem Tisch vor ihr ausgebreitet, und war eifrig dabei, mit ihnen zu rechnen.

Beim Essen war sie still und in sich gekehrt. Hinterher verzog sie sich gleich wieder auf ihren Platz und beschäftigte sich mit sich selbst.

Doch als es ans Kochen ging, gelang es mir ganz leicht, sie mit einer Banane aus ihrer Versunkenheit herauszulocken.

Kochen war eine Beschäftigung, die zur Gemeinsamkeit und zum Miteinandersprechen anregte. Vor allem aber machte es Spaß. Einmal im Monat erprobten wir unsere Künste an einem bekannten und beliebten Rezept. An diesem Nachmittag ging es um Schokoladenbananen, eine einfache, aber klebrige Sache, bei der eine Banane an einem

Stiel in Schokoladensauce getunkt, durch Kokosflocken, verschiedene Schokoladenstreusel und ähnliche Leckereien gerollt und dann eingefroren wurde. Alle Kinder, außer Max und Freddie, brachten das ganz allein zustande. Natürlich bekleckerten sie sich mit Schokolade, und ein Gutteil von den Süßigkeiten landete in den Leckermäulchen statt auf den Bananen in ihrer Hand. Aber wir hatten alle einen Heidenspaß.

Anfangs hielt Sheila ihre Banane am Stiel nur fest in der Faust und schielte zu den anderen, die fröhlich durcheinanderplapperten. Erst als alle fertig waren, gelang es Whitney, sie an die Schokoladensauce heranzulocken. Als Sheila einmal angefangen hatte, war sie mit Feuereifer dabei und wollte es unbedingt schaffen, daß von allen vier Schichten etwas an ihrer Banane haftenblieb. Es war ganz offensichtlich, daß sie ihren eigenen Plan entwickelte, wie das zu bewerkstelligen war. Das Stimmengewirr der Kinder wurde leiser, eins nach dem anderen kam neugierig näher und sah gespannt zu, wie Sheila jedesmal, wenn sie ihre Banane durch eine Zutat gerollt hatte, sie noch einmal in die Schokoladensauce tauchte. Schließlich hielt sie die pralle, dick beschichtete Banane vorsichtig in die Höhe. Unsere Blicke trafen sich zufällig, und langsam breitete sich ein Lächeln auf ihrem Gesicht aus.

Die letzte Schulstunde an jedem Tag war dem Heinzelmännchenbriefkasten vorbehalten. Ich dachte mir seit jeher gern Geschichten aus für die Kinder, und so hatte ich ihnen eines Tages erzählt, daß diese kleinen Kobolde gute Geister seien, daß sie bei den Menschen hausten, über sie wachten und alles unter ihren Schutz nähmen. Daraufhin hatte Peter gemeint, ob es denn nicht auch so ein Heinzelmännchen in unserer Klasse gäbe, das unseren Freunden Benny, Charles und Zwiebelchen während der Nacht Gesellschaft leisten könne. Dieser Gedanke hatte zu zahlreichen neuen Heinzelmännchengeschichten geführt. Eines Tages brachte ich einen großen Kasten aus Holz mit und erzählte den Kindern, das sei der Briefkasten des Heinzelmännchens, in den es nachts seine Botschaften für uns lege.

Ich sagte, es habe uns beim Unterricht beobachtet und sei hoch erfreut, wie freundlich und rücksichtsvoll sich ein jeder hier zu sein bemühe. Darum wolle es von nun an jedesmal, wenn es eine gute Tat sähe, einen Zettel in den Kasten legen. Und ich würde ihnen diese Zettel dann täglich in der letzten Stunde vorlesen.

Nach einer Weile erzählte ich ihnen dann, der Kobold habe schon einen Schreibkrampf und brauche unbedingt Hilfe. Ich bat die Kinder, für jede gute Tat eines andern einen Zettel in den Briefkasten zu werfen oder, falls er nicht schreiben könne, zu mir zu kommen, dann würde ich es für ihn tun.

Jeden Abend fanden sich wohl an die dreißig Briefchen in dem Kasten. Das ermunterte die Kinder nicht nur dazu, auf das positive Verhalten der anderen achtzugeben, sondern auch sich selber von ihrer besten Seite zu zeigen in der Hoffnung, daß ihr Name in dem Kasten auftauche. So mancher Zettel bewies eine auffallende Beobachtungsgabe und Einsicht. So wurde eines Tages zum Beispiel Sarah gelobt, weil sie bei einem Streit kein beliebtes vulgäres Wort gebraucht hatte, und Freddie bekam ein Lob, weil er ein Taschentuch benutzt hatte, anstatt sich in sein Hemd zu schneuzen. Ich freute mich immer darauf, den Kasten zu öffnen und zu sehen, was die Kinder aneinander wahrgenommen hatten. Ich selber trug so gut wie nie zu dieser Zettelpost etwas bei, es sei denn, daß ich darauf achtete, daß jedes Kind wenigstens einen Zettel bekam. Und, zugegeben, es freute mich sehr, wenn ich auch Zettel über mich darin fand.

An diesem Mittwoch war die letzte Stunde ganz besonders erfreulich; denn zum ersten Mal tauchte Sheilas Name in einer anderen Handschrift als der meinen auf. Sheila hielt den Kopf gesenkt, während die Kinder Beifall klatschten. Doch als ich ihr die Zettel gab, streckte sie eifrig die Hand danach aus.

Nach der Schule brachte Anton die Kinder zum Bus, und ich setzte mich an den Tisch, um Hefte zu korrigieren. Sheila war zum Toilettenraum gegangen, um sich die Reste ihrer Schokoladenbanane vom Gesicht zu waschen. Als sie zurückkehrte, kam sie zu mir an den Tisch und sah mir einen Moment zu. Ich blickte nicht auf. Daraufhin kam sie näher, beugte sich auf die Ellenbogen gestützt zu mir, so daß nur noch ein paar Zentimeter zwischen uns waren. Ich hob den Kopf. Sie musterte mich nachdenklich.

„Wieso tun die andern Kinder, die großen, in die Hose machen und nicht ins Klo?"

Ich setzte mich verblüfft zurück. „Nun, das haben sie noch nicht gelernt. Aber wir üben es. Jeder gibt sich Mühe."

„Mein Pa, er verhauen mich ganz doll, wenn ich das tun."

„Jeder ist anders. Und hier bekommt keiner Schläge."

Sie überlegte eine ganze Weile still für sich, wobei sie mit dem Finger einen Kreis auf dem Tisch zog.

„Das hier is 'ne Spinnerklasse, nich?"

„Nein, wirklich nicht."

„Mein Pa, der sagt das. Er sagt, ich bin spinnert, und das hier is 'ne Klasse für spinnerte Kinder."

„Nein, wirklich nicht, Sheila", wiederholte ich.

Sie zog die Stirn kraus. „Ich mach mir nich viel draus. Das hier is so gut wie alle andern. Mir isses egal, ob das eine Spinnerklasse is."

Es fiel mir keine passende Antwort darauf ein, ich wußte nicht, wie ich das, was klar war, leugnen sollte. Ich war einfach nicht darauf gefaßt, daß mich eins meiner Kinder in eine solche Unterhaltung verwickeln konnte. Die meisten waren weder so scharfsichtig noch so geradeaus und direkt.

Sheila kratzte sich am Kopf und musterte mich nachdenklich. „Und du, bist du auch spinnert?"

Ich lachte. „Ich hoffe nicht."

„Wieso tust du denn das mit lauter spinnerten Kindern?"

„Weil ich Kinder gern habe. Und weil es mir Freude macht zu unterrichten. Und außerdem ist ein bißchen Spinnertes nichts Schlimmes, es ist bloß anders, das ist alles."

Sie schüttelte den Kopf. „Ich glaube, du spinnst auch."

Kapitel drei

„Sheila, komm doch bitte mal her." Ich zeigte auf einen Stuhl neben mir. „Ich hab hier etwas für dich."

Bislang war der Morgen ruhig verlaufen. Die Zeit vor der Schule hatte ich wieder dazu benutzt, ihr zu erzählen, was wir heute alles tun würden. Später hatte sie, ohne erst dazu aufgefordert werden zu müssen, an der morgendlichen Diskussion und am Rechnen teilgenommen. Wenngleich sie von sich aus auch noch kein Wort in der Klasse gesprochen hatte, war ihr doch anzumerken, daß sie innerlich nicht mehr so verkrampft war.

Ich winkte sie also zu mir. Zögernd kam sie aus ihrer Kauerstellung hoch. Von dem Schulpsychologen hatte ich mir einen Bild-Wortschatz-Test ausgeliehen, anhand dessen man sich einen flüchtigen Überblick über den verbalen Intelligenzquotienten eines Kindes verschaffen konnte, ohne daß es ein Wort dabei zu sprechen brauchte. Es ist für schwergestörte Kinder typisch, daß ihre Lernfähigkeit weit unter der schulischen Norm liegt. Die meisten von ihnen haben eine ausgesprochene Lernschwäche und nicht die nötige Energie, lernen zu wollen. Sheila aber hatte gestern über Erwarten großes Geschick beim Rechnen gezeigt, und ich war ganz aufgeregt bei dem Gedanken, daß sie vielleicht sogar über eine überdurchschnittliche Intelligenz verfügte. Schon fing ich an, mich zu fragen, wie ich sie vor der Anstalt bewahren könne. Sie dort hinzuschicken wäre das Schlimmste, was man ihr antun konnte. „Komm, setz dich zu mir." Ich mußte aufstehen und sie an den Tisch holen. „Ich zeig dir jetzt ein paar Bilder und sag ein Wort dazu. Und du zeigst mir bitte das Bild, auf das das Wort am besten zutrifft. Verstehst du, was ich meine?"

Sie nickte. Ich zeigte ihr den ersten Satz mit vier Bildkarten und bat sie, mit dem Finger auf das Bild für das Wort „schlagen" zu zeigen. Ausgerechnet damit anzufangen! dachte ich erschrocken. Ihr Blick glitt über die vier Bildkarten, dann sah sie mich an und deutete zaghaft auf eine.

Ich lächelte ihr zu: „Richtig, mein Kind. Gut gemacht."

Bei jedem Wort, das ich ihr vorlas, tippte Sheila, zuerst zaghaft, dann immer kecker, auf das entsprechende Bild. Nach einer Weile huschte ein Lächeln über ihr Gesicht, und sie hob den Kopf. „Das is leicht", flüsterte sie, so daß die anderen sie nicht hören konnten.

Sie verfehlte das Wort „Thermosflasche". Aber wahrscheinlich war das ein Gegenstand, der ihr in ihrem kurzen, von der Not geprägten, armseligen Leben noch nie zu Gesicht gekommen war. Aber nur wenn ein Kind bei acht Testwörtern sechsmal auf das falsche Bild zeigt, ist der Test abzubrechen. Wir machten also weiter. Die Wörter wurden schwieriger. Hin und wieder tippte sie daneben, und ich konnte an ihrer Miene ablesen, wie sehr sie das ärgerte.

Ich hatte schon vermutet, daß sie überdurchschnittlich intelligent war, ja sogar ein besonders helles Köpfchen hatte, aber sie übertraf noch meine Erwartungen. Wir kamen zu dem Teil des Tests, bei dem

Bilder Begriffen entsprechen mußten, die eine Sechsjährige normalerweise noch nicht kannte wie „Illumination" oder „konzentrisch". Sheila tippte zwar häufig daneben, kam aber niemals auf sechs unter acht. Die Spannung wuchs. Sie biß sich auf die Lippen und knetete ihre Finger. Man sah ihr an, wie sehr sie sich anstrengte, keinen Fehler zu machen. Es rührte mich zu sehen, wie eifrig sie sich bemühte.

„Du machst deine Sache wirklich gut, Herzchen", ermunterte ich sie.

Sie blickte ängstlich hoch. „Ich find sie ja nich alle richtig."

„Das macht nichts, Kleines. Das hier sind lauter Wörter für ganz große Kinder. Man kann nicht von dir erwarten, daß du sie alle richtig zuordnest. Ich möchte nur sehen, welche Wörter du kennst. Ich bin ganz stolz auf dich, daß du dir solche Mühe gibst."

Sie war nahe daran zu weinen. „Das sin echt schwere Wörter jetzt. Ich kenn nich alle." Ihre leise Stimme, ihr Ringen um Fassung, die zuckenden Schultern unter dem verschlissenen T-Shirt – es zerriß mir das Herz. Diese Unschuld, selbst in den verwahrlostesten dieser Kinder. Ja, es waren Kinder, bloß kleine Kinder.

Ich streckte die Arme aus. „Komm, Sheila!" Erst beugte ich mich vor und zog sie dann auf meinen Schoß. Der kleine Körper verkrampfte sich unter meinen Händen. „Kleines, ich weiß, du tust dein Bestes. Und das allein zählt. Das hier sind wirklich ganz schwierige Wörter. Ich wette, es gibt keinen Jungen und kein Mädchen hier, die es besser machen könnten."

Ich hielt sie umschlungen und strich ihr das wirre blonde Haar aus dem Gesicht. Während ich darauf wartete, daß sie sich entspannte, besah ich mir ihren Testbogen. Vermutlich hatte sie ihre Fähigkeiten voll ausgeschöpft. Wie auch immer, sie übertraf auf alle Fälle jedes Kind, das ich je getestet hatte.

„Woher kennst du all diese Wörter?" fragte ich schließlich, meiner Neugierde nachgebend.

Sie zuckte die Achseln. „Meine andere Lehrerin, die gab mir immer Illustrierte. Da hab ich manchmal diese Wörter drin gelesen."

Ich blickte zu ihr hinunter: „Kannst du denn lesen, Sheila?"

Sie nickte.

„Wo hast du das denn gelernt?"

„Hab ich nich, kann ich schon immer."

Ich schüttelte voller Staunen den Kopf. Was für ein wunderliches Kind hatte man mir denn da überlassen? Der Gedanke reizte mich zwar sehr, ein aufgewecktes Kind in meiner Klasse zu haben. Aber Sheila war nicht nur aufgeweckt, sie war hoch begabt. Ich fürchtete, diese Tatsache würde mir meine Aufgabe nicht gerade einfacher machen, ja, alles würde sogar noch verzwickter werden.

Es GAB keine Skala, um Sheilas Punktzahl bei dem Test auszuwerten. Bei diesem Test für ihre Altersgruppe endete die Skala bei 99, was einen IQ von 130 ergab. Sheila hatte 102 Punkte! Ich starrte auf den Testbogen. Laut Statistik hat kaum einer unter zehntausend ein so hohes Intelligenzniveau. Aber was bedeutete das für jemanden mit so hoher Begabung? Ein abnormer Intellekt sondert einen in einer Gesellschaft, die die Gleichheit aller Menschen fordert, ab. Ihre Intelligenz würde sie genauso isolieren wie ihre seelische Verstörtheit.

Nach dem Essen zeigte ich Anton den Test mit Sheilas Punktzahl. Er schüttelte ungläubig den Kopf. „Das kann nicht stimmen", stotterte er. „Wo soll sie diese Wörter gelernt haben? Sie hat einfach auf gut Glück geraten, Torey."

Ich konnte es ja selber nicht glauben. Deshalb rief ich Allan, unseren Schulpsychologen, an und sagte, ich hätte da ein Kind, das ich gern von ihm getestet hätte.

Da war noch etwas, was mich stutzig machte. Als Sheila und ich während des Tests miteinander redeten, war mir aufgefallen, daß sie einen äußerst eigenartigen Dialekt sprach. Ich hatte nicht genug gehört, um die ungewöhnlichen Formen richtig zu erfassen, aber die Grammatik war bizarr. Die meisten Kinder aus dem Wanderarbeitercamp kamen aus spanischsprechenden Familien. Ihr englisches Vokabular lag oft unter dem Niveau ihrer Altersstufe, grammatikalisch jedoch innerhalb normaler Grenzen. Sheila kam nicht aus einem spanischsprechenden Elternhaus, und der IQ-Test bewies, daß es mit ihrem Wortschatz alles andere als schlecht bestellt war. Ich konnte mir keinen Vers darauf machen, wieso sie so sonderbar sprach. Sie hörte sich für mich fast so an wie die schwarzen Stadtkinder, mit denen ich in Cleveland gearbeitet hatte. Vielleicht war es eine rein familiäre Sprechweise. Ich beschloß, dem nachzugehen.

DER Rest des Tages verlief ohne Zwischenfälle. An Sheila stellte ich nur noch wenige Fragen. Sie folgte willig dem Unterricht, beteiligte sich aber nur daran, wenn man ihr gut zuredete. Sie sprach auch nicht mit den anderen Kindern oder mit Whitney. Aber sie war friedlich und beobachtete uns mit vorsichtigem Interesse.

Der nächste größere Schritt, der zu unternehmen war, galt Sheilas Sauberkeit. Tagaus, tagein erschien sie in derselben Latzhose und demselben T-Shirt, und man roch es, daß ihr Zeug nie gewaschen wurde. Wahrscheinlich war es so, daß sie nachts ins Bett machte und sich morgens, ohne sich zu waschen, anzog. Gesicht und Arme starrten vor Schmutz, und ihr langes blondes Haar war ein strähniges Gewirr.

Ich wartete bis zum Ende des Tages, um Sheilas mangelnder Sauberkeit zu Leibe zu rücken. Als die Kinder fort waren, holte ich Kamm und Bürste, die ich immer im Schrank liegen hatte. Schon am Abend vorher hatte ich eine Schachtel Haarspangen, die wie Entchen und Rotkehlchen aussahen, besorgt.

„Sheila, komm doch mal her. Ich hab etwas für dich." Sie kam heran, die Brauen neugierig zusammengezogen. Ich gab ihr die Tüte. Einen Augenblick lang hielt sie sie einfach nur in der Hand und sah mich fragend an. Daraufhin drängte ich sie, die Tüte aufzumachen. Sie tat es, nahm die Schachtel mit den Spangen heraus und beguckte sie sich, immer noch ganz verwirrt.

„Die sind für dich, Herzchen. Ich hab mir gedacht, wir kämmen dir mal hübsch das Haar und machen Spangen hinein."

Sie betastete die Klämmerchen unter der Cellophanhülle und runzelte die Stirn. „Wieso tust du das?"

„Was tue ich?"

„Nett zu mir sein."

Ich schaute sie fassungslos an. „Weil ich dich gern habe. Du bist doch auch nett zu mir."

„Wieso? Ich bin doch 'ne Spinnerin. Ich hab deinen Fischen was getan, was Schlimmes."

Ich lächelte sie an. „Es fiel mir eben so ein. Ich dachte, vielleicht hättest du gern etwas Hübsches für dein Haar?"

Sie strich noch immer mit den Fingerspitzen über die Spangen. „Noch nie hat einer mir was gegeben bisher. Keiner war nett zu mir ohne Absicht."

„Nun, hier bei uns ist das anders, Kindchen" war alles, was ich darauf zu sagen wußte.

Ich kämmte ganz behutsam, um ihr nicht weh zu tun, das verfilzte Haar aus. Sie hielt geduldig still. Die Schachtel mit den Spangen hielt sie fest in der Hand, traute sich aber nicht, sie aufzumachen. Ihr Haar war weich und fein und hing ihr, als es ausgebürstet war, wie ein dichter Vorhang bis auf die Schultern. Sie war ein hübsches Mädchen mit edel geschnittenen Zügen. Mit Wasser und Seife behandelt, würde sie noch reizender aussehen.

„Komm, gib mir die Spangen, ich steck sie dir ins Haar."

Sie schüttelte den Kopf und preßte die Schachtel an die Brust.

„Pa, er wird sie mir wegnehmen."

„Du sagst ihm einfach, daß ich sie dir geschenkt habe."

„Er wird sagen, ich sie gestohlen. Keiner mir was schenken bisher."

„Du kannst sie hier in der Schule lassen, bis ich mit deinem Vater gesprochen habe. Ich sage es ihm selber, daß ich sie dir geschenkt habe. Na, was hältst du davon?"

„Du machst dann mein Haar wieder hübsch?"

Ich nickte. „Ja, gleich morgen früh, wenn du kommst, mache ich es dir wieder."

Sie schaute eine ganze Weile auf die Spangen. Es fiel ihr offensichtlich schwer, sie herzugeben. Schließlich hielt sie sie mir zögernd hin.

„Hier, du die aufbewahren für mich."

Anton kam herein, um mich daran zu erinnern, daß es Zeit für Sheila sei, zum Bus zu gehen. Wir waren noch nicht einmal dazu gekommen, sie gründlich zu waschen. Und sie roch so abscheulich!

„Sheila, hast du zu Hause eine Gelegenheit, dich zu waschen?"

Sie schüttelte den Kopf. „Wir nich haben keine Badewanne."

„Kannst du dich nicht am Spülstein waschen?"

„Kein Spülstein auch nich da. Mein Pa, er holt Wasser in Eimer von 'ner Tankstelle." Sie verstummte, starrte auf den Fußboden. „Das is aber nur für Trinken. Er wird wütend auf mich ganz doll, wenn ich das schmutzig mache."

„Hast du noch irgend etwas anderes anzuziehen?"

Sie schüttelte den Kopf.

„Nun, wir sprechen morgen weiter darüber, was wir da machen können, okay?"

Sie nickte und ging zu ihrem Kleiderhaken, um sich ihr dünnes Baumwolljäckchen zu holen. Ich seufzte, während ich ihr zusah. Wieviel gab es noch zu tun, wieviel zu ändern, dachte ich. „Auf Wiedersehen, Sheila. Und noch einen schönen Abend. Bis morgen!"

Anton nahm sie an die Hand und öffnete die Tür in die windige Januardüsternis. Als er dabei war, sie wieder zu schließen, blinzelte mir Sheila unter seinem Arm hindurch zu und lächelte flüchtig: „Wiedersehn, Lehrerin!"

AM NÄCHSTEN Morgen schritt ich, bewaffnet mit Badetüchern, Seife, Shampoo und einer Flasche Baby-Lotion zur Tat. Als erstes ging ich in die Verwaltung, um in der Altkleidertruhe nach etwas Passendem für Sheila zu suchen. Obgleich die Schule in einem Stadtviertel wohlhabender Leute lag, gab es doch genug bedürftige Kinder, die mit dem Schulbus von außerhalb kamen. Mit gutem Grund unterhielt man ein Altkleiderlager, aus dem man sie versorgen konnte. Ich fand eine Cordhose und ein T-Shirt und ging damit in die Klasse hinüber. Als Sheila kam, war ich gerade dabei, in das Waschbecken hinten im Raum Wasser einzulassen. Es war groß wie ein Küchenspülstein. Sie riß sich die Jacke herunter und kam, die Augen weit aufgerissen vor Neugierde, herbeigerannt. So schnell hatte ich sie noch nie auf mich zulaufen sehen.

„Du machst mir Spangen in meine Haare?"

„Gewiß doch. Aber vorher gehen wir das ganze Körperpflege- und Schönheitsprogramm durch. Wir waschen uns jetzt erst einmal von Kopf bis Fuß. "

„Tut das auch nich weh?"

„Nein, Dummchen", sagte ich lächelnd.

Sie nahm die Baby-Lotion und schraubte den Verschluß auf. „Wo is das denn für? Is das zum Trinken?"

„Nein, es ist eine Flüssigkeit, mit der man sich den Körper einreibt. "

Ein Aufleuchten huschte über ihr Gesicht: „Es tut riechen gut, Lehrerin. " Ihre Miene wurde lebhaft: „Dann kann das Kind nich mehr sagen, ich tu stinken?"

Ich lächelte ihr zu. „Nein. Ich glaube nicht. Schau mal, ich hab ein paar Sachen zum Anziehen für dich ausgesucht. Wenn Whitney heute nachmittag kommt, dann kann sie dein Zeug zum Waschautomaten bringen."

Sheila griff zitternd nach der Cordhose. „Mein Pa, er will nie, daß ich sie behalte. Wir nich nehmen nie was an."

„Ja, das versteh ich. Du behältst sie einfach nur so lange an, bis dein Zeug gewaschen ist, okay?"

Ich hob sie auf den Tisch neben dem Becken und zog sie aus. Sie ließ keinen Blick von mir, machte aber auch keine Anstalten, mir zu helfen. Was für ein schmächtiges kleines Ding sie doch war, jede Rippe konnte man zählen! Sie paßte leicht in das Becken hinein! Ich entdeckte an ihren Armen und Beinen viele Narben. „Woher hast du die denn?" fragte ich, während ich sie wusch. Eine gut fünf Zentimeter lange Schramme zog sich über die Innenseite ihres Oberarmes.

„Die da is daher, wo ich meinen Arm gebrochen hab."

„Wie kam denn das?"

„Ich bin am Spielen und runtergefallen", sagte sie ganz sachlich. „Mein Pa, er sagt, ich bin ein verdammt tolpatschiges Gör. Ich tu mir oft was."

Erfahrung hatte mich gelehrt, mit einer schrecklichen Frage meinen Kindern gegenüber nicht zurückzuhalten. „Tut dein Pa dir manchmal etwas, was Narben wie diese hinterläßt?"

Ihre Miene wurde wieder undurchdringlich. Sie musterte mich so lange in tiefem Schweigen, daß ich schon wünschte, ich hätte diese sehr persönliche Frage nicht gestellt. „Mein Pa, er tut mir nie schlimm weh. Er haut mich bloß ein bißchen, um mich gut zu machen. Er hat mich lieb. Ich bin eben ein Tolpatsch, darum hab ich so viele Narben und Schrämmen." Ihre Stimme hatte etwas Trotziges. Ich nickte und hob sie aus dem Becken, um sie abzutrocknen. Dann zog ich sie an.

„Weißt du, was meine Mama getan hat?" Sie hob das eine Hosenbein hoch und zeigte auf eine Narbe. „Meine Mama hat mich mit auf die Landstraße genommen und dann dagelassen. Sie hat mich aus'm Wagen gestoßen, und ich bin auf einen Stein gefallen und hab mir das Bein aufgeschlagen. Da siehste!" Sie tippte auf eine weiße Linie. „Man soll nich glauben, jemand könnte das tun mit kleinen Kindern."

„Nein, das sollte man nicht."

„Meine Mama, sie hat mich nich lieb, nich so richtig."

Stumm machte ich mich daran, sie zu kämmen. Ich wollte nichts mehr hören, es tat mir zu weh.

„Meine Mama, sie nehmt Jimmy und geht nach Kalifornien. Jimmy is mein kleiner Bruder, vier Jahre alt. Ich hab Jimmy nich gesehen, seit zwei Jahren nich." Sie schwieg nachdenklich. „Jimmy fehlt mir. Ich wollte, ich könnte ihn wiedersehen. Er is 'n richtig netter Junge. Er heult nie oder is böse oder so. Wär nett, wenn er hier wär', hier in unserer Spinnerklasse. Ich glaub bestimmt, er is nich spinnert wie ich. Sie täten Jimmy liebhaben. Meine Mama mag Jimmy lieber als mich, sie nehmt ihn mit und läßt mich hier allein. Ich wünsch mir, Jimmy wär hier in unserer Klasse. Er tut nie was Schlimmes, wie ich."

Ich nahm sie auf den Schoß und drückte sie an mich.

„Kind, du bist es, die ich haben möchte! Nicht Jimmy. Er wird eines Tages seinen Lehrer haben. Ich stör mich auch nicht daran, was ein Kind tut. Ich hab es einfach gern. Das ist alles."

Ein nachdenkliches Lächeln glitt über ihr Gesicht. „Du bist eine komische Lady für 'ne Lehrerin. Ich glaub, du bist genauso spinnert wie wir Kinder."

AN SHEILAS fünftem Tag bei uns, dem Freitag, sprach sie noch immer nicht mit den anderen Kindern. Nachdem jedes sein wohlver- dientes Eis bekommen hatte, standen wir nach der letzten Schulstunde herum und warteten auf die Busse. Den Kindern wurde es langsam in ihren Anoraks heiß. Ich schlug vor, ein Lied zu singen. Max rief gleich laut, er wünsche sich „Wenn du glücklich bist, dann klatsche in die Hände". Das ist ein einfaches kleines Lied, bei dem die Kinder in die Hände klatschen, mit den Füßen stampfen und mit dem Kopf nicken. Sheila stand am Rande der Gruppe; sie sang zwar nicht mit, paßte aber ganz genau auf.

Als das Spiel zu Ende war, schlug Tyler vor, noch etwas Neues aus dem Lied zu machen: „Wenn du glücklich bist, dann hüpfe auf und ab." Also sangen wir das Lied noch einmal und hüpften, wie Tyler vorgeschlagen hatte, auf und ab. Darauf fragte ich, was wir vielleicht sonst noch tun könnten. Sheila hob schüchtern die Hand. Zu sehen, wie dieses Kind, das bisher noch kein Wort mit den anderen Kindern gesprochen hatte, abgesondert von ihnen mit erhobener Hand da- stand, griff mir ans Herz.

„Sheila, du hast eine Idee?"

„Im Kreis drehen", sagte sie schüchtern.

Also sangen wir unser Liedchen und drehten uns dazu im Kreise. Und so endete die erste Woche mit einem vollen Erfolg.

IN DEN folgenden Wochen kam Leben in Sheila. Sie fing an zu sprechen, anfangs noch zaghaft, dann ohne jede Hemmung. Sie hatte zu allem und jedem etwas zu sagen und machte sich ihre eigenen Gedanken. Ich war entzückt, ein so wortgewandtes Kind in der Klasse zu haben. Die anderen Kinder genossen den Umgang mit ihr, und ich fühlte mich geschmeichelt, daß sie über so viele Dinge offen mit mir sprach.

Aber mit keinem Wort kam Sheila jemals auf den schlimmen Vorfall – als sie den kleinen Jungen fast verbrannt hätte – zu sprechen. Die meisten meiner Kinder in der Klasse wußten, warum sie selbst hier waren. Sie wußten, daß sie mit ihrem Verhalten andere geängstigt oder abgestoßen hatten. Und es lag ihnen daran, immer wieder darüber zu sprechen, wieso und warum sie dies oder jenes getan oder nicht getan hatten. Meistens hörte ich nur zu, stellte ein oder zwei Fragen oder gab hin und wieder ein „hm, hm" von mir, um sie merken zu lassen, daß ich ihnen zuhörte.

Auch Sheila wußte, warum sie hier war. Schon vom dritten Tag an nannte sie uns liebevoll eine Spinnerklasse und sich selbst ein spinnertes Kind, das schlimme Sachen mache. Aber mit keinem Wort erwähnte sie, was sie getan hatte, und ich kam nie dahinter, was an jenem kalten Novembernachmittag in ihr vorgegangen war.

ALLAN, der Schulpsychologe, machte den IQ-Test mit Sheila. Das Ergebnis übertraf alle Erwartungen. Sie erzielte die höchstmögliche Punktzahl. Allan war verblüfft. Das hatte er noch bei keinem Kind erlebt. Er schwor, daß er einen Test mit höherer Obergrenze ausfindig machen werde, um ihren Intelligenzquotienten zu messen. Dann machte er mit ihr einen Lesetest. Obgleich sie nie lesen gelernt hatte, kam Sheila im Lesen und Verstehen des Gelesenen so weit wie Kinder aus der fünften Klasse.

Jeden Morgen vor der Schule vollzogen Sheila und ich das tägliche Reinigungsritual. Das Waschen und Zähneputzen besorgte sie selbst, wenn ich ihr das Haar frisierte. Sie hütete ihre Haarspangen wie einen Kronschatz, schlug behutsam das Handtuch, in das sie eingewickelt waren, auseinander und wählte diejenigen aus, die sie tragen wollte. Wenn ich sie ihr abends wieder aus dem Haar nahm und zu den anderen legte, zählte sie sie alle noch einmal durch, um sicherzugehen, daß ihr niemand eine weggenommen hatte.

Schwieriger war es allerdings, ihre Kleidung in Ordnung zu halten. Ich bewahrte in der Schule saubere Höschen für sie auf und bestand darauf, daß sie jeden Morgen die Wäsche wechselte. Jeden Montag brachte Whitney ihre Latzhose und ihr T-Shirt zum Waschen, so daß sie wenigstens nicht mehr so übel roch. Frisch gewaschen und in sauberen Sachen war sie ein hübsches Mädchen. Ihre Augen glänzten, und ein bereitwilliges Lächeln ließ drei Lücken im Unterkiefer sehen, die auf neue Zähne warteten.

Ich versuchte hartnäckig, Sheilas Vater zu einer Unterredung herzubekommen. Er hatte kein Telefon. Darum gab ich Sheila einen Zettel für ihn mit und bat ihn, zu mir in die Schule zu kommen. Keine Antwort. Ich schickte einen zweiten. Wieder keine Antwort. Dann sandte ich ihm einen dritten, auf dem ich ihm mitteilte, wann ich kommen würde, um ihn zu besuchen. Doch als Anton und ich zu dem Haus kamen, war es leer. Langsam festigte sich der Eindruck in mir, daß er mich nicht sehen wollte. Schließlich setzte ich mich mit Sheilas Sozialhelferin in Verbindung, und wir gingen noch einmal zusammen hin. Aber nur Sheila war zu Hause, ihr Vater war nicht da.

Ich wollte ihn aber unbedingt sprechen. Vor allem wollte ich dafür sorgen, daß Sheila etwas Warmes zum Anziehen bekam. Es war Januar, und die Temperatur schwankte meistens um einige Grad unter Null. Sheila besaß nur ein dünnes Baumwolljäckchen, hatte keine Handschuhe, keine Mütze, keine Stiefel. Sie kam immer ganz blau gefroren von ihrem Weg von der High-School, wo der Bus hielt, in die Schule. Für die Pausen gab ich ihr etwas Warmes zum Anziehen, doch als ich ihr die Sachen einmal ins Haus schickte, kamen sie am nächsten Tag zurück. Sheila bemerkte dazu, sie habe „Haue gekriegt", weil sie Almosen angenommen habe. Von der Sozialhelferin hörte ich, daß sie es auch schon einmal versucht hatte, sie sei sogar mit dem Vater in die Stadt gegangen, um von der Wohlfahrtsunterstützung

Kleidung für Sheila zu kaufen. Aber er habe die Sachen später
zurückgeschickt. Sie wolle nicht gern Zwangsmaßnahmen ergreifen,
erklärte sie, weil es bekannt sei, daß er seine Wut an dem Kind
auslasse.

WÄHREND der Schulstunden versuchte ich, Sheila in alles miteinzu-
beziehen und sie selbst ihre Erfahrungen machen zu lassen. In den
ersten Wochen folgte sie mir auf Schritt und Tritt, mit beiden Händen
ein Buch umklammernd oder den Kasten mit den Rechenklötzchen.
Ein zaghaftes Lächeln ging über ihre Lippen, wenn sie meinen Blick
auffing und darauf wartete, daß ich es erwiderte. Als sie allmählich
zutraulicher wurde, spürte ich manchmal, wie ihre Hand sich hinten in
meinen Gürtel hakte und dort blieb, während ich, sie immer dicht
hinter mir, in der Klasse umherging.

Es waren anstrengende Wochen, in denen ich mich ganz auf sie
einstellte. Ich war dankbar für die zwei Stunden, die wir nach der
Schule für uns allein hatten, zugleich aber bedrückte es mich. Meine
ganze Vorbereitungszeit für den nächsten Tag ging dafür drauf. Ich
mußte meine Arbeit, sehr zu Chads Mißfallen, mit nach Hause
nehmen und abends erledigen. Und Anton nörgelte darüber, daß wir
nie mehr dazu kämen, morgens um halb acht Uhr vor der Schule
etwas zu besprechen. Aber für Sheila war es ideal. Sechs Jahre lang
hatte man sie nicht beachtet, ja zurückgestoßen, aus dem Auto
gestoßen, aus der menschlichen Gemeinschaft verstoßen. Auf einmal
war da jemand, der sich ihrer annahm, der mit ihr sprach, der zärtlich
zu ihr war. Die anderen Kinder waren ebenfalls erfreut zu sehen, wie
Sheila aufblühte. Sie konnten sich nicht genug damit tun zu betonen,
daß sie nicht mehr so stinke, ja sie anerkannten sogar ihre aufkeimen-
den Versuche, liebenswürdig zu sein.

Sheila hatte offensichtlich bisher kaum Gelegenheit gehabt, sich
darin zu üben, freundlich und liebenswürdig zu sein. Sie war zu
beschäftigt gewesen zu überleben. Sie war es gewohnt, um das, was
sie haben wollte, kämpfen zu müssen. Wenn also jemand ein Spielzeug
hatte, das sie gern haben wollte, riß sie es dem Kind aus der Hand. Es
war mir klar, daß es nicht einfach sein würde, sie davon zu
überzeugen, daß man es auch anders machen konnte. Meine Ermah-
nungen änderten nichts an ihrem Verhalten.

Aber der Heinzelmännchenbriefkasten brachte es zustande. Sheila hörte immer gespannt zu, wenn ich nachmittags die Zettel vorlas und die Kinder, denen sie galten, lobte. Wenn ich sie verteilt hatte, zählte sie hastig ihre Zettel. Falls es ihr gelang, zählte sie sogar die Zettel der anderen Kinder, um zu sehen, ob ein Kind mehr bekommen hatte als sie. Sie wollte unbedingt bestätigt sehen, daß sie die Beste in der Klasse war, die Klügste, die Fleißigste und „mein Liebling". Da ich mich standhaft weigerte, ihr das zuzugestehen, suchte sie es sich selber durch die Zahl der Zettel in dem Heinzelmännchenbriefkasten zu beweisen. Aber da kam sie zu kurz. Sie konnte nicht begreifen, wie man noch freundlicher, noch höflicher, noch rücksichtsvoller sein konnte, um sich noch mehr davon zu verdienen.

Eines Tages nach der Schule fragte sie mich: „Wieso kriegt Tyler so viele Zettel? Wieso is sie so gut?"

Ich überlegte mir die Antwort einen Moment. „Nun, zum einen ist sie höflich. Wenn sie etwas haben möchte, bittet sie darum, und sie sagt immer bitte und danke. Das gibt den anderen das Gefühl, ihr gefällig zu sein."

Sheila runzelte die Stirn und blickte mich vorwurfsvoll an. „Wieso hast du mir nie gesagt, ich soll bitte und danke sagen. Ich weiß ja nich, daß ihr das gerne wollt." Sie hatte recht. Ich hatte es ihr nie gesagt, ich hielt es für selbstverständlich, daß sie es wußte. Es ging mir auf, wie unfair es ihr gegenüber war, das vorauszusetzen. Sheila hatte womöglich in ihrer Umgebung diese Wörtchen noch nie gehört, oder sie hatten nie viel Bedeutung für sie gehabt.

„Tut mir leid, Sheila, ich dachte, du wüßtest es."

„Ne! Aber ich könnt es ja sagen, wenn du das gerne willst."

Ich nickte. „Ja, es sind gute Wörter für den Umgang mit den anderen. Sie stimmen sie freundlich. Und das ist wichtig."

„Sagen sie dann von mir, ich bin ein nettes Mädchen?"

„Es wird ihnen jedenfalls helfen zu merken, daß du es bist."

Und so begann Sheila darauf zu achten, wie die anderen Kinder es machten, und selber freundlich und rücksichtsvoll zu sein.

LEIDER gab es, wie in jedem Garten Eden, ein paar Schlangen. In diesem ersten Monat hatten wir zwei Probleme, mit denen wir, wie es schien, nicht zu Rande kamen. Das erste war, daß Sheila sich hartnäckig sträubte, irgend etwas zu Papier zu bringen, ganz gleich ob es sich um Rechnen oder Schreiben oder Malen handelte. Mündlich arbeitete sie längst eifrig und bereitwillig mit, aber sobald man einen Bogen Papier vor sie hinlegte, riß sie ihn in Fetzen. Ich versuchte, den Bogen mit Klebeband auf dem Tisch zu befestigen. Aber sie kritzelte kreuz und quer darüber, bis er zerriß. Ja einmal aß sie sogar die Kreide, mit der sie etwas malen sollte. Ich versuchte es mit Heften, aber sie waren teuer, und es ärgerte mich, wenn sie sie mutwillig ruinierte. Was immer ich mir auch ausdachte, sie wußte es zu vereiteln.

Ich brauche nicht zu sagen, daß das eine beträchtliche Spannung zwischen uns verursachte. Öfters schickte ich sie in die Ecke, aber ich fühlte selbst, daß das Problem sich damit nicht aus der Welt schaffen ließ. Außerdem wollte ich nicht, daß ihr zuviel vom Unterricht entging. Und im Schmollwinkel zu sitzen war nicht als Strafe gedacht, sondern sollte dem Kind helfen, sich wieder zu fangen. Falls es nach zwanzig Minuten immer noch bockte, ließ ich die Sache auf sich beruhen. Sonst gab es sehr wenig, wogegen sich Sheila wehrte. Im Gegenteil! Sie kam auf die drolligsten Ideen, um mir zu gefallen, so daß nicht anzunehmen war, daß sie mich mit dieser Renitenz ärgern wollte.

Ich gebe es zu, ihr Verhalten ärgerte mich. Es wurde bei mir zu einer fixen Idee. Und schließlich, eines Tages nahm ich mir aus einem ganzen Stapel mit fünfhundert Blatt einen Bogen heraus, schrieb ein paar Rechenaufgaben darauf und kopierte sie auf sämtliche Blätter. Dann ging ich in die Klasse, setzte Sheila an einen Tisch, entschlossen, es zu schaffen, und wenn es bis zum Sankt-Nimmerleins-Tag dauerte und alle fünfhundert Blatt daran glauben müßten.

„So, Sheila, wir werden heute diese Rechenaufgaben machen. Es ist nur ein Bogen, und die Aufgaben sind leicht."

Sie blickte mich argwöhnisch an. „Ich will das aber nich tun."

„Nun, heute laß ich dich nicht damit durch." Ich tippte mit dem Finger auf den Bogen auf dem Tisch. „Komm, laß uns anfangen." Sie saß da und starrte mich an.

Mein Magen verkrampfte sich, und mein Herz schlug schneller. Für den Bruchteil einer Sekunde wäre ich am liebsten auf und davon gegangen. Aber mein Ärger überwog. „Schreib!" Meine Stimme klang laut und scharf. Ich nahm einen Bleistift und schob ihn ihr zwischen die Finger. „Ich sagte, du sollst anfangen, Sheila!" Sie zerknüllte den ersten Bogen. Ich entfaltete ihn behutsam wieder und strich ihn auf dem Tisch glatt. Sheila bohrte mit dem Bleistift Löcher hinein. Wir kämpften verbissen, ich, indem ich jeweils ein neues Blatt von dem Stapel nahm, Sheila, indem sie es zerriß. Die Rechenstunde ging zu Ende, und das Papier häufte sich zu unseren Füßen. Die anderen Kinder dachten bereits an die Pause. Sheila blickte betroffen auf. Die Pausen waren ihr das liebste. Sie sah ganz aufgeregt Tyler zu, wie sie sich die Kasperlepuppen holte, mit denen sie selber so gerne spielte. „Mach diese Aufgaben hier, und du kannst gehen", sagte ich fest und legte ihr ein neues Blatt hin.

Sheila verlor immer mehr die Geduld, sie stieß wütende kleine Grunzer aus, während ein weiteres halbes Dutzend Blätter ihrer Bockigkeit zum Opfer fiel. Ich rückte mit dem Stuhl ganz dicht an sie heran, hielt ihre freie Hand fest und nahm die Schreibhand in meine. „Ich helfe dir, Sheila, wenn du es nicht allein kannst", sagte ich hartnäckig.

Sheila stieß einen ohrenzerreißenden Schrei aus. Ich forderte sie auf, mir die Lösung der ersten Aufgabe zu sagen. Zuerst sträubte sie sich noch, doch dann stieß sie sie laut und wütend heraus. Ich drückte ihr die Hand auf das Blatt und schrieb eine Drei hin. Sheila zappelte wie wild, um von meinem Griff loszukommen.

Wir machten den Bogen zu Ende, indem sie unablässig schrie und ich ihr mit Gewalt die Hand führte. Kaum ließ ich sie los, packte sie das Blatt und warf es mir ins Gesicht. Dann rannte sie quer durch die Klasse bis zum äußersten Ende und funkelte mich an.

„Ich hasse dich!" schrie sie gellend. Die anderen Kinder, die drauf und dran waren rauszugehen, blieben stehen und starrten sie an. „Ich hasse dich, ich hasse dich!"

Anton brachte die Kinder hinaus. Ich blieb am Tisch sitzen. Darauf gefaßt, daß sie einen ihrer zerstörerischen Wutanfälle bekäme, verharrte ich, um sie unter Kontrolle zu halten. Doch nach ein paar Minuten hatte sie sich gefangen und starrte mich mit herabgezogenem Mund und zitterndem Kinn vom anderen Ende des Zimmers vorwurfsvoll an. Fast schämte ich mich vor mir selbst. Die Enttäuschung, daß ich ihre Feindin sei, sie verriet, sprach aus ihrem Blick. Ich mußte einsehen, daß ich es falsch gemacht hatte. Die Lehrerin in mir, die da auf diese schriftlichen Arbeiten pochte, hatte gegen mein besseres Ich gesiegt. Es war alles so gutgegangen in diesen drei Wochen, seit sie hier war. Hatte ich nun alles an einem einzigen Morgen zunichte gemacht?

Ihr wachsamer, anklagender Blick ließ nicht von mir, als sie langsam herkam und am Ende des Tisches stehenblieb. „Du bist nich sehr nett", sagte sie mit seufzender Stimme.

„Nein, das war ich wohl nicht. Ich hätte das nicht tun sollen."

„Du darfst nich so gemein sein zu mir. Ich tu zu deinen Kindern gehören."

„Es tut mir leid. Ich bin wütend geworden, weil ich dich nicht zum Schreiben bringen kann. Es macht mich ganz verrückt, weil es mir so wichtig für dich ist."

Sie trat an meine Seite. „Magst du mich immer noch?"

„Natürlich mag ich dich noch leiden! Manchmal gerät man halt in Wut, selbst auf Menschen, die man sehr gern hat. Das heißt aber nicht, daß man sie nicht mehr liebhat. Man ist einfach wütend. Aber das vergeht nach einer Weile. Ich habe dich noch genauso lieb wie immer."

Sie preßte die Lippen aufeinander. „Ich hasse dich nich wirklich."

„Das weiß ich. Du warst nur wütend, genau wie ich. Hör zu, Kindchen, für heute lassen wir es gut sein mit dem Schreiben! Wir tun es ein andermal, wenn du Lust dazu hast."

„Ich hab nie Lust dazu." Sie sah mich fragend an: „Muß das denn sein mit dem Schreiben?"

Ich ließ die Schultern sinken. „Nein, nicht unbedingt. Es gibt Wichtigeres. Außerdem, vielleicht bekommst du doch eines Tages Lust dazu." Ich gab den Kampf ums Schreiben, wenigstens diese erste Schlacht, auf.

DAS zweite Problem, vor das Sheila mich stellte, war ernster. Sie hatte einen ausgeprägten Sinn für „ausgleichende Gerechtigkeit". Ihre Vergeltungssucht oder Rache kannte keine Grenzen. Wer immer ihr in die Quere kam oder seinen Vorteil gegen sie wahrnahm, bekam sie mit verheerender Gewalt zu spüren. Ihre Intelligenz machte es nur noch schlimmer; da sie es schnell heraushatte, was dem anderen besonders lieb und teuer war, ließ sie dann genau daran ihre Rache aus.

Einmal, als Sarah sie in der Pause mit Schnee beworfen hatte, zerriß Sheila ihr systematisch sämtliche Malbücher. Das war für Sarah, die Malen über alles liebte, ein vernichtender Schlag. Ein andermal, als Anton Sheila ausgeschimpft hatte, weil sie auf dem Weg zum Essen durch die Korridore gerannt war, erdrosselte sie alle Wüstenspitzmäuse, die Anton als Leihgabe von seinem Sohn in die Schule mitgebracht hatte. Ihre kalte, klarsichtige Einschätzung, wo ein anderer am empfindlichsten zu treffen war, ihre lang anhaltende Wut, oft über Vorfälle, die keineswegs absichtlich gegen sie gerichtet waren, ließen mich schaudern und hielten mich in steter Angst. Man durfte Sheila nicht eine Sekunde aus den Augen lassen.

Die gefährlichste Zeit des Tages war die Mittagspause. Weder Anton noch ich wollten gern auf unsere einzige Erholung verzichten. Die beiden Helferinnen, die bei Tisch Aufsicht hatten, hatten sich breitschlagen lassen, auch weiterhin auf Sheila aufzupassen, wenn auch nur widerstrebend.

Eines Tages, als Anton und ich am Lehrertisch beim Essen saßen, kam eine der Helferinnen hereingestürzt, laut Sheilas Namen schreiend. Was am ersten Tag passiert war, lag noch immer wie ein Alpdruck auf uns, also rannten wir hinaus und hinter ihr her.

Sheila war in einen der Unterrichtsräume eingedrungen und hatte ihn völlig demoliert. Sämtliche Pulte der Schüler waren umgekippt, Bücher und persönliche Habe lagen auf dem Fußboden verstreut, und der Bildschirm des Videomonitors war zertrümmert.

„Sheila!" Sie fuhr herum, einen Zeigestock in der Faust. „Laß den fallen!" Sie wußte allmählich, wann ich es ernst meinte. Sie ließ den Zeigestock fallen. Wenn ich sie dazu bewegen konnte, zu mir zu kommen, konnte ich sie vielleicht ruhig hinausbringen. Sie hatte wieder diesen wilden Blick eines gehetzten Tieres, und ich war nicht so dumm, ihr noch mehr Angst einzujagen.

Inzwischen hatte ich Sheila mit besänftigenden Worten bis an die Tür gelockt. Mr. Collins und Mrs. Holmes, deren Zimmer es war, standen hinter mir. Doch kaum hatte ich Sheila zu fassen bekommen, legte Mr. Collins lauthals los.

Sicherlich, er hatte allen Grund zum Brüllen. Aber ich kannte ihn, er war von der alten Schule, wo Vergehen mit dem Stock bestraft wurden. Er packte Sheila am Arm. Ich hielt sie schon am Träger ihrer

Hose fest und ließ nicht los. Wir fixierten einander wortlos, Sheila zwischen uns. Wir waren wie zwei Hunde, die um einen Knochen kämpfen. Ich durfte sie ihm nicht überlassen, nicht nachdem ich ihr immer wieder versichert hatte, daß man ihr hier niemals weh tun, geschweige denn sie schlagen würde. Sie hatte in ihrem kurzen Leben schon zu oft Schläge bekommen, und es gab zu viele, die ihr Versprechen nicht gehalten hatten.

Schließlich wandte sich Mr. Collins, schon ganz heiser, an mich. Sheila solle sofort mit hinuntergehen in sein Büro, um ihre Strafe mit dem Stock zu bekommen, und ich müsse als Zeugin dabeisein.

Wir zischten uns an, die Worte flogen nur so hin und her zwischen uns. Allmählich verlor er die Geduld mit mir: „So wahr ich hier stehe, Miß Hayden, entweder Sie kommen jetzt gleich mit mir, oder das war Ihr letzter Tag hier!" Ich starrte ihn an. Die Gedanken jagten sich in meinem Kopf. Ich hatte einen Vertrag! Ich war in der Gewerkschaft! Er hatte nicht die Macht, mich zu feuern! Und doch, tief innerlich stieg Angst in mir auf. Würde ich je eine andere Stelle als Lehrerin hier in der Stadt finden? Was sollte aus meinen Kindern werden? Mein bisheriges Leben war reich an impulsiven Handlungen, war dies nur eine weitere? Was würden die Leute sagen, wenn ich meine Stellung verlöre? Und bei dieser letzten Überlegung, der schlimmsten Entschuldigung, die ich vor mir selber haben konnte, ließ ich Sheilas Hosenträger los.

Mr. Collins nahm Sheila mit, und ich folgte den beiden mit einigem Abstand. Ich kam mir wie ein Judas vor. Vielleicht war die Entscheidung des Gerichts doch die beste Lösung. Ich hatte schon zweimal die Gewalt über dieses Kind verloren. Vielleicht gehörte sie wirklich in die Anstalt. Ich wußte es nicht.

In Mr. Collins' Büro angekommen, sackte ich auf einen Stuhl. Sheila war viel gefaßter als ich. Sie stand selbstzufrieden neben dem Direktor, ohne mich anzusehen und ohne auch nur einen Laut von sich zu geben. Mr. Collins schloß die Tür. Aus seinem Pult holte er einen langen Rohrstock hervor. Sheila zuckte nicht einmal mit der Wimper, als er zum Schlag ausholte.

Mir war ganz elend. Wie konnte ich das nur zulassen? Was mußte Sheila von mir denken? Mitten in dem Chaos meiner Gedanken und Selbstvorwürfe war ich jäh und tief gerührt von Sheilas arglosem

Mut, ihrer unschuldigen Tapferkeit. Sie sah gerade jetzt ganz so aus wie jedes andere sechsjährige Kind, mit ihren Entchenspangen im Haar, der abgetragenen Latzhose und dem T-Shirt. Am liebsten hätte ich geheult. Ich hatte nicht ihre Stärke.

Mr. Collins fragte sie, ob sie wisse, was sie getan habe. Keine Antwort. Sie werde womöglich deswegen der Schule verwiesen. Ich wußte, daß diese Lektion genausogut mir wie Sheila galt. Sie bekomme jetzt drei Stockhiebe, fuhr er fort. Sie hielt die Lippen zwischen die Zähne gepreßt und sah ihn an, ohne zu blinzeln. „Beuge dich nach vorne und halte deine Fußknöchel fest." Sie rührte sich nicht.

„Wenn ich es noch einmal sagen muß, gibt es noch einen Hieb dazu!"

„Sheila, bitte", flehte ich, „tu, was er sagt."

Nichts tat sich. Nur ihr Blick glitt für einen Moment zu mir herüber.

Mr. Collins stieß sie heftig und grob vornüber. Mit einem Hui sauste der Stock auf sie nieder. Sie fiel auf die Knie, verzog aber keine Miene. Mr. Collins hob sie wieder auf die Füße. Wieder ein Hieb, und wieder fiel sie auf die Knie. Bei den letzten beiden Hieben jedoch fiel sie nicht mehr. Kein Laut kam über ihre Lippen, keine Träne aus ihren Augen, was Mr. Collins nur noch wütender machte. Ich mußte ein Formular unterschreiben, daß ich als Zeuge an dieser Prügelstrafe teilgenommen hatte, dann nahm ich zaghaft Sheilas Hand, und wir gingen den Flur hinunter.

Vor unserer Klasse angekommen, spähte ich durch das Fensterchen in der Tür. Anton und Whitney hatten schon mit dem Nachmittagsprogramm angefangen, und alles sah ganz ruhig und friedlich aus. Ich blickte auf Sheila. „Wir müssen miteinander sprechen, Kleines."

Auf mein Klopfen kam Anton heraus. Ich erklärte ihm, daß ich gern noch ein Weilchen mit Sheila allein sein wolle, und fragte ihn, ob er und Whitney noch ein wenig länger ohne mich zurechtkommen könnten. Er nickte mit einem Lächeln, und ich überließ meine acht schwergestörten Kinder der Obhut eines ungelernten Wanderarbeiters und eines vierzehnjährigen Mädchens.

Mit Sheila ging ich in das enge Bücherlager; es war der einzige Platz, den ich finden konnte, wo wir allein waren. Ich holte uns zwei Stühle herein, machte Licht an, schloß die Tür und setzte mich hin.

„Warum um Himmels willen machst du bloß solche Sachen?"
fragte ich, und meine Verzweiflung klang deutlich aus meiner
Stimme.

„Du bringst mich nich zum Sprechen."

„O Sheila, hör auf damit!" Innerlich jedoch hätte ich sie am liebsten
um Verzeihung gebeten, weil ich es zugelassen hatte, daß sie von Mr.
Collins geschlagen worden war. Ich suchte Vergebung, brauchte sie
dringend.

Schließlich schüttelte ich den Kopf und seufzte müde: „Ich weiß, das
Ganze hätte nicht passieren dürfen, es tut mir leid."

Sie schwieg weiter, sie wollte nicht mit mir sprechen. Ich konnte
hören, wie sich die Kinder draußen vor der Kammer zur Pause
aufstellten. Hier drinnen war es so still, daß niemand uns hier
vermutet hätte. Ich schaute sie an: „Sheila, bitte! Was soll ich denn
noch sagen?"

„Bist du böse auf mich?"

„Das kann man wohl sagen, ja! Im Moment bin ich auf alle ein
bißchen böse."

„Willst du mich schlagen?"

„Nein, ganz gewiß nicht. Ich habe dir doch schon hundertmal
gesagt, ich schlage keine Kinder."

„Warum nicht?"

„Warum sollte ich? Damit wird ohnehin keinem geholfen."

„Es hilft mir."

„Wirklich, Sheila? Hat Mr. Collins dir damit geholfen?"

„Mein Pa", sagte sie leise, „er sagt immer, es is der einzige Weg,
der mich zur Vernunft bringt und brav macht. Er verhaut mich, und
danach bin ich besser, denn er hat mich nie allein gelassen auf der
Landstraße wie meine Mama."

Mein Herz schmolz dahin. Ich streckte einen Arm nach ihr aus.
„Komm, Sheila! Komm in meine Arme."

Sie kam sofort, kletterte mir wie ein Krabbelkind auf den Schoß
und schlang die Arme um meinen Hals. Ich drückte sie fest an mich.
Das tat ich, innerlich verwundet wie ich war, ebensosehr für mich wie
für sie.

Was sollten wir bloß machen? Es mußte ein Ende haben mit ihrer
Zerstörungswut. Ich wußte, verwies man sie erst einmal von der

Schule, dann würde sie nie mehr zurückkommen. Früher oder später ginge es dann, wie vorgesehen, ab mit ihr ins „Krankenhaus". Was dann? Welche Aussicht hätte sie, jemals ein normales Leben zu führen? Wir würden sie verlieren, dieses intelligente, kreative kleine Mädchen, das niemals eine Chance gehabt hatte.

„Was sollen wir nur tun, Sheila?" fragte ich. „Es geht einfach nicht, daß du solche Sachen machst. Aber ich weiß nicht, wie ich dich davon abhalten soll."

„Ich tu es nie wieder nich!"

„Hoffentlich nicht. Aber machen wir lieber keine Versprechungen, die wir nicht halten können, okay? Ich möchte bloß wissen, warum du das getan hast?"

„Weiß ich nich. Ich bin schrecklich wütend auf diese Lehrerin. Sie schreit mich an beim Essen, und es is nich mein Fehler. Es is Susannahs Fehler, aber sie schreit mich an." Ihre Stimme zitterte. „Tun die jetzt mich wegschicken von der Schule?"

„Ich weiß es nicht, Herzchen."

„Die brauchen das nich tun. Ich nie tu das wieder, ich versprech es. Ich will so gern hierbleiben." Sie preßte ihr Gesicht an mich.

Ich strich ihr über das Haar, wobei ich die Entenspangen unter meinen Fingern spürte.

„Sheila", fragte ich, „ist dir nicht manchmal nach Weinen zumute?"

„Ich weine nie nich."

„Und warum nicht?"

„Weil keiner mir so weh tun kann."

Ich blickte auf sie hinunter. Die Kälte, mit der sie diese Feststellung traf, war erschreckend. „Was meinst du damit?"

„Sie wissen nich, daß sie mir weh tun, wenn ich nich weine. Keiner macht mich weinen, keiner! Nich mein Pa, nich Mr. Collins. Das hast du selber vorhin gesehen, nich?"

„Ja, das hab ich gesehen. Aber hättest du nicht gern geweint? Es hat doch weh getan."

Es dauerte eine ganze Weile, ehe sie antwortete. Sie nahm meine Hand in ihre beiden Hände. „Ja, das schon. Manchmal tu ich ein bißchen weinen, nachts. Mein Pa, er kommt nie nach Hause, bis es richtig spät is. Ich bin ganz allein und krieg Angst. Manchmal dann werden die Augen ganz naß, aber ich wisch es weg. Weinen macht nur schlimmer alles, ich muß dann nur an Jimmy denken und meine Mama, und dann sie fehlen mir noch doller." Sie nestelte an meinen Blusenknöpfen. „Tust du denn mal weinen?"

Ich nickte: „Manchmal. Vor allem, wenn ich traurig bin oder mir jämmerlich zumute ist, dann weine ich. Davon wird mir dann besser. Tränen lindern, wenn man sie fließen läßt."

Sie zuckte die Achseln. „Ich tu das nich."

„Und was machen wir jetzt mit Mrs. Holmes' Zimmer, Sheila?"

Es folgte eine Pause. Sie drehte an einem der Knöpfe. „Vielleicht kann ich es aufräumen?"

„Ja, das ist eine gute Idee. Und wie steht es damit, daß es dir leid tut. Bringst du es über dich, dich zu entschuldigen, um Verzeihung zu bitten?"

Sie nickte langsam. „Es tut mir leid."

„Abbitte zu tun, das muß man lernen. Es ist etwas Gutes. Es stimmt deine Mitmenschen milder gegen dich. Wollen wir es mal üben, damit es dir leichter fällt, zu ihr zu sagen, wie leid es dir tut und daß du das Zimmer wieder in Ordnung bringen willst?"

Sheila ließ sich schwer gegen mich fallen. „Aber erst mußt du mich noch ein bißchen ganz fest in den Arm nehmen. Mein Po, der is ganz wund, und ich will noch warten, bis er nich mehr so weh tut. Ich kann jetzt an nichts denken."

Ich drückte sie lächelnd an mich. Und so saßen wir in dem trüben Licht der Bücherkammer und warteten – sie, daß das Brennen ihres wunden Popos nachließ, ich, daß die Welt sich änderte.

Den Vorfall friedlich beizulegen erwies sich keineswegs als einfach. Sheila entschuldigte sich bei Mrs. Holmes und bot ihr an, das Zimmer aufzuräumen. Sheilas kindliche Unschuld, ihre schmächtige kleine Gestalt, ihre natürliche Schönheit, all das erweckte in Mrs. Holmes mütterliche Gefühle; sie war bereit, es bei Sheilas Versuchen, den Schaden wiedergutzumachen, bewenden zu lassen.

Nicht jedoch Mr. Collins. Für ihn war das sozusagen der letzte Tropfen, der das Faß zum Überlaufen bringt. Alles brach aus ihm heraus, einschließlich der Dinge, die mit Sheilas Zerstörungswut überhaupt nichts zu tun hatten. Wir zwei hatten ganz einfach verschiedene Wertsysteme, und so kam es nach diesem Vorfall zu einer unerbittlichen Auseinandersetzung. Schließlich mußte Ed Somers kommen, um zu vermitteln. An einem Spätnachmittag saßen wir drei in Mr. Collins' Büro. Mr. Collins erklärte in unmißverständlicher Weise, daß Sheila die Schule verlassen müsse. Das Kind sei gefährlich. Es versetze nicht nur die anderen Kinder in Angst und Schrecken, sondern auch das Kollegium. Sie habe in Mrs. Holmes' Zimmer einen Sachschaden von siebenhundert Dollar verursacht. Es gebe einen Punkt, wo die Gesellschaft das Recht hätte, sich selber zu schützen. Dieses Kind dürfe man schlechterdings nicht auf eine öffentliche Schule loslassen, es gehöre zur Behandlung in eine Krankenanstalt.

Ich versuchte auf Sheilas Fortschritte hinzuweisen, darauf, daß sie schon nach drei Tagen angefangen habe, produktiv mitzuarbeiten. Ich sprach von ihrem Intelligenzquotienten, von den seelischen und körperlichen Mißhandlungen, denen man sie ausgesetzt hatte, und wie man sie im Stich gelassen hatte. Ed flehte ich an, man möge sie mir lassen. Wenn nötig wollte ich meine eigene Mittagspause opfern, um auf sie achtzugeben. „Aber geben Sie mir noch eine Chance", bat ich.

Ihre Einstellung blieb unerbittlich. Ed erklärte, falls ein Wort von dem Vorfall nach draußen dringe, werde es zu echtem Druck seitens der Eltern kommen; außerdem habe das Gericht Sheilas Einweisung in die Anstalt schon angeordnet, als ich noch gar nicht im Spiel gewesen sei. Er habe mit dem Fall gar nichts zu tun, meinte er höflich. Zwar höre er gern, daß Sheila Fortschritte mache. Aber dazu habe man sie nicht in meine Klasse gegeben. Sie sei bloß dort, um auf einen freien Platz in der Anstalt zu warten.

Ich spürte, während ich ihm zuhörte, den Kloß in meiner Kehle und das Brennen in meinen Augen. Nur jetzt nicht weinen. Sie sollten nicht merken, wie tief gekränkt und verletzlich ich war. Dennoch fühlte ich, wie mir die Tränen kamen. Ich war Lehrerin und kein Anstaltswärter. Oder hatte Ed etwa das von mir erwartet, als er meine Klasse eingerichtet hatte? Ich war voll von Gegenbeschuldigungen.

Ed beugte sich auf die Ellenbogen gestützt vor und versuchte, mich zu beschwichtigen. Ich dürfe mich nicht so aufregen, meinte er. Es machte ihn ganz verlegen, mich weinen zu sehen, und einen Augenblick lang freute mich gerade das. Es war mir durchaus recht, daß jeder so unglücklich war wie ich.

Ich verließ das Zimmer. Innerlich bitterböse, ging ich gleich zu meinem Wagen und fuhr nach Hause. Mein Idealismus hatte einen tüchtigen Knacks bekommen. Ich hatte gelernt, daß ein Kind nicht einmal siebenhundert Dollar wert ist.

Wie immer goß Chad Öl auf die Wogen meines Sturmes. Er hörte mir zu, schüttelte gutmütig den Kopf und meinte, es werde schon nicht so schlimm werden. Nichts werde so heiß gegessen, wie es gekocht wird. Aber ich war nicht in der Stimmung, mich versöhnen zu lassen. Ich schloß mich im Bad ein und schluchzte mich durch eine lange Dusche hindurch. Chad saß noch im Wohnzimmer, als ich wieder auftauchte. Er lächelte mir zu, und ich lächelte zurück. Ich war zwar nicht gerade glücklich, aber ich hatte mich vorläufig beruhigt.

Es KAM nicht so schlimm, wie ich befürchtet hatte. Jedes Kind hat ein Recht auf Bildung. Im Augenblick war meine Klasse die einzige Möglichkeit für Sheilas Erziehung und Bildung. Als Kompromiß bot Ed Mr. Collins an, daß er noch eine Extrahilfe für die Mittagszeit, die einzig und allein meine Klasse beaufsichtigen solle, bekommen könne und daß Sheila niemals die Klasse verlassen dürfe, es sei denn unter meiner Aufsicht. Damit war die Angelegenheit, jedenfalls vorläufig, erledigt.

Sheila fügte sich allmählich in die Klasse ein, so daß wir bald wieder eine kleine Gemeinschaft waren. Was das Mündliche und rein Verstandesmäßige betraf, kam Sheila mit großen Schritten voran. Ich konnte kaum genug finden, um ihren lebhaften Geist zu beschäftigen. Sich schriftlich zu äußern hatte ich ihr ganz und gar erlassen. Whitney, Anton und ich hörten sie vorläufig nur mündlich ab. Sie las mit einer wahren Gier, sie verschlang die Bücher schneller, als ich sie auftreiben konnte. Was ihr soziales Verhalten anbelangte, ging es langsamer, doch stetig voran. Sie und Sarah hatten sich angefreundet und fingen an, die Freuden und Leiden einer typischen Kleinmädchenfreundschaft zu teilen. Außerdem hatte ich Sheila damit betraut, Susannah Joy zu helfen, mit ihrem Malkasten richtig umzugehen, eine Tätigkeit, die ihr Verantwortung gab und sie die feineren Unterschiede in zwischenmenschlichen Beziehungen lehrte.

Hinzu kam der Vorteil, daß es Sheilas Selbstvertrauen hob. Manchmal nach der Schule traf sie umständliche Vorbereitungen oder führte mit Anton und mir lange Gespräche, was sie noch tun könne, um Susannah zu helfen. Wenn ich sie dabei beobachtete, mußte ich innerlich lachen und fragte mich, ob auch ich so war. Aber sie nahm ihre Aufgabe so ernst, daß ich an mich hielt und ebenso ernst blieb.

EINES Abends Anfang Februar gelang es Anton und mir endlich, Sheilas Vater im Camp anzutreffen: ein ungeschlachter Mann, über einsachtzig groß, mit einem gewaltigen Bauch, der ihm über den Gürtel hing. Er hatte nur noch einen Zahn im Unterkiefer und einen sehr übel riechenden Atem. Wir trafen ihn mit einer Bierdose in der Hand an, und er war schon halb betrunken.

Die winzige, mit Teerpappe gedeckte Bude, in der er und Sheila hausten, hatte nur einen durch einen Vorhang geteilten Raum. An dem einen Ende stand eine zerlumpte Couch, an dem anderen ein Bett. Die ganze Bude stank nach Urin. Sheilas Vater forderte uns mit einer Handbewegung auf, uns auf die Couch zu setzen. Sheila hockte hinten in der Ecke beim Bett und starrte uns mit weit aufgerissenen Augen wild an. Sie hatte uns nicht hereinkommen sehen und saß in sich zusammengekauert wie in den ersten Tagen in der Schule. Ich gab zu bedenken, ob es nicht besser wäre, wenn Sheila hinausginge, da ich einiges mit ihm zu besprechen hätte, was nicht für ihre Ohren bestimmt sei.

Er schüttelte den Kopf und schlenkerte die Hand in Richtung Sheila. „Die bleibt da sitzen inner Ecke!" erklärte er. „Man kann das Gör da nich eine Minute ausse Augen lassen. Erst letzte Nacht wieder hat se versucht, irgendwo da unten auf der Landstraße Feuer zu legen. Wenn ich se nich hier drinne halte, kommt mir die Polizei wieder auf'n Hals." Er fuhr fort, sich in Einzelheiten zu ergehen. „Die is nich wirklich mein Kind. Die Frau, was ihre Mutter is, das is ihr Bastard. Die is nich von mir, das kann man ja sehn. Gucken Se se doch an. Das Kind hat den Teufel im Leib."

Anton und ich hörten betreten zu, und Sheila, die das mit anhören mußte, tat uns leid. Wenn er ihr das tagtäglich zu schlucken gab, dann war es ja kein Wunder, daß sie eine so geringe Meinung von sich hatte. Außerdem waren es höchst private Dinge, die er uns da vor ihren Ohren auftischte – ich war entsetzt und wäre am liebsten gegangen. Anton versuchte, ihm zu widersprechen, aber das machte ihn nur wütend. Wir ließen ihn daher reden, weil wir Angst hatten, daß Sheila es auszubaden habe, wenn wir ihn in Wut brächten.

„Also Jimmy, das war mein Junge. 'nen besseren kleinen Jungen haben Se nie nich gesehen. Und dieses Weib steht einfach auf und nimmt ihn mir direkt unter meiner Nase weg. Und was tut se? Haut ab und läßt diese Kleine da im Stich." Er seufzte. „Ich hab ihr geraten, daß mir nich noch mal einer vonner Schule hierherkommt . . ."

„Ich bin nicht hergekommen, um etwas Schlimmes zu berichten", fiel ich ihm ins Wort. „Sie macht sich sehr gut bei uns in der Schule."

Er schnaubte. „Inner Klasse von Spinnern! Die weiß ja nich, wasse tut . . . Ich bin am Ende mit meiner Weisheit mit dem Kind."

Die Unterhaltung führte zu nichts. Ich versuchte ihm zu erklären, daß Sheila ein begabtes Kind sei mit einer erstaunlichen Intelligenz. Aber das machte keinen Eindruck auf ihn. „Was sollse damit. Bringtse doch erst recht bloß auf dumme Gedanken." Er redete und redete. Schließlich kam er wieder auf seinen geliebten, verlorenen Jimmy zu sprechen. Dabei fing er an zu weinen, die dicken Tränen kullerten ihm über die feisten Backen. Wo war sein Jimmy, und warum hatte man ihn mit diesem kleinen Mädchen zurückgelassen, von dem er nicht einmal wisse, ob es sein Kind sei.

Objektiv gesehen tat mir der Mann leid. Ich glaubte ihm, daß er den Jungen liebte und wie schwer es ihn getroffen hatte, ihn zu verlieren. In seiner wirren, unreifen Denkweise schien er Sheila die Schuld daran zu geben. Wenn sie nicht so unmöglich gewesen wäre, dann wäre seine Frau vielleicht bei ihm geblieben. Er wußte nicht mehr, was er mit sich selber oder mit Sheila anfangen sollte. Darum trank er und flennte vor zwei völlig Fremden über sein verpfuschtes Leben, das er seit dreißig Jahren nicht mehr in der Gewalt hatte.

Ich wußte, so verwahrlost Sheila hier auch war, daß es schwer sein würde, ihrem Vater das Sorgerecht zu entziehen. Es gab nicht genügend Heime und Sozialarbeiter für die Scharen von Verwahrlosten. Nur wenn schwerste Kindesmißhandlung vorlag, kam so ein Kind in ein Heim. Dennoch drängte es mich, ihren Vater zu fragen, ob er schon einmal an eine freiwillige Heimunterbringung gedacht habe.

Meine Frage war ein Fehler. Mitten aus dem lauten Schluchzen geriet er in helle Wut. Was falle mir ein! Sein Kind weggeben? Er sei Manns genug, seine Probleme selber zu lösen, ohne jede Hilfe von mir oder sonstwem. Danke! Und damit forderte er Anton und mich auf, sofort sein Haus zu verlassen. Entmutigt und enttäuscht und voller Sorgen, gingen wir fort und hofften nur, daß er seine Wut nicht an Sheila auslasse. Ich wollte, wir wären nie dorthin gegangen.

Hinterher fuhren wir durch das Camp zu Anton hinüber. Auch er hauste in nicht viel mehr als einer Hütte – drei Zimmer, die er mit seiner Frau und zwei Söhnen teilte. Aber es war peinlich sauber und aufgeräumt, die spartanische Ausstattung wurde durch handgewebte kleine Teppiche, Decken und gestickte Kissen wettgemacht. Eine Wand im Wohnzimmer schmückte ein großes Kruzifix. Antons Frau empfing uns herzlich. Seine Buben waren aufgeweckte, frisch drauflos plappernde Bürschchen, die auf mir herumkletterten und nicht genug hören konnten von der Klasse, in der ihr Papa unterrichtete.

Wir fünf tranken Selterswasser und knabberten dazu Chips, wobei Anton mich schüchtern fragte, ob es nicht eine Möglichkeit für ihn gebe, wieder zur Schule zu gehen, um später dann Lehrer zu werden. Er hatte nicht einmal seinen High-School-Abschluß. Doch erzählte er mir eifrig, daß er sich zu Hause auf einen gleichwertigen Abschluß vorbereite. Er habe die Kinder in unserer Klasse lieben gelernt und hoffe, eines Tages seine eigene Klasse zu haben. Ich war gerührt von Antons Träumen und von dem Anblick seiner Frau, die strahlte, als er von seinen Plänen erzählte. Die Buben tanzten bei der Vorstellung, daß ihr Papa ein richtiger Lehrer werden würde und sie vielleicht eines Tages in einem richtigen Haus wohnen würden, um mich herum. Das nahm mir den Mut, von den Hindernissen zu sprechen – von der Zeit und dem Geld, das es koste, um dieses Ziel zu erreichen.

Und während wir hier plauderten, wanderten meine Gedanken zu der anderen Seite des Camps hinüber, und ich fragte mich besorgt, was wohl dort jetzt in der Nissenhütte los war.

KAPITEL VIER

ICH hatte mir angewöhnt, mich mit Sheila nach dem Unterricht in eine Ecke mit lauter Kissen zu setzen, sie auf den Schoß zu nehmen und ihr vorzulesen. Obgleich sie durchaus fähig war, so gut wie jedes Buch selber zu lesen, lag mir daran, mit ihr darüber zu sprechen, weil Sheila eine so armselige Kindheit durchlebt hatte, daß sie vieles gar nicht verstand. Es fiel ihr schwer, das Geschehen in den Büchern von der Wirklichkeit zu trennen.

Eines Tages brachte ich „Der kleine Prinz" mit. „Hallo, Sheila!" rief ich ihr zu. „Ich hab hier ein neues Buch für uns."

Sie kam zu mir gelaufen, sprang mir auf den Schoß und riß mir das Buch aus den Händen. Sie besah sich erst einmal ganz genau jedes einzelne Bild, ehe wir es uns zum Lesen bequem machten. Während ich vorlas, saß sie mucksmäuschenstill, die Finger in meine Jeans gekrallt.

Eine Episode des Buches handelt von dem kleinen Prinzen, wie er einen einsamen Fuchs zähmt und dabei das Wunder der Freundschaft erfährt. Als wir zu der Stelle kamen, wo der Fuchs auftaucht, spitzte Sheila die Ohren.

> „Komm und spiel mit mir", schlug ihm der kleine Prinz vor. „Ich bin so traurig..."
>
> „Ich kann nicht mit dir spielen", sagte der Fuchs. „Ich bin nicht gezähmt!"
>
> „Was bedeutet das: ‚zähmen'?"
>
> „Es bedeutet: ‚sich vertraut machen'", sagte der Fuchs. „Du bist für mich noch nichts als ein kleiner Knabe, der hunderttausend kleinen Knaben völlig gleicht: Ich brauche dich nicht, und du brauchst mich ebensowenig... Aber wenn du mich zähmst, werden wir einander brauchen. Du wirst für mich einzig sein in der Welt. Ich werde für dich einzig sein in der Welt... Bitte – zähme mich! Wenn du einen Freund willst, so zähme mich!"
>
> „Was muß ich da tun?" fragte der kleine Prinz.
>
> „Du mußt sehr geduldig sein", antwortete der Fuchs. „Du setzt dich zuerst ein wenig abseits von mir ins Gras. Ich werde dich so verstohlen, so aus dem Augenwinkel anschauen, und du wirst nichts sagen. Die Sprache ist die Quelle der Mißverständnisse. Aber jeden Tag wirst du dich ein bißchen näher setzen können..."

Sheila drehte sich auf meinem Schoß zu mir herum und suchte meinen Blick: „Das is, was du mit mir gemacht hast, nich? Mich zähmen, weißt du noch? Ich war so verstört und bin weggerannt in die Turnhalle, und dann kommst du rein und setzt dich auf den Fußboden. Weißt du noch? Und du kommst ein bißchen näher und noch ein bißchen... Du willst mich zähmen, nich?"

„Ja, ich glaube, das wollte ich."

„Du zähmst mich, genau wie der kleine Prinz den Fuchs zähmt. Und nun bin ich einzig für dich."

„Ja, du bist einzig für mich, Sheila!" antwortete ich lächelnd. Sie kuschelte sich wieder in meinen Schoß. „Weiterlesen!"

> So machte denn der kleine Prinz den Fuchs mit sich vertraut. Und als die Stunde des Abschieds nahe war, sagte der Fuchs: „Ich werde weinen."
>
> „Das ist deine Schuld", sagte der kleine Prinz, „du hast gewollt, daß ich dich zähme. Aber nun wirst du weinen!"
>
> „Bestimmt", sagte der Fuchs.
>
> „So hast du also nichts gewonnen!"
>
> „Ich habe", sagte der Fuchs, „etwas gewonnen. Ich werde dir ein Geheimnis schenken. Hier ist mein Geheimnis. Es ist ganz einfach: man sieht nur mit dem Herzen gut. Das Wesentliche ist für die Augen unsichtbar. Die Menschen haben diese Wahrheit vergessen. Aber du darfst sie nicht vergessen. Du bist zeitlebens für das verantwortlich, was du dir vertraut gemacht hast."

Sheila glitt von meinem Schoß und kniete sich hin, so daß sie mir genau in die Augen schauen konnte: „Du bist für mich verantwortlich. Du zähmst mich, und nun bist du für mich verantwortlich?"

Sekundenlang blickte ich in ihre unergründlichen Augen. Ich war mir nicht sicher, was sie damit sagen wollte.

„Ich hab dich auch ein bißchen gezähmt, nicht?" fuhr sie fort.

Ich nickte. Einen Augenblick war sie in Gedanken versunken, wobei sie mit dem Finger einem Muster auf dem Teppich nachfuhr.

„Warum kümmerst du dich um mich?" fragte sie. „Warum willst du mich zähmen?"

In meinem Kopf jagten sich die Gedanken. Jetzt bloß das Richtige sagen. Sie hatten mir in meinen Kursen für Kinderpsychologie nie erzählt, daß ich es mit Kindern wie diesem zu tun bekommen könnte. Darauf war ich nicht gefaßt: „Nun, weil ich es einfach für gut hielt, für uns beide, Schätzchen."

„Is das jetzt wie beim Fuchs? Bin ich nun dein einziges Mädchen, weil du mich zähmst?"

Ich lächelte: „Ja, du bist einzig für mich. Es ist genau, wie der Fuchs sagt, jetzt da ich dich zur Freundin gewonnen habe, bist du für mich einzig auf der ganzen Welt. Ich glaube, ich habe dich schon immer als mein einziges kleines Mädchen haben wollen. Darum habe ich dich gezähmt."

„Hast du mich lieb?"

Ich nickte.

„Ich hab dich auch lieb. Du bist meine beste, meine einzige Freundin auf der ganzen Welt."

Sheila kauerte sich auf den Teppich und legte den Kopf an meinen Schenkel. Sie zupfte an einem Stückchen Stoff, das sie auf dem Fußboden gefunden hatte. „Torey, du wirst mich nie verlassen?"

Ich strich ihr über das Haar. „Nun, eines Tages, wenn das Schuljahr zu Ende ist und du in eine andere Klasse kommst und eine andere Lehrerin ..."

Sie schoß hoch. „Ich will nie eine andere Lehrerin haben!"

„Bis dahin ist es noch lange. Wenn es soweit ist, dann wird es dir schon recht sein."

„Ne. Du zähmst mich, du bist verantwortlich für mich, für immer. So steht es da, genau so."

„Herzchen, mach dir keine Sorgen darüber." Ich nahm sie wieder auf den Schoß.

„Aber du willst mich wieder verlassen", sagte sie vorwurfsvoll und wand sich aus meinen Armen. „Genau wie meine Mama und Jimmy. Du bist genauso wie alle anderen."

„Nein, Sheila, so wird es nicht sein. Wenn das Jahr vorüber ist, sieht alles ganz anders aus. Aber, wie es in der Geschichte heißt, der kleine Prinz hat den Fuchs gezähmt, und nun ist er fort. Aber eigentlich wird er immer bei dem kleinen Fuchs sein; denn immer wenn der kleine Fuchs an den kleinen Prinzen denkt, erinnert er sich daran, wie sehr der kleine Prinz ihn liebte. Und so wird es auch mit uns beiden sein. Fortgehen ist dann leichter; denn immer, wenn du an jemanden denkst, der dich liebhat, spürst du seine Liebe."

„Nein, tust du nich, er fehlt dir einfach."

Ich streckte den Arm aus, um sie wieder an mich zu ziehen.

Sie war nicht zu überzeugen. Es war einfach zuviel für sie. Aber der Tag würde kommen, wo sie fortmußte; sei es, daß ein Platz in der Anstalt frei würde, sei es im Juni, zum Ende des Schuljahres. Aus einer Reihe von Gründen vermutete ich, daß meine Klasse im nächsten

Schuljahr nicht mehr bestehen würde. Die Zeit war also abzusehen, und ich zweifelte, ob sie in vier Monaten sehr viel anders empfinden würde als jetzt. „Tust du denn weinen, wenn du weggehst?" fragte Sheila.

„Hast du schon vergessen, was der Fuchs uns gelehrt hat? Daß man immer, wenn einer fortgeht, ein bißchen weint. Er hat recht. Liebe tut manchmal weh."

„Ich weine wegen meiner Mama. Aber sie hat mich nich lieb, überhaupt nich. Sie mich hat verlassen auf der Autobahn."

„Auf diese Weise werde ich dich niemals verlassen, Sheila! Wohin du auch gehst, wir bleiben zusammen, selbst wenn wir uns nicht sehen. Keine Entfernung wird jemals weit genug sein, uns vergessen zu lassen, wie glücklich wir waren. Nichts kann uns unsere Erinnerungen nehmen."

Sie drückte ihr Gesicht an mich. „Ich will jetzt nich daran denken."

„Nein, du hast ganz recht. Bis da ist es noch lange hin. Vorläufig wollen wir an etwas anderes denken."

Obgleich ich die Auseinandersetzung um Sheilas schriftliche Arbeiten vorläufig auf sich beruhen ließ, ging das Problem mir doch niemals aus dem Sinn. Meine Sorge war, daß Sheila für eine Lehrerin in einer regulären Klasse, die ihren Lehrplan einhalten mußte, nicht tragbar sein würde. Ich kam einfach nicht dahinter, warum sie sich gegen alles Schriftliche so sträubte. Allerdings vermutete ich, daß es etwas mit Angst vor Versagen zu tun habe. Wenn sie nie etwas zu Papier brachte, konnte man ihr auch nie einen Fehler nachweisen. Vielleicht hatte sie sich ausgerechnet, daß es ihr eine Menge Arbeit ersparte und ihr die Aufmerksamkeit der „Großen" schenkte, nach der sie gierte, wenn sie Anton und Whitney mündlich antwortete.

Es gab jedoch etwas, das Sheilas Widerstand mehr und mehr zu brechen schien. Ich regte in meiner Klasse eigenständige, kreative Schreibübungen an. Die Kinder führten Tagebuch, in das sie hineinkritzelten und schrieben, was sie den Tag über unternahmen, erlebten und empfanden. Jeden Abend machte ich Anmerkungen zu dem, was die Kinder geschrieben hatten. Es war eine sehr persönliche Art der Zwiesprache, und wir alle schätzten die Gelegenheit herauszufinden, was der andere fühlte und was ihn bewegte. Außerdem erteilte ich ihnen natürlich täglich Unterricht in Sprachlehre. Alle Kinder, selbst Susannah, lernten schreiben und sich auszudrücken.

Ich brauche nicht erst zu sagen, daß Sheila mit ihrem Widerwillen gegen Papier nicht schrieb. Aber das Treiben der anderen Kinder schien sie doch sehr zu interessieren, oft reckte sie den Hals, um zu lesen, was die anderen da von sich gaben. Eines Tages gewann die Neugierde doch die Oberhand. Sie kam zu mir und sagte: „Vielleicht schreib ich auch was, wenn du mir ein Stück Papier gibst."

Mir kam die Idee, daß ich bei unserem Schreibkrieg möglicherweise den Spieß umdrehen könnte, wenn ich es psychologisch richtig machte. Ich schüttelte also den Kopf: „Nein, Sheila! Das ist Schreibarbeit. Du machst doch keine Schreibübungen. Hast du das vergessen?"

„Aber dies kann ich ja mal machen."

„Nein, ich kann es nicht riskieren, noch mehr Papier an dich zu verschwenden. Und du magst es doch auch gar nicht. Geh du nur spielen. Das macht mehr Spaß."

„Ich verschwende kein Papier nich mehr, bestimmt nicht, Torey!"

Ich schüttelte den Kopf: „Du magst doch nicht schreiben. Das hast du doch selber gesagt!"

Sheila wurde langsam wütend, gab sich aber Mühe, es nicht zu zeigen. Sie stieß nur enttäuscht mit dem Fuß auf und änderte dann ihre Taktik. „Bitte, bitte, ich zerreiß es nicht. Großes Ehrenwort. Bitte."

Ich sah sie forschend an: „Vielleicht morgen! Wenn du morgen die Schreibübung mitmachst und ich sehe, daß du den Bogen nicht zerreißt, dann gebe ich dir Papier, und du kannst auch Tagebuch führen."

Sie beobachtete mich genau, denn sie suchte nach einem Weg, der mich zum Nachgeben brächte. „Wenn du mir jetzt Papier gibst, dann schreib ich was, was du noch nich von mir weißt. Ich schreib ganz was Geheimes für dich."

„Morgen! Heute ist es sowieso schon zu spät."

Sie schnaubte wütend und stolzierte quer durch die Klasse davon. Ich freute mich im stillen. Sie ging schlau um mit ihrer Wut, lernte es allmählich, diese Waffe geschickt und der Situation angemessen zu gebrauchen.

Nach ein paar Augenblicken ging ich zu ihr hinüber. „Wenn du dich mit dem Schreiben beeilst, dann könnte ich dir vielleicht heute noch einen Bogen geben." Sie sah erwartungsvoll hoch. „Aber nur, wenn du ihn nicht zerreißt."

„Bestimmt nicht. Ich versprech es."

„Wirst du dann in Zukunft auch andere Schreibübungen machen, wenn ich dir jetzt einen Bogen gebe?"

Sie nickte nachdrücklich und sagte ganz erbittert: „Ich hab ja überhaupt keine Zeit nich mehr, wenn du dauernd redest."

Ich grinste und gab ihr einen Bogen. „Na, hoffentlich lohnt sich das Geheimnis."

Sie packte den Bogen mit beiden Händen, rannte zum Tisch, griff sich einen von den Filzstiften, die sie schon eine ganze Weile im Visier hatte, und flitzte davon ans Ende der Klasse. Dort krabbelte sie unter den Kaninchenstall und fing an zu schreiben.

Sie war wirklich flink. Binnen Minuten kam sie zurück, den Papierbogen zu einem winzigen Viereck gefaltet. Sie drängte sich an meine Seite und drückte es mir in die Hand.

„Das hier is ein Geheimnis nur für dich!"

„Okay", sagte ich und wollte es entfalten.

„Nein, nich jetzt lesen, später."

Ich nickte und steckte das kleine Briefchen ein. Aber ich vergaß es, bis ich abends zu Bett ging und das zusammengefaltete Viereck beim Ausziehen aus der Tasche fiel. Vorsichtig faltete ich es auseinander, und dann las ich Sheilas höchst vertrauliche Mitteilung.

> Da is was was du wisen sollst, aber niemand erzählen. Du weist, manch Mal die Kinder tun mich auslachen und tun mir Schimpfnamen geben und früher is mein Zeug ja auch nich immer sauber und manch Mal is es das auch jez nich weil weist du was ich mach. Ich mach ins Bet. Ich will das nich und mein Pa schlegt mich wenn ers merkt, aber meistens tut ers nich merken. Ich weis selber nich wie das komt Torey. Ich geb mir so grosse Mühe es nich mehr zu tun. Bist du nun böse auf mich. Das darfst du nich. Mir is immer gans mies und ich schäme mich imer gans doll. Pa sagt immer ich bin ein Baby, aber ich bin bald sieben. Bitte nich den Kindern was davon sagen oder Mr. Colinz oder Anton oder Whiteney. Das sollst du nur gans alein wissen.

Ich war über Sheilas Offenheit gerührt und verwundert über ihre Fähigkeit zu schreiben. Was mich vor allem erstaunte, war, daß sie manches grammatikalisch richtig schrieb, was sie beim Sprechen falsch machte. Ich lächelte still für mich, setzte mich hin und antwortete ihr auf ihr Briefchen.

Meine erste Schlacht in unserem Schreibkrieg war gewonnen. Am nächsten Tag brachte ich sie dazu, mit meiner Hilfe eine Rechenaufgabe schriftlich zu machen. Später war sie dann imstande, zwei oder drei Aufgaben ohne Aufsicht schriftlich zu bewältigen. Gelegentlich machte sie es wie früher und zerriß ein Blatt, besonders wenn sie die Aufgabe schwer fand. Doch wenn ich ihr dann einen zweiten Bogen gab, versuchte sie es noch einmal. Ich strich ihr nie etwas als Fehler an, statt dessen besprachen Anton oder ich mit ihr, wie es wohl richtig heißen müsse, wenn sie etwas nicht ganz korrekt beantwortet hatte. Außerdem maß ich ihre Leistungen nicht an ihren schriftlichen Arbeiten, deren Zahl ich sowieso unter dem üblichen Durchschnitt hielt. Sie sollte niemals das Gefühl haben, daß ich sie und ihre Leistungen nach der Zahl der schriftlichen Arbeiten bewertete.

Vor allem aber wurde das Tagebuchschreiben zu einem echten Ventil für Sheila. Zeile um Zeile füllte sie das Papier mit ihrer flüchtigen, ziemlich liederlichen Schrift, enthüllte Dinge, die ihr zu persönlich zu sein schienen, um sie auszusprechen. Ich konnte so gut wie jeden Abend mit fünf oder sechs Bogen allein von ihr in dem Korb rechnen.

MITTE Februar kam Allan, der Schulpsychologe, noch einmal mit einer ganzen Ladung von Tests für Sheila einschließlich des Stanford-Binet-IQ-Tests. Ich stutzte, als ich ihn morgens im Büro mit diesem Armvoll traf. Ich wußte, daß Sheila ein hochbegabtes Kind war, sie bewies es täglich. Was machte es für einen Unterschied, ob ihr IQ 125, 130 oder 135 war? Die Zahlen lagen ohnehin so weit über der Norm, daß sie belanglos waren. Doch ich ließ mich überreden, denn ich sagte mir, daß die Zeit näher rückte, wo wir uns den Autoritäten, die ihre Einweisung in die Anstalt verfügt hatten, stellen mußten. Dort gehörte sie ganz gewiß nicht hin! Ich hoffte, daß all diese berühmten IQ-Punkte sie am Ende davor bewahren und ihr helfen würden.

Nach dem Stanford-Binet-Test ergab sich ein IQ von 132. Einhundertundzweiunddreißig! Es war nicht zu fassen. Wo und wann in ihren elenden sieben Lebensjahren hatte Sheila gelernt, was zum Beispiel „Karat" waren. Es kam mir wie eine Art Anomalität vor, wie

Hirnschaden mit umgekehrten Vorzeichen. Ein Slogan, den ich
einmal in einer Fernseh-Werbung gehört hatte, ging mir nicht aus dem
Kopf: „Erkennen Sie Ihre Begabung, statt sie zu vergeuden." Das
Herz tat mir weh. Es gab so viel zu tun mit diesem außergewöhnlichen
Kind und so wenig Zeit. Ich wußte nicht, ob es überhaupt noch genug
war.

IN DER letzten Februarwoche mußte ich für zwei Tage zu einer
Konferenz außerhalb unseres Bundesstaates, wo ich ein Referat zu
halten hatte.

Als die Zeit herankam, rief ich Ed Somers an, um mit ihm wegen
einer Vertretung zu sprechen. Die Kinder hatten schon einmal,
Anfang November, eine Vertretung gehabt. Aber damals war ich nur
einen Tag lang abwesend, und ich hatte die Kinder darauf vorbereitet,
so daß alles gutgegangen war. Ich fand es richtig, daß man sie solche
kleinen Erprobungen der Unabhängigkeit von mir machen ließ. Was
nützten alle Fortschritte, wenn nur Verlaß auf sie war, solange ich
zugegen war.

Sheila allerdings machte mir Sorge. Sie war erst seit kurzem bei uns
und noch recht abhängig von mir. Ich befürchtete, daß meine
Abwesenheit sie ängstigen werde.

Am Montag bevor ich fahren mußte, erwähnte ich den Kindern
gegenüber beiläufig, daß ich auf zwei Tage verreisen würde. Am
Dienstag sagte ich es noch einmal. Doch weder beim ersten noch beim
zweiten Mal schien Sheila es richtig begriffen zu haben. Am Mittwoch
dann setzte ich die Kinder um mich herum und erklärte ihnen, daß ich
an den nächsten beiden Tagen fort sei. Anton und Whitney seien aber
da, und außerdem komme eine Vertretung für mich. Dann sprachen
wir darüber, wie sie es der neuen Lehrerin wohl recht machen
könnten, und alle beteiligten sich mit Vorschlägen, alle bis auf Sheila.
Schließlich, als ihr aufzugehen schien, wovon ich sprach, sah sie mich
ängstlich an und hob den Finger.

„Und du bist nich da?"

„Nein, darüber sprechen wir ja gerade. Morgen und übermorgen
bin ich nicht hier. Aber am kommenden Montag bin ich wieder
zurück."

„Du bist nich da?"

Ich nickte. Die anderen Kinder blickten schüchtern zu ihr hin. „Mensch, Sheila!" rief Peter. „Bist du taub oder was?"

Ihre Miene verdüsterte sich. Sie stand auf und verkroch sich in den Schmollwinkel. Ich beantwortete weitere Fragen der Kinder und hob schließlich, als alle befriedigt schienen, unsere Sitzung auf. Es war ohnehin Zeit für die Pause.

Sheila blieb in ihrer Ecke. Als Anton ihr zurief, sich ihre Jacke anzuziehen, blieb sie bockig sitzen. Ich gab ihm einen Wink, schon mit den anderen Kindern hinauszugehen, und trat zu ihr.

„Du bist böse auf mich, nicht wahr?"

„Du hast mir nie gesagt, du gehst weg."

„Aber ja doch, Sheila, zweimal sogar, Montag und gestern."

„Es is gemein, mich allein zu lassen. Ich will das nich."

„Ich weiß, Sheila, und es tut mir deinetwegen leid, daß ich fortmuß. Aber ich komme doch wieder. Ich bleibe nur zwei Tage fort."

„Du hast mich nich mehr lieb. Du zähmst mich, damit ich dich liebhaben tu, dann gehst du weg."

„Sheila, hör mir mal zu ..."

„Ich dir nie mehr zuhören!" Sie war kaum noch zu verstehen, so erstickt von Tränen war ihre Stimme. „Ich hasse dich."

Sie hielt den Kopf zur Seite gedreht. Zum ersten Mal sah ich, wie sie mit dem Finger über ihr Auge fuhr, um eine Träne wegzuwischen. Dann preßte sie beide Hände wie wild gegen die Schläfen, mit Gewalt die Tränen zurückhaltend: „Siehste, nun bringst du mich auch noch dazu", murmelte sie anklagend. „Du bringst mich zum Weinen, und du weißt ganz genau, ich kann das nich ausstehn. Ich hasse dich. Ich bin nie mehr brav und lieb hier, ganz gleich was!"

Einen kurzen Moment lang glitzerten ihr die Tränen in den Augen, aber nicht eine fiel. Sie stürzte an mir vorbei, packte ihre Jacke und rannte auf den Spielplatz hinaus. Ich holte meinen Mantel und folgte ihr nach zu den Kindern. Sheila hockte für sich allein auf einer Bank in der äußersten Ecke, in sich zusammengekauert, gegen den frostigen Februarwind das Gesicht in den Armen verborgen. „Nimmt es wohl nicht so leicht, wie?" meinte Anton.

„Nein, sie nimmt es nicht leicht."

Nach der Pause machten sich die anderen Kinder fertig zum Kochen, aber Sheila verzog sich wieder in den Schmollwinkel und klapperte mit dem Spielzeug herum. Ich ließ sie gewähren. Tyler, immer die Klassenmutter, regte sich über sie auf, und Peter fragte alle Augenblicke, warum sie nicht mitmache. Ich erklärte ihm, daß Sheila sich ein wenig geärgert habe und daß sie sich am besten wieder fange, wenn man sie in Ruhe ließ.

Es freute mich, wie Sheila mit ihrem Kummer fertig wurde: kein Koller, keine Verwüstungen, kein Ausreißen. Sie hatte es weit gebracht in diesen zwei Monaten.

DIE Konferenz fand an der Westküste statt, wo es im Februar sehr viel milder ist als bei uns. Alles verlief gut, und ich hängte noch ein paar Ferientage an. Chad war mit mir gefahren, und wir verbrachten die meiste Zeit damit, am Strand entlangzuwandern. Es war eine wunderbare Abwechslung. Solange ich im Dienst war, kam es mir nur selten zu Bewußtsein, wie sehr mir die tägliche Plackerei zusetzte. Hier an dem sonnigen Strand spürte ich, wie die Erschöpfung von mir wich. Nach dieser kurzen Reise fühlten Chad und ich uns wie neu geboren. Seit Sheila in meine Klasse gekommen war und ich meine Vorbereitungsarbeiten notgedrungen abends machen mußte, war Chad zu kurz gekommen. Er verstand zwar, daß mir die Arbeit mit den Kindern viel bedeutete, aber es verstimmte ihn, daß sie jede freie Minute in Anspruch nahm. In diesen vier Tagen zu zweit, fanden wir zu uns selbst und waren glücklich.

AM MONTAG MORGEN mußte ich wieder zur Schule, und ich freute mich darauf. Für den Nachmittag hatten wir einen kleinen Ausflug zu einer Feuerwache vor, und ich hatte noch zu telefonieren, um ein paar letzte Vorkehrungen zu treffen. Als ich vom Telefon zurückkam, traf ich Anton auf dem Korridor.

„Wir haben vielleicht was durchgemacht, als Sie weg waren!"

„Was war denn los?"

„Sheila hat getobt wie eine Wilde! Sämtliche Bilder hat sie von den Wänden gerissen und alle Bücher aus den Schränken. Sie hat sich geweigert, auch nur ein Wort zu sprechen. Am Freitag hat sie Peter die Nase blutig geschlagen. Den Plattenspieler hat sie zertrümmert und versucht, mit ihrem Schuh die Scheibe in der Tür einzuschlagen. Sie war schlimmer als zu Anfang, als sie zu uns kam."

„Mist", murmelte ich. Ich war ehrlich der Meinung, ich könne ihr trauen, daß sie sich zusammennehme, während ich fort war, und sie hatte mich im Stich gelassen. Ich hatte mich arg verschätzt.

Ich nahm mir vor, mit Sheila zu sprechen. Aber ihr Bus verspätete sich. Die anderen Kinder trafen inzwischen ein, alle steckten voller Neuigkeiten.

„Das hättest du sehen müssen, was Sheila getan hat", sagte Sarah aufgeregt. „Das ganze Klassenzimmer hat sie verwüstet."

„Jaa", plapperte Guillermo, „diese Lehrerin, die dich vertreten hat, hat ihr 'nen Klaps gegeben und sie in die Ecke geschickt, und Whitney mußte sie den ganzen Nachmittag festhalten, weil sie nicht sitzen bleiben wollte."

Peter sprang um mich herum, seine dunklen Augen leuchteten vor Eifer: „Und sie war richtig gemein zu Whitney, und Whitney hat geweint, und dann, was meinste wohl, hat sogar die Lehrerin geweint."

„Sie böse!" bekräftigte Max und hopste um mich herum. Meine Enttäuschung verwandelte sich in Zorn. Was sie hier angestellt hatte, traf mich weitaus härter als das, was damals in Mrs. Holmes' Zimmer geschehen war; denn dieses Verhalten war direkt gegen mich gerichtet!

Sheila kam, kurz nachdem wir mit unserer allmorgendlichen Diskussion begonnen hatten. Sie musterte mich argwöhnisch, ehe sie sich hinsetzte. Ein vertrauter Duft stieg mir in die Nase; sie hatte es also nicht einmal für nötig gehalten, sich zu waschen, als ich fort war.

Nach der Diskussion rief ich sie zu mir. Wir setzten uns abseits von den anderen. „Ich höre, du hast dich nicht sehr gut aufgeführt, Sheila. Ich bin böse auf dich, so ärgerlich, wie ich lange nicht war. Also, ich möchte jetzt von dir hören, warum du das getan hast!"

Keine Antwort.

„Ich habe dir vertraut, Sheila, für zwei lausige Tage", sagte ich mit leiser, die Enttäuschung nicht verhehlender Stimme. „Ich dachte, ich könnte mich auf dich verlassen. Kannst du dir vorstellen, wie mir zumute ist, wenn ich jetzt höre, wie du dich aufgeführt hast?"

„Ich hab nie gesagt, du kannst dich auf mich verlassen!" schrie Sheila wütend. „Ich hab das nie gesagt! Du hast das gesagt. Keiner kann sich verlassen!"

Sie sprang auf, raste wie wild im Zimmer umher und verkroch sich dann unter dem Tisch, wo sie sich keuchend setzte.

Ich blieb auf meinem Platz sitzen. Die anderen Kinder hielten in ihrer Beschäftigung inne, und ihre ängstlichen Blicke verfolgten uns.

„Nun, dann kannst du unseren Ausflug heute nachmittag nicht mitmachen, Sheila", sagte ich schließlich. „Ich nehme niemanden mit, auf den ich mich nicht verlassen kann. Du kannst mit Anton hierbleiben."

Sie kroch bestürzt unter dem Tisch hervor. Ich wußte, daß ihr an dem Ausflug sehr viel lag. „Ich können wohl mit!" sagte sie.

„Nein, tut mir leid. Ich kann dir nicht trauen."

Sie schrie los, in spitzen, gellenden, ohrenzerreißenden Tönen. Sie warf sich auf den Fußboden und hämmerte mit dem Kopf auf ihn ein. Anton sprang mit einem Satz auf sie los. Sich selbst zu verletzen hatte sie bislang noch nie versucht.

Anton hielt sie mit beiden Armen fest. Sie zappelte wie wild und schrie weiter. Dann, so jäh wie es begonnen, setzte das Schreien aus, und über die Klasse senkte sich eine geisterhafte Stille. Ich stürzte zu ihr hin, voller Angst, daß sie sich verletzt haben könne. Anton ließ sie los, und sie sank zu einem kleinen Häufchen in sich zusammen, die Arme über den Kopf gelegt, das Gesicht gegen den Teppich gepreßt.

„Hast du dir weh getan, Sheila?"

Sie drehte mir ihr Gesicht zu: „Bitte laß mich mit. Es tut mir leid, was ich getan habe", flüsterte sie. „Laß mich mit, bitte! Ich werde dir zeigen, wie brav ich sein kann!"

Ich blickte auf sie hinunter, und mich beschlich der Gedanke, daß ihr wildes Gebaren nur simuliert gewesen sein könnte, wie sonst hätte sie sich so schnell wieder fangen können. Ein Argwohn, der meinen Ärger aufs neue weckte. „Nein, Sheila, das glaube ich dir nicht. Vielleicht nächstes Mal."

Sie fing wieder zu schreien an, wobei sie die Hände vor das Gesicht schlug. Ich ließ sie sitzen und ging zu den anderen Kindern. Sie blieb den ganzen Morgen dort. Erst heulte sie noch eine Weile, dann verstummte sie. Gegen Mittag war ich auf einem seelischen Tiefpunkt angekommen. Ich gestand mir ein, daß ich nur böse auf sie war, weil sie meine Schwächen als Lehrerin aufdeckte. Ich war zornig, weil sie sich an mir ebenso rächte wie an allen anderen. Sie hatte mir weh getan. Und ich erkannte bestürzt, daß ich es ihr heimzahlte, indem ich mich ebenso verhielt. Sie von dem Ausflug auszuschließen, bedeutete, ihr eine Vergünstigung zu entziehen, von der sie nicht einmal wußte, daß sie sie verspielen konnte. Mir war schlimmer denn je zumute.

Beim Mittagessen erleichterte ich mein schlechtes Gewissen bei Anton. Wieso war ich eigentlich Lehrerin geworden, wenn ich meine eigenen Gefühle so verdammt schlecht in der Gewalt hatte? Anton versuchte, mich zu beruhigen. Sheila habe sich sehr schlecht benommen, erinnerte er mich. Sie müsse lernen, daß es so nicht gehe.

Aber ich hätte es mir vorher sagen können, daß Sheila sich so aufführen werde. Und hatte sie nicht recht? Sie hatte nie gesagt, ich könne ihr vertrauen. Das arme Kind war außer sich und verstört und zeigte es auf die einzige Art und Weise, auf die es sich verstand. War sie nicht deswegen in meiner Klasse? Unglücklich würgte ich den letzten Bissen meines Sandwiches hinunter.

Als ich in die Klasse zurückkam, waren die Kinder schon dabei, sich für den Ausflug fertigzumachen. Nur Sheila hockte noch immer in ihrer Ecke.

Ich setzte mich neben sie: „Herzchen, ich muß mit dir sprechen. Ich habe etwas falsch gemacht, heute morgen. Ich war auf dich böse; dabei war ich eigentlich böse auf mich. Ich hab vorhin gesagt, du dürftest nicht mit auf den Ausflug. Ich habe meine Meinung geändert. Du darfst mitkommen. Es tut mir leid, daß ich böse auf dich war."

Sie gab keine Antwort, ja sie sah mich nicht einmal an. Aber sie stand auf und holte sich ihren Mantel.

WÄHREND des ganzen Ausfluges lag ein gespanntes Schweigen zwischen uns. Ich überbot mich geradezu darin, fröhlich zu sein und alle zum Lachen zu bringen, aber Sheila hielt sich abseits und ließ die ganze Zeit Whitneys Hand nicht los.

Nach der Schule, als die anderen Kinder nach Hause gegangen waren, fragte ich Sheila, ob ich ihr etwas vorlesen solle. Sie schüttelte nur den Kopf und beschäftigte sich weiter mit den Spielautos. Ich setzte mich hin, um Hefte zu korrigieren. Die erste Stunde verstrich. Sheila stand auf und ging ans Fenster. Als ich aufsah, bemerkte ich, daß sie mich musterte. „Wieso kommt es, daß du wiedergekommen bist?" fragte sie leise.

„Ich war doch nur fort, weil ich dort ein Referat zu halten hatte. Ich wollte nicht für immer wegbleiben. Ich bin doch gerne hier!"

Sie rückte langsam näher, immer noch mit argwöhnischen Blicken.

„Du hast doch nicht im Ernst gedacht, ich komme nicht zurück?" fragte ich.

Sie schüttelte den Kopf.

Wir sahen uns über einen schrecklichen Abgrund des Schweigens an. Ich konnte hören, wie die Uhr von Sekunde zu Sekunde sprang, und fragte mich, was in Sheila vorgehe. Es wurde mir schmerzlich klar, daß niemand sich in den anderen hineinversetzen kann. Wir neigen dazu, uns allwissend zu dünken, vornehmlich was Kinder anbelangt, aber eigentlich wissen wir gar nichts.

Sheila stand vor mir und drehte an ihrem Hosenträger.

„Tust du mir noch mal die Geschichte vorlesen? Die von dem kleinen Jungen, der den kleinen Fuchs zähmen tut?"

Ich lächelte: „Ja gerne."

DER März kam mit lauen Winden, eine willkommene Wohltat nach dem stürmischen winterlichen Nordwind. Der Schnee schmolz endlich, und aus der frischen braunen Krume sproß das Gras. Wir alle warteten sehnsüchtig auf den Frühling.

Auch was die Schule anbelangte, war der März ein guter, ersprießlicher Monat, jedenfalls so ersprießlich und friedlich, wie man es in einer Klasse wie meiner nur erwarten konnte. Es gab keine Reibereien, keine Scherereien, keine unerwarteten Zwischenfälle.

Sheila blühte immer mehr auf und zeigte von Tag zu Tag Fortschritte. Sie war jetzt immer sauber und adrett und legte selbst großen Wert darauf, wie sie aussah und auf andere wirkte. Sie und Sarah waren dicke Freundinnen geworden, und ich ertappte sie manchmal dabei, wie sie sich Zettel zuschoben. Hin und wieder ging Sheila mit Sarah nach Hause, um mit ihr zu spielen. Und zu Hause im Camp spielte Sheila mit Guillermo. Ich war froh darüber.

Was das rein Schulische betraf, war Sheila ein Überflieger. Ich gab ihr zwar Lesestoff und Rechenaufgaben, die weit unter ihren Fähigkeiten lagen, aber da ich ihre Angst zu versagen kannte, hielt ich es für besser, ihr Selbstvertrauen zu stärken und ihr Wissen zu festigen.

Vor allem aber lernte Sheila, ihre Empfindungen und Gefühle mit Worten auszudrücken, sich über ihre Schwierigkeiten auszusprechen. Sie hing mir nicht mehr dauernd am Rockschoß, um Trost und Sicherheit zu suchen, und von ihrer Zerstörungswut war so gut wie nichts mehr zu spüren. Zwar blieben immer noch eine Menge Probleme, aber wir wurden ihrer doch allmählich Herr.

Vor allem verwirrte mich noch immer ihr eigentümlicher Satzbau, wenngleich es inzwischen mit der Syntax und Grammatik ein bißchen besser geworden war. Mein Besuch bei ihrem Vater hatte mir bestätigt, daß ihre Sprechweise nichts mit ihrer Herkunft zu tun hatte. Eines Tages entschloß ich mich, sie selbst danach zu fragen. Sie antwortete mir verblüffend feindselig. Was mache das schon aus, wie sie spreche, wenn ich sie nur verstünde.

Sämtliche Experten, an die ich Tonbandaufnahmen von ihr geschickt hatte, waren der Meinung, sie habe es von Kindheit an nicht anders gelernt und es sei für ihr Milieu symptomatisch. Als ich erwiderte, daß dem nicht so sei, hatten sie auch keine Erklärung. Chad vermutete, daß sie diese infantile Sprechweise benütze, um sich gegen Anforderungen von außen, ein erhöhtes Lernpensum etwa, zu schützen. Je mehr ich darüber nachdachte, desto plausibler erschien es mir, und ich kam zu dem Schluß, daß es ein psychologisches Problem sei, und ließ es vorläufig dabei bewenden. Eines Tages vielleicht würde sie genügend innere Sicherheit und Vertrauen haben, um es von sich aus zu ändern.

IM STICH gelassen zu werden war immer noch der wunde Punkt in Sheilas Gemüt. Oft ließ sie in die Unterhaltung Bemerkungen über ihre Mutter und ihren Bruder einfließen und daß ihre Familie, falls sie dies oder jenes besser gemacht hätte, vielleicht noch zusammen wäre. Ich hörte aus all dem heraus, wie tief ihre Angst zu versagen mit diesem Trauma zusammenhing.

Eines Tages nach der Schule beschäftigte sich Sheila mit einer Rechenaufgabe, die sie in der Pause im Papierkorb gefunden hatte. Sie liebte Rechnen und war hervorragend darin. Sie beherrschte das Einmaleins und das einfache Teilen, aber bei dieser Aufgabe ging es um das Teilen von Brüchen, um ein Gebiet, das wir noch nicht durchgenommen hatten.

„Ist das richtig?" fragte sie und gab mir das Blatt. Ihre Lösungen waren samt und sonders falsch, weil sie die Brüche nicht umgekehrt hatte.

„Schau her, Sheila", sagte ich, „ich möchte dir etwas zeigen." Ich nahm das Blatt, drehte es um, zog einen Kreis und teilte ihn in vier Teile. „Also, wenn ich nun wissen will, wie viele Achtel darin enthalten sind, dann . . ." Sie begriff sofort, daß die Art und Weise, mit der sie die Aufgabe löste, nicht zum richtigen Ergebnis kommen konnte.

„Ich hab es falsch gemacht, nich?"

„Du hast es nicht besser gewußt, Kindchen! Es hat dir bisher noch keiner gezeigt."

Sie kauerte sich in sich zusammen und verbarg das Gesicht in den Händen. „Ich wette, wenn ich gut hätte rechnen können, dann hätte meine Mama mich nie allein gelassen auf der Landstraße, sie wäre dann stolz auf mich."

„Ich glaube nicht, Sheila, daß deine Rechenkünste damit etwas zu tun haben. Wir wissen es einfach nicht, warum deine Mama dich nicht mitgenommen hat. Wahrscheinlich hatte sie ihre eigenen Sorgen und wußte keinen Ausweg."

Langsam glitten ihre Hände von ihrem Gesicht. Ihr Blick ähnelte wieder dem eines weidwunden Tiers. „Ich wollte, Jimmy wäre hier."

„Ich weiß."

„Sein Geburtstag is nächste Woche, am zwölften März. Er is dann fünf Jahre alt. Können wir nich eine Geburtstagsparty für ihn machen?"

„Ich glaube nicht, Kind."

Sie ließ die Mundwinkel hängen: „Warum denn nich?"

„Weil Jimmy nicht hier bei uns ist, Sheila!"

„Bloß eine ganz kleine Geburtstagsparty", bettelte sie, wobei es in ihrem Gesicht zuckte und ihre Stimme bebte.

Ich schüttelte den Kopf. „Sheila, Jimmy ist fort, und so weh es auch tut, du mußt dich damit abfinden, daß er womöglich nie wiederkommt. Ich finde, es ist nicht gut für dich, Sheila, die Erinnerung an ihn wachzuhalten, so wie du das tust. Damit machst du dir nur das Herz schwer."

Sie schlug wieder die Hände vors Gesicht.

„Komm in meine Arme, Sheila!" Sie kam, und ich nahm sie auf den Schoß. „Ich weiß, wie schlimm dir das zusetzt."

„Er fehlt mir so." Die Stimme brach ihr in einem trockenen Husten. „Warum tut sie ihn mitnehmen und mich dalassen? Mein Pa, er sagt immer, wenn ich ein artigeres Mädchen wär, dann hätte sie das nie getan."

Mir sank der Mut. Es sprach so viel dafür und so wenig dagegen.

„Dein Pa macht einen Fehler, Sheila. Er weiß ebensowenig wie wir, wieso und warum es damals dazu gekommen ist. Und er weiß nicht, wie das ist, ein kleines Mädchen zu sein. Glaub mir bitte, das ist die Wahrheit!"

Wir saßen da und schwiegen. Ihre Tränen gingen durch meine Bluse, gingen mir unter die Haut, durch Mark und Bein und sammelten sich in meinem Herzen.

Schließlich hob sie den Kopf. „Manchmal bin ich richtig einsam. Ob das mal aufhören tut?"

Ich nickte langsam: „Ja, ich glaube bestimmt, eines Tages."

Sheila seufzte, rutschte mir vom Schoß und reckte sich. „Eines Tages, das kommt nie, oder?"

TROTZ solcher traurigen Momente war Sheila von einer überschäumenden Lebenslust. Wenn auch die seelischen Verletzungen, die sie erlitten hatte, nie ganz ausheilten, so verhalf ihr doch die ihr angeborene Fröhlichkeit, die kleinen naheliegenden Freuden des Alltags zu genießen und auszukosten. Die geringste Kleinigkeit entfachte ein lustiges Funkeln in ihren Augen, erweckte ihr schallendes Lachen. Alles war neu für sie. Sie konnte nicht genug bekommen von den mannigfaltigen Wundern, die diese Welt enthielt.

Die größte Entdeckung waren für sie im März die Blumen. Die Krokusse und Osterglocken leuchteten auf jedem Fleckchen Erde. Sheila war immer aufs neue hell entzückt. In dem Wanderarbeitercamp gab es so etwas nicht, und sie hatte, so unglaublich mir das auch vorkam, noch nie eine Narzisse gesehen. Eines Morgens brachte ich einen riesigen Strauß aus dem Garten meiner Vermieterin mit in die Schule. Sheila kam kleine Juchzer ausstoßend heran, schnupperte und fragte: „Sind das Blumen? Echte Blumen?"

„Ja, das sind echte Blumen. Das sind Narzissen. Faß sie mal an."

Behutsam streckte sie die Hand aus und tippte mit der Fingerspitze
an den Rand einer Blüte. „Oh! Die sind aber weich." Sie quietschte vor
Entzücken. Dann hopste sie auf und ab, die Arme um sich
geschlungen, und meinte: „Mir is so, als umarme ich sie alle."

Ich lachte auf: „Nun, das haben Blumen nicht so besonders gern."

Ich holte eine Vase und stellte den Strauß hinein. Sheila sprang
immer noch entzückt um mich herum, ihr ganzer Körper drückte ihre
Freude aus.

„Nun, Sheila, möchtest du gern eine von diesen Osterglocken
haben?"

„Ich kann eine haben? Sie is ganz richtig meine, ganz für mich
allein?"

„Ja, mein Schätzchen, für dich. Eine Blume nur für dich." Das eben
noch so glückstrahlende Lächeln erlosch jäh.

„Mein Pa, er will nich, daß ich nehm was an."

Ich lächelte. „Aber das gilt doch nicht für Blumen. Gegen eine
Blume wird dein Pa nichts einzuwenden haben. Welche also möchtest
du haben?"

Sorgfältig suchte sie sich eine aus, und während sie behutsam den
Stiel umfaßte und mit den Fingerspitzen zärtlich über die goldgelbe
Blüte strich, lächelte sie und flüsterte: „Mein Herz sein so weit, es sein
so weit, ich wette, ich sein das glücklichste Kind."

AUCH wenn es in unserer Klasse nicht gerade viel zu lachen gab, so
lachten wir doch gern und viel. Jeder lachte über sich selbst, wir
lachten übereinander, manchmal über unsere hoffnungslose Lage.
Lachen war das tägliche Brot für unser nicht alltägliches Leben. Und
es war vor allem Whitney zu danken, die in unserer Klasse
diesbezüglich stets für ausreichende „Nahrung" sorgte. Ich war ihr
von ganzem Herzen ob ihres Eigensinns dankbar und zugetan, da sie
sich weder von Anton noch von mir, noch von den Kindern je
überzeugen ließ, daß unsere Klasse anders war.

Obgleich sie sehr schüchtern war, hatte sie einen unüberbietbaren
Sinn für Humor und Spaß. Ihr Witz, den sie gern an Anton und mir
wetzte, konnte trocken und von verblüffender Altklugheit sein; aber
am besten war sie, wenn sie ihren Schabernack trieb. Ihre Streiche
waren jedesmal wieder eine Überraschung für mich; sei es, daß ich

entsetzt vor den Regenwürmern zurückschnellte, die sich aus Susannahs Federmäppchen ringelten, sei es, daß ich mich durch das wilde Getue bei Tisch ins Bockshorn jagen ließ, wenn Peter, William und Guillermo sich den Bauch hielten, als wäre ihnen sterbenselend.

Eines Tages, als wir allein waren, sagte ich zu Whitney: „Ich mag deinen Sinn für Humor und wie du die Kinder zum Lachen bringst."

Sie war so schüchtern, daß sie mich nicht einmal ansah. Nach einem langen Schweigen sagte sie: „Darf ich Ihnen mal etwas sagen, Torey?"

„Ja."

„Der einzige Ort auf der Welt, wo ich mich wohl fühle, ist diese Klasse hier. Alle machen sich lustig über mich deswegen und sagen: ‚Warum vertust du deine ganze Zeit mit lauter Verrückten?' Sie halten auch mich für verrückt. Warum sollte es mich sonst so sehr hierher ziehen?"

„Nun, dann müssen sie auch Anton und mich für verrückt halten", antwortete ich.

„Warum sind Sie hier, Torey?"

Ich lächelte: „Ich glaube, weil mir vor allem an ehrlichen menschlichen Beziehungen liegt. Und die einzigen Menschen, soweit ich das erlebt habe, die wirklich ehrlich sind, das sind entweder Kinder oder Verrückte. Also ist dieser Platz wie für mich geschaffen."

„Ja, ich glaube, bei mir ist es genauso. Ich mag es, wenn jeder sich so gibt, wie ihm zumute ist. Das Komische ist nur, daß mir diese Kinder manchmal nicht so verrückt wie die normalen Leute vorkommen. Ich meine . . ." Ihre Stimme erstarb.

Ich nickte. „Ich weiß, was du meinst."

Kapitel fünf

Der Anruf, den ich schon lange befürchtet hatte, kam in der dritten Märzwoche. Als mich die Sekretärin nach der Schule in meinem Zimmer anrief, sie habe ein Gespräch für mich, dachte ich sofort, das ist es! Gleich darauf hörte ich Ed Somers' tiefe, grummelnde Stimme und wußte Bescheid, noch ehe er ein Wort gesagt hatte.

„Torey, sie haben einen Platz in einer Heilanstalt."

Mein Puls begann zu rasen. Es dröhnte mir in den Ohren, daß

ich nichts hören konnte. „Ed, aber sie muß doch nicht dorthin, oder."

„Torey, das Gericht hat so entschieden. Wir können nichts dagegen machen, wirklich nicht."

„Aber sie hat sich doch so sehr geändert. Sie ist nicht mehr dasselbe Kind."

„Hören Sie zu. Die Sache war doch längst beschlossen, bevor einer von uns damit zu tun bekam. Abgesehen davon ist es doch zu ihrem Besten. Sehen Sie sich doch nur ihr schreckliches Zuhause an. Sie schafft es nie. Sie sollten es doch am besten wissen, daß bei einem Kind, das so schwer gestört ist, alle Mühe umsonst ist."

„Aber sie ist es nicht, Ed!" rief ich schluchzend. „In diesem Kind steckt so viel, sie könnte es schaffen. Man darf sie jetzt nicht in die Anstalt sperren."

„Torey, Sie haben mit diesen Kindern eine verdammt gute Arbeit geleistet. Manchmal frage ich mich wirklich, wie Sie das machen. Aber Sie haben sich bei diesem einen zu sehr engagiert. Über den Fall dieses Mädchens ist längst entschieden worden."

„Dann machen Sie diese Entscheidung eben wieder rückgängig!" forderte ich.

„Dazu bin ich nicht befugt. Nach diesem bösen Vorfall mit dem in Brand gesteckten Jungen hat das Gericht die Einweisung beschlossen, um dessen Eltern Genüge zu tun. Es war die einzige Alternative. Es tut mir leid." Er legte auf.

Ich ging ins Lehrerzimmer hinunter, außerstande, in die Klasse, wo Sheila spielte, zurückzukehren. Vorerst saß ich da, trank Kaffee und hatte die ganze Zeit über Mühe, die Tränen zurückzuhalten. Ed hatte ja recht. Es lag mir zuviel an ihr.

Als ich in die Klasse zurückkam, fragte Anton mit keinem Wort, was geschehen sei; er wußte es. Er winkte Sheila zu sich an den Tisch, wo er etwas für den nächsten Tag vorbereitete, und bat sie, ihm zu helfen. Ich blieb auf der Schwelle stehen und blickte im Zimmer umher. Was hätte ich jetzt nicht für einen Katheder gegeben! Etwas, wohinter ich mich stellen konnte, das laut kommandierte: „Laßt mich allein!", ohne daß ich es sagen mußte. Aber es gab keinen. Matt und müde ging ich in die Ecke und ließ mich in die Kissen sinken.

Binnen Sekunden stand Sheila vor mir, die Hände in die Taschen ihrer Latzhose gesteckt. „Du bist nich glücklich?" fragte sie leise.

Wieviel sie gewachsen ist, dachte ich. Zwischen ihren Turnschuhen und Hosenbeinen mußten gut fünf Zentimeter Abstand sein.

„Nein, ich bin nicht glücklich."

„Wie kommt das?"

„Sheila, komm her!" rief Anton, aber Sheila rührte sich nicht vom Fleck. Ich liebte das Kind, und Lieben heißt verantwortlich sein. Ich spürte die Tränen in meinen Augen.

Sheila kniete sich neben mich und machte ein bekümmertes Gesicht. „Warum mußt du weinen?"

Anton kam herüber und zog Sheila auf die Füße. „Komm mit, Wildkatze, komm und hilf mir."

„Uh, uuh!" Sheila riß sich los und hockte sich wieder hin.

Ich winkte ab. „Schon gut, Anton, es ist nichts weiter."

Er nickte und ging.

Ich brachte es nicht über mich, Sheila anzusehen. Es machte mich verlegen, daß sie mich so außer Fassung sah, und ich hatte Angst, sie zu erschrecken. Aber sie faßte behutsam meine Hand und sagte: „Vielleicht, wenn ich deine Hand halte, es geht dir besser; manchmal tut mir das helfen."

Ich lächelte ihr zu: „Ich hab dich lieb, mein Kind. Verstehst du? Vergiß das nie. Wenn eine Zeit kommt, wo du allein bist oder Kummer hast oder dir sonst irgend etwas Schlimmes begegnet, denk immer daran, daß ich dich wirklich liebhabe. Und das ist das einzige, was ein Mensch für den anderen tun kann."

Sie zog die Brauen hoch. Sie war zu jung, um zu verstehen, was ich sagte, aber ich mußte es sagen. Es war mir um meines eigenen Seelenfriedens wichtig, ihr zu sagen, daß ich mein Bestes getan hatte.

CHAD und ich hatten den ganzen Abend ferngesehen und kein Wort gewechselt. Ich war zu sehr mit eigenen Gedanken und Sorgen beschäftigt, als daß ich mich auf eine Unterhaltung hätte konzentrieren können. Bis jetzt hatte ich nicht einmal versucht, ihm zu schildern, was geschehen war; doch im Laufe des Abends erholte ich mich allmählich von dem Schock, den ich erlitten hatte, und tauchte langsam aus meinem dumpfen Brüten wieder auf. „Chad", fragte ich, „gibt es einen legalen Weg, um eine gerichtliche Verfügung anzufechten?"

„Wie meinst du das?"

„Ich meine, könnte jemand wie ich gegen einen richterlichen Beschluß angehen? Jemand, der nicht das Sorgerecht für Sheila hat? Die Schulbehörde hätte ich im Rücken – vielleicht."

„Wenn du mich fragst, du solltest es versuchen!"

Ich runzelte die Stirn: „Aber wie sollen wir das anstellen?"

„Nun, ich würde sagen, man müßte ein Hearing mit ihrem Vater und den Eltern des Jungen, dem sie das zugefügt hat, und der für sie zuständigen Fürsorgerin einberufen."

„Würdest du das für mich tun, Chad?"

Er zog die Brauen hoch. „Ich? Du brauchtest jemanden, der sich in solchen Fällen auskennt. Meine Erfahrung beschränkt sich darauf, wie man Säufer und Penner aus dem Knast holt."

Ich lächelte: „Nun, deine Erfahrung und mein Bankkonto halten sich in etwa die Waage, nicht?"

Chad grinste: „Also wieder mal ein Fall um Gotteslohn, wie? Komm mir bloß keiner und sage, ich werd noch mal reich!"

„O doch, eines Tages. Nur noch nicht dieses Jahr."

ALS dem Schulinspektor zu Ohren kam, daß ich mir einen Anwalt genommen hatte, beraumte er unverzüglich eine Sitzung an. Dort lernte ich Mrs. Barthuly, Sheilas ehemalige Lehrerin, persönlich kennen.

Mrs. Barthuly war eine zierliche kleine Person, Anfang Vierzig, mit einem süffisanten Lächeln. Ich überragte sie beträchtlich mit meinen einsfünfundsiebzig in Tennisschuhen und Jeans. Wie sie dastand in ihren Stöckelschuhen und wie aus dem Ei gepellt, paßte sie eher in eine Parfümreklame. Es mußte ihr wahrlich schwergefallen sein, meine übelriechende, allzu gewöhnliche Sheila zu ertragen.

Ed Somers war auch da, ebenso Allan, der Schulpsychologe, Mr. Collins, Anton, der Schulinspektor und die Lehrerin, die Sheila in der Vorschule gehabt hatte.

Mir war nicht gerade wohl in meiner Haut. Der Schulinspektor, der von meiner Beziehung zu Chad nichts wußte, fühlte sich übergangen, weil ich mir, ohne ihn zu fragen, einen Anwalt genommen hatte. Doch so heikel die Situation anfangs auch war, so wendete sich das Blatt, als wir zur Sache kamen. Ich hatte mehrere Beispiele von Sheilas schulischen Leistungen mitgebracht und auch einige Tonbandaufnahmen, die Anton von ihr in der Klasse gemacht hatte.

Allan berichtete über die Testergebnisse. Sheilas ehemalige Lehrerinnen zeigten sich sehr beeindruckt und sagten es auch laut. Selbst Mr. Collins ließ sich wohlwollend darüber aus, wie sehr sich ihr Betragen gebessert habe. Mein Herz flog ihm zu, zu meiner eigenen Überraschung.

Der Schulinspektor war nicht ganz so überschwenglich. Doch auch er war von Sheilas Fortschritten tief beeindruckt und sagte mir, wenn auch zögernd, zu, daß er hinter mir stehe und dafür stimme, daß die Heilanstalt nicht der geeignete Platz für Sheila sei und daß er meine, man könne sie auf eine öffentliche Schule schicken, ohne daß sie eine Gefahr für die anderen Schüler darstelle. Ich verließ die Sitzung in Hochstimmung.

Die nächste wichtige Person, die wir gewinnen mußten, war Sheilas Vater. Anton spähte die Lage aus und rief uns gleich an, als er sicher war, daß wir ihn zu Hause antreffen würden. Chad und ich machten uns sofort auf den Weg.

Wie beim ersten Mal hatte Sheilas Vater wieder getrunken. Nur hatte er diesmal noch ein bißchen mehr geschluckt und war ein wenig aufgekratzter.

„Sheila gehört nicht in eine Anstalt", erklärte ich ihm. „Sie macht sich sehr gut in der Schule, und ich bin sogar der Meinung, daß sie ab nächsten Herbst wieder auf eine reguläre Schule gehen könnte."

„Was geht Sie das eigentlich an, was die mit ihr vorhaben?"

Die Frage hallte in meinem Kopf wie ein Echo auf Sheilas Frage, die sie mir so oft gestellt hatte: Was ging es mich an?

„Sie haben eine außergewöhnliche Tochter", erwiderte ich. „Sie jetzt in eine Anstalt zu geben wäre genau das Falsche für sie. Ich bin fest davon überzeugt, daß sie ein normales Leben führen kann."

„Ne, ne, die ist verrückt, die gehört inne Klapsmühle, da gehörtse hin. Habense Ihnen nich erzählt, wasse gemacht hat, was? Angesteckt hatse das arme Wurm und beinah umgebracht."

„Sie ist nicht verrückt, aber sie wird es werden, wenn sie in die Anstalt kommt. Sie können doch nicht im Ernst wollen, daß man Ihre Tochter dort hineinsteckt?"

Er seufzte tief. Alles sei ihm immer schiefgegangen. Das Leben habe ihm übel mitgespielt, Sheila habe es auch übel mitgespielt. Er habe es gelernt, keinem zu trauen, auch seine Tochter habe es gelernt. Es sei sicherer so. Nun komme ich daher und wolle ihn irremachen.

Wir redeten bis spät in die Nacht hinein. Chad und Anton tranken Bier mit ihm, während ich mir meine Notizen machte. Sheila, die während der ganzen Zeit in ihrer Ecke auf dem Fußboden gehockt hatte, war mittlerweile eingeschlafen. Ich wußte nicht, ob sie mitbekommen hatte, worum es ging. Vorher hatte ich ihr nichts gesagt, weil ich sie nicht unnötig beunruhigen wollte. Aber nach dieser Nacht hatte ich das bestimmte Gefühl, daß sie Bescheid wußte.

Schließlich und endlich stimmte ihr Vater uns zu. Wir hatten ihn überzeugt, daß wir uns nicht aus Gnade und Barmherzigkeit für Sheila einsetzten oder um ein gutes Werk zu tun. Und ich sah mein Vertrauen, daß unter seiner harten Schale doch so etwas wie väterliche Gefühle lagen, belohnt. Auf seine Weise liebte er Sheila und brauchte ebensosehr Mitleid wie sie.

Es war ein seltsamer Abend. Wir waren alle ein bißchen beschwipst. Chad mit seiner beruflichen Erfahrung im Umgang mit Saufbrüdern schien mit Sheilas Vater besser zurechtzukommen als Anton und ich. Die beiden schlugen einander wie zwei Zechkumpane auf die Schultern und traktierten Anton und mich mit noch einem Bier und noch einem. In gewisser Hinsicht war ich froh, daß wir uns über das Thema Anstalt ausgesprochen hatten. Dadurch waren wir genötigt, einander über unseren Platz in Sheilas Leben klarzuwerden.

Das gerichtliche Anhörungsverfahren fand Ende März statt. Es war ein kalter, windiger Tag, nicht gerade dazu angetan, die Stimmung zu heben. Anton und ich mußten uns für den Nachmittag freinehmen, und Mr. Collins begleitete uns. Zu meiner Verblüffung stand er ganz auf meiner Seite, was mich ein wenig mißtrauisch machte. Ich fragte mich im stillen, ob er nicht schlicht seine eigenen Interessen vertrat. Seit dem Vorfall damals in Mrs. Holmes' Zimmer hegte ich ein Vorurteil gegen ihn; doch jetzt zeigte sich, daß ihm genausoviel an den Kindern lag wie mir, auch an Sheila.

Es war eine nichtöffentliche Sitzung. Auf unserer Seite saßen Allan, Mrs. Barthuly, Ed und der Schulinspektor. Uns gegenüber saßen die Eltern des kleinen Jungen und ihr Anwalt. Sheilas Vater kam zu spät, aber er war nüchtern. Das Herz tat mir weh bei seinem Anblick. Er war frisch rasiert und trug einen Anzug. Zwar waren die Nähte ausgefranst, das Jackett voller Flecken und die Hose abgewetzt, aber immerhin hatte er sich in Schale geworfen. Sheila saß mit einem Gerichtsdiener draußen vor dem Saal. Chad hatte es für richtig gehalten, daß Sheila in der Nähe war, weil er sie vielleicht brauchte, falls die Sache nicht glatt lief.

Ganz gegen meine Befürchtungen wurde es eine sehr ruhige Verhandlung. Niemand schien sich von Gefühlen leiten zu lassen. Jeder von uns legte sein Material vor. Ich hatte die Bandaufnahmen mitgebracht, um die Fortschritte zu zeigen, die Sheila in den drei Monaten, seit sie bei uns war, gemacht hatte. Allan trug noch einmal die Ergebnisse der von ihm durchgeführten Tests vor. Ed sprach von den Programmen, die für sie in einer öffentlichen Schule, sollte sich nach Abschluß meiner Klasse eine weitere Sonderbetreuung als nötig erweisen, zur Verfügung stünden.

Die Eltern des kleinen Jungen wurden zu dem Vorfall im November gehört. Sheilas Vater wurde gefragt, wie sorgfältig er seine Aufsichtspflicht über seine Tochter ausübe und ob sich seiner Meinung nach ihr Verhalten in den letzten Monaten gebessert habe. Dann wurden wir alle aufgefordert, den Saal zu verlassen, während die Anwälte und der Richter über den Fall berieten.

Die Eltern des Jungen setzten sich ans äußerste Ende des Korridors. Die Anspannung zeigte sich deutlich in ihren Mienen. Ich fragte mich, was sie wohl dachten. Brachten sie das Mitgefühl auf, um Sheila zu verzeihen, was sie ihrem Sohn angetan hatte, oder war dazu ihr Herz von Kummer und Furcht noch zu beladen? Ich blickte zu ihnen hinüber. Ich konnte es nicht sagen.

Sheila hatte sich auf meinen Schoß gesetzt. Sie hatte ein Bild gemalt und wollte mir erklären, was es darstellte.

„Guck, Torey. Das is ein Bild von Susannah Joy. Sie hat das Kleid an, das sie so oft in der Schule anhat."

Sheila war eifersüchtig auf Susannah in ihren prächtigen Rüschen- und Spitzenkleidchen. Jeden Tag blätterte Sheila Versandhauskataloge durch, um sich Kleider anzusehen, die sie gern gehabt hätte. Erst kürzlich hatte ich ein Tagebuchblatt von ihr in dem Ablagekorb vorgefunden, auf dem sie ihren Phantasien darüber nachhing:

Ich will dir erzählen was ich gestern abend getan hab. Ich geh raus und
warte auf meinen Vater. Er is beim Obtieker der Brillen macht. So ich
schlender herum und guck in die Schaufenster. Dabei wünsch ich mir ich
kann mir von den Sachen da im Schaufenster was kaufen. Da is ein Kleid
das is rot und blau und weiß, mit lauter Spitze daran. Und es is gans lang
und wunderhüpsch. Ich hab noch nie ein Kleid wie das da gehabt. Es war
vielleicht schön Torey. Ich frag meinen Pa, ob er mir das kaufen tut, aber
er sagt nein. Das war ganz fis ich hätte es anziehen könen zur Schule, so
wie Susannah es tut. Aber daraus wird nix, und wir gehen nachhause Pa
und ich. Und er kauft mir Karamehlbonbon stattdessen und sagt los, in
die Falle mit dir, Sheila. Da bin ich dann reingekrochen.

Dieses Tagebuchblatt war wohl das traurigste, das ich jemals von
ihr gelesen hatte.

Sie schwatzte noch immer über das Bildchen, das sie gemalt hatte,
als sich endlich wieder die Tür zum Sitzungssaal öffnete. Chads
Gesicht sehen und wissen, wie es ausging, war eins. Er blieb etwa zwei
Meter vor uns stehen und grinste: „Wir haben gewonnen."

Auf dem Korridor brach lauter Jubel aus. Wir tanzten herum, und
einer umarmte den anderen. „Wir haben gewonnen, wir haben
gewonnen!" schrie Sheila und sprang uns zwischen den Füßen herum.
Alles lachte über ihr lautes Jauchzen, wenngleich ich bezweifelte, daß
sie sich klar darüber war, was dieser Sieg für sie bedeutete.

„Ich finde, das muß gefeiert werden!" rief Chad schließlich. „Was
haltet ihr davon, wenn wir in die Pizzeria gehen und uns die größte
Pizza, die es dort gibt, bestellen?"

Die anderen waren schon im Aufbruch. Ich blickte zu den Eltern des
Jungen am Ende des Korridors und überlegte, ob ich zu ihnen gehen
und sie ansprechen sollte. Aber ich fand nicht den Mut dazu. Chad
drängte mich zu gehen, während Sheila um mich herumhopste und
die Kollegen von der Schule kamen und auf Wiedersehen sagten. Ich
drehte mich zu Chad um und nickte.

„Was ist mit dir, Sheila?" fragte Chad. „Du kommst doch mit uns
Pizza essen?" Sie bekam ganz große Augen und nickte mir zu. Ich
bückte mich und nahm sie auf den Arm.

Sheilas Vater stand die ganze Zeit abseits, als hätte man ihn
abgestellt und vergessen. Die Hände in den Taschen seines schlechtsit-
zenden Anzuges, stierte er auf den Boden. Was hatte er mit Sheilas

Siegesfeier zu schaffen. Es wurde mir klar, und es tat mir sehr weh, daß ihm nichts blieb, nicht einmal seine Tochter. Sie war eine von uns.

Chad, der seine Verlassenheit wohl gespürt haben mußte, fragte ihn: „Wollen Sie nicht mit uns kommen?"

Einen Augenblick lang war mir, als sähe ich ein Aufleuchten in seinen Augen. Doch er schüttelte den Kopf: „Ne, ich muß weg!"

„Aber es ist Ihnen doch recht, daß Sheila mit uns geht, nicht wahr? Wir bringen sie hinterher nach Hause."

Er nickte nur, ein schwaches Lächeln auf den Lippen, und musterte seine Tochter. Sie war noch in meinen Armen und zappelte vor Freude und Begeisterung, ohne auch nur einen Blick für ihren Vater zu haben. Einen langen Moment sahen er und ich uns an, aber es gab keine Brücke von mir zu ihm. Dann griff Chad in die Tasche, zog einen Zwanzigdollarschein hervor und hielt ihn ihm hin. „Hier, damit Sie auch Ihr Vergnügen haben."

Er zögerte, und da ich seinen Abscheu vor „Almosen" kannte, war ich fest überzeugt, daß er ihn nicht nehmen werde. Doch zaudernd und unsicher streckte er die Hand aus und ergriff den Schein. Er murmelte ein „Danke", machte kehrt und ging über den langen Korridor davon.

Sheila, Chad und ich zwängten uns in Chads kleinen Wagen und fuhren los zu der Pizzeria.

„Na, Sheila, was für eine Pizza möchtest du haben?" fragte Chad.

„Weiß ich nicht. Ich hab noch nie eine gegessen."

„Was, du hast noch nie eine Pizza gegessen? Also, das werden wir von nun an öfter tun."

Daß sie noch nie eine Pizza gegessen hatte, hätte ihr keiner anmerken können. Als die Pizza auf dem Tisch stand, nahm sie sich ein Stück wie ein Kenner. Chad hatte die größte Pizza auf der Karte bestellt und eine ganze Flasche Selterswasser eigens für sie.

Sheila war geradezu aufgekratzt, und ihr Mund stand keinen Augenblick still. Chad brauchte es nicht zweimal zu sagen, da saß sie schon auf seinem Schoß. Er staunte nicht schlecht, daß ein so kleines Mädchen „auf einen Sitz", wie er sagte, so viel in sich hineinstopfen könne. Sheila, den Schalk in den Augen, entgegnete, daß sie hundert Pizzas essen könne, falls er das Geld hätte, sie zu bezahlen. Und sie rülpste laut, um es ihm zu zeigen. Wie sie da zusammen kicherten und sich gegenseitig zum besten hielten, ließ deutlich erkennen, daß jeder den andern für etwas Besonderes hielt.

Es wurde langsam dunkel draußen, und die Abendgäste trudelten schon ein. Doch Chad und Sheila konnten sich noch immer nicht trennen. „Was möchtest du am liebsten haben, wenn du dir etwas wünschen dürftest?" fragte er Sheila.

Ich zuckte unwillkürlich zusammen; ich hatte Angst, Sheila werde antworten, sie wolle am liebsten ihre Mama und Jimmy wiederhaben.

Doch sie erwog erst einmal Chads Frage: „Wirklich oder nur so?"

„Wirklich."

Noch immer nachdenklich, antwortete sie: „Ein Kleid, glaub ich. So eins, wie Susannah hat, eins mit Spitzen dran."

„Du meinst, was du am liebsten haben möchtest von der Welt, ist ein Kleid?"

Sheila nickte: „Ja, ich hab noch nie ein Kleid gehabt."

Chad blickte auf seine Uhr. „Es ist fast sieben. Aber ich glaube, die Läden auf der Hauptstraße schließen nicht vor neun. Was sagst du dazu, ist das nicht ein Glückstag heute für dich?"

Sheila verstand kein Wort: „Was sagst du da?"

„Was ich da sage, ist, daß wir in ein paar Minuten aufbrechen, in ein Geschäft gehen und dir ein Kleid kaufen. Und du darfst es dir ganz allein aussuchen."

Sheila blieb der Mund offenstehen. Doch plötzlich war sie wieder ganz niedergeschlagen: „Mein Pa, der nimmt mir das doch gleich wieder weg."

„Das glaub ich nicht. Wir bringen dich nach Hause und sagen ihm, das sei dein Anteil an dem Vergnügen!"

In der nächsten Stunde waren wir drei wie die Kinder. Sheila war ganz ausgelassen und schaukelte zwischen unseren Händen, während wir durch das Kaufhaus schlenderten. Doch als wir zu der Abteilung für Kinderbekleidung kamen, wurde sie auf einmal ganz still und verlegen. Sie preßte das Gesicht gegen mein Bein und wollte sich die Kleider nicht einmal anschauen. Einen Wunschtraum Wirklichkeit werden zu sehen, das ist eben gar nicht so leicht.

Schließlich suchte ich ein paar Kleidchen mit Spitzen aus und zog Sheila in eine Kabine, damit sie sie anprobierte. Kaum waren wir dort allein, wurde sie wieder lebendig. Sie schlüpfte aus der Latzhose, hielt jedes Kleid hoch und besah es sich genau. Aber zum Anprobieren war sie viel zu aufgeregt und drehte sich wie ein Kreisel. Ich faßte sie schließlich um die Taille und zog ihr ein Kleid über den Kopf. Welch eine magische Verwandlung! Sheila staunte einen Moment ihr Bild im Spiegel an, dann rannte sie hinaus, um sich Chad zu zeigen. Es dauerte gut eine halbe Stunde, bis sie sich für eins der drei Kleider entschied. Ihre Wahl fiel auf ein rot-weiß gemustertes Kleid mit Spitzen am Halsausschnitt und an den Ärmeln.

„Und das tu ich nun jeden Tag zur Schule anziehn!" rief sie selig.

„Wie hübsch du aussiehst", sagte ich.

Durch den Spiegel sah sie mir in die Augen. Plötzlich erlosch das Lächeln. Sie drehte sich nach mir um, kletterte auf meinen Schoß und streichelte mir mit einer Hand über die Wange: „Weißt du, was ich mir wünsche? Ich wünsch mir, du bist meine Mama, und Chad is mein Papa. Sehn fast so aus jetzt, wir drei, nich?"

Ich lächelte: „Wir sind deine Freunde, Sheila. Und Freunde sind manchmal besser als Eltern; das bedeutet nämlich, daß wir es so wollen und nicht, daß wir es müssen."

Sie seufzte: „Ich wollte, wir könnten beides zugleich."

„Ja, das wäre schön!"

Sie runzelte die Stirn: „Können wir nich so tun, nur für heute abend? So tun, als ob du und Chad meine Leute sein. Und ihr sein ausgegangen mit eurem kleinen Mädchen, um ihr ein neues Kleid zu kaufen. Wenn sie auch schon viele, viele Kleider haben tut, ihr kauft ihr noch eins, weil sie es gern haben möchte und ihr sie ganz doll liebhaben tut." Meine ganze Schulpsychologie drängte mich, nein zu sagen. Doch, als ich in ihre Augen sah, brachte ich es nicht übers Herz.

„Ja, das könnten wir. Warum nicht! Aber nur für diesen Abend."

Sie hopste mir vom Schoß und flitzte in ihrem Unterzeug aus der Kabine. „Ich geh und sag es Chad!"

Chad schmunzelte, als er hörte, daß er, während wir in der Ankleidekabine waren, Vater geworden sei! Er schlüpfte sofort in seine neue Rolle und spielte sie so gut, daß es für uns alle drei ein Abend erfüllt von unsagbarem Zauber wurde.

Auf dem Heimweg ins Lager schlief Sheila in meinen Armen ein. Ich weckte sie erst, als Chad vor ihrer Behausung hielt. „Hallo, Aschenbrödel", sagte Chad, „es ist Zeit, ins Bett zu gehen!"

Sie lächelte ihn schlaftrunken an. „Komm, ich trage dich hinein und erzähl deinem Pa, was wir gemacht haben", schlug Chad vor.

Sie zauderte. „Ich möchte noch nich rein!" sagte sie leise.

„Das war doch ein schöner Abend, nicht wahr?" fragte ich.

Sie nickte. Ein Schweigen senkte sich zwischen uns. „Darf ich dich küssen?"

„Ja, das darfst du gern." Ich drückte sie fest an mich, und sie gab mir einen Kuß. Ich spürte, wie ihre weichen Lippen meine Wange berührten. Und sie küßte auch Chad, als er sie mir vom Schoß nahm und ins Haus trug.

Schweigend fuhren wir nach Hause und blieben, vor meiner Wohnung angekommen, schweigend im Wagen sitzen. Schließlich wandte Chad mir das Gesicht zu. Seine Augen schimmerten in dem bleichen Schein der Straßenbeleuchtung. „Teufel auch, was für ein Kind!"

Ich nickte.

„Weißt du", fuhr er fort, „mir hat diese Rolle heute abend sehr gut gefallen. Ich hab mir auch gewünscht, wir wären eine Familie. Es kam mir so natürlich vor."

Ich lächelte ins Dunkle und fühlte, wie eine wohlige Stille uns einhüllte.

Kapitel sechs

Der April kam mit einem Schneesturm, mit dem der Winter sich endgültig verabschiedete. Der Schnee fiel in dichten, flaumigen Flocken, die zwar lieblich anzusehen waren, sich aber wie eine dicke Decke über alles legten, so daß die Schule zwei Tage lang ausfiel.

Als wir uns dort wieder einfanden, verkündete uns Sheila, daß ihr Onkel Jerry gekommen sei und bei ihnen bleibe. Er sei im Gefängnis gewesen und nun entlassen und wolle sich hier Arbeit suchen. Sie schien ganz begeistert über dieses neue Familienmitglied zu sein und erzählte uns, daß Onkel Jerry während des Schneesturms den ganzen Tag mit ihr gespielt habe.

Der Schulalltag hatte uns bald wieder. Doch das Hochgefühl, das uns der Sieg über das Jugendgericht verliehen hatte, blieb uns, so daß

Anton und ich stets in gehobener Stimmung waren. Und wenn wir glücklich waren, so war Sheila in ihrem neuen Kleid geradezu selig. Sie trug es jeden Tag.

Eines Morgens jedoch, etwa Mitte April, kam sie in ihrer alten Latzhose und dem T-Shirt in die Schule und sah sehr bedrückt und blaß aus. Bei der morgendlichen Diskussion setzte sie sich ganz an den Rand der Gruppe. Sie hörte zwar zu, nahm aber nicht teil. Zweimal in dieser halben Stunde stand sie auf und ging zur Toilette, und ich machte mir schon Sorgen, ob sie krank sei.

Später, als ich die Rechenaufgaben austeilte, nahm ich sie beiseite und fragte sie: „Fühlst du dich heute nicht gut, Schätzchen?"

„Doch", sagte sie und ging an ihren Platz. Ich folgte ihr und nahm sie auf den Schoß. Ich wunderte mich, wie verkrampft sie war, und legte ihr die Hand auf die Stirn, ob sie vielleicht Fieber habe. Aber nein. Und doch, sie verhielt sich sehr sonderbar. „Was ist los, Sheila? Du bist ja ganz verkrampft!"

„Nix", sagte sie bloß.

Ich nahm sie von meinem Schoß herunter. Auf meiner Jeans breitete sich ein roter Fleck aus. Ich starrte darauf und begriff im ersten Moment nicht, was es war. Daraufhin sah ich mir Sheila an. Auf ihrer Hose war ein roter, sich weiter ausdehnender Fleck.

„Sheila, du blutest ja!" Ich hob sie hoch, rannte mit ihr zur Toilette und schloß die Tür hinter uns zu. Dort knöpfte ich ihr die Hose auf, die ich anschließend herunterzog. Das Blut lief ihr an den Beinen hinunter. In ihrem Schlüpfer steckten mehrere Papiertücher, mit denen sie offenbar versucht hatte, das Blut zu stillen.

„Um Himmels willen, was ist denn passiert?" rief ich, und Angst, schreckliche Angst stieg in mir auf, während ich die blutigen Lappen herauszog.

Sheila rührte und regte sich nicht und verzog keine Miene. Ihre Augen waren leer, und sie war bleich wie der Tod. Wer weiß, wieviel Blut sie schon verloren hatte!

„Sheila, was ist passiert? Du mußt es mir sagen. Was ist passiert?"

Sie blinzelte, wie jemand, der aus einem schweren Schlaf aufwacht. Sie kämpfte einen schweren Kampf mit sich, um der Scham und der Pein Herr zu werden.

„Mein Onkel Jerry, er sagt, er will mich liebhaben. Er sagt, er will

mir zeigen, wie Leute sich lieben tun, wenn sie groß sind." Ihre
Stimme klang wie aus weiter Ferne. „Und wenn ich laut schreie, er
sagt immer, keiner können mich richtig liebhaben, wenn ich es nich
lernen tu. Er sagt immer, ich lass' ihn nich rein, und darum schneid er
mich auf mit ein Messer."

Ich erstarrte: „O Sheila, warum hast du mir nichts davon gesagt?"

„Ich bin zu bange. Onkel Jerry, er sagt, er tut es wieder, wenn ich es
sagen tu. Er sagt, wenn ich was sagen tu, dann werden alles nur noch
schlimmer."

Aus Angst, daß sie schon zuviel Blut verloren haben könnte,
wickelte ich sie in ein Handtuch, nahm sie auf den Arm und lief hinaus.
Ich rief Anton zu, er solle die Aufsicht übernehmen, griff mir meine
Autoschlüssel und hastete keuchend die Treppe hinunter ins Büro. Ich
erklärte kurz der Sekretärin, daß ich Sheila ins Krankenhaus bringen
müsse, und bat sie, Sheilas Vater ausfindig zu machen und dorthin zu
schicken. Während der ganzen Zeit spürte ich, wie das warme Blut
von Sheila durch mein Zeug sickerte.

Sheila war noch bleicher geworden und hing ganz schlaff in meinen
Armen. Ich rannte zu meinem Wagen. Sie auf dem Schoß haltend,
drehte ich den Zündschlüssel und legte den Gang ein. „Sheila, Sheila,
bleib wach", flüsterte ich, verzweifelt bemüht, gleichzeitig zu fahren
und sie zu halten. Ich hätte jemanden mitnehmen sollen.

„Ich bin ja wach", murmelte Sheila, und ihre schmalen Finger
gruben sich durch meine Bluse in meine Haut. „Aber es tut weh!"

„Ich weiß, Baby! Aber sprich weiter, sag irgend etwas, ja?"

Der Weg ins Krankenhaus kam mir endlos vor, der Verkehr wie ein
Chaos. Vielleicht hätte ich einen Krankenwagen rufen sollen. Wieviel
Blut mochte sie wohl schon verloren haben? Ich hatte keine Ahnung.

Sie öffnete die Lippen zu einem trockenen Schluchzen. „Onkel
Jerry, er sagt immer zu mir, ich muß lernen, wie die Großen sich
liebhaben!"

Wir näherten uns dem Krankenhaus. „Kindchen, das hat er nur
gesagt, damit er dir das antun konnte. Was er gesagt und getan hat, das
war gemein und schlecht."

Zwei junge Pfleger kamen uns mit einer Trage an der Notaufnahme
entgegengelaufen. Als ich Sheila auf die Trage half, zeigte sie zum
erstenmal Angst. Sie klammerte sich stöhnend an mich und sträubte

sich heftig, als die Männer versuchten, ihre in meine Bluse verkrallten Finger zu lösen.

„Geh nicht weg!" jammerte sie. „Laß sie mich nicht wegbringen."

„Ich komme ja mit, Sheila."

Und so bewegten wir vier, Sheila auf der Trage, ich über sie gebeugt, uns zur Tür, wobei sie nicht aufhörte, sich voller Angst an meine Bluse zu klammern und zu schluchzen. Sie hielt mich so fest in ihrem Kampf gegen ihre Angst, daß ich es leichter fand, sie auf den Arm zu nehmen und zu tragen, als mich andauernd über sie zu beugen.

Ein Arzt untersuchte sie kurz, wobei ich sie auf dem Schoß hatte. Ihr Vater war noch nicht aufgetaucht, darum mußte ich ein Formular unterschreiben, in dem ich mich für ihn mit jeder notwendigen Behandlung einverstanden erklärte.

Sheila war inzwischen wieder ganz fügsam und still und zuckte nicht einmal zusammen, als die Schwester kam und ihr eine Spritze gab. Es dauerte nicht lange, und ich spürte, wie ihr Griff sich lockerte. Ich legte sie auf den Untersuchungstisch. Eine der Schwestern und der diensthabende Arzt leiteten eine Bluttransfusion ein. Nachdem er sie noch einmal gründlich untersucht hatte, winkte mir der Arzt zu, mit nach draußen zu kommen. Mit einem letzten Blick auf Sheila, die blaß und schmal mit geschlossenen Augen auf dem Tisch lag, folgte ich ihm. Ich berichtete ihm gerade, was geschehen war, als Sheilas Vater mit der Sozialhelferin über den Gang gewankt kam. Er war stockbetrunken.

Der Arzt erklärte uns, daß Sheila eine große Menge Blut verloren habe und es vor allem darauf ankomme, das zu ersetzen. Danach bedürfe es höchstwahrscheinlich noch eines operativen Eingriffs und längerer Behandlung. Nach dem, was er gesehen hatte, habe das Messer die Vaginawand verletzt, eine ernste Verletzung wegen der Wahrscheinlichkeit einer Infektion. Die ganze Zeit, während der Arzt mit uns sprach, schwankte Sheilas Vater hin und her.

Es gab nichts mehr, was ich hier noch tun konnte. Am besten kehrte ich in meine Klasse zurück. Ich sah an mir hinunter. Erst mußte ich nach Hause und mich umziehen. Meine Jeans und meine Bluse waren voller Blut. Ich starrte darauf, tief betroffen, wie verwundbar alles Leben ist.

AN DIESEM Abend ging ich nicht noch einmal ins Krankenhaus. Als ich nach der Schule den Arzt anrief, sagte er mir, daß Sheila gerade operiert werde und ihr Zustand trotz der Bluttransfusionen noch kritisch sei. Nach der Operation komme sie auf die Intensivstation. Man wolle sichergehen, daß die Blutung gestillt sei. Der Arzt schlug mir vor, mit meinem Besuch noch einen Tag zu warten. Er versicherte mir, daß sie in den besten Händen sei und sie es ihr so leichtmachen würden, wie sie könnten. Ich fragte nach ihrem Vater. Man hatte ihn, da er nicht nüchtern genug war, um mit ihm zu reden, nach Hause geschickt. Der Bruder des Vaters, Jerry, sei in Haft genommen worden.

Nach dem Abendessen kam Chad, und ich erzählte ihm, was geschehen war. Chad war außer sich. Er schritt im Zimmer auf und ab und schüttelte fassungslos den Kopf, ohne ein Wort zu sagen. Schließlich entlud sich sein Abscheu in wilden Verwünschungen gegen einen Menschen, der so etwas einem kleinen Mädchen antun konnte.

Obgleich mir von dem Vorfall ganz elend war, nagte ein sonderbares Gefühl in mir. Vor fünf Monaten war Sheila die Geschmähte und ein anderer das Opfer. Zweifellos hatten die Eltern des kleinen Jungen gegenüber Sheila genauso empfunden wie Chad gegenüber Jerry. Das sollte keineswegs eine Entschuldigung für Jerrys rohe Schandtat sein. Aber ich vermutete, daß in Hinsicht auf die seelische Verstörtheit der beiden eine Parallele bestand.

Am nächsten Morgen rief ich gleich wieder im Krankenhaus an. Der Arzt versicherte mir, daß Sheila den Eingriff gut überstanden und ihr Zustand sich über Nacht stabilisiert habe. Sie sei an diesem Morgen so munter und klar gewesen, daß man sie schon in die Kinderstation verlegen konnte. Ich dürfe sie, wann immer ich wolle, besuchen. Sie sei ein tapferes kleines Mädchen, fügte der Arzt herzlich hinzu. „Ja", erwiderte ich, „das ist sie. Es gibt niemanden, der tapferer ist."

ES WAR schwierig, den anderen Kindern zu erklären, was Sheila zugestoßen war. Zwar hatten wir im Oktober schon einmal in der Klasse über Kindesmißhandlung und Notzucht gesprochen. Die meisten meiner Kinder kamen aus einer Schicht, in der die Gefahr derartiger Schandtaten groß war, und ich hielt es für richtig, daß sie wußten, was zu tun sei, falls sie jemals in eine derartige Situation gerieten.

Nichtsdestoweniger bleibt es eine heikle Sache, über Notzucht zu sprechen. Ich hatte es damals dabei bewenden lassen, mit ihnen darüber zu sprechen, was zulässig oder unzulässig sei, wenn ein Erwachsener sie anfasse, berühre, nahekomme. Es war für die Kinder eine große Hilfe und Erleichterung, über solche Dinge sprechen zu können und von ihrer Angst, daß sie nicht wußten, was sie tun sollten, wenn jemand sie anfaßte und es sich so „komisch" anfühlte.

Doch nun, in Sheilas Fall, wußte ich nicht, was ich sagen sollte. Die Kinder hatten mit angesehen, wie wir beide mitten in der Schulzeit fortgegangen waren, sie hatten das Blut gesehen. Also erzählte ich ihnen einfach, daß Sheila zu Hause etwas Schlimmes zugestoßen war und ich sie deswegen ins Krankenhaus bringen mußte.

Schon am nächsten Nachmittag malten und kritzelten die Kinder lustige, bunte Karten, um Sheila gute Besserung zu wünschen. Dennoch ging der Vorfall den Kindern näher, als ich gedacht hatte. Als wir uns gegen Ende des Tages um den Heinzelmännchen-Briefkasten scharten, brach William in Tränen aus.

„Nanu, warum weinst du denn?" fragte ich.

„Ich weine wegen Sheila. Ich habe Angst, daß sie sterben muß. Mein Opa war auch mal im Krankenhaus, und da ist er gestorben."

Und schon fing auch Tyler an zu schluchzen: „Sie fehlt mir!"

„Na, Kinder!" rief ich, „Sheila geht es gut. Sie stirbt nicht."

„Aber warum sprechen wir denn nicht darüber?" beklagte sich Sarah. „Nicht ein Mal hast du Sheila erwähnt, den ganzen Tag über nicht. Da kriegt man es doch mit der Angst."

„Ja", bekräftigte Guillermo, „ich muß immer an sie denken, und du tust so, als wäre sie nie hier bei uns gewesen. Mir fehlt sie."

Alle bis auf Susannah und Freddie waren am Weinen. Ich bezweifelte, daß ihre Tränen Sheila galten, aber was da passiert war, hatte sie verstört und verängstigt. Sie merkten mir an, wie bekümmert und bestürzt ich selber war, wenn ich auch nichts sagte. Kinder sind feinfühlig und unvoreingenommen, sie vermögen in einem zu lesen wie in einem Buch. Überdies hatten wir in unserer Klasse Monate damit zugebracht, Offenheit gegeneinander zu üben und zu lernen, sich in die Lage des anderen hineinzuversetzen. Sie hatten ihre Lektion wohl zu gut gelernt, denn sonst hätte ich ihnen meine Gefühle wohl besser verbergen können.

Also blieb der Heinzelmännchen-Briefkasten geschlossen, und ich redete mit ihnen, erklärte, warum ich diesmal nicht so ehrlich wie sonst ihnen gegenüber gewesen sei.

„Über manche Dinge zu sprechen ist nicht so einfach", fing ich an, „und das, was mit Sheila passiert ist, gehört dazu."

„Was heißt denn das?" fragte Peter. „Meinst du, wir sind noch zu jung dafür? Das sagt meine Mami auch immer, wenn ich was nicht wissen soll!"

Ich lächelte. „In etwa. Aber außerdem machen manche Dinge selbst großen Leuten schwer zu schaffen. Und wenn den Erwachsenen etwas an die Nieren geht, dann mögen sie nicht darüber sprechen. Das ist eine von den Schwierigkeiten, die das Erwachsensein mit sich bringt."

Die Kinder ließen keinen Blick von mir – Tyler mit den langen, greulichen Halsnarben, der schöne, schwarzhäutige Peter, Guillermo, dessen Augen eigentlich ins Leere starrten, der sich wiegende, daumendrehende Max, Sarah, William, Freddie und meine kleine Märchenprinzessin Susannah.

„Wie ich euch schon sagte, hat man Sheila zu Hause etwas angetan. Und ihr erinnert euch doch noch daran, daß wir schon einmal über die Art und Weise, wie einer einen berühren und nahekommen kann, gesprochen haben. Und daß es Stellen an einem gibt, die der andere nicht berühren darf."

„Ja, was intim ist an einem, nicht?" sagte William.

Ich nickte. „Ja, und jemand von Sheilas Leuten hat sie dort, wo er es nicht durfte, angefaßt und Sheila, die darüber ganz verstört und unglücklich war, dabei schlimm verletzt."

Aus den Mienen der Kinder war ungläubiges Staunen abzulesen.

„Was hat er mit ihr gemacht?" fragte William.

„Sie mit einem Messer verletzt an dieser intimen Stelle." Als ich mich so reden hörte, fragte ich mich, ob es richtig war, was ich da tat. Ich fühlte instinktiv, daß ich es richtig machte. Unsere Beziehung gründete sich darauf, immer die Wahrheit zu sagen, so schlimm sie auch war. Vor allem aber vermochte ich nicht einzusehen, daß „Bescheid wissen" schlimmer für sie sein könnte als „nicht Bescheid wissen". Daß nichts im Leben so schlimm war, daß man nicht darüber sprechen konnte, war von Anfang an der Leitspruch in unserer Klasse gewesen.

„Wer hat das getan?" fragte Guillermo. „War es ihr Vater?"

„Nein, ihr Onkel."

„Ihr Onkel Jerry?" fragte Tyler.

Ich nickte.

Einen Moment lang herrschte Schweigen. Dann zuckte Sarah die Schultern und sagte: „Na, immerhin war's nicht ihr Vater. Als ich noch nicht in der Schule war, da hat mein Vater ..., da ist er manchmal, wenn meine Mutter auf Arbeit war ..., in mein Zimmer gekommen ...", sie stockte, blickte von Tyler zu mir und dann auf den Teppich. „Es ist schlimmer, wenn es der Vater tut, finde ich."

„Können wir nicht aufhören, davon zu sprechen", sagte William und zog schaudernd seine Augenbrauen zusammen.

„Nein, noch nicht!" rief Sarah. „Ich will erst wissen, wie es Sheila geht."

„Nein", wimmerte William. Tränen schossen ihm in die Augen.

Ich streckte ihm die Hand hin. „Komm, setz dich her zu mir." Er stand vom Fußboden auf und kam, und ich legte einen Arm um ihn. „Ich weiß, es ist schrecklich. Aber man muß darüber sprechen."

Er nickte: „Manchmal, da liegt unter meinem Bett Staub. Und dieser Staub jagt mir Angst ein. Manchmal denke ich, das war vielleicht mal ein Mensch. Es steht doch in der Bibel, daß der Mensch aus Staub ist und wieder zu Staub wird, wenn er tot ist. Vielleicht ist das auch so ein Toter unter meinem Bett. Vielleicht ist es mein Opa oder Sheila."

„Ich glaube nicht, William, daß die Bibel das so meint. Und Sheila ist nicht tot. Es geht ihr schon wieder besser."

„Torey", fragte Tyler, „wie kommt Sheilas Onkel dazu, ihr das anzutun? Sie hat uns doch selber erzählt, daß er so nett ist und immer mit ihr spielt."

Ich konnte keine Antwort geben. „Ich weiß es nicht, Ty."

„Hatte er Probleme", fragte Sarah, „wie mein Vater? Sie haben ihn in die Anstalt getan, weil er Probleme hatte. So hat's meine Mutter mir erklärt. Und er kommt nie wieder raus!"

„Ja, so könnte man es wohl nennen. Er hatte Probleme mit kleinen Mädchen; er wußte nicht, wie man richtig mit ihnen umgeht."

„Wann kommt Sheila wieder?" fragte Peter.

„Sobald sie wieder gesund ist."

Wir redeten noch lange miteinander. Es läutete zum Heimgehen, die Schulbusse kamen und fuhren wieder, und wir redeten noch immer. Über sexuelle Vergehen, über Sheila, über uns.

Hinterher lud ich alle acht in meinen Wagen und fuhr sie nach Hause – und die Fragen nahmen kein Ende.

NACHDEM ich alle Kinder abgesetzt hatte, fuhr ich mit den Gute-Besserung-Karten und ein paar Lieblingsbüchern von Sheila ins Krankenhaus. Ich fand sie allein in einem großen, verglasten Beobachtungsraum neben dem Schwesternzimmer. Sie lag in einem Kinderbett, über dem ein Infusionsgerät mit einer Blutkonserve hing. Der Arm mit der Kanüle war mit einem Pflaster an der Seite des Gitterbettes befestigt. Sie sah so klein, so schmächtig aus. Bevor ich sie zurückhalten konnte, rollten mir die Tränen über die Wangen. Warum hatte man sie in ein Kinderbett gelegt? Sicherlich schämte sie sich vor mir, in einem Kinderbett zu liegen.

Als ich hereinkam, drehte Sheila den Kopf herum und sagte leise: „Nicht weinen, Torey! Es tut nich sehr weh. Wirklich nich!" Sie lächelte sanft, als wäre ich es, die getröstet werden müsse, und hob die Hand, um mir übers Gesicht zu streicheln.

Beschämt von solcher Tapferkeit, schaute ich sie an: „Es tut mir wohl, ein bißchen zu weinen. Du hast mir einen solchen Schrecken eingejagt, und ich hatte Angst um dich, ich kann nichts dafür."

„Es ist nicht so schlimm." Ihre Augen hatten etwas von ihrem sprechenden Ausdruck verloren. Vielleicht rührte dieses Glasig-Matte von den Medikamenten her. „Ich hab auch manchmal Angst – wie letzte Nacht. Ich wußte nicht, wo ich war. Aber ich hab nich geweint. Und ganz bald is die Schwester reingekommen und hat mit mir gesprochen. Sie is richtig nett. Aber ich habe immer noch ein bißchen Angst. Ich möchte gern meinen Pa sehn."

„Ich weiß, Herzchen. Er kommt, sobald er kann."

„Ne, er mag keine Krankenhäuser."

„Nun, warten wir's ab."

„Ich möchte, du bleibst bei mir."

„Ich komme, sooft ich kann. Und Anton und Chad kommen dich auch besuchen."

Sie blickte zu dem Infusionsgerät hoch, und plötzlich lagen wieder Pein und Angst in ihren Augen: „Ich möchte, daß du mich in die Arme nehmen tust", wimmerte sie. „Mein Arm tut mir schrecklich weh, und ich bin so allein. Ich möchte in deine Arme!"

Ich strich ihr das Haar zurück: „Ich weiß, meine Süße. Und ich möchte es auch. Aber es geht doch nicht wegen der Geräte, an die du da angeschlossen bist. Das gäbe ein Malheur!"

Ihr Blick glitt erneut darüber. Sie holte einmal tief und zitternd Luft und wurde ganz teilnahmslos, ihren Schmerz fest in ihrem Herzen verschließend.

„Ich hab dir ein paar Bücher mitgebracht. Was meinst du, soll ich dir nicht ein wenig vorlesen? Das bringt dich vielleicht auf andere Gedanken."

Sie nickte: „Ja, tu mir die Geschichte von dem Fuchs und dem kleinen Prinzen vorlesen."

SHEILA mußte für den Rest des Monats April im Krankenhaus bleiben. Während dieser Zeit fand die Verhandlung gegen ihren Onkel statt, in der er wieder zu Gefängnis verurteilt wurde. Ihr Vater besuchte Sheila in der ganzen Zeit nicht ein Mal! Seine Ausrede war, daß er eine krankhafte Abneigung gegen Krankenhäuser habe.

Ich ging jeden Abend zu ihr, und auch Chad kam fast allabendlich und spielte mit ihr Dame. Anton besuchte sie regelmäßig, und selbst Whitney durfte ein paarmal kurz zu ihr, obgleich Kinder unter vierzehn im Krankenhaus eigentlich keinen Zutritt haben. Selbst Mr. Collins schaute an einem Sonnabend nachmittag zu ihr herein. Sheila war bald der Liebling der Kinderstation. Es war ein stetes Kommen und Gehen, jeder wollte ihr gute Besserung wünschen. Doch das Beste von allem war, daß sie dreimal am Tage eine ordentliche Mahlzeit bekam, so daß sie allmählich an Gewicht zunahm, was sie sehr nötig hatte.

Ihre emotionellen Schwierigkeiten schienen durch den kürzlichen Vorfall verdrängt zu sein. Denn wie sonst konnte ein Kind, das einen so schweren seelischen Schock erlitten hatte, sich hier im Krankenhaus so geben, als wäre nichts geschehen? Die Schwestern waren geradezu des Lobes voll über ihr Betragen. Und ebendas machte mich stutzig. Ich hatte Angst, daß sie mit ihrer absonderlichen Fähigkeit, nicht zu weinen, ihre seelische Not verdrängte und sich und den anderen unbewußt etwas vormachte, als wäre diese wüste Untat nie geschehen. Genau das zeigte mir, wie tief und schwer ihre Verstörung war.

GERADE in dieser Zeit erfuhr ich, daß meine Klasse aus mancherlei Gründen aufgelöst werden sollte. Man war höheren Ortes der Meinung, daß man die meisten der gestörten Kinder anderweitig unterbringen könne und es keiner Sonderklasse für sie bedürfe. Außerdem hätten manche meiner Kinder so gute Fortschritte gemacht, daß man sie in eine reguläre Schule geben könne. Das Ganze ging, wie es hieß, auf eine Gesetzesvorlage im Kongreß zurück, durch die auch behinderten Kindern eine reguläre Schulausbildung gewährt werden sollte. Dadurch würden Klassen wie meine hier überflüssig, und die eigens dafür ausgebildeten Kräfte frei zur Beratung regulärer Lehrkräfte. Vor allem aber fehlte es an Geld, um Kinder in Sonderklassen zusammenzufassen.

Diese Neuigkeiten, so traurig sie mich auch machten, trafen mich nicht aus heiterem Himmel. Ich hatte sowieso schon meine eigenen Pläne. Meine Examina hatte ich sowohl für den Unterricht an regulären Schulen als auch für die Sonderschule gemacht. Das einzige, was mir noch fehlte, war ein besonderes Diplom, das mich zum Unterricht von behinderten Kindern berechtigte. Dies war von den Schulbehörden bisher nicht verlangt worden. Aber ich wollte nicht warten, bis der Staat von mir forderte, was mir schon lange als Ziel vorschwebte, und sagte mir, jetzt oder nie ist es an der Zeit, noch einmal auf die „Schulbank" zurückzukehren.

Gerade weil ich mit Leib und Seele Lehrerin war, hatte der Gedanke an meine Zukunft mir in den letzten Monaten schwer auf der Seele gelegen. Hinzu kam, daß Chad unbedingt heiraten und eine Familie gründen wollte. Der Abend damals nach der Verhandlung über Sheilas Schicksal hatte ihn tief bewegt und den Wunsch, Frau und Kinder zu haben, noch lauter werden lassen. Ich jedoch war immer ruheloser geworden, und als im April die Zusage von der Uni kam, beschloß ich zu gehen. Im Juni also, wenn das Schuljahr zu Ende wäre, würde ich einen halben Kontinent weit von Chad und Sheila fortgehen und von einem Ort, wo ich einige meiner schönsten Jahre verlebt hatte.

ANFANG MAI kehrte Sheila in die Schule zurück mit demselben nach außen gekehrten munteren Verhalten, das sie im Krankenhaus zur Schau getragen hatte. In den ersten Tagen deutete nichts darauf hin, daß sie irgendwelche Probleme haben könnte. Doch niemand vermag auf die Dauer so viel seelische Not zu verdrängen und ganz allein damit fertig zu werden. Im Laufe des Dienstags begann die Mauer zu bröckeln. Es fing damit an, daß ich mehr von ihr forderte und sie sich dabei ertappte, daß sie Fehler machte, worauf sie für ein paar Stunden in mürrisches Maulen versank. Hinzu kam, daß die anderen Kinder ihr keineswegs die Aufmerksamkeit angedeihen ließen, an die sie aus dem Krankenhaus gewöhnt war, was eine gereizte Wichtigtuerei bei ihr hervorrief.

Vor allem aber fing sie allmählich wieder an, mit mir zu sprechen. Anfangs redete sie nur über belanglose Dinge, doch hin und wieder schlich sich ein Satz ein, der mir zeigte, was sich unter der sorglosen Oberfläche verbarg.

Seit Sheila in die Schule zurückgekehrt war, trug sie wieder ihre alte Latzhose und ihr T-Shirt. Aber da sie im Krankenhaus zugenommen hatte, paßte ihr beides nicht mehr. Ich wunderte mich, was aus ihrem rot-weißen Kleid geworden war, und am Freitag nach der Schule fragte ich sie danach. Sheila half mir gerade, Bilder für das Schwarze Brett auszuschneiden, so daß wir zusammen am Tisch saßen, die Arbeit zwischen uns ausgebreitet.

Sie überlegte einen Augenblick, ehe sie auf meine Frage antwortete: „Ich tu das nich mehr anziehen. Nie mehr."

„Warum denn nicht?"

„Damals . . .", sie stockte und schnippelte emsig weiter. „Damals, mein Onkel Jerry . . ., also er sagte, das is ein richtig hübsches Kleid. Er konnte darunter fassen. Darum tu ich es nie mehr anziehen. Außerdem is es ganz voll Blut. Mein Pa hat es weggeworfen, als ich weg war."

„Oh." Ich wußte nicht, was ich sagen sollte, und machte erst einmal schweigend weiter mit dem Ausschneiden. Sheila blickte auf: „Torey, ich mochte Onkel Jerry leiden. Er hat immer mit mir gespielt. Wieso bloß wollte er mir auf einmal so weh tun?"

Ich legte die Schere hin und strich ihr das Haar zurück. „Da stellst du mir eine schrecklich schwere Frage, Herzchen! Ich weiß wirklich keine

Antwort darauf. Manchmal verliert ein Mensch einfach die Gewalt über sich, dabei passiert dann so etwas."

Sheila hörte mitten im Schnippeln auf und saß eine ganze Weile reglos da. Ihr Kinn zitterte: „Nichts is mehr so, wie man es gern haben möchte, nich?" Sie legte den Kopf auf den Tisch und wirkte sehr niedergeschlagen. „Ich will am liebsten nich mehr ich sein. Ich will jemand anders sein wie Susannah Joy und eine Menge hübsche Kleider haben. Ich möchte nich mehr hiersein. Ich will gern ein normales Kind sein und in eine richtige Schule gehn. Ich möchte einfach nich mehr ich sein. Ich hab es satt, es kotzt mich an. Aber ich weiß nich, wie ich das machen soll."

Ich hörte ihr schweigend zu und sah sie nur an. Wie oft hatte ich mir schon gesagt, daß ich das Schlimmste schon erlebt habe und daß nichts, was auch komme, mir jemals wieder so weh tun könne. Und ich mußte mir eingestehen, es tut jedesmal wieder genauso weh.

Ich hatte mir überlegt, daß wir zum krönenden Abschluß des Schuljahres und gleichzeitig zur Feier des Muttertages ein Theaterstück aufführen könnten. Von Kindern aus derartigen Sonderklassen erwartete man kaum, daß sie wie Kinder aus regulären Schulen sich an solchem traditionellem Feiertagsspaß beteiligten. Man war schon zufrieden, wenn sie tagaus, tagein das Ihre taten. Ich aber hatte mir zum Ziel gesetzt, in meiner Klasse ein Klima zu schaffen, in dem es fast wie in einer regulären Schulklasse zuging. Diese Aufführung, die ich im Sinne hatte, sollte nicht zuletzt als Beweis dienen, daß wir mit den andern Klassen, vor allem was das eigentlich Kreative betrifft, mitzuhalten vermochten. Mit Hilfe des Elternbeirates stellten wir ein paar Lieder, ein oder zwei Gedichte zu einem kleinen Spiel voller Elfen und Waldschrate zusammen, die in jedem Märchenstück die Hauptrollen spielen.

Die Kinder waren begeistert von dem Plan, nur das Stück entsprach keineswegs ihrem Ehrgeiz. Die meisten von ihnen hatten gerade im Fernsehen „Der Zauberer Oz" gesehen, in dem Judy Garland ihr berühmtes Lied „Somewhere over the Rainbow" singt. Sie wollten nun unbedingt selber das Stück aufführen. Ich erklärte ihnen, daß das für sie wohl etwas zu schwierig sei, zumal niemand außer Sheila allzu gut lesen konnte. Doch vor allem Peter blieb stur. Er habe keine Lust, irgendein Wurzelmännchen zu sein, er wollte der Blech-Holzfäller sein. Schließlich gab ich nach. Falls Peter mit Sarahs Hilfe ein Stück zustande brachte, in dem alle anderen auch eine Rolle hätten, sollte es mir recht sein.

Also begannen wir mit den Proben. Ich war über Sheilas lebhaftes Gedächtnis froh, so daß sie und ich so manches aus der Erinnerung beisteuern konnten, ganz zu schweigen von Max. Gerade dessen Autismus befähigte ihn, sich auf die geringste Kleinigkeit zu besinnen, wenn auch nicht immer auf Kommando. Wir erwarteten viele Mütter und Väter zu der Vorstellung. Ich fragte Sheila, ob sie denn ihren Vater nicht einladen wolle. Sie krauste nachdenklich die Stirn. „Er tut doch nicht kommen."

„Ich wette, er wäre stolz auf dich, wenn er dich in dem Stück sähe", entgegnete ich. „Glaub mir, Sheila, du hast seit Januar einen weiten Weg zurückgelegt. Du bist heute ein ganz anderes kleines Mädchen als damals. Dein Pa wird stolz auf dich sein, wenn er sieht, welch große Rolle sein kleines Mädchen hier in unserer Klasse spielt."

Sheila dachte eine ganze Weile über meine Worte nach: „Na gut, vielleicht tut er ja kommen."

Ich nickte. „Ja, vielleicht."

AM MORGEN vor der Vorstellung tauchte Chad in der Klasse auf, unter dem Arm eine große Schachtel für Sheila. „Wie ich höre, spielst du in einem Theaterstück mit."

„Ja!" rief sie und hopste aufgeregt um ihn herum. „Ich bin die Dorothee. Torey flechtet mir mein Haar in Zöpfe, und ich singe ein Lied und sage ein Gedicht auf. Und mein Pa, er tut auch kommen, um mich zu sehen. Und", fuhr sie atemlos fort, „du tust doch auch kommen?"

„Ich kann leider nicht. Aber ich hab dir etwas mitgebracht. Das soll dir Glück bringen."

„Mir?" Sie umschlang überglücklich seine Knie so heftig, daß Chad fast schwankte.

Ich wußte, was in der Schachtel war – ein wunderhübsches, langes Kleid, rot und weiß und blau mit Spitzen vorne. Chad wußte von mir, daß Sheila seit damals nie wieder ein Kleid anziehen wollte, aus Angst, man könnte ihr etwas antun. Darum hatte er ihr ein bodenlanges statt eines kurzen gekauft. Als er an jenem Abend zu mir gekommen war, um es mir zu zeigen, strahlte er wie ein kleiner Junge. Chad war davon überzeugt, daß er mit diesem Kleid etwas gefunden hatte, um den Greuel des letzten Monats auszulöschen. Er hoffte damit wenigstens ein bißchen von der Verzauberung, die uns an dem Abend nach der Verhandlung umfangen hatte, wiederzubringen.

Sheila hob den Deckel von der Schachtel und zögerte einen Moment. Dann, ganz, ganz behutsam, mit großen, runden Augen, nahm sie das Kleid heraus.

Sie blickte auf Chad, der neben ihr auf dem Fußboden kniete, ließ es wieder in die Schachtel fallen, senkte den Kopf und flüsterte heiser: „Ich zieh nie wieder ein Kleid an, nie."

Chad drehte sich zu mir um. Die Enttäuschung stand ihm im Gesicht geschrieben.

„Meinst du nicht, daß dieses hier okay ist?" wandte ich mich an Sheila.

Sie schüttelte den Kopf.

Zu Chad sagte ich: „Ich glaube, wir brauchen einen Augenblick für uns allein, falls du nichts dagegen hast" und zog Sheila mit mir an das andere Ende des Raumes. Ich wußte nur zu gut, in was für einem qualvollen Zwiespalt sie sich befand. Sie liebte hübsche Dinge über alles. Jedoch, die Erinnerung an das, was man ihr angetan hatte, war noch zu frisch, das Unheil noch nicht vergessen. Die Tränen standen ihr in den Augen. Sie verzog das Gesicht zu einer Grimasse und preßte die Finger gegen die Augen, um die Tränen zurückzuhalten. Aber zum ersten Mal wollte es ihr nicht gelingen, und sie brach in Schluchzen aus.

Endlich! Wie lange hatte ich auf diesen Augenblick gewartet! Ich nahm sie in die Arme und drückte sie fest an mich. Die anderen Kinder mußten bald kommen, es galt also, einen Platz zu finden, wo wir nicht gestört wurden. Der einzige, der mir einfiel, war das Bücherlager.

Chads so freundliches Gesicht war ganz verstört: „Ich wollte doch nur ..."

Ich schüttelte den Kopf: „Komme gleich wieder, okay?" Ich bat Anton, auf die Kinder aufzupassen. Dann trug ich Sheila, einen Stuhl hinter mir herziehend, in das Lager. Sie weinte und weinte und weinte. Ich hielt sie auf dem Schoß und wiegte sie nur still in meinen

Armen. Schließlich versiegten die Tränen. Sheila war nur noch ein zitterndes, schluchzendes Häufchen Elend. Ich strich ihr das feuchte Haar aus dem Gesicht und überlegte, was wohl in ihr vorgegangen sein mußte, daß ausgerechnet Chads Geschenk endlich diese Tränen ausgelöst hatte.

„Fühlst du dich ein wenig besser?" fragte ich vorsichtig.

Sheila gab keine Antwort, sondern drückte sich nur noch fester an mich. Ihr ganzer Körper wurde von stoßweisen Atemzügen und dem Zittern geschüttelt, das oft auf einen solchen Tränenausbruch folgt. Und so saßen wir dort eine ganze Weile, ohne ein Wort zu sprechen.

„Ich kann dein Herz schlagen hören", sagte sie endlich.

Ich strich ihr sanft über das Haar. „Was meinst du, wollen wir nicht in die Klasse zurückgehen? Die Rechenstunde muß schon halb vorüber sein."

„Nein."

Wieder senkte sich Schweigen um uns.

Plötzlich sagte sie: „Torey, warum tut er mir das Kleid schenken?"

Mich durchzuckte der schreckliche Gedanke, Sheila glaube womöglich, Chad, dieser vertrauenswürdige, gütige, liebenswerte Mensch, habe ihr das Kleid mit dem gleichen Hintergedanken gekauft, mit dem damals ihr Onkel Jerry zu ihr gesagt hatte, sie gefalle ihm in dem Kleid. Es war mir klar, ich durfte jetzt nicht antworten, er wolle es ihr schenken, weil er sie liebhabe.

„Weil ich ihm erzählt habe, daß das andere ruiniert ist. Und da hat er sich überlegt, daß es dich vielleicht freuen würde, in dem Theaterstück etwas Hübsches anzuhaben."

Da sie keine Antwort gab, fuhr ich fort. „Du weißt doch, daß Chad dir nie und nimmer weh tun könnte."

„Ja, ich weiß. Ich wollte ja auch gar nich weinen."

„Herzchen, niemand hat etwas dagegen, daß du weinst. Tränen tun uns manchmal not. Sie lindern und sind manchmal der einzige Weg, wieder ins reine zu kommen."

„Ich will das Kleid so gern haben", sagte sie leise, und nach einer kleinen Pause noch einmal: „Ich will es so gern haben. Aber auf einmal kriegte ich Angst, und da mußte ich weinen und konnte nich mehr aufhören."

„Okay, es ist schon gut, wirklich."
„Meinst du, ich kann es jetzt auch noch haben?" fragte sie.
Ich nickte und lächelte. „Aber ja, Chad läßt es dir hier."

BEIDE, L. Frank Baum und Judy Garland müssen sich an jenem Nachmittag im Grabe umgedreht haben. Bis auf Titel und Namen hatte, was die Kinder vorführten, wenig gemeinsam mit Baums berühmtem Buch, weder was die eigentliche Geschichte noch was den berühmten Film mit Judy Garland anbelangt. Peter, der in Besetzungsfragen maßgebend zu sein schien, hatte Sheila die Dorothee spielen lassen. Sie bewältigte die Rolle vornehmlich durch ihre Kunstfertigkeit ebenso schnell zu denken wie zu sprechen. Tyler war die Rolle der bösen Hexe zugeteilt, Sarah stellte die Vogelscheuche dar, William spielte den feigen Löwen, und Guillermo war der Zauberer. Die Rolle der guten Hexe Glinda hatte Peter Susannah gegeben. Sie war so lieblich und reizend und hübsch, daß sie selbst ohne Kostüm wie eine richtige kleine Fee aussah. Freddie mimte einen Mümmler und Max einen Flügelaffen. Den blechernen Holzfäller spielte natürlich Peter selber.
Nur Eltern, Lehrer oder Menschen mit einem ausgeprägten Sinn für unfreiwillige Komik sind imstande, unseren Zauberer Oz richtig zu würdigen. Sheila hatte sich nach der Erschütterung am Morgen wieder gefangen. Sie bestand darauf, das Kleid von Chad zu tragen statt des Kostüms, das Whitney für sie gemacht hatte. Sie flitzte bei ihren Auftritten über die ganze Bühne und warf Kulissen und Requisiten um. Freddie dagegen rührte sich nicht vom Fleck. Er saß nur stur da, mit einer lächerlichen Narrenkappe auf dem Kopf, und winkte seiner Mutter im Zuschauerraum zu. Als sein Auftritt vorüber war, mußte Anton ihn von der Bühne ziehen. Der feige Löwe war William auf den Leib geschrieben. Er wußte nur zu gut, wie einem zumute ist, wenn man Angst hat, und gab diesem Gefühl den echtesten Ausdruck, indem er die ganze Zeit nichts tat als zittern und jaulen und wimmern. Susannah Joy als Glinda schwebte über die Bühne, genauso wirklichkeitsfremd wie immer, und gab dazu spitze, kleine Töne von sich. Im Stück wirkte das erstaunlich echt. Sheila fühlte sich offenbar bemüßigt, ganze Partien des Stückes dem Publikum zu erklären. Bei ihren langen Monologen standen die

anderen Kinder stumm herum. Schließlich kam Peter auf die Bühne gestelzt und forderte sie auf abzutreten.

Hinterher gab es Kuchen und Punsch. Die Kinder zeigten ihren Eltern, was sie alles in der Schule gemacht hatten. Auch Sheilas Vater war gekommen, wieder in seinem verschlissenen Anzug. Ich erlebte zum ersten Mal, daß er seine Tochter, als sie nach der Vorstellung zu ihm hüpfte, anlächelte. Er hatte die Güte gehabt, nüchtern zu erscheinen, und es sah ganz so aus, als gefiele es ihm bei uns. Über Sheilas neues Kleid verlor er kein Wort. Erst als ich ihm am Ende der Party erzählte, daß Chad es ihr gekauft hatte, musterte er seine Tochter von oben bis unten, drehte sich zu mir und zog eine abgewetzte Brieftasche aus dem Jackett. „Ich hab nich viel bei mir", sagte er ruhig. „Wie wär's, wenn Sie mit ihr gehen und ihr was zum Anziehen kaufen. Ich weiß, sie braucht ein paar Sachen, und, nun ja, man braucht eben 'ne Frau, um ...", seine Stimme erstarb, und sein Blick glitt ab. „Wenn ich das Geld behalte ... na, Sie wissen schon, ich hab da mein kleines Problem!" Er hielt mir einen Zehndollarschein hin.

Ich nickte: „Ja, gerne. Gleich nächste Woche gehe ich mit ihr in die Stadt." Er lächelte ein wenig, und bevor ich noch etwas sagen konnte, war er fort. Ich blickte auf den Geldschein. Davon konnte man nicht eben viel zum Anziehen kaufen. Aber immerhin hatte er versucht, das Geld dem Zweck zuzuführen, dem es bestimmt war, anstatt es in Schnaps umzusetzen. Ich mochte den Mann trotz allem und war voller Mitleid. Sheila war nicht allein das Opfer. Ihr Vater brauchte zweifellos ebensoviel Anteilnahme wie sie. Auch er war einmal ein kleiner Junge gewesen, dessen Not sich niemand angenommen hatte.

Gäbe es doch nur mehr Menschen auf der Welt, die sich um den Nächsten kümmern, ihn lieben ohne Vorbehalt.

KAPITEL SIEBEN

PLÖTZLICH waren es nur noch drei Wochen bis zum Ende des Schuljahres. Ich hatte den Kindern bisher noch nicht erzählt, daß die Klasse aufgelöst werde. Einige von ihnen wußten allerdings schon, daß sie im nächsten Jahr an einem mehr oder minder regulären

Schulunterricht teilnehmen sollten. William hatte bereits in den letzten drei Monaten an den Lese- und Rechenstunden der vierten Klasse im Hauptgebäude teilgenommen und sollte in die fünfte Klasse als regulärer Schüler aufgenommen werden. Tyler sollte an einem neuen Sonderschulprogramm teilnehmen. Sie würde zwar die meiste Zeit noch in einer Vorschulklasse sein, aber es kam doch dem Alltag einer regulären Schülerin näher. Was mit Sarah geschehen sollte, hatten wir noch nicht entschieden. Sie hatte sich zwar in unsere kleine Gemeinschaft sehr gut eingefügt, aber sobald sie in einer größeren Gruppe war, zog sie sich zu sehr in sich selbst zurück. Wahrscheinlich brauchte sie noch ein weiteres Jahr in einer Sonderklasse. Peter würde niemals über die Sonderhilfsprogramme hinauskommen, fürchtete ich. Er brauchte, gespalten wie er war, eine stets festgefügte Umgebung. Sein Zustand hatte sich noch verschlechtert. Guillermos Familie wollte sowieso von hier fortziehen. Freddie sollte in ein Tagesheim für zurückgebliebene Kinder kommen. Die Lehrerin, die herübergekommen war, um ihn zu beobachten, hoffte, daß es nicht allzu große Schwierigkeiten mit ihm gebe. Max hatte sich fein herausgemacht. Er sprach meistens in ganz normalen Sätzen, so daß seine Echolalie kaum noch zu bemerken war. Er und Susannah kamen in einen Sonderkurs für autistische Kinder.

Und Sheila? Sheila hatte einen weiten Weg zurückgelegt von jenem verängstigten Häufchen Elend, das man im Januar förmlich in unsere Klasse hatte hineinschubsen müssen. Sie hing mir längst nicht mehr am Rockzipfel oder vielmehr am Gürtel. Ihr kleiner Bruder Jimmy war vergessen, und sie kam fast nie mehr darauf zu sprechen, daß man sie an der Autobahn ausgesetzt hatte. Ich war nicht der Meinung, daß sie noch länger in eine Sonderklasse gehörte, wenngleich sie noch immer sehr leicht zu verstören und verwundbar war. Was sie brauchte, war einfach jemand, dem an ihr lag. Ich überlegte, ob ich nicht Ed Somers vorschlagen sollte, sie in die dritte Klasse einer regulären Schule zu versetzen, wo sie mit Kindern ihres Alters zusammensein würde. Außerdem hatte ich eine gute Freundin, Sandy, die in der dritten Klasse der Schule auf der anderen Seite der Stadt unterrichtete. Die Schule lag in der Nähe des Camps, und Sandy würde sich statt meiner um Sheila kümmern. Diese Gewißheit brauchte ich zu meiner eigenen Beruhigung.

Um einen ersten Versuch zu machen, Sheila an das Leben in einer regulären Klasse zu gewöhnen, beschloß ich, sie schon jetzt an den Rechenstunden der zweiten Klasse hier in unserer Schule teilnehmen zu lassen. Ich wollte, daß sie für einige Stunden aus unserer Klasse herauskomme, damit ihr der Übergang leichter fiele. Und da sie vor allem im Rechnen so sicher und gut war, hielt ich diese Regelung für das beste. Ich besprach die Angelegenheit mit Nancy Ginsberg, einer der Lehrerinnen, die in der zweiten Klasse unterrichteten, einer freundlichen, zugänglichen Frau, und sie war gern bereit, Sheila zu nehmen.

„WEISST du was?" sagte ich zu Sheila, als wir nach der Pause das Spielzeug wegräumten.

„Was?"

„Du wirst von nun an etwas tun, was dir Spaß machen wird. Du wirst für einen Teil des Tages in eine reguläre Klasse gehen."

Sie fuhr hoch: „Was?"

„Ich hab mit Mrs. Ginsberg gesprochen, und sie ist einverstanden, daß du zu den Rechenstunden in ihre Klasse kommst."

Sie beugte sich wieder über den Baukasten, den sie gerade einräumte. „Ich will aber nich."

„Sheila, du hast mir doch selbst einmal gesagt, du möchtest gern in eine reguläre Klasse gehen. Weißt du das nicht mehr?"

„Ich geh nich dahin."

„Und warum nicht?"

„Das hier is meine Klasse", erwiderte sie und fiel wieder in ihre Kindersprache, die sie in der letzten Zeit etwas abgelegt hatte. „Ich will in keine andere gehn."

„Es ist doch nur für die Rechenstunden."

Sie zog die Nase kraus. „Aber das ist mein Lieblingsfach hier. Es ist nicht fair, mich aus meiner Lieblingsstunde wegzuschicken."

„Du kannst auch noch Rechnen hier bei uns mitmachen, wenn du willst. Aber du wirst außerdem Rechnen bei Mrs. Ginsberg haben, und zwar ab Montag."

„Nein! Ich gehe nich!"

Für den Rest des Tages war Sheila abwechselnd am Maulen oder am Wüten. Am Nachmittag reichte es mir. Ich stellte sie vor die

Alternative: „Entweder nimmst du dich jetzt zusammen, oder du gehst in den Schmollwinkel." Sheila marschierte schnurstracks und bockig ab in die Ecke und polterte mit dem Stuhl herum, bevor sie sich setzte.

Sie blieb den ganzen Nachmittag dort hocken. Da sie es offensichtlich darauf anlegte, mich zu reizen, beachtete ich sie nicht. Nach der Schule ließ ich sie mit Anton allein und ging ins Lehrerzimmer hinunter, um die Stunden für den nächsten Tag vorzubereiten. Als ich kurz vor fünf zurückkam, lag sie hingerekelt auf einem Kissen und las ein Buch.

„Nun, hast du ausgewütet?" fragte ich.

Sie nickte, ohne von dem Buch aufzusehen. „Es wird dir noch leid tun, mich wegzuschicken."

„Was soll das nun wieder heißen?"

„Ich werde nich artig sein, wenn ich dahin muß. Ich werde so schlimm sein, daß sie mich wieder zurückschicken. Dann kannst du mich nicht mehr dahin abschieben."

„Sheila", sagte ich, ganz außer mir. „Überleg dir das noch einmal. Das wirst du doch nicht tun wollen."

„Doch, will ich", entgegnete sie, noch immer, ohne aufzusehen.

Ich ging zu ihr und hockte mich neben sie auf die Knie.

„Was ist los, Herzchen? Ich dachte, du wolltest gern in eine reguläre Klasse."

Sie zuckte die Achseln.

„Sheila, ich möchte wissen, was du dir denkst? Ich kann nicht glauben, daß du mir Ärger machen willst!"

„Doch!"

„Sheila!"

Endlich sah sie mich an: „Wieso möchtest du mich nich mehr hierbehalten?"

„Ich möchte dich doch hierbehalten. Aber ich möchte auch, daß du siehst, wie es in einer regulären Klasse zugeht."

„Ich weiß schon, wie es in einer richtigen Klasse ist. Da war ich doch, ehe ich hierherkam. Ich will in dieser Spinnerklasse bleiben."

Es war fast fünf Uhr. „Hör zu, Sheila, wir haben jetzt keine Zeit mehr. Wir sprechen morgen weiter darüber."

Doch am nächsten Tag weigerte sich Sheila, noch einmal darüber zu sprechen. Am Montag morgen schickte ich sie für 45 Minuten in Mrs. Ginsbergs Klasse hinüber. Binnen fünfzehn Minuten mußte Anton sie wieder abholen. Sie hatte die Hefte und Bogen zerrissen, die Stifte durch die Gegend geschleudert und einigen kleinen, arglosen Zweitkläßlern ein Bein gestellt. Anton kam mit ihr im Schlepptau. Sie trat um sich und schrie. Doch kaum schloß sich die Tür hinter ihnen, hörte Sheila auf zu toben und lächelte zufrieden. Ich sank auf einen Stuhl und schlug die Hände vors Gesicht. Dabei war ich so wütend, daß ich mich nicht traute, sie wegen ihres Benehmens zur Rede zu stellen.

Nach der Schule brachte ich die anderen Kinder zu ihrem Bus. Als ich zurückkam, stand Sheila am äußersten Ende des Raumes bei den Tierkäfigen an der Wand, die Augen weit aufgerissen vor Angst. Ich deutete mit dem Kopf über die Schulter auf einen der Tische. „Komm mal her, mein Kind, ich finde, es wird Zeit, daß wir uns aussprechen."

Zögernd kam sie näher und setzte sich auf den Stuhl mir gegenüber an den Tisch. „Böse auf mich?" fragte sie scheu.

„Wegen heute morgen? Ja, ich war es, heute morgen. Aber jetzt bin ich es nicht mehr. Ich möchte nur herausbekommen, warum du nicht dorthin gehen willst. Gewöhnlich hast du doch deine guten Gründe für das, was du willst und tust. Aber du hast sie mir ja nicht sagen wollen, als wir das letzte Mal darüber sprachen."

Sie musterte mich lange: „Das hier is meine Klasse."

„Ja, ganz recht. Und ich habe nicht vor, dich abzuschieben. Es geht doch nur um eine einzige Schulstunde am Tag." Ich beobachtete sie eine ganze Weile. „Sheila, es ist Mai. In ein paar Wochen ist das Schuljahr zu Ende. Ich finde, es ist höchste Zeit, an das nächste Jahr zu denken."

„Wozu? Ich bleib hier nächstes Jahr!"

Das Herz wurde mir schwer. „Nein", erwiderte ich sanft.

Ihre Augen blitzten: „Doch, doch! Ich werde das schlimmste Kind von der ganzen Welt sein und ganz schlimme Sachen machen, dann will mich keiner haben, und du mußt mich behalten, ob du willst oder nich."

„Sheila, darum geht es doch gar nicht", sagte ich zärtlich. „Diese Klasse hier gibt es im nächsten Jahr nicht mehr."

Wie von einer Welle wurde der triumphierende Ausdruck von

ihrem Gesicht geschwemmt. Sie wurde ganz blaß. „Was meinst du damit? Wo kommt sie denn hin?"

„Nirgends. Die Schulbehörde ist der Meinung, daß man sie nicht mehr braucht. Jeder hier könne gut in irgendeine andere Klasse gehen."

„Nicht mehr braucht?" rief sie. „Und ob man sie braucht! Ich brauche sie. Peter braucht sie und Max und Susie! Ich bin immer noch spinnert, und alle hier sein lauter spinnerte Kinder."

„Nein, Sheila, du bist nicht verrückt; ich bin nicht einmal sicher, ob du es jemals gewesen bist. Jedenfalls bist du es jetzt nicht mehr. Merk dir das ein für allemal!"

„Dann werd ich es eben wieder. Weil ich nirgendwo anders hingehe."

„Aber ich werde auch nicht mehr hiersein, Sheila."

Sie erstarrte.

„Im Juni ziehe ich fort. Gleich nach Schluß des Schuljahres. Es fällt mir wirklich schwer, dir das sagen zu müssen; denn du und ich, wir sind so gute Freunde geworden, und ich hab dich noch genauso lieb wie sonst, und ich geh auch nicht fort von dir, weil du irgend etwas getan oder nicht getan hast. Diese Entscheidung hat mit uns beiden gar nichts zu tun. Es ist ein Entschluß, den ich für mich und meine Zukunft fassen mußte."

Sie stierte mich an, die Ellenbogen auf den Tisch gestützt, die Hände geballt, das Gesicht gegen die Fäuste gedrückt, doch ihr Blick ging durch mich hindurch ins Leere.

„Alles geht einmal zu Ende, Sheila. Wir haben eine wunderbare Zeit miteinander erlebt, die ich gegen nichts sonst eintauschen möchte. Du hast dich sehr verändert, genau wie ich. Ja, wirklich, wir sind einer am anderen gewachsen. Und nun ist es soweit, uns darüber klarzuwerden, wozu es gut war. Und ich meine, das gilt für uns beide. Ich glaube, du kannst es jetzt allein schaffen, stark genug dazu bist du."

Ihre Augen füllten sich mit Tränen, flossen über, und es rann ihr über die Wangen bis zum Kinn herunter. Langsam senkte sie den Kopf, während die Tränen weiterflossen. Dann stand sie auf, ging von mir fort an das andere Ende des Zimmers, hockte sich auf die Kissen am Boden und vergrub das Gesicht in den Händen.

Ich konnte ihren Schmerz nachfühlen. War es nicht mein eigener

Schmerz? Hatte ich mich nicht zu weit mit ihr eingelassen? Wäre es nicht besser gewesen, ich wäre einfach nur die Lehrerin für sie geblieben, anstatt sie den Versuchungen auszusetzen, jemanden liebzugewinnen? Ich hing schon immer der Besser-Lieben-und-Leiden-Theorie an, die nicht gerade eine populäre These in der Pädagogik ist. Nie habe ich vermocht zu unterrichten, ohne mich mit jedem einzelnen Kind zu befassen und einzulassen. Doch wenn es an der Zeit war, konnte ich mich auch trennen. Es tat weh, jedesmal wieder, aber ich konnte es, weil ich die unschätzbaren Erinnerungen an das, was wir gehabt hatten, mitnahm. Selbst wenn ich bis zum Ende ihrer Schulzeit mit Sheila zusammenbliebe, ich könnte dem Glück nicht Dauer verleihen; das konnte nur sie selber.

Doch wie ich sie da kauern sah, quälte mich die Sorge, daß die Zeit zu kurz gewesen war, die Wunden zu heilen, daß sie vielleicht noch nicht stark genug war, um meine ihr so schmerzlich zusetzende Art der Belehrung zu ertragen.

Ich stand auf und ging zu ihr hinüber. „Geh weg", stieß sie leise unter Schniefen hervor.

„Warum, weil du weinst?"

Sie ließ die Hände sinken und sah mich kurz an: „Nein." Sie stockte. „Weil ich nich weiß, was ich tun soll."

Ich setzte mich hin. Zum erstenmal legte ich nicht spontan den Arm um sie, um ihren Schmerz zu lindern und wegzustreicheln. Eine Würde hüllte sie ein wie ein schützender Mantel.

Wir waren ebenbürtig. Ich war nicht länger die Klügere und Stärkere, wir waren zwei Menschen, einer dem anderen gleich.

„Warum bleibst du nicht hier und machst mich gut?" fragte sie.

„Weil nicht ich es bin, die dich gut macht. Das bist du selber. Ich war nur dazu da, dir zu zeigen, da ist jemand, dem daran liegt, ob du gut oder böse bist. Daß es jemandem am Herzen liegt, was aus dir wird. Ganz gleich, wo ich auch bin, in Gedanken bin ich immer bei dir."

„Du bist genau wie meine Mama", sagte sie.

„Nun, sich von dir zu trennen war vielleicht für deine Mama damals genauso schwer wie jetzt für mich. Möglicherweise tat es ihr genauso weh."

„Sie hat mich nie liebgehabt. Nur meinen Bruder hat sie liebgehabt. Sie hat mich auf der Straße sitzenlassen, als ob ich gar nicht zu ihr gehören tu. "

„Ich weiß nicht, warum sie das getan hat. Und du weißt es auch nicht. Alles, was du weißt, ist, wie es dir vorkommt. Aber deine Mama und ich, wir sind nicht eins. Ich bin nicht deine Mama, ganz gleich, wie sehr du es dir auch wünschst. Ich bin es nicht!"

Die Tränen flossen wieder reichlicher. „Das weiß ich selbst."

„Ja, aber du hast es dir erträumt. Genau wie ich. Ja, auch ich habe das manchmal getan. Aber es war immer nur ein Traum. Ich bin deine Lehrerin, und wenn das Schuljahr zu Ende ist, bin ich nur noch deine Freundin, und deine Freundin werde ich bleiben, solange du mich haben willst."

Sie blickte hoch: „Was ich nie begreifen kann, nie, ist, warum so ein Glück immer ein Ende hat."

„Alles hat ein Ende."

„Alles nicht. Nicht das Böse. Das geht nie weg."

„Doch, du mußt es nur loslassen, dann geht es weg. Nicht so schnell manchmal, wie es uns lieb wäre, aber auch das Schlimme geht zu Ende. Was kein Ende nimmt, ist nur, was wir füreinander empfinden. Selbst wenn du schon erwachsen bist und wer weiß wo, kannst du dich an die schöne Zeit erinnern, die wir miteinander gehabt haben. Selbst wenn es ganz schlimm um dich steht und es nicht so aussieht, daß sich das ändert, kannst du an mich denken und ich an dich."

Sie lächelte unter Tränen. „Das kommt, weil wir uns gezähmt haben. Erinnerst du dich noch an das Buch? Weißt du noch, wie der Fuchs geweint hat, weil er wegmußte?" Sie lächelte in Gedanken daran. Die Tränen waren versiegt. „Wir haben uns gezähmt, nich?"

Ich nickte: „Ja, das haben wir."

„Es macht dich weinen, jemanden zu zähmen, nich?"

Wieder nickte ich. „Das scheint zum Gezähmtsein dazuzugehören."

Sheila preßte die Lippen zusammen und wischte die letzten Spuren der Tränen fort. „Trotzdem, es tut aber doch ganz doll weh."

„Ja, das tut es!"

AM NÄCHSTEN Morgen ging Sheila wieder in Mrs. Ginsbergs Klasse und stand die fünfundvierzig Minuten ohne allzuviel Scherereien durch. Doch unsere Schwierigkeiten waren keineswegs behoben.

Sheila konnte nicht begreifen, daß es sich bei unserer Trennung ganz anders verhielt als damals bei der Trennung von ihrer Mutter. Wieder und wieder kam sie auf den strittigen Punkt zurück. Sie klammerte sich an „Der kleine Prinz" als „buchstäblichen" Beweis, daß man sich trennen muß, daß es weh tut und daß man weint, aber daß man sich immer liebbehält. Sie ließ das Buch kaum aus der Hand und konnte ganze Abschnitte daraus auswendig.

Zweifellos hatte sie gelernt zu weinen. Wie bei einem lecken Wasserhahn flossen ihr die Tränen aus den Augen, selbst wenn sie lachte oder am Spielen war. Oft wußte sie nicht einmal, warum sie weinte. Doch wenn es ihr half, sich auf das, was kam, gefaßt zu machen, um so besser! Allmählich verschwanden auch die Tränen wieder.

Unter alldem schimmerte ihre wunderbare Heiterkeit und Beherztheit. Immer wieder kämpfte sie tapfer um Selbstbeherrschung, und wenn ich ihr zusah, wie sie krampfhaft die Tränen unterdrückte, das zerfledderte Buch „Der kleine Prinz" fest gegen die Brust gedrückt, und mir unbarmherzig mit Fragen zusetzte, warum es immer so komme, wie es kommt, wußte ich, sie würde es schaffen. Sie war stark.

Mitten in die ganze Hetze, die das zu Ende gehende Schuljahr mit sich brachte, fiel mein Geburtstag. Wir machten aus den Geburtstagen der Kinder immer eine große Sache, und ich fand es nur selbstverständlich, daß Antons oder Whitneys oder mein Geburtstag ebensogut ein Anlaß für die Kinder zum Feiern war. Also brachte ich an meinem Geburtstag einen riesigen wie ein Elefant geformten Kuchen und Schokoladeneis mit. Der Tag verlief nicht gut. Peter war im Bus in eine Schlägerei geraten und kam mit einer blutigen Nase und einer Wut im Bauch an. In der Pause kriegte Sarah mit Sheila Streit. Die wiederum ließ ihre Wut an Tyler aus, bis sie heulte. Im Schmollwinkel war den ganzen Tag über ein Kommen und Gehen. Doch erst am Nachmittag verlor ich die Geduld. Als Whitney ins Lehrerzimmer hinunterkam, um das Eis zu holen, stellte sich heraus, daß es jemand aus der fünften Klasse mitgenommen hatte in der Annahme, es gehöre ihm. Immerhin, der Kuchen war noch da. Ich stellte ihn auf den Tisch. Peter und William spielten Fangen, während wir zum Feiern zusammenrückten. Dann ein Krach! William warf mit einem Bauklotz nach Peter. Der trat einen Schritt zurück, um ihn aufzufangen, und stolperte über Sheila, die auf dem Boden hockte. Sie standen beide schwankend auf. Ehe ich's mich versah, griff sich Sheila einen Bauklotz und feuerte ihn auf Peter. Der packte sich einen Stuhl und schleuderte ihn wütend in ihre Richtung. Der Stuhl traf den Tisch, dann Max, dann den Kuchen. Mein gelber Elefant fiel in Stücken auf den Boden.

„So, Leute", schrie ich, „jetzt reicht's! Jeder einzelne auf seinen Platz und den Kopf aufs Pult!"

„Aber ich hab doch nichts getan", protestierte Guillermo.

„Jeder!"

Alle Kinder, selbst Max und Freddie, verzogen sich auf ihre Plätze. Ich sah sie mir an. Was für ein elender, jämmerlicher Haufen. Whitney und Anton waren dabei, die Kuchenbrocken vom Teppich aufzuklauben. Anton rollte mit den Augen, als ich zu ihm trat. Ich lächelte müde. Hatte ich mir einen besonderen Tag gewünscht? Was hatte ich bekommen? Einen ganz alltäglichen. Ich blickte auf die Uhr. „Also, ihr Rasselbande, da ihr euch nicht wie menschliche Wesen benehmen könnt, könnt ihr von mir aus aufstehen. Es sind noch zehn Minuten Zeit. Helft den beiden, den Rest von dem Kuchen aufzulesen, und dann sucht euch irgendeine ruhige Beschäftigung."

Sheila blieb an ihrem Platz sitzen, den Kopf gesenkt. „Sheila, du kannst aufstehn, ich bin nicht mehr wütend."

„Nein", schluchzte sie. „Das ist mein Geburtstagsgeschenk für dich. Ich mach dir keinen Ärger mehr für den Rest des Tages."

Nach der Schule brachte Whitney Sheila zum Bus, Anton und ich gingen ins Lehrerzimmer. Ich setzte mich in einen der bequemen Sessel, den Kopf im Nacken, den Arm über die Augen: „Verdammt, was für ein Tag!" sagte ich. Da Anton nichts erwiderte, blickte ich auf.

Er stand über meinen Sessel gebeugt und hielt mir einen dicken Briefumschlag hin. „Herzlichen Glückwunsch!"

„He! Das sollen Sie doch nicht ..."

„Machen Sie ihn auf", unterbrach er mich und grinste.

Innen war eine verrückte Karte mit einer grünen Schlange. Ein zusammengefalteter Zettel fiel heraus.

„Mein Geschenk für Sie!"

Ich entfaltete den Zettel, es war ein Brief.

Lieber Mr. Antonio Ramirez,
mit großer Freude gibt Ihnen das Cherokee County Community
College bekannt, daß Sie als einer der Stipendiaten von der Dalton-E.-
Fellows-Stiftung ausgewählt worden sind. Herzlichen Glückwunsch.
Wir erwarten Sie zu unserem Studienprogramm in diesem Herbst.

Ich blickte zu ihm hoch. Er grinste über das ganze Gesicht. Ich
wollte ihm gratulieren, ihm so gern sagen, wie sehr ich mich für ihn
freue. Aber ich sagte nichts. Wir sahen uns nur an und lächelten.

ICH hatte Ed wegen Sheilas bevorstehender Umschulung angerufen
und ein Treffen vereinbart. Ich wollte Sheila gern in der Klasse meiner
Freundin Sandy McGuire unterbringen, aber Ed war nicht dafür. Er
hatte etwas dagegen, Kinder aus ihrer Altersgruppe herauszunehmen.
Wir erwogen ausführlich das Für und Wider. Für Sheilas Fall gab es
keine perfekte Lösung. Schließlich war er damit einverstanden, daß
Sheila es in Sandys Klasse versuche. Außerdem sollte sie zwei Stunden
am Tag in eine therapeutische Spielstunde gehen, was ihr helfen sollte,
zwischen ihren emotionellen Bedürfnissen und den schulischen
Anforderungen, denen sie bereits voraus war, einen Ausgleich zu
schaffen.

Gegen Ende der vorletzten Woche des Schuljahrs erzählte ich
Sheila, daß sie im nächsten Jahr in die Jefferson-Grundschule komme
und ich ihre Lehrerin dort sehr gut kenne. Ich fragte sie, ob sie Lust
hätte, irgendwann mal nach der Schule Sandy in ihrer Klasse zu
besuchen. Sheila schrie mich nur an, daß sie weder jetzt noch
sonstwann Sandy kennenlernen wolle. Später jedoch, als die anderen
Kinder von mir hörten, daß Sheila auf eine reguläre Schule komme,
und sie schier außer sich gerieten, weil sie sogar eine Klasse
übersprang, war Sheila auf einmal gar nicht mehr so abgeneigt, sich
Sandy und ihre Klasse wenigstens mal anzuschauen.

Am Mittwoch nachmittag also stiegen Sheila und ich in mein
kleines Auto und fuhren zur Jefferson-Schule. Da wir noch eine halbe
Stunde Zeit hatten, bevor Sandy Schulschluß hatte, hielt ich unterwegs an der Eisdiele, um uns eine Tüte Eis zu kaufen. Sheila nahm
zwei Kugeln Lakritzeneis. Das war ein Fehler! Als wir vor der Schule
ankamen, waren ihre Wangen, ihr Kinn, ja selbst ihre Haare schwarz

verschmiert, genau wie ihr T-Shirt. Ich wischte es ab, so gut es ging, und dann gingen wir Hand in Hand in die Schule hinein.

Sandy lachte, als sie Sheila so mit Eis bekleckert erblickte. „Kindchen, du siehst ja aus, als hättest du gerade was Gutes geschleckt", sagte Sandy, noch immer lächelnd. „Was war es denn?"

Sheila starrte sie mit großen Augen an und drückte sich an mein Bein. „Eis", wisperte sie. Ich fragte mich, was Sandy wohl denken mochte. Ich hatte mir den Mund fusselig geredet, wie begabt dieses Kind sei, wie wortgewandt, damit ich sie herumkriegte, Sheila aufzunehmen. Ausgerechnet jetzt zeigte sich Sheila als alles andere als ein Ausbund von Intelligenz.

Doch ich hatte Sandy unterschätzt. Sie holte Stühle herbei, setzte sich zu uns und unterhielt sich mit Sheila darüber, ob Sheila auch so leidenschaftlich gern Eis schlecke wie sie. Dann führte sie uns in dem Klassenzimmer herum. Es war riesig. 27 Tische hatten ohne weiteres darin Platz. Ich stand nicht gerade in dem Ruf, ordentlich zu sein, doch Sandys Durcheinander übertraf meines noch. Stapel von Heften mit Übungsaufgaben lagen am Rande des Tisches und trotzten der Schwerkraft.

Überall verstreut lagen Pappstücke und Papierschnitzel und Reste von Buntpapier. Die Kinder mußten ein halbes Dutzend Projekte gleichzeitig in allen Stadien der Fertigstellung in Arbeit gehabt haben. Im Hintergrund des Raumes stand ein prall gefüllter Bücherschrank.

Allmählich taute Sheila auf. Ganz von sich aus begann sie umherzuwandern, um alles genau zu erkunden. Während wir Sheila beobachteten, warf mir Sandy einen verständnisvollen Blick zu, der besagte: Sie schafft es.

Die Bücher mit den Übungsaufgaben interessierten sie besonders. Sie stellte sich auf die Zehenspitzen, nahm eins vom Stapel und blätterte es durch. Dann kam sie zu mir, das Buch aufgeschlagen in den Händen haltend. „Das hier ist anders wie die, die du hast, Torey." Sie drehte sich zu Sandy um. „Ich mach Aufgaben aus Übungsbüchern nicht so gern."

Sandy nickte bedächtig. „Das habe ich auch schon von anderen Kindern gehört. Das macht keinen Spaß, nicht wahr?"

Sheila warf mir einen kurzen Blick zu: „Ne, aber ich mach sie trotzdem. Da paßt Torey schon auf. Die hier sehen gar nicht so schwer aus. Ich glaub, die kann ich." Sie folgte mit dem Zeigefinger jeder Aufgabe auf der Seite. „Da, das Kind hat einen Fehler gemacht. Guck, da ist ein roter Strich am Rand."

„Jeder macht mal Fehler", sagte Sandy. Ich merkte mir im Kopf vor, mit Sandy über Sheilas Allergie gegen Korrekturen und Zensuren zu sprechen. Es kam im nächsten Jahr darauf an, Sheila diese Angst, etwas falsch zu machen, zu nehmen.

„Was machst du denn mit denen?" fragte Sheila.

„Wenn sie einen Fehler machen?" antwortete Sandy. „Nun, wenn sie es nicht besser können, dann helfe ich ihnen eben. Das ist alles."

„Und tust du Kinder schlagen?"

Sandy schüttelte den Kopf und grinste. „Nein, das tue ich bestimmt nicht."

Sheila nickte zu mir hin: „Torey tut das auch nie."

Wir blieben fast eine Dreiviertelstunde bei Sandy, in der Sheilas Fragen immer mutiger wurden. Als wir endlich gingen, gab Sandy Sheila den Rat mit, zu überlegen, ob sie nicht schon vor Schluß des Schuljahres einmal ein paar Stunden herüberkommen wolle, um selber zu sehen, wie es zuging, wenn die Kinder hier waren. Ich dankte ihr für das Angebot, und dann gingen wir.

Fast während des ganzen Rückwegs war Sheila schweigsam. Erst als ich auf den Parkplatz fuhr, drehte sie sich zu mir und sagte: „Sie ist gar nich so übel, glaub ich."

„Das freut mich, daß du sie magst."

„Was meinst du, Torey, soll ich jetzt schon manchmal in Mrs. McGuires Klasse gehn?"

Ich nickte. „Ich denke, das läßt sich machen."

AM MONTAG der letzten Woche fuhr Anton Sheila zu Sandy hinüber. Sheila hatte sich entschlossen, den ganzen Tag dortzubleiben. Sie wollte gern in der Kantine essen und sich ihre Mahlzeit selbst aussuchen und selber bezahlen wie die anderen Kinder. In unserer Schule und für meine Klasse wurde für die Kinder täglich ein Tablett hergerichtet und vor sie auf den Tisch gestellt. Sheila wollte zu gern mal erleben, wie es war, eine reguläre Schülerin zu sein.

Sie hatte ihr rot-weiß-blaues Kleid, das sie von Chad hatte, an und nicht die Jeans und das T-Shirt, die wir von dem Geld, das ihr Vater mir gegeben hatte, gekauft hatten. Sie bat mich, ihr einen Pferde-schwanz zu machen, und hielt mir zum Umwickeln ein Stück Garn hin, das sie gefunden hatte.

Dann machte sie sich auf den Weg, und es gab mir einen kleinen Stich ins Herz, als ich ihr nachsah. Sie sah so winzig aus, so ver-wundbar.

Am Nachmittag kam sie wie ein zufriedener Routinier zurück. Der Tag war glatt verlaufen. Sie lächelte voller Stolz, als sie mir erzählte, wie sie ihr Tablett, ohne etwas zu verschütten, quer durch die Kantine getragen hatte und daß ihr ein Mädchen einen Platz freigehalten hatte. Es hatte zwar auch ein paar kleine Pannen gegeben. Sie habe sich verlaufen, als sie aus dem Ruheraum zurückwollte, habe den Weg aber schließlich doch selber wiedergefunden. In der Pause sei sie, weil sie so gerannt sei, hingefallen und habe sich die Knie aufgeschürft. Sandy, die das gesehen hatte, habe sie getröstet. Mit leuchtenden Augen erzählte mir Sheila, wie Sandy sie in den Arm genommen und auf die Knie gepustet habe, bis es nicht mehr so brannte. Alles in allem war es ein erfolgreicher Tag gewesen. Sheila gab aus freien Stücken zu, daß die Klasse, in die sie komme, okay sei. Zum ersten Mal war nicht mehr dieser betroffene Ausdruck in ihren Augen bei dem Gedanken, meine Klasse zu verlassen. Statt dessen war ihr Geplauder gespickt mit „nächstes Jahr, Mrs. Guire sagt, ich kann" oder „wenn ich nächstes Jahr in ihrer Klasse bin". Es war ein bittersüßer Moment für mich; jetzt wußte ich – sie war mir entwachsen.

AM LETZTEN Schultag machten wir in dem Park, nur wenige Häuserblocks von der Schule entfernt, ein Picknick. Ich hatte alle Eltern einzeln dazu eingeladen, und eine ganze Anzahl von ihnen machten mit. Wir holten uns aus der Cafeteria Lunchpäckchen und Eis. Die Eltern hatten Kuchen und sonstige Leckereien mitgebracht. In dem Park gab es einen kleinen Zoo, einen großen Ententeich und Anlagen voller Blumenbeete, und über allem strahlte die Junisonne. Die Kinder, jeweils mit einem Elternteil im Schlepptau, zerstreuten sich in alle Richtungen.

Sheilas Vater war nicht mitgekommen, was wir allerdings auch nicht erwartet hatten. Doch als Sheila an diesem Morgen auftauchte, trug sie eine leuchtende rot-weiße Spielhose, die ihr Vater ihr am

Abend zuvor gekauft hatte. Es war das erste Mal, soweit sie sich
erinnern konnte, daß sie von ihm etwas Neues bekommen hatte.
Anton schwärmte geradezu, wie hübsch die Farben seien, und neckte
Sheila, daß er ihr das Höschen stibitzen würde, wenn er könnte.
Darauf lachte sie und konnte kaum damit aufhören.

Sie sprudelte förmlich über vor Fröhlichkeit und hielt keinen
Augenblick Ruhe. Auf dem ganzen Weg in den Park tanzte und
wirbelte sie vor uns her, und ihr blondes Haar flatterte im Wind.

Als wir im Park angekommen waren, setzten Whitney, Anton und
ich uns in die Sonne und sahen ihr zu. Sie blieb für sich, lauschte einer
inneren Musik und glitt und schwebte im Einklang mit sich und der
Welt auf dem Pfad um den Teich herum. Jeder, der zufällig an ihr
vorüberkam, blieb stehen und sah ihr belustigt zu. Ein Hüpfer, eine
wirbelnde Drehung, dann ein paar rhythmische Beugen – es war
unheimlich, sie dort ganz allein für sich im Sonnenschein tanzen zu
sehen. Es war für jeden offensichtlich, daß sich ihr mit diesem Tanz ein
Traum erfüllte. Anton schaute ihr zu, ohne ein Wort zu sprechen.
Whitney spitzte die Ohren, als versuche sie, die Musik, die niemand
von uns hörte, aufzufangen.

Anton drehte sich nach mir um. „Sie sieht aus wie ein Luftgeist,
nicht? Als würde sie verschwinden, wenn man einmal zu fest
blinzelt. "

Ich nickte.

„Sie ist frei", sagte Whitney leise. Und das war sie wirklich.

Der Tag ging allzu schnell zu Ende, und wir kehrten in die Klasse
zurück, um uns endgültig Lebewohl zu sagen. Der enge, holzgetäfelte
Raum war fast kahl. Die Bilder waren von den Wänden abgenommen,
sämtliche Tiere schon in meine Wohnung gebracht. Die Endgültigkeit
dessen, was geschah, dämmerte Sheila, ihre strahlende Fröhlichkeit
verflog, und sie flüchtete sich in die Ecke, wo nun auch keine Kissen
mehr lagen. Die anderen Kinder plapperten aufgeregt durcheinander
über die Sommerferien und was das neue Schuljahr ihnen bringen
werde. Während Anton ein Lied anstimmte und sie einfielen, ging ich
zu Sheila hinüber.

Die Tränen flossen ihr lautlos über die Wangen. „Ich will nicht, daß
es vorbei ist. Ich möchte wiederkommen, Torey!"

„Natürlich, Herzchen. Aber danach ist dir nur jetzt zumute. In einer Weile bist du in der dritten Klasse und eine reguläre Schülerin."

„Nein, ich will nicht dahin. Und du sollst auch nich weggehn."

Ich strich ihr übers Haar. „Denk doch daran, was ich dir gesagt habe. Ich schreibe dir, wir werden immer wissen, was der andere macht und wie es ihm geht. Du wirst sehen, es wird so sein, als wären wir gar nicht fern voneinander."

„Nein, ich will nicht. Ich werde ganz schlimm sein in Mrs. McGuires Klasse, ganz schlimm und böse, dann mußt du wiederkommen."

„He, das ist ja die alte Sheila, die da aus dir spricht."

„Ich werde nicht brav sein, und du kannst mich nicht dazu kriegen."

„Nein, Sheila, das kann ich nicht. Das liegt einzig und allein bei dir. Aber du weißt, das ändert gar nichts. Das bringt dieses Jahr nicht wieder zurück oder diese Klasse, oder mich."

Sie starrte auf den Fußboden, die Unterlippe vorgeschoben.

Ich lächelte: „Vergiß nicht, du hast mich gezähmt. Du bist für mich verantwortlich. Das bedeutet, wir werden nie vergessen, daß wir uns liebhaben. Jetzt im Augenblick weinen wir zwar ein bißchen, aber schon bald werden wir nur noch daran denken, wie glücklich wir zusammen waren."

Sie schüttelte den Kopf: „Ich werde nie mehr glücklich sein."

In diesem Augenblick schellte es, und Lärm erfüllte die Klasse. Ich stand auf und ging zu den anderen Kindern. Sheila folgte mir zögernd. Der Abschied war da. Tyler und William hatten Tränen in den Augen, Peter wippte vor Freude. Ich umarmte und küßte alle, und dann waren sie fort, hinausgestürmt in den warmen Junitag.

An diesem letzten Schultag kam Sheilas Bus früher als sonst. Es blieb ihr gerade noch Zeit, sich von Anton und Whitney zu verabschieden, ihre Siebensachen zusammenzupacken und die zwei Blocks zum Bus zu gehen.

Die Trennung von Anton fiel ihr schwer. Sie schlug die Hände vors Gesicht und wollte ihn nicht einmal ansehen. Er gab sich alle Mühe, ihr ein Lächeln zu entlocken, und tröstete sie, daß sie sich ja im Camp oft sehen würden und er sie holen komme, damit sie mit seinen Buben spielen könne. Schließlich stellte ich ein Ultimatum. Ich würde sie zum Bus bringen, wenn sie jetzt gleich mitkomme. Darauf umarmte sie Anton. Ihre dünnen Arme umklammerten seinen Hals wie mit einem Ringergriff. Sie gab ihm einen Kuß auf die Backe und trottete wieder zu mir. Schließlich winkte sie Whitney zu, nahm ihre Sachen, ein paar Hefte und den zerlesenen „Kleinen Prinzen", diese greifbare Erinnerung an das, was gewesen war. Dann nahm sie meine Hand.

Auf dem Weg zum Bus sprachen wir kein Wort. Wir brauchten keine Worte mehr. Der Bus wartete schon. Sheila lief hinein, um ihre Sachen auf einen Sitz zu legen. Dann kam sie wieder zu mir heraus und schaute zu mir hoch: „Wiedersehn", sagte sie sehr leise.

Ich kniete mich hin und nahm sie in die Arme.

Mir dröhnte es in den Ohren, die Kehle war mir wie zugeschnürt, ich brachte kein Wort heraus. Dann erhob ich mich, und sie rannte bis an die Stufen des Einstiegs. Dort stockte sie, sah zu mir herüber, machte kehrt und kam zurückgelaufen.

„Ich hab's nich so gemeint", sagte sie atemlos, „ich hab's nicht so gemeint, als ich gesagt hab, ich werde schlimm und böse sein. Ich werde ein gutes Mädchen sein." Sie schaute feierlich hoch. „Für dich."

Ich schüttelte den Kopf: „Nein, nicht für mich. Du mußt gut sein um deinetwillen."

Sie lächelte flüchtig. Dann lief sie die Stufen hinauf und verschwand im Bus. Im nächsten Moment tauchte ihr Gesicht am Rückfenster auf. Der Fahrer schloß die Tür.

Wiedersehn, formte ihr Mund, die Nase platt an die Scheibe gedrückt. Der Bus rollte die Auffahrt hinunter. Eine kleine Hand winkte, zuerst heftig, dann immer sachter. Ich hob die Hand und lächelte, während der Bus in die Straße einbog und meinem Blick entschwand.

„Wiedersehen", die Worte quälten sich fast lautlos durch meine zugeschnürte Kehle. Dann machte ich kehrt und ging zurück.

Torey L. Hayden

Torey Haydens Buch über ihre Arbeit mit Sheila beruht auf einer authentischen Begegnung. Als die Autorin an der Universität von Minnesota tätig war und gleichzeitig sowohl an öffentlichen Schulen als auch in geschlossenen Anstalten arbeitete, begegnete sie einem kleinen, völlig verstörten Mädchen – Sheila. Das Kind beeindruckte die frisch ausgebildete Pädagogin und Psychologin ungeheuer. „Sechs Monate lang war ich mit Sheila zusammen, und von Tag zu Tag bewunderte ich ihren Mut und ihre Stärke mehr, vor allem aber ihr Verlangen nach Zuneigung und Anerkennung, dem sie immer mehr Ausdruck geben konnte. Liebe – gerade sie fehlt uns Menschen am häufigsten, auch wenn wir diesen Gedanken, genau wie Sheila am Anfang, zu verdrängen versuchen."

Schon in ihrer Kindheit übte sich Torey Hayden im Schreiben. Sie war acht Jahre alt, als sie ihr erstes „Buch" verfaßte oder genauer gesagt ihre „gesammelten Werke" vorlegte: eine dreiseitige Geschichte und neunzehn Überschriften für weitere Erzählungen. Aus den neunzehn Geschichten wurde zwar nichts, aber diese kuriose Sammlung gehört heute zu ihren liebsten Erinnerungsstücken.

Indem Torey Hayden Ereignisse und Erfahrungen, die ihr wichtig sind, aufzeichnet, fällt es ihr leichter, sie zu verarbeiten. Der Bericht über ihre Schülerin Sheila wurde die beste, die ergreifendste Geschichte, die sie je geschrieben hat: „Ich wollte unbedingt die großartige Persönlichkeit dieses Kindes erfassen, das mir so viel gegeben hat."

Torey Hayden, die aus Montana stammt, lebt heute nicht mehr in den Vereinigten Staaten, sondern in Wales, wo sie einen Lehrauftrag am University College of North Wales hat. Trotz der weiten Entfernung ist die Verbindung mit Sheila nicht abgerissen: zahllose Briefe überqueren von beiden Seiten den Atlantik. Sheila kommt jetzt in der Schule gut voran, aber sie hat immer noch Schwierigkeiten, gute Freunde zu finden. Aber eines steht für sie fest: Irgendwann im Sommer will sie Torey, ihre beste Freundin, in Wales besuchen.

Illustrationen von Michael Mänz

Die verlorene OASE

Eine Kurzfassung
des Buches von
HAMMOND INNES

Nach der
Übersetzung von
Margot Fuerst

Die Hafenstadt Cardiff in Wales gehört gewiß nicht zu den aufregendsten Orten der Welt. Und wenn man, wie George Grant, als junger Anwalt in einer engen, muffigen Kanzlei sitzt und seinen Lebensunterhalt mit Grundstücksüberschreibungen und Rentenverträgen bestreitet, so birgt das Leben kaum Abwechslung. Um so überraschter ist er, als ihn Oberst Whitaker, ein alter Haudegen, der in Arabien auf eigene Faust nach Öl bohrt, eines Tages in einem Brief bittet, sich um seine Finanzen zu kümmern. Dankbar nimmt George Grant den Auftrag an. Allerlei Zahlungen gehen auf seinem Konto ein – aus Abu Dhabi, Dubai und London –, und der Anwalt stürzt sich in die Arbeit.

Einige Monate später erhält er einen Brief aus Bahrain am Persischen Golf. Whitakers Sohn wird in der Wüste Rub al-Khali vermißt. Schlagartig erinnert sich George Grant daran, daß er den Vermißten drei Jahre zuvor flüchtig kennengelernt hat – einen Halbstarken, der geschworen hatte, seinen Vater umzubringen.

Was ist zwischen Oberst Whitaker und seinem Sohn geschehen? George Grant spürt, daß er immer stärker in den Bann einer geheimnisvollen fremden Welt gerät, und er weiß, daß er handeln muß.

DIE Everdale Road in Cardiff verläuft durch den Stadtteil Grange-town. Die Häuser dort sind aus häßlichem Backstein, die Dächer schräg gegen den feuchten Westwind gestellt, und von den Fenstern sieht man nicht einmal auf den nahen Fluß und das Meer hinunter, denn ähnlich gebaute Häuser versperren die Aussicht. Erst zwei Straßen weiter kann man über den Taff auf das Gewirr von Kränen und Schornsteinen blicken, das die Gegend der Docks beherrscht. Ich fand dieses Viertel von Cardiff schon immer trostlos.

Die Straße war menschenleer. Nur vor dem Haus Nr. 17 stand ein Wagen, eine kleine schwarze Limousine, und als ich dahinter am Straßenrand parkte, warf ich rasch einen Blick auf das Haus. In einem der unteren Räume brannte Licht. Ich stieg aus und läutete, neugierig, was mich drinnen erwarten würde. Zweifellos Schwierigkeiten, denn die Stimme am Telefon, eine Frauenstimme, hatte aufgeregt und verzweifelt geklungen.

Ich sah auf die Uhr. Halb fünf. Der bewölkte Himmel verdunkelte sich bereits.

Jetzt erst erkannte ich die schwarze Limousine. Sie gehörte Dr. Harvey. Gerade wollte ich ein zweites Mal läuten, da schnappte das Türschloß auf, und ich hörte jemanden sagen: „Es blieb mir nichts anderes übrig, Mrs. Thomas. Das ist ein Fall für die Polizei ... Sie verstehen mich hoffentlich. Die Ambulanz muß jeden Augenblick hiersein." Die Tür flog auf, Dr. Harvey stürzte heraus und rannte mich beinahe um. „Ah, Sie sind es, Mr. Grant." Er hielt einen Augenblick inne, die schwarze Arzttasche fest in der Hand. „Hm, ich bin sicher, Sie werden imstande sein, die Sache vor Gericht zu vertreten. Der junge Mann wird jedenfalls einen Anwalt brauchen." Damit lief er hinaus zu seinem Wagen.

„Mr. Grant?" Die Frau, die im Eingang stand, starrte mich unsicher an.

Ich nickte. „Ich komme von der Anwaltskanzlei Evans, Jones &
Evans. Sie haben mich angerufen."

„Ja, natürlich." Sie hielt mir die Tür auf, eine kleine, ordentlich
aussehende Person zwischen vierzig und fünfzig, mit tiefliegenden,
verweinten Augen. Das ergraute Haar trug sie aus der Stirn gekämmt,
das Gesicht erschien vor dem dunklen Flur totenblaß. „Bitte, kommen
Sie herein." Sie schloß die Tür hinter mir. „David wollte nicht, daß ich
Sie rufe. Aber ich dachte, Sie würden das vielleicht auch übernehmen,
nachdem Ihre Firma schon die Sache mit den Alimenten für mich
regelt."

„Was ist geschehen, Mrs. Thomas?"

Sie zögerte und sagte dann beinahe flüsternd: „David kam nach
Hause. Und dann . . . mein Gott, es ist so schwer zu erklären. Wenn
Sue wenigstens da wäre . . ."

„Sue ist Ihre Tochter, nicht wahr?"

„Ja. Sie arbeitet im Krankenhaus, ich habe sie aber nicht benachrichtigt, weil sie doch nicht rechtzeitig hiergewesen wäre."

„Und David – ist das Ihr Mann?"

„Nein, mein Sohn. Er und Sue sind Zwillinge, und Sue ist die
einzige, die mit ihm zurechtkommt."

„Hm. Und nun ist Ihr Sohn in Schwierigkeiten?"

„Ja." Hastig fügte sie hinzu: „Er ist kein schlechter Mensch,
wirklich nicht. Wenn ich ihm nicht diesen Brief geschrieben hätte,
wäre es nicht geschehen. Aber ich konnte es nicht mehr ertragen,
wissen Sie, und dann kam er heim, und es gab Streit. Mein Mann sagte
Dinge, die er besser für sich behalten hätte, und plötzlich gingen sie
aufeinander los. Es war nicht Davids Schuld. Es war ein solcher
Schock für ihn, der arme Junge. Mein Mann hatte schon einige Glas
Bier getrunken, und dann . . . Ja, und dann bekam er den Schlaganfall,
verstehen Sie, und ich holte sofort Dr. Harvey, und gleich darauf rief
ich Sie an, weil mir klar war, daß David Schwierigkeiten bekommen
würde. Mein Mann hat mich geschlagen, verstehen Sie."

„Sie hatten also einen Familienkrach."

„Ja, so könnte man es nennen. Ich möchte aber nicht, daß Sie
denken, es habe zwischen uns nicht so recht gestimmt, weil mein
Mann manchmal trank. Im Grunde ist er nämlich gut."

„Mr. Thomas hatte einen Schlaganfall, sagten Sie?"

„Ja, das behauptet jedenfalls Dr. Harvey. Jetzt liegt mein Mann auf der Couch im Wohnzimmer. David ist auch da. Er hat einen Schock – einen schlimmen Schock."

Sie stieß die Tür auf und ließ mich eintreten. „Das ist Mr. Grant, David – George Grant, der Anwalt", erklärte sie.

Eine Lampe hing von der Decke. Ihr Licht war grell und erbarmungslos. Auf einer Couch lag ein Mann. Seine Augen waren geschlossen, und er atmete schwer; die massigen Gesichtszüge wirkten eingefallen. Die starke Äderung der Nase verriet den Trinker. Neben dem Gasofen in einer Mauernische stand ein junger Mann von etwa zwanzig Jahren. Mit einem Ellbogen stützte er sich auf den Kaminsims, und sein Gesicht war kreidebleich wie das seiner Mutter. Er starrte in die Gasflamme.

Auf dem Boden sah ich Glasscherben, die von den eingeschlagenen Scheiben einer Vitrine herrührten. Bei dem Kampf waren sowohl die Mahagoni-Einfassung als auch das Glas zerbrochen, und der ganze Porzellankitsch, der den Schrank gefüllt hatte, lag nun auf dem zerschlissenen Teppich verstreut. Eine Vase war von einem Tischchen neben dem Fenster gefallen. Daneben lag ein stark abgegriffenes Fotoalbum, aus dem Zeitungsausschnitte hervorquollen.

Ich wandte mich an den jungen Mann und bemühte mich um einen sachlichen Tonfall. „Erzählen Sie mir, was geschehen ist." Ich hätte ebensogut zu einer Wand sprechen können, denn der junge Mann schien mich überhaupt nicht zur Kenntnis zu nehmen. „Sie stehen noch unter dem Schock", sagte ich freundlich. „Es ist verständlich, daß Sie von den Geschehnissen etwas benommen sind ..." Aber noch während ich sprach, wurde mir klar, daß der junge Mann keineswegs benommen war. Die Knöchel seiner Hand, mit der er sich an den Kaminsims klammerte, waren weiß vor Anspannung, und in seinem Gesicht zuckte es. Er schien sich nur mühsam zu beherrschen. „Hören Sie zu, junger Mann", sagte ich. „Ich weiß, daß Dr. Harvey die Polizei gerufen hat. Sie muß jeden Augenblick hiersein. Wenn Sie wollen, daß ich etwas für Sie tue, dann wird es Zeit, daß Sie reden, und zwar jetzt, solange die Polizei noch nicht da ist. Ich hoffe in Ihrem Interesse", fügte ich hinzu, „daß der Zustand Ihres Vaters nicht ernst ist."

„Er ist nicht mein Vater." David stieß die Worte zwischen

zusammengebissenen Zähnen hervor. „Wenn er mein Vater gewesen wäre, hätte ich ihn umgebracht. Ich schwöre, ich bringe das Schwein um, wo und wann ich es finde."

Ich erschrak vor der Heftigkeit und Härte, die in seinen Worten lagen. „Sie sollten sich zusammennehmen", mahnte ich.

Er konnte nicht mehr an sich halten. Plötzlich war es vorbei mit der Selbstbeherrschung, und wild brach es aus ihm heraus: „Wenn Ihnen plötzlich mitgeteilt wird, Sie seien unehelich und Ihre Schwester auch, dann möchten Sie doch wohl etwas mehr darüber erfahren, oder? Sie möchten zum Beispiel mit Ihrer Mutter darüber reden – ihr ein paar Fragen stellen, um herauszufinden, wer oder was Sie eigentlich sind." Er streckte den Arm aus und wies auf das Fotoalbum am Boden. „Sehen Sie das? Das Album von Onkel Charles. Alles, was je über ihn geschrieben wurde, ist mit liebevoller Sorgfalt eingeklebt. Meine eigene Mutter läuft ihrem verflossenen Liebhaber immer noch nach! Es ist zum Heulen. Sue und ich – uneheliche Kinder, und zu diesem versoffenen Idioten mußten wir noch Vater sagen!" Er starrte mich böse an. „Mit acht Jahren habe ich zum ersten Mal einen Blick in das Buch geworfen. ‚Ein Verwandter', sagte meine Mutter, ‚ein Onkel.' Jedenfalls weckte das Album mein Interesse für Arabien. Ich hielt Onkel Charles für einen tollen Helden. Aber er ist nichts als ein gemeiner, dreckiger Lump, der meine Mutter sitzenließ."

Man hörte die Sirene der Ambulanz. Der Wagen hielt vor dem Haus, und zwei Sanitäter erschienen mit einer Bahre. Unsere Aufmerksamkeit richtete sich auf den Mann auf der Couch. Als die Sanitäter ihn auf die Bahre hoben, murmelte er etwas. Es kam undeutlich zwischen seinen verzerrten Lippen hervor, denn es kostete ihn große Anstrengung, die gelähmten Muskeln zu bewegen. „Sarah – es tut mir leid." Das war alles. Die Augen schlossen sich, und das Gesicht erstarrte. Die Sanitäter trugen ihn hinaus.

Mrs. Thomas folgte ihnen, in Tränen aufgelöst. Die Tür fiel von selbst zu, und im Zimmer war es plötzlich still. „Ich hätte ihn nicht schlagen sollen. Er konnte nichts dafür." David hatte sich abgewandt, seine Schultern zitterten. Ich sah, daß er weinte. „Er und ich – wir haßten uns. Jetzt verstehe ich, warum. Aber zumindest hielt er zu uns, der arme Trottel." Und wütend fügte er hinzu: „Er war ein gutes Stück besser als mein leiblicher Vater." Schließlich wischte er sich mit dem Handrücken über die Augen. „Ich wünschte, ich hätte ihn nicht geschlagen . . ."

„Es ist Ihr gutes Recht, Ihre Mutter zu verteidigen, wenn ein Mann sie schlägt."

„Hat sie das gesagt?" Er lachte wirr. „Sie sind Whitakers Anwalt, nicht wahr?"

Der Name sagte mir nichts. Die Zahlung der Alimente an Mrs. Thomas war zweifellos seinerzeit durch Evans geregelt worden; Andrews, mein Anwaltsgehilfe, kümmerte sich dann später um solche Routineangelegenheiten. „Whitaker, ist das Ihr Vater – Ihr leiblicher Vater?"

„Stimmt. Ich brauche seine Adresse."

„Ich fürchte, ich habe sie nicht."

„Das ist gelogen. Sie muß doch in Ihren Akten stehen. Sie können sie mir heraussuchen."

„Wenn er einer meiner Mandanten ist, darf ich Dritten gegenüber keinerlei . . ."

„Nicht einmal seinem Sohn?"

„Nein, nicht einmal seinem Sohn." Ich zögerte. Die Gemütsaufwallung des jungen Mannes würde sich wieder legen, und schließlich hatte er ein Recht darauf zu wissen, wo sein Vater war. „Wenn ich seine Adresse habe", erwiderte ich, „werde ich ihm schreiben und seine Erlaubnis einholen . . ."

„Keine faulen Ausreden. Sie wissen, wo er ist." Er faßte mich am Arm. „Arabien, dort ist er – irgendwo in Arabien. Bitte, ich muß es wissen!"

„David!" Mrs. Thomas stand in der Tür. „Ich kann nicht mehr."

Etwas in ihrer Stimme schien ihn zu treffen, denn er ließ meinen Arm los und trat zurück. „Ich werde mir die Adresse holen", murmelte er. „Früher oder später komme ich zu Ihnen ins Büro und hole sie. Und jetzt möchte ich mit meiner Mutter sprechen." Er starrte mich an, als ob er darauf wartete, daß ich ging.

„Hören Sie auf meinen Rat", sagte ich. „Wenn die Polizei kommt, zeigen Sie sich zugänglicher, sonst bekommen Sie Schwierigkeiten. Und bleiben Sie bei der Darstellung, die Ihre Mutter gegeben hat."

Ich verließ das Haus und stieg in mein Auto. Als ich aus der Everdale Road abbog, begegnete mir ein Polizeiwagen, in dem vier

Beamte saßen. Dafür, daß ein einfacher Arzt Meldung erstattet hatte, erschien mir dieses Aufgebot ungewöhnlich groß, aber ich fuhr deshalb nicht zurück. Es war bereits fünf Uhr vorbei, und Andrews wartete bestimmt auf mich, um die Tagesvorgänge zu erledigen.

Andrews war Mädchen für alles: Sekretär, Telefonist, Bürogehilfe. Zusammen mit den Möbeln und dem düsteren Büro war er mir „zugefallen", sozusagen der Rest, den mir mein Onkel von einer einst gutgehenden Kanzlei hinterlassen hatte.

„Wissen Sie irgend etwas über eine Mrs. Thomas?" fragte ich Andrews, während er mir aus dem Mantel half. „Sie sagt, sie habe für ihre Kinder Alimente bekommen und wir hätten die Sache einmal übernommen. Sie muß eine langjährige Mandantin sein, ich habe sie offenbar von dem alten Herrn geerbt. Sagt Ihnen vielleicht der Name Whitaker etwas?"

„Whitaker? Ja, natürlich, Oberst Whitaker. Es handelte sich um eine geringfügige Summe. Sie wurde uns aus Bahrain vierteljährlich in Form einer Banktratte übermittelt, die wir dann einlösten und an eine Adresse in Grangetown weiterleiteten."

Ich bat ihn, die Akte zu holen. Durch eine Erklärung verpflichtete sich Charles Stanley Whitaker, Sarah Davies fünfzehn Jahre lang vierteljährlich den Betrag von fünfundzwanzig Pfund zu zahlen.

„Wenn Sie mich fragen, Mr. Grant: Der Herr Oberst hat die junge Dame in andere Umstände gebracht."

Andrews' Kichern ärgerte mich. „Die ‚junge Dame' ist jetzt eine unglückliche Frau mittleren Alters", wies ich ihn zurecht. „Der Sohn – wie ich sehe, ist er inzwischen neunzehn Jahre alt – hat gerade entdeckt, daß er unehelich ist. Außerdem hat er noch eine Zwillingsschwester. Nicht sehr witzig, das Ganze. Haben wir Whitakers Adresse?"

„Die Bank in Bahrain ist die einzige Adresse, die wir haben." Bahrain am Persischen Golf! Und die letzte Zahlung lag über drei Jahre zurück. „Ist das alles, was uns über Whitaker bekannt ist?"

Andrews nickte.

„Aber woher wissen Sie, daß er Oberst ist? In der Erklärung steht nichts davon."

Andrews meinte, den Rang in einem Zeitungsbericht gelesen zu haben. „Er hat, glaube ich, etwas mit Erdöl zu tun. Irgendwann erschien auch einmal ein Foto von ihm: Scheichs in weiten Gewändern und Oberst Whitaker in der Mitte in Khakishorts und mit Militärmütze. "

„Ich werde Kapitän Griffiths nach diesem Mann fragen." Jemand, der auf seinem Schiff ein Leben lang in arabischen Häfen aus- und eingelaufen ist, mußte eigentlich Bescheid wissen. Griffiths hatte um fünf Uhr dreißig einen Termin bei mir in der Kanzlei. „Ist die Grundstücksüberschreibung für Griffiths fertig?"

Andrews zog die Akte aus einem Papierstoß hervor; es war ein Paket, das seinem Umfang nach Verträge für mindestens zwanzigtausend Morgen Land vermuten ließ, nicht aber die Überschreibung eines kleinen Häuschens auf der Halbinsel Gower. „Eine Karte muß noch nachgetragen werden. Sonst ist alles da, Urkunden, Prüfungsbefunde und so weiter. "

Ich bat ihn, sofort zu dem Mann zu gehen, der die Karte zeichnen sollte. „Griffiths will alle Dokumente haben, ehe sein Schiff heute abend ausläuft. "

Das Telefon läutete. Es war Mrs. Thomas. „Die Polizei kam gleich, nachdem Sie fort waren, Mr. Grant. Ich bin so aufgeregt. Jetzt ist Sue nach Hause gekommen, und sie meinte, ich solle Sie anrufen. Sie haben David mitgenommen . . . "

„Auf die Wache? Zur Vernehmung?"

„Sie sagten es mir nicht. Sie haben ihn einfach mitgenommen. "

„Mrs. Thomas", sagte ich, „wissen Sie, wo Oberst Whitaker sich jetzt aufhält?"

„Nein. Er muß irgendwo in Arabien sein. "

„Er lebt also noch?"

„Aber ja. "

„Haben Sie Nachricht von ihm?"

„Nein, er hat nie etwas von sich hören lassen. Nur die Alimente, aber er war sehr großzügig mit den Zahlungen. " Sie seufzte. „Keinen Pfennig habe ich für mich genommen, sondern alles für David verbraucht. Er ist gescheit, wissen Sie – ein heller Kopf und geschickt mit den Händen. Ich dachte, vielleicht würde er Ingenieur werden. " Ihr Redefluß war unaufhaltsam. Mrs. Thomas sprach über die Bücher, die sie ihm gekauft hatte, und wie sie ihn auf die Abendschule geschickt hatte. „Er konnte es nicht begreifen, als kein Geld mehr kam. Damals wurde er zum Halbstarken. Er war unten bei den Docks und brannte darauf, nach Arabien zu kommen. Er spricht arabisch, wissen Sie. Ich versuchte, ihn davon abzubringen, aber das hatte keinen Sinn. Er hatte ja die Bücher und dann all diese Araber dort unten in Tiger Bay. Es liegt ihm wohl im Blut. Außerdem sah er die Zeitungsausschnitte, ich hätte sie ihm nicht zeigen dürfen."

„Haben Sie etwas von Ihrem Mann gehört?" Sie hatte keine Nachricht aus dem Krankenhaus bekommen. „Nun, das ist gut", beruhigte ich sie. „Die Klinik hätte sich mit Ihnen in Verbindung gesetzt, wenn sein Zustand besorgniserregend wäre. Ich rufe Sie an, sobald ich etwas über Ihren Sohn in Erfahrung gebracht habe." Ich legte den Hörer auf. „Andrews", rief ich, „gleich morgen früh klappern Sie alle Zeitungen ab! Finden Sie heraus, ob es dort in den Archiven irgend etwas über Whitaker gibt."

Andrews machte sich auf den Weg zu dem Kartographen, und ich rief in der Praxis von Dr. Harvey an.

„Hier spricht George Grant", sagte ich. „Gibt es etwas Neues von Mr. Thomas?"

„Ja", sagte er. „Ich bekam gerade einen Anruf von der Oberschwester. Er starb noch auf dem Weg in die Klinik."

„O nein." Das konnte eine Anzeige wegen Totschlags geben.

„Hat jemand daran gedacht, auch Mrs. Thomas mitzuteilen, daß ihr Mann tot ist?"

„Die Oberschwester wollte sie sofort anrufen."

„Gut." Ich bat ihn, mir zu erzählen, was er von David Thomas wußte. Dr. Harvey konnte mir aber nicht viel sagen. Er habe den Jungen nicht öfter als ein- oder zweimal gesehen. Er sei mit den Ganoven vom Hafen aufgewachsen, meinte er, habe sich zuviel mit Arabern herumgetrieben, eine Reihe von Arbeiten angenommen und wieder aufgegeben und sei schließlich wegen einer Schlägerei verurteilt worden. „Er ist wahrscheinlich gerade erst aus der Erziehungsanstalt entlassen worden", sagte er. „Diese Halbstarken sind das Hauptübel in meinem Stadtteil."

„Und deshalb haben Sie die Polizei gerufen?"

„Nun, er hat immerhin seinen Vater umgebracht, oder nicht?" Sein Tonfall klang nach Verteidigung.

Ich beließ es dabei. Dr. Harvey wußte weder, daß Thomas nicht der

Vater des Jungen war, noch, wie es zu der Auseinandersetzung gekommen war. Ich legte auf.

Inzwischen war es fünf Uhr dreißig, und Kapitän Griffiths trat ein. Er war klein, steckte in einem zu weiten Tweedanzug und kündigte sich mit einem gackernden Lachen an. Seine ausgedörrte, zerfurchte Haut gab ihm ein mumienhaftes Aussehen. „Sie haben mir versprochen, die Dokumente vor der Ausfahrt bereitzustellen, mein Lieber." Sein kleiner Spitzbart wippte vorwurfsvoll.

„Regen Sie sich nicht auf", antwortete ich. „Sie bekommen sie. Wann laufen Sie aus?"

„Heute abend, mit der Flut, um halb zehn."

„Ich bringe die Unterlagen selbst hin." Das schien ihn zu beruhigen. „Übrigens, kennen Sie zufällig Oberst Charles Stanley Whitaker?"

„Aber natürlich. Der Beduine – so nennen sie ihn drüben."

„Er ist also noch in Arabien?"

„Aber ja. Ein Mann wie der ist nicht dazu geschaffen, sich in ein Landhäuschen auf die Halbinsel Gower zurückzuziehen." Er lachte leise. „Whitaker ist wirklich eine Persönlichkeit. Männer wie ihn finden Sie hier nicht – einäugig, mit schwarzer Augenklappe und einer Adlernase. Er sieht aus wie ein Raubvogel."

„Sind Sie ihm einmal begegnet?"

„Ja, natürlich. Er war Passagier auf meinem Schiff – unzählige Male. In prächtigem Aufzug, mit wallendem Beduinengewand, hielt er hof auf Deck. Mehrmals am Tag ließ er die Gebetsteppiche auslegen und hatte immer seine Leibwache um sich, die bis an die Zähne bewaffnet war."

„Also ganz wie Lawrence von Arabien?" meinte ich.

„Hm ..." Es klang zweifelnd. „In der Politik hat er es nicht so weit gebracht. Dazu ist er zu sehr Araber. Aber die Religion zu wechseln, so wie er das getan hat, bedeutet schon einiges, verstehen Sie? Die Ölburschen behandeln ihn wie einen Gott – oder taten es wenigstens. Ohne ihn hätte die *Gulfoman Oilfields Development Company* nicht eine einzige Konzession dort bekommen. Und dann seine Theorie – die Whitaker-Theorie wurde sie genannt. Er glaubte, daß sich das fündige Gebiet, das sich vom Irak über Kuwait, Dhahran, Bahrain nach Katar erstreckt, nach Südosten fortsetzt, durch Buraimi in das unabhängige Reich des Scheichs von Saraifa. Nun ja, es gibt kein anderes Mittel, um herauszufinden, ob solch eine Behauptung stimmt, als zu prospektieren und zu bohren. Und dann war da noch Holmes. Der hatte einen ähnlichen Spleen, was Bahrain betraf. Es stellte sich tatsächlich heraus, daß Holmes recht hatte."

„Und Whitaker nicht?"

„Nein. Seine Theorie kostete die Gesellschaft einen Haufen Geld, und herausgekommen sind lediglich trockene Bohrungen. Aber zur Zeit ändert sich dort alles." Er schüttelte traurig den Kopf. „Die Männer, die jetzt an die Spitze der Ölgesellschaften im Nahen Osten gelangen, sind nicht mehr aus demselben Holz geschnitzt. Es sind Ingenieure, die zwar etwas von Öl verstehen, aber nichts von den Arabern. Leute mit Anschauungen wie Whitaker haben ausgespielt. Sie können in den Wüsten Arabiens nicht mehr die großen Herren spielen, heute, wo das Öl fließt und die halbe Welt versucht, sich ihren Anteil daran zu sichern."

Als Griffiths gegangen war, setzte ich mich hin, um die Arbeit des Tages zu beenden. Etwa eine halbe Stunde später wurde ich durch das Läuten der Türglocke unterbrochen.

Vor der Tür stand eine junge Dame. Schüchtern hielt sie sich im Nieselregen an ihrem Fahrrad fest. Sie kam mir irgendwie bekannt vor. Ihr Gesicht mit der gebogenen Nase und dem energischen Mund war vielleicht nicht gerade hübsch, wirkte aber dennoch sehr attraktiv.

„Mr. Grant? Ich bin Susan Thomas. Kann ich Sie bitte kurz sprechen?"

„Selbstverständlich." Ich hielt die Tür auf. „Bitte."

Sie schob das Rad in den Hauseingang, und ich führte sie in mein Büro. In der hellen Bürobeleuchtung sah ich sie mir genauer an. Die gebogene Nase, die kräftigen Backenknochen; auch bei ihr war das väterliche Erbe erkennbar, wenn auch in fraulichen Formen.

„Sie kommen wegen Ihres Bruders, nicht wahr?"

Sie nickte und schüttelte die Regentropfen aus dem blonden Haar. „Ich konnte erst jetzt aus dem Krankenhaus fort."

„Sind Sie Krankenschwester?"

„In der Ausbildung." Stolz schwang in ihrer Stimme mit. Und dann fuhr sie fort: „Sie müssen etwas für ihn tun, Mr. Grant. Sie müssen ihn finden und verhindern, daß er seinen – meinen Vater umbringt,

Oberst Whitaker. David hat geschworen, er würde ihn töten, das hat Mutter gesagt."

„Hm, ja. Ich habe das eigentlich nicht ernstgenommen. Ihn hat das alles sehr unvorbereitet getroffen. Bis er entlassen wird, wird er genug Zeit haben, sich an die neue Situation zu gewöhnen."

Sie starrte mich an. „Sie haben es also noch gar nicht gehört?"

„Was soll ich gehört haben?"

„David ist geflohen."

„Geflohen? Woher wissen Sie das?"

„Die Polizei hat gerade angerufen. Es hieß, er sei aus einem ihrer Wagen entwischt und wir hätten die Pflicht, die Polizei zu verständigen, wenn er nach Hause zurückkäme. Deshalb habe ich Sie aufgesucht, Mutter ist schon ganz irre. Sie regt sich nicht nur Davids wegen auf. Sie haben ja von Oberst Whitaker erfahren ... mir scheint, sie liebt ihn noch immer. Und jetzt weiß sie nicht mehr weiter. Bitte, Mr. Grant, Sie müssen uns helfen. David ist nämlich vorbestraft."

„Wo ist er ausgerissen?"

„Bei der Cowbridge Road, meinten die Beamten."

„Und Ihr leiblicher Vater – haben Sie eine Idee, wie ich mich mit ihm in Verbindung setzen kann?"

Ihre Augen leuchteten für einen Augenblick auf. „Wenn Sie das könnten!" Aber dann schüttelte sie den Kopf. „Ich habe keine Ahnung, wo er jetzt ist. Mutter weiß es auch nicht."

„Ich glaube", sagte ich, „Sie können Ihre Mutter beruhigen. Die Polizei wird David aufgreifen und ... die Zeit wird für das übrige sorgen. Ihre Mutter kann ihn im Gefängnis besuchen, mit ihm sprechen; es wird gar nicht lange dauern, bis er sich mit der Lage abgefunden hat."

Sie überdachte meine Worte einen Augenblick und nickte dann. „Ich will noch bei Dr. Harvey vorbeigehen. Er soll ihr ein Beruhigungsmittel verschreiben." Sie reichte mir die Hand. „Auf Wiedersehen, Mr. Grant. Ich danke Ihnen. Mir ist jetzt leichter ums Herz."

Ich begleitete sie zur Haustür. Kurz nachdem sie fortgegangen war, erschien Andrew mit der Karte. Als ich mit der Übertragung fertig war, war es fast halb acht Uhr. Es blieb mir also noch Zeit, auf dem Weg zu den Docks bei der Polizeiwache vorbeizuschauen. Was diesem Jungen fehlte, war ein klares Lebensziel.

Ich dachte darüber nach, während ich meinen Mantel anzog. Gerade hatte ich das Licht ausgeknipst, da hörte ich das scharrende Geräusch von Schuhen draußen auf dem Fenstersims. Knarrend ging der Riegel auf, und die Vorhänge raschelten. Ein Einbrecher? Aber nur ein Verrückter würde in einer Anwaltskanzlei nach Bargeld suchen. Vielleicht war der Unbekannte hinter einem bestimmten Dokument her? Ich machte wieder Licht.

David Thomas stand vor mir, das blonde Haar vom Regen verklebt. Sein Gesicht war mit Schlamm und Blut beschmiert, das von einer Schnittwunde an der Stirn herrührte, auf der linken Backe war eine Platzwunde. Auch an den durchnäßten Kleidern klebte Schlamm in schwarzen, nassen Klumpen. Das Jackett war an der Schulter aufgerissen, an einem Hosenbein klaffte ein großes Loch.

„Was suchen Sie hier?" fragte ich scharf. Sein Gesicht war bleich, die Augen unnatürlich geweitet. Ich schob den alten Lehnsessel, der für Mandanten bestimmt war, dicht an den Ofen. „Na schön", knurrte ich. „Ziehen Sie die Jacke aus, und setzen Sie sich erst einmal ans Feuer, damit Sie wieder trocken werden." Er tat, was ich sagte. „So, und nun erzählen Sie. Das schaffen nicht viele, der Polizei so schnell zu entkommen. Wie haben Sie das angestellt?"

Davids zusammengepreßte Lippen lösten sich zu einem angedeuteten Lächeln. „Glück", antwortete er. „Nur ein Beamter saß mit mir hinten im Wagen, und als wir die Cowbridge Road hinunterfuhren, sprang ich ab. Ich schlug auf dem Bordstein auf, deshalb hätten sie mich beinahe erwischt. Aber es gibt dort eine Kneipe, die ich gut kenne. Ich rannte hinein und zur Hintertür wieder hinaus."

„Ihre Mutter ist krank vor Sorge."

„Das läßt sich nicht ändern. Hat sie Ihnen erzählt, daß ich nur noch zwei Monate in der Besserungsanstalt hätte bleiben müssen?"

„Nein."

„So war's aber. Nur zwei Monate später hätten sie mich entlassen. Aber da schrieb sie mir diesen Brief, in dem sie damit drohte, sich das Leben zu nehmen. ‚Dein Vater treibt mich dazu, und ich halte es nicht mehr aus.' Und dann bin ich ausgerissen, kam nach Hause und fand heraus, daß sie mich die ganze Zeit an der Nase herumgeführt hatte, weil sie mich im Glauben ließ, ich sei der Sohn dieses alten Trunkenbolds."

„Ihr Stiefvater ist tot. Wußten Sie das?"

Er nickte. „Hm, man hat es mir gesagt. Auf dem Weg ins Krankenhaus krepiert. Friede seiner Asche."

Seine Haltung zum Tod von Mr. Thomas erschreckte mich. „Mein Gott! Haben Sie denn kein Mitleid mit dem Mann, der Ihnen den Vater ersetzt hat?"

„Er war aber nicht mein Vater!" schrie er.

„Er hat für Sie gesorgt, während Sie aufwuchsen", erinnerte ich ihn.

„Nun gut, er hat für mich gesorgt. Aber er haßte mich. Es machte ihm Spaß, wenn er mich prügeln konnte. Und er hat meine Bücher über Arabien zerrissen. Die einzigen Bücher, die er stehenließ, waren die technischen. Ich habe viele – über Öl, Geologie, Seismologie, Geophysik. Er dachte, daß ich mir sowieso nichts aus ihnen machte." Er sah mich an. „Jetzt ist er tot, und ich bin froh. Froh, hören Sie?" Plötzlich schossen ihm die Tränen in die Augen, und er weinte. „Ich wollte ihn nicht umbringen", schluchzte er.

Ich ging zu ihm und rüttelte ihn an den Schultern. „Es war ein Unfall", tröstete ich.

„Die glauben mir aber nicht. Ich habe keine Chance."

„Ihre Chancen haben Sie durch Ihren Ausbruch natürlich nicht verbessert."

Er zog ein blutbeflecktes Taschentuch aus der Tasche und putzte sich die Nase. „Als ich heute nachmittag zurückkam, machte der Alte meiner Mutter eine schreckliche Szene. Ich konnte es bis auf die Straße hören. Er hatte dieses Album mit den Zeitungsausschnitten in der Hand, und als ich ihn aufforderte, den Mund zu halten, höhnte er, ich sei ja nur ein Bankert und er habe langsam die Nase voll von den Sprößlingen eines anderen. Und dann drehte er sich zu meiner Mutter um und sagte: ‚Und genauso von der Hure eines anderen. Ich habe alles getan, um die Sache zu vertuschen, und du wartest nur, bis ich aus dem Haus bin, um die Fotos deines Liebhabers anzuhimmeln.' Als er dann das Album nach ihr warf, ging ich auf ihn los. Das Album war voll mit Zeitungsausschnitten über Oberst Whitaker, darunter auch Fotos. Ich bin mit diesem Album aufgewachsen, aufgewachsen auch mit diesem Mann. Ich kenne ihn, seine Lebensweise, weiß alles von ihm. Es stimmt schon – er war eine Art Gott für mich. Wie er wollte ich werden, hart, unabhängig, ein Abenteurer in der Fremde. Und dann

stellt sich heraus, daß er nichts anderes ist als ein elender, dreckiger Lump, der die Frau im Stich läßt, die ihm Zwillinge zur Welt gebracht hat. Ich sagte ihr, daß ich ihn umbringen würde, wenn ich ihm je begegnete."

„Sie meinten es aber nicht wörtlich."

„Ich weiß nicht", flüsterte David. „Ich weiß nur, daß ich ihn finden muß."

„Und Sie sind hergekommen, um seine Adresse hier zu suchen?"

Er nickte.

„Ich habe sie aber tatsächlich nicht." Ich zögerte. Der Junge hatte ein Recht darauf zu wissen, wo sein Vater war. „Geben Sie mir ein Versprechen? Wenn Sie ihn treffen, denken Sie daran, daß er Ihr Vater ist und daß die Bande des Bluts auch mit Gewalt nicht zu zerreißen sind."

Er sah mich an und schwieg lange. Schließlich sagte er: „Ich werde es versuchen."

„Gut", sagte ich. Darauf erzählte ich ihm, was ich von Griffiths erfahren hatte. „Nun wissen Sie, was für ein Mensch Ihr Vater ist. Und außerdem wissen wir, daß er noch immer dort unten ist. Und wenn Sie Verbindung zu ihm aufnehmen wollen, so sollte ein Brief an die Gulfoman Oilfields Development Company ..."

„Ein Brief hat keinen Sinn. Ich habe ihm schon geschrieben – zweimal. Er hat nie geantwortet." Er sah mich an. „Griffiths ... ist er der Kapitän der *Emerald Isle?* Die fährt regelmäßig zum Persischen Golf. Das Schiff liegt jetzt im Hafen, nicht wahr?"

„Ja."

„Wann läuft es aus?"

„Heute abend."

„Heute abend? Wann?" Er sprang auf. „Um Himmels willen, sagen Sie mir doch, um wieviel Uhr!"

Ich zögerte. Es gehört nicht gerade zum Beruf eines Anwalts, sich in kriminelle Machenschaften verstricken zu lassen. „Das einzig Gescheite wäre, wenn Sie sich der Polizei stellten."

Er hörte gar nicht zu. Sein Blick blieb an dem Briefumschlag hängen, den ich auf dem Kaminsims liegengelassen hatte. „Sollten Sie den Umschlag heute noch aufs Schiff bringen?"

Ich nickte, und er griff nach dem Umschlag. „Ich werde ihn an Ihrer

Stelle abliefern. Mehr brauche ich nicht. Nur einen Vorwand, um an Bord zu kommen. Erlauben Sie, daß ich den Brief mitnehme?" Seine Stimme war dringlich, die Augen flehend. „Wenn ich einmal an Bord bin ... bitte, Sir. Es ist meine letzte Hoffnung."

Damit hatte er wahrscheinlich recht. Wenn ich mich weigerte, wann würde ihm das Leben jemals wieder eine Chance bieten? Er war aus der Anstalt ausgerissen. Er war der Polizei entflohen. Er brauchte sogar Glück, wenn er mit drei Jahren für Totschlag davonkommen wollte. Und wenn man ihn dann entließ, wäre er völlig verbittert, ein Krimineller fürs Leben. Ich mußte plötzlich an seine Schwester denken. Sie war ein nettes Mädchen. Ich seufzte. „Gut", willigte ich ein. „Sie können es versuchen. Aber der Himmel weiß, was Griffiths tun wird. Das Schiff läuft um halb zehn aus. Und diese Dokumente müssen Kapitän Griffiths persönlich übergeben werden, verstanden?"

„Ich gebe sie ihm. Ich verspreche es."

„Gut, und nun haben Sie bitte die Freundlichkeit, daran zu denken, daß ich Anwalt bin. Wenn man Sie schnappt, ziehen Sie mich nicht in diese Geschichte hinein. Wir sagen dann, Sie wären hierhergekommen, um sich beraten zu lassen, entdeckten den Umschlag und nahmen ihn an sich. Abgemacht?"

„Ja, Sir."

„Ich bringe Sie zum Ost-Dock", sagte ich. „Alles Weitere liegt bei Ihnen." Ich zögerte. Gut waren seine Chancen nicht. Er hatte nichts als die Kleider, die er auf dem Leib trug, wahrscheinlich kein Geld, nicht einmal einen Paß. „Wischen Sie sich erst einmal das Blut vom Gesicht ab", sagte ich und zeigte ihm den Waschraum. „Außerdem brauchen Sie etwas, um Ihre zerrissenen Kleider zu verdecken."

Ich ließ ihn im Waschraum allein und ging zum Schrank. Ein alter Mantel hing darin – ich hatte ihn schon vorgefunden, als ich das Büro übernahm – und ein schwarzer Hut. David zog die Sachen über, nachdem er sich gewaschen hatte.

Das Büro hatte einen Hinterausgang, durch den ich ihn hinausführte. Es regnete noch immer, und auf der Straße, wo ich meinen Wagen geparkt hatte, war weit und breit niemand zu sehen. Schweigend fuhren wir am Park Place vorbei, über die Castle Street und gelangten schließlich jenseits der Bahnlinie in das Gewirr kleiner Straßen. Dort begannen die Docks. An einer dunklen Stelle, die nicht im Licht der Straßenlaternen lag, ließ ich David nach hinten klettern und sich auf den Boden legen, wo ich ihn unter einer Decke versteckte.

Wir konnten von Glück sagen, daß ich zu dieser Vorsichtsmaßnahme gegriffen hatte. Die Polizei war nämlich alarmiert und hatte sich an der Einfahrt zu den Docks postiert. Einer der Beamten erkannte mich; zwei Wochen zuvor hatte er als Zeuge in einem Prozeß ausgesagt, in dem ich als Verteidiger auftrat. Ich erklärte ihm meinen Auftrag, und er ließ mich passieren. Ich hatte feuchte Hände, als ich über die Bahnschienen fuhr, die zum Hafen hinunterliefen.

Die *Emerald Isle* lag am äußeren Ende des Ost-Docks. Sie hatte geladen und stand bereits unter Dampf. Im Schatten eines Lagerschuppens hielt ich an.

„So", sagte ich, „da ist das Schiff."

David kroch unter der Decke hervor. Ich gab ihm den Umschlag. Sekunden später öffnete sich die hintere Tür, und ich hörte ihn aussteigen. „Ich möchte Ihnen danken", stammelte er. „Was auch geschieht, ich werde Sie nicht mit hineinziehen."

„Viel Glück!" wünschte ich.

„Danke." Und dann schlich er über das Dock. Ich beobachtete, wie er das Fallreep hinaufstieg, anhielt und mit jemandem von der Mannschaft sprach; dann verschwand er hinter einer Tür auf dem Brückendeck.

Ich zündete mir eine Zigarette an. Vom Fluß her tönte die Sirene eines Schleppers. Es war zwanzig Minuten nach neun. Zehn Minuten später hörte ich von hoch oben auf der *Emerald Isle* einen schrillen Pfiff, und zwei Männer rannten aus einer Baracke am Ende des Docks herbei. Sie zogen das Fallreep an Land und stellten sich an die Warpleinen. Ein weiterer Pfiff, und die vordere Leine löste sich und fiel aufs Dock. Schwarzer Rauch stieg aus dem Schornstein, und kaum war auch die hintere Leine losgemacht, öffnete sich rasch eine Kluft zwischen dem Schiff und dem Kai. Ich startete den Motor, stellte die Heizung an, saß da und rauchte, während die *Emerald Isle* auf den Taff hinausgeschleppt wurde. Und als ihre Lichter hinter den Lagerschuppen verschwanden, fuhr ich zurück in meine einsame Wohnung und betete, daß ich richtig gehandelt hatte.

Mittelmeer

Kairo
Suez-kanal

Kaspisc
Me

Bagdad

IRAK

Euphrat

Tigris

Basra

Abadan

KUWAIT
Kuwait

S A U D I -

H e d s c h a s

R o t e s   M e e r

Dschidda

Mekka

A R A B I E N

Riad

Dharan   BAHRAIN
Manama   Muharrak

KATAR

P e r s .   G o l f

Ras al-Kaima

Schardscha

Abu Dhabi
Dubai

Buraimi

Golf v. O

ARAB.
VERTRAGSSTAATEN

Rub al - Khali

Hadd   Saraifa

Umm al-
Samim

Hadschar

Ma

JEMEN

O M A N

SÜDJEMEN

Mukalla

Aden

Golf von Aden

0   200   500 km

Die Orte *Hadd* und *Saraifa* sind fiktiv

Indischer Ozea

WAS nachher mit David geschehen war, erfuhr ich teils von Kapitän Griffiths, teils aus einem Brief, den David selbst mir schrieb. Er hatte sich noch keinen Plan ausgedacht, als er sich am Dock von mir verabschiedete und an Bord der *Emerald Isle* ging. Am Ende des Fallreeps stieß er auf den Steward, einen Somali, den er in einer plötzlichen Eingebung fragte, ob die Passagierkabinen ausgebucht seien. Der Steward verneinte und erklärte, von den sechs Kabinen seien nur drei besetzt. David faßte plötzlich Hoffnung, und er bat darum, den Kapitän sprechen zu dürfen.

Kapitän Griffiths war in seiner Kajüte und prüfte die Angaben zur Trimmung. Er nahm den Umschlag entgegen, sah ihn sich an und blickte zu David auf. „Arbeitest du für Mr. Grant?"

„Ich – erledige Botengänge für ihn."

„Du bist gerade noch rechtzeitig gekommen. In einer Viertelstunde laufen wir aus. Mein Junge, du kannst mir Glück wünschen, weil ich jetzt Grundbesitzer in Wales bin. Jetzt gehört mir endlich ein Stück Land auf der Halbinsel Gower, wo wenigstens Regen fällt, der die Luft von Staub reinigt und die Hitze und die verfluchten, allgegenwärtigen Fliegen verjagt."

„Sie sprechen vom Persischen Golf, nicht wahr? Dann wissen Sie vielleicht auch, wo sich Oberst Whitaker aufhält?"

Griffiths warf David einen verwunderten Blick zu. „Komisch", murmelte er. „Die gleiche Frage hat mir Grant heute nachmittag gestellt. Wieso fragst du nach ihm?"

David zögerte. „Er ist mein Vater."

„Großer Gott! Ich wußte gar nicht, daß der Beduine verheiratet war."

„War er auch nicht. Trotzdem ist er mein leiblicher Vater, Sir."

Auf der Brücke summte die Sprechanlage, und eine Stimme krächzte: „Der Schlepper kommt, Käpt'n."

„Danke, Evans." Griffiths stand auf. „Ich muß auf die Brücke." Er blieb einen Augenblick vor David stehen. „Ja. Jetzt sehe ich die Ähnlichkeit. Soll ich ihm eine Nachricht übergeben?" Und als David benommen den Kopf schüttelte, klopfte er ihm auf die Schulter. „Gut, ich sage ihm, daß ich dich gesehen habe. Und jetzt mach schnell, daß du hinunterkommst, sonst findest du dich plötzlich in Arabien wieder und mußt jede Menge Erklärungen abgeben, wie du dorthin gekommen bist." Dann ging er lachend nach oben auf die Brücke.

David stand allein vor der Tür der Kapitänskajüte. Ein Gang führte durch die Länge des Schiffs. Zu beiden Seiten befanden sich Mahagonitüren mit Nummern. Auf leisen Sohlen schlich er den Gang entlang. Die erste Tür, die er zu öffnen versuchte, war verschlossen, aber die zweite sprang auf. David blickte auf Gepäckstücke, die mit vielen Etiketten versehen waren, und in das erstaunte Gesicht eines Mannes, der mit einem Buch in seiner Koje lag. Die vierte Kabine war schließlich leer, und er glitt hinein und verschloß die Tür. Drinnen stand er bewegungslos da und horchte.

Diese Zeit des Wartens – es vergingen höchstens zehn Minuten – erschien ihm als die längste seines Lebens. Dann hörte er das Pfeifensignal. David kniete sich auf die ungemachte Koje, zog vorsichtig den Vorhang zurück, der das Bullauge verdeckte, und sah, daß sich das Schiff immer weiter vom Kai fortbewegte.

Er nahm Hut und Mantel ab, legte sich in die Koje und zog eine Decke über sich. Die Nacht über schlief er unruhig, in der engen Koje von einer Seite zur anderen rollend. Bei Tagesanbruch erwachte er; er hatte Hunger und lauschte, starr vor Anspannung. Er hörte Schritte im Gang, Kabinentüren schlugen zu. Endlos zogen sich die Stunden des Tages hin, aber niemand kam. David hatte keine Uhr bei sich und wußte daher nicht, wie spät es war. Draußen war alles grau, die Wolken jagten tief über den Himmel, und die Sonne zeigte sich nicht. Er war erschöpft vom Rollen des Dampfers; gegen Abend wurde ihm schlecht, und er erbrach sich aus leerem Magen in das Waschbecken.

Endlich kam die Nacht, und er schlief; dann wurde es wieder Tag. Licht und Dunkel folgten aufeinander. Er wußte nicht mehr, welcher Tag es war, aber als die Sonne durchbrach und die See sich beruhigte, wurde ihm klar, daß er zu schwach war, um weiter in dieser Kabine zu bleiben. Der Augenblick war gekommen, in dem sich seine Zukunft entschied.

Inzwischen fuhren sie an der Küste von Portugal entlang. Am Kopfende der Koje war ein Klingelknopf. Einen halben Tag lang stierte er ihn an, bis er den Mut aufbrachte, ihn zu drücken. Und als der Steward kam, befahl er dem erschreckten Somali, ihn zum Kapitän zu bringen.

Griffiths saß an seinem Schreibtisch. Der Somali gab aufgeregte

Erklärungen, und Griffiths' kleine blaue Augen starrten ihn an. Mit einer Handbewegung gebot ihm der Kapitän zu schweigen. „Gut, Ismail. Du kannst jetzt gehen. Aber sprich nicht darüber." Als die Tür ins Schloß fiel und sie allein waren, wandte er sich an David: „Und nun, mein Junge, bist du vielleicht so freundlich, mir zu erklären, warum du dich auf mein Schiff eingeschlichen hast."

David zögerte. Es war schwer, den richtigen Anfang zu finden. Doch dann erzählte er geradeheraus, wie er den hysterischen Brief von seiner Mutter bekommen hatte und aus der Anstalt geflohen war, bis zu der Tragödie bei seiner Ankunft zu Hause in der Everdale Road. Griffiths hörte ihm zu, ohne ein Wort zu sagen. Als er David schließlich um eine Erklärung bat, wie er an die Dokumente gekommen sei, mit deren Hilfe er aufs Schiff gelangt war, hielt sich David an die vereinbarte Geschichte.

Aber Griffiths konnte man nicht täuschen. „So, du hast den Umschlag aus dem Büro von Mr. Grant entwendet und beschlossen, ihn selbst abzuliefern?"

„Ja, Sir."

„Und die Tür zum Büro war offen. Das heißt also, daß Grant nur für einen Augenblick hinausgegangen war. Wenn er bei seiner Rückkehr festgestellt hätte, daß der Umschlag nicht mehr da lag, wäre er aufs Schiff gekommen, um mir das mitzuteilen. Du lügst."

Unter diesen Umständen blieb David nichts anderes übrig, als Kapitän Griffiths die Wahrheit zu sagen. Als er mit seiner Geschichte zu Ende war, lehnte sich Griffiths in seinem Drehstuhl zurück und brüllte vor Lachen. Und dann begann er mit einem Kreuzverhör, das kein Ende nehmen wollte.

Endlich stand er auf und starrte lange zum Bullauge hinaus, wo er den Tanz der Sonnenstrahlen auf den Wellen verfolgte. „Ja", sagte Griffiths, „ich glaube dir. Das kann man nicht erfinden. Du hast natürlich keinen Paß, oder? Das heißt also, daß du auf reguläre Weise nicht an Land gehen kannst. Wie alt bist du?"

„Neunzehn."

„Und du glaubst, Oberst Whitaker wird entzückt darüber sein, wenn so ein Bengel, den er zwanzig Jahre vorher gezeugt hat, – noch dazu ein entlaufener Zögling aus einer Anstalt – plötzlich ohne Paß bei ihm auftaucht?"

David brachte kaum ein Wort hervor, so trocken war seine Kehle. „Ich habe immer davon geträumt, eines Tages nach Arabien zu reisen. Ich werde die Überfahrt abarbeiten", fügte er kleinlaut hinzu. „Und wenn wir in Aden sind, können Sie mich den Behörden übergeben."

Griffiths nickte. „Genau das müßte ich tun." Er stand einen Augenblick lang in Gedanken verloren da. „Dein Vater hat mir einmal aus der Patsche geholfen. Dafür schulde ich ihm etwas. Die Frage ist nur, ob ich ihm damit etwas Gutes antue . . ." Er zuckte die Achseln, ließ sich in den Stuhl fallen und drückte auf den Knopf der Sprechanlage, die ihn mit der Kommandobrücke verband. „Evans, kommen Sie doch bitte einen Augenblick zu mir in die Kajüte." Dann sagte er zu David: „Mr. Grant zuliebe, von dem ich solche Ungesetzlichkeiten nicht erwartet hätte, und deinem Vater zuliebe, der den Schock seines Lebens bekommen wird, werde ich dich als Matrose anheuern. Aber, sei dir über folgendes klar", fügte er hinzu, „wenn es in Aden irgendwelche Schwierigkeiten gibt, überstelle ich dich den Behörden." Der Erste Offizier kam herein, und Griffiths sagte: „Ein blinder Passagier für Sie, Evans. Lassen Sie ihm erst in der Kombüse etwas zu essen geben, und dann stellen Sie ihn an die Arbeit, ich heuere ihn an. Und achten Sie darauf, daß die Passagiere nicht erfahren, wie er an Bord kam. Er heißt – Whitaker."

„Danke, Sir", murmelte David.

Während der ganzen Reise durch das Mittelmeer und den Suezkanal war David völlig gefangengenommen vom Leben auf dem Schiff und von der stetig zunehmenden Hitze; jeder Tag brachte das ersehnte Arabien um vierundzwanzig Dampferstunden näher. Aber als sie ins Rote Meer einfuhren und die kahlen Berge des Hedschas am Horizont auftauchten, wußte er, daß Aden nicht mehr weit war. Und in Aden wartete vielleicht die Polizei auf ihn.

Es war Nacht, als sie bei Steamer Point vor Anker gingen. Zoll- und Paßbeamte kamen an Bord. David stand im Schatten eines Rettungsboots und sah sie von der Barkasse heraufsteigen. Erst als die Barkasse sich entfernte, atmete er wieder ruhig. Der Steward kam und sagte knapp: „Der Kapitän erwartet dich in der Kajüte."

Langsam ging er zum Brückendeck. Kapitän Griffiths saß in seinem Ledersessel, ein Glas Whisky vor sich. „Nun, mein Junge, es sieht so aus, als ob du es geschafft hättest. Niemand interessiert sich hier für dich. Ich gehe noch heute morgen an Land und telegrafiere Oberst Whitaker über die GODCO – das ist die Gulfoman Oilfields Development Company. Vielleicht erreicht ihn die Nachricht, vielleicht nicht. Evans wird dir eine Arbeit geben, bei der dich die Passagiere nicht sehen." Und damit entließ er David.

Am nächsten Morgen sah er Kapitän Griffiths in einer Barkasse an Land gehen. David arbeitete den ganzen Tag über mit den Matrosen an der Ladung. Am Abend kamen vier Passagiere an Bord; später brachte eine Dau eine Handvoll Araber, die nach Mukalla wollten und mit ihren Habseligkeiten auf dem Deck lagerten. Dann wurde der Anker gelichtet. Die *Emerald Isle* dampfte mit Kurs Ostnordost an der Südküste Arabiens entlang.

Sieben Tage nach der Ausfahrt von Aden legte das Schiff am Nachmittag in Maskat an. Tags darauf ging die Reise weiter.

David war beim Abendessen, als er auf die Brücke befohlen wurde. Kapitän Griffiths saß auf einem hölzernen Schemel und sah über den Bug auf die See hinaus. „Ah, da bist du ja", begrüßte ihn Griffiths. „Als ich gestern nacht in Maskat an Land ging, wurde ich von einem Diener aus Saraifa erwartet, der mir eine Botschaft von deinem Vater überbrachte. Dein Vater ist bereit, dich aufzunehmen. Vor Ras al-Khaimah wartet ein arabischer *Sambuk,* der dich abholt. Stimmt es, daß du arabisch sprichst?"

„Ein wenig."

„Schön. Du gehst also als Araber an Bord des Küstenschiffs." Der Kapitän gab David noch ein paar Anweisungen, dann schüttelte er ihm die Hand. „Und nun viel Glück, junger Mann! Und einen Rat, bevor du gehst – sieh dich vor. Dein Vater ist kein gewöhnlicher Mensch. Er wird wild wie der Teufel, wenn er aufgebracht ist. Sei also vorsichtig." Damit war David entlassen. Er war ein wenig benommen, als er die Brücke verließ. Jetzt lag die Zukunft vor ihm: eine ungewisse, vielleicht auch unheilvolle Zukunft. Im Morgengrauen würde er das Schiff verlassen und damit die letzte Verbindung zur Heimat abbrechen.

David saß auf der Koje und starrte ins Leere, als der Erste Offizier eintrat. „Das ist für dich, Whitaker", sagte er und warf ihm ein Bündel Kleider zu. „Ali Mohammed hat sie mir für drei Pfund verkauft; ich habe dir's von der Heuer abgezogen." Er legte einige ostafrikanische Scheine und etwas Silbergeld auf das Kleiderpaket. „Geh zur

Farbenkammer, und mal dir dein rosiges Gesicht und die Hände ein wenig dunkler."

David verkleidete sich als Araber. Er lag lange wach und grübelte, was wohl der Morgen bringen würde. Als es hell wurde, kam ein Araber, der zur Mannschaft gehörte, herunter, um ihm mitzuteilen, daß der Sambuk in Sicht sei. David ging hinauf zum Hauptdeck, wo er sich hinter dem Aufgang zum Brückendeck verbarg. Eine Strickleiter hing bereits an der Backbordseite hinab. Von fern vernahm David das Geräusch eines Dieselmotors, das langsam näher kam. Schließlich hörte er, wie der Sambuk gegen den Schiffsrumpf stieß und wie sich die Matrosen mit ihrem kehligen Arabisch verständigten. Dann gab ihm der Araber, der an der Strickleiter gewartet hatte, ein Zeichen.

David kam schnell aus seinem Versteck hervor. Den Kopf hielt er gesenkt. Eine dunkelhäutige Hand packte ihn am Arm und stützte ihn, als er die Strickleiter hinabkletterte und auf das abgenutzte Holzdeck des Sambuks sprang. Er sprach einen arabischen Gruß. Das Stampfen der Maschine auf der *Emerald Isle* wurde lauter, und langsam wurde der Abstand zwischen den beiden Schiffen größer.

Drei Männer waren auf dem kleinen Küstenfahrzeug. Der Bootsführer war ein alter Mann mit einem schütteren, grauen Schnurrbart, der nur ein Lendentuch trug. Die Mannschaft bestand aus einem Jungen mit einem verkrüppelten Arm und einem großen, breitschultrigen Mann, der schwarz wie Ebenholz war. Der Alte ergriff Davids Hand und drückte sie, während die beiden anderen dicht hinzutraten und ihm ins Gesicht starrten – sechs braune Augen, die ihn voller Neugier betrachteten.

Die Sonne stand noch nicht im Zenit, als sie die Küste erreichten. Eine Karawane zog langsam über den Sand, und bei ein paar niedrigen Klippen parkte ein Landrover. Daneben wartete eine einsame Gestalt in arabischer Kleidung. David hielt sie im ersten Augenblick für seinen Vater und bereitete sich innerlich auf das erste Zusammentreffen vor. Als ihn aber der Alte in einem Beiboot vom Sambuk an Land ruderte, merkte er, daß es doch ein Araber war, der ihnen im flachen Wasser entgegenwatete. David gab dem Bootsführer einen der Scheine, die er vom Ersten Offizier bekommen hatte. Kurz darauf saß er in dem Landrover, und sie brausten über die Küstenstraße. Nach ein oder zwei Kilometern bogen sie auf eine Sandpiste ab und ließen die Küste hinter sich. Sie überholten eine Beduinenkarawane. Mit verächtlichem Blick trotteten die Kamele mit ihren berghohen Lasten durch den Sand. Die Männer, wilde Gestalten mit langen Bärten, hoben ohne ein Lächeln die Hand zum Wüstengruß. Die Silberbeschläge ihrer altmodischen Gewehre, ihre Dolche und Patronengurte blinkten in der grellen Sonne. Zum ersten Mal sah David die Wüstenwelt, die seine neue Heimat werden sollte.

NACHFORSCHUNGEN EINES TESTAMENTSVOLLSTRECKERS

UNMITTELBAR nach seiner Ankunft in Saraifa schickte mir David einen ausführlichen Bericht über seine Reise nach Arabien. Zum großen Teil hatte er die Notizen noch an Bord der *Emerald Isle* geschrieben, mit Bleistift auf Papierfetzen. Die letzte Seite enthielt nicht mehr als eine hastig hingeworfene Nachschrift.

> Endlich bin ich in Saraifa, aber ich kam in einem ungünstigen Augenblick an – mein Vater hatte eine Besprechung mit dem Scheich, einem Direktor der Erdölgesellschaft und seinem Piloten, mit denen er morgen nach Bahrain fliegt. Zuerst schien er böse zu sein, aber ich glaube, jetzt ist alles in Ordnung. Khalid, der Sohn des Scheichs, soll sich um mich kümmern, während mein Vater fort ist. Wir werden eine Jagdexpedition unternehmen, damit ich das Leben in der Wüste kennenlerne. Mein Vater ist hier ein wichtiger Mann. Er besitzt eine Leibwache und einen Palast aus Lehmziegeln, von dem aus ich jetzt schreibe. Er hat nur ein Auge und trägt eine schwarze Klappe über dem anderen, wodurch er im ersten Moment bedrohlich aussieht. Tatsächlich scheinen alle Angst vor ihm zu haben. Es ist alles sehr fremd – aber aufregend. Noch einmal vielen Dank.
>
> David

Am Ende des Jahres schickte er einen Weihnachtsgruß, eine Postkarte der Gulfoman Oilfields Development Company, die in Basra abgestempelt war. Er besuchte eine Schule für Ölspezialisten, büffelte Geologie und schien sich wohl zu fühlen. Das war die letzte Nachricht, die ich von ihm erhielt. Drei Jahre später hieß es, er sei vermißt in der Wüste Rub al-Khali, dem Ende der Welt.

Zu der Zeit kümmerte ich mich schon um die Finanzen seines Vaters. Unsere Geschäftsbeziehung war eine seltsame Sache, die mir viel Kopfzerbrechen bereitete. Oberst Whitaker brauchte jemanden, der seine Geldangelegenheiten regelte. Dazu hatte er mir eine Vollmacht geschickt, die mich berechtigte, in seinem Namen Geld einzutreiben, fällige Rechnungen zu begleichen, kurzum, seine Interessen zu vertreten. Ein solcher Auftrag war durchaus nichts Unübliches – bis auf die Klausel, mit der er mir jeden Versuch untersagte, mit ihm in Verbindung zu treten, sobald die Vereinbarung zustande gekommen sei. Nach wie vor war die einzige Adresse, die ich von ihm hatte, die einer Bank in Bahrain. Kurze Zeit nachdem wir den Vertrag abgeschlossen hatten, flossen die Gelder von überall her: von arabischen Kaufleuten, Bankiers und Maklern; größere Summen kamen vom Londoner Büro der Gulfoman Oilfields Development Company. Der Geldsegen hielt ungefähr ein Jahr lang an. Da ich annahm, daß er Vorsorge für sein Alter treffen wollte, investierte ich das Geld hauptsächlich in örtlichen Industriebetrieben, über die ich Referenzen besaß. Im Mai des folgenden Jahres aber liefen die ersten Rechnungen ein: für Vorräte, einen Lastwagen mit sämtlicher Ausrüstung und allen Instrumenten, die man für seismologische und andere geophysikalische Untersuchungen brauchte, schließlich noch eine Frachtrechnung der *Emerald Isle* für die Verschiffung dieser Ladung von Basra nach Maskat.

Der Oberst wollte also auf eigene Rechnung nach Ölquellen suchen und setzte offenbar voraus, daß die Kosten aus seinem Konto gedeckt werden könnten. Ich war beunruhigt, weil ich kein Ende absehen konnte. Entgegen seinen Anweisungen ließ ich ihm damals über die Bank mehrere Schreiben zugehen, erhielt aber keine Antwort. Zu Neujahr kam dann ein weiteres Bündel Rechnungen. Daraufhin schrieb ich Whitaker, er möge mir postwendend Einzelheiten über seine Pläne und die mutmaßlichen Kosten mitteilen, da ich sonst keine andere Wahl hätte, als auf seine Kosten nach Arabien zu fliegen, um die ganze Angelegenheit mit ihm zu besprechen. So standen die Dinge am Morgen des 24. März, als ich in mein Büro kam und unter meiner Post einen Luftpostbrief fand, der in Bahrain abgestempelt war. Ich hielt ihn für die erwartete Antwort, stellte aber beim Öffnen fest, daß der Brief von Susan Thomas stammte. Offenbar arbeitete sie inzwischen als Schwester in einem Krankenhaus in Dubai. Ein Telegramm, das sie vom Büro der Gulfoman Oilfields Development Company in Bahrain bekommen hatte, lag dabei. Ich mußte es zweimal lesen, bevor ich imstande war, den Sinn der Worte aufzunehmen, so groß war mein Entsetzen.

SCHWESTER SUSAN THOMAS KRANKENHAUS DUBAI VON GODCO 18. MÄRZ: BEDAUERN MITZUTEILEN DASS IHR BRUDER DAVID WHITAKER SEIT ACHTUNDZWANZIGSTEN FEBRUAR IN RUB AL-KHALI VERMISST STOP LASTWAGEN ETWA ACHTZIG KILOMETER WESTNORD-WEST VON OASE SARAIFA ENTDECKT STOP AUSGEDEHNTE SUCHE MIT FLUGZEUGEN IN UNZUGÄNGLICHER WÜSTE ERFOLGLOS STOP SUCHE JETZT AUFGEGEBEN STOP MÜSSEN TOD ANNEHMEN STOP GODCO SPRICHT IHNEN UND IHRER MUTTER HERZLICHSTES BEILEID AUS — ERKHARD

Ich hatte das Gefühl, daß an der Sache etwas nicht stimmte. Diese Ahnung drückte auch Susans Brief aus.

Wir waren Zwillinge, wie Sie wissen, und ich hätte es bestimmt gespürt, wenn David tot wäre. Zu Beginn des letzten Monats besuchte er mich. Zweifellos hatte er Schwierigkeiten, sagte aber nicht, worin sie bestanden. Ich merkte, daß er in Gefahr war, aber dennoch kann ich nicht glauben, daß er tot ist. Wenn ihm irgend etwas zustoßen sollte, so sagte er mir bei seinem letzten Besuch, müßte ich Ihnen sofort schreiben. Bitte setzen Sie sich mit dem Londoner Büro der GODCO in Verbindung, und dringen Sie darauf, daß die Suche wiederaufgenommen wird.

Ich kam erst am Nachmittag dazu, das Londoner Büro der Gulfoman Oilfields Development Company anzurufen. Dort wußte man natürlich nichts. Ein zartes Stimmchen teilte mir mit, daß die gesamte Verwaltung vor Ort durch das Büro in Bahrain abgewickelt werde. „Das Telegramm trägt die Unterschrift von Mr. Erkhard, sagen Sie? Dann können Sie sich darauf verlassen, daß alles Menschenmögliche getan worden ist. Mr. Erkhard ist unser Generaldirektor in Arabien." Trotzdem versprach man mir, meine Einwände nach Bahrain weiterzugeben.

Ich holte den Wagen und fuhr nach Grangetown, um Mrs. Thomas die traurige Nachricht zu überbringen; es war keine angenehme Aufgabe.

Mrs. Thomas war merklich gealtert. Ihr Haar war inzwischen vollkommen grau und hing ihr in unordentlichen Strähnen in die Stirn. Sie bat mich ins Wohnzimmer. „Sie kommen wegen David, Mr. Grant?"

„Wann haben Sie das letzte Mal Nachricht von ihm bekommen?" fragte ich.

Sie ging zum Schreibtisch und nahm ein Blatt Papier heraus. „Im August", antwortete sie.

Vor sieben Monaten! „Und seitdem haben Sie nichts von ihm gehört?"

Sie schüttelte den Kopf, und ihre Hand zitterte. „Was ist passiert, Mr. Grant?" fragte sie. „Schon als ich Sie an der Tür stehen sah . . ."

Ich teilte ihr die Tatsachen mit und gab ihr die Kopie des Telegramms, das ihre Tochter mir geschickt hatte. Sie las es langsam, ihre Augen weiteten sich, als sie die traurige Meldung aufnahm.

„Bisher ist er lediglich als vermißt gemeldet, das ist alles", erklärte ich, um ihr nicht alle Hoffnung zu nehmen.

Aber sie schien mich nicht gehört zu haben. „Tot", flüsterte sie.

„Grämen Sie sich nicht zu sehr. Es besteht immer noch die Aussicht . . ."

„Nein. Nein, es ist besser so, Gott sei seiner armen Seele gnädig."

Erschüttert verließ ich sie. Als ich den Wagen anließ, kam mir Oberst Whitaker in den Sinn. Ich dachte daran, wie David geschworen hatte, seinen Vater zu töten. Was hatte sich seitdem zwischen den beiden abgespielt? Oder handelte es sich einfach um einen Unfall – etwas, was jedem jungen Mann zustoßen könnte, der in die weiten Wüsten Arabiens aufbricht?

Nach meiner Rückkehr ins Büro nahm ich mir die Akte Whitaker vor und las noch einmal das Dossier, das Andrews aus Zeitungsausschnitten zusammengestellt hatte:

Charles Stanley Whitaker, 1899 in Llanfihangel Hall bei Usk geboren. Ging 1915 zur Kavallerie, nahm unter Allenby an der Offensive gegen die Türken teil und stieg bis zum Major auf. Nach dem Krieg blieb er im

Nahen Osten, war Polizist, Händler, Besitzer einer Barkasse. Er trat zum Islam über, unternahm eine Pilgerfahrt nach Mekka und lebte bei den Beduinen. Nach dreijähriger Tätigkeit für die Gulfoman Oilfields Development Company kam er nach Kriegsausbruch als Oberst zu Lord Wavells Stab. Wurde zweimal verwundet, für Tapferkeit mit dem Victoriakreuz ausgezeichnet. Kehrte nach Kriegsende zur GODCO als Bevollmächtigter zurück.

Angeheftet war ein Foto, das Whitaker in arabischer Kleidung neben einem Landrover auf einer Wüstenpiste zeigte. Die schwarze Klappe über dem rechten Auge war deutlich erkennbar, ebenso die markante Adlernase. Der Oberst überragte die beiden andern Männer auf dem Bild um einen ganzen Kopf. Trotz seiner Unschärfe vermittelte das Foto einen Eindruck von Whitakers außerordentlicher Persönlichkeit.

Ich stellte die Akte an ihren Platz und schrieb Susan, daß es wohl das beste sei, sie führe selbst nach Bahrain, um Erkhard aufzusuchen. Von Europa aus könne offenbar nichts getan werden.

Zwei Tage später stand die Nachricht von Davids Tod in der *Times*. Sie stammte von einem „Sonderkorrespondenten", und ich hatte beim Lesen das ungute Gefühl, daß hinter der Geschichte noch etwas steckte, dem der Schreiber nicht auf die Spur gekommen war. Man mußte zwischen den Zeilen lesen – zum Beispiel in den folgenden Sätzen, die offenbar Davids Vater galten: „Dieser Mann, der seine Ölfeld-Theorie trotz dauernder Fehlschläge aufrechterhält, besitzt eine gewaltige Anziehungskraft. Die Frage allerdings, ob die Ölgesellschaft, der er so lange gedient hat, seinen Fortgang eines Tages noch bedauern wird oder nicht, kann nur die Zeit beantworten." Der Artikel endete mit einer Vermutung: „Anscheinend sind die Gerüchte nicht ganz unbegründet, nach denen sein Sohn, obwohl Angestellter der GODCO, an ihn für eine Privatunternehmung ausgeliehen worden war. Diese stand höchstwahrscheinlich im Zusammenhang mit der Suche nach Ölquellen."

Am folgenden Morgen erschien Kapitän Griffiths in meinem Büro, und jetzt zweifelte ich nicht mehr daran, daß mehr hinter dem Tod des jungen Whitaker steckte, als die Ölgesellschaft bisher hatte verlauten lassen.

„Ich habe David versprochen, Ihnen dies persönlich zu übergeben."

Griffiths legte einen dicken braunen Umschlag auf den Schreibtisch. „Der Postweg war ihm zu unsicher."

„Von wem stammt es?" fragte ich.

„Vom jungen Whitaker", erwiderte Griffiths und setzte sich mir gegenüber in den Sessel.

„Wann hat er Ihnen den Umschlag übergeben?"

„Ungefähr in der Mitte der ersten Februarwoche."

Und seit dem 28. Februar wurde David als vermißt gemeldet.

Ich schnitt den Umschlag auf. Darin lag ein handgeschriebener Brief, der um einen weiteren Umschlag gefaltet war. Die Rückseite dieses Umschlags trug den Aufdruck GODCO – BAHRAIN, und quer über die Vorderseite stand mit der Maschine geschrieben: DAVID WHITAKER – DARF NUR IM FALLE MEINES TODES GEÖFFNET WERDEN.

Ich starrte auf den Vermerk und fragte mich, woher er gewußt haben könnte, daß er bald sterben würde. Oder war es nur Zufall, daß Ahnung und Wirklichkeit übereinstimmten?

„Was ist geschehen?" fragte Griffiths. „Was hat er angestellt?"

„Sie haben die *Times* also noch nicht gelesen?"

„Nein. Ich bin erst heute morgen angekommen."

„David Whitaker ist tot", sagte ich. Und ich berichtete ihm von Davids Lastwagen, der verlassen aufgefunden worden war, und von dem Artikel in der *Times*.

Ich zeigte ihm den Umschlag, so daß er die Aufschrift lesen konnte. „Er muß eine Vorahnung gehabt haben...", murmelte ich.

Griffiths nickte. „Jetzt verstehe ich."

„Was verstehen Sie?"

„Die Umstände ..." Er zögerte. „Das war alles sehr merkwürdig. Der Junge setzte sein Leben aufs Spiel, um mir in einer furchtbaren Nacht, als der *Schamal* stürmte, diesen Umschlag zu übergeben. David kam in einem Fischerboot, es war ein tollkühnes Unternehmen. Turmhohe See. Er brauche unbedingt einen Anwalt, meinte er, jemanden, dem er vertrauen könne."

„Sagte er Ihnen, warum er einen Anwalt brauchte?"

„Nein." Griffiths schüttelte den Kopf.

„Gab er Ihnen irgendwelche Erklärungen zu dem Umschlag?"

„Nein. Er saß an meinem Schreibtisch und schrieb einen Begleitbrief. Und als er damit fertig war, packte er das Ganze in den großen braunen Umschlag, versiegelte ihn und bat mich darum, das Kuvert einzuschließen und es Ihnen sofort nach meiner Ankunft in Cardiff persönlich zu übergeben."

Ich verstand. „Wo ist Oberst Whitaker jetzt?"

„Vermutlich in Saraifa. Ich muß jetzt gehen, Mr. Grant." Er streckte mir die Hand entgegen. „David Whitakers Schicksal tut mir leid, sehr leid. Ein feiner Kerl – guter Charakter." Er schüttelte mir kurz die Hand, warf einen raschen Blick auf das Kuvert, das noch ungeöffnet auf dem Schreibtisch lag, und ging zur Tür.

Ich ließ ihn gehen, denn ich brannte darauf zu erfahren, was der Umschlag enthielt. Der Begleitbrief gab keinen Aufschluß darüber:

> Sie haben mir vor langer Zeit einmal geholfen. Jetzt bitte ich Sie wieder um Hilfe. Sie sind der einzige Mensch, dem ich in dieser Sache vertrauen kann. Ich muß Sie warnen, denn es handelt sich um politischen Sprengstoff. Wenn jemand erfährt, daß sich der Brief in Ihren Händen befindet, könnten Sie Schwierigkeiten bekommen.

Ich nahm den Umschlag und schnitt ihn auf. Er enthielt einen maschinengeschriebenen Brief, Davids Testament, und zwei weitere Umschläge – der eine war an Sir Philip Gorde im Londoner Büro der GODCO adressiert, der andere trug die Aufschrift: SKIZZE DES LAGEPLANS. Lageplan wovon?

Aber es war nicht schwer zu erraten, denn was konnte man – außer der Entdeckung von Ölquellen – mitten in der Wüste Arabiens schon als politischen Sprengstoff bezeichnen?

Zwar hatte David dies auch in dem zweiten Brief nicht eindeutig ausgedrückt, aber es ging doch aus seinem Bericht deutlich genug hervor. Das Schreiben trug das Datum des 29. Dezember, war also knapp drei Monate alt.

Irgendwo im Scheichtum von Saraifa

> Lieber Mr. Grant, es ist Zeit, daß ich meine Angelegenheiten in die Hände eines Menschen lege, den ich kenne und zu dem ich Vertrauen habe. Ich arbeite hier an einem alten Erschließungsplan. Er wurde bereits vor langer Zeit erstellt, und der Mann, von dem er stammt, lebt nicht mehr. Falls meine eigenen Auswertungen seine Berichte bestätigen – und das werde ich binnen kurzem wissen –, werde ich versuchen, Kapitän Griffiths in Schardscha aufzusuchen, wenn die *Emerald Isle*

gegen Ende nächsten Monats dort anlegt. Ich halte mich hier in einem Sperrgebiet auf, und ich arbeite gegen die Zeit und ohne Ermächtigung. Was mir auch zustoßen sollte, ich habe beschlossen, daß dem Scheichtum Saraifa die Früchte meiner Arbeit zufallen sollen. Die Oase steht auf verlorenem Posten im Kampf gegen die Wüste. Ohne Geld fällt sie der Vernichtung anheim. Und ich habe dort die glücklichsten sechs Monate meines Lebens verbracht.

Wenn Sie dies lesen, bin ich tot. Bitte ergreifen Sie folgende Schritte: Nehmen Sie Verbindung auf mit Sir Philip Gorde, der zum Direktorium der GODCO gehört, und übergeben Sie ihm den Umschlag, den ich an ihn adressiert habe. Er enthält ein Dokument, das korrekt aufgesetzt ist und einem herkömmlichen Konzessionsvertrag entspricht. Auch meine Pläne sind dabei, aber ohne die Lageskizze. Sie finden sie in einem separaten Umschlag zusammen mit weiteren Kopien meiner Erschließungspläne. Dieser Umschlag darf erst übergeben werden, nachdem Sir Philip Gorde den Konzessionsvertrag unterzeichnet hat und die Gesellschaft rechtlich gebunden ist, an den vier bezeichneten Plätzen Probebohrungen vorzunehmen.

Sollte Sir Philip Gorde seine Unterschrift verweigern, dann unternehmen Sie bitte, was Ihnen im Interesse Saraifas richtig erscheint. Khalid, der Sohn des Scheichs, ist im Bilde. Entscheidend ist, daß Sie auf irgendeine Weise erreichen, daß die Konzession zustande kommt, und wenn Ihnen das gelingt, so wird Khalid mit Anerkennung nicht sparen, ebensowenig wie Scheich Machmud. Die Umstände meines Todes, meine Herkunft und meine Vergangenheit dürfen Sie jederzeit ausschlachten, um die Sache publik zu machen und das Interesse anderer Ölgesellschaften zu wecken.

Mein Testament liegt ebenfalls bei. Ich habe Sie zum Nachlaßverwalter bestellt, und sobald Sie die notwendigen Vereinbarungen mit meiner Bank in Bahrain getroffen haben, decken Sie bitte Ihre Gebühren und Auslagen aus diesem Konto. Bitte verstehen Sie, daß ich Sie nicht noch einmal in meine Angelegenheiten verwickelt hätte, wenn ich mich nicht in einer verzweifelten Lage befände. Ich habe meine Schwester angewiesen, Sie im Falle meines Todes unverzüglich zu verständigen.

David Whitaker

Von Oberst Whitaker war in dem Dokument nirgends die Rede. Ich war äußerst beunruhigt über die ganze Sache, vor allem, weil ich ja wußte, daß der Oberst sich mit Dingen beschäftigte, die den Interessen der Gesellschaft zuwiderliefen, für die er selbst so lange gearbeitet hatte und für die David zur Zeit seines Todes noch tätig war.

Ich nahm den Hörer ab, um noch einmal das Londoner Büro der GODCO anzurufen. Während ich auf die Verbindung wartete, warf ich einen Blick auf das Testament. Es war ein rechtlich einwandfreies Dokument, das mich zum Nachlaßverwalter machte und seine Schwester Susan zur Alleinerbin. Das Erbe war mit der Auflage verbunden, für die Mutter zu sorgen. Auch im Testament blieb der Vater unerwähnt.

Endlich meldete sich das Büro der GODCO. Nein, hieß es dort, Sir Philip sei nicht anwesend. Er befinde sich auf einer Rundreise durch den Nahen Osten und werde vor Ablauf eines Monats nicht zurückerwartet. Sollte die Angelegenheit dringend sein, so riet man mir, könnte ich ihn über das Büro in Bahrain erreichen. Ich legte den Hörer auf und dachte nach. Ich hatte keine Nachricht von Oberst Whitaker und – ganz abgesehen vom Tode seines Sohnes – mußte ihn dringend sprechen. Glücklicherweise hatte ich eine Abmachung mit einer anderen Anwaltskanzlei getroffen, so daß ich im Notfall abkömmlich war. Ich rief ein Reisebüro an. BOAC flog einmal wöchentlich direkt nach Bahrain, und zwar donnerstags um 10 Uhr, Ankunft 3.05 Uhr am Freitag. Das ließ mir gerade genug Zeit, um die Visa zu besorgen und die dringendsten Arbeiten zu erledigen. Ich buchte schon für den nächsten Flug.

Drei Tage darauf flog ich bei stürmischem Wetter vom Londoner Flughafen ab. Ich saß auf meinem Platz mit einem flauen Gefühl im Magen, weil am Tag vor meiner Abreise aus Cardiff ein seltsamer Mann in die Kanzlei gekommen war. Es war ein Herr mit einem strengen Gesicht und einer Haut wie Leder gewesen, der müde aussah und sich weigerte, Andrews seinen Namen zu nennen.

Er wußte, daß David bei Schardscha auf die *Emerald Isle* gegangen war, wußte auch, daß Griffiths mir den Umschlag überbracht hatte. Er kannte den wirklichen Namen des jungen Whitaker, den ganzen Hintergrund der Geschichte, kurzum, er wußte alles. Er verlangte Davids Umschlag.

Er lachte mich aus, als ich ihm erklärte, daß ich über die Angelegenheiten meiner Mandanten nicht reden würde. „Ihre Berufsehre? Dieser Begriff, Mr. Grant, ist doch reichlich dehnbar, Sie verstehen mich wohl." Er wußte sogar, daß ich dem Jungen geholfen hatte, Wales zu verlassen.

Langsam dämmerte mir, worauf ich mich eingelassen hatte: Politik und Öl...

„Scheren Sie sich zum Teufel!" erklärte ich ihm.

Er stand auf. „Überlegen Sie es sich noch einmal, Mr. Grant. Die Polizei interessiert sich für die Sache, und wenn die erst einmal Nachforschungen anstellt ... das könnte für Sie unangenehm werden." Er beließ es dabei und griff nach seinem Hut und Mantel.

Ich fragte mich, ob er wohl wüßte, daß ich zwei Tage später nach Bahrain fliegen würde. Mein Paß war beim Auswärtigen Amt. Die notwendigen Visa konnten mir immer noch verweigert werden. „Gut", sagte ich. „Ich werde es mir überlegen."

Und am folgenden Tag in London stellte sich heraus, daß ich zwar das Visum für Bahrain, nicht aber für Dubai und Saraifa erhalten hatte. Aus einer Notiz, die an den Paß geheftet war, erfuhr ich, daß für alle weiteren Visa das Büro des Politischen Residenten für den Persischen Golf zuständig sei.

Die Dunkelheit brach herein, und die Positionslichter des Flugzeugs leuchteten rot auf. Ich erwachte sofort, als mich die Stewardeß sanft rüttelte, und hörte schon das pfeifende Geräusch der ausfahrenden Landeklappen. Einen Augenblick später gingen wir in Bahrain nieder. Selbst um 3 Uhr 30 morgens herrschte noch drückende Schwüle.

Die niedrigen, weißgestrichenen Häuser von Muharrak waren ohne Leben, als der Flughafenbus uns über den langen Damm hinüber zur Hauptinsel und zu der Stadt Manama brachte. Das BOAC-Hotel lag in einer ruhigen Seitenstraße, und ich bekam ein Zimmer mit Balkon.

Die Sonne weckte mich vier Stunden später mit dem grellen Licht eines heißen Landes. Ein Araberjunge brachte Tee, den ich noch im Bett liegend trank; die Augen brannten mir vor Trockenheit, mein Körper war heiß und kraftlos. Das Aufstehen, das Rasieren, das Frühstücken, all das bedurfte besonderer Anstrengung. Dabei hatten wir erst April. Ich fragte mich, wie es hier wohl im Hochsommer war.

Beim Hotelportier erkundigte ich mich nach den Büros der Gulfoman Oilfields Development Company und hörte, daß sie mehrere Kilometer außerhalb der Stadt an der Straße nach Awali lagen. Ein dicker Mann in einem blauen Tropenanzug fragte an der

Rezeption nach dem Taxi, das er bestellt hatte. Es war ein Italiener, der in Rom der Maschine zugestiegen war, mit der auch ich nach Bahrain geflogen war. Da er nach Awali wollte, fragte ich ihn, ob er mich mitnehmen könnte. „*Si, si, signore.* Natürlich."

Er hieß Ruffini und war Journalist. „Sind Sie im Ölgeschäft tätig?" fragte er, als wir am Zollhafen vorbeifuhren, der voller Boote lag. Als ich verneinte, schien er überrascht zu sein. „Aber Sie haben eine Verabredung bei der GODCO, nicht wahr?"

„Eine Erbschaftssache", erklärte ich. „Ein Mandant ist gestorben."

„So!" Er seufzte. „Das Schicksal eines Anwalts – immer mit dem Tod zu tun zu haben. Wenn ich Ihnen behilflich sein kann . . ."

„Wissen Sie etwas über einen gewissen Sir Philip Gorde?" fragte ich.

„Er ist einer der Direktoren der Gesellschaft in London. Aber nicht der wichtigste Mann hier unten, soviel ich weiß." Und er beugte sich nach vorn und fragte den Fahrer: „Wer ist der große Boß bei der GODCO?"

„Das ist Mr. Erkhard."

Ruffini nickte. „Alexander Erkhard. *Bene.* So lautet auch meine Information."

„Viele Jahre", fügte der Fahrer hinzu und wandte sich kurz um, „viele Jahre war es Sir Philip. Jetzt ist er es nicht mehr."

„Wann ist Mr. Erkhard nach Bahrain gekommen?" fragte ich.

„Vor fünf oder sechs Jahren, Sir."

„Und damals war Sir Philip Gorde die Nummer eins."

„Jawohl, Sir. Er ist ein Freund des Herrschers, ein Freund aller Araber. Ein sehr bedeutender Mann, Sir Philip. Aber dann wurde er krank, und dieser Mr. Erkhard kam nach Bahrain. Danach wurde alles ganz anders. Erkhard ist kein Freund des Herrschers, kein Freund der Araber." Und er spuckte zum offenen Fenster hinaus. „Hier sind wir bei den GODCO-Gebäuden."

Er bog nach links ab, daß die Reifen quietschten. Die sandigen Dattelgärten blieben hinter uns, und ein moderner weißer Bau erhob sich am Ende einer von Bäumen umsäumten Zufahrt. Dahinter schimmerte das Meer.

Ich stieg aus und dankte Ruffini dafür, daß er mich mitgenommen hatte. Er winkte mir mit seiner feisten Hand nach, und ich schritt durch die offenen gläsernen Flügeltüren. Ich glaubte, in einen Kühlschrank geraten zu sein, denn dank der Klimaanlage war es dort kaum wärmer als in einem Londoner Büro. Das Mädchen am Empfang gab sich ebenso kühl. Als ich nach Sir Philip Gorde fragte, zog sie die Brauen hoch. „Ich glaube nicht, daß Sir Philip bereits zurück ist. Haben Sie eine Verabredung mit ihm?"

„Nein. Aber ich bin eigens von England hierhergeflogen, um ihn zu sprechen."

Sie fragte mich nach meinem Namen und nahm den Telefonhörer ab. Schließlich schüttelte sie den Kopf. „Ich bedaure. Sir Philip ist noch in Abu Dhabi."

„Wann kommt er zurück?" fragte ich. Abu Dhabi war einer der Arabischen Vertragsstaaten und lag mindestens zweihundert Kilometer von Bahrain entfernt.

„Wollen Sie mir bitte sagen, worum es sich handelt? Wenn es dringend ist, kann man Sir Philip vielleicht verständigen."

„Es handelt sich um David Whitaker", erklärte ich. „Ich bin Anwalt."

Ihre Augen weiteten sich. „Ich will sehen, was sich tun läßt", erwiderte sie schnell.

Sie sprach wieder ins Telefon. Schließlich hörte ich sie sagen: „Ja, Sir, ich schicke ihn sofort." Sie legte den Hörer auf. „Mr. Erkhard möchte Sie sehen. Gehen Sie bitte in den ersten Stock hinauf, dort erwartet Sie sein Sekretär."

Ich bedankte mich und eilte die Treppe hinauf. Erkhards Sekretär führte mich durch einen langen Korridor und öffnete eine Tür. „Mr. Grant, Sir."

Der Raum, den ich betrat, war taubengrau, die Möbel waren aus schwarzem Stahl. Der Schreibtisch, an dem Erkhard saß, füllte beinahe die ganze hintere Hälfte des Büros aus. An der Wand hinter Erkhards Rücken hingen mehrere Reliefkarten von Arabien, gespickt mit Fähnchen. Mit einer Handbewegung bot er mir den Platz vor seinem Schreibtisch an.

„Sie sind Anwalt, wie ich höre?"

Ich nickte und setzte mich in den Sessel.

„Und Sie sind wegen des Todes von David Whitaker hier?"

„Ich bin sein Nachlaßverwalter."

„Ach so." In seinem Verhalten lag etwas Sanftes, Glattes. Doch seine Augen waren kalt. „Eine unglückliche Geschichte. Es passiert nicht oft, daß wir einen Todesfall zu beklagen haben. Warum sind Sie hergekommen, Mr. Grant? Machen Sie sich Hoffnungen, Sie könnten uns überzeugen, die Suche wiederaufzunehmen? Ich versichere Ihnen, das wäre zwecklos."

„Vielleicht kämen wir weiter, wenn ich einen vollständigen Bericht über die näheren Umstände erhielte", regte ich an.

„Natürlich. Es gibt einen Suchbericht. Ich werde veranlassen, daß Sie vor Ihrer Abreise eine Kopie bekommen." Es folgte eine anhaltende Pause. „Sie wollten Sir Philip Gorde sprechen. Warum?"

„Wegen einer Privatangelegenheit."

„Sir Philip ist in Abu Dhabi. Morgen, vielleicht übermorgen wird er nach Schardscha weiterreisen, das gehört ebenfalls zu den Arabischen Vertragsstaaten und liegt weiter östlich. Er wird mindestens noch eine Woche unterwegs sein, wenn nicht zwei." Er sah mir in die Augen. Dann stand er auf und schritt auf und ab. „Wie stellen Sie es sich vor, mit ihm in Verbindung zu kommen? Haben Sie Visa für die Arabischen Vertragsstaaten?"

„Nein. Ich muß mich an das Büro des Politischen Residenten wenden..."

„Mr. Grant", sagte er und lächelte. „Es ist nicht leicht, Visa für die Scheichtümer zu bekommen. Wir sind in Arabien, nicht in Europa. Wir können Ihnen natürlich helfen. Nicht nur bei dem Antrag für das Visum, auch mit den Flügen. Aber", fügte er hinzu, „um Ihnen zu helfen, müssen wir den Zweck Ihres Besuches kennen."

„Ich bedaure", sagte ich. „Die Angelegenheit, die ich mit Sir Philip regeln möchte, betrifft den Nachlaß, und darüber kann ich natürlich nichts verraten..."

„Haben Sie etwa ein Dokument, das er unterzeichnen soll?" Es klang verunsichert, und als er einsah, daß er nichts aus mir herausholen konnte, zuckte er die Achseln, ging an seinen Schreibtisch zurück und setzte sich. „Da es sich um eine Privatangelegenheit handelt, die nicht unsere Gesellschaft betrifft, werde ich Ihnen leider nicht behilflich sein können, Mr. Grant. Ich werde Sir Philip eine persönliche Mitteilung zukommen lassen, daß Sie hier sind."

„Mir erscheint einiges rätselhaft am Tod des jungen Whitaker", bemerkte ich leise. „Sie sagten, zur Zeit seines Todes war er Angestellter der GODCO, nicht wahr?"

„Er war für unsere Gesellschaft tätig, jawohl."

Eine der Landkarten, die hinter ihm an der Wand hingen, hatte meine Aufmerksamkeit erregt. „Können Sie mir genau zeigen, wo der Wagen gefunden wurde?"

Erkhard stand rasch auf. Die Position, die er mir zeigte, lag hart südwestlich von der Oase Buraimi, im Schnittpunkt dreier punktierter Linien. Sie markierten die Grenzen von Saudi-Arabien, dem Scheichtum von Saraifa und dem Emirat von Hadd. Sein Finger lag auf einem Punkt innerhalb der saudiarabischen Grenzen. Das ganze Gebiet war bedeckt mit kleinen Punkten. „Die Wüste Rub al-Khali", erklärte er.

„Sie haben keine Konzession in Saudi-Arabien, nicht wahr?"

„Nein."

„Warum war David Whitaker dann dort?"

„Das möchten wir auch gern wissen, Mr. Grant."

„Wo ist seine Mannschaft geblieben?"

„Er hatte eine arabische Mannschaft. Seine Männer sind anscheinend nervös geworden. Jedenfalls stellten sie die Arbeit ein, nahmen den Landrover und überließen Whitaker seinem Schicksal."

„Wo?"

„Sie konnten den Platz nicht genau bezeichnen. Zweifellos hätten sie uns hinführen können, aber der Emir erlaubte ihnen nicht, das Wadi Hadd al-Akbar zu verlassen." Er zuckte die Achseln. „Der Emir ist ein schwieriger Mann. Die Grenzziehung in diesem Gebiet ist umstritten. Vor allem die Grenze zwischen Hadd und Saraifa."

„Könnte man es als ‚politischen Sprengstoff' bezeichnen, wenn dort Öl entdeckt würde?"

„Ja", knurrte er und wandte sich wieder dem Schreibtisch zu. „Mir scheint, Mr. Grant, wir sind weit von dem Zweck Ihres Besuchs abgeschweift."

„Ich habe nicht den Eindruck. Davids Leichnam wurde nicht gefunden, wie ich höre."

„Stimmt. Die Gegend dort ist ein riesiges Dünenland, und der Sand ist in ständiger Bewegung. Der Lastwagen war bereits zur Hälfte begraben, als man ihn entdeckte."

„Die Wagen einer Ölgesellschaft sind normalerweise mit dem Namen dieser Gesellschaft beschriftet, nicht wahr?"

„Worauf wollen Sie hinaus?"

„Whitakers Wagen trug keine Aufschrift."

„Woher wissen Sie das?"

„Die *Times* hat über die Suche berichtet."

Er zögerte. „Nicht jeder Wagen ist markiert."

„Das ist keine Antwort auf meine Frage", sagte ich. „Gehörte dieser Wagen der Gesellschaft oder nicht?"

„Nein. Er gehörte nicht zu unserem Fuhrpark."

„Wem gehörte er dann?"

Jetzt hatte er genug. „Ich bin nicht bereit, die Angelegenheiten der Gesellschaft zu erörtern. Der Wagen hat nichts mit dem Tod des jungen Mannes zu tun."

„Ich bin anderer Meinung", sagte ich, als seine Hand immer näher zum Klingelknopf auf seinem Schreibtisch rückte. „Eine letzte Frage: Können Sie mir sagen, wo ich Oberst Whitaker finden kann?"

„Whitaker? Ich dachte, Sie wollten Sir Philip treffen?"

„Whitaker auch", erklärte ich ihm. „David hat zwar in Ihren Diensten gestanden, aber zur Zeit seines Todes war er an seinen Vater ausgeliehen."

„Das stimmt nicht. Die *Times* befindet sich im Irrtum." Er drückte auf den Knopf, die Unterredung war beendet.

Sekunden später, als habe er darauf gewartet, erschien der Sekretär. „Bitte, Fairweather", befahl Erkhard, „veranlassen Sie, daß Mr. Grant eine Kopie des Berichts über die Suche nach Whitaker bekommt. Er kann sie mitnehmen. Und lassen Sie ihn mit einem Wagen der Gesellschaft nach Manama zurückbringen."

„Sie haben mir nicht gesagt, wo ich Oberst Whitaker finden kann", erinnerte ich ihn, als ich mich erhob.

In Gegenwart seines Sekretärs konnte er mir die Antwort kaum verweigern. „In Saraifa, denke ich." Er fügte hinzu: „Sollten Sie aber beabsichtigen, dorthin zu reisen, so möchte ich Sie darauf aufmerksam machen, daß Sie kein Visum bekommen werden."

Hieß das, er würde seinen Einfluß geltend machen, um zu verhindern, daß ich eines bekäme? Ich zögerte und warf einen Blick auf die Karte. Die Fähnchen trugen Namen, und ich besah sie mir rasch von der Nähe. An der Grenze zwischen Saraifa und Hadd steckten nur zwei, und sie waren mit „Ogden" und „Entwhistle" beschriftet.

„Wer leitete die Suche nach David Whitaker?" fragte ich Erkhard.

„Entwhistle." Erkhard blickte nicht auf, als ich hinausging, entschlossen, mir keinen Vorwand für weitere Fragen zu liefern. Im Vorzimmer fragte ich, ob ich eine Mitteilung für Sir Philip Gorde schreiben könnte. Der Sekretär gab mir einen Bogen Papier mit dem Briefkopf der Gesellschaft. Ich schrieb *Persönlich* auf den Umschlag, vermied aber, in meinem Schreiben Aussagen über Dinge zu machen, die Erkhard nicht bereits wußte. Der Sekretär versprach, dafür zu sorgen, daß der Brief mit dem nächsten Flugzeug abgehen würde. „Wenn eine Antwort kommt, schicke ich sie Ihnen ins Hotel." Er gab mir einen Durchschlag des Suchberichts und begleitete mich hinaus.

Ich las den Bericht während der Rückfahrt nach Manama. Er enthielt wenig Neues. Der Wagen war von Nomaden aus dem Raschid-Stamm entdeckt worden. Ein Flugzeug der britischen Luftwaffe hatte die Suche am 11. März aufgenommen und den verlassenen Lastwagen drei Tage später erspäht. Daraufhin hatte Erkhard Entwhistle, der etwa hundert Kilometer von der Stelle entfernt arbeitete, angewiesen, sich schnellstens an den Fundort zu begeben. Entwhistle leitete dann eine großangelegte Suchaktion in die Wege, fand aber keine Spur von David. Offenbar konnte man der Gesellschaft keinen Strick daraus drehen. Ich steckte den Suchbericht in meine Brieftasche. Der einzige Mensch, der mir mehr sagen konnte, war Entwhistle, aber nach der Stellung seines Fähnchens auf Erkhards Landkarte hatte ich kaum Gelegenheit, mich mit ihm zu unterhalten. Ich bat den Fahrer, mich zum Büro des Politischen Residenten nach Jufair zu fahren.

Als ich dem Beamten meinen Paß zusammen mit meinem Visa-Antrag übergab, schüttelte er zweifelnd den Kopf. „Abu Dhabi, Dubai, Schardscha und Saraifa, eine ganz schöne Tour. Die ersten drei Scheichtümer sind Vertragsstaaten, dort halte ich ein Visum noch für möglich. Aber Saraifa – das ist bestimmt ausgeschlossen."

„Kann ich heute nachmittag wiederkommen? Ich möchte morgen nach Abu Dhabi."

„Heute nachmittag?" Es klang zweifelnd. „Nun, vielleicht ..."

Ich fuhr zum BOAC-Büro. Dort erfuhr ich, daß ich ein Flugzeug chartern müßte, wenn ich nach Abu Dhabi fliegen wollte. Ich kam rechtzeitig zum Mittagessen ins Hotel zurück und wurde von Ruffini mit großem Hallo empfangen. Der italienische Journalist saß wie eine dicke, blaue Kröte allein vor einem großen Glas. Er hatte einen der Direktoren von BAPCO, der *Bahrain Petroleum Company*, in der Ölstadt Awali aufgesucht und anschließend ein Interview mit Mr. Erkhard gemacht. Er beugte sich über den Tisch, als ich Platz genommen hatte. „Sie setzen mich in Erstaunen, Signor Grant", sagte er. „Sie behaupten, Sie seien nicht an Öl interessiert, und dabei haben Sie mit zwei der wichtigsten Ölleute zu tun. Heute morgen fragten Sie nach Sir Philip Gorde, der nicht da ist, und sofort empfängt Sie Mr. Erkhard selbst. Warum?" Er schüttelte den Kopf und stöhnte theatralisch. „Sie wollen es mir natürlich nicht verraten, noch nicht. Kommen Sie, wir wollen essen gehen." Beim Mittagessen erzählte er mir, was ihn nach Bahrain geführt hatte. Er arbeitete für einen Zeitungsverlag in Mailand und hatte von einem wichtigen Mann aus der Erdölindustrie einen Tip bekommen. „Ich glaube, er hatte recht", urteilte er. „Es wird Unruhen geben. Und wenn es hier Unruhen gibt, so bedeutet das nur eines – Öl." Plötzlich fragte er: „Was ist mit David Whitaker?"

„Da gibt es auch nichts zu erzählen", erwiderte ich. „Ich bin sein Nachlaßverwalter, das ist alles."

Er schüttelte traurig den Kopf. „Sie wissen es vielleicht selbst nicht, mein Freund – aber ich glaube, Sie sitzen auf der Story, die ich brauche." Einen Augenblick starrte er mich an und wurde dann sehr ernst: „Es mag Ihnen albern vorkommen, aber: Seien Sie vorsichtig. Öl – das ist hier das ganz große Geschäft, politischer Sprengstoff. Sie glauben das nicht? Nun, ich will eine Wette mit Ihnen eingehen. Sie werden weder nach Abu Dhabi noch nach Schardscha kommen, Saraifa ist ohnedies Sperrgebiet. Ein Visum wird man Ihnen nicht geben."

Er hatte recht. Man entschuldigte sich vielmals in Jufair. Der einzige, der meinen Antrag bearbeiten könne, sei wegen einer dringenden Sache abgerufen worden.

Am nächsten Tag rief ich wieder an, aber nichts war entschieden. Ich suchte die Bank auf und erledigte Davids Angelegenheiten. Nach dem Mittagessen ging ich mit einem Kanadier namens Otto Smith zum Schwimmen in den Segelklub von Bahrain.

Als ich am Abend ins Hotel zurückkam, lag der Paß für mich bereit, mit den Visa für Schardscha und Dubai versehen. Außerdem fand ich die Nachricht, unterzeichnet von Erkhards Sekretär, daß die „Gesellschaft, geleitet von dem Wunsch, in jeder nur möglichen Weise behilflich zu sein", mir einen kostenlosen Flug nach Schardscha anbieten würde. Am nächsten Tag, Sonntag, um 10 Uhr 30, ginge das Flugzeug der Gesellschaft ab. Die Botschaft schloß damit, daß für meine Unterbringung im Fort gesorgt sei und daß ich vermutlich nicht lange auf die Ankunft von Sir Philip aus Abu Dhabi warten müßte.

Ich zweifelte nicht daran, daß Erkhard interveniert hatte, um mir die Visa zu beschaffen. Warum aber? Tags zuvor hatte er deutlich gemacht, daß er nicht die Absicht habe, mir zu helfen. Ich saß auf meinem Bett und rauchte eine Zigarette. Der einzige Schluß, zu dem ich kam, war der, daß meine Nachricht an Sir Philip weitergegeben worden war und er die nötigen Anweisungen erteilt hatte. Was auch immer die Gründe dafür waren, ich spürte eine große Erleichterung; ich stand auf und packte meine Koffer.

NIEMANDSLAND

KURZ nach zehn stieg das Flugzeug auf. Wir ließen die weißen Häuser von Muharrak zurück, und dann sahen wir nur noch das Wasser des Golfs unter uns. Es bildete einen glatten, in der Hitze glänzenden Spiegel, der in vielen Pastelltönen schillerte.

Die kleine Maschine wurde von dem Kanadier gesteuert, mit dem ich tags zuvor zum Schwimmen gegangen war – Otto Smith. Wir hatten uns auf dem Rollfeld vor dem Abflug getroffen.

Das Flugzeug war vollbeladen mit Ausrüstung und Vorräten für ein Ölcamp hinter Schardscha. Wir flogen die Küste entlang. Die Palmen erschienen als kleine Punkte, und hier und da zeigten zum Trocknen ausgelegte Fischernetze die Nähe eines Dorfes an. Nach etwa anderthalb Stunden rief mich Otto Smith nach vorn, um mir Dubai zu zeigen. „Das Venedig Arabiens!" brüllte er, um den Lärm der

Motoren zu übertönen. Ein breiter Fluß schlängelte sich zwischen den Sandbänken hindurch und verschwand dann zwischen den Häusern, die sich in Flußnähe zusammendrängten, überragt von zahllosen Minaretten. Nicht einmal zehn Minuten später lag Schardscha mit seinen Lehmhütten vor uns.

Wir überflogen eine Karawane, die sich in südlicher Richtung bewegte, ehe Smith zum Landeanflug ansetzte. Nahe bei der weißen Festung, hinter der das Camp der *Trucial Oman Scouts*★ lag, setzten wir auf.

Das Fort von Schardscha unterschied sich in nichts von irgendeiner anderen Festung in der Wüste, außer daß es den Fluggesellschaften als Hotel diente. Smith führte mich in die Hotelhalle und besorgte mir ein Bier. „Wie lange bleiben Sie hier?" fragte er mich. Als ich antwortete, daß ich auf Sir Philip wartete, schien er überrascht. „Hat man es Ihnen denn nicht gesagt? Gestern wurde über Funk durchgegeben, daß er seine Route geändert hat. Er reist morgen nach Bahrain zurück."

Das war also der Grund für Erkhards Meinungsumschwung. „Gott sei Dank, daß Sie es mir rechtzeitig mitgeteilt haben", bemerkte ich.

„Rechtzeitig? Heißt das, Sie möchten mit mir zurückfliegen?" Er schüttelte den Kopf. „Tut mir leid, Kamerad. Ich habe volle Ladung ab Ras al-Kaima."

„Wissen Sie, wann der nächste Flug nach Bahrain geht?"

„Der nächste Linienflug? In ein oder zwei Tagen wahrscheinlich."

„Können Sie Sir Philip eine Botschaft zukommen lassen?" fragte ich, denn jetzt zweifelte ich nicht mehr daran, daß die Nachricht, die ich Erkhards Sekretär übergeben hatte, nie abgeliefert würde.

„Selbstverständlich."

„Ich schreibe ein paar Zeilen." Während ich meine Botschaft schrieb, fragte ich: „Waren Sie schon einmal in der Oase Saraifa?"

„Saraifa? Aber sicher. Wir hatten dort einmal eine Konzession." Ich fragte ihn, wie weit es nach Saraifa sei, und er schätzte die Entfernung auf etwas über dreihundert Kilometer. Nicht einmal zwei Stunden mit dem Flugzeug.

„Gibt es dort ein Flugfeld?"

★ Die *Trucial Oman Scouts* waren bis zum Jahr 1971 eine Schutztruppe, die dem Kommando britischer Offiziere unterstand.

„Ja. Sie sind wegen des jungen Whitaker gekommen, nicht wahr? Sie sind – oder waren – sein Anwalt, stimmt das?"

Ich nickte.

„Hm, das letzte Mal, als ich Sir Philip nach Saraifa flog, war genau der Tag, an dem David Whitaker dort ankam. Die Reise war wahrscheinlich Sir Philips letzte Amtshandlung, bevor er die Geschäfte Erkhard übergab und mit der Krankmeldung in der Tasche nach Hause fuhr. Wir flogen nach Saraifa, um Scheich Machmud mitzuteilen, daß die Gesellschaft die Konzession nicht erneuern wolle. Sie debattierten den ganzen Abend darüber mit diesem einäugigen Teufel, Hadschi Whitaker, der wie ein Araber dahockte und beim Koran schwor, daß Erkhard dafür büßen müßte. Saraifa war sein Lieblingskind. Er hatte die Konzession ausgehandelt, und wenn Erkhard nicht dazwischengekommen wäre, hätten sie jetzt schon dort gebohrt."

„Und David Whitaker?"

„Er trug Beduinenkleider und war seinem Vater wie aus dem Gesicht geschnitten – die Nase, die Backenknochen, die dichten Augenbrauen. Jetzt muß ich aber gehen." Er nahm den Brief an sich. „Ich sorge dafür, daß Sir Philip ihn bekommt. Und irgendwann im Laufe der Woche hole ich Sie hier wieder ab."

Nach dem Abflug der Maschine zog man sich im Fort zum Mittagsschlaf zurück. Ich ging auf mein Zimmer, wo ich mich duschte, ehe ich mich – nur mit Shorts bekleidet – auf die Terrasse setzte. Durch meine Sonnenbrille erkannte ich am Horizont die Hügelketten, hinter denen irgendwo Saraifa liegen mußte.

Wenn ich auch von Sir Philip ferngehalten wurde und Oberst Whitaker unerreichbar war, so kannte ich hier wenigstens einen Menschen, den ich vielleicht treffen konnte. Als die Sonne sank und von der See her eine feuchte Brise aufkam, zog ich mich an und erkundigte mich nach den Verkehrsverbindungen nach Dubai. Ein Leutnant der Trucial Oman Scouts, der bei einem Glas Whisky in der Halle saß, bot mir an, mich nach dem Abendessen hinzubringen.

Dubai war etwa zwanzig Kilometer entfernt. Die Piste war schwarz und hart wie Asphalt, und zu unserer Rechten erstreckten sich weite Salzflächen bis zum Meer hinunter.

Das Krankenhaus lag außerhalb von Dubai. Es war ein baufälliges, aus Lehm und Holz errichtetes Gebäude, ein seltsamer Ort, um ein Mädchen wiederzusehen, dem ich vier Jahre vorher einmal begegnet war. Sie erschien in dem kleinen Wartezimmer in Schürze und Häubchen und blieb überrascht stehen, denn niemand hatte sich die Mühe gemacht, nach meinem Namen zu fragen. „Mr. Grant! Ich – ich kann es nicht glauben." Sie kam näher und schüttelte mir die Hand.

Ihr Gesicht war schmaler geworden; die Sonne hatte das blonde Haar beinahe weiß gebleicht und die Haut gebräunt. Sie sah gut aus, und jugendliche Frische leuchtete aus ihren Augen. „Hier können wir nicht sprechen", sagte sie. „Ich bin gleich wieder da."

Als sie wiederkam, hatte sie Häubchen und Schürze abgelegt und sich einen leichten Mantel übergezogen. Wir verließen das Krankenhaus und gingen in nördlicher Richtung los. Schnell brach die Nacht herein.

Susan war zwei Jahre zuvor nach Dubai gekommen, weniger, um in Davids Nähe zu sein – sie wußte wohl im voraus, daß sie ihn nur selten zu Gesicht bekommen würde –, sondern weil sich die magische Anziehungskraft Arabiens irgendwie auch auf sie übertragen hatte. Sie hatte ihren Bruder in dieser Zeit nur viermal gesehen.

Ich fragte sie, ob sie Oberst Whitaker getroffen hätte, und sie nickte. „Einmal, vor mehr als einem Jahr." Er war in die Klinik nach Dubai gekommen. „Aus reiner Neugier", sagte sie. „Uns verbindet kein Gefühl – nicht etwa so wie ihn und David. Er ist mein Vater. Aber er bedeutet mir nichts." Sie zögerte. „Mein einziger Eindruck war der eines harten, fast grausamen Menschen. Das macht wohl die Wüste. Dennoch – seine Persönlichkeit strahlt etwas aus ..." Sie suchte nach Worten. „Ich kann es nicht erklären, aber es macht mir angst."

„Wirkte er auf David genauso?"

„Zuerst. Dann geriet er in seinen Bann, und er sah zu ihm auf wie zu einem Gott." David stand völlig unter dem Einfluß seines Vaters, als er sie das erste Mal in Dubai besuchte. Er war damals sechs Monate in Saraifa gewesen, hatte nur unter Arabern gelebt und dann ein Jahr auf einer Schule für Erdölfachleute verbracht, wo er Geophysik studierte. Er hatte sie unmittelbar nach seinem ersten Arbeitseinsatz in der Wüste besucht und wollte von dort aus auf Urlaub nach Saraifa fahren. „Er sprach viel von Saraifa – darüber, wie die Wüste in die Oase vordringt und langsam die Dattelgärten erstickt. Er träumte davon, mit einer seismologischen Ausrüstung zu der Oase zu fahren und die Richtigkeit der Theorie seines Vaters zu beweisen. Öl, sagte er, sei die einzige Hoffnung. Wenn er beweisen könnte, daß es dort Öl gäbe, würde die Konzession erneuert werden und es würde genügend Geld in das Scheichtum fließen, um die *Faladsch*★ wieder aufzubauen."

Ich fragte Susan, was Faladsch bedeute. „Ein Kanalsystem, um Wasser nach Saraifa zu bringen; es ist weitgehend zerstört worden", meinte sie. Sie seufzte und setzte sich in den Sand, die Arme über den Knien verschränkt. „Als er das zweite Mal herkam", fuhr sie fort, „war er voller Pläne. Er war unterwegs, um einen Mann namens Entwhistle abzulösen, der krank geworden war. Und danach wollte er einen Monat Urlaub nehmen, um nach Saraifa zu fahren. Es sollte ein Arbeitsurlaub werden, wobei er für seinen Vater einige Untersuchungen vornehmen wollte."

„Wo liegt die Stelle in der Oase, an der er nach Öl suchen wollte?"

„Das weiß ich nicht. Warum?"

„Besuchte David Sie im Juli vergangenen Jahres?"

Sie nickte überrascht. „Er hatte seine eigenen Ideen; etwas, das er einem alten geologischen Bericht entnommen hatte."

„Und nachdem er in Saraifa gewesen war?" fragte ich. „Hat er Sie noch einmal besucht?"

„Nein; er flog direkt nach Bahrain zurück. Ich habe ihn erst im Dezember wiedergesehen." Er war nochmals nach Saraifa gefahren, denn die Godco hatte ihn an seinen Vater ausgeliehen.

„Und wann fand das vierte Zusammentreffen statt?"

„Im Februar. Irgendwo hier in der Nähe."

„Sprach David über seinen Vater?"

„Nein", sagte sie. „Obwohl ..." Sie zögerte. „Ich vermute, sie hatten eine Auseinandersetzung, aber ich weiß nichts Genaues."

„Erzählte er, was vorgefallen war?"

„Nein, aber ich hatte das Gefühl, daß es sich um etwas Gefährliches handelte. David war furchtbar dünn, nur noch Haut und Knochen. Und als er ging, sagte er, wenn ihm irgend etwas zustieße, so sollte ich

---

★ Die Faladsch sind die jahrhundertealten Bewässerungsanlagen in den Oasen Ostarabiens. Mit Hilfe eines größtenteils unterirdischen Kanalsystems wird das Wasser aus den Bergen in die Siedlungen und auf die Felder geleitet.

Ihnen schreiben." Wir saßen auf einer Sanddüne, an deren Fuß eine Arabersiedlung lag. In der Dunkelheit waren die Hütten mit ihren Dächern aus Palmwedeln kaum erkennbar, denn der Mond war gerade erst aufgegangen. „Ich kann es nicht glauben, daß er tot ist", sagte Susan plötzlich. „Ich wünschte bei Gott, ich wüßte, was geschehen ist." Ihre Stimme zitterte, und sie war den Tränen nahe.

Als wir zum Krankenhaus zurückkehrten, fragte mich Susan, ob ich mich schon um die Rückfahrt nach Schardscha gekümmert hätte. „Ich gehe zu Fuß", antwortete ich.

Aber davon wollte sie nichts wissen. „Sie würden sich im Dunkeln verirren." Sie bestand darauf, daß ich in der Klinik übernachte. Dort gab es ein kleines Gästezimmer, in dem ich die Nacht verbrachte. Am Morgen setzte sich Susan mit den Trucial Oman Scouts in Verbindung, die mich mit dem Wagen nach Schardscha mitnehmen konnten.

„Besuchen Sie mich noch einmal, bevor Sie wieder abreisen", sagte sie beim Abschied. „Und wenn Sie etwas Neues hören ..." Als ich abfuhr, schaute ich durch das Rückfenster des Wagens, und mein Blick galt Susan, die bewegungslos vor dem Krankenhaus stehenblieb, bis sie uns aus den Augen verlor. Unwillkürlich spürte ich ihre Einsamkeit, die wohl ähnlich groß war wie meine eigene, und ich empfand plötzlich eine große Zuneigung für sie. Und während der Wagen polternd über die lehmige Piste nach Schardscha fuhr, erinnerte ich mich an das Mädchen, das mich einst in Cardiff in meinem altmodischen Büro aufgesucht hatte, um für ihren Bruder zu bitten. Inzwischen war Susan Thomas eine Frau geworden. Sie erschien mir mutig und aufopfernd, und sie strahlte eine geheimnisvolle Ruhe aus. Ich wußte, daß ich sie nicht mehr verlieren wollte; ich wußte aber auch, daß ich herausfinden mußte, was mit David geschehen war, um Susans Seelenfrieden wiederherzustellen. Ich hatte mich in sie verliebt. Das wurde mir klar, noch bevor der Wagen Schardscha erreicht hatte. Schließlich irrte ich den ganzen Vormittag lang ruhelos durch Schardscha, weil ich mich unfähig sah, in der Sache weiterzukommen.

Zu Mittag aß ich in Gesellschaft eines deutschen Geschäftsreisenden und zweier amerikanischer Touristen. Das Geräusch eines niedrig fliegenden Flugzeugs unterbrach unsere Unterhaltung. Zehn Minuten später wurde die Hoteltür aufgestoßen, und Otto Smith erschien mit seinem Navigator. „Hallo!" rief er winkend und kam an unseren Tisch. „Sehen Sie mich an: Ich bin die gute Fee aus dem Märchen. Ihr Wunsch ist Ottos Befehl – der Alte sitzt nebenan im Büro des Hoteldirektors."

„Sir Philip Gorde?"

Er nickte. „Aber aufgepaßt, er sieht rot. Warum, weiß ich nicht."

„Danke", antwortete ich und ging, um meine Aktentasche zu holen.

Das Büro des Hoteldirektors lag unmittelbar neben dem Eingang. Ich trat ein. In einem großen Ledersessel, dem Hoteldirektor gegenüber, saß ein älterer Herr mit einem gelblichen Gesicht, das zerfurcht war wie eine Walnuß. Neben ihm lag ein Krückstock auf dem Boden. Der Mann starrte mich aus blutunterlaufenen Augen, die hinter dicken Tränensäcken lagen, an, als ich mich vorstellte.

Dieser Mann war aus anderem Holz geschnitzt als Erkhard. Er sah aus wie ein Sohn der Wüste: Er trug ein paar alte Beduinenschuhe, Khakihosen und ein frisch gewaschenes beige Hemd mit einem Seidenschal, den er wie ein Schweißtuch um den Hals gebunden hatte. Seinen abgetragenen braunen Hut hatte er auf den Hinterkopf geschoben. Er nickte dem Hoteldirektor zu, der wortlos das Büro verließ.

„Sie haben meine Nachricht bekommen?" begann ich.

Er nickte. „Ja. Ich habe sie erhalten. Aber deswegen bin ich nicht hergeflogen. Auf dem Tisch dort liegt eine Zeitung. Deshalb bin ich hier. Lesen Sie, ich habe den Artikel angestrichen."

Es war die Überseeausgabe einer großen Londoner Tageszeitung. Der bezeichnete Absatz fand sich unter den Auslandsnachrichten. Die Überschrift lautete: NEUE ÖLQUELLE IN ARABIEN ENTDECKT? – TOD EINES FÜRSORGEZÖGLINGS IN DER WÜSTE ANLASS ZU ALLERLEI GERÜCH- TEN. Der Artikel war wiederum von einem „Sonderkorrespondenten" geschrieben und enthielt neben einem eingehenden Bericht über David Whitakers Verschwinden und die Suche nach ihm auch Einzelheiten über seine Vergangenheit. Alles war darin erwähnt – Davids Flucht vor der Polizei in Cardiff, die Tatsache, daß er Oberst Whitakers Sohn war, und die Geschichte, wie er auf einem Eingebo- renenboot in Arabien eingeschmuggelt worden war.

„Nun?" krähte Gorde. „Sind Sie dafür verantwortlich?"

„Nein."

„Wer dann?"

„Ich weiß es nicht. Wer immer der Schreiberling war, er hatte Zugang zu allen Informationen, die ich auch besaß."

„Der Politische Resident hat mir die Zeitung eigens per Flugzeug nach Abu Dhabi geschickt. Das Auswärtige Amt hat ihm in einem Fernschreiben mitgeteilt, daß fast die ganze Londoner Presse die Story aufgegriffen hat. Er ist wütend. Eine solche Geschichte kann der Funke sein, der Streitigkeiten wie damals in Buraimi auslöst. In Ihrem Brief sagten Sie, Sie wollten mich sprechen, wegen dieses jungen Mannes?"

Ich antwortete nicht sofort, weil ich den Zeitungsartikel zu Ende lesen wollte. Das Londoner Büro der GODCO stellte in einer Veröffentlichung fest, daß alle Gerüchte über eine wichtige neue Ölquelle unwahr seien. Auf die Frage, ob David Whitaker vor seinem Tode einen vertraulichen Bericht abgefaßt habe, erklärte ein Angestellter der Gesellschaft kategorisch, daß über einen derartigen Bericht in London nichts bekannt sei. Trotz des Dementis seitens der Gesellschaft waren die Aktien der GODCO an der Londoner Börse noch am gleichen Tag gestiegen.

Ich öffnete meine Tasche und übergab Sir Philip den Umschlag, den David an ihn adressiert hatte. Er riß ihn auf, nahm einen Brief und ein Papierbündel heraus. Als er alles durchgelesen hatte, sagte er: „Wissen Sie, was das ist, Mr. Grant? Wenn ich das unterschreibe ..." Er zeigte mir eines der Papiere. „Damit würde ich die Gesellschaft verpflichten, vier Probebohrungen an Punkten vorzunehmen, die mir von Ihnen bezeichnet werden sollen. Stimmt das? Haben Sie die Lagepläne?"

„Ja", antwortete ich. „Nach meinen Instruktionen werde ich sie Ihnen übergeben, sobald Sie dieses Dokument unterzeichnet haben."

„Andernfalls nicht?"

„Nein."

Er besah sich das Dokument noch einmal. „Ich sehe hier, daß Sie als Bevollmächtigter für Scheich Machmud und seinen Sohn Khalid in dieser Angelegenheit auftreten werden. Haben Sie Scheich Machmud je gesehen?"

Ich schüttelte den Kopf.

„Und über den Nahen Osten wissen Sie auch nichts. Dieses

Dokument verpflichtet die Gesellschaft zur Zahlung eines Vorschusses von einhunderttausend Pfund auf Öllizenzen von fünfzig Prozent, vorausgesetzt, daß Scheich Machmud und sein Sohn bereit sind, der Gesellschaft die Alleinkonzession vom Datum der Unterzeichnung bis zum Jahre zweitausend zu gewähren. Der Junge muß einen Sonnenstich gehabt haben, als er das aufsetzte." Damit warf er das Papier zu mir herüber. „Lesen Sie selbst, und sagen Sie mir, was Sie als Anwalt davon halten."

Ich ging es rasch durch. „Es sieht vollkommen legal aus", sagte ich.

„Eben. Deshalb erscheint es mir so seltsam. Er hat sich die Mühe gemacht, das ganze juristische Kauderwelsch für ein solches Dokument zusammenzusuchen. Das kann er nicht in der Wüste gemacht haben. Er hat es verfaßt, bevor er nach Saraifa ging, sogar noch, bevor er seinen Erkundungsbericht abgeschlossen hat."

„Worauf wollen Sie hinaus?"

„Der Erkundungsbericht ist ein Manöver. Ich bin doch kein Idiot, Mr. Grant. Er setzte dieses Dokument auf und ging dann in die Wüste . . ."

„Der Bericht kostete ihn das Leben", erinnerte ich ihn.

„Wirklich? Woher wissen Sie, was die Ursache seines Todes war? Hat Ihnen jemand von der Whitaker-Theorie erzählt?"

„Ich kenne sie", bemerkte ich. „Glauben Sie, daß Davids Tod damit zusammenhängt?"

Er nickte. „Schon in den dreißiger Jahren stellte Charles Whitaker die Behauptung auf, daß die Ölfelder des Persischen Golfs im Osten Arabiens zwischen der Wüste Rub al-Khali und den Bergen des Hadschar weitergingen. Die Theorie schien brauchbar. Ich ging das Risiko ein und versetzte einige meiner Explorationstrupps von der Küste in die Wüste. Es war ein kostspieliges Unternehmen, und nach praktischen Gesichtspunkten konnten wir kaum weiter vordringen als bis Buraimi. Ich operierte teils im Scheichtum Schardscha, teils in den Hoheitsgebieten von Maskat, und als ich mir dabei die Finger verbrannte, wollten selbst große Gesellschaften wie Bapco und Aramco nichts mehr von Whitakers Theorie wissen."

„Das ist lange her", sagte ich. „Und wie steht es mit Saraifa? Haben Sie dort auch an der Lagerstättenerschließung gearbeitet?"

„Nein, die Oase ist zu weit von der Küste entfernt. 1939 habe ich ein

Geologenteam hingeschickt, aber dessen erste Berichte waren nicht sehr ermutigend. Dann kam der Krieg, und der Leiter des Teams fiel. Wir haben es dann nicht mehr versucht, obwohl Charles uns stets drängte. Seine Theorie ist bei ihm zur Zwangsvorstellung geworden – besonders Saraifa; er wollte, daß wir es noch einmal versuchen. Aber das politische Klima zwischen Saraifa und Hadd verschlechterte sich, und außerdem hat die Gesellschaft schon zu viel Geld in das Gebiet um den Golf gesteckt. Ich habe Anweisung, eine gründliche Untersuchung aller unserer Entwicklungsprojekte am Golf vorzunehmen. Diese Überprüfung hat zum Ziel, unsere Verpflichtungen einzuschränken. Sie sehen", seufzte er und zuckte die Achseln, „das ist nicht die Stunde, um die Gesellschaft in neue Abenteuer zu stürzen."

„Ich verstehe." Ich faltete die Papiere zusammen und legte sie in meine Aktenmappe. „Ich nehme an, Sie reisen nach Bahrain zurück?"

„Bahrain? Heißt das, daß Sie in meinem Flugzeug mitfliegen möchten?"

Ich nickte. „Bitte."

Er zögerte kurz. Dann stimmte er zu: „Gut. Sie kennen ja meinen Piloten – Otto Smith. Vielleicht sind Sie so nett und holen ihn." Er zeigte auf sein Bein. „Bin nicht mehr so beweglich wie früher."

„Aber gerne", erwiderte ich.

Es war nicht leicht, Smith zu finden, aber schließlich entdeckte ich ihn im Duschraum. Ich wartete, bis er sich angezogen hatte, und kehrte dann mit ihm in das Direktionsbüro zurück. Sir Philip hielt meine Aktentasche geöffnet im Schoß und blickte gefesselt auf ein Blatt Papier, das er daraus hervorgezogen hatte.

Ich entsinne mich nicht mehr, was ich alles zu ihm sagte – ich war außer mir vor Zorn. Als ich meine Schimpfkanonade beendet hatte, antwortete er lediglich: „Was haben Sie von mir erwartet? Hätte ich Sie gebeten, mich die Pläne sehen zu lassen, so hätten Sie sich geweigert. Sosehr Sie mich auch anschreien, Sie können nichts mehr daran ändern, daß ich die geplanten Bohrstellen jetzt kenne. Wissen Sie, wo sie liegen?" fragte er und blickte zu mir auf.

„Nein", antwortete ich. „Ich hatte keine Gelegenheit ..."

„An der Grenze zwischen Saraifa und Hadd. Genau auf dieser verflixten Grenze. Vermutlich erzählen Sie mir jetzt, Sie hätten von dem Grenzstreit nichts gewußt."

„Ich hielt mich streng an meine Anweisungen, den Umschlag nicht zu öffnen, bevor ich mit Ihnen gesprochen hätte", knurrte ich wütend.

„Gut", sagte er gleichgültig. „Wir werden uns später darüber unterhalten. Smith, vergewissern Sie sich bitte, daß die Tanks des Flugzeugs voll sind. Sie brauchen Treibstoff für einen Flug nach Saraifa und zurück."

„Ich fürchte, wir müssen eine Genehmigung einholen, ehe wir nach Saraifa fliegen, Sir Philip. Kurz nachdem Sie nach London zurückgekehrt waren, kam es zu einem Grenzzwischenfall zwischen Saraifa und Hadd. Man mußte die Trucial Oman Scouts hinschicken, und seitdem darf niemand mehr nach Saraifa."

Sir Philip seufzte. „Wir wollen nicht darüber diskutieren, Smith. Ich beabsichtige, mir die Gegend rasch einmal anzusehen. Wie stellen wir es also an, ohne daß irgendein kleiner Angestellter den Politischen Residenten über meine Schachzüge unterrichtet?"

Smith dachte einen Augenblick nach. „Vielleicht sollten wir angeben, daß wir einen Erkundungsflug durch verschiedene Gebiete antreten und uns nur eine seismologische Station am Fuße des Dschebel ansehen. Wenn wir den Antrag so vage halten, werden wir wohl keine Schwierigkeiten bekommen. Das heißt, solange wir nicht in Saraifa landen."

Sir Philip kramte in meiner Mappe herum, bis er ein unbeschriebenes Blatt Papier fand, zog einen goldenen Federhalter aus seiner Brusttasche und setzte den Antrag auf. Meine Wut war inzwischen der Neugierde gewichen, und im Augenblick schien es mir nur wichtig, an dem Flug in die Wüste teilnehmen zu können.

„Lassen Sie dies sofort abschicken", befahl er und streckte Smith die Notiz entgegen. Als der Pilot hinausging, wandte sich Sir Philip mir zu. „Ich muß mich wohl bei Ihnen entschuldigen, hm?" Er gab mir meine Tasche zurück. „Ich bin im Ölgeschäft tätig. Wenn es sich um neue Ölquellen handelt, schweigt das moralische Gesetz in uns." Er steckte die Lagepläne in den Umschlag zurück und kicherte. „Ein kleiner Provinzanwalt – und vielleicht sind gerade Sie im Besitz von Material, nach dem die Gesellschaft seit fast dreißig Jahren sucht. Sie und Oberst Whitaker. Dazu noch dieser junge Whitaker ... aber er hätte nie gewagt, auf eigene Verantwortung an dieser Grenze zu operieren."

„Sie meinen also, daß die beiden gemeinsam vorgegangen sind?"

„Woher, zum Teufel, soll ich das wissen?" Nun gab er mir auch den Umschlag zurück. „Ich weiß darüber nicht mehr als Sie." Er griff nach seinem Stock und richtete sich mühsam auf. „Aber ich habe die Absicht, es herauszufinden."

Zehn Minuten später flogen wir ab, und dann hatte auch ich Gelegenheit, einen Blick in den Umschlag zu werfen. Er enthielt mehrere Aktenblätter mit der Überschrift: ERKUNDUNGSBERICHTE SARAIFA. Dabei fand ich vier Bogen Millimeterpapier, die mit Zahlen und Diagrammen vollgeschrieben waren und eine Kartenskizze enthielten. Ich las den Bericht durch, während wir nach Süden flogen. Er war voller Fachbegriffe, die mir unverständlich blieben.

Kurz nach vier erschien der Navigator und weckte Sir Philip, der eingeschlafen war. „Gleich sind wir am Dschebel al-Akbar, Sir. Otto möchte wissen, ob Sie über Hadd fliegen oder einen Umweg machen wollen?"

„Ich will mir bei der Gelegenheit schon einmal den Schlupfwinkel des Emirs ansehen", murmelte Sir Philip. Er stand auf und gab mir ein Zeichen, ihm zu folgen.

In der Pilotenkanzel blendete das Licht so stark, daß es nur durch den grünen Schirm über Smith' Kopf erträglich war. Rechts von uns lag die Sandwüste, aber links drängten sich die Berge, unterbrochen von Flecken in grellem Grün. Die Bergkette beschrieb vor uns einen weiten Bogen und endete dann abrupt am Rande des Sandmeeres in einer kühnen Spitze, einem nackten, turmähnlichen Felsen.

„Dschebel al-Akbar", erläuterte Sir Philip. „Auf seinem Gipfel, genau über der Stadt Hadd, sehen Sie die alte steinerne Festung. Die Araber sagen: Wer al-Akbar hält, hält Hadd."

Smith drückte den Steuerknüppel nach vorn, wir verloren an Höhe, und die Berge kamen rasch näher. Ich konnte das Fort jetzt deutlich erkennen, ein mächtiges, halbverfallenes Bauwerk mit einem äußeren Befestigungsring aus Lehm- und Felsmauern und einem einzelnen Festungsturm, der über den Mauern emporragte. Auf der anderen Seite fiel der Hügel steil ins Tal ab.

Das Tal erinnerte mit seinen kleinen bepflanzten Parzellen an einen Flickenteppich aus Dattelgärten und Hirsefeldern. Am Horizont, wo sich das Tal in einer Wüste aus grauer Vulkanasche verlor, wirbelte ein Sandsturm eine Staubspirale hoch in die Luft.

„Hadd!" rief Sir Philip und zeigte mit dem Daumen nach unten, und als ich ihm über die Schulter blickte, sah ich für einen Augenblick die lehmgebaute Stadt mit ihrem großen befestigten Palast, der terrassenförmig errichtet war und hinter dem sich die Wüste erstreckte.

Sir Philip zog ein Stück Papier aus seiner Brusttasche, auf dem er sich Notizen gemacht hatte, und übergab es dem Navigator. „Hier sind die Koordinaten für die Punkte im Grenzgebiet zwischen Saraifa und Hadd. Tragen Sie sie bitte auf der Karte ein. Wir wollen sie überfliegen, sobald wir einen Blick auf die Stelle geworfen haben, wo David Whitaker seinen Lastwagen aufgegeben hat."

Wir flogen weiter, und nach und nach ging die Steinwüste in Sandflächen über; Dünen tauchten auf, die immer höher wurden und immer längere Schatten warfen. Der Navigator meldete Smith eine Kursänderung, und der Schatten der Maschine wanderte uns voran. Er vergrößerte sich allmählich, was mir anzeigte, daß wir an Höhe verloren. „Haben wir die Grenze schon überflogen?" erkundigte ich mich.

Der Navigator nickte. „Ja, vor wenigen Augenblicken."

Sir Philip faßte mich am Arm. „Das ist das Unglück mit diesem Land", sagte er. „Die Grenzen sind nichts weiter als Linien auf der Karte. Niemand kümmerte sich je darum, solange es hier nichts gab als Wüstensand. Aber versuchen Sie einmal, einem arabischen Scheich die Landkarte zu erklären, wenn er Ölgeschäfte wittert."

Wir kreisten nun langsam mehrere Minuten lang, ehe Smith plötzlich auf eine hohe Sanddüne zusteuerte, und dort, auf halber Höhe, lag der Wagen im Sand begraben. Smith ging zum Tiefflug über. Ich sah Davids Lastwagen, dessen Dach von Rostflecken übersät war. Ich konnte keine Aufschrift erkennen, und als wir über das Wrack hinwegflogen, sprach Sir Philip das aus, was mir in diesem Moment auch in den Sinn gekommen war: „Was hat sich dieser Wahnsinnige dabei gedacht, mit dem Laster allein hier in die Dünen zu fahren? Gut dreißig Kilometer westlich von Davids Erkundungsgebiet! Er muß doch wohl einen Grund dafür gehabt haben."

Smith drückte die Maschine erneut hinunter, und ich entdeckte Reifenspuren. Wir folgten ihnen im Tiefflug. Dann tauchte direkt vor uns der schwarze Schatten eines Wagens auf. Wir donnerten so dicht über ihn hinweg, daß ich die schwarze Schrift auf seiner Tür lesen konnte: GODCO. Ein Bohrer drehte sich auf dem hinteren Aufbau.

Der Wagen sah genauso aus wie der, den wir gerade erst verlassen vorgefunden hatten, und als wir umkehrten und nochmals dicht darüber hinwegflogen, sahen wir einen Mann mit Khakishorts und einem Tropenhelm, der uns zuwinkte. Einige Araber arbeiteten in der Nähe des Bohrers, und ein paar Meter weiter stand ein Landrover, der quer über der Motorhaube ebenfalls die Aufschrift GODCO trug.

Sir Philip wandte sich zu mir um. „Was hat ein Wagen mit seismologischer Ausrüstung hier zu suchen? Wußten Sie davon?“

„Natürlich nicht.“

Die Gestalt in den Khakihosen war kräftig, untersetzt und rothaarig. Sir Philip tippte Smith auf die Schulter. „Können Sie hier landen?“ fragte er. „Ich will mit dem Mann sprechen. Wer ist das?“

„Sieht wie Jack Entwhistle aus“, antwortete der Pilot. Er flog mit der Maschine eine Schleife. „Festhalten!“ rief er. Das Flugzeug schwankte, ich konnte den Stoß spüren, als das Fahrwerk ausgefahren wurde. Die Räder setzten auf und holperten schwerfällig über den Kiesboden; Steine krachten gegen den Rumpf, dann packten die Bremsen zu, und wir standen.

Wir waren etwa dreihundert Meter von dem Bohrfahrzeug entfernt, und der Mann, der uns zugewinkt hatte, saß schon im Landrover, um uns entgegenzukommen. Als der Navigator die Flugzeugtür öffnete, fuhr der Landrover vor. Die Luft, die ins Flugzeug drang, war heiß von der glühenden Sonne, die auf den Sand brannte.

Sir Philip stützte sich beim Aussteigen auf die Lehnen der Sitze. Ich kletterte nach ihm aus dem Flugzeug. Er sah müde, alt und sehr grimmig aus, als er schließlich dem Mann gegenüberstand, der hier in der Wüste für ihn arbeitete.

„Sie sind Entwhistle, nicht wahr?“

„Ja, Sir Philip.“ Der Mann stammte aus dem Norden Englands, war klein und kräftig, mit grauen Augen und einem roten, von Staub überzogenen Gesicht. „Das ist eine Freude, Sie wieder einmal hier draußen zu sehen, Sir. Wie geht es Ihnen?“ Er wischte seine Hand an der Hose ab und hielt sie ihm entgegen.

Sir Philip übersah die Hand; auch die Freundlichkeit, die in

Entwhistles Ton lag, schien er zu übergehen. „Wer hat Ihnen den Auftrag gegeben, hier Probebohrungen vorzunehmen? Erkhard?"

„Nein, Sir. Um ehrlich zu sein, niemand hat mir den Auftrag gegeben."

„Sie haben sich hundertfünfzig Kilometer von Ihrem Erkundungsgebiet entfernt. Die Saraifa-Konzession ist vor vier Jahren erloschen. Sie haben kein Recht, an dieser Stelle zu bohren."

„Ich bin mir darüber im klaren, Sir Philip."

„Warum sind Sie dann hier?"

„Es ist nicht so einfach zu erklären. Sehen Sie ... ich meine ... In meinem Bericht über die Suche nach David Whitaker konnte ich es nicht genau darstellen. Aber etwas stimmte nicht mit Davids Wagen. Mit der Technik war alles in Ordnung, wissen Sie. Er hatte nur kein Benzin mehr, als wäre er einfach geradewegs ins Niemandsland gefahren, solange der Treibstoff reichte. David kannte die Wüste. Was suchte er hier? Wenn er von den Leuten des Emirs vertrieben wurde, warum fuhr er nicht nach Saraifa? Ich untersuchte den Wagen bis in den letzten Winkel. Das einzige, was ich fand, war eine alte Aktentasche mit Korrespondenz und Kopien von Erkundungsergebnissen, die offenbar von dem Geologen Henry Farr stammten. Eines dieser Ergebnisse betraf dieses Gebiet."

„Ich entsinne mich nicht, davon etwas in dem Bericht gelesen zu haben, den Sie Erkhard schickten."

„Da haben Sie recht. David handelte auf eigene Faust und glaubte, auf dem richtigen Weg zu sein. Ich habe fast eine Woche damit verbracht, die Wüste nach seiner Leiche abzusuchen, und war dann der Meinung, ich sollte wenigstens herausfinden, ob seine Vermutung stimmte. Vielleicht hätten wir ein Ölfeld nach ihm benennen können. Wahrscheinlich kommt Ihnen das verrückt vor, Sir Philip", fügte er fast herausfordernd hinzu, „aber ich hatte einfach das Gefühl, daß es meine Pflicht sei, etwas zu unternehmen. Der Gedanke gefällt mir nicht, daß das Leben dieses Menschen völlig sinnlos gewesen sein soll. Und wenn Erkhard mich deswegen vor die Tür setzt, werde ich mir auch die Augen nicht ausweinen."

Einen Augenblick lang schwieg Sir Philip. „Wie weit sind Sie mit den Probebohrungen gekommen?" fragte er nach einer Weile.

„Der Bericht spricht von vier Punkten, an denen antiklinale

Lagerstätten möglich seien. Ich habe die südöstlich liegende Stelle D untersucht. Jetzt war ich gerade dabei, das erste Loch bei Punkt C zu bohren."

„Bringen Sie die Prüfung an Punkt C zu Ende. Dann ziehen Sie ab", befahl Sir Philip. Er drehte sich zu mir um. „Ich nehme an, daß Sie noch nie eine seismologische Ausrüstung gesehen haben?" Da ich verneinte, schlug er vor: „Nun, wenn Sie einen Einblick in die Arbeit gewinnen wollen, mit der David Whitaker sich beschäftigt hat, wird Entwhistle Ihnen sicher gerne die Ausrüstung vorführen." Er wandte sich wieder an Entwhistle. „Bringen Sie Mr. Grant zum Meßwagen, und zeigen Sie ihm, wie wir damit arbeiten. Inzwischen schreibe ich für Sie einen Brief an Scheich Machmud, für alle Fälle. Bis in zehn Minuten!" rief er mir zu. „In Ordnung? Und dann möchte ich Charles Whitakers Leute finden und erfahren, warum er nicht hier bohrt, wenn David Whitaker so sicher war, daß es hier Öl gibt."

Ich nickte, denn ich wollte die Gelegenheit nutzen, Entwhistle zehn Minuten lang unter vier Augen zu sprechen. Entwhistle unterhielt sich noch kurz mit Sir Philip und stieg dann mit mir in den Landrover. Steine schlugen gegen die verrosteten Kotflügel, als wir mit Vollgas zu dem Lastwagen brausten.

Sobald wir in den Meßwagen geklettert waren, fragte ich Entwhistle, was David seiner Meinung nach zugestoßen sein könnte.

Er rieb sich die roten Bartstoppeln am Kinn. „Eine seltsame Sache. Jemand wie David fährt nicht mit leeren Reservekanistern in die Wüste. Ich möchte gern wissen, was sein Vater darüber denkt. Wenn ich hier fertig bin, will ich nach Saraifa fahren und sehen, ob der alte Beduine weiß ..." Er legte horchend den Kopf auf die Seite. Schwach drang das entfernte Brummen eines Flugzeugs ins Wageninnere, kaum vernehmbar wegen des Lärms des Bohrers.

Plötzlich ging mir ein Licht auf, und ich stürzte in Panik aus dem Wagen, aber da sah ich schon, wie das Flugzeug vom Boden abhob. Ich fluchte über meine Dummheit. Ich hätte voraussehen müssen, daß Sir Philip mich aus dem Weg haben wollte. Wütend drehte ich mich zu Entwhistle um, der beim Lastwagen stand und sich offenbar nicht ganz wohl in seiner Haut fühlte. „Wußten Sie davon?" schrie ich.

„Ja, er hat es mir verraten. Ich soll mich dafür bei Ihnen entschuldigen."

„Der Teufel hole den Alten!" knurrte ich zornig. Ich starrte dem Flugzeug nach, das nur noch als Punkt am Himmel sichtbar war.

„Einen Tag oder zwei, meinte er", murmelte Entwhistle verlegen, „nicht mehr. Ich werde mir Mühe geben, Ihnen den unfreiwilligen Aufenthalt so angenehm wie möglich zu gestalten."

Ich sah plötzlich, wie die Maschine wieder Kurs auf uns nahm. Als sie dicht über uns war, fiel ein weißes Päckchen aus dem Fenster des Piloten. Dann drehte das Flugzeug ab und verschwand.

Entwhistle lief bereits los, um das abgeworfene Päckchen zu holen. Er kam mit einer Stange Zigaretten und einem zerknitterten Stück Papier zurück. „Aufhören mit Bohren!" schrie er und wiederholte die Anweisung auf arabisch. Als der Bohrer schließlich stillstand, übergab er mir das Papier. Darauf war mit Bleistift geschrieben:

> Brechen Sie die Probebohrungen ab, und fahren Sie sofort nach Saraifa. Vier Kilometer nördlich von Ihnen sind bewaffnete Beduinenstämme zusammengezogen worden. Warnen Sie Scheich Machmud!
>
> Philip Gorde

Ein Schauer überlief mich, als ich die Botschaft durchlas. „Glück gehabt, daß der Alte hierhergeflogen ist", bemerkte Entwhistle. „Sonst hätten wir vielleicht schon morgen die Sonne nicht mehr aufgehen sehen."

„Würden die Beduinen uns umbringen?" fragte ich erschrocken.

„Die tun nichts lieber, als uns die Kehlen aufzuschlitzen."

Ich sah mich um. Die glutheiße Wüstenwelt rund um mich herum schien äußerst friedlich. „Aber Sie sind doch noch auf dem Territorium von Saraifa!" rief ich erstaunt.

Er zuckte die Achseln. „Der Emir bestreitet das. Und die Politiker sind an Konflikten nicht interessiert. Nicht ein einziger würde einen Finger für uns krumm machen."

DIE VERLORENE OASE

DIE Mannschaft bestand ausschließlich aus Arabern, die sich lärmend, aber schnell und geschickt daranmachten, das Lager abzubrechen. Ich fühlte mich überflüssig und beobachtete das Treiben vom Landrover aus, auf dessen Kotflügel ich mich niedergelassen hatte. Plötzlich blieb mein Blick an einem dunklen Fleck hängen, der für ein paar Sekunden auf dem Scheitel der Düne auftauchte und schnell wieder dahinter verschwand. Ich hätte schwören können, daß sich ein Mann auf der Dünenkuppe bewegt hatte. Gerade wollte ich Entwhistle von meiner Entdeckung berichten, als ein metallisches Krachen ertönte und ich von meinem Sitz geschleudert wurde. Am Boden liegend, hörte ich Gewehrschüsse. In der Motorhaube des Landrovers klaffte ein faustgroßes Loch.

Einen Augenblick lang herrschte Stille. Dann knatterten Gewehre vom Kamm der Düne, Sand stob um uns herum. Eine Kugel prallte am Bohrgestänge ab und flog heulend an meinem Kopf vorbei. Entwhistle stürzte zum Landrover. „Hinein!" schrie er. Die Leute rannten zu den beiden Wagen. Von den Dünen her liefen vermummte Gestalten auf uns zu. Die Motoren heulten los, und ich sprang auf den Sitz neben Entwhistle, der bereits anfuhr. Zwei der Araber fielen von hinten fast auf mich, als der Wagen einen Satz machte. Der Ausrüstungswagen hinter uns setzte sich ebenfalls in Bewegung, und hinter ihm bekam ich für einen Augenblick einige Beduinen zu Gesicht, die sich in den Sand knieten und ihre Gewehre anlegten. Ihre Schüsse wurden vom Dröhnen unseres Motors übertönt.

Kurz darauf waren wir in Sicherheit, außerhalb ihrer Schußweite.

„Wer war das?" fragte ich Entwhistle atemlos.

„Leute des Emirs. Sie haben wohl gesehen, wie das Flugzeug zurückkam, und schlossen daraus, daß man uns gewarnt hatte." Er drehte sich um und schrie den Arabern, die hinten im Laderaum saßen, etwas zu. Kurz darauf hielt er an. Der Lastwagen fuhr an die Seite des Landrovers, und die Araber redeten auf uns ein.

Entwhistle stieg aus, sprach mit dem Fahrer und ging um den Lastwagen herum; dann kam er zurück und öffnete die Motorhaube des Landrovers. „Sehen Sie sich das an", sagte er entsetzt. „Dumdumgeschosse." Ich stieg aus und spürte, wie meine Knie zitterten, als ich auf den Einschlag starrte, den die erste Kugel hinterlassen hatte. Entwhistle schlug die Haube zu. „Na ja, es hätte schlimmer kommen können. Niemand ist verletzt, und die Wagen sind in Ordnung."

Die Windschutzscheibe war völlig zersplittert. Kleine Glasstücke fielen mir in den Schoß. Ich hielt die Augen halb geschlossen, als ich die Splitter einsammelte. „Wie weit ist es bis Saraifa?" fragte ich.

„Etwa siebzig Kilometer Luftlinie", antwortete Entwhistle. „Vielleicht schaffen wir es bis kurz nach Mitternacht, wenn wir nicht allzuoft aufgehalten werden."

Ich blickte auf die Uhr. Es war vier Uhr dreißig. Wir hielten uns auf den Kiesflächen zwischen den Dünen und brachten es fast auf fünfzig Stundenkilometer. Die Luft, die durch die zerbrochene Scheibe drang, war sengend. Stellenweise war der Boden eisenhart und von unzähligen Furchen durchzogen, über die der Landrover mit solchen Sätzen hinwegrumpelte, daß unsere Zähne aufeinanderschlugen.

Später kamen wir auf eine lange Sandstrecke, die kein Ende nehmen wollte. Zweimal blieb der Wagen stecken, und wir mußten Matten unterlegen. Langsam versank die Sonne hinter uns, während wir uns mit dröhnenden Motoren und dampfenden Kühlern Meter für Meter vorwärts arbeiteten. Wir befanden uns mitten in einer Landschaft aus hohen Sanddünen, die wie ein riesiges Meer anmutete, dessen Wellen erstarrt waren: Die Leblosigkeit der Wüste war unheimlich.

Der ziegelrote Feuerball der untergehenden Sonne schien mit Staub überzogen. Rasch brach die Dämmerung herein, und die Sanddünen verschwanden im Dunkel. Wieder blieb der Wagen hinter uns stecken. Und als wir ihn schließlich flottgemacht hatten, war die Nacht hereingebrochen, und die Sterne standen am Himmel.

„Werden Sie Saraifa bei Nacht finden können?" fragte ich Entwhistle.

„*Inschallah*", sagte er, und wir fuhren weiter.

Etwa eine Stunde später wurden die Dünen niedriger, und plötzlich hatten wir wieder harten Kies unter den Rädern. Kurz darauf zeigten uns die Scheinwerfer die Reste von ehemaligen Dattelgärten, traurige Überbleibsel einst fruchtbarer Erde; von Mauern war nichts mehr zu sehen, nur noch die verdorrten Spitzen der Palmwedel ragten aus dem Sand hervor.

Wir fuhren durch zwei dieser zerstörten Gärten und gelangten auf eine Piste. Im Scheinwerferlicht tauchte die Silhouette eines runden Wachtturms auf; einige Männer näherten sich unseren beiden Fahrzeugen. Sie trugen arabische Kopftücher; dazu lange weiße Gewänder und über der Brust lederne Munitionsgürtel, die vollgepfropft mit

Patronen waren; in ihren Gürteln steckten breite gebogene Messer mit funkelnden Silbergriffen. Als wir anhielten, überfiel uns ein ganzer Schwarm von finsteren Gestalten; alle sprachen gleichzeitig auf uns ein. Ein schwarzbärtiger Grobian stemmte mir die Mündung seines Gewehrs in den Nacken.

„Gut, gut!" schrie Entwhistle ihnen zu. „Nicht mehr als einer auf einmal, um Himmels willen." Nach einer langen Unterhaltung mit meinem bärtigen Freund sagte er schließlich: „Man scheint uns Schwierigkeiten machen zu wollen. Wir stehen mehr oder weniger unter Arrest." Er sprach noch einmal mit dem bärtigen Araber und befahl dann einigen von dessen Männern, in den Landrover zu steigen, andere beorderte er in den Lastwagen hinter uns. „Es sieht so aus", erklärte er, als wir anfuhren, „als habe Scheich Machmud heute nachmittag eine Truppe in zwei Landrovern ausgesandt, die mich und meine Leute festnehmen und zum Verhör nach Saraifa bringen sollte. Sie haben eine schreckliche Angst vor dem Emir und zittern schon, wenn sich an der Grenze zu Hadd etwas regt."

„War Ihnen das nicht klar, bevor Sie sich entschlossen, dort Probebohrungen vorzunehmen?" fragte ich.

„Natürlich. Aber ich hoffte, mit den Arbeiten fertig zu sein, bevor uns jemand entdeckte."

Plötzlich fuhren wir wieder auf freier Strecke. Nach einer Weile zeichnete sich der Umriß eines Palastes gegen den Nachthimmel ab. Wie eine Festung thronte er auf einem Hügel. Schließlich fuhren wir vor. Das hölzerne Tor war geschlossen, wurde aber auf die Rufe unserer Bewacher geöffnet. Man führte uns in einen großen Innenhof, der von den Feuern zahlreicher Kochstellen erhellt war, um die sich Männer und Kamele drängten. In Sekundenschnelle waren wir von einer Menschenmenge umringt; Schreie wurden ausgestoßen, Waffen geschwungen.

Ein großer Neger trat auf uns zu, offenbar ein Sudanese. „Der Sekretär des Scheichs", raunte mir Entwhistle zu. Er gab Anweisungen, die die Unterbringung der Leute betrafen, und begleitete uns dann in den Palast. Durch dunkle Gänge wurden wir in einen kleinen Raum geführt, von dessen Fenster man auf einen weiteren Innenhof blickte. In diesem Raum bedeckten Teppiche den Lehmboden, und an den Wänden häuften sich Kissen. Ein Araber erhob sich, um uns zu

begrüßen. Er war stämmig und untersetzt, hatte nahezu schwarze Augen und eine Hakennase. Im Gürtel seines fein gewebten Gewandes steckte ein *Kandschar*-Messer, eine kostbare Silberschmiedearbeit. „Scheich Machmud", flüsterte Entwhistle.

Der Scheich drückte mir fest die Hand. „Willkommen in Saraifa", begrüßte er mich in stockendem Englisch. „Mein Haus ist Ihr Haus." Trotz seiner gebieterischen Haltung war seine Stimme freundlich. Am meisten überraschte mich, daß der Scheich eine Brille trug. Das sauber rasierte Gesicht sah müde aus. Er war meiner Schätzung nach etwa so alt wie Sir Philip. Auch der andere Araber, der sich in dem Zimmer befand, ein Mann mit einem kleinen grauen Spitzbart, hatte sich erhoben. Es war Sultan, der Bruder Machmuds.

Wir saßen im Schneidersitz auf den Kissen. Die Unterhaltung wurde teils in Arabisch, teils in englischer Sprache geführt, und der Ton war sehr höflich. Diener erschienen mit einem silbernen Krug und einer großen Schale. Nachdem wir unsere Hände gewaschen hatten, servierten sie ein einfaches Gericht aus Reis und Hammelfleisch. Wir aßen schweigend. Danach wiederholten wir die Zeremonie des Händewaschens, und anschließend gab es Kaffee. Ein Diener schenkte ihn aus einer silbernen, feinziselierten Kanne in kleine henkellose Tassen. Mit dem Kaffee kamen die Fragen. Scheich Machmuds Stimme klang nun streng und herausfordernd, und Entwhistle verfiel immer wieder ins Englische, als er seine Anwesenheit im umstrittenen Grenzgebiet zwischen Saraifa und Hadd zu erklären versuchte. Mitten in der Unterredung überreichte er Scheich Machmud den Zettel, den Sir Philip Gorde geschrieben hatte.

Entwhistle hatte gerade begonnen, sich über den Beduinenangriff auszulassen, als ein junger Mann eintrat. Er war klein und feingliedrig. Sein Gesicht mit der hohen Nase, den weit auseinanderliegenden Augen und den hohen Backenknochen hatte edle, fast klassische Züge. Die vollen Lippen wurden durch einen sauber gestutzten Bart eingerahmt, der am Kinn in einen kleinen Spitzbart auslief. Ich wußte sofort, daß es Khalid sein mußte, der Sohn des Scheichs. Er begrüßte seinen Vater und Onkel, bedeutete uns mit einem Wink, sitzen zu bleiben, nahm auf einem Kissen Platz und hörte aufmerksam zu.

Als Entwhistle seinen Bericht beendet hatte, folgte langes Schweigen. Dann äußerte Scheich Machmud etwas, das sich wie ein

Urteilsspruch anhörte, und Entwhistle rief aus: „Großer Gott! Das werde ich nicht tun!" Er wandte sich zu mir: „Wir sollen zum Emir gehen und ihm erklären, daß wir ohne Ermächtigung an der Grenze waren."

„Sie gehen freiwillig", sagte Scheich Machmud auf englisch, „oder mit einer Eskorte. Sie haben die Wahl. Ich möchte alle Zwischenfälle vermeiden."

„Aber Öl – das möchten Sie, nicht wahr?"

„Oberst Whitaker bohrt bereits."

„Und wieso befand sich Whitakers Sohn an der Grenze?" lehnte sich Entwhistle auf. „Khalid, Sie waren Davids Freund. Was ist ihm zugestoßen?"

Aber Khalid schwieg.

Da brach ich das Schweigen und sagte: „Kurz bevor David verschwand, ließ er mir eine Nachricht zukommen. Er wußte, daß er sterben würde." Ich blickte Khalid an. „Jemand hier muß wissen, wie er umkam – und warum." Niemand antwortete. Die Bewegungslosigkeit der drei Araber erschreckte mich, doch auch sie fühlten sich sichtlich unbehaglich. „Wo ist Oberst Whitaker?" fragte ich weiter.

Der Scheich schien verunsichert. „Sie stellen viele Fragen. Wer sind Sie?"

Ich stellte mich kurz vor und war noch nicht damit fertig, als sich draußen im Gang plötzlich Lärm erhob. Ein Mann platzte herein, und der Sekretär des Scheichs folgte ihm auf dem Fuß. Die beiden sprudelten etwas in abgehacktem Arabisch hervor, worauf sich unsere Gesprächspartner mit einem Ruck erhoben. Ich hörte das Wort Faladsch von Mund zu Mund gehen und sah Khalid hinausstürzen. Sein Vater folgte ihm langsamer, die anderen drängten sich hinter ihm.

„Was ist geschehen?" fragte ich Entwhistle.

„Es geht um die Faladsch. Aus irgendeinem Grund ist in einem der Kanäle der Wasserzufluß unterbrochen."

Wir waren jetzt allein. „Was sind eigentlich die Faladsch genau?" wollte ich wissen.

„Faladsch? Die Faladsch sind das Bewässerungssystem, ohne das die Dattelgärten nicht bestehen können. Das Wasser kommt von den Bergen des Dschebel und wird bis zu fünfzig Kilometer weit durch unterirdische Kanäle nach Saraifa geleitet."

„Und die Faladsch sind diese unterirdischen Kanäle?"

„Ja. Sie sind jahrhundertealt." Er ging auf den Gang hinaus und horchte. „Wir haben Glück", sagte er und senkte die Stimme zu einem Flüstern. „Wenn wir es bis zum Landrover schaffen ..." Er faßte mich am Arm. „Los, kommen Sie."

Ich folgte ihm durch die spärlich erleuchteten Korridore hinaus auf den Hof. Nicht ein einziger Araber war dort. „Sehen Sie! Sogar die Wache am Tor ist fort."

„Wie kann das eine Wort ..."

„Wasser. Verstehen Sie nicht?" Es klang ungeduldig. „Hier in der Wüste bedeutet Wasser Leben."

„Aber sie können doch nicht von einem einzigen Kanal abhängig sein. Um einen solchen Ort zu bewässern, muß es doch viele von diesen unterirdischen Kanälen geben."

„Fünf oder sechs, nicht mehr." Sein Blick schweifte über den Hof. „Früher waren es einmal über hundert. Aber durch die Stammeskriege ... Da steht der Landrover. Dort drüben an der Mauer. Ich denke nicht daran, meinen Kopf zu riskieren und die Reise zum Emir zu wagen." Er zog mich zum Wagen. „Schnell!"

Zunächst folgte ich ihm, dann aber weigerte ich mich. „Ich bleibe hier", entschied ich.

„Mann Gottes! Wollen Sie, daß man Sie umbringt?"

„Nein, aber ich möchte herausbekommen, warum der Junge umgebracht worden ist."

Er starrte mich an. „Sie glauben, daß er – ermordet worden ist?"

„Ich weiß es nicht", entgegnete ich. „Aber ich gehe nicht von hier fort, ohne mit Oberst Whitaker gesprochen zu haben."

Er zuckte mit den Schultern. „Na schön. Es ist sozusagen Ihr Privatvergnügen. Aber denken Sie daran: Sie sind hier hart an der Grenze von Saudi-Arabien, und die Engländer haben in diesem Teil des Landes nicht mehr viel zu melden." Er ging zum Landrover hinüber. Ich sah zu, wie er aufsprang, hörte, wie der Anlasser jaulte und der Motor losdröhnte. Dann fuhr der Wagen los, und Entwhistle wendete so, daß er neben mir noch einmal zum Stehen kam: „Springen Sie auf, Grant!" schrie er.

„Nein", antwortete ich. „Ich bleibe. Mir wird nichts geschehen. Ich werde Sie beim Scheich entschuldigen."

Entwhistle sah mich noch einmal fest an, dann nickte er. „Gut. Ich werde die Behörden verständigen." Er legte den Gang ein und brauste dann über den Hof zum unbewachten Tor hinaus. Ich ging zum Palasttor und sah den Scheinwerfern nach, bis sie am Horizont in der Wüste verschwanden. Dann schritt ich langsam den Hügel hinunter und folgte dabei dem Stimmengewirr und dem Lichtschein, der von den Palmen am Rand der Oase heraufdrang. Hinter dem Palast hielt ich mich an die halbzerfallene Mauer eines Dattelgartens, bis ich auf freies Gelände kam. Ganz Saraifa schien dort versammelt. Alle sprachen auf einmal, und niemand nahm Notiz von mir. Zur Wüste hin stand die Menschenmenge nicht so dicht, und hier entdeckte ich einen Wasserkanal, eine Rinne, die aus Steinquadern gebaut war und über einen römischen Aquädukt führte. Zum ersten Mal sah ich also einen Teil der Faladsch, doch der Kanal war leer. Ich beugte mich über die Steinmauer und tastete die Innenwände ab. Sie waren noch feucht. Das Wasser war also erst vor kurzem versiegt. Hinter dem Aquädukt, der eine kleine Senke überspannte, lag die Bewässerungsanlage auf einer Länge von etwa zwanzig Metern offen, ein sauber eingedämmter Graben, der etwa einen halben Meter breit und ebenso tief war. Dann mündete der Graben in einen Stollen, der wiederum bald vom Sand verschluckt wurde.

Langsam ging ich an dem Graben entlang bis zu der Stelle, wo er im Stollen verschwand, und beim Anblick des leeren Kanals konnte ich die Verzweiflung verstehen, die die Bevölkerung ergriffen hatte. Wenn ein Faladsch-Kanal austrocknete, verdorrte ein Dattelgarten, und das bedeutete den Anfang einer Hungersnot. Nur fünf oder sechs von über hundert dieser Wasserkanäle waren übrig. Stammeskriege ... Die Oase war ebenso verwundbar wie eine Ölraffinerie, die von einer Pipeline in der Wüste gespeist wird. Sobald es jemandem gelänge, die Faladsch zu zerstören, würde Saraifa aufhören zu existieren.

Als ich mich der Menge, die sich um den Eingang des Dattelgartens drängte, näherte, verstummte das Stimmengewirr plötzlich, als stünde eine Entscheidung bevor. Scheich Machmud und sein Bruder Sultan debattierten heftig mit dem jungen Khalid. Energie und Härte sprachen plötzlich aus dessen Zügen. Ich sah, wie Scheich Machmud sich ungeduldig von seinem Sohn abwandte. Er rief einen Namen – Mohammed bin Raschid –, und derselbe Mann erschien, der uns bei der Ankunft in Saraifa angehalten hatte. Scheich Machmud gab ihm einen Befehl, die Männer schwangen ihre Waffen und eilten zum Palast zurück. Der Scheich wandte sich um und folgte langsam mit seinem Bruder und seinem Sekretär.

Dies war das Zeichen für die Menge auseinanderzugehen. Allein Khalid blieb zurück und starrte auf den leeren Kanal. Er bewegte sich nicht einmal, als ich mich näherte. Erst als ich ihn fragte, ob er englisch spreche, drehte er sich mit einem überraschten Blick um.

„Ein wenig, ja. Ich habe an der Universität Bombay studiert." Er blickte zum Palast empor und schien mit den Gedanken noch bei den Ereignissen zu sein. „Sie glauben, sie sind tapfer, und das macht mir angst. Sie verstehen nicht." Seine Stimme klang bitter und aufgebracht. „Unsere Gewehre sind sehr alt, und die Männer von Hadd warten nur darauf, uns abzuknallen."

Ich fragte, ob die Leute von Hadd die Wasserzufuhr unterbrochen hätten, und er sagte: „Ja. Sie haben es schon einmal versucht. Damals halfen uns die Engländer. Ihr Volk schickte Soldaten mit Sturmgewehren und Granatwerfern. Aber diesmal sind wir allein." Im Sternenlicht sah ich in seine dunklen, traurigen Augen. „Die Faladsch sind sehr verwundbar, verstehen Sie? Wir müssen jetzt um unser Wasser kämpfen. Aber nicht so. So sterben wir." Langsam kehrte er zum Palast zurück, und ich ging schweigend neben ihm her. Er war nur zwei Jahre älter als David, wie ich kurze Zeit später erfuhr. Aber er verhielt sich bereits wie ein Mann, auf dem die volle Verantwortung für das Wohlergehen der Oase lastete. „Sie kommen aus Cardiff, nicht wahr?" fragte er plötzlich. „David hat manchmal von Ihnen gesprochen. Ich bin froh, daß Sie gekommen sind." Er reichte mir die Hand. „Sie sind Davids Freund, und ich werde dafür sorgen, daß Ihnen nichts geschieht."

Ich dankte ihm und packte die Gelegenheit beim Schopf. „Was ist Besonderes an Saraifa", fragte ich, „daß David diese Oase so liebte, wie ein Mann sonst nur eine Frau lieben kann?"

Er zuckte die Achseln. „Er kam her, um Schutz zu suchen, und wir hießen ihn willkommen. Saraifa wurde seine Heimat. David war ein seltsamer Mensch, dazu noch ein *Nasrani* – ein Christ. Ich sollte ihn hassen, weil er ein Abtrünniger ist, statt dessen liebe ich ihn wie meinen Bruder. Als er kam, wußte er nichts – hat nie gejagt, wußte nicht, wie man ein Kamel reitet oder ein Lager in der Wüste aufschlägt. Sechs Monate haben wir zusammen hier in Saraifa verbracht und sind zur Jagd in die Wüste gefahren. Später, als er Urlaub von der Ölgesellschaft erhielt und zum zweitenmal herkam, arbeiteten wir am Wiederaufbau der alten Faladsch. Diese Oase war einmal viel, viel größer und besaß sehr viele Faladsch-Kanäle. Damals war Saraifa reich. Jetzt ist es . . ." Er brach plötzlich ab und lauschte.

Nun hörte ich es auch – das leise Tappen von Kamelen. Etwa ein Dutzend Reiter kamen an uns vorbei; die Männer saßen in den Sätteln und hielten ihre Gewehre in der Hand. Einen Augenblick lang zeichneten sie sich schwarz wie Scherenschnitte gegen den Sternenhimmel ab, dann waren sie im Dunkel verschwunden.

Khalid starrte ihnen nach. „Das waren Mohammed bin Raschid und seine Männer. Sie haben gehört, wie mein Vater ihm den Befehl gab. ‚Inschallah‘, sagte er, ‚wir werden alle diese Hundesöhne töten.‘ Aber ich glaube eher, daß er selbst umkommt."

Als wir das Palasttor erreicht hatten, fragte Khalid, ob man mir schon ein Zimmer zum Schlafen angewiesen habe. Ich verneinte, und er versprach, dafür zu sorgen. Dann erkundigte er sich nach Entwhistle. „Gut", sagte er, als ich ihm mitteilte, daß er geflohen sei. „Der Mann weiß, wann es gefährlich wird." Dann fügte er hinzu: „Vielleicht wäre es besser gewesen, Sie hätten ihn begleitet."

„Ich gehe von hier nicht fort", erklärte ich, „ohne herausgefunden zu haben, was David zugestoßen ist."

„Am besten sprechen Sie mit seinem Vater – Hadschi Whitaker. Er wohnt in Saraifa, ist aber meistens auf der Bohrstelle."

„Und wo ist das?"

„Etwa fünfzehn Kilometer südlich von hier, in der Nähe von Scheich Hassas Dorf Dhaid."

Wir standen in dem großen Innenhof. Ein Mann kam herbei und sprach mit Khalid. Nach einer Weile wandte sich Khalid an mich: „Jusuf versteht ein wenig Englisch. Er wird Ihnen zeigen, wo Sie schlafen." Er griff nach meinem Arm und flüsterte mir ins Ohr: „Fragen Sie Hadschi Whitaker, warum er vor zwei Monaten den Emir von Hadd aufgesucht hat."

Bevor ich etwas dazu sagen konnte, hatte er sich mit einem *Salam aleikum* verabschiedet. Jusuf führte mich durch dunkle Gänge und über eine Wendeltreppe in ein Turmzimmer. Der Boden bestand aus festgestampftem Lehm, und die Decke war mit Palmholzbohlen verstrebt. Von einem winzigen Fenster aus überblickte man den Dorfplatz. Ich befand mich in einem der Wachttürme an der Außenmauer. Plötzlich war der Raum voll mit bewaffneten Männern, die Bettzeug herbeitrugen und es auf den Boden legten – einen Teppich, einige Laken, ein Antilopenfell und ein seidenes Kissen. „Allah beschütze Sie", sagte Jusuf. „Möge Ihr Schlaf dem eines kleinen Kindes gleich sein."

Er war schon fast zur Tür hinaus, als mir plötzlich etwas einfiel. „Kennst du Oberst Whitaker?" fragte ich schnell.

Er blieb stehen und wandte sich um. „Ja, ich bin der Fahrer von Hadschi Whitaker. Ich werde ihm sagen, daß Sie hier im Palast sind." Damit ging er.

Ich zweifelte nicht daran, daß er ausgeschickt worden war, um mich ausfindig zu machen. Ich konnte also nur noch abwarten. Ich rollte mich in eine Decke. Es war heiß, aber ich schlief wohl sofort ein, denn ich hörte nicht, wie Jusuf zurückkehrte. Er stand plötzlich mit einer Fackel im Zimmer. „Hadschi Whitaker möchte mit Ihnen sprechen", flüsterte er.

Ich sah auf die Uhr; es war kurz nach halb zwölf. „Jetzt?" fragte ich. „Ja, jetzt."

Whitakers Haus war eine alte Festung aus Lehmziegeln. Es lag am anderen Ende der Oase und wirkte wie ausgestorben; außer Jusuf schien er keine Dienerschaft zu haben. Offenbar lebte er spartanisch einfach in einem Flügel dieses riesigen, halb verfallenen Gebäudes. Jusuf führte mich auf das Dach. An der Balustrade erkannte ich im Dunkel die Silhouette einer großen, arabisch gekleideten Gestalt. Jusuf hüstelte und zeigte Oberst Whitaker meine Gegenwart an.

Whitaker wandte sich um und kam auf mich zu. Sein Gesicht konnte ich in der Dunkelheit nicht erkennen, aber ich sah die schwarze Klappe über seinem Auge. Er sprach keinen Gruß, machte keine Anstalten, mir die Hand zu schütteln. „Setzen Sie sich", sagte er und zeigte gebieterisch auf einen Teppich und einige Kissen, die auf dem Boden ausgelegt waren. „Jusuf, du kannst gehen", brummte er, und der Diener verschwand.

Er hockte sich mit überkreuzten Beinen auf den Teppich. Nun konnte ich sein Gesicht sehen, den schütteren grauen Bart, die hohlen Wangen, die von den Wüstenjahren zerfurcht waren, das gesunde Auge, überschattet von einer mächtigen Braue, und die eindrucksvolle Adlernase. „Ich hoffe, Sie hatten eine gute Reise."

„Es war interessant", sagte ich knapp.

„Zweifellos. Aber durchaus unnötig. Wir hatten ausdrücklich vereinbart, daß Sie keinen Versuch unternehmen, persönlich mit mir in Verbindung zu treten."

„Ich bin Ihres Sohnes wegen gekommen", rechtfertigte ich mich.

„Meines Sohnes wegen?" Er sah überrascht auf. „In Ihrem Brief stand lediglich, Sie machten sich Sorge wegen meiner finanziellen Angelegenheiten."

„Ihr Sohn hat mich zu seinem Nachlaßverwalter bestellt. Ich bin keineswegs davon überzeugt, daß er eines natürlichen Todes gestorben ist."

Er äußerte sich nicht dazu. Diese Unterhaltung erschien mir schwieriger als mein Gespräch mit Erkhard, schwieriger sogar als die Unterredung mit Sir Philip, und mein sechster Sinn warnte mich, daß dieser Mann sehr viel unberechenbarer war.

„Wie sind Sie hierhergekommen? Es ist nicht einfach, nach Saraifa zu gelangen."

Ich begann mit meiner Geschichte, aber als ich Sir Philip erwähnte, unterbrach er mich: „Philip Gorde? Ich wußte nicht, daß er hier unten ist." Die Mitteilung schien ihn aufzuregen. „Sie sind mit Entwhistle, einem der Geologen der Gesellschaft, hier angekommen. Was hatte er an der Grenze zu Hadd zu suchen? Wissen Sie es? Der Kerl hat dort nichts verloren."

„Er machte Probebohrungen an den Stellen, die Ihr Sohn bezeichnet hatte", erklärte ich.

Whitaker verstummte plötzlich. „Ach so", sagte er nach einer Weile ruhig. Dann rief er mit zorniger Stimme: „In wessen Auftrag? Sicherlich nicht auf Anweisung von Philip Gorde?"

„Nein."

„Erkhard?"

„Warum regen Sie sich darüber so auf?"

„Aufregen? Verstehen Sie denn nicht, was heute abend hier

geschehen ist? Genau das, was ich zu vermeiden suchte, seit ich wußte ..." Er faßte sich wieder und fuhr ruhiger fort: „Nein, Sie sind neu hier. Sie können das nicht verstehen. Ein Brunnenschacht an einem der Faladsch-Kanäle ist zugeschüttet und damit die Wasserversorgung unterbrochen worden. Und nur weil dieser tölpelhafte Narr Entwhistle an der Grenze zu Hadd Bohrungen vornehmen mußte."

„Entwhistle tat also dasselbe, was auch David bis zu seinem Verschwinden getan hatte", sagte ich ruhig.

Er schien mich gar nicht zu hören. „Zwanzig Jahre ..." Seine Stimme klang müde. „Was würden Sie empfinden, wenn die Sache, für die Sie mehr als zwanzig Jahre gearbeitet haben, durch ein paar junge Dummköpfe in Gefahr gerät; die ihre Ungeduld unfähig macht, die Politik der Wüste zu begreifen?" Er wandte den Kopf und starrte in die Nacht hinaus. „Die Luft ist schwer, es kommt ein Sturm auf." Er erhob sich, ging zur Balustrade und blickte auf die Wüste hinab. „Grant, kommen Sie her." Als ich neben ihn trat, streckte er den Arm aus. „Dort, sehen Sie die Dünen?" Er zeigte nach Westen. Undeutlich erkannte ich im Mondschein einige Dünen, die sich bald in der Unendlichkeit des Sandmeeres verloren. „Wenn Sie einen Sturm hier miterlebt haben, werden Sie mich verstehen. Das einzige, was zwischen der Oase Saraifa und ihrer völligen Zerstörung liegt, ist der Kameldorn. Dort drüben – sehen Sie? Der Kameldorn ist wie ein Bollwerk, das das Sandmeer aufhält, aber jetzt gehen die Pflanzen ein, weil das Wasser fehlt."

„Die Faladsch?" fragte ich, und er nickte. „Entwhistle sagte, früher bestanden sie aus über hundert Stollen und Kanälen."

„Ja. Wir haben sie entdeckt, als wir Luftaufnahmen machten."

„Ihren Sohn hat die Wasserversorgung auch sehr beschäftigt ..."

„Ach ja, beschäftigt ... aber ihm fehlte die Geduld. Was heute nacht zerstört worden ist, kann rasch wiederhergestellt werden. Auf der ganzen Länge des Stollens befinden sich in Abständen von etwa zwei Kilometern Brunnenschächte. Einen davon haben die Leute des Emirs mit Sand und Steinen zugeschüttet. Man kann ihn schnell wieder freilegen. Aber die ganze alte Faladsch-Anlage ..." Er schüttelte den Kopf. „Die meisten Brunnen und die unterirdischen Stollen sind zusammengebrochen. Der Wiederaufbau dauert lange und ist kostspielig. Scheich Machmud konnte in den vierzehn Jahren, seit er

Herrscher von Saraifa ist, nur einen einzigen Stollen instand setzen. Es dauerte zwei Jahre und kostete über zwanzigtausend Pfund. Wenn Saraifa überleben soll ..." Er zuckte die Achseln. „Wir brauchen ein Dutzend neuer Faladsch-Kanäle, nicht einen."

„Und nur mit Erdöl läßt sich der Wiederaufbau finanzieren. David war der gleichen Ansicht", bemerkte ich. „Deswegen machte er die Probebohrungen an der Grenze zu Hadd." Schließlich fügte ich hinzu: „Was ist Ihrem Sohn zugestoßen, Oberst Whitaker? Kurz bevor er verschwand, besuchten Sie den Emir von Hadd. Sie müssen wissen, was geschehen ist."

„Ich weiß es leider nicht."

„Warum sind Sie dann nach Hadd gegangen?"

„David war gegen meine Anweisungen an der Grenze und gegen Scheich Machmuds Befehl. Jemand mußte versuchen, den Emir zu überzeugen, daß es dort kein Öl gibt."

„Wegen des Grenzstreits?"

„Ja. Seitdem die Gesellschaft die erste Konzession für Bohrungen in Saraifa erhielt, haben die Unruhen im Grenzgebiet nicht aufgehört. Sie wissen ja, daß Saraifa ein unabhängiges Scheichtum ist. Es hat niemals Verträge mit der britischen Krone abgeschlossen, obwohl die Oase allgemein als britische Einflußzone angesehen wird. Hadd ist dagegen in jeder Hinsicht von England unabhängig."

„Wann bekamen Sie die Nachricht, daß David vermißt ist?"

„Anfang der letzten Februarwoche."

„Am achtundzwanzigsten Februar wurde Davids Lastwagen verlassen aufgefunden", sagte ich. „Sie sagen aber, daß Sie Ihren Sohn bereits fast eine Woche vorher vermißten. Was veranlaßte Sie dazu?"

Er schwieg lange. Endlich sagte er: „Wir haben einige *Askaris* losgeschickt. Sie fanden sein Lager verlassen; der Lastwagen war ebenso verschwunden wie der Landrover."

„Askaris?"

„Sie gehören zur Leibwache von Scheich Machmud. Sie hatten den Befehl, David festzunehmen und nach Saraifa zurückzubringen. Es wäre zu seinem Besten geschehen. Das war notwendig geworden, denn der Emir war in einer äußerst unberechenbaren Laune."

„Aber Erkhard gegenüber wollten Sie verheimlichen, daß er an der Grenze zu Hadd operierte?"

„Weder Erkhard noch die Politiker sollten es wissen. Wie ich schon sagte, David war gegen meine ausdrücklichen Anweisungen dort. Aber ich habe selbst schuld. Ich hätte ihn nach Cardiff zurückschicken sollen. Statt dessen ließ ich ihn hierbleiben. Mehr noch, ich versuchte, ihn als meinen Sohn anzusehen. Ich hätte wissen müssen, daß es nicht gutgehen kann. Ich bin Moslem, und ich wünschte, daß er auch Moslem würde. Die Wüste sollte ihm zur Heimat werden, und er hätte mein Werk fortsetzen sollen, wenn ich einmal nicht mehr bin." Er seufzte. „Ich vergaß, daß der Junge schon neunzehn war und nur zur Hälfte von mir ... aber diese Hälfte war so starrköpfig wie der Teufel. Am Ende war es so weit gekommen, daß er mich haßte."

„Warum?"

„Zwischen Vater und Sohn kommt es manchmal zu Auseinandersetzungen, das wissen Sie wohl auch." Er sprach jetzt in beiläufigem Ton. „Es hat keinen Sinn mehr, darüber zu reden. Der Junge ist tot. Sämtliche Leute, die ich auftreiben konnte, haben nach ihm gesucht. Auch Khalid war dabei. Die einzige Ecke, die wir noch nicht durchkämmt haben, war die Rub al-Khali im Westen, das Niemandsland." Und leise, wie zu sich selbst, sagte er: „Die Wüste ist wie das Meer. Niemand kann zwei Monate darin verschwinden und lebend wieder herauskommen. Und nun erzählen Sie von Ihrer Reise ..."

Ich erzählte ihm soviel, wie er meiner Meinung nach wissen mußte – von dem Päckchen, das Griffiths mir gebracht hatte, von meinen Unterredungen mit Erkhard, Gorde und Entwhistle. „Als Entwhistle Davids verlassenen Lastwagen untersuchte, fand er alte Unterlagen", sagte ich schließlich. „Darunter waren seine eigenen Erkundungsergebnisse und ein ganz alter Bericht ..."

„Stammte er von Henry Farr?"

Ich starrte ihn an. „Sie wissen davon?"

„Natürlich. Henry hat mir einmal eine Kopie geschickt."

„Aber wenn Sie es wußten ... David schrieb mir, er habe den Bericht in den Akten der Gesellschaft gefunden. Haben Sie ihm nie erzählt, daß Sie schon in seinem Besitz sind?"

„Nein."

„Warum nur? Sie wußten doch, was er für Saraifa empfand ..."

„Er war Angestellter der Gesellschaft, also ein Untergebener Erkhards."

„Aber ... Ich verstehe es nicht!" rief ich verwundert. „All die Jahre über ... Und Khalid sagt, Sie bohren im Süden der Oase. Das ist mindestens sechzig Kilometer von Davids Probebohrung entfernt."

„Genau. So weit von der Grenze entfernt wie möglich." Er stand auf und wanderte auf und ab, um die gespannte Stimmung abzuschütteln, die, wie ich jetzt wußte, vom ersten Augenblick unseres Zusammentreffens an auf ihm gelastet hatte. „Sie verstehen die Situation nicht. Zwanzig Jahre lang saß ich auf meiner Theorie, nach der sich das ölhöffige Gebiet vom Golf zwischen der Rub al-Khali und den Bergen im Osten nach Saraifa erstreckt, wie auf einem Ladenhüter. Aber morgen kommt Erkhard mit dem Flugzeug von Schardscha nach Saraifa. Er steht unter Druck. Mit Allahs Hilfe werde ich ihn dahin bekommen, die Konzession zu unterzeichnen, und wenn die Gesellschaft erst einmal drinsteckt ... Keine Gesellschaft würde eine Konzession mit Saraifa unterzeichnen, wenn sie wüßte, daß die Bohrungen an der Grenze zwischen Hadd und Saraifa vorgenommen werden müßten. Aber wenn diese Herren erst einmal Verpflichtungen eingegangen sind ..."

„Wo Sie bohren, gibt es also gar kein Öl?"

„Nein, soviel ich weiß, nicht."

Eine merkwürdige Angelegenheit. Das viele Geld, das er ausgegeben hatte, ein ganzes Jahr voll verzweifelter Anstrengung – all das sollte nur ein Köder sein, um die Gesellschaft noch einmal nach Saraifa zu locken? „Und Sie denken, Erkhard wird den Konzessionsvertrag unterzeichnen?"

„Ich glaube, ja. In den vier Jahren, seit er Generaldirektor ist, war er nicht sehr erfolgreich."

„Aber warum haben Sie David nicht eingeweiht?"

„Wie konnte ich? Er war Erkhards Mann." Dann fügte er hinzu: „Ich habe noch meine Verbindungen zum Büro in Bahrain. Danach hatte David Instruktionen, über alles zu berichten, was ich tat."

„Und er akzeptierte diese Bedingung?"

„Sie kannten seine Vergangenheit. Daher konnte ich ihm natürlich nicht vertrauen."

„Warum wurde er dann für Ihre Arbeit freigestellt?"

„Erkhard bot es mir an, ich konnte es also kaum ablehnen." Dann fügte er traurig hinzu: „Ich wagte nicht, mit David zu sprechen. Es fehlte ihm an Geduld. Wenn ich die Hoffnung gehabt hätte, daß er sich von mir führen ließe ..." Er schloß resignierend: „Aber das ist nun nicht mehr zu ändern."

„Ich kann immer noch nicht begreifen, daß Sie Farrs Berichte nicht irgendwie nachgeprüft haben – nach dem Krieg, als die Gesellschaft die Konzession hatte."

„Dafür gibt es verschiedene Gründe", antwortete er. „Die ganze Zeit über, als die Gesellschaft die Konzession hatte, kam es immer wieder zu Grenzkonflikten. Der Emir war fest entschlossen, sämtliche Ölfunde für sich in Anspruch zu nehmen. Und als wir schließlich Truppen ins Grenzgebiet schickten, um den Frieden zu sichern, war es bereits zu spät. Die Konzession war verfallen, Philip Gorde war krank nach England zurückgereist, und Erkhard hatte seinen Posten übernommen. Erkhard hätte mit dem Emir oder jedem anderen verhandelt. Er hatte nicht die gleiche Bindung an Saraifa wie Gorde." Er drehte sich abrupt um und rief nach Jusuf. Dann sah er mich fest an und sagte: „Grant, Sie sind in einem seltsamen Augenblick gekommen, und ich habe Ihnen Dinge erzählt, die ich noch nie jemandem offenbart habe. Ich mußte es aber tun, sonst hätten Sie noch mehr Unruhe gestiftet."

Jusuf war gekommen, und Whitaker streckte mir die Hand hin. „Sie sind Anwalt, Grant. Sie haben lange Zeit mit unseren Angelegenheiten zu tun gehabt. Ich vertraue darauf, daß Sie Schweigen bewahren können." Er drückte mir die Hand. „Wir haben zwei Feinde in Saraifa – den Emir und den Sand." Leise fügte er hinzu: „Morgen werde ich mit Allahs Hilfe den Grundstein für den Sieg über beide legen."

Als ich ging, stand er wieder allein auf dem Dach; ein eigenartiger, beinahe fanatischer Mann, der in der Dunkelheit auf die endlose Wüste hinausblickte.

In den frühen Morgenstunden weckten mich Schreie, und ich trat an das winzige Fensterchen. Auf dem Platz unter meinem Turm hatten sich etwa ein Dutzend Frauen und einige Kinder versammelt; sie drängten sich um die Leiche eines Mannes, den eine Kugel mitten ins Gesicht getroffen hatte. Neben ihm lag ein Kamel in einer Blutlache. Es war ein gräßlicher Anblick. Meine Uhr zeigte kurz nach vier, und im Osten lichtete sich der Himmel bereits. Ich legte mich wieder hin.

Ein Diener, ein barfüßiger Araber mit geschultertem Gewehr, weckte mich und brachte mir Kaffee. Es war acht Uhr dreißig. Auf den Datteln, die er mir zum Frühstück hingestellt hatte, saßen Fliegen. Nachdenklich verspeiste ich die Früchte. Meine Augen schmerzten, mein Körper erschien mir schwer wie Blei, und meine Gedanken bewegten sich im Kreis. Die Hitze in der Wüste wurde immer größer und drang in mein Turmzimmer. Es war fast elf, als Khalid mich holte. Ein kurzes *Salam*, die höfliche Frage, ob ich gut geschlafen habe, und schließlich die Mitteilung: „Mein Vater hält eine Ratsversammlung ab. Er wünscht Ihre Anwesenheit, Sir." Seine eingesunkenen, umschatteten Augen zeugten von einer schlaflosen Nacht. „Der Emir von Hadd hat Abdullah, einen seiner Scheichs, gesandt, um seine Forderung nach einer neuen Grenzziehung zu unterstreichen."

„Was ist heute nacht geschehen?" fragte ich. „Ich habe den toten Mann auf dem Platz gesehen."

„Sie haben im Hinterhalt gelegen, am vierzehnten Brunnen. Mohammed bin Raschid und zwei seiner Männer sind tot. Drei sind verwundet. Kommen Sie! Mein Vater wartet. Sie müssen dem Abgesandten des Emirs erklären, warum Sie und Mr. Entwhistle an der Grenze waren. Sagen Sie Scheich Abdullah, daß es dort kein Öl gibt."

„Ich bin kein Geologe."

„Das weiß er doch nicht. Er glaubt, Sie arbeiten für die Gesellschaft."

„Dann irrt er sich eben. Ich bin Anwalt und will lediglich herausfinden, was mit David Whitaker geschehen ist."

„Es ist besser, Sie erwähnen David bei dieser Zusammenkunft nicht. Mein Vater möchte jeden Streit vermeiden. Er glaubt nicht, daß es sich lohnt, um ein paar Quadratkilometer Wüste zu kämpfen."

„Aber Sie sind anderer Meinung?"

Er zuckte mit den Schultern. „Mein Vater ist ein alter Mann und kennt Hadschi Whitaker seit vielen Jahren. In diesen Dingen läßt er sich von ihm leiten."

Er führte mich über eine Treppe auf ein Dach. Dort wurde die Versammlung in einer Loggia abgehalten. Scheich Machmud erhob sich nicht, um mich zu begrüßen. Er sah müde und angestrengt aus, und seine Miene war finster vor Zorn. Neben ihm saß Scheich

Abdullah, der Vertreter von Hadd. Er war ein bärtiger, verschlagen aussehender Mann von mächtigem Wuchs, der einen reichbestickten Mantel und einen Kopfschmuck trug, der wie ein vielfarbiger Turban wirkte.

Scheich Machmud bedeutete mir mit einem Wink, mich ihm gegenüber hinzusetzen. Ich kam mir vor wie vor Gericht, denn alle Würdenträger hatten in der Loggia Platz genommen. Mit überkreuzten Beinen und ernstem Blick saßen sie auf seidenen Kissen in einer großen Runde. Auf einem Teppich in der Mitte standen Becher mit Kamelmilch und eingemachte Pfirsiche. Aber außer den Fliegen schien sich niemand dafür zu interessieren. Die Atmosphäre war spannungsgeladen.

Als Scheich Machmud mich in stockendem Englisch ausfragte, wurde mir klar, daß er mich für die Entwicklung der Lage verantwortlich machte. Entwhistles Flucht änderte daran nichts, und obwohl ich die Fragen wahrheitsgemäß beantwortete, konnte ich an Scheich Abdullahs Miene ablesen, daß er mir keinen Glauben schenkte. Am Schluß verlor ich die Geduld. Ich sprang auf und ließ eine Attacke vom Stapel, wie ich es manchmal vor Gericht tat. „Ihre Leute haben uns ohne Grund angegriffen!" brüllte ich. „Es ist nur wenige Jahre her, daß mein Land Truppen hersenden mußte, um den Frieden zu sichern. Und jetzt brechen Sie ihn schon wieder. Warum? Welche Erklärung soll ich dafür geben, wenn ich nach Bahrain zurückkehre?"

Nachdem meine Worte übersetzt waren, wanderte Abdullahs schlauer Blick über die versammelte Runde. Aber der Scheich schwieg. „Sie wissen darauf keine Antwort", zürnte ich, verbeugte mich vor Scheich Machmud und zog ab. Ich kam nicht weit, denn bewaffnete Diener hatten die Treppe besetzt. Aber ich hatte meine Meinung gesagt und fühlte mich besser, obwohl ich jetzt gezwungen war, in der prallen Sonne zu warten. Ich setzte mich auf die glühendheiße Lehmbrüstung. Hinter mir hörte ich die Reden in kehligem Arabisch.

Man schien eine Pause zu machen, denn Khalid kam zu mir herüber. Ich fragte ihn, was Scheich Abdullah eigentlich verlange.

„Eine neue Grenze", erwiderte er. „Das ganze Gebiet, das David erkundet hat, soll zu Hadd gehören."

„Und wenn Ihr Vater sich weigert?"

Wieder zuckte er mit den Achseln, eine beinahe fatalistische Geste.

„Scheich Abdullah sagt, sie werden dann einen anderen Faladsch-Kanal zerstören, und noch einen und noch einen, bis wir kein Wasser mehr haben für die Datteln, für die Tiere und für uns selbst." Sein Vater rief nach ihm, und er ging an seinen Platz zurück. Die Konferenz wurde wiederaufgenommen.

Die Sonne stieg allmählich in den Zenit. Die Hitze wurde unerträglich. Ich war fast eingeschlafen, als ich die Staubwolke eines Wagens entdeckte. Er raste in voller Fahrt von Süden her durch die Dattelgärten, und als er näher kam, erkannte ich einen Landrover, der voll bepackt war mit Arabern, die mit lautem Geschrei und in höchster Erregung mit ihren Gewehren herumfuchtelten.

Wenige Minuten später drängte Jusuf die Posten zur Seite, die die Treppe bewachten. Er eilte geradewegs auf Scheich Machmud zu und unterbrach ihn. Für eine solche Respektlosigkeit muß er wohl einen triftigen Grund haben, dachte ich mir. Die Worte sprudelten ihm von den Lippen, während er dem Scheich ein zusammengefaltetes Blatt Papier übergab.

Als Scheich Machmud die Botschaft gelesen hatte, schien er plötzlich wie neu belebt. Er sprach ein paar Worte, leise und beherrscht. Mehrmals war der Name Allah zu hören, wahrscheinlich dankte er ihm. Dann stand er auf, eine Geste mit bemerkenswerter Wirkung. Der Platz war plötzlich in Aufruhr. Scheich Machmud ging voran, Khalid folgte ihm, die andern drängten sich dahinter, und einen Augenblick später waren nur der Gesandte des Emirs und ich übriggeblieben. Der bisher so arrogante Scheich schien durch die Entwicklung der Dinge aus der Fassung gebracht.

Unten füllte sich die Oase mit Leben. Die Neuigkeit hatte sich wie ein Lauffeuer verbreitet. Und im Süden, hinter den Palmen, bewegte sich eine zweite Staubwolke durch die Wüste. Da die Posten inzwischen verschwunden waren, ging ich hinunter. Als ich auf dem großen Innenhof anlangte, fuhr der Landrover mit Oberst Whitaker am Steuer durch das Tor und bahnte sich einen Weg durch die Menge, ehe er vor Scheich Machmud anhielt. Die Araber jubelten Whitaker zu: „Es lebe der Hadschi!" Auf dem Sitz neben Whitaker saß Erkhard.

Nach der Begrüßung geleitete man den Generaldirektor der

GODCO in den Palast. Whitaker lächelte nicht, doch seine Miene zeugte von heftiger innerer Bewegung. Zwanzig Jahre waren eine lange Zeit, und jetzt war der Höhepunkt seines Lebens gekommen, die Stunde des Sieges.

Von mir nahm niemand Notiz. Ich kehrte in mein Turmzimmer zurück, denn dort war es kühler, und legte mich hin. Ich mußte fest geschlafen haben, denn als ich aufwachte, stand die Sonne tief, und neben mir lag ein kleiner Stapel frisch gewaschener Kleider – ein Tropenanzug mit Hemd, Krawatte und Socken. Dabei fand ich eine Notiz von Whitaker. „Die Konzession ist unterzeichnet, und wir feiern ein Fest. Ich dachte, es wäre Ihnen angenehm, wenn Sie sich umziehen könnten. Jusuf wird Sie bei Sonnenuntergang abholen."

Als ich mich anzog, drang der stechende Geruch von Rauch in den Raum, und der Lärm, der von der Oase heraufhallte, lockte mich an das Fensterchen. Der ganze Platz war voll von Menschen, die zahlreiche Holzfeuer entfacht hatten. Geschlachtete Ziegen und Schafe waren an den Hinterbeinen aufgehängt worden. Hühner wurden zubereitet, und rußgeschwärzte Töpfe mit Hirse hingen über den Feuern. Ganz Saraifa hatte sich versammelt.

„Bitte kommen Sie, Sir." Jusuf stand am Fuß der Treppe; er trug saubere Kleidung und ein frisches Kopftuch. Er führte mich zu einem Innenhof, den ich bisher noch nicht gesehen hatte. Der Scheich und seine Gäste standen bereits unter den Kolonnaden, die den Hof umgaben.

Khalid kam mir zur Begrüßung entgegen. Er trug ein langes Gewand aus feinstem Kaschmir und einen braunen, goldbestickten Kaftan. Whitaker saß zur Linken, Erkhard zur Rechten von Scheich Machmud. Und neben Whitaker hatte Scheich Abdullah von Hadd Platz genommen. „Sie sitzen neben mir", meinte Khalid. Als ich an Erkhard vorüberging, sah er auf. „Mr. Grant!" Ich konnte meine Belustigung über seinen überraschten Ausruf nicht verbergen. „Ich hörte in Schardscha", bemerkte er, „daß Sie mit Sir Philip weggeflogen seien. Aber hier hätte ich Sie nicht erwartet."

Als ich mich neben Khalid niederließ, liefen die Diener bereits mit Wasserschalen zwischen den Gästen hin und her. Wir wuschen uns die Hände, und die ersten großen Platten wurden aufgetragen. Das Essen war von überwältigender Reichhaltigkeit: Hammel, Ziegenfleisch, junges Kamel, Huhn, Gazelle. Das Fleisch war auf hohe Reisberge gebettet, und dazu kamen aufeinandergeschichtete Omeletts, Brot, flüssige Butter und Käse.

Als die Hauptgerichte abgeräumt waren, brachten die Diener Öllampen, denn die Sonne war untergegangen. Eingemachte Früchte wurden herumgereicht, und danach gab es Kaffee. Scheich Machmud machte ein Zeichen, und der Hofsänger stimmte eine Ballade an, wobei er sich auf einem lautenähnlichen Instrument begleitete. Er sang von Saraifas Wassernot und Hadschi Whitakers langer Suche nach Öl. Plötzlich wurde der Vortrag vom Lärm eines niedrig fliegenden Flugzeuges übertönt. Der Sänger verstummte. Die Maschine landete in der Nähe, und eine Wache wurde ausgeschickt, die die Besucher zum Palast bringen sollte. Erkhard beugte sich zu mir herüber und zischte: „Wer kommt da? Wissen Sie es?"

Ich gab keine Antwort, aber er mußte es erraten haben, denn er preßte die Lippen zusammen. Whitakers Gesicht dagegen war ausdruckslos.

Nach einer Weile, die mir wie eine Ewigkeit vorkam, erschienen Sir Philip Gorde und Otto Smith in dem Innenhof, von der Wache begleitet. Sir Philip ging schnurstracks auf die Festtafel zu. Er humpelte und stützte sich auf seinen Stock, sein wettergegerbtes Gesicht lag in grimmigen Falten. Er grüßte niemanden, blieb vor der Kolonnade stehen und starrte – meine Aktenmappe unter den Arm geklemmt – schweigend auf die Versammlung. Er überhörte es, als Scheich Machmud ihn begrüßte. „Was wird hier gefeiert?" wollte er zornig wissen.

Niemand bewegte sich oder sprach auch nur ein Wort.

„Mr. Erkhard, ich nehme an, Sie haben einen Konzessionsvertrag unterzeichnet? Nichts anderes könnte man in Saraifa sonst im Augenblick feiern." Er wandte sich an Scheich Machmud: „Ich hoffe, Sie haben in Unkenntnis der wirklichen Lage gehandelt. Haben Sie den Konzessionsvertrag bei sich? Ich bitte Sie darum, ihn mir zu zeigen."

Scheich Machmud griff in die Öffnung seines weiten Gewandes und holte das Dokument hervor. „Ich denke, er ist korrekt abgefaßt." Die ruhigen Worte des Scheichs verrieten keinerlei Zweifel.

Lähmende Stille kehrte ein, als Sir Philip das Dokument auffaltete und schnell durchlas. Er sah Erkhard an: „Und das haben Sie im Namen der Gesellschaft unterzeichnet?"

„Als Generaldirektor bin ich berechtigt, Konzessionsverträge zu unterzeichnen." Erkhards Stimme klang hoch und giftig.

Sir Philip schlug mit dem Handrücken auf das Dokument. „Das ist nicht unser regulärer Vertragstext. Unser Normvertrag gibt der Gesellschaft lediglich das *Recht* zu bohren. Hiernach ist die Gesellschaft aber dazu *verpflichtet!* Außerdem", fuhr er fort, und sein Blick blieb auf Whitaker haften, „gilt er nicht nur für das Gebiet im Süden, wo Ihre Ausrüstung steht, sondern schließt die umstrittene Grenze zu Hadd ein."

„Philip!" Whitaker war aufgestanden. „Ich möchte dich sprechen."

„Und ich möchte dich sprechen", antwortete Sir Philip scharf. „Ich will eine genaue Antwort auf eine genaue Frage. Gibt es an der Stelle, wo du bohrst, Erdöl, oder nicht?"

„Wir sind erst bei knapp tausend Metern."

„Das ist keine Antwort auf meine Frage." Sir Philip blickte ihn eiskalt an. „Dort findet man kein Öl, nicht wahr? Es gab dort niemals Öl, und es wird nie welches geben."

„Das glaube ich nicht!" rief Erkhard. Auch er war aufgestanden.

„Es spielt keine Rolle, ob Sie es glauben oder nicht", gab Sir Philip zurück. „Es stimmt."

„Aber er finanziert die Bohrungen mit seinem eigenen Geld. Jeden Penny investiert er dort. Fragen Sie Mr. Grant, er verwaltet sein Vermögen. Welcher Mensch steckt denn seine gesamten Ersparnisse in ein Bohrprogramm ..."

„Es ist ein Köder." Die Schärfe in Sir Philips Stimme ließ Erkhard zusammenzucken.

„Das verstehe ich nicht."

„Natürlich nicht. Nie im Leben werden Sie einen Mann wie Charles Whitaker verstehen. Sie booten ihn aus und kommen gar nicht auf die Idee, daß er Ihnen das eines Tages zurückzahlen wird. Sie glaubten, billig an ein Ölfeld zu kommen. Fragen Sie ihn nur selbst, ob es dort Öl gibt."

Das war nicht mehr notwendig. Ein Blick auf Whitakers Gesicht sagte Erkhard alles, was er wissen mußte. Es war leichenblaß, entstellt vor Enttäuschung. Erkhard trat vor Sir Philip hin, nahm ihm das

Dokument aus der Hand und riß es in tausend klcine Fetzen, die er in den Staub fallen ließ.

Es herrschte Totenstille. Aller Augen richteten sich auf Scheich Machmud, denn jeder war gespannt, was er tun würde. Sein Gesicht war aschfahl, seine Hände zitterten. „Sir Philip, Ihre Gesellschaft hat einen Vertrag unterzeichnet. Auch wenn Sie das Papier zerreißen, ist noch nicht gesagt, daß der Vertrag nicht besteht."

„Sie können uns vor Gericht zitieren", sagte Erkhard. „Wenn Sir Philip aber mit seiner Behauptung recht hat, verlieren Sie."

Scheich Machmud winkte ab zum Zeichen, daß er nicht die Absicht hatte, gegen die Gesellschaft zu klagen.

Sir Philip wandte sich an Whitaker. „Um Himmels willen, Charles, mußtest du uns alle in solch trügerischer Hoffnung wiegen?" Seine Worte machten deutlich, daß ihm die Rolle zuwider war, die er spielen mußte. „Die Wahrheit mußte schließlich herauskommen."

„Die Wahrheit? Bist du so sicher, daß es kein Öl in Saraifa gibt? Zwanzig Jahre habe ich gesucht . . . Erkhard hätte warten können . . ."

„Du wußtest genau, daß er nicht warten konnte. Ich habe dich unterstützt, Charles, weil du an dich selbst glaubtest. Aber jetzt fürchte ich, daß du den Glauben an dich und deine Theorie verloren hast. Du hättest dich hinter deinen Sohn gestellt, wenn du deiner Theorie noch getraut hättest. Statt dessen hast du David dort draußen umkommen lassen – von Gott und der Welt verlassen. Hast du denn nicht begriffen, daß er versuchte, das zu tun, wozu dir der Mut fehlte? Daß er nämlich wirklich versuchte, Öl zu finden? Nicht mit einer solchen Lüge, einem faulen Trick, nur um uns eine Falle zu stellen . . ."

„Philip!" brach es aus Whitaker hervor. „Ich muß mit dir sprechen – unter vier Augen."

„Ich habe dir nichts zu sagen, Charles." Die Worte fielen kalt und unfreundlich. „Höchstens noch das: Wenn es überhaupt Öl in Saraifa gibt, dann vermutlich genau dort an der Grenze, wo dein Sohn gebohrt hat." Dann fügte er, zu Scheich Machmud gewandt, hinzu: „Aber ich muß Ihnen leider mitteilen, daß unsere Gesellschaft im Augenblick keine Möglichkeit sieht, dieses Gebiet zu erschließen. Ich sprach heute morgen zwei Stunden lang mit dem Politischen Residenten. Er hat die Haltung der Regierung eindeutig klargelegt."

Abrupt hängte sich Whitaker seinen dunklen, bestickten Kaftan um. „Es ist sehr schade, daß du ausgerechnet in diesem Moment kommen mußtest, Philip." Aus seiner Stimme klang Bitterkeit. „Ich hoffe, du wirst lange genug leben, um dein vorschnelles Urteil und die Worte zu bedauern, die du gesagt hast. Ich tat alles, wovon ich glaubte, es sei zum Besten von Saraifa, und Scheich Machmud weiß es." Damit schritt er an Sir Philip Gorde vorbei, ein geschlagener, stolzer alter Mann.

Kaum war Oberst Whitaker fort, erhob sich ein Stimmengewirr ohnegleichen. Ich stand rasch auf und wandte mich an Sir Philip. „Sie sollten mit Whitaker sprechen", riet ich ihm.

Doch dann wurde es erneut still. Scheich Machmud war aufgestanden und hielt eine Rede, wahrscheinlich, um den Vorfall zu erklären. Sir Philip schüttelte den Kopf. „Es hat keinen Zweck mehr. Hier ist Ihre Tasche, Sie werden darin alle Papiere finden. Ich hatte sie heute morgen bei mir, als ich den Politischen Residenten aufsuchte. Ich dachte, ich könnte ihn überreden ... Hätte er mir vom politischen Standpunkt aus sein Einverständnis gegeben, dann hätte ich es vielleicht im Hinblick auf Davids Bericht riskiert und Erkhard unterstützt. Aber er gab mir die strikte Order, daß die Gesellschaft sich aus dem umstrittenen Gebiet heraushalten müsse. Ich reise morgen früh ab, sobald es hell wird. Wenn Sie mit mir zurückfliegen wollen ..."

Scheich Machmud beendete seine Ansprache, und der Hof war von neuem in Aufruhr. Sir Philip griff nach meinem Arm. „Eine Hoffnung, die sich in Verzweiflung wandelt, macht einen Menschen gefährlich", sprach er. „Hier wird es zu Unruhen kommen, denn diese Menschen sind aufs äußerste gereizt."

Ich fühlte mich unbehaglich. Man brauchte mir das nicht noch zu erläutern, ich konnte es rund um mich herum spüren. Es bedurfte nur noch eines Funkens, um eine Explosion auszulösen. Der Aufruhr hatte sich vom Festplatz auf den großen Innenhof ausgebreitet und von dort in die Oase selbst. Auch Erkhard spürte die Spannung, die in der Luft lag, denn er beugte sich zu mir herüber und sagte: „Gorde hat gut reden, wenn er sagt, daß er morgen früh abfliegen will. Seine Maschine ist startbereit. Meine steht fünfzehn Kilometer weit weg bei den Bohranlagen."

Plötzlich trat Jusuf zu mir. „Der Oberst möchte, daß Sie kommen", flüsterte er. „Es ist sehr wichtig."

Ich zögerte, weil ich nur ungern Sir Philip aus den Augen ließ, der ja versprochen hatte, mich auszufliegen. Aber ebensowenig konnte ich Whitakers Wunsch ablehnen. „Gut", sagte ich und stand auf. Die Höflichkeit verlangte es, daß ich mich von Scheich Machmud verabschiedete. Er erhob sich nicht, und sein Blick musterte mich kühl. Für ihn trug ich die Verantwortung an dem, was geschehen war. Ich wandte mich an Sir Philip. „Ich gehe jetzt zu Whitaker. Aber wenn Ihr Angebot noch gilt, würde ich gerne morgen mit Ihnen zurückfliegen."

Flugsand in Umm al-Samim

WHITAKER erwartete mich wieder auf dem Dach, aber diesmal schritt er ruhelos auf und ab und hielt nur einen Moment inne, als er mich erkannte. „Glauben Sie, daß Philip Gorde zu mir kommen wird?" fragte er. Als ich verneinte, nahm er seinen ruhelosen Gang wieder auf. „Mich so zu behandeln, nach all den Jahren! Und wenn ich zu ihm ginge?"

„Ich glaube nicht, daß dabei etwas herauskäme", zweifelte ich und berichtete ihm von Sir Philips Besuch beim Politischen Residenten.

Er blieb stehen. „Mit anderen Worten: Ich hatte recht. Die Gesellschaft darf tatsächlich keine Vereinbarung treffen, die die Grenze zu Hadd berührt." Trotz einer gewissen Erleichterung entging mir die Bitterkeit nicht, die in seinem Ton lag.

„Ja, und nun – die Geldfrage." Er schob mir ein Kissen zu. Ich setzte mich. „Wieviel habe ich noch?" fragte er und ließ sich neben mir nieder. Er trug Jusuf auf, eine Lampe zu bringen, und dann gingen wir zehn Minuten lang die Zahlen durch. Viel war nicht übrig. Aber nach Begleichung der Bankschulden reichte es gerade noch für ein bescheidenes Leben.

Er nickte. „Dann muß ich eben Geld aufnehmen."

„Es wäre besser", riet ich ihm, während ich die Akten in die Tasche steckte, „wenn Sie mit dem leben könnten, was Sie haben."

Er sah mich an und lachte auf. „Sie denken also, ich bin am Ende? Sie glauben wahrhaftig, ich lasse hier alles stehen und liegen ... Alle werden sie so denken – Gorde, Machmud und dieser Erkhard. Ich nehme an, Sie fliegen mit einer Maschine der Gesellschaft zurück?"

„Gorde hat mir angeboten, mich mitzunehmen."

„Gut. Ich bereite Briefe an verschiedene Kaufleute in Bahrain vor und gebe Ihnen auch eine Liste von Bestellungen mit. Wann fliegt Gorde ab?"

„Im Morgengrauen." Um sicher zu sein, daß ich den Flug nicht versäumte, bat ich ihn, mir die Briefe in den Palast bringen zu lassen.

Er nickte. „Dann habe ich die Nacht über Zeit, alles durchzudenken." Er rief Jusuf und wies ihn an, mich zum Palast zurückzubringen. „Übrigens", brummte er, als ich aufgestanden war, „ich möchte gern den geologischen Erkundungsbericht meines Sohnes sehen. Haben Sie ihn dabei?"

Plötzlich verstand ich, weshalb ihm sein Vermögen unzureichend erschienen war. „Großer Gott!" flüsterte ich. „Sie werden doch nicht etwa anfangen, an der Grenze zu bohren ... Sie haben jetzt nicht mehr die geringste Aussicht auf Erfolg. Die Grenze wird vom Emir überwacht, und sobald Sie anfangen ..."

Er lächelte müde. „Ich fürchte den Tod nicht, wenn Sie das meinen. Moslems sind Fatalisten. Ich weiß noch nicht, was ich tun werde. Wenn ich mich aber dazu entschließen sollte, wäre es gut, Davids Bericht zu kennen. Ich gehöre jetzt nicht mehr zur Ölgesellschaft. Und ich habe gute Aussichten, etwas zuwege zu bringen, was die Gesellschaft nicht vermag." Schließlich fragte er unumwunden: „Also, wie steht es? Geben Sie mir Davids Bericht?"

Moralisch konnte ich es natürlich kaum rechtfertigen. Im Testament seines Sohnes war er nicht erwähnt. Andererseits war ich Sir Philip selbst in die Falle gegangen; daher war es ohnehin besser, wenn ich über den Bericht nach eigenem Gutdünken verfügte. Sicherlich hätte auch David gewünscht, daß sein Vater Einblick in die Pläne erhielt. So gab ich sie ihm.

Er warf einen Blick darauf und steckte den Bericht dann in seinen Kaftan. „Danke", murmelte er und reichte mir die Hand. „In ein paar Stunden schicke ich Jusuf mit den Briefen zu Ihnen."

Ich folgte Jusuf, der mich zu dem alten Landrover brachte. Es war kühler geworden, und ich fühlte mich beinahe erleichtert. Schon in wenigen Stunden würde ich wieder ein Bad nehmen, meine Kleider wechseln und ein kühles Bier trinken können.

Als wir aus dem Schatten der Bäume herausfuhren und zu dem

großen Platz kamen, sahen wir eine dichte Menschenmenge. Gellende Stimmen drangen zu uns herüber. Jusuf nahm den Fuß vom Gaspedal. Da erhoben sich drei Gestalten, die am Brunnen Posten bezogen hatten, und verstellten uns den Weg.

„Das sind Khalids Leute", erklärte Jusuf, während er anhielt. Sie redeten wild gestikulierend auf uns ein, ehe sie auf die Trittbretter unseres Wagens stiegen. „Wir nehmen lieber einen anderen Weg", meinte Jusuf. Er wendete, fuhr um die Anhöhe herum und erreichte den Palast von hinten. Wir hielten an einer kleinen vergitterten Tür. Als ich ausstieg, nahmen mich Khalids Männer in die Mitte. Als ich Jusuf bat, mich sofort zu Sir Philip Gorde zu bringen, antwortete er knapp: „Diese Männer werden Sie von jetzt an begleiten. Befehl von Scheich Khalid." Damit fuhr er ab.

Ich wurde durch die dunklen Gänge des Palastes in mein Turmzimmer geführt. Dort ließen mich meine drei Bewacher allein. Von meinem Fensterchen aus blickte ich hinunter auf den Platz. Offenbar hatten sich dort sämtliche Männer und Knaben der Oase versammelt, und viele von ihnen waren bewaffnet. Die Stimmung hatte beinahe den Siedepunkt erreicht: Die Agitatoren brüllten Parolen, und die Menge geriet immer mehr in Erregung. Schließlich fiel ein Schuß. Das war das Signal, mit dem zur Tat aufgerufen wurde. Noch mehr Schüsse fielen. Männer eilten zu ihren Kamelen, kletterten in den Sattel und ritten den Abhang hinunter zu den Dattelgärten. Gleich darauf war der Platz verlassen, und eine unnatürliche Stille trat ein.

Bald aber erhob sich das Geschrei von neuem, begleitet von Schüssen. Ein Feuerschein erhellte den Himmel im Osten. Plötzlich hörte ich den Knall einer Explosion, und hinter den Dattelgärten tauchte eine riesige Stichflamme auf, die von schwarzem Rauch eingehüllt war. Danach kehrte wieder Stille ein; das Feuer erlosch schlagartig, und nur noch die Palmen zeichneten sich schwarz gegen das Mondlicht ab.

Im Palast hörte ich Stimmen. Kurz darauf strömte die Menge auf den Platz zurück, merkwürdig schweigsam, beinahe unterwürfig. Ich war sicher, daß Sir Philips Flugzeug in Flammen aufgegangen war.

Von der Treppe her vernahm ich Schritte. Gespannt wandte ich mich um. Plötzlich blendete mich der Schein einer Fackel, die auf mein Gesicht gerichtet wurde. Meine drei Bewacher erschienen und forderten mich durch Gesten auf, sie zu begleiten. Eilig brachten sie mich in einen niedrigen Raum in einem anderen Flügel des Palastes. Im Licht einer Öllampe sah ich Khalid, der im Kreis junger Männer saß. Gewehre lagen auf ihren Knien. Khalid erhob sich, ohne eine Miene zu verziehen. „Ich bitte um Verzeihung für die Unannehmlichkeiten, Sir, die Sie zu erdulden hatten." Mit einer Geste brach er die Konferenz ab, und die Araber verließen lautlos das Zimmer. „Bitte nehmen Sie Platz." Er wies auf ein Kissen, das auf dem Teppich lag, und setzte sich mir gegenüber.

„Was ist geschehen?" fragte ich. „Hat jemand Sir Philips Flugzeug in Brand gesteckt?"

„Es war ein Fehler. Unsere Leute sind zornig; deshalb haben sie ein paar Kugeln hineingefeuert. Sie haben Hadschi Whitaker aufgesucht, nicht wahr?" Als ich nickte, sagte er: „Ich habe mit meinem Vater gesprochen. Jetzt verstehe ich, was Hadschi Whitaker für Saraifa unternehmen wollte. Unglücklicherweise hat mich mein Vater nicht früher ins Vertrauen gezogen. Es wäre auch besser gewesen, Hadschi Whitaker hätte David gesagt, was er vorhat. Was wird Hadschi Whitaker jetzt tun?"

„Ich glaube nicht, daß er schon einen Entschluß gefaßt hat."

Er starrte mich an. „Glauben Sie, daß er Saraifa verlassen wird?"

Als ich nicht antwortete, wurde er nachdenklich. „Wir brauchen ihn jetzt sehr", meinte er ruhig. „Viele Scheichs hören auf ihn und auch Leute seines eigenen Volkes. Wenn er uns verläßt . . ."

„Ich bin sicher, daß er Sie nicht im Stich läßt."

Er schien meine Worte nicht zu hören. „Es muß zu einer Aussöhnung kommen, das ist für uns lebenswichtig." Er beugte sich plötzlich vor und sah mir in die Augen. „Mr. Grant! Kann ich Ihnen vertrauen? Soviel ich weiß, waren Sie schon Davids Freund, bevor Sie für seinen Vater arbeiteten, nicht wahr?"

„Weil ich mit David befreundet war, bat mich Oberst Whitaker, seine Finanzen zu regeln."

„Ja. Ja, ich glaube Ihnen." Aber immer noch durchforschten seine Augen mein Gesicht.

„Was möchten Sie mir sagen?" Ich wollte der Sache ein Ende machen. Vermutlich flogen Sir Philip und Otto Smith jetzt mit Erkhard ab, und ich durfte sie nicht verpassen.

Er schien einen Entschluß zu fassen, denn er blickte sich kurz um.
„David lebt", flüsterte er.

Ich starrte ihn an. „Er lebt? Was soll das heißen? Wo ist er denn?" Ich
glaubte ihm nicht. „Sagen Sie mir, wo er ist, und ..."

„Nein." Es klang entschieden. „Nein, das werde ich Ihnen nicht
sagen – noch nicht. Aber er lebt, darauf gebe ich Ihnen mein Wort,
Mr. Grant. Als Hadschi Whitaker gegangen war, um den Emir aufzusuchen, hatte ich große Angst um Davids Leben. Damals hatte er
schon fast zwei Monate im Grenzgebiet gearbeitet. Er hatte mir
verraten, daß dort, wo Hadschi Whitaker bohrte, kein Öl zu finden sei
und daß es nur an der Grenze welches geben könnte. Sein Vater bohre
dort, um die Gesellschaft hereinzulegen."

„Und Sie haben ihm geglaubt?"

„Er ist mein Bruder. Er belügt mich nicht." Dann erzählte er, wie er
sich mit zwei Männern ins Grenzgebiet aufgemacht habe, sobald er
wußte, daß David festgenommen werden sollte. Er fand David allein,
von seiner Mannschaft verlassen. Daraufhin fuhr David mit seinem
Lastwagen in die Rub al-Khali, bis ihm das Benzin ausging. „Er ließ
den Wagen einfach stehen", berichtete Khalid weiter, „und ritt mit
uns. Zwei meiner Freunde sind bei ihm – Hamid und ein Junge
namens Ali. Sie gehören zum Stamm der Wahiba und sind absolut
vertrauenswürdig."

„Warum haben Sie mir das jetzt erzählt?"

„Weil alles, was David vorhatte, schiefgegangen ist, und weil ich
jetzt Ihre Hilfe brauche. Ich glaube, daß nur Sie eine Versöhnung
zwischen David und seinem Vater in die Wege leiten können. Halten
Sie eine Aussöhnung für möglich?"

„Natürlich. Vor allem jetzt, nachdem Oberst Whitaker ..." Ich
zögerte, weil ich nicht wußte, ob ich ihm sagen sollte, was Whitaker
vorhatte. Aber dann überlegte ich mir, daß es besser sei, wenn er
erfuhr, daß Whitaker Davids Pläne als Grundlage für seine Bohrungen
nehmen wollte. Das war es ja, was David gewollt hatte. Vielleicht
konnten sie jetzt sogar zusammenarbeiten.

Khalid reagierte äußerst heftig auf meine Mitteilung. „Das ist
unsinnig!" rief er und sprang auf. „Das kann er doch jetzt nicht tun,
dazu ist es viel zu spät. Scheich Abdullah ist bereits nach Hadd
aufgebrochen. Er wird dem Emir über alles berichten, was hier

vorgefallen ist. Wenn Hadschi Whitaker selbst an der Grenze bohrt, weiß der Emir sofort, daß es dort Öl gibt und mein Vater im Grenzstreit zwischen Hadd und Saraifa nicht nachgeben wird. Das würde Krieg mit Hadd bedeuten. Wir brechen sofort auf."

Er ging hinaus und ließ mich mit meinen drei Bewachern zurück. Als er nach etwa zehn Minuten zurückkam, war sein Gesicht bleich.

„Ich habe meinem Vater gesagt, daß ich nach Dhaid gehe, um Verstärkung zu holen."

„Haben Sie Ihrem Vater von Whitakers Vorhaben erzählt?"

„Nein, auch von David habe ich nicht gesprochen – noch nicht. Er hat im Augenblick genug andere Sorgen. Kommen Sie!"

„Ist David in Dhaid?" fragte ich.

„Nein. Aber Scheich Hassa wird uns Kamele mitgeben, und vielleicht treffen wir Salim bin Gharuf dort. Wir müssen uns beeilen."

Er erteilte meinen Bewachern einen Befehl, und sie führten mich aus dem Palast in den großen Innenhof, wo Khalids Landrover stand.

Wir fuhren nach Süden, Khalid steuerte den Wagen geschickt durch den weichen Sand. Mit Vollgas raste er wenig später über die glatten Kiesflächen.

Im ersten Morgengrauen entdeckten wir hinter einer niedrigen Sanddüne die Spitze eines Bohrturms. Es war Oberst Whitakers Anlage. Als wir näher kamen, hörten wir den Lärm der Dieselmotoren und konnten beobachten, wie ein Teil der Mannschaft die Verrohrung einholte. Andere beluden einen Lastwagen mit Rohrteilen. Als Khalid anhielt und sie befragte, erfuhr er, daß Jusuf eine Stunde zuvor dagewesen sei und den Abbruch des Lagers befohlen hatte.

Whitaker hatte seine Entscheidung getroffen. Er verlegte seine Anlage an die Grenze zu Hadd, und zweifellos befanden sich in meinem Turmzimmer die Briefe, die ich nach Bahrain bringen sollte. „Das ist Wahnsinn!" schrie Khalid, als er wieder den Wagen bestieg.

Es wurde rasch heller, und nach einer Weile entdeckte ich plötzlich am Ende einer Kiespiste Erkhards Flugzeug. Kaum hatte ich es gesehen, wurde noch einmal der Wunsch in mir wach, der Wüste für immer zu entkommen. Aber Khalid reagierte nicht, als ich ihn bat, mich zu der Maschine zu fahren. Ich griff wütend nach dem Zündschlüssel, doch da packte mich einer der Araber am Arm, und während wir weiterfuhren, wurde ich so lange auf meinem Sitz festgehalten, bis das Flugzeug hinter den Dünen verschwunden war.

Mittag war vorüber, als wir auf einem flachen Hügel die Oase Dhaid erblickten. Die Häuser flimmerten im heißen Dunst. Bei einer stark ausgetretenen Karawanenstraße machten wir halt. Der einzige Zugang zur Oase bestand aus einem gewölbten Tor. Die Dorfbewohner liefen auf uns zu, schreiend und mit ihren Gewehren fuchtelnd. Es war eine wilde, zerlumpte Menge, die uns freudig begrüßte. Manche Männer trugen nur ein Lendentuch. Als letzter schritt Scheich Hassa durch das Tor; sein Waffenträger ging ihm mit einer modernen Maschinenpistole, Hassas ganzem Stolz, voran. Der Scheich war ein kleiner, drahtiger Mann mit schütterem schwarzem Bart. Er begrüßte Khalid voller Ehrerbietung, indem er seine rechte Hand mit den Fingern der Linken berührte und sie dann an seine Lippen und an sein Herz führte.

Wir gingen durch das Tor ins Dorf und erreichten einen Platz, auf dem es vor Menschen wimmelte. Später brachte man uns in ein kühles, düsteres Haus, das mit Teppichen ausgelegt war. Es gab Kamelmilch in Näpfen, und anschließend wurden Reden gehalten, die nicht enden wollten. Khalid stellte mich endlich einem kräftig gebauten alten Mann vor, der nur ein schmutziges Lendentuch um die Hüften geschlungen und ein Kopftuch in dicken Wülsten um sein angegrautes Kraushaar gewickelt hatte. Es war Salim bin Gharuf. „Er ist vom Stamm der Duru", erklärte Khalid, „und er kennt den Ort." Ich wollte wissen, welchen Ort er meine, aber Khalid überging meine Frage. „Ziehen Sie das jetzt an", riet er mir und deutete auf ein Bündel Beduinenkleidung. „Es ist besser, wenn Sie jetzt aussehen wie einer von uns."

„Warum? Wohin gehen wir?"

„Das sage ich Ihnen später." Khalid half mir beim Umziehen. Ich wickelte mir das Lendentuch um die Hüften, zog das lange, staubige Gewand darüber, wickelte mir das Tuch um den Kopf, schlüpfte in die Sandalen und steckte mir ein altes Messer mit Messinggriff in den Gürtel. „Salim wird Sie jetzt an einen Ort bringen, den kein Fremder zuvor betreten hat – außer David."

In dem Augenblick stürzte ein Mann herein und schrie etwas, was allgemeine Unruhe hervorrief. Alles drängte zur Tür hinaus auf eine Dachterrasse. Ein einzelner Reiter näherte sich der Oase; mühsam schleppte sich sein Kamel eine kleine Anhöhe hinauf. Khalid drängte mich zur Seite. „Eines der Rennkamele meines Vaters!" rief er und lief davon.

Fünf Minuten später kam er mit dem Reiter zurück, einem untersetzten Mann, der sein langes Haar mit seinem Kopftuch verflochten hatte. Khalid sprach einen Augenblick mit Scheich Hassa und dann mit Salim. Schließlich kam er zu mir. „Die Leute von der Ölgesellschaft sind fort, und heute früh sind mehrere Banden aus Hadd in unser Gebiet eingedrungen. Mein Vater befiehlt, daß ich zurückkehre. Sie gehen jetzt mit Salim."

„Aber ..."

„Bitte, Mr. Grant." Khalid schien um Jahre gealtert, sein Gesicht war nach der langen Fahrt und der schlaflosen Nacht hohlwangig geworden. „Es ist wichtig. Erzählen Sie David, was geschehen ist. Sagen Sie ihm, daß es keine Hoffnung mehr auf eine Ölkonzession gibt. Er muß sofort zu seinem Vater gehen. Saraifa braucht ihn."

„Wohin bringt man mich? Wo ist David?"

„David ist im Umm al-Samim."

Scheich Hassa wiederholte die Worte „Umm al-Samim", und ich glaubte, eine große Bestürzung herauszuhören.

„Was hat das zu bedeuten?" fragte ich deshalb.

Khalid faßte mich am Arm. „Umm al-Samim, das ist der Flugsand. Aber Salim kennt den Weg dorthin, er wird Sie führen."

„Und wenn ich mich weigere?"

„Dann nehme ich Sie mit zurück nach Saraifa." Er sah mir in die Augen. „Aber Sie wollten doch David finden, nicht wahr? Jetzt werden Sie ihn finden."

„Gut, Khalid", sagte ich. „Ich werde gehen. Aber jemand, der sich irgendwo im Flugsand versteckt hat, kann Ihnen doch jetzt auch nicht weiterhelfen."

„Er muß uns helfen – er und sein Vater. Unsere Lage ist verzweifelt, und es ist Davids Schuld. Der Plan, den er entworfen hatte, war gut: Er hat sich versteckt, so daß alle Welt annehmen mußte, er sei tot. Dadurch hat er die Aufmerksamkeit auf seinen Erschließungsbericht gelenkt. Aber dann hat sich alles zum Schlechten gewendet. Weil er an der Grenze gearbeitet hat, sind die Banditen von Hadd in unser Land eingedrungen, und die Verhandlungen um eine Konzession, die

Hadschi Whitaker führte, sind gescheitert. Wir haben keine Freunde im arabischen Lager wie der Emir. Wir sind allein, und alles hat sich nun gegen uns verschworen. David muß mit Salim zu seinem Vater reiten. Sie müssen Hadschi Whitaker überreden, das Bohren einzustellen und nach Bahrain zum Politischen Residenten zu reisen. Wenn man uns keine Soldaten schickt, dann soll man uns wenigstens Waffen, vor allem Schnellfeuergewehre geben, damit wir kämpfen können."

„Gut", stimmte ich zu. „Ich werde tun, was Sie sagen."

„Dies ist eine alte Fehde, Mr. Grant. So alt wie Saraifa oder Hadd. Sie reicht viele hundert Jahre zurück in die Zeit, als alle Faladsch-Kanäle Wasser führten. Damals war Saraifa ein prachtvoller Garten, und die Leute von Hadd beneideten uns wegen unseres Reichtums. Sie sind ein Bergvolk, grausam und hart. Immer mußten wir um unsere Dattelgärten kämpfen, ein Faladsch-Kanal nach dem anderen wurde zerstört. Saraifa ist zum Sterben verurteilt, wenn die Bewässerungsanlage nicht wieder aufgebaut werden kann. Wenn wir nicht siegen, wird in ein paar Monaten der Schamal den Sand über unsere Mauern in unsere Häuser blasen ... Nichts wird übrigbleiben, was von unserer Existenz an diesem Ort zeugt." Bewegt hielt er inne, dann wandte er sich ab und sprach kurz mit Salim. Der alte Mann kam auf mich zu. „Gehen Sie jetzt", sagte Khalid. „Mit Allahs Hilfe."

„Allahs Hilfe sei auch mit Ihnen", wünschte ich. Salim legte seine dürre Hand auf meinen Arm. Er führte mich über die Lehmstufen hinunter in den Schatten von Palmen. Wir erreichten einen kleinen Platz, auf dem schon unsere Kamele bereitstanden. Sie waren schwer mit Vorräten und prall gefüllten Wasserschläuchen beladen. Ein Junge erschien mit zwei weiteren Kamelen. Sie zwangen eins auf die Knie, setzten mich auf seinen Rücken, und auf einen Zuruf Salims hin erhob es sich ruckartig. Der alte Mann setzte seinen Fuß auf den gesenkten Hals des anderen Kamels und stieg gewandt in den Sattel.

Salim und ich verließen Dhaid in südlicher Richtung, nur wir beide mit unseren Reittieren und den drei Lastkamelen, die durch ein Seil an Hälsen und Schwänzen miteinander verbunden waren. Draußen auf den weiten Kiesflächen bewegten wir uns rasch vorwärts, aber ich mußte mich sehr konzentrieren, um mich bei dem schwankenden Paßgang meines Tieres im Sattel zu halten. Das hatte sein Gutes, weil es mir keine Zeit ließ, über meine Lage nachzudenken.

Die Sonne verschwand, bevor sie den Horizont erreicht hatte, in einem purpurfarbenen Staubschleier. Wir machten halt, als Salim im Schutz einiger Kalkfelsen ein wenig frisches Grün entdeckt hatte. Die Kamele grasten, Salim zündete ein Feuer aus dürrem Ginster an und kochte eine Mahlzeit aus Reis und Fleisch. Dann melkte er eine Kamelstute, und wir genossen die warme Milch. Bald machten wir uns wieder auf den Weg.

Wir ritten ohne Unterbrechung die ganze Nacht durch. Der Mond hatte die Wüste in ein kaltes, weißes Meer verwandelt. In den frühen Morgenstunden kam Nebel auf, und es wurde kalt. An dem harten Sattel hatte ich mir die Beine wund gescheuert. Die offenen Stellen brannten, doch immerhin hielten mich die Schmerzen wach. Mit der Morgendämmerung erhob sich ein trockener Wind, der den Nebel wegfegte und uns Sand ins Gesicht trieb. Wir ritten, bis die Hitze und der umherfliegende Sand uns zur Rast zwangen. Ich legte den Kopf auf meine Ledermappe, deckte mir das Gesicht mit dem Kopftuch zu und schlief wie ein Murmeltier, bis Salim mich weckte. Weiter ging es im Schrittempo. Als der Wind sich legte, wurde die Hitze unerträglich. Mund und Nase waren wie ausgedörrt, in meinem Kopf drehte sich alles, und dunkle Flecken schwammen vor meinen Augen.

Gegen Mittag kamen wir mit unseren Kamelen an den Rand einer leblosen Welt aus Sand, die sich vollkommen eben nach Westen hin erstreckte, wo sie ohne Horizont im Dunst verschwand. Es gab hier weder Dünen noch Felsen, keinen Baum, keinen Strauch, nichts, was die grenzenlose Eintönigkeit unterbrochen hätte. Salim wandte sich im Sattel um. „Umm al-Samim", sagte er.

Wir folgten dem Rand der Sandebene. Bei den knorrigen Überresten eines Kameldorns stiegen wir ab, um die Tiere durch den Flugsand zu führen. Am Anfang hatten wir stellenweise noch festen Grund unter den Füßen, aber einige hundert Meter weiter fanden wir kaum noch Halt. Unzählige Male brach ich durch die harte Kruste an der Oberfläche und konnte mich nur mit Mühe befreien. Die Kamele glitten aus, brüllten in ihrer Angst und liefen dauernd Gefahr, mit gespreizten Beinen im Sand zu versinken. Wir mußten sie ziehen und sogar schlagen und immer bereit sein, sie zu stützen, wenn sie abrutschten. Diese Anstrengung hielt mich so sehr in Atem, daß mir jeder Gedanke an den lausigen Tod, der bei jedem Schritt lauerte, verging. Ich erkannte keinerlei Markierung, nichts, wonach Salim sich hätte richten können. Und doch folgte er auf mir unerklärliche Weise einem Felssockel, der sich unsichtbar unter der Sandoberfläche hinzog.

Ich entdeckte die ersten verdorrten Gräser und spürte wieder Boden unter den Füßen. Bei einem dürren Kameldorn trat nackter Fels zutage. Wir waren auf einer kleinen Insel, die kaum wahrnehmbar aus dem flachen Meer des Flugsandes herausragte. Es war der äußerste Punkt, bis zu dem Salim sich je vorgewagt hatte. Das teilte er mir in Zeichensprache mit. Er machte sich nun daran, den Boden entlang der Sandkante mit seinem Kamelstock zu untersuchen, bis er unter der Kruste auf festen Grund stieß. Wir ließen die Kamele zurück und arbeiteten uns Schritt für Schritt durch den Sand.

Ich weiß nicht, wie lange wir uns auf diese Weise vorwärts tasteten. Endlich flimmerten im Dunst vor uns die ersten Dornensträucher. Als wir uns den Gewächsen näherten, wölbte Salim seine Handflächen um den Mund und rief etwas.

Von links her, wo der Sand eine Mulde bildete, hörte ich plötzlich eine menschliche Stimme. Wie von Zauberhand erschien mitten aus der glühenden Sandwüste ein Mann. Sein Gesicht war von der erbarmungslosen Hitze schwarz gebrannt, die Lippen waren zersprungen, den zottigen Bart hatte die Sonne ebenso ausgebleicht wie die Haarsträhnen, die unter dem schmutzigen Kopftuch hervordrangen.

Die Gestalt kam uns entgegen. „Salim!" rief der Mann freudig, als er meinen Führer erkannte. Für ein paar Sekunden blitzten seine weißen Zähne in dem dunkel gebräunten Gesicht auf. *„Salam aleikum."* Er kam zu uns und umfaßte Salims Handgelenk zum Beduinengruß, den der alte Mann mit einem arabischen Redeschwall erwiderte. Der Fremde starrte mich an, seine Augen weiteten sich vor Überraschung. Aber erst als der Mann schließlich meinen Namen aussprach, wurde mir klar, daß dieser vermeintliche Nomade David Whitaker war. „Es ist so lange her, ich habe Sie gar nicht wiedererkannt", gestand ich.

Er lachte. „O ja, unheimlich lange." Er schüttelte mir die Hand mit festem Griff. „Ich kann es nicht glauben!" rief er. „Ich kann es nicht glauben."

Ich konnte es selbst kaum fassen. David Whitaker hatte sich

außerordentlich verändert. „Sie leben also tatsächlich. Mir kommt es wie ein Wunder vor!"

„Ja, ich lebe – gerade noch." Er bemerkte, daß ich erschöpft war, denn er fügte rasch hinzu: „Kommen Sie zum Lager. Sie können sich ausruhen, und Ali wird uns Kaffee machen." Er rief Namen, und wie aus dem Nichts tauchten zwei Araber auf. „Meine Freunde", sagte er.

Sie kamen vorsichtig näher. Den Älteren stellte David als Hamid vor; es war eine hochgewachsene Gestalt mit schulterlangen Haaren und einem kräftigen Bart. Der andere Araber war fast noch ein Knabe; er hatte ein rundes Gesicht mit vollen Lippen, und er hieß Ali bin Maktum.

David führte mich an eine Stelle, wo sich der Boden ein wenig erhob und ein zerschlissenes Beduinenzelt als Windfang diente. Es war auf einige ausgebleichte Streben aus Kameldornholz gespannt, die wiederum in Löchern steckten, die in den weichen Kalkstein geschlagen worden waren.

David schickte Hamid los, um unsere Kamele zu versorgen, und während Ali über einem Feuer Kaffee braute, setzte er sich neben mich und sprach ausführlich über die Hitze, die Wüste und die Einsamkeit, mit denen er an diesem gottverlassenen Platz leben mußte. Seit sechs Wochen war er hier, und in dieser Zeit hatte Khalid zweimal die weite Reise gemacht, um ihnen Nahrung und Wasser zu bringen. „Von wem haben Sie erfahren, wo ich zu finden bin – von Khalid?"

„Ja", erwiderte ich. „Es gibt eine Menge zu erzählen."

Er blickte auf, seine Augen glänzten vor Erregung. „Haben Sie mit Sir Philip Gorde gesprochen? Ist der Konzessionsvertrag unterzeichnet?"

„Er hat den Vertrag nicht unterschrieben."

David wirkte plötzlich maßlos enttäuscht. „Es hat also keinen Sinn gehabt. Ich dachte, wenn ich untertauchte, so daß jeder denken mußte, ich sei tot . . ."

„Sie haben damit vielen Leuten Schwierigkeiten bereitet", unterbrach ich ihn, „und Ihrer Mutter und Ihrer Schwester viel unnötigen Kummer."

„Ja, das ist mir klar. Aber Sue wird es verstehen. Wie geht es ihr? Haben Sie sie besucht?"

„Ja", antwortete ich. „Sie konnte nicht glauben, daß Sie tot seien."

„Ich war überzeugt davon, daß es keinen anderen Ausweg als mein Verschwinden gibt. Ich mußte Erkhard irgendwie umgehen. Sir Philip Gorde war der einzige ... Aber ich konnte ihm den Bericht nicht einfach zuschicken. Ich dachte vielleicht, daß das Echo, das mein Verschwinden auslöst ... Und jetzt sollen all diese Wochen umsonst, vollkommen sinnlos gewesen sein?" Seine Stimme klang rauh. Er sah elend aus und schien über alle Maßen unglücklich zu sein. „Sie halten mich jetzt wahrscheinlich für einen Idioten. Aber bitte versuchen Sie, mich zu verstehen. Mir war klar, daß es dort, wo mein Vater bohrte, kein Öl gab. Ich weiß nicht, ob sich mein Vater selbst etwas vorgemacht hat oder ob er sich einfach nur an Erkhard rächen wollte. Aber mein Plan war, daß die Gesellschaft an meinen Plätzen bohrt, nicht an seinen. Ich wollte Öl für Saraifa."

„Das wollte Ihr Vater auch", erwiderte ich leise. „Und er war genauso davon überzeugt, daß es dort, wo Sie bohrten, Öl gab."

„Das stimmt nicht. Er wollte mir nicht glauben. Er verbot mir sogar, jemals wieder zu meiner Bohrstelle zu fahren."

„Sie sollten mir jetzt erst einmal zuhören", wies ich ihn zurecht.

Der Kaffee war fertig, und ich wartete, bis Ali uns eingeschenkt hatte. Es war bitterer, aber herrlich erfrischender Mokka, und während ich an meiner Tasse nippte, erzählte ich ihm die ganze Geschichte meiner Reise nach Saraifa und alles, was danach geschehen war. Als ich ihm von meiner ersten Begegnung mit seinem Vater berichtete, regte er sich auf, und als ich ihm erklärte, was sein Vater ursprünglich beabsichtigt hatte, war er außer sich. „Mein Gott! Warum hat er mir nicht gesagt, was er vorhatte?"

„Ich glaube, Sie wissen, warum", antwortete ich. „Sie waren Angestellter der Gesellschaft, und die Gesellschaft bedeutete für ihn: Erkhard. Erkhard kannte Ihre Vergangenheit, und er nutzte das aus, um Sie dazu zu bringen, Ihrem Vater nachzuspionieren. So verhielt es sich doch, nicht wahr?"

Ich fragte aufs Geratewohl, hatte aber Erfolg damit. „Er hat es versucht." Seine Stimme klang heiser. „Er drohte, mich der Polizei in Cardiff auszuliefern. Das heißt aber nicht, daß ich wirklich getan habe, was Erkhard wollte."

„Aber Sie hatten Ihre Einwilligung dazu gegeben. Und Ihr Vater wußte das."

„Wahrscheinlich. Er hat immer noch Freunde innerhalb der Gesellschaft. "

Nun war er endlich damit herausgerückt: Das also war die Ursache der Entfremdung zwischen ihm und seinem Vater gewesen.

„Was für eine dumme Situation", fuhr David fort. „Und alles nur, weil wir kein Vertrauen zueinander hatten. Wie konnte ich erraten, was er vorhatte? Er ist unberechenbar, Mr. Grant. Arabischer als die Araber sozusagen. Sein Leben so radikal zu wandeln, wie er es tat, und dazu noch die Religion zu wechseln – das schaffte einen Abgrund, der nicht überbrückt werden konnte. Und als Khalid mir sagte, er hätte den Emir besucht, fand ich es an der Zeit, meinen Plan zu verwirklichen: Ich verschwand. Ich wußte, daß es Sue und meine Mutter hart treffen würde. Aber ich stand allein und hatte außer Khalid niemanden, an den ich mich wenden konnte. In der Ölgesellschaft konnte ich nicht auf Unterstützung rechnen. Was geschah, als Erkhard nach Saraifa kam? Ist es wenigstens meinem Vater gelungen, einen Konzessionsvertrag abzuschließen?"

Ich erzählte ihm den Rest der Geschichte, und er hörte schweigend zu, ohne mich noch einmal zu unterbrechen. Er wurde hellhörig, als ich ihm schilderte, wie Khalid und ich den Abtransport von Whitakers Bohrausrüstung beobachtet hatten. Der Gedanke, daß sein Vater endlich tat, worum er ihn so lange gebeten hatte, gab ihm für einen Augenblick neue Hoffnung. Aber der Traum war nur kurz, denn ich berichtete ihm auch, wie Scheich Machmuds Bote uns die Nachricht von Gordes und Erkhards Abreise und von den Grenzverletzungen durch die Söldner von Hadd überbracht hatte. Dann erzählte ich ihm in knappen Worten, was Khalid mir zum Abschied gesagt hatte. Als ich fertig war, sprach David lange Zeit kein Wort, sondern saß in Gedanken verloren da. „Saraifa war die einzige Heimat, die ich je hatte", flüsterte er schließlich. „Die Oase ist verloren. Khalid und ich wollten mit dem Geld aus der Konzession die alte Bewässerungsanlage wiederaufbauen. Das war unser Traum. Und jetzt werden die Hundesöhne von Hadd den letzten Stollen der Faladsch zerstören. Saraifa kann keinen Krieg gegen Hadd führen. Die Leute haben nichts, womit sie kämpfen könnten – nur veraltete Gewehre. "

Die Sonne ging unter, es wurde kühl. Ich zitterte vor Müdigkeit. „Sie müssen sich ausruhen", meinte David. „Wir werden aufbrechen, sobald der Mond am Himmel steht und es hell genug ist, um den Weg durch den Flugsand zu finden." Er brachte mir eine zerlumpte, staubige Decke.

„Was haben Sie vor?" fragte ich. „Gehen Sie zu Ihrem Vater?"

„Ja. Er hat immer noch ein paar Leute als Leibwache, ein Dutzend Männer. Mit diesen will ich den Emir ein wenig in Atem halten, bis mein Vater seinen Einfluß in Bahrain geltend machen kann. Jetzt müssen wir zusammenarbeiten – mein Vater und ich."

Die Sterne erschienen am Himmel, und ich legte mich schlafen. Ein paarmal wurde ich vom Wind geweckt, der mir eine Handvoll Sand ins Gesicht blies. Der starke Wind und der umherfliegende Sand vereitelten unseren Aufbruch, und ich lag bis zum Morgengrauen im Halbschlaf da. Augen, Nase und Mund waren mit Sand verklebt.

Der Sturm hielt fast bis zum Mittag an, dann legte er sich plötzlich. Wir kochten eine Mahlzeit aus Reis und getrocknetem Fleisch, und dann begann unser Rückzug durch den Flugsand. Als wir wieder sicheres Gelände erreicht hatten, stiegen wir auf unsere Kamele und ritten bis zur Dämmerung, bevor wir endlich kampierten. Wir gönnten uns eine Mahlzeit und eine kurze Rast von zwei Stunden, dann ging es weiter. Wir ritten die ganze Nacht durch. Meine Glieder waren steif und schmerzten, und meine wundgeriebenen Beine machten den Ritt zur Qual. Im Morgengrauen kamen wir an den großen Brunnen in Ain. Wir stiegen ab. Salim ging allein voran, um die Kamele zu tränken, denn obwohl es noch früh am Tag war, drängten sich schon zahlreiche Araber mit ihren Tieren am Brunnen. „Wahrscheinlich Männer vom Duru-Stamm", erklärte David. „Salim wird uns Neuigkeiten erzählen."

Ich war eingenickt und wurde von der Stimme des alten Mannes geweckt. „Was ist geschehen?" fragte ich.

Davids Gesicht war blaß. „Es heißt, es sei bereits zu Gefechten gekommen."

„Zwischen Hadd und Saraifa?"

„Bis jetzt sind es nur Gerüchte. Die Leute am Brunnen wußten nichts Genaues."

Schnell beluden wir die Kamele. Wir ritten den ganzen Tag und bis tief in die Nacht hinein. Tags darauf, kurz nach Mittag, erreichten wir Dhaid. Der kleine Platz hinter dem Tor war voll mit Menschen; ganze

Familien mit Tieren und Hausrat standen dort dicht gedrängt in der Gluthitze. Es waren Flüchtlinge aus Saraifa. Die Nachrichten waren schlecht: Zwei weitere Stollen der Faladsch waren zerstört, die Schlacht tobte bei einem der Brunnen. Khalid war angeblich tot, die Truppe seines Vaters dezimiert. „Sie kämpfen mit altmodischen Gewehren gegen Schnellfeuerwaffen." Davids Stimme war bitter. „Und wenn Khalid tot ist ... Scheich Machmud ist ein alter Mann. Er ist nicht mehr imstande, einen solchen Krieg zu führen."

Wir ließen Salim bei den Kamelen zurück und schlugen uns zu Scheich Hassas Haus durch. Wir fanden ihn umringt von Männern, die auf ihn einredeten. Neben ihm saß ein junger Mann, dessen schmale Züge bleich und gespannt waren. „Mohammed", flüsterte mir David zu. „Khalids Halbbruder." Er war vom Schlachtfeld geflohen, hatte aber genug gesehen, um die Gerüchte zu bestätigen, die wir auf dem Marktplatz gehört hatten. Das Gefecht hatte am neunten Brunnen längs des *Mahdah*-Kanals stattgefunden, und die Verluste waren groß. Auch Scheich Machmud war verwundet worden und hatte sich mit dem Rest seiner Truppe in die Oase geflüchtet. Dort hatten sie sich im Palast verbarrikadiert und bereiteten sich auf die Übergabe vor.

David unterhielt sich etwa zehn Minuten lang mit den beiden, dann zogen wir weiter. „Scheich Hassa hat Angst", sagte er. „Und Mohammed ist noch ein halbes Kind. Hassa wird Dhaid übergeben, ohne einen Schuß abzufeuern."

Auf dem Marktplatz sprach David mit Salim und gab ihm Geld. „Ich habe Salim losgeschickt, um frische Kamele zu kaufen", erklärte er. „Unsere halten nicht mehr durch. Sobald er zurückkommt, brechen wir auf. Ich muß herausfinden, was Khalid zugestoßen ist. Wenn er tot ist, bleibt mir immer noch Khalids Leibwache. Ich brauche Männer", zischte er mit zusammengebissenen Zähnen. „Männer, die zum Kampf bereit sind."

Ich machte mir nicht die Mühe, ihn zu fragen, wie er das anstellen wolle, denn ich hielt sein Vorhaben für reines Wunschdenken. Erschöpft von der Hitze und den Schmerzen in den Gliedern, schloß ich die Augen.

Stimmen weckten mich. Salim brachte die neuen Kamele, und wir stiegen auf. Vorsichtig kletterten wir auf dem Pfad zwischen den

Felsen hindurch hinunter ins Tal. Auf der Kiesebene ritten wir in schwankendem Trab nach Norden. Wir rasteten nach Sonnenuntergang. Jeder aß eine Handvoll Datteln und trank etwas Kaffee, das war alles. Dann ritten wir weiter.

In den frühen Morgenstunden, als Nebel über der Wüste lag, kamen wir zum neunten Brunnen am Mahdah-Kanal. Hamid und Ali spähten nach beiden Seiten, und David und Salim ritten dicht beieinander, ihre Gewehre griffbereit über den Knien.

Etwa zehn Minuten später entdeckte Hamid den ersten Toten. Er war unbekleidet und schon zur Hälfte Skelett. Rundherum war der Sand zertrampelt und von Blutlachen getränkt, ein entsetzlicher Anblick. Wenige Meter dahinter lagen unzählige Leichen. Die Männer waren aus dem Hinterhalt überfallen und regelrecht abgeschlachtet worden. David und Salim untersuchten sorgfältig jeden Leichnam, die meisten von ihnen erkannten sie noch, trotz der Verstümmelung durch die Aasgeier.

Danach mußten wir nicht mehr weit gehen. Reifenspuren führten uns auf eine Anhöhe, und nach einer kurzen Strecke erschien das ausgebrannte Wrack eines Landrovers im Nebel. Scheich Machmuds Männer hatten dahinter Deckung gesucht, aber sie waren durch das mörderische Feuer aus den Sturmgewehren ihrer Feinde in Stücke gerissen worden. Unter den Toten war auch Khalid. Sein Gesicht war gräßlich entstellt, sein Körper bereits in Verwesung übergegangen. Vier seiner Männer lagen tot in seiner Nähe.

David stand vor dem Leichnam seines Freundes und hatte Tränen in den Augen. „Dieser verdammte, sinnlose Tod!" Beim Landrover fanden wir eine Schaufel, mit der David ein flaches Grab aushob. Als er Khalids Überreste hineingelegt und mit Sand bedeckt hatte, trat er mit gesenktem Kopf einige Schritte zurück. „Er hätte Saraifa retten können", sprach er mit fester Stimme. „Er war der einzige von allen, der die Energie und die Kraft dazu hatte. Möge er in Frieden ruhen." Rasch wandte er sich von dem Grab ab und schritt auf die Felsen zu, hinter denen die Leute von Hadd auf der Lauer gelegen hatten. Dort war der Boden übersät mit Patronenhülsen. An vier Stellen fanden wir große Mengen leerer Magazine, die von Sturmgewehren stammten. „Sie hatten keine Chance", murmelte David bitter und ging zurück zu der Stelle, wo Salim mit den Kamelen wartete.

Bevor wir sie erreicht hatten, kam Ali eilig zurück. Er hatte in östlicher Richtung Ausschau gehalten, wo die Faladsch verliefen, und war fast einem kleinen Kommando von Hadd-Leuten in die Arme gelaufen, die beim nächsten Brunnen rasteten. Er berichtete, der Brunnenschacht sei eingerissen und der Faladsch-Kanal mit Sand und Felsbrocken zugeschüttet worden. Wir warteten auf Hamid. Als er zurückkam, benahm er sich seltsam, rollte mit den Augen, und die Worte sprudelten aus ihm hervor. „Er hat gerade seinen Vater begraben", erklärte mir David. „Seine Leiche war durchsiebt von Kugeln." Grimmig befahl er aufzusitzen.

Der Morgen graute, und ein heißer Wind wehte von Nordwesten her. Vom Anblick der vielen Leichen war mir schlecht geworden und David auch. Sein erstarrter, in sich gekehrter Gesichtsausdruck zeigte, daß er mit den Nerven am Ende war. „Wohin reiten wir?" fragte ich.

„Nach Saraifa", antwortete er. „Dann werden wir das Schlimmste hinter uns haben."

Auf halbem Weg begegneten wir einer Familie aus dem Junuba-Stamm. Von ihr erfuhren wir den neuesten Stand der Dinge. An diesem Morgen war das Wasser des letzten Faladsch-Kanals versiegt. Scheich Machmud war angeblich in der Nacht gestorben, und sein Bruder, Scheich Sultan, regierte an seiner Stelle.

Auf dem ganzen Weg nach Saraifa stießen wir auf Spuren der Tragödie, hier einen Kamelkadaver, dort einen Leichnam oder eine fortgeworfene Waffe. Aber nach dem Bericht der Junubas waren die Leute des Emirs nicht in die Oase vorgedrungen. „Sie brauchen jetzt nicht mehr anzugreifen", vermutete David. „Sie brauchen nur die zerstörten Faladsch zu besetzen und das Ende abzuwarten. Scheich Sultan wird Frieden schließen. Er ist ein willensschwacher, kindischer alter Mann, und das wissen unsere Feinde auch." Der Wind wurde stärker, und in dem heftigen Schamal sahen wir Saraifa erst, als wir vor den halbverfallenen Mauern der Dattelgärten standen. Und als wir an den ersten Brunnen kamen, fanden wir ihn trocken vor, der Faladsch-Kanal, der ihn versorgte, war leer. In fieberhafter Eile wurden Kamele beladen, und die meisten Häuser waren bereits verlassen.

Die großen Holzportale des Palasttors waren geschlossen. Kein einziger Wächter stand auf den Bastionen. Der Palast sah aus wie ein Ort, der der Verzweiflung preisgegeben war. David wandte sich plötzlich zu mir um und schwor einen Eid, Hadd zu zerstören. „Khalid ist tot", fügte er hinzu. „Jetzt muß ich ausführen, was er getan hätte, und ich will nicht rasten, bis die Faladsch wieder fließen, nicht nur die fünf, die der Feind zerstört hat, sondern auch die übrigen. Das schwöre ich bei meinem Leben."

Schließlich ritten wir aus Saraifa in die Wüste hinaus. Den Kopf hielten wir gesenkt, um uns vor dem Wind zu schützen, und den Mund hatten wir verdeckt. Die Hitze nahm zu, doch der Wind legte sich nach und nach. Ich verspürte großen Durst, aber wir hatten kaum noch Wasser. Daher ritten wir schnell weiter. Gegen Mittag trafen wir in einer flachen Kiesmulde zwischen hohen Dünen auf die Reifenspuren schwerer Lastwagen. Wir folgten ihnen und hörten bald darauf das Brummen von Dieselmotoren. Es stammte von zwei Lastern mit Bohrausrüstung, die sich an einer Sanddüne emporarbeiteten.

Wir hielten bei den Lastwagen an, um mit den Fahrern Kaffee zu trinken und unseren Tieren etwas Ruhe zu gönnen. Als wir weiterritten, fragte David: „Warum bringt er jetzt die Ausrüstung hierher? Die Fahrer erzählten mir, er habe Entwhistles seismologische Instrumente beschlagnahmt – direkt nach dem Gefecht. Er muß doch einsehen, daß es jetzt zu spät ist . . ."

Der Schatten der Dünen wurde länger, ihre Silhouetten zeichneten sich scharf gegen den Abendhimmel ab. Als die Sonne unterging, kamen wir auf den Kamm einer Düne. Im dahinterliegenden Tal entdeckten wir erneut Reifenspuren und die Reste einiger Lagerfeuer.

Das Lager war an diesem Morgen verlassen worden, soviel konnte Salim aus den Überresten der Lagerfeuer schließen. Wir ritten unmittelbar unterhalb des Dünengrates weiter und blieben auf der Hut. Hinter einer Biegung kamen uns plötzlich drei Araber entgegen, die ihre Gewehre schwangen. Wir hatten Oberst Whitakers Lager erreicht. Seine Zelte standen am Fuß einer Düne, und draußen auf der Kiesebene stand der Wagen mit Entwhistles seismologischer Ausrüstung, der vom Schein der Feuer schwach beleuchtet wurde. Als wir in das Lager kamen, wurden wir von etwa fünfzehn Arabern lautstark begrüßt. Einer von ihnen erkannte David.

Aber David erwiderte den Gruß nicht. Seine Augen waren starr auf seinen Vater gerichtet, der aus einem der Zelte gekommen war und uns erwartete. In der Dunkelheit konnte ich Oberst Whitakers

Mienenspiel nicht beobachten, doch selbst als David unmittelbar vor ihm stand, sprach er kein Wort. Auch David schwieg. Sie standen sich einfach gegenüber und starrten einander an.

„Es ist Ihr Sohn", vermittelte ich. „Er lebt."

„Ich sehe es." Die Stimme des Obersten klang rauh, mit seinem gesunden Auge schien er David zu durchbohren. „Du hast dich also entschlossen, von den Toten aufzuerstehen. Warum?"

„Khalid bat mich, herzukommen und mit dir zu sprechen. Er wollte, daß wir ..."

„Khalid ist tot."

„Ich weiß. Ich habe ihn heute morgen begraben. Er starb, weil sein Vater nicht genug Verstand hatte, den offenen Kampf zu vermeiden." Und er fügte hinzu: „Wir sind vorhin an den Wagen mit deiner Bohrausrüstung vorbeigekommen. Jetzt ist es zu spät, um an meinen Plätzen zu bohren."

„An deinen Plätzen?"

„Oder meinetwegen an Farrs Plätzen – die von mir überprüft worden sind."

„Und von mir", gab Whitaker scharf zurück. „Da sich Mr. Grant in deiner Begleitung aufhält, weißt du wohl inzwischen, was ich bisher unternommen habe. Wenn du nicht verschwunden wärst ..."

„Um Himmels willen, wir wollen uns jetzt nicht wieder streiten." Davids Stimme klang seltsam ruhig. „Was hast du mit dem Bohrturm vor? Du beabsichtigst doch sicher nicht, hier zu bohren – nach allem, was geschehen ist?"

„Warum nicht?"

„Aber das ist doch Wahnsinn. Du brauchst Monate ..."

„Jetzt nennst du es Wahnsinn, sieh mal einer an!" fuhr Whitaker David über den Mund. „Als ich dich das letzte Mal sah, hast du mich heftig angegriffen, weil ich nicht hier bohren wollte."

„Aber ist dir denn nicht klar, was in Saraifa geschehen ist?"

„Natürlich. Scheich Machmud ist tot; damit habe ich einen guten Freund verloren. Sein Bruder, Sultan, herrscht an seiner Statt, und du weißt, was das bedeutet: Saraifa ist erledigt."

David starrte ihn entsetzt an. „Willst du damit sagen, daß du mit dem Emir verhandeln wirst?"

Whitakers Gesicht war ausdruckslos. „Ich habe mit ihm bereits verhandelt. Wir haben ein vorläufiges Abkommen geschlossen." Als er Davids verächtlichen Blick sah, rief er aus: „*Allah akbar!* Wann wirst du endlich erwachsen werden, Junge?"

„Es hat keinen Sinn, über vertane Chancen zu reden. Mich interessiert die Zukunft – die Zukunft von Saraifa. Kann ich mit deiner Unterstützung rechnen?"

Whitaker runzelte die Stirn. „Unterstützung wofür?"

„Für einen Angriff auf Hadd. Ich habe einen Plan." Davids Stimme wurde jetzt lebhaft. „Seit Jahrhunderten zerstören sie die Brunnen der anderen Stämme. Nie haben sie kennengelernt, was es heißt, selbst unter Wasserknappheit zu leiden. Ich werde die Brunnen von Hadd zerstören."

„Bist du wahnsinnig? Selbst wenn du einen Brunnen sprengen könntest, was käme dabei heraus? In ein oder zwei Tagen hätten sie den Schaden repariert."

„Das glaube ich nicht", sagte David ruhig. „Gib mir nur ein paar Männer."

„Von mir bekommst du keine Männer für einen derart hirnverbrannten Plan." Vorsichtig fügte er hinzu: „David, ich verstehe, du hast viel durchgemacht in den letzten beiden Monaten. Komm ins Zelt. Ich will die Unterhaltung nicht hier draußen weiterführen." Er warf einen Blick auf mich. „Bitte entschuldigen Sie uns, Mr. Grant." Er schlug den Zelteingang zurück, und die beiden traten ein.

Die Dünen waren jetzt völlig in der Dunkelheit verschwunden. Ich saß allein im Sand und wurde von Whitakers arabischer Mannschaft neugierig bestaunt. Der Himmel war bewölkt, so daß keine Sterne zu sehen waren. Etwa eine halbe Stunde später trat David plötzlich aus dem Zelt und setzte sich neben mich. „Was ist geschehen?" fragte ich.

„Nichts", antwortete er gereizt. „Ich verstehe ihn nicht. Mir scheint, Saraifa bedeutet ihm nichts mehr."

„Worüber habt ihr gesprochen?"

Er lachte höhnisch. „Über Bohrstellen, geologische Formationen, Erschließungsvorhaben. Er hat sich für nichts anderes interessiert." Er schlug mit der Faust auf den Boden. „Was tun Sie mit einem solchen Mann? Wissen Sie, was er gesagt hat? Er sagte, er habe mir vergeben. Alles solle wieder zwischen uns sein wie in den ersten Tagen. Ich solle hierbleiben und ihm helfen. Er und ich – wir sollten die wichtigste

Ölquelle in Arabien erschließen." Wieder ertönte dieses höhnische Lachen. „Und als ich Hadd erwähnte, sagte er, Hadd oder Saraifa, was spiele das jetzt für eine Rolle? Er wird einen Vertrag mit dem Emir schließen. Er würde auch mit dem Teufel paktieren, solange er in Frieden gelassen wird und nach Ölquellen bohren kann, um seine Theorie zu beweisen und um Sir Philip Gorde und dem Rest der Ölburschen das Maul zu stopfen." Er fügte hinzu: „Der Mann ist verrückt. Er muß verrückt sein."

„Besessen vielleicht", murmelte ich.

„Er gibt mir keine Leute. Nichts tut er, um mir zu helfen. Alles, worüber er nach dem Tod von Machmud und all den Männern, die er seit Jahrzehnten gekannt hat und die jetzt tot sind, noch reden kann, ist seine Whitaker-Theorie. Ich wünschte", sagte David bitter, „ich wäre nie hierhergekommen und hätte ihn nie gesehen. Und diesen Mann habe ich einmal angebetet. Ich hielt ihn für einen ganz großen Helden."

„Was werden Sie tun?" fragte ich.

„Soviel Männer zusammenziehen, wie ich kann, und machen, daß ich von hier fortkomme. Ich führe meinen Plan aus – ohne seine Hilfe." Er sprang auf und eilte zu den dunklen Gestalten, die um die Feuer saßen, sammelte sie um sich und begann auf sie einzureden.

Hinter meinem Rücken hörte ich Whitaker rufen: „Grant! Sie müssen ihm das ausreden." Ich erhob mich, wandte mich um und erkannte seine Gestalt in der Dunkelheit. „Der Plan ist Wahnsinn", sagte er eindringlich.

„Er kämpft für etwas, an das er glaubt", erwiderte ich. „Warum helfen Sie ihm nicht?"

„Ich soll ihm wohl meine Männer geben?" Sein strenges Gesicht wirkte wie versteinert. „Ich habe nicht einmal genug für meine eigenen Pläne." Nach einer kurzen Pause fuhr er fort: „Ich bin loyal gewesen. Aber jetzt, nachdem Machmud tot ist, kann ich endlich Dinge tun, die ich vielleicht schon früher hätte tun sollen. Ich habe mit dem Emir gesprochen. In ein paar Tagen werden wir mit dem Bohren beginnen. Und wenn die erste Quelle sprudelt, wird man den ganzen Streit zwischen Hadd und Saraifa im richtigen Zusammenhang sehen, als Kleinigkeit im Vergleich zu den riesigen Veränderungen, die die Entdeckung eines Ölfeldes hier in der Wüste nach sich ziehen wird."

Er legte die Hand auf meine Schulter und sagte mit überraschend sanfter Stimme: „Sprechen Sie mit ihm, Mr. Grant. Sein Plan ist selbstmörderisch."

Ich war erschüttert, als ich Tränen über seine Wangen rinnen sah. Sie quollen nicht nur aus seinem gesunden Auge, sondern auch unter der schwarzen Klappe hervor, die das andere verdeckte. „Tun Sie Ihr Bestes", sagte er leise. Dann drehte er sich rasch um und ging zurück in sein Zelt.

Zehn Minuten später stand David wieder neben mir. „Ein Mann", bemerkte er mit rauher Stimme, „ein einziger Mann wird mit mir kommen. Das ist alles. Hamids Bruder, bin Suleiman. Aber auch er kommt nicht etwa, weil er meinen Plan verstünde, sondern weil er jetzt eine Blutfehde austragen muß." Er zuckte mit den Achseln. „Gut; vielleicht je weniger Männer, um so besser. Wir brauchen weniger Wasser, und Wasser könnte zum Problem werden." Er rief Hamid und gab Befehl, die Kamele zu beladen.

Ich nahm einen Anlauf, um ihm die Sache auszureden, aber er schob meinen zaghaften Einwand beiseite. „Mein Entschluß ist gefaßt. Lange Reden ändern jetzt nichts mehr." Dann sagte er plötzlich: „Wie steht es mit Ihnen? Bleiben Sie hier, oder kommen Sie mit? Wenn Sie mitkommen, kann Salim Sie später an die Küste bringen. Wenn Sie nicht mitkommen, dann werde ich vielleicht das Gefühl niemals los, mein Leben sinnlos zu opfern. Sie sind der einzige, der den Kontakt mit der Außenwelt herstellen kann, und wenn die Welt nicht erfährt, was ich tue, ist alles umsonst."

Ich fragte ihn, was er vorhabe, aber er wollte nicht in die Details gehen. „Wenn ich nur etwas Glück habe, wird es gutgehen. Es ist das letzte, womit der Emir rechnet. Überlegen Sie es sich, Sir. Ich brauche Ihre Hilfe – sehr dringend." Dabei beließ er es und verschwand im Dunkel der Nacht.

Ich setzte mich in den Sand und hörte Geräusche, die mir verrieten, daß für den Aufbruch gepackt wurde. Dann spürte ich eine Hand auf meiner Schulter. „Nun?" fragte David und drückte mir ein Gewehr in die Hand. „Sie wissen ja wohl, wie es funktioniert." Er hatte noch ein zweites Gewehr mitgebracht, das er bin Suleiman übergab; er selbst behielt einen Revolver.

Ich stand auf. Salim und Ali luden Kartons mit Sprengpatronen auf eines der Kamele. Hamid und sein Bruder, ein stämmiger Mann mit wildem Blick und niedriger Stirn, packten Drahtrollen und einen Zünder mit den dazugehörigen Batterien in die Satteltaschen eines anderen Tiers. Die Kamele kamen mühsam auf die Beine, und kurze Zeit später waren wir schon unterwegs. Oberst Whitaker unternahm keinen Versuch, uns aufzuhalten.

Als wir das Lager verlassen hatten, wandten wir uns nach Osten und bahnten uns in Serpentinen einen Weg bis zum Kamm der Düne, ehe wir die Tiere bestiegen. Später, im Morgengrauen, rasteten wir zwischen spärlichem Kameldorn auf der Kiesebene. Es gab Datteln und Kaffee, dann versuchten wir zu schlafen. „In der Abenddämmerung brechen wir auf", hatte David gesagt und sein Gesicht mit dem Kopftuch bedeckt.

Der verdorrte Kameldorn gab wenig Schutz, und als die Sonne den Himmel emporstieg, wurde es sehr heiß. Die Fliegen störten uns, wir litten Durst, denn unsere Wasserschläuche waren leer, und so mußten wir uns mit dem Inhalt unserer Wasserflaschen begnügen. Wir wechselten uns bei der Wache ab.

Als die Sonne sank, zündeten wir ein Feuer an und nahmen eine reichliche Mahlzeit aus Reis und getrocknetem Fleisch zu uns. Eine Schale warmer Kamelmilch ging von Mund zu Mund. In Sekundenschnelle wurde der Himmel dunkel.

„Sie sollten mir jetzt doch erzählen, was Sie vorhaben", bat ich David.

Er starrte auf die ferne Bergkette. „Es ist nicht leicht, meinen Plan jemandem zu erklären, der nie in Hadd gewesen ist."

„Ich habe die Stadt vom Flugzeug aus gesehen", sagte ich.

„Ist Ihnen das Fort Dschebel al-Akbar aufgefallen? Das Fort ist der Schlüssel zur Stadt. Wer das Fort hält, hat die Bevölkerung von Hadd in der Hand. So einfach ist es." Er war plötzlich voller Energie. „Bei früheren Unruhen marschierten die Trucial Oman Scouts in das Fort ein, und das war das Ende der Kämpfe."

„Wir sind nicht die Trucial Oman Scouts. Wir sind nur sechs Leute. Wir haben nur ein paar alte Gewehre, und unsere Munition ist begrenzt."

„Im Fort liegt Munition für uns", meinte David. „Zwei Kisten Patronen und eine Kiste Handgranaten." Khalid und er hatten sie dort gefunden, alte Bestände der Trucial Oman Scouts, und sie unter einer Schicht von Abfall vergraben. Sie waren als Jagdgäste des Emirs in Hadd gewesen und hatten während eines Sandsturms im Fort Schutz gesucht. „Das ist lange her, aber ich glaube schon, daß die Kisten noch dort sind. Wir haben sie ziemlich tief vergraben. Und was unsere Zahl anbelangt ..." Er zuckte mit den Achseln. „Ein Mann, der gut bewaffnet und zu allem entschlossen ist, kann den Turm so lange halten, wie sein Wasservorrat reicht." Er erhob sich und gab den Befehl aufzusteigen. Die Sterne beleuchteten unseren Weg, als wir weiterritten. David zeigte wenig später auf das Fort, das winzig wie ein Stecknadelkopf auf der Spitze eines Hügels zu sehen war. „Im Morgengrauen sind wir dort", erklärte er. „Wir werden die Kamele am ersten Brunnen tränken und unsere Wasserschläuche füllen."

„Und wenn dort Wachen stehen?" fragte ich.

„Wir sind Reisende aus Buraimi auf dem Weg zur Küste. Bin Suleiman wird die Erklärungen abgeben, er ist in der Gegend bekannt."

Nach einiger Zeit tauchte die Wasserstelle auf. Der Brunnen bestand aus einer einfachen Holzkonstruktion, die sich auf einer bröckeligen Mauereinfassung aus Lehm und Stein erhob. Wir stiegen ab und ließen die Ledereimer in die Tiefe sinken. Erst tränkten wir unsere Kamele, dann füllten wir die Wasserschläuche. Beim Heraufziehen der Eimer knarrten die hölzernen Rollen, und wir hielten die Gewehre im Anschlag. Aber niemand kam. Salim und Ali zogen mit den Kamelen weiter, während David sich mit den Sprengpatronen an die Arbeit machte. Und als er die Sprengladung am Brunnen angebracht hatte, gingen wir zu Fuß weiter und ließen den dünnen Draht hinter uns ausrollen.

Der zweite Brunnen war bereits dicht bei der Stadtmauer. In seiner Nähe lagerten Kamele, die unruhig wurden, als wir uns näherten. Ein Mann hustete und stand auf, kurz darauf kam er auf uns zu. Hamid und bin Suleiman gingen ihm entgegen, um ihn aufzuhalten. Sie sprachen im Flüsterton miteinander, während David seine Arbeit wiederaufnahm und ich ihm half. Jeden Augenblick mußten wir damit rechnen, daß der Mann Alarm schlug.

Aber nichts geschah. Die Kamele beruhigten sich, der Mann kehrte um. David hatte Zeit, seine Arbeit in Ruhe zu beenden. Mitternacht war vorbei, als er fertig war, und ein heller Schimmer am Himmel warnte uns, daß der Mond bald scheinen würde.

Wir zogen den Draht zu einem Loch in der baufälligen Stadtmauer und zwängten uns hindurch. Schließlich gelangten wir zum Marktplatz. Dort sahen wir weitere Kamele, Ziegen und ein paar Menschen, die im Schutz der Häuser im Freien schliefen. Der Brunnen lag auf der anderen Seite des Platzes. Dort trafen wir auf einen Knaben, der zusammengerollt neben einem Kameljungen schlief. Das Kamel stand auf gespreizten dürren Beinen und blickte uns erstaunt an. Der Junge bewegte sich, wachte aber nicht auf. David hockte sich vor den Brunnen und bereitete eine Sprengladung vor. Plötzlich setzte sich der Junge auf und starrte uns aus großen Augen an. Ich dachte: Mein Gott! Wenn er dieses Kind umbringt ... Aber David sagte etwas, und der Junge stand auf und kam zögernd näher. David gab ihm den Draht in die Hand. Ein Mann bewegte sich im Schatten eines Bogengangs, offenbar war es der Vater des Jungen. Als er auf uns zueilte, bewegten sich andere Gestalten. Eine kleine Gruppe von Männern versammelte sich um uns. Aber der Junge, der dort im Staub neben David saß und ihm half, ließ alles harmlos erscheinen. Sie sahen eine Weile zu, sprachen mit Hamid und bin Suleiman, dann entfernten sie sich wieder, um weiterzuschlafen.

Der Mond ging auf. Endlich band David den Sprengsatz an der Brunnenleine fest und ließ ihn hinunter. Dann traten wir den Rückzug an, der Knabe kam mit uns und führte das Kameljunge hinter sich her. Andere Gestalten folgten uns neugierig. „Sie sind nicht von Hadd", flüsterte David. „Es sind Beduinen aus der Wüste, die ihre Kamele verkaufen wollen. Sonst kämen wir hier nie lebend heraus. Ich habe ihnen weisgemacht, wir prüften die Brunnen, weil wir eine Pumpanlage installieren wollten."

Am zweiten Brunnen nahmen wir unseren Draht wieder auf, schlossen ihn an eine andere Drahtrolle an und zogen ihn den Hügel hinauf bis außerhalb der Mauern. Dort befestigte David das Drahtende an dem Zünder, übergab ihn dem Jungen und sagte ihm, was er tun sollte. Er klopfte dem Jungen auf die Schulter, bevor er sich umdrehte und fortging.

Wir kletterten schnell die Felsen hoch, über denen das Fort thronte. Rasch traten wir aus dem Schatten der Mauer heraus und gelangten auf

einen Felsvorsprung über den Dächern von Hadd. Der Junge hockte
neben dem Zünder, das Gesicht uns zugewandt. David hob die Hand
und ließ sie fallen. Der Junge drückte gehorsam den Auslöser des
Zünders hinunter.

Im nächsten Augenblick zerrissen drei in der Tiefe dröhnende
Explosionen die nächtliche Stille. Auch als der Lärm längst verklun-
gen war, hatten sich der Junge und das Kamel noch nicht bewegt. Es
schien, als habe die Erschütterung der Explosion beide in Stein
verwandelt. Doch plötzlich wurde der Junge lebendig. Schreiend floh
er den Hügel hinunter, das Kamel mit staksigen Schritten hinterher.

Fort Dschebel al-Akbar

Wir wandten uns um und folgten einem Pfad, der sich im Zickzack
aufwärts schlängelte. Ehe die Verfolgung einsetzte, waren wir schon
unterhalb der Festung in Deckung. Etwa zwölf Männer kletterten uns
mit großer Geschicklichkeit nach. Auf dem Felsen über uns ragte der
Festungsturm aus weißem, verwittertem Stein empor, und an der
Stelle, wo sich der Pfad als Hohlweg zwischen riesigen Felsbrocken
hindurchwand, bezog Hamid Posten, um uns Rückendeckung zu
geben. Der Pfad wurde steiler. Schließlich erreichten wir die Mauern
des Forts, die einen engen Durchlaß aufwiesen.

Damit hatten wir die äußere Verteidigungsstellung erreicht, einen
offenen Platz von etwa zwanzig Ar, welcher die Spitze des Hügels
einnahm. Die Mauern – mit einem umlaufenden Wehrgang an der
Innenseite – waren bereits halb zerfallen und nur an wenigen Stellen
höher als drei Meter. Die Festungsmauer hatte die Form eines
Hufeisens, das von dem mächtigen Festungsturm abgeschlossen
wurde. Von Salim, Ali und den Kamelen war noch keine Spur zu
sehen.

Ein Schuß durchbrach die Stille. Hamid hatte das Feuer auf unsere
Verfolger eröffnet. Die Männer von Hadd antworteten mit einer
Gewehrsalve, und eine Kugel schlug dicht neben uns in die Mauer ein.
„Warten Sie hier. Ich sehe nach, was geschehen ist." Schnell lief David
über den Festungshof und durch das Haupttor an der Nordseite
hinaus; ich kletterte auf den Wehrgang und ließ mich neben bin

Suleiman zu Boden fallen. Von dieser Stelle aus beherrschten wir den Zugang zum Fort.

Von meinem Posten konnte ich direkt auf die Stadt Hadd hinuntersehen. Der Marktplatz, auf dem wir den dritten Brunnen gesprengt hatten, lag nach meiner Schätzung etwa dreihundert Meter unter uns, also noch in Schußweite. Auch die zerstörten Brunnen außerhalb der Stadtmauer konnte ich gut sehen. Ich verstand nun, weshalb David so sicher gewesen war, daß die Brunnen trocken bleiben würden.

Unmittelbar unter mir verlief der Hohlweg. Hamid lag ausgestreckt auf der Spitze eines Felsvorsprungs. Sein Gewehr blitzte kurz auf, als er es an die Schulter hob. Ein Schuß krachte, dann herrschte wieder Stille. Weit und breit war kein Verfolger mehr zu erblicken. Unsere Gegner lagen wahrscheinlich alle im Schutz der Felswände. Wir hatten eine einzigartige Stellung, die von dieser Seite her uneinnehmbar war, solange sie von Männern gehalten wurde, die gut schießen konnten.

Wir blieben zwei Stunden lang auf unserem Posten. Im ersten Schein der Dämmerung trat die Silhouette der Berge scharf hervor. Nur von Norden her gab es eine Möglichkeit, das Fort zu erreichen. Dort führte der Kamelpfad steil von der Wüste hoch zu dem einzigen Tor. Es war auf beiden Seiten von Wachtürmen flankiert, und von dort aus konnte ich den Weg und die Hänge des Hügels überblicken. Es gab keine Deckung.

Ich drehte meinen Kopf, als ich unten in der Wüste eine Bewegung wahrnahm; ich erkannte vier Kamele, die sich unserem Hügel näherten, und als sie sich zum Aufstieg anschickten, machte ich auf dem vordersten Kamel einen einzelnen Reiter aus. Ich legte mich hinter die Brüstung des Wachturms und lud mein Gewehr durch. Wir hatten sechs Kamele gehabt, und mit David hätten es drei Reiter sein müssen. Als die kleine Karawane näher kam, sah ich einen menschlichen Körper, der über den Sattel des zweiten Kamels gelegt worden war. Die restlichen Kamele trugen prall gefüllte Wasserschläuche. Jetzt wußte ich, daß es unsere Tiere waren, und bald konnte ich auch David erkennen. Ich erwartete ihn, als er durch das verfallene Tor ritt. „Was ist geschehen?" fragte ich.

„Sie ritten den Leuten des Emirs in die Arme, die ihr Lager vor den

Toren der Stadt aufgeschlagen hatten. Helfen Sie mir bitte." Er führte das zweite Kamel bis zum Turm und ließ es niederkauern. Über dem Sattel lag Ali, der leise stöhnte. Wir legten ihn behutsam auf den Boden. Er hatte ein gräßliches Loch in der Brust, außerdem noch eine Messerwunde an der Schulter. Er mußte sehr viel Blut verloren haben, sein dunkles, mädchenhaftes Gesicht mit den vollen Lippen war krankhaft blaß und eingefallen.

„Armer Kerl", murmelte David. „Ich fand ihn in einer Blutlache bei der Asche ihres Lagerfeuers. Wahrscheinlich hielten sie ihn für tot. Salims Leiche lag daneben. Sie haben ihm die Kehle aufgeschlitzt." Seine Stimme schwankte. „Mindestens zwanzig waren es, zwanzig gegen einen alten Mann und einen Knaben." David hatte das Lager verlassen vorgefunden und vier von unseren Kamelen frei umherwandern sehen. „Der Lärm der Explosion muß die Banditen aufgeschreckt haben", vermutete er. „Sonst hätten sie die Kamele nicht zurückgelassen. Nur eins haben sie mitgenommen. Das andere lief, vor Schmerz brüllend, auf drei Beinen herum. Ich mußte es erschießen." Er beugte sich über den verletzten Jungen. „Wir müssen Ali in den Turm bringen, hier kann er nicht liegenbleiben."

Er führte das Kamel dicht an die Turmmauer. Dann kletterte er auf seinen Rücken, zog sich in das Einstiegsloch hoch und kroch hinein. Kurz darauf ließ er eine Leiter herab, und wir trugen den Jungen hinauf. Drinnen legten wir ihn auf den schmutzigen Boden, und David erneuerte den Verband, wozu er sein Kopftuch in Streifen riß. „Ich hatte geplant, Sie vor Tagesanbruch loszuschicken", verriet er. „Mit Salim als Führer hätten Sie morgen in Buraimi sein können. Jetzt ... müssen wir uns etwas Neues ausdenken."

Der Tag war angebrochen. Durch das Einstiegsloch und vier schmale Schießscharten in den dicken Mauern drang Licht in den Festungsturm. Zwei Schießscharten gingen nach Osten und Westen, die beiden andern nach Süden; durch sie blickte man direkt auf Hadd.

David stand auf. „Bleiben Sie hier. Ich will mit Hamid und bin Suleiman reden. Und dann müssen wir uns um die Kamele kümmern."

Er ging, und ich blieb vor einer Schießscharte sitzen. Unten auf dem Marktplatz konnte ich eine Ansammlung von Männern sehen, von denen die meisten bewaffnet waren. Sie hatten bereits angefangen, an dem Brunnen zu arbeiten. Von Zeit zu Zeit wurden Männer hinabgelassen, die Steine und Gerümpel zutage förderten. Die Sonne ging hinter den Bergen auf. Der Himmel war dunkelrot, die Wüste in Rosa getaucht, ein wunderschöner Anblick. Ich atmete die klare Morgenluft ein und betrachtete die purpurfarbenen Berge, soweit es mir die enge Luke gestattete.

Kurz nachdem die Sonne über die Berggipfel gestiegen war, kletterte David in den Turm zurück. Er kniete an der Schießscharte nieder, hob das Gewehr an die Schulter und schoß. Auf dem engen Marktplatz hallte der Schuß laut zurück. „Das ist einer von denen, die jetzt keine Kinder und alten Männer mehr umbringen werden", knurrte er.

Die Menge stob auseinander, und plötzlich war der Platz leer. „Hin und wieder so ein Schuß, und sie werden schon lernen, dem Brunnen nicht zu nahe zu kommen. In ein oder zwei Tagen werden sie verstehen, was es heißt, vom Wasser abgeschnitten zu sein." Er stand auf, stieg die Leiter wieder hinab und ließ mich zurück. Hinter mir stöhnte der verwundete Junge. Ich gab ihm etwas Wasser, dann rief mich David zu sich.

Er hatte mit Hamid begonnen, die Kamele abzuladen. Bin Suleiman hielt an der Ostmauer Wache. Wir arbeiteten schnell, aber die Sonne stand hoch über den Bergen, bevor wir alle Vorräte und den letzten Wasserschlauch in den Turm gebracht hatten. „Was geschieht mit den Kamelen?" erkundigte ich mich, als wir ihnen die Sättel abnahmen. Im Fort wuchs nichts, was ihnen als Nahrung hätte dienen können.

„Ich behalte eines für Sie übrig. Die andern drei werden wir schlachten müssen."

Ich starrte ihn an. Ohne Kamele hatte er keine Möglichkeit zum Rückzug mehr. Er steckte in der Falle.

„Glauben Sie, daß Sie sich allein bis Buraimi durchschlagen können?" fragte er.

„Ich könnte es versuchen."

„Gut. Sobald es dunkel ist, machen Sie sich auf den Weg."

Nach dem Frühstück schlachtete Suleiman die drei Kamele, schnitt das Fleisch in Streifen und hängte es zum Trocknen in die Sonne.

Hamid rief uns von seinem Späherposten auf dem Wachturm an; im Norden hatten sich Männer am Fuß des Berges versammelt. Von der

Mauer aus sahen wir sie den Kamelpfad heraufkommen, die Gewehre schußbereit in der Hand. Andere stiegen auf dem Serpentinenweg direkt von Hadd aus auf. Wir erwarteten sie mit den Gewehren im Anschlag. Bereits aus fast dreihundert Meter Entfernung begannen sie zu schießen.

Die Attacke war sinnlos. Auf dem letzten steilen Felsaufstieg vor der Festungsmauer blieben die Männer ohne jede Feuerunterstützung. Ungeschützt boten sie ein leichtes Ziel, und der Angriff war beendet, ehe er richtig begonnen hatte. Sie flohen den Berg hinunter und nahmen die Verwundeten mit.

Wir hatten nicht mehr als zwei oder drei Dutzend Patronen verbraucht, dennoch sorgte sich David um die Munitionsvorräte. Während die beiden Wahiba Wache hielten, ließen David und ich die Leiter durch eine Luke im Innern des Turms hinunter, und wir kletterten in eine mit Schutt gefüllte Grube. Im Dunkeln kamen wir nur langsam mit der Suche voran.

Endlich fanden wir die Kisten und hievten sie durch die Luke nach oben – es waren über tausend Schuß Munition und zwei Dutzend Handgranaten. Kaum hatten wir die Kisten geöffnet, als Hamid einen Landrover meldete, der den Palast verließ. Laut hupend schlängelte er sich durch Hadds winkelige Gassen. Er fuhr südwärts in Richtung Saraifa. „Je eher Scheich Abdullah über die Lage hier informiert ist", meinte David, „desto eher werden seine Banden Saraifa in Frieden lassen." Seine Augen glänzten.

„Was geschieht aber", fragte ich, „wenn Scheich Abdullah uns hier mit seiner ganzen Mannschaft angreift?"

Er lächelte. „An Munition mangelt es uns jetzt nicht. Dieses Fort kann mit einer Handvoll Männer gehalten werden, und wir sind gute Schützen. Sie brauchen sich keine Sorgen zu machen. Wenn wir nur ein wenig Glück haben, kommen Sie heute nacht im Schutz der Dunkelheit von hier fort."

„Und Sie? Sie haben jetzt keine Kamele mehr. Wenn Sie hierbleiben und Scheich Abdullahs Leute Sie umzingeln ... Sie werden umkommen."

„Wahrscheinlich."

Wir standen da, sahen einander an, und ich wußte, daß ich nichts mehr vorbringen konnte, was ihn von seinem Entschluß abgebracht hätte. Der Tod schreckte ihn nicht. „Und wie steht es mit Hamid und bin Suleiman?" wollte ich noch wissen. „Werden sie mit Ihnen bis zum Ende kämpfen?"

„Ja", antwortete er. „Sie haben Blutrache geschworen und wollen töten."

Nun war alles gesagt. „Wenn ich Buraimi erreiche und zur Küste durchkomme, benachrichtige ich sofort die Behörden."

„Es hat keinen Sinn, sich an die Behörden zu wenden. Dort geschieht nichts. Geben Sie die Story lieber an die Presse weiter. Ich möchte nicht sterben, ohne daß die Welt erfährt, was ich versucht habe." Noch einmal glitt das bittere Lächeln über seine Lippen, dann drehte er sich um. „Jetzt sollten Sie noch etwas schlafen."

Aber das war nicht einfach. Der einzige Platz, der ein wenig Schatten bot, war der Turm, doch dort kämpfte Ali mit dem Tod. Als die Sonne unterging, starb er. David kletterte durch das Eingangsloch, um anzukündigen, daß sich aus der Richtung von Saraifa einige Wagen näherten.

„Ich glaube, Ali ist tot", sagte ich leise.

Er neigte sich über den Jungen und nickte. „Ohne Arzt gab es keine Hoffnung für ihn. Armer Kerl."

Durch die Schießscharte sahen wir die Staubwolke draußen in der Wüste. Drei offene Landrover brausten heran: Sie waren vollbesetzt mit Männern, und am hinteren Ende eines jeden Wagens war ein Maschinengewehr montiert. David rief hinunter zu Hamid, der über einem Feuer Reis kochte. Schnell griff dieser nach seinem Gewehr, kletterte auf den Wehrgang und legte sich flach neben bin Suleiman. David wies mich zu der anderen Schießscharte.

An den Haupttoren blieben die Landrover stehen. Sie wurden von einer Menschenmenge umringt, die mit wilden Gesten in unsere Richtung wies. Ein Askari im vordersten Landrover schwang das Maschinengewehr herum, und ein lang anhaltendes Knattern zerriß die Abendstille. Kugeln schlugen gegen die Grundmauern des Turms. Die MGs der beiden andern Landrover fielen ein.

Meine Hand zitterte, als ich das Visier meines Gewehrs einstellte. Dann eröffnete David das Feuer, und ich zielte auf den dritten Landrover. Wie gelbe Blumen stiegen die Flammen aus dem graubraunen Wüstensand. Die Männer stoben auseinander. Einige fielen.

Ein Landrover brannte, die andern beiden standen verlassen da, einige Leichen lagen im Sand. Kurz darauf fing auch der zweite Landrover Feuer. „Eine solche Gelegenheit werden sie uns nicht so schnell wieder bieten." David setzte sich auf und säuberte sein Gewehr. „Von jetzt an werden sie sich auf Nachtangriffe verlegen."

Hadd war menschenleer. Hamid kehrte wieder zu seinem Kochtopf zurück. Die Dunkelheit brach herein, und die Kampfstimmung wich einer nervösen Spannung. „Sobald es völlig dunkel ist, müssen Sie fort", bestimmte David. Wir aßen nacheinander, um den Wachposten nicht unbesetzt zu lassen. David erklärte mir den Weg. Er gab mir Datteln und eine Flasche Wasser, die bis zum nächsten Brunnen reichen sollte, und dann sattelte er das Kamel.

Plötzlich krachte ein Schuß, und ein Mann schrie. Bin Suleiman auf der Ostmauer stieß einen Warnruf aus, und David rannte zu ihm, um den Angriff abzuwehren. „Reiten Sie jetzt los!" rief er mir über die Schulter zu. „Beeilen Sie sich, bevor es zu spät ist." Dann hatte ihn die Dunkelheit verschluckt.

Durch den Lärm war das Kamel erschreckt davongelaufen. Ich fand es schließlich an der Turmmauer. Das eingeschüchterte und störrische Tier war nicht von der Stelle zu bewegen, und als ich es schließlich bis zum Haupttor gelotst hatte, war es zu spät. Die Schießerei tobte bereits um mich herum. Ich ließ das Kamel los und lief mit dem Gewehr in der Hand zum Turm. Hamid und bin Suleiman waren vor mir auf der Leiter, David dicht hinter mir, und so kletterten wir alle durch das Loch in den schützenden Festungsturm. Sobald wir alle in Sicherheit waren, zog David die Leiter herauf. Kugeln schlugen an die Turmmauer. „So schnell habe ich den Angriff nicht erwartet", stieß David hervor.

Wir hörten das Splittern von Holz, als sie durch das Tor brachen. Jetzt waren sie in den Mauerring eingedrungen. Wir zielten durch die Schießscharten. Rufe, Schreie, Feuergetöse ... es dauerte etwa zehn Minuten, und plötzlich war die Festung leer bis auf ein halbes Dutzend am Boden liegender Gestalten.

Doch von den Mauern herüber pfiffen noch immer Kugeln durch das Eingangsloch. Wir hielten bei einer der Schießscharten Wache, verzichteten aber darauf, das Feuer zu erwidern. Sie legten unser Schweigen falsch aus und verließen ihre Stellungen auf der Außen-

mauer. Wir warteten, bis sie über den Innenhof liefen, und erfaßten sie
dann mit einem vernichtenden Kugelhagel. Nur ganz wenigen gelang
es, sich auf der Mauer oder durch das Tor in Sicherheit zu bringen.
Und als etwa eine Stunde später der Mond aufging, kletterten wir über
unsere Leiter auf das Dach des Turmes. Von dort aus konnten wir auf
sie schießen, denn sie kauerten ohne Deckung der Reihe nach hinter
der Mauer.

Unter uns lag deutlich erkennbar im hellen Mondlicht Hadd. An
allen Brunnen wurde wieder fleißig gearbeitet. David gab einen Schuß
ab. Die Menge zerstreute sich, und die Tätigkeit hörte auf.

Wir schliefen abwechselnd, aber es folgte kein weiterer Angriff. Als
die Sonne aufging, beherrschten wir wieder die ganze Festung. Die
Truppen von Hadd hatten sich zurückgezogen. Wir nahmen den
Toten Gewehre und Munition ab und schafften die Leichen aus dem
Innenhof. Die Sonne brannte hernieder, und die Felswände wurden
so heiß, daß man sie nicht mehr berühren konnte. Das Kamel, das
mich nach Buraimi bringen sollte, war verschwunden. Mir blieb
nichts anderes übrig, als mich in das Unvermeidliche zu fügen.

„Wie lange werden Sie hier aushalten können?" fragte ich.

„Solange das Wasser reicht", antwortete David. „Oder bis die
Munition verbraucht ist."

„Und die Leute von Hadd?"

„Sie haben noch einen Brunnen im Palast des Emirs, außerdem
können sie sich in ihre Dattelgärten zurückziehen. Dort gibt es genug
Wasser. Für den Emir ist es mehr eine Frage des Stolzes. Er kann es
sich nicht leisten, nur dazusitzen und nichts zu tun."

Und mit jeder Nacht würde unsere Erschöpfung zunehmen, und
die Stunden der Wache würden immer mehr an unseren Nerven
zerren. Ich schloß die Augen. Die Hitze war erstickend, der Boden,
auf dem wir lagen, eisenhart. Ich fand keinen Schlaf.

Kurz nach Mittag näherte sich aus der Wüste eine Staubwolke.
Männer ritten auf Kamelen von Süden her auf Hadd zu. Das war
Scheich Abdullahs Haupttruppe. Sie machten außerhalb der Reichweite unserer Gewehre halt, und der Rauch ihrer Lagerfeuer stieg in
die Luft. Wir zählten über hundert Männer, und beim Einbruch der
Dämmerung teilten sie sich in kleine Gruppen und zogen los, um
unseren Berg einzukreisen.

Ich ging zu David, der an einer der Schießscharten stand. „Heute nacht versuche ich hinauszukommen", erklärte ich ihm. „Sobald es dunkel ist, schleiche ich den Abhang hinab und sehe zu, daß ich ihnen ein Kamel abnehmen kann. Mit einem gewissen Durcheinander kann man wohl rechnen, wenn sie ihren Angriff starten."

Er nickte. „Gut. Aber vergessen Sie nicht, in vier Stunden geht der Mond auf. Wenn Sie bis dahin nicht fort sind..."

Ich suchte die paar Dinge zusammen, die ich brauchte: Patronengurt, Gewehr, Wasserflasche, einen Beutel mit einer Handvoll Datteln und ein paar Stückchen getrocknetes Fleisch. Zehn Minuten später verabschiedete ich mich vor dem Haupttor von David. Als ich sagte, daß ich auf irgendeine Weise für Hilfe sorgen würde, lachte er nur. Mit einem raschen letzten Händedruck und einem gemurmelten „Gott schütze Sie" schob er mich sanft hinaus auf den Kamelpfad. Schwarze Nacht schloß mich ein; ich verließ den Pfad und tastete mich den Abhang hinunter. Hoch über mir waren die Sterne hinter einer dünnen Wolkendecke versteckt. Das rettete mir das Leben, denn ich kauerte unentdeckt hinter einem Felsen, als die Männer von Hadd keine zweihundert Schritte von mir entfernt aufstiegen, um ihre Stellungen an der Nordseite des Forts zu beziehen. Ich lag gegen den Felsen gepreßt und wartete in äußerster Anspannung, doch kurze Zeit später waren sie vorüber.

Ich verließ mein Versteck, fand den Pfad und stieg rasch ab. Am Fuß des Berges stolperte ich beinahe über ein Kamel. Man hatte es weiden lassen, und es starrte mich voller Erstaunen an. In der Nähe sah ich noch andere Kamele, höckrige Umrisse im Dunkel. Ich ergriff den Zügel des erstbesten, zwang es nieder und stieg in den Sattel. Unter Gebrüll setzte es sich in Bewegung. Plötzlich hörte ich einen arabischen Aufschrei, ein Schuß krachte, und eine Kugel pfiff scharf an meinem Kopf vorbei. Zum Glück dachte ich in diesem Augenblick an nichts anderes, als mich festzuklammern. Nach einer Weile verlangsamte das Tier seinen schaukelnden Trab, ich konnte die Beine spreizen und das Kamel am Zügel lenken. Und als ich es schließlich zum Halten gebracht hatte, hörte ich vom Dschebel al-Akbar her Schüsse und Schreie, dazu das Rattern eines Maschinengewehrs. Als ich mich im Sattel umdrehte, sah ich hoch oben am Steilhang die Gewehrsalven der Angreifer aufblitzen. Mitten in die Schüsse hinein ertönte das schärfere Krachen kleiner Explosionen. Es waren Handgranaten, dem Geräusch nach zu schließen. Die Schreie erstarben, das Feuer brach ab.

Plötzlich war es wieder still um mich herum. Ich ritt über die dunkle Ebene, die kein Ende nehmen wollte.

Als sich der Wolkenvorhang hob und die Sterne freigab, sah ich, daß das Kamel mich westwärts geführt hatte – auf die großen Dünen des Niemandslands zu, wo Oberst Whitakers einsames Camp lag. Ich ritt weiter. Es war eine gefährliche Entscheidung. Ich hatte nur eine Wasserflasche, und auf meinem Weg würde ich weder einen Brunnen finden noch Karawanenstraßen, nach denen ich mich richten konnte. Ich vertraute nur darauf, daß Whitakers Camp viel näher lag als Buraimi. Aber ich hatte zwei Chancen: Entweder mußte ich auf unsere eigenen Kamelspuren stoßen oder auf die Spuren von Whitakers Wagen. Verfehlte ich beide oder waren sie durch verwehten Sand zugedeckt, so käme ich nicht lebend aus der Wüste heraus. Ich ritt ohne Rast durch die Nacht, und als die Morgendämmerung kam, änderte ich meine Richtung so, daß ich die aufgehende Sonne hinter meiner rechten Schulter ließ.

Mein Wasservorrat reichte bis zum Mittag, und noch immer war kein Anzeichen unserer Spuren zu sehen. Ich fing an zu zittern, aber nicht vor Hitze. Düne folgte auf Düne. Mein Mund trocknete völlig aus, und die Zunge schwoll an. Das Kamel ging nur noch langsam und widerwillig voran. Nirgends hatte ich Pflanzenwuchs entdecken können, und als die Sonne sich nach Westen neigte, überkam mich eine große Furcht, denn ich wußte ja, daß sechzig Kilometer Wüste vor mir lagen. Die Sonne versank in purpurnem Dunst. Und dann drehte ich einmal zufällig den Kopf nach links, und da sah ich sie: eine diagonale Linie, die kaum wahrnehmbar über den Rücken einer Düne lief – ein dünnes, ausgetretenes Band von Kameltritten, das sich halb verlöscht durch den Sand hinzog. Ich zählte die Spuren von sechs Kamelen. Ohne es zu bemerken, mußte ich unseren Hinweg gekreuzt haben. Hätte die Sonne höher gestanden, so hätte ich diese schwache Schattenspur nie entdeckt und wäre in den sicheren Tod geritten.

Ich folgte den Spuren, denn ich wußte, daß sie mich zu Whitakers Camp führen mußten. Auch das Kamel schien es zu spüren, denn es beschleunigte seinen Gang. Die Sonne versank, und die Dunkelheit brach herein. Ich lagerte am Fuß einer Düne, weil ich es nicht wagte weiterzureiten, aus Angst, die schwache Spur zu verlieren. Ich aß ein paar Datteln, aber mein Mund war zu trocken und zu wund, um sie kauen zu können. So müde ich war, ich fand keinen Schlaf. Kurz vor der Morgendämmerung, als endlich der Mond schien, setzte ich meinen Weg fort.

Lange bevor ich Whitakers Camp erreichte, trug der Wind das Geräusch des Bohrturms zu mir herüber. Ein Beduine, der Wache hielt, brachte mich ins Camp, und als ich erschöpft vom Kamel glitt, erkannte ich Whitaker, der mir entgegeneilte.

Ich muß dann wohl bewußtlos geworden sein, denn als ich erwachte, fand ich mich in seinem Zelt wieder, während er sich über mich beugte und mir einen Wassernapf an die aufgesprungenen Lippen hielt. Das Wasser war warm, aber ich wollte trinken und trinken und nicht mehr aufhören, denn mein Körper war vollkommen ausgetrocknet. Aber er stellte den Becher beiseite. „Was ist geschehen? Ist David tot?"

Ich setzte mich auf. „Er lebte noch, als ich das Fort verließ."

„Dann ist er also noch dort oben." Und er fügte hinzu: „Er hat seinen Auftritt gehabt. Sein Angriff auf die Brunnen ist erfolgreich verlaufen. Warum kann er es nicht dabei belassen?"

Ich berichtete von Davids Entschlossenheit, den Wiederaufbau der Brunnen zu verhindern, aber er unterbrach mich. „Das weiß ich alles. Ich habe gestern Nachrichten aus Hadd bekommen. Mein Bote sagte, die Straßen von Hadd seien menschenleer und niemand wage sich aus dem Haus."

Ich erzählte ihm, daß wir Salim und Ali verloren hatten.

„Jetzt ist er also allein mit Hamid und bin Suleiman." Whitaker schwieg einen Augenblick. „Sind die Truppen des Emirs eingetroffen, bevor Sie fortgingen?"

Ich nickte und berichtete, wie ich mich gerade vor Beginn des Angriffs aus dem Fort geschlichen hatte. „Ich weiß nicht, was danach geschehen ist. Aber selbst wenn David diesen Angriff abschlagen konnte, so werden andere folgen, bis er erledigt ist oder kein Wasser mehr hat."

„Was ist mit dem Jungen los? Sucht er den Tod?"

„Er wird ihn finden", erwiderte ich heftig, „wenn Sie ihm nicht helfen."

„Ich habe getan, was ich konnte. Jusuf war kaum aus Schardscha zurückgekommen, da schickte ich ihn sofort mit einem Brief an Oberst George, den Kommandeur der Trucial Oman Scouts, und einem zweiten an Sir Philip Gorde los. Die Entscheidung liegt jetzt bei den Behörden."

Ich ließ mich erschöpft zurückfallen. Whitaker befahl, mir etwas zu essen zu bringen. Es war ein Teller mit Reis und Kamelfleisch. Ich aß langsam und spürte meine Kräfte allmählich zurückkehren, dann schlief ich ein.

Ich wurde von Stimmen geweckt. Es war fast drei Uhr nachmittags, aber im Lager war es merkwürdig ruhig, auch die Bohranlage arbeitete nicht. Ich spähte aus dem Zelt. Draußen unterhielt sich Whitaker mit einem Armeeoffizier in Khakihemd und Shorts. Ein Offizier der Luftwaffe stand bei den beiden, und neben dem ruhenden Bohrturm erblickte ich einen Hubschrauber.

Whitaker sah, wie ich aus dem Zelt kam, und rief mich zu sich. Er stellte mir den Armeeoffizier vor: „Das ist Oberst George von den Trucial Oman Scouts." Oberst George war klein und untersetzt. Er blickte mich neugierig an. „Ich war in Buraimi, als ich Whitakers Botschaft erhielt. Die Luftwaffe gab mir einen Hubschrauber, und ich hielt es für das beste, herzufliegen und nachzusehen, was eigentlich los ist." Hinter ihm sah ich eine merkwürdige Gestalt, die auf uns zukam — einen kleinen, dicken Mann in einem blauen Tropenanzug, der reichlich zerknittert, staubig und schweißgetränkt wirkte.

„Ruffini!" rief ich.

Er fiel mir fast in die Arme. „Mister Grant!" Ungestüm faßte er mich an der Hand. „Wie geht es Ihnen? Ich war in Sorge um Sie. Als Sie nicht mit Sir Philip zurückkamen, stellte ich Nachforschungen an. Ich ging mit meinen Fragen allen auf die Nerven, aber niemand gab mir Auskunft."

„Was tun Sie hier?" fragte ich.

„Was tut ein Reporter? Er sucht eine gute Story."

Irgendein Journalist aus London wäre mir im Augenblick lieber gewesen. Aber wenigstens hatte mir der Zufall einen Mann geschickt, der für ein Echo in der Öffentlichkeit sorgen konnte. Vielleicht würde man Ruffini daran hindern, seinen Bericht sofort zu veröffentlichen, aber die Gewißheit, daß Davids Geschichte früher oder später doch bekannt würde, konnte die Behörden vielleicht zum Eingreifen bewegen.

Aber als ich dies später Oberst George gegenüber andeutete, schüttelte er den Kopf. „Ich habe den Eindruck, daß Sie die offizielle Einschätzung der Lage noch nicht ganz verstanden haben." Wir waren inzwischen ins Zelt zurückgegangen, und ich hatte bereits über eine Stunde gesprochen und Fragen beantwortet. Die Trucial Oman Scouts, erklärte Oberst George, stünden seit über einem Monat Gewehr bei Fuß. Der Angriff auf Saraifa und die Schlacht beim Mahdah-Kanal waren genau die Zwischenfälle, mit denen der britische Nachrichtendienst gerechnet hatte, und sofort nachdem er über die Unruhen unterrichtet worden war, habe er den Befehl zum Abmarsch gegeben. „Das war vorgestern nacht. Wir waren bereit zum Angriff. Innerhalb von vierundzwanzig Stunden hätten wir das Spiel des Emirs unterbinden und viel unnötiges Blutvergießen verhindern können. Da griff das Auswärtige Amt ein, und der Politische Resident ließ die Aktion einstellen."

„Aber warum?" fragte ich.

„Warum? Wegen Kairo, den Saudis, den Amerikanern, der UNO, der öffentlichen Meinung." Nach Berichten aus Riad beabsichtigte Saudi-Arabien, die Angelegenheit vor die Vereinten Nationen zu bringen. Der Politische Resident gehörte zum Auswärtigen Amt, und das Auswärtige Amt behandelte die Angelegenheit nicht als einen Grenzstreit, sondern als Steinchen im Mosaik der Weltdiplomatie.

Oberst George zuckte die Achseln. „So steht es also. Ich bin nur Soldat und kein Politiker." Er sah auf seine Uhr und blickte dann zu dem Piloten hinüber. „Zeit abzufliegen, wie?" Vor dem Zelt wandte er sich an Whitaker. „Die werden Ihren Sohn umbringen, wenn niemand etwas unternimmt. Könnten Sie nicht mit dem Emir und mit Ihrem Sohn sprechen? Sie haben doch Einfluß in dieser Gegend."

„Ein wenig schon. Aber offensichtlich nicht auf meinen Sohn." Whitaker zögerte. „Natürlich, wenn der Politische Resident mich ermächtigt, über eine Regelung des Grenzstreits zwischen Hadd und Saraifa zu verhandeln, so könnte ich meinen Einfluß beim Emir geltend machen. Aber eine gerechte Regelung für Saraifa würde wohl immer von der Unterstützung durch englisches Militär abhängig sein."

„Das ist im Augenblick unmöglich."

„Dann ..." Whitaker machte eine Geste der Hilflosigkeit.

Oberst George brummte verächtlich. „Schade! Der Bursche hat Mut, und er wird sterben." Er schritt auf den Hubschrauber zu, blieb dann aber nochmals stehen. „Ich habe Geschichten über Sie gehört ... Und wenn die Hälfte davon stimmt, dann unternimmt Ihr Sohn zur Zeit genau das, was Sie selbst in Ihrer Jugend auch getan hätten, wie? Ich will Ihnen etwas sagen, Whitaker: Wenn Ihr Junge eine Woche durchhält, wird er in die Geschichte der Wüste eingehen, und sein Name wird noch lange fortleben." Schließlich wandte er sich an mich: „Es tut mir leid, daß ich Sie nicht mitnehmen kann, Mr. Grant. Wir haben keinen Platz mehr, denn wir müssen diesen Mr. Ruffini nach Schardscha bringen. Aber einer meiner Kompaniechefs ist mit einem Funkwagen in Buraimi. Ich habe die Absicht, ihn hier herunterzuschicken, damit er die Nordgrenze von Hadd beobachtet. Er kann Sie dann mitnehmen. Der Mann heißt Berry."

Der Rotor des Hubschraubers begann sich zu drehen. Ruffini schüttelte mir zum Abschied die Hand. „Ich sorge dafür, daß die Geschichte von David Whitaker nach London kommt."

Oberst George winkte mich am Hubschrauber noch einmal heran. „Soll ich Whitakers Schwester etwas ausrichten?"

Ich zögerte. „Sagen Sie ihr nur, daß David lebt. Mehr braucht sie im Moment nicht zu wissen."

„Ich dachte, etwas Persönliches wäre eher angebracht." Er klopfte mir scherzend auf die Schulter. „Sie hat Ihretwegen Himmel und Hölle in Bewegung gesetzt. Als sie erfuhr, daß Sie vermißt werden, kam sie umgehend nach Schardscha. Dort lief ihr dieser Gorde von der Erdölgesellschaft über den Weg, der gerade wieder abfliegen wollte. Sie soll ihn dermaßen zur Schnecke gemacht haben, weil er Sie zurückgelassen hat, daß er seinen Stock fallen ließ und ohne ihn auf die Reise ging. Ich bin froh, ihr sagen zu können, daß Sie in Sicherheit sind. Ich werde ihr einen Kuß geben – in Ordnung?" Und ohne auf eine Antwort zu warten, stieg er ein und schlug die Tür zu.

Ich wandte mich um und spürte, daß mein Puls rascher ging. Plötzlich hatte ich das Bedürfnis, allein zu sein. Es war ein schönes

Gefühl zu wissen, daß es jemanden gab, der sich Sorgen um mein Wohlergehen machte. Ich wanderte zwischen den Dünen umher und legte mich irgendwo in den Sand. Die Schatten wurden länger, und ich fragte mich, wie es wohl auf dem Dschebel al-Akbar aussehen mochte. War David noch am Leben?

Die Antwort kam am nächsten Tag. Ein von Kugeln durchlöcherter Landrover fuhr ins Camp, der die grüne Flagge des Emirs zeigte. Ein Neger stieg aus, ein stattlicher Mann mit einem breit gewickelten Kopftuch. „Der Sekretär des Emirs", raunte mir Whitaker zu, und wir gingen ihm entgegen, um ihn zu begrüßen. Seine Leibwache, vier Askaris mit wildem Blick und wirren Locken, blieb schweigend im Wagen sitzen. Whitaker führte den Sekretär ins Zelt, wo sie sich bei eingemachten Früchten und Kaffee unterhielten. Nach über einer Stunde kam der Mann wieder heraus und stieg in den Landrover.

„Was wollte er?" fragte ich, als der Wagen abgefahren war.

„Wenn ich nicht sofort nach Hadd gehe und David aus dem Fort heraushole, wird der Emir mich für alles verantwortlich machen." Whitaker zitterte am ganzen Körper. *„Allah akbar!"* murmelte er. „Warum mußte dieser Idiot sich gerade diesen Zeitpunkt aussuchen, wo ich mich mit dem Emir geeinigt hatte und endlich die finanzielle Hilfe bekomme, die ich brauche?"

„Er lebt also noch?"

„Ja, er lebt. In der Nacht, als Sie fortgingen, schlug er den Angriff ab. Er machte einen Gefangenen, den er am folgenden Tag mit einer Botschaft zum Emir schickte. Darin verriet er, wer das Fort besetzt hielt. Außerdem stellte er die Bedingungen, zu denen er die Festung räumen würde. Der Emir sollte öffentlich erklären, daß er die gegenwärtigen Grenzen zwischen Hadd und Saraifa für alle Zeiten anerkenne, und diese Erklärung sollte durch eine unterzeichnete Urkunde gleichen Inhalts, die bei den Vereinten Nationen abzugeben sei, bestätigt werden. Ferner verlangte David für sich und seine Begleiter freies Geleit durch die Trucial Oman Scouts."

Es waren aber nicht die Bedingungen, die Whitaker so aufbrachten. Es war die Tatsache, daß David seine Identität verraten hatte. „Mußte er mich mit hineinziehen?" fragte er wütend. „Ausgerechnet jetzt, wo meine Theorie so kurz vor ihrer Bestätigung steht, zieht er mich in diese dumme, sinnlose Geschichte hinein."

„Ihre Welt ist eben auch seine geworden; Saraifa war Davids Heimat. Und er hat den Emir dazu gezwungen, seine Truppen aus der Oase abzuziehen. Die Stunde ist gekommen, wo Ihr Einfluß . . .“

„Mein Einfluß? Was glauben Sie denn, was mein Einfluß jetzt noch wert ist? Menschen sind getötet worden, und das kann nur mit Blut wiedergutgemacht werden. Der nächste, den der Emir ausschickt, wird in Waffen kommen. Es ist Wahnsinn“, stöhnte er. „David kann nichts zuwege bringen . . .“

„Woher wissen Sie das?“ fragte ich wütend. „Ruffini hat sich die ganze Geschichte aufgeschrieben und . . .“

„Dieser Italiener?“ Er sah mich überrascht an. „Wie kann er die Lage beeinflussen? Bei den Behörden wird kein Mensch Notiz von ihm nehmen. David wird dort oben im Fort umkommen.“ Er drehte sich um und verschwand in seinem Zelt. An diesem Abend sah ich ihn nicht mehr, und am nächsten Tag wechselten wir kaum ein Wort. Ich war froh, als Hauptmann Berry eintraf.

Am späten Nachmittag kam er an. Hauptmann Berry war ein hagerer Schotte mit hellem Haar und einem kantigen Gesicht, das in der untergehenden Sonne ziegelrot aussah. Er überbrachte mir eine Botschaft von Oberst George. „Ich soll Ihnen ausrichten, daß Ihr italienischer Freund seine Geschichte rechtzeitig in den Fernschreiber getippt hat und daß jetzt alles Menschenmögliche geschieht. Oberst George ist nach Bahrain beordert worden, wo er dem Politischen Residenten persönlich Bericht erstatten soll. Ah ja – und dann läßt Sie eine Schwester Thomas grüßen, die froh ist, Sie in Sicherheit zu wissen. Gut so?“

Ich nickte, brachte aber kein Wort heraus. Die Nachricht von Susan hatte mich überwältigt. Hauptmann Berry verwickelte daraufhin Whitaker in ein Gespräch. Der Schotte machte eine Bemerkung über Whitakers Sohn: David sei der Beweis dafür, was ein entschlossener und mutiger Mann alles vollbringen könne. „Sie können stolz auf ihn sein, Sir.“ Whitakers Gesicht war ausdruckslos, und er wandte sich ab.

Berry beobachtete ihn einen Augenblick verwirrt. „Schon lange habe ich mir gewünscht, diesem Mann einmal zu begegnen“, sagte er zu mir. „Aber es überrascht mich, daß er dieses Unternehmen ganz seinem Sohn überlassen hat. Nach dem, was in Saraifa geschehen ist, hatte ich geglaubt, er würde aufbrechen, um die Beduinenstämme aufzustacheln. Das hätte uns die Sache erleichtert. Man hätte uns wohl gestattet, einen Beduinenaufstand gegen den Emir zu unterstützen, aber so kann ich Oberst Whitakers Sohn nicht helfen."

Er hatte ein Feldbett für mich mitgebracht, das mir wie ein Luxusartikel vorkam. Und am Morgen wechselte ich meine schmutzigen Araberkleider gegen ein frisches Khakihemd und Shorts. Wir frühstückten; es gab Corned beef und Pfirsiche und dazu einen starken Tee. Schließlich fuhren wir mit einem Landrover, dem großen Funkwagen und Berrys Besatzung ab.

Oberst Whitaker verabschiedete uns. „Wenn mir irgend etwas zustößt, Mr. Grant", brummte er, „so überlasse ich Ihnen die Regelung meiner Angelegenheiten. Ich denke, Sie wissen jetzt genug über mich, um zu beurteilen, was in meinem Sinne unternommen werden soll, wenn hier Öl gefunden wird."

Wir wählten den kürzesten Weg in nördlicher Richtung. Um halb elf Uhr vormittags erreichten wir bereits die Nordgrenze des Emirats von Hadd. Dann wandten wir uns nach Osten. Kurz nach Mittag stießen wir auf die schwarzen Zelte eines Beduinenlagers. Berry ließ den Fahrer anhalten und sprach mit einigen Männern. „Also gestern lebte David Whitaker noch", erzählte er, als wir weiterfuhren. „Die Beduinen sind am Dschebel al-Akbar vorbeigekommen und haben wiederholt Schießereien gehört. Dann berichteten sie noch, daß die Leute aus Saraifa allmählich in ihre Oase zurückkehrten, daß zwei Faladsch-Kanäle wieder Wasser führten und Khalids Halbbruder Mohammed seine Männer zu den Waffen ruft."

Dies zeigte, daß Davids Tat nicht vergebens war.

Es wurde später Nachmittag, ehe wir den Dschebel al-Akbar sahen. Bei Sonnenuntergang hielten wir an. „Wir sind noch etwa zehn Kilometer davon entfernt", schätzte Hauptmann Berry und gab mir sein Fernglas. Ich konnte das Fort zwar deutlich sehen, aber kein Lebenszeichen erkennen.

Die Dunkelheit brach herein. Wir aßen, und danach verschwand Berry im Funkwagen. Er wollte die Nachrichten nicht versäumen. „Ich habe nur noch die Zusammenfassung gehört", erzählte er anschließend. „Der junge Whitaker liefert Schlagzeilen. Eine Morgenzeitung berichtet über ihn in großer Aufmachung. Der Außenminister muß heute abend eine Anfrage im Unterhaus beantworten."

Die Nacht über herrschte lähmende Stille. Hauptmann Berry erklärte, er könne unter keinen Umständen näher heranfahren. Nach seinen Befehlen sollte er sich nur im Einflußbereich der Trucial Oman Scouts bewegen, und vor uns erstreckte sich bereits das umstrittene Grenzgebiet. „Wir werden bestimmt beobachtet. Wenn ich an dieser Stelle die Grenze überquere, könnte das unabwägbare politische Auswirkungen haben."

Wir blieben lange auf, um die Spätnachrichten zu hören. Der erwartete Bericht kam am Ende. Eine Anfrage im Unterhaus galt den Informationen, wonach David Whitaker, ein englischer Zivilist, die Festung Dschebel al-Akbar im Emirat von Hadd besetzt hatte. Daraufhin erwiderte der Außenminister, daß der Zeitungsbericht aus ausländischer Quelle stamme und mit größter Wahrscheinlichkeit jeder Grundlage entbehre.

Berry schaltete den Empfänger aus. „Es wird alles vertuscht. Öl und Politik, es ist immer dasselbe Spiel hier im Nahen Osten. Um Ruhe und Ordnung aufrechtzuerhalten, läßt man einen kleinen Tyrannen ungeschoren davonkommen."

In der Nacht schlief ich fest, und am Morgen weckte mich Berry. „Offenbar ist das Fort noch immer besetzt. Im Morgengrauen habe ich Gewehrschüsse gehört. Ich habe die Nachricht ans Hauptquartier weitergegeben."

Wir stiegen in den Wagen und schalteten das Radio ein. Sämtliche Zeitungen hatten die Geschichte aufgegriffen. Davids Heldentat war der Aufmacher. Aber das Presseecho schien auf die Regierung keinen Eindruck zu machen.

Der Tag zog sich hin. Mehrmals vernahmen wir in der Ferne Schüsse, und obwohl wir abwechselnd durch den Feldstecher zum Fort hochblickten, nahmen wir dort keine Bewegung wahr. Wieder hörten wir die Nachrichten, aber Davids Handstreich gehörte nicht mehr zu den Neuigkeiten. Mir schien, daß ich jetzt auf verlorenem Posten stand. Wem nützte meine Anwesenheit noch? Die gelegentlichen Schüsse verrieten mir nicht, ob David lebte oder nicht; sie zeigten nur an, daß das Fort noch gehalten wurde. Wiederholt bedrängte ich Berry, weiter vorzurücken. Aber er blieb fest. Wenn er aus eigener Initiative handele, meinte er, könne er ganz Arabien in einen Krieg verwickeln. Ich wurde von Stunde zu Stunde nervöser. Hilflos mußte ich zusehen, wie zehn Kilometer weiter David langsam dem Tod entgegenging. Die Hitze und die Tatenlosigkeit machten mich fast wahnsinnig. Berry schenkte mir einen großen Whisky ein und schickte mich bei Einbruch der Dunkelheit ins Bett. Um Mitternacht weckte er mich, um mir zu sagen, daß wir im Morgengrauen aufbrechen würden. „Endlich hat Oberst George aus Bahrain das Einverständnis bekommen. Ich kann jetzt einen Versuch unternehmen, David lebend herauszubekommen. Ich soll mich morgen früh um eine Audienz beim Emir bemühen."

„Und wenn er sich weigert, Sie zu empfangen?" fragte ich.

„Das wird er nicht tun. Ich biete ihm einen Ausweg an, bei dem er nicht das Gesicht verliert. Wenn wir es fertigbringen, den jungen Whitaker aus dem Fort zu schaffen, dann wird man dem Emir wenigstens zugute halten, daß er schlau ist. Sie wollen sicher mit mir kommen."

„Natürlich."

Er zögerte. „Ich kann mich im Emir von Hadd auch täuschen. Er hat nicht den Ruf, besonders menschenfreundlich zu sein ... Ich möchte nur, daß Sie sich darüber im klaren sind."

Sechs Stunden später fuhren wir im Landrover los. Ismail, der große, dunkelhäutige Fahrer, steuerte den Wagen geschickt über die steinige Ebene, während der Dschebel al-Akbar mit jeder Minute größer wurde. Eine britische Flagge flatterte vorn auf dem Kotflügel.

Wir fuhren im Halbkreis um den Dschebel al-Akbar, und plötzlich lag Hadd vor uns. Der Brunnen an der Stadtmauer war noch nicht repariert. Die Straßen von Hadd und der kleine Marktplatz waren menschenleer. „Sieht aus, als habe sich die Bevölkerung in die Dattelgärten zurückgezogen", vermutete Berry.

Berrys Einschätzung des Emirs erwies sich als richtig. Nachdem dieser uns über eine Stunde lang hatte warten lassen, empfing er uns in einem kleinen Raum unter dem Palastdach. Der Herrscher von Hadd war klein und drahtig. In seinem schmalen Gesicht schienen Schlauheit und Würde eine seltsame Verbindung eingegangen zu sein; aber es trug auch grausame Züge. Scheich Abdullah und andere Würdenträger waren anwesend, darunter auch der Sekretär des Emirs.

Die Audienz dauerte lange. Der Emir bestand zunächst darauf, daß Berry das Fort mit seinen eigenen Truppen stürmen, David gefangennehmen und erschießen lassen sollte. Berrys Weigerung brachte den Emir in Wut. Erst nach einem langen Disput willigte er schließlich ein, uns den Weg freizugeben, wenn es uns gelänge, die Verteidiger zu evakuieren.

Scheich Abdullah gab einem seiner Männer den Befehl, mit einer weißen Fahne den Steilhang des Dschebel al-Akbar hinaufzuklettern und den Waffenstillstand anzukündigen. Dann fuhren wir zurück durch die schweigende Stadt und folgten der staubigen Piste rund um den Bergvorsprung. An der Nordseite ließen wir den Landrover bei dem Kamelpfad stehen und stiegen zu Fuß auf. Die Sonne stand jetzt hoch, und der heiße Fels brannte unter unseren Sohlen. Von Scheich Abdullahs Scharfschützen war keine Spur zu sehen, und auch oben auf der Bergspitze rührte sich nichts. Wir stiegen rasch, hofften das Beste – und fürchteten das Schlimmste. Das Wasser mußte ihnen ausgegangen sein, wahrscheinlich waren sie verwundet.

Als wir die letzte steile Steigung nahmen, erschien der Turm, vom Tor umrahmt, fahlgelb in der Sonne. Auf halber Höhe erkannte ich den Einschlupf, der wie ein offener Mund gähnte. Kein Lebenszeichen. Ich rief: „David! George Grant ist hier!" Nichts bewegte sich. „David!"

Und dann antwortete er aus dem Innern des Turmes mit einer hohlen, krächzenden Stimme. „Hauptmann Berry von den Trucial Oman Scouts ist in meiner Begleitung!" rief ich. „Der Emir bietet freies Geleit an." Noch als ich es sagte, kamen mir Zweifel. Hinter den Felsen unter uns lauerten Männer mit Gewehren. Woher wußten wir, daß sie nicht das Feuer auf uns eröffnen würden? Als David uns sagte, wir sollten durch das offene Tor kommen, war mir klar, daß wir dem Emir nicht hätten trauen dürfen.

Der offene Platz innerhalb der Festung war ein Schlachtfeld. Wir blickten auf Feuerstellen, die Gerippe von toten Kamelen und die Leichen von Arabern, die mit Fliegen bedeckt waren.

Etwas bewegte sich in dem schwarzen Maul des Turms, und die roh gezimmerte Holzleiter wurde herabgelassen. David erschien, kletterte sehr langsam herunter. Steif und aufrecht stand er da. Um seinen Unterarm hatte er ein blutbeflecktes Tuch gewickelt, und unterhalb der Schulter war Blut zu einem schwarzen Fleck geronnen.

„Wir waren gerade beim Emir. Wenn Sie jetzt mit uns kommen,

sichert er Ihnen zu, daß Sie unbehelligt das Land verlassen können", erklärte Berry.

„Und Sie glauben ihm?"

„Er hat einen Waffenstillstand angeordnet."

David nickte. „Das stimmt. Vor kurzem sahen wir einen Mann von Hadd heraufkommen. Er trug eine weiße Fahne. Aber dann verschwand er zwischen den Felsen." Davids Stimme war sehr schwach. „Ich traue dem Emir nicht", fügte er hinzu und kam langsam auf uns zu.

Aus der Nähe sah er entsetzlich aus. Die Augen und seine Haut waren ganz gelb geworden, sein Körper war so ausgezehrt, daß die Wangen tiefe Höhlen bildeten und die Backenknochen stark heraustraten. Er schien kleiner, als sei er geschrumpft. „Haben die Behörden in Bahrain sich entschieden einzugreifen? Werden sie Saraifa unterstützen?" Und als wir verneinten, antwortete er nur: „Sie werden es tun. Wenn ich lange genug aushalte, wird ihnen keine andere Wahl bleiben." Sein Blick heftete sich auf mich. „Warum sind Sie nicht nach Schardscha gegangen? Ich wollte, daß die Welt erfährt, was ich tue..."

„In England weiß man es bereits", tröstete ich ihn und erzählte von Ruffini, von dem Presseecho, das er ausgelöst hatte, und von der Anfrage im Unterhaus.

Davids Augen leuchteten auf. „Wunderbar", stieß er hervor. „Zeit, und etwas Glück, das ist alles, was ich jetzt brauche."

„Die Zeit arbeitet gegen Sie", sagte Berry. „Das ist Ihre letzte Chance, um hier lebend herauszukommen."

„Wirklich?" Die trockenen, zersprungenen Lippen zeigten den Anflug eines gequälten Lächelns. „Glauben Sie wirklich, der Emir würde uns ziehen lassen? Damit würde er das Gesicht verlieren. Ich gehe nicht. Ich bleibe hier, bis ich sterbe, es sei denn, der Emir erklärt sich mit meinen Bedingungen einverstanden, oder die Behörden unternehmen etwas, um die Sicherheit Saraifas zu garantieren."

„Bei Gott, Sie haben doch genug erreicht", sagte ich eindringlich und erzählte ihm von dem Gerücht, daß zwei Faladsch-Kanäle in Saraifa wieder Wasser führten und die Leute in die Oase zurückkehrten.

Berry aber dachte an das Naheliegende. „Wieviel Wasser haben Sie noch?" fragte er.

„Nicht viel. Aber im Turm ist es kühler. Wir trinken sehr wenig."

„Leben Ihre beiden Männer noch?"

„Ja. Hamid ist sehr schwach, eine Kugel ist ihm durch die Schulter gedrungen. Bin Suleimans Bein ist zerschmettert. Aber beide werden so lange überleben, wie das Wasser reicht."

„Sie werden also nicht mit uns kommen?"

„Nein."

Berry nickte. Er löste seine Feldflasche aus dem Koppel. „Viel ist es nicht", meinte er. „Aber vielleicht kommt es gerade auf einen Tag an. Ich benachrichtige das Hauptquartier von Ihrer Entscheidung."

David nahm die Wasserflasche entgegen. „Danke. Noch einen Tag", flüsterte er mit krächzender Stimme, und in diesem Moment krachte ein Schuß.

Der Aufschlag der Kugel, ein Schmerzensschrei, das Klirren eines Gewehrlaufs auf den Felsen – all das geschah in einer Sekunde. Ich drehte mich um und sah, wie ein Araber auf der Ostmauer zusammensackte. Als er schreiend hinunterstürzte, folgte ein zweiter Schuß. Berry und David hatten sich nicht bewegt. Ein metallisches Klicken lenkte meinen Blick zur Turmspitze. Ich sah ein Gewehr in der Sonne blitzen und eine dünne Rauchfahne aufsteigen.

„Sehen Sie. So viel ist das freie Geleit des Emirs wert." David lachte bitter. „Sie machen besser, daß Sie fortkommen, solange Sie noch können."

Berry griff in die Tasche und zog Verbandszeug hervor. „Ich dachte mir, das könnte nützlich sein. Viel Glück", wünschte er und wandte sich schnell ab.

David gab mir die Hand. „Sagen Sie meinem Vater bitte, daß ich mit ihm auf eine ergiebige Ölquelle hoffe. Aber wenn er zuläßt, daß der Emir auch nur einen Penny an Lizenzgebühren einsteckt, so will ich ihn bis ins Grab und darüber hinaus verfolgen."

Seine Hand war knochig wie die eines alten Mannes. „Leben Sie wohl", flüsterte ich. Am Tor hielt ich inne und blickte zurück. Er stand noch immer dort, leicht schwankend, die Glieder schlaff vor Kraftlosigkeit. Wir sahen einander ein paar Sekunden lang in die Augen, und dann ging ich durch das Tor hinaus. Wenn der Emir in dieser Nacht angreifen ließ, würde es das Ende bedeuten. „Was für eine Sinnlosigkeit!" rief ich Berry zu und stolperte fast blind vor Tränen den Weg hinunter.

„Ich bin nicht Ihrer Meinung", entgegnete Berry. „Wenn es nicht Männer wie David Whitaker gäbe ..." Er hatte die Pistole gezogen und suchte aufmerksam die Felsen ab, während wir uns bei unserem Abstieg beeilten. Aber wir sahen niemanden. Die hinterhältige Aktion des Emirs war gescheitert.

Als wir zum Funkwagen zurückkamen, fand Berry eine Nachricht vor, die ihn umgehend nach Schardscha zurückbeorderte. „Ich werde erst im Morgengrauen abfahren", meinte Berry. „Dem Hauptquartier werde ich melden, daß ich hier durch eine Reparatur am Funkwagen aufgehalten werde. Zwölf Stunden sind nicht viel, aber man kann nie wissen. Die Situation kann sich schon bald ändern."

Durch diesen einfachen Schachzug standen wir noch einen Tag länger an der Grenze. Am Abend sahen wir eine Staubwolke, die sich von Hadd her durch die Wüste bewegte. Durch das Fernglas zählten wir zweiunddreißig Kamele, und die Reiter waren bewaffnet. Berry befahl seinem Fahrer, Munition auszugeben, und machte die beiden Maschinengewehre feuerbereit. Aber der Trupp blieb auf dem Gebiet von Hadd und ritt nach Westen in die Dünen.

„Sie scheinen auf Whitakers Camp loszugehen", vermutete Berry. „Etwas anderes gibt es ja hier draußen nicht." Aber er machte keine Anstalten, ihnen zu folgen. „Oberst Whitaker wird selbst für sich sorgen müssen."

Ich sah die einsame Gestalt neben dem lärmenden Bohrturm deutlich vor mir. Genau das hatte Whitaker befürchtet: Der nächste Abgesandte des Emirs würde bewaffnet in sein Lager kommen. Oberst Whitaker mußte sich wohl oder übel ergeben. Ich verfolgte die Staubwolke, bis sie hinter dem Horizont verschwand, dann holte ich meine Ledertasche hervor und setzte mich hin, um einen Bericht zu verfassen. Nach Sonnenuntergang war ich fertig. Ich übergab ihn Berry. Sein Funker sollte ihn nach Schardscha durchgeben. In dem Bericht schilderte ich Davids Lage, unseren Besuch auf dem Fort und den verräterischen Anschlag auf David. Adressiert war das Schreiben an Ruffini.

Am nächsten Morgen, als wir die Presserundschau in der Nachrichtensendung hörten, stellte sich heraus, daß alle namhaften britischen Zeitungen eine Story veröffentlicht hatten, die offensichtlich auf meinem Bericht an Ruffini beruhte. Meistens war die Geschichte sogar in die Leitartikel aufgenommen worden, in denen dann nachdrücklich das Eingreifen der Regierung gefordert wurde.

Berry und ich sahen uns voller Erstaunen an. Wir konnten kaum glauben, daß meine Schilderung in England ein solches Echo ausgelöst hatte. Es war erst zwölf Stunden her, seit Berrys Funker meinen langen Bericht über den Morseapparat durchgegeben hatte, und in dieser kurzen Zeit war der Fall David Whitaker vor das höchste Tribunal des Landes gebracht worden – vor die britische Öffentlichkeit.

Unter diesen Umständen widerrief Berry seinen Marschbefehl, und innerhalb einer halben Stunde wurde sein Entschluß abgesegnet. Oberst George hatte, wie ich später erfuhr, bereits aus eigener Initiative Berrys Kompanie befohlen, so rasch wie möglich an die Grenze von Hadd vorzurücken. „Ich soll hier auf sie warten", erklärte Berry. „Bis dahin hofft der Oberst, hierzusein und das Kommando zu übernehmen."

„Wann wird er ankommen?" fragte ich.

„Irgendwann nach Mitternacht, denke ich. Ich muß Ihnen aber leider mitteilen", fügte Berry mit einem bitteren Lächeln hinzu, „daß ich über den Militärsender keine Nachrichten an Ruffini mehr weitergeben darf."

„Was machen wir aber mit dem Kommandotrupp des Emirs, der zu Whitakers Camp gezogen ist?" fragte ich. In meinem Bericht an Ruffini hatte ich ihn nicht erwähnt. „Das müßten Sie doch wenigstens melden."

„Ist schon geschehen", antwortete er. „Ich habe den Politischen Residenten und Sir Philip Gorde in Schardscha benachrichtigt." So stand es also, und im Augenblick blieb mir wiederum nichts anderes übrig, als zu warten.

Ich legte mich im Schatten des Funkwagens schlafen. Am Spätnachmittag erwachte ich und erfuhr, daß die Truppen von Hadd zurückgekehrt waren. „Im Fort herrscht nach wie vor Stille." Berry gab mir sein Fernglas. „Der Emir wird die arabischen Nachrichten gehört haben", fügte er hinzu, „und wissen, daß ihm nicht viel Zeit bleibt. Hat Oberst Whitaker ein Radiogerät?"

„Ich glaube nicht."

„Dann weiß er wahrscheinlich nicht, daß sich die Regierung in

London gezwungen sieht einzugreifen. Aber wenn er vom Emir ins Fort geschickt wird und sein Sohn noch am Leben ist, wird er von David erfahren, was geschehen ist. "

Bald darauf ging die Sonne unter. Wir hatten immer noch keine neuen Nachrichten erhalten und konnten den Stand der Dinge nur erraten. Ich legte mich aufs Feldbett, fand aber keinen Schlaf. Ich döste, bis mich Motorengeräusch in der Ferne weckte. Es war fünf Minuten vor zwei Uhr, und Berrys Kompanie war offenbar im Anmarsch. Ich erkannte Umrisse von Fahrzeugen, die unbeleuchtet im Konvoi durch die Wüste fuhren. Ein Offizier sprang aus dem ersten Wagen und erstattete Meldung. Hauptmann Berry gab leise Befehle, und plötzlich war das ganze Lager in Bewegung.

Mit einemmal hörte ich eine bekannte Stimme: „Hallo, Mister Grant. Ruffini ist da. " Er legte seine fleischige Hand auf meinen Arm. Man hatte ihn dieser Kompanie zugeschoben, um ihn buchstäblich „in die Wüste" zu schicken. Von einigen Zeitungen hatte er inzwischen Traumangebote erhalten.

Ich schlief kaum zwei Stunden, dann brach der Morgen an. Im Südosten wirkte der Dschebel al-Akbar schwarz vor der aufgehenden Sonne, bald jedoch glich er sich dem Graubraun der Wüste an. Nichts rührte sich.

Und dann fiel ein einziger Schuß. Wir saßen gerade unter einem Zeltdach und tranken Tee. Wir hörten ihn alle: das kurze leise knackende Geräusch vom Gipfel des Dschebel al-Akbar. Aber durch das Fernglas war nichts zu sehen. Es war zehn Uhr vierunddreißig.

Wir hatten keinen Grund, ihm eine andere Bedeutung beizumessen als den früheren Schüssen, obwohl uns nachträglich zum Bewußtsein kam, daß er gedämpfter klang als die der vorangegangenen Tage. Wir blieben also sitzen und warteten ab.

Kurz vor Mittag wurde die Stille vom Brummen eines Hubschraubers gestört. Er kam von Norden und war mit Tarnfarbe angestrichen. Als er gelandet war, stieg Sir Philip Gorde aus. Der alte Haudegen kam sogleich auf mich zu. „Guten Tag, Mr. Grant. " Er stützte sich auf den Stock. „Wo ist Charles Whitaker? Was ist ihm zugestoßen?" Als ich ihm meine Besorgnis zu erkennen gab, der Emir könnte ihn vielleicht gefangengenommen haben, rief er: „Allmächtiger! Diese verdammten Politiker! Immer ist es zu spät, wenn sie sich endlich zu etwas entschließen. Hoffentlich kommen wir noch rechtzeitig." Er stapfte davon, um meine Bedenken sogleich Oberst George mitzuteilen, der ebenfalls mit dem Hubschrauber eingetroffen war. Befehle wurden ausgegeben, Männer rannten los, ein Motor wurde angelassen, und dann verschwand ein Landrover in einer Staubwolke.

„Ach, da sind Sie ja, Mr. Grant." Oberst George stand in schmucker Uniform vor mir. „Der junge Whitaker scheint ja noch am Leben zu sein."

„Wir haben einen Schuß gehört ..."

„Hauptmann Berry hat davon berichtet. Wir können nur das Beste hoffen. Ich schicke eine kleine Truppe los, die das Fort übernehmen wird. Die andern rücken in Hadd ein. Berry ist vorausgefahren, um die Verbindung mit dem Emir aufzunehmen. Sie und Ruffini können in einem der Stabsfahrzeuge mitfahren."

Zehn Minuten später waren wir unterwegs, und nach einer halben Stunde hielt die Kolonne an. Wir waren bereits am Fuß des Dschebel al-Akbar. Die Zeit verging, und nichts geschah. Das Warten schien kein Ende zu nehmen. Aber plötzlich brauste der Landrover von Oberst George heran. Sir Philip saß neben ihm. „Springen Sie auf!" rief er mir zu. „Ruffini auch. Der Emir will mich am ersten Brunnen treffen." Wieder setzte sich die Kolonne in Bewegung, und mehrere Wagen bogen auf den Kamelpfad an der Nordseite des Dschebel al-Akbar ab. Wir erreichten die Spitze der Kolonne gerade, als die Stadt Hadd hinter dem Dschebel al-Akbar auftauchte.

Keine Menschenseele war zu sehen, und auch in den Dattelgärten rührte sich nichts. „Diese Ruhe gefällt mir nicht", brummte Oberst George. „Was halten Sie davon, Berry?"

„Ich glaube, wir sollten uns auf Schwierigkeiten gefaßt machen, Sir. Die Eile, mit der mich der Emir abgefertigt hat, und der listige Ausdruck in seinen Augen haben mich stutzig gemacht."

Der Oberst nickte. „Also, fahren wir weiter."

Unsere Kolonne breitete sich fächerartig über die Kiesebene aus. Hinter uns sprangen Soldaten von den Wagen und schwärmten mit Granatwerfern und Maschinengewehren bewaffnet aus. Aber die trügerische Ruhe hielt an, und kein Schuß wurde auf uns abgegeben.

Eine volle Stunde ließ uns der Emir in der glühenden Hitze warten.

Schließlich kam ein Reiter auf einem weißen Kamel durch das Stadttor. Der Emir erschien ganz allein, ohne einen einzigen Diener. „Klug ist er", murmelte der Oberst. „Jeder andere Wüstenherrscher hätte diese Gelegenheit ergriffen, seine ganze Macht zur Schau zu stellen. Aber er reitet auf dem Kamel daher, obwohl in seinem Palast ein brandneuer Cadillac steht . . ."

Wir saßen da und warteten. Mir wurde plötzlich klar, weshalb er nicht mit dem Cadillac vorgefahren war. Mit starrem Gesicht und ohne Begrüßung ritt er heran, und als er schließlich ganz dicht vor uns anhielt, blickte uns das Tier aus hochmütigen Augen an. Der Emir selbst thronte über uns, gottähnlich vor der sengenden Sonne. Es war ein außerordentlich wirkungsvoller Auftritt.

Er wartete schweigend darauf, daß Oberst George ihn grüßte. Statt dessen brüllte der Oberst einen Befehl, und sein Fahrer wendete den Landrover so, daß er seitlich vor dem Emir zum Stehen kam. Es half aber nichts, denn das Kamel nahm sofort wieder die gleiche dominierende Position ein.

Dann hielt der Emir eine Ansprache, die fast eine Viertelstunde dauerte. Er sprach sehr beherrscht, aber der Haß, der den Mann erfüllte, verriet sich in einem leichten Zittern seiner Stimme und in den Blicken seiner schwarzen Augen.

Sir Philip übersetzte mir die Rede im Flüsterton. Natürlich verlor der Emir kein Wort über den Überfall auf Saraifa. Statt dessen verweilte er ausführlich bei den territorialen Ansprüchen Hadds. Er griff die Ölgesellschaften an und dann auch noch England und Amerika. Imperialistische Mörder nannte er uns. „Ich nenne Sie Mörder, weil Sie bewaffnet herkommen, um einen Mörder zu schützen." Er wies auf das Fort. Als Oberst George zu erklären versuchte, daß Davids Tat nur gerecht sei, gebot ihm der Emir Schweigen. „Für Sie ist es kein Mord, wenn ein Araber getötet wird. Was sagen Sie aber, wenn es sich um den Mörder eines weißen Mannes handelt – eines Mannes aus Ihren Reihen?"

Er wandte sich im Sattel um, schrie etwas und gab ein Zeichen mit der Hand. Ein Landrover kam durch das Stadttor. Als der Wagen an uns vorbeifuhr, wurde eine Gestalt in arabischer Kleidung herausgeworfen, zerschunden und blutbefleckt. Der Körper schlug neben uns auf, rollte ein kleines Stück durch den Sand und lag dann mit dem

Gesicht nach oben der Länge nach da. Nun erkannte ich, wer dort lag ... Oberst Whitaker. Er war tot.

Der Oberst war durch einen Schuß ins Gesicht getötet worden. Sein Kopf war schlimm zerschlagen, die Arme gebrochen und die Kleider schwarz vor Blut. Fliegenschwärme ließen sich auf der Leiche nieder, und mir wurde übel.

„Kennen Sie den Mann?" fragte der Emir. Und als Oberst George nickte, berichtete der Emir, daß Hadschi Whitaker sich an diesem Morgen bereit erklärt hatte, in das Fort zu gehen und mit seinem Sohn zu reden. Was dort geschehen war, sagte er nicht. Er zeigte auf den Leichnam. „Der Sohn dieses Mannes hat mein Volk gemordet. Sie sagen, es sei kein Mord. Sehen Sie sich nun das an, was vor Ihnen liegt, und sagen Sie selbst – ist das Mord?"

Oberst George saß mit starrem Gesicht im Wagen. „Sein eigener Vater!" Er machte keinen Versuch, den Schilderungen des Emirs zu widersprechen.

„Sie haben keine Beweise", entgegnete ich.

Sir Philip fragte, wo man die Leiche gefunden habe, und als der Emir antwortete, seine Leute hätten sie am Fuß der Felsen unterhalb des Turms entdeckt, nickte er. Für ihn war die Sache damit erledigt.

Es war sehr heiß in der Sonne, und doch lief mir ein kalter Schauer den Rücken hinunter. Ich erinnerte mich an den einzelnen Schuß, den wir am Morgen gehört hatten.

Oberst George ging als erster zur Tagesordnung über. Er sprach nicht mehr über Whitakers Tod, sondern handelte die Bedingungen aus, unter denen das Fort geräumt und die Truppen zurückgezogen würden. Und als der Emir schließlich zustimmte, gab er den auf dem Dschebel al-Akbar wartenden Soldaten das vereinbarte Zeichen und kehrte mit seiner Truppe in die Wüste zurück. Whitakers Leiche nahm er mit.

Bei der Rückkehr ins Lager stellte ich fest, daß der Hubschrauber abgeflogen und der erste Lastwagen vom Dschebel al-Akbar schon wieder zurückgekehrt war. Oberst George sprach mit dem Fahrer und teilte uns dann mit: „David Whitaker ist anscheinend noch am Leben. Der Hubschrauber ist aufgestiegen, um ihn herauszuholen." Hinter mir hörte ich, wie Sir Philip murmelte: „Gnade ihm Gott! Er wäre besser tot."

Der Hubschrauber tauchte über dem Fort auf, und nachdem er in unserem Lager niedergegangen war, trugen einige Soldaten David in den Schatten des Stabszelts. Seine Miene war entspannt, und die Augen waren geschlossen; aus seinem hohlwangigen Gesicht war alles Blut gewichen. Aber dann öffnete er die Augen, und er sah mich. Die wunden Lippen lächelten, und er versuchte, etwas zu sagen, brachte aber kein Wort heraus. Dann schloß er die Augen wieder und fiel in tiefe Bewußtlosigkeit.

Der Hubschrauber hatte auch bin Suleiman ausgeflogen. Er war schwer verwundet und sehr geschwächt, aber am Leben. Hamid war tot. Die Soldaten brachten später seine Leiche aus dem Fort und begruben sie neben Oberst Whitaker in der Nähe des Dschebel al-Akbar. Sir Philip stand mit entblößtem Kopf und hartem, kaltem Blick da, als sein alter Freund Whitaker in dem flachen Wüstengrab zur letzten Ruhe gebettet wurde. Ruffini saß auf dem Boden, während sein Bleistift über den Notizblock glitt. Nach der Beerdigung trat ich neben ihn, um mit ihm zu sprechen. Ich wollte ihn dazu bewegen, die Todesnachricht erst verzögert bekanntzumachen. Dabei dachte ich mehr an Susan als an David. Ich legte Ruffini die Hand auf die Schulter. „Es ist wegen Whitaker", erklärte ich.

Er sah zu mir auf. „Es ist phantastisch", triumphierte er. „Die großartigste Geschichte, die ich je geschrieben habe. Auf der einen Seite steht der junge David, der ganz allein die englische Regierung zum Eingreifen gezwungen hat. Und daneben sein Vater, der große alte Mann der Wüste, eine Art von ... Es spielt keine Rolle. Wichtig ist nur, daß er tot ist, umgebracht von einem stupiden Tyrannen."

„Sie glauben, daß der Emir ..."

„Ihn getötet hat, um den Namen des Sohnes anzuschwärzen. Es ist nichts als ein lächerlicher Versuch, diesen heldenhaften jungen Mann zu vernichten. Es ist eine Tragödie. Und mit dem Tod von Oberst Whitaker endet eine ganze Epoche in der Wüstengeschichte: Er war der letzte große Engländer in Arabien ..." Ruffini senkte den Kopf, und sein Bleistift flog wieder über das Papier.

Ich starrte ihn voller Erstaunen an. Auch er war dabeigewesen und hatte die Rede des Emirs gehört. Und er glaubte ihm nicht. Er würde den Emir des Mordes an Oberst Whitaker beschuldigen, und da er der einzige Journalist in vorderster Linie war, würde die Presse seine

Version veröffentlichen. Ich konnte nur hoffen, daß die Behörden es dabei belassen würden.

Oberst George steckte Ruffinis Bericht ein, als er kurz darauf in seinem Hubschrauber abflog. Er nahm auch David mit, und so mußte Sir Philip mit dem Landrover durch die Wüste fahren. Ich stand neben ihm, als der Hubschrauber aufstieg. Er wandte sich mir zu und sagte: „Wenn David Whitaker am Leben bleibt, werden Sie eine ganze Menge zu verantworten haben. Sie haben ihn in dieses Land geschmuggelt, obwohl Sie wußten, daß er einen Menschen getötet hat. Und Vatermord ist ein Verbrechen, das jede Gesellschaft verabscheut. Jetzt ist er ein Held. Aber wenn die Öffentlichkeit die Wahrheit erfährt . . ." Er starrte mich mit seinen harten, kalten Augen an. „Charles Whitaker war ein Mann, wie man ihn unter Tausenden nicht findet. Ich kenne ihn, seit ich in Arabien zu tun habe, und ich werde dafür sorgen, daß die Wahrheit ans Licht kommt." Er wandte sich abrupt um und humpelte zu Hauptmann Berry hinüber, der den Konvoi marschbereit machte.

Sir Philip fuhr kurz darauf ab, so daß ich keine Gelegenheit hatte, noch einmal mit ihm zu reden. Und als ich endlich in Schardscha eintraf, saß Sir Philip bereits im Flugzeug nach England, und es war für ein klärendes Gespräch zu spät. David war in Haft genommen worden, und die Presse wurde in einer offiziellen Verlautbarung darüber informiert.

WENIGE Wochen später begann die Gerichtsverhandlung gegen David Whitaker, und am dritten Tag trat er nach der Mittagspause in den Zeugenstand. Der Verteidiger befragte ihn zu den Hauptpunkten, die sich aus meiner Aussage ergaben, um die Beziehung zu seinem Vater im günstigsten Licht erscheinen zu lassen. Am späten Nachmittag kam er zum entscheidenden Ereignis: Oberst Whitakers Besuch im Fort Dschebel al-Akbar. Totenstille herrschte im überfüllten Gerichtssaal von Bahrain, und aller Augen waren auf den blonden jungen Mann gerichtet, der vor dem Richter stand. Den Arm trug er in einer Schlinge, und sein sonnenverbranntes Gesicht wirkte – unterstrichen von dem hellen Tropenanzug – fast schwarz.

Fast alle Londoner Zeitungen waren vertreten, ebenso ein großer Teil der Weltpresse, und in dem kleinen Gerichtssaal blieb kaum Luft zum Atmen. Draußen, in der stickigen, feuchten Hitze, warteten die Fotografen, die Wochenschau- und Fernsehreporter, während am Flugplatz auf der Insel Muharrak Sonderflugzeuge auf die Aufnahmen warteten, die unverzüglich auf unzählige Bildschirme übertragen werden sollten.

„Ich möchte, daß sich das Gericht ein klares Bild über Ihre Lage an jenem Morgen machen kann." Der Verteidiger warf einen Blick auf seine Unterlagen. „Zu der Zeit waren Sie bereits sieben Tage auf dem Dschebel al-Akbar. Ist das richtig?"

„Ja."

„Und Sie waren nur noch zu zweit, Sie und bin Suleiman, und beide außerdem verwundet."

„Ja."

„Waren Sie in der Nacht angegriffen worden?"

„Nein, seit einigen Tagen hatten die Männer des Emirs keinen Versuch mehr unternommen, das Fort zu stürmen."

„Wurden an dem fraglichen Morgen noch irgendwelche Schüsse abgegeben, abgesehen von dem einen, der Ihren Vater tötete?"

„Nein. Die Männer lagen ruhig in ihren Stellungen und wollten uns in Sicherheit wiegen, damit wir unvorsichtig würden."

„Sie blieben also im Turm?"

„Natürlich. Ich hatte den Turm nicht verlassen, seit Mr. Grant uns besucht hatte. Ich wollte nicht das Risiko eingehen, abgeknallt zu werden."

„Richtig. Aber waren Sie zu diesem Zeitpunkt nicht auch bereits zu schwach, um vom Turm hinabzusteigen?"

„Ja, wahrscheinlich."

„Wann hatten Sie zuletzt Nahrung zu sich genommen?"

„Ich erinnere mich nicht mehr. Wir hatten noch etwas getrocknetes Kamelfleisch übrig, aber wir konnten es nicht schlucken. Die Zunge war dick geschwollen und der Mund vollkommen ausgetrocknet."

„Hatten Sie noch Wasser?"

„Hauptmann Berry hatte mir seine Feldflasche gegeben. Unser Wasservorrat war zu Ende, und Berrys Flasche war schon halb leer."

„Ihre Lage war also völlig verzweifelt?"

„Ziemlich verzweifelt."

Der Verteidiger ließ seinen Blick vom Richter zu den überfüllten

Pressetischen hinüberwandern. „Wie lange konnten Sie Ihrer Meinung nach noch aushalten?"

„Das kann ich nicht mit Bestimmtheit sagen. Wenn niemand gekommen wäre, wären wir vielleicht noch ein paar Tage lang am Leben geblieben."

„Doktor Logan, der Sie nach Ihrer Ankunft in Schardscha untersuchte, hat ausgesagt, Sie seien so sehr geschwächt gewesen, daß Sie seiner Meinung nach die nächsten vierundzwanzig Stunden nicht überlebt hätten. Konnten Sie noch stehen?"

„Ich weiß nicht. Ich habe es nicht versucht."

„Hätten Sie ein Gewehr an die Schulter heben und abfeuern können?"

„Wenn sie uns angegriffen hätten, hätte ich es wahrscheinlich irgendwie fertiggebracht. Aber zu dem Zeitpunkt war jede Bewegung eine fast übermenschliche Anstrengung."

„Wenn Sie nicht einmal ein Gewehr hochheben konnten außer in höchster Not, dann können Sie kaum die Kraft gehabt haben, über die Leiter vom Turm herunterzusteigen, wieder zurückzuklettern und die Leiter hinaufzuziehen . . ."

„Einspruch!" Der Staatsanwalt war aufgesprungen. „Die Verteidigung legt dem Zeugen Worte in den Mund."

Aber der Verteidiger hatte deutlich gemacht, worauf es ihm ankam. „Ich werde die Frage anders formulieren. Haben Sie an dem fraglichen Morgen vor dem Eintreffen der Trucial Oman Scouts versucht, die Leiter hinunterzulassen?"

„Nein."

„Wußten Sie, daß die Trucial Oman Scouts an diesem Tag in das Emirat von Hadd einmarschieren würden?"

„Nein."

„Was Sie also über die Ereignisse außerhalb des Turms wußten, beschränkte sich auf die Nachrichten, die Ihnen Mr. Grant zwei Tage zuvor überbracht hatte?"

„So ist es."

Der Verteidiger machte eine Pause und blickte erneut auf seine Unterlagen. „Jetzt kommen wir zu dem Augenblick, als Ihr Vater am Fort eintraf. Haben Sie ihn erwartet?"

„Nein, wie konnte ich?"

„Wurden Sie in irgendeiner Form gewarnt, daß sich ein Besucher näherte?"

„Ein Araber rief etwas; er bat uns, nicht zu schießen. Der Mann näherte sich dann mit einer weißen Fahne in der Hand. Das war schon einmal geschehen, als Mr. Grant und Hauptmann Berry gekommen waren."

„Und bei der Gelegenheit wurde ein hinterhältiger Anschlag auf Ihr Leben versucht?" Und als David nickte, fügte der Verteidiger hinzu: „Aber damals hatten Sie zur Vorsicht bin Suleiman auf das Dach des Turms geschickt. Ergriffen Sie dieses Mal die gleiche Vorsichtsmaßnahme?"

„Nein."

„Warum nicht?"

„Bin Suleiman war bewußtlos."

„Und Sie hatten keine Kraft mehr, um selbst hinaufzuklettern?"

„Genau."

„Wollen Sie dem Gericht bitte erzählen, was sich zugetragen hat, als Ihr Vater erschien?"

„Er kam durch das Haupttor herein und trug Araberkleidung. Ich erkannte ihn nicht – meine Augen waren zu schwach. Aber dann blieb er in der Nähe des Tores stehen, rief meinen Namen und gab sich zu erkennen. Er lief zum Turm, und wir sprachen miteinander."

„Er verlangte von Ihnen, das Fort aufzugeben, nicht wahr?"

„Zunächst."

„Dann änderte er seine Meinung?"

„Ja."

„Weshalb änderte er seine Meinung?"

David antwortete unwirsch: „Er änderte sie eben."

„Geschah dies, nachdem Sie Ihrem Vater erzählt hatten, daß Sie durch die Einnahme des Forts zu Hause Schlagzeilen gemacht hatten?"

„Ich erinnere mich nicht."

„Sie erzählten es ihm aber, nicht wahr?"

„Ich weiß nicht. Wahrscheinlich."

„War Ihr Vater überrascht?" Und als David keine Antwort gab, wurde der Verteidiger energischer: „Ich möchte, daß das Gericht erfährt, ob Oberst Whitaker von den Zeitungsberichten über Ihre Unternehmungen und von der Anfrage im Unterhaus wußte. Bis jetzt ergibt sich aus den Zeugenaussagen, daß er nichts darüber gewußt haben konnte, bis Sie es ihm mitteilten. Stimmt das?"

„Ich weiß es wirklich nicht."

„Aber er muß sich doch irgendwie dazu geäußert haben."

„Ich sage Ihnen ja, ich entsinne mich nicht. Ich war in zu schlechter Verfassung, um mich jetzt noch an Einzelheiten erinnern zu können."

„Sprachen Sie mit ihm von einer der Schießscharten im Turm aus?"

„Ja."

„Und während des ganzen Gesprächs blieben Sie in der gleichen Stellung?"

„Ja."

„Wo war Oberst Whitaker?"

„Er stand direkt unter mir."

„Und als das Gespräch beendet war, wohin ging er dann?"

„Ich glaube, er kam auf der rechten Seite näher an den Turm heran. Genau weiß ich es aber nicht, ich verlor ihn aus den Augen."

„Ging er auf die Felsen zu, über denen sich der Festungsturm erhebt?"

„Ja."

„Was geschah dann?"

„Es verging einige Zeit, und dann ... dann fiel dieser Schuß."

„War es ein Gewehrschuß oder ein Pistolenschuß?"

„Es war ein Gewehrschuß."

„Und hörten Sie danach noch andere Geräusche?"

„Ja, das Geräusch fallender Steine. Daher wußte ich, daß er über die Felsen gestürzt war. Ich schleppte mich zur südlichen Schießscharte, konnte aber nicht hinuntersehen und daher nicht nachvollziehen, was geschehen war. Ich versuchte, ihn zu rufen, glaube aber nicht, daß ich einen Laut hervorbrachte."

Der Verteidiger beugte sich vor und fragte mit leiser Stimme: „Sie haben ja von dem Gutachten des Ballistikers gehört, der der Meinung ist, Ihr Vater sei durch eine Pistolenkugel getötet worden und nicht durch ein Gewehr. Der Schuß wurde aus geringer Entfernung abgegeben."

Der Richter schaltete sich ein. „Ich möchte das ganz genau wissen. Sie sagten, Sie seien in einer zu schlechten Verfassung gewesen, um sich noch daran zu erinnern, was zwischen Ihnen und Ihrem Vater vorging. Trotzdem behaupten Sie jetzt ganz kategorisch, daß es ein Gewehrschuß gewesen sei?"

„Ja, Sir."

„Hatten Sie ein Gewehr in der Hand?"

„Nein, Sir. Ich habe den Schuß nicht abgegeben. Er wurde von einem dieser verräterischen . . ."

Der Richter unterbrach ihn. „Beschränken Sie sich bitte darauf, die Ihnen gestellten Fragen zu beantworten. Für Sie steht also eindeutig fest, daß der tödliche Schuß aus einem Gewehr und nicht aus einer Pistole abgefeuert worden ist?"

„Ja."

Der Richter lehnte sich zurück und nickte dem Verteidiger zu fortzufahren. Ich blickte auf Susan, die neben mir saß. Ihr Gesicht war kreidebleich. Es war offensichtlich, daß David einen entscheidenden Tatbestand über die Vorgänge zwischen ihm und seinem Vater zurückhielt. Ich hörte, wie ein Mann hinter mir seinem Nachbarn zuflüsterte: „Wenn er so weitermacht, hat er keine Chance."

Der Verteidiger vertiefte sich eine Zeitlang in seine Unterlagen, unentschlossen, ob er die Sache weiterverfolgen solle. Endlich blickte er auf. „Hatten Sie eine Pistole?"

David starrte ihn verstockt an. „Sie wissen doch, daß ich eine hatte. Dieser Ballistiker hat die Waffe ja bereits untersucht."

„Ja. Es war ein sechsschüssiger Revolver, in dem sich noch zwei Schuß Munition befanden. Und außerdem hatten Sie noch einige Ersatzpatronen lose in einem Lederbeutel. Wie viele Schuß hatten Sie tatsächlich mit dieser Waffe abgefeuert?"

„Gerade die vier fehlenden. Ich habe den Revolver nur einmal benützt. Das war in der Nacht, als Mr. Grant fortging. Die Angreifer waren ziemlich nahe herangekommen, und als das Magazin des Gewehrs leer war, nahm ich den Revolver."

„Nach dem medizinischen Gutachten und dem Gutachten des ballistischen Sachverständigen ist es völlig ausgeschlossen, daß Ihr Vater von einem der Männer des Emirs erschossen worden ist." Der Verteidiger blickte David streng an. „Es bleiben nur zwei Möglichkeiten offen. Entweder Sie haben Ihren Vater getötet, oder er hat sich selbst umgebracht." Er machte eine Pause. „Hat Oberst Whitaker Selbstmord begangen?"

„Er hatte kein Gewehr, er war nicht bewaffnet."

„Wissen Sie das genau? Er konnte eine Pistole in seinen Kleidern versteckt haben." Der Verteidiger stellte die Frage noch einmal, um David eine Chance zu geben: „Hat sich Oberst Whitaker selbst erschossen oder nicht?"

David starrte ihn an – im Saal war es totenstill. Schließlich sprach er: „Ich habe Ihnen schon einmal gesagt: Er wurde durch einen Gewehrschuß getötet, der von einem der Männer des Emirs abgegeben worden ist." Er wandte sich zum Gerichtssaal um. „Kann sich irgend jemand vorstellen, daß mein Vater zu den Männern gehörte, die sich das Leben nehmen?"

Dieser letzte Satz gab den Ausschlag, denn damit hatte David ausgesprochen, was jeder einzelne empfand. Der Verteidiger konnte ihm nicht mehr helfen. „Die Verteidigung hat keine Fragen mehr."

Dann verkündete der Richter: „Ich möchte die Sitzung vertagen. Aber vorher halte ich es für meine Pflicht, noch einige Worte an den Angeklagten zu richten. Sie haben sich bereit erklärt, in den Zeugenstand zu treten. Nach meiner Meinung taten Sie recht daran, da das Gericht andernfalls nie erfahren hätte, was an dem Morgen geschah, ehe Ihr Vater umkam." Und mit väterlicher Stimme fuhr er fort: „Heute haben Sie die Fragen beantwortet, die Ihr gerichtlicher Vertreter Ihnen vorgelegt hat. Wenn das Gericht morgen zusammentritt, wird der Vertreter der Anklage Sie ins Kreuzverhör nehmen, und ich muß Sie darauf vorbereiten, daß er Sie sehr genau darüber befragen wird, was sich zwischen Ihnen und Ihrem Vater abgespielt hat. Der Zeuge George Grant hat ausgesagt, daß es Mißverständnisse zwischen Ihnen gab, um nicht zu sagen, erhebliche Spannungen. Ich muß Sie also warnen, daß es Sie sehr belastet, wenn Sie die Aussage verweigern." Er griff zum Hammer und klopfte. „Die Sitzung wird bis morgen früh um zehn Uhr vertagt."

Alles drängte zu den Türen. David stand noch im Zeugenstand und sah sich im Saal um. Einige Sekunden lang blieb sein Blick auf seiner Schwester haften, und er bedachte sie mit einem unsicheren, fast um Verzeihung bittenden Lächeln. Dann wurde er von Polizeibeamten abgeführt.

Susans Hand lag auf meinem Arm, und ich spürte, wie sie zitterte. „David wird seinen Entschluß nicht ändern, und morgen wird der

Staatsanwalt seine Anklage auf Grund seines Schweigens untermauern, glaubst du nicht?"

„Es sieht nicht gut aus", erwiderte ich knapp.

Wir traten in den Sonnenschein hinaus, und die feuchte Hitze wirkte wie ein Dampfbad. Auf der Straße staute sich der Verkehr, und es wimmelte von Menschen. Sir Philip wartete bei seinem Wagen und rief mich zu sich. „Ich möchte Sie sprechen, Mr. Grant. Der Junge wird verurteilt, wenn ihn nicht jemand zum Reden bringt."

„Ich dachte, Sie stünden hinter dieser Hexenjagd."

„Ich habe zwar eine Aussage gemacht, aber ohne sämtliche Tatsachen zu kennen." Er zögerte kurz und sagte dann plötzlich: „Mr. Grant, steigen Sie ein. Sie auch, Miß Thomas. Ich habe Ihnen etwas zu sagen." Während der Fahrer den Wagen durch die Menge steuerte, wandte sich Sir Philip an Susan: „Ich könnte vielleicht erreichen, daß Sie Ihren Bruder heute abend besuchen dürfen."

Sie zuckte mit den Achseln, zum Zeichen der Aussichtslosigkeit. „Ich fürchte, er läßt sich eher verurteilen, als vor aller Welt zuzugeben, daß sein Vater, der legendäre Wüstenheld, Selbstmord verübt hat. Nur weil er jetzt tot ist, bringt David ihm wieder die gleiche Verehrung entgegen wie einst. Er wird seine Haltung nicht aufgeben, das weiß ich."

„Hm. Dann müssen wir uns etwas anderes ausdenken. Niemand ist glücklich über diesen Verlauf, am wenigsten die Behörden. Dennoch, Miß Thomas, war Ihr Vater ein großer Mann. Sie sollten stolz auf ihn sein."

„Das bin ich nicht; er ist mir gleichgültig. Er ist tot, und der einzige, um den ich mich sorge, ist David."

Sir Philip seufzte. „Könnten Sie Ihren Vater vielleicht besser verstehen, wenn ich Ihnen verrate, daß er versucht hat, sich im Fort mit David zu verbünden? Daß David ihm die Leiter entweder nicht aus dem Turm hinunterlassen konnte oder es nicht wollte? Ihr Vater kam tatsächlich bis zum Eingangsloch, konnte sich aber nicht selbst hineinziehen."

„Woher wissen Sie das?"

„Von bin Suleiman. Nachdem er aus dem Krankenhaus entlassen wurde, verschwand er. Seitdem haben meine Leute die ganze Wüste nach ihm abgesucht. Vor zwei Tagen brachten sie ihn her."

„Warum haben Sie dann nicht Davids Verteidiger ins Vertrauen gezogen?"

„Weil es nichts nützen würde. Bin Suleiman hörte David und Charles Whitaker reden, aber er verstand nichts, weil sie englisch sprachen. Und die Tatsache, daß Charles zum Eingangsloch hinaufkletterte, würde der Richter nur gegen David auslegen. Bin Suleiman glaubte, es sei ein Askari des Emirs gewesen, und so griff er nach seinem Gewehr. Die Anstrengung ließ ihn wieder das Bewußtsein verlieren, so daß er nichts von dem weiß, was später geschehen ist."

„Aber es genügt, um Ihre Ansicht über Davids Schuld zu ändern", bemerkte ich. „Warum?"

„Ach, das ist es nicht. Bin Suleimans Aussage ist nur ein Mosaikstein in dem Bild, das ich mir mittlerweile gemacht habe. Zunächst habe ich Entwhistle in Charles' Camp an der Grenze von Hadd geschickt. Er berichtete, daß der Bohrturm zerstört, der Wagen mit der seismologischen Ausrüstung ausgebrannt und das Lager verlassen sei. Er fuhr nach Saraifa und sprach dort mit Charles' Leuten. Der Kommandotrupp des Emirs hatte im Morgengrauen angegriffen. Der Sekretär des Emirs fesselte Charles auf ein Kamel, und dann zündeten sie rundherum alles an. Der Emir ließ Charles die Wahl: Entweder würde er seinen Sohn – lebend oder tot – aus dem Fort bringen, oder man würde ihn selbst in der Wüste aussetzen und verdursten lassen."

„Kam er nicht auf die Idee, daß Whitaker sein Los mit dem seines Sohnes verbinden könnte?" fragte ich.

„Nein, er ging raffinierter vor. Er ließ die Bohrausrüstung vernichten, machte Charles aber das Angebot, seine Bohrungen zu finanzieren, sobald sein Sohn aus dem Wege geräumt und der Dschebel al-Akbar wieder in seiner Hand sei."

„Aber die Verteidigung hat doch wohl ein Recht darauf..."

„Gerüchte", brummte Sir Philip. „Ich habe keine Beweise."

„Aber Ihrer Meinung nach wissen Sie jetzt, was geschehen ist?"

„Ja, ich glaube es zu wissen. Ich denke, Charles sah ein, nachdem er mit seinem Sohn gesprochen hatte, daß das, was er als sinnlosen Auftritt angesehen hatte, tatsächlich Erfolg versprach. Daraufhin wollte er sich mit David zusammenschließen, verriet seinem Sohn aber wahrscheinlich nicht, vor welche Wahl er gestellt worden war, und David weigerte sich, die Leiter hinabzulassen. Charles versuchte, in den Turm zu gelangen, und schaffte es nicht. Und dann stand er an der Felskante und sah auf Hadd hinunter, wissend, daß der Rückweg den sicheren Tod bedeutete. Wahrscheinlich war ihm gestattet worden, eine Pistole bei sich zu tragen, und gewiß glaubte er, ein dramatisches Ende wie dieses ..." Sir Philip seufzte. „Charles hatte nichts mehr, wofür es sich zu leben lohnte – der Bohrturm war zerstört, und was er selbst hätte unternehmen können, hatte sein Sohn schon gewagt. Aber etwas blieb ihm noch: das Sterben. Sein Tod würde dem Verrat des Emirs zugeschrieben werden." Sir Philip zuckte die Achseln. „Das sind alles meine persönlichen Schlußfolgerungen, nichts weiter. Ich kannte Charles sehr gut und glaube, daß er so gedacht haben könnte. Und in gewisser Hinsicht hatte er recht. Wenn er nicht auf diese Weise gestorben wäre, hätte der Emir vielleicht nicht Oberst Georges Bedingungen akzeptiert."

„Das müssen Sie vor Gericht aussagen", verlangte Susan.

Aber Sir Philip schüttelte den Kopf. „Es hätte keinen Sinn, Miß Thomas. Der Richter, der den Fall bearbeitet, ist von England hergereist. Er kann nicht im entferntesten verstehen, was für ein Mann Charles war. Und der einzige stichhaltige Beweis – eine Pistole mit einer einzigen abgefeuerten Kugel – fehlt mir. Meine Leute konnten sie nicht finden. Zweifellos hat der Emir dieses Beweisstück vernichtet, weil er Charles als wehrlosen Mann hinstellen wollte, der von seinem Sohn ermordet wurde. Nein", schloß er, „jetzt muß gehandelt werden." Er befahl dem Fahrer, zu meinem Hotel zu fahren. „Wir werden Mr. Grant absetzen, und dann kommen Sie mit mir, Miß Thomas. Ich sorge dafür, daß Sie Ihren Bruder heute abend besuchen können. Dann geben Sie ihm dies." Er zog seine Brieftasche hervor und entnahm ihr ein dickes Bündel ostafrikanischer Banknoten. „Eine Nachricht ist auch dabei", bemerkte er, als er ihr die Scheine übergab.

Sie starrte ihn überrascht an. Dann sagte sie: „Ich weiß nicht, was Sie vorhaben, Sir Philip. Aber was es auch ist, Sie tun es nicht Davids wegen. Sie tun es, weil Sie ihn in Saraifa brauchen. Dort unterzeichnen Sie eine Konzession und wollen sichergehen, daß er für Sie bohrt."

„Verstehen Sie mich nicht falsch, Miß Thomas: Als freier Mann kann uns Ihr Bruder sehr nützlich sein, das gebe ich zu. Der Emir fürchtet ihn, und in Saraifa wäre er uns wertvoller als hundert bewaffnete Männer. Wir wollen keine weiteren Konflikte an der Grenze. Aber ich gebe Ihnen mein Wort: Ich will Ihrem Bruder helfen, weil ich jetzt überzeugt bin, daß er unschuldig ist."

„Natürlich, Sir Philip." Ein ironisches Lächeln flog über Susans Gesicht.

Der Wagen hielt. Wir waren am Hotel angekommen. „Sie steigen hier aus, Mr. Grant, und Miß Thomas fährt mit mir weiter." Sir Philip faßte mich am Arm. „Versuchen Sie nicht, heute nacht noch mit Miß Thomas in Verbindung zu treten. Und – was hier besprochen wurde, bleibt unter uns. Ja?"

Ich nickte und stieg aus. Der Wagen fuhr ab, und ich ging ins Hotel. Reporter bestürmten mich. Ich erklärte, daß ich ihnen nichts zu sagen hätte, und flüchtete in mein Zimmer.

Bis heute weiß ich nicht, welche Rolle Sir Philip bei den Ereignissen dieser Nacht spielte. Sue besuchte David kurz nach zehn Uhr. Sie hatte die Erlaubnis erhalten, allein mit ihm zu sprechen, und erzählte später, er habe müde ausgesehen. Sie gab ihm das Geld und Sir Philips Nachricht, und plötzlich schien alle Müdigkeit von ihm abgefallen zu sein. Die Botschaft lautete einfach: „Bin Suleiman ist in Bahrain. Er wird mit einem Beduinen die ganze Nacht am Seiteneingang warten." David stellte ihr noch eine Menge Fragen über Sir Philip und dessen Meinung über ihn. Als sie alles beantwortet hatte, drängte er sie zum schnellen Aufbruch.

In meinem Hotelzimmer war es heiß, und ich schlief nicht sehr gut. Als es draußen hell wurde, hörte ich Schritte auf dem Korridor und dann eine gedämpfte Unterhaltung. Den Geräuschen im Nebenzimmer entnahm ich, daß sich dort jemand eilig ankleidete. Ich sah auf die Uhr, es war kurz nach vier. Ich zog mich an, ging hinunter und fand das Hotel in Aufruhr. Reporter und Kameraleute telefonierten sich die Finger wund, um Taxis zu bekommen, und das Wort „Flucht" ging von Mund zu Mund. Kaum eine Stunde später kam der erste Reporter zurück, und nun stand fest, daß David entkommen war.

Seine Flucht wurde vertuscht, und es wurden keinerlei Nachforschungen angestellt. Ich weiß nicht, ob David die Wärter bestach, damit sie ihm die Zellentür aufsperrten, oder ob alles von draußen arrangiert war. Tatsache ist jedoch, daß David einfach zum Gefängnis hinausspazieren konnte. Alles mußte sehr sorgfältig geplant gewesen sein, denn als die Wachen um drei Uhr fünfunddreißig Alarm schlugen, war er verschwunden.

Die Zeitungsleute blieben noch vierundzwanzig Stunden in Bahrain, dann waren auch sie ausgeflogen, um sich anderen Schauplätzen dramatischer Ereignisse zuzuwenden. Und Sir Philip meinte lakonisch, als ich ihn aufsuchte: „Ich weiß nichts, und wenn ich etwas wüßte, würde ich es Ihnen nicht sagen. Aber jedenfalls macht diese Lösung die Sache für alle Beteiligten sehr viel einfacher. Richten Sie seiner Schwester aus, sie solle sich keine Sorgen machen. Ich nehme an, sie wird bald von ihm hören."

Susan und ich heirateten vier Monate später auf dem Standesamt in Cardiff, und als wir von der Hochzeitsreise zurückkamen, wartete ein Brief auf uns. Er lag in einem Paket, das in Saraifa abgeschickt worden war, aus dem eine silberne, sehr fein gearbeitete Kaffeekanne zum Vorschein kam.

Ein gemeinsamer Freund bei der GODCO hat mich wissen lassen, daß Ihr heiratet. Viel Glück. Ich dachte, Ihr wünscht Euch sicher etwas aus Arabien. Denkt manchmal an mich, wenn Ihr die Kaffeekanne benutzt.

Die Lage hier hat sich beruhigt. Ich habe eine kleine Truppe unter meinem Kommando. Alle fünf Faladsch-Kanäle sind wieder in Betrieb, und wir hoffen, daß schon im nächsten Monat zwei weitere Wasser führen werden. Der Konzessionsvertrag verschafft uns dafür die Mittel.

Sobald Ihr Zeit habt, müßt Ihr nach Saraifa kommen und hier Ferien machen, am besten im nächsten Winter. Das Wetter ist zu dieser Jahreszeit herrlich. Bis dahin werden wir auch Öl gefunden haben. Und wenn das Ölfeld so ergiebig sein sollte, wie wir hoffen, wird es „Charles-Whitaker-Feld" heißen. Sonst gibt es nicht viel Neues, außer daß der Emir Scheich Mohammed und mich zur Falkenjagd eingeladen hat. Wir fahren mit einer kleinen Truppe nach Hadd, tauschen Geschenke aus und werden dann, hoffe ich, in Frieden leben. Gott segne Euch.

Mit herzlichen Grüßen
„Der Bruder von Scheich Khalid"
(unter welchem Titel ich hier bekannt bin)

Hammond Innes

Spannung ist sein Metier, die ganze Erde sein Terrain. In Hammond Innes' packenden Romanen wechseln sich politische Intrigen, internationale Wirtschaftsverbrechen, Machenschaften der Geheimdienste ab mit Naturkatastrophen in Schnee und Eis, oder ausgelöst von tobenden Sandstürmen und vernichtenden Vulkanausbrüchen. Stets versucht Innes, aus eigenem Erleben zu berichten, und so ist es nicht verwunderlich, daß er mit seinen *action*-geladenen Büchern der ganzen Gattung des Abenteuerromans einen unverwechselbaren Stempel aufgedrückt hat.

Ralph Hammond Innes wurde 1913 in Horsham in der englischen Grafschaft Sussex geboren. In den dreißiger Jahren arbeitete er als Lehrer und später als Redakteur einer führenden englischen Wirtschaftszeitung. 1934 erschien sein erster Roman, dem jährlich ein weiterer folgte. Von 1940 bis 1946 diente Hammond Innes bei der britischen Artillerie und stieg bis zum Major auf. Nach seinem Ausscheiden aus der Armee wagte er den Versuch, ausschließlich von der Schriftstellerei zu leben.

Bei der Arbeit an seinen Romanen legt der inzwischen weltberühmte Autor Wert auf genaue Recherchen. Und noch einen Charakterzug weisen alle seine Bücher auf: persönliches Engagement. Sein Roman *Das trojanische Pferd* gilt als einer der ersten erfolgreichen literarischen Versuche, die amerikanische Öffentlichkeit zu Beginn des Zweiten Weltkriegs auf die Hintergründe der Luftschlacht um England aufmerksam zu machen. Für eines seiner später erschienenen Bücher, den Roman *Luftbrücke*, flog Hammond Innes während der Berlin-Blockade selbst – als Freiwilliger am Steuerknüppel einer schweren Transportmaschine – nach Berlin, um die Abenteuer der Fliegerhelden jener Tage schildern zu können.

Hammond Innes lebt heute in der kleinen Ortschaft Kersey in Suffolk.

Großer
Wind
Kleiner
Wind

Eine Erzählung von
Alice Ekert-Rotholz

Illustrationen
von Gabriele Willim

Neugierde ist eine menschliche Eigenschaft, die Muriel Watford zutiefst verachtet. Wenn ihre Freundinnen sie beim Nachmittagstee über ihren Sohn Reginald ausfragen, der als Arzt in Port of Spain auf der Karibikinsel Trinidad lebt, schenkt sie ihnen nur einen ihrer berühmten Blicke, halb Ärger, halb Ironie.

Dennoch versteht auch Mrs. Watford nicht, weshalb Reginald vor ihr Geheimnisse zu haben scheint. Stimmt etwas mit seiner Ehe nicht? Oder was ist der Grund dafür, daß er ihr noch nie ein Foto von seiner Frau Blanche geschickt hat, die angeblich „aus einer französischen Familie" stammt?

Muriel Watford beschließt, Licht in das Dunkel zu bringen. Und als sie in Port of Spain aus dem Flugzeug steigt, ist ihre feste Überzeugung, daß das Leben für eine Witwe in den Fünfzigern keine Überraschungen mehr bietet, nicht das einzige Vorurteil, das sie über Bord werfen muß.

MURIEL WATFORD war immer eine Geheimniskrämerin gewesen. Sie wollte nichts gefragt werden und stellte keine Fragen. Ihre Freunde behaupteten, sie stamme aus der schweigsamsten Familie im ländlichen Suffolk, wo es viele große Schweiger gibt. Die Crowleys lebten zufrieden und schweigsam auf ihrem Bauernhof und betrachteten wohlgefällig die hohen Hecken, die ihren Besitz vom Rest der Bevölkerung abtrennten. Muriels Reisen hatten sich auf Fahrten ins Marktstädtchen beschränkt. Ein gelegentlicher Besuch in Ipswich war ein Ereignis. Da war das Hotel *The Great White Horse,* das Dickens beschrieben hat. Die Crowleys waren keine eifrigen Leser, und auch Muriel ritt lieber herum, als über den Büchern zu hocken. Aber natürlich las sie Dickens wegen Ipswich und war stolz darauf, daß East Anglia „das Land Constables" genannt wurde. Der große Landschaftsmaler hatte dieselben Wiesen, Felder, Mühlen und Häuschen wie die Crowleys betrachtet, und das erfüllte sie alle mit stummem Stolz.

London lag auf einem anderen Stern. Und daß Muriel in London leben würde oder mußte, wurde in ihrer Familie als Unglücksfall betrachtet. Was sie selbst darüber dachte, erfuhr niemand. Es war und blieb ein Geheimnis. Wenn man einen Londoner Arzt heiratet, kann man nicht länger auf dem Hof leben. Wozu darüber reden? Muriels Eltern hatten nichts an diesem Mann auszusetzen – außer seiner Praxis in London. Übrigens hatte Dr. Watford Muriel geheiratet, weil sie schön den Mund hielt. Er war gesprächig und brauchte eine Zuhörerin. Da Muriel niemals Fragen stellte, fragte sie nicht, ob er sie liebe. *Wirklich* liebe. Nahm sie es an, oder erwartete sie anderes von der Ehe? Wer kannte sich in Miß Crowley aus? Daß sie sich Kinder wünschte, war so selbstverständlich, daß es keiner Erwähnung bedurfte.

Muriel war keine Schönheit – das hätte ihr selbst nicht zugesagt. Schönheit gehörte zu den „Übertreibungen", die sie ablehnte. Außerdem verging die Schönheit. Was hatte man davon? Aber Muriel war kraftvoll und solide, eine gute Reiterin und intelligent dazu. Wann immer sie den Mund öffnete, kam etwas Vernünftiges heraus. Nichts Originelles, um Himmels willen; aber ihre Äußerungen hatten eben Hand und Fuß. Und wem sie nicht gefielen, der brauchte Muriel Watford née Crowley nicht zuzuhören. Die Freunde ihres Mannes zum Beispiel hörten nicht zu. *Never mind!* Muriel hatte nicht die Absicht, diesen neunmalklugen Londonern etwas anzuvertrauen. Daheim hatte sie sich, wie Eltern und Geschwister, hauptsächlich mit ihrem Gaul, den Hühnern, den Obstgärten und Constables Wolken unterhalten. Hatte sie Heimweh? Wahrscheinlich. Auch darüber sprach sie nicht, denn sie ahnte, daß Gefühle endgültigen Charakter annehmen, wenn man sie beim Namen nennt. Sie sind dann nie mehr das vage Unbehagen unter der Bewußtseinsschwelle. So schwieg Muriel auch über ihre wachsende Abneigung gegen ihren Ehemann. Na ja, alle Leute lachten oder weinten über dieselben Dinge – das erforderte keine Erläuterung. Dr. Watford hatte wie alle anderen seine Gewohnheiten und Eigenarten; es war nicht seine Schuld, daß Muriel sie nicht kannte. Abgesehen davon, daß er bei Tisch zerstreut das Brot zerkrümelte, was sie empörte, und daß er nicht richtig zuhörte, wenn sie ihm von den glücklichen Tagen in Suffolk erzählte, hatte er einen Durst nach Abwechslung. Und vielleicht eine gewisse Gleichgültigkeit gegen die einfachen Tugenden, die die Familie Crowley auszeichneten. Die Verschiedenheit der Neigungen und Ansichten war erheblich und wurde nicht durch eine fröhliche Kinderschar gemildert oder ausgeglichen. Nach einigen Jahren erschien zwar der einzige Sohn, Reginald; aber eine Schwalbe macht noch keinen Sommer. Muriel liebte diesen Sohn mit zurückhaltender Leidenschaft. Das wäre ja noch schöner gewesen, wenn Reggie etwas davon gemerkt hätte! Sie war so streng mit dem Kind, wie sie es mit ihrem Mann war. Aber dem Kind schien das zu gefallen. Reggie hatte wenig Zuneigung zu seinem allgemein beliebten Vater, der übrigens ein großartiger Arzt war. Aber die Patienten kamen zunächst wegen seiner strahlenden Liebenswürdigkeit zu ihm. Mit den Jahren wuchs Muriels Abneigung gegen strahlende Liebenswürdigkeit. Sie war wie Schaum auf dem heimatlichen Fluß. Die Schätze lagen eben in der Tiefe.

Richmond Park im Sommer und später Hampstead Heath, als

Reggie schon neben ihr trippeln konnte, waren grün und still und tröstlich. Muriel hatte nicht geahnt, daß London und das benachbarte Surrey solche Idyllen besäßen. Sie kosteten nicht einmal Eintritt, und von dem Wild in Richmond Park war sie so entzückt wie ihr kleiner Sohn. Denn ihre tiefe stumme Liebe zu Bäumen und Tieren hatte sie ihrem Sohn vererbt. Der junge Reginald Watford haßte Betrieb, Nachtlokale und Steinwüsten. Vielleicht waren es die Kindheitseindrücke in Richmond Park und auf der Heide von Hampstead, die ihn als erwachsenen Mann von London wegtrieben. Seine glücklichsten Zeiten verbrachte er bei den Großeltern auf dem Gut in Suffolk. Muriel brachte das Kind dorthin und holte es wieder ab. Wenn sie auch nur eine Woche daheim verbracht hätte, wäre sie nicht nach London zurückgekehrt.

Ihre Mutter fragte sie einmal, ob sie glücklich sei. Mrs. Crowley sah ihre Tochter scharf an. Muriel nickte. Was war da zu sagen?

NACH dem frühzeitigen Tod ihres Mannes widmete Muriel Watford sich ihrem Sohn. Fühlte sie Erleichterung darüber, daß dieser unverständliche Mann ihre Welt nicht mehr mit seinen Reden und seinem ironischen Lächeln belastete? In den letzten Jahren war John Watford ein Logiergast in seinem eigenen Haus geworden. Er verbrachte die Abende woanders. Übrigens hatte er eine beträchtliche Phantasie besessen, die leider auf seinen Sohn übergesprungen war. Muriel hätte diese Schwäche gern ausgeräuchert wie Motten aus einem soliden Mantel, denn sie ahnte dunkel das Überraschungsmoment der Phantasie. Je älter sie wurde, desto weniger hatte sie für Überraschungen übrig. Ihr Mann hatte ihr zu viele bereitet.

Trotzdem war seine Abwesenheit schwierig zu ertragen, denn die Gewohnheit hatte das Paar aneinandergekettet. Muriel wäre nach dem Tod ihres Mannes sehr einsam gewesen, wenn sie nicht ihre Jugendfreundinnen gehabt hätte, die ebenfalls aus Suffolk nach London verschlagen worden waren: die dicke, behagliche Nancy, die das Fragen nicht lassen konnte; die dürre Maud, die in ihrer Jugend Ehemänner, unter ihnen Dr. Watford, annektiert hatte und nun, in ihren mittleren Jahren, scharfe Bemerkungen machte; und schließlich die zanksüchtige Emily Sanderson, deren Tochter aus unbekannten Gründen „arme Lucy" genannt wurde. Die Macht der Gewohnheit und die gemeinsam verbrachte Jugend hielten diese vier Witwen zusammen. Es war eine abgemachte Sache zwischen Emily Sanderson und Muriel, daß Reggie eines Tages die arme Lucy heiraten würde. Natürlich war Emily lebhafter an diesem Plan interessiert als die Mutter des nichtsahnenden Bräutigams. Nach Muriels Ansicht konnte Reggie jedes Mädchen haben. Nur wußte man bei Lucy, wo sie herstammte. Solide. Schweigsam. Wollte Krankenschwester werden und konnte ihre Schwiegermutter im Alter pflegen. Was Reggie über diese Pläne wußte oder ahnte, war ein Geheimnis. Auch konnte niemand behaupten, daß die arme Lucy sich eifrig um den glänzenden jungen Mann bemühte. Sie war in Ordnung. Erst einmal würde Reggie Medizin studieren. Muriel war der Meinung, daß es reichlich Zeit wäre, wenn er die arme Lucy mit fünfzig heiraten würde. Daß Lucy mager, scheu und sommersprossig war, betrachtete Mrs. Watford als einen Vorteil. Auf diese Weise würden ihrem Sohn die Qualen der Eifersucht erspart bleiben. Aber, wie gesagt, es eilte nicht.

Sie waren nun zufriedene Witwen in den Fünfzigern geworden und erwarteten keine Überraschungen mehr vom Leben. Wie viele Eigenschaften sich mit zunehmenden Jahren verstärken und vertiefen, war Muriel Watford die Sphinx aus Suffolk geworden. Jetzt überhörte sie indiskrete Fragen, und alle Fragen waren indiskret. Sie duldete keinen Widerspruch mehr, nicht einmal von ihrem erwachsenen Sohn, der mit ihr in der geräumigen schönen Villa in Hampstead lebte. Reggie machte keine Anstalten zu heiraten und hatte bereits eine feine Praxis in der Harley Street. Alles war in bester Ordnung. Und es wäre so geblieben, wenn das Leben ohne Überraschungen fortlaufen könnte. Natürlich tat es das nicht, denn das Leben tut nie, was man wünscht.

Die arme Lucy, die vermeintlich geduldig auf die Ehe mit Dr. Reginald Watford wartete, verließ London und die mütterliche Wohnung in Kensington Knall und Fall und nahm Kurs auf die Karibischen Inseln, die in sicherer Entfernung von London aus tropischen Wassern auftauchen. Muriel wunderte sich, warum Lucy sich nicht, wie immer, mit ihrer Mutter in Brighton erholte. Aber natürlich sagte sie nichts. Zu jener Zeit vermuteten sie alle eine überflüssige Erholungsreise. Nur Lucys Mutter wußte es besser. Nach einem besonders ausführlichen Wortgefecht hatte Schwester

Lucy Sanderson ihre Koffer gepackt. Endgültig. Weg war sie. Mrs. Sanderson starb ein halbes Jahr nach Lucys Verschwinden, und ihre Freundinnen schrieben ihren Tod der Sorge und Aufregung um die Tochter zu. Allerdings hatte Reggie der Jugendfreundin seiner Mutter mit einem Schlaganfall gedroht für den Fall, daß sie weiter sechs Rosinenbrötchen hintereinander zum Tee verzehren würde. Bei der Todesnachricht hatte Muriel Watford ausnahmsweise den Mund geöffnet und Nancy und Maud mitgeteilt, daß sie jetzt nur noch drei seien. Nancy hatte sofort wissen wollen, wer nun an die Reihe käme. Aber sie konnte eben das Fragen nicht lassen. Man sollte von den Toten nur Gutes reden, aber Mrs. Watford redete sowieso nichts. Dafür dachte sie viel nach. Hatte die arme Lucy es mit ihrer streitlustigen, aufopfernden Mutter nicht ausgehalten, oder war das immer so mit erwachsenen Kindern? Glücklicherweise war Reggie mit seiner Mutter äußerst zufrieden. Wenn Mrs. Watford an Lucy Sanderson dachte, fühlte sie einen gewissen Groll. Jemand, der beinah ihre Schwiegertochter geworden wäre, könnte doch wenigstens eine Weihnachtskarte von „da unten" schicken. Alles, was in gewisser Entfernung von England lag, war für Muriel „da unten". Sie selber verspürte niemals den Wunsch, fremde Länder zu bereisen. Ihre Auswanderung von Suffolk nach London war für sie eine Weltreise gewesen, und sie hatte genug davon. Glücklicherweise war auch Reggie seßhaft. Er war nun Mitte Zwanzig und konnte es nirgends so nett und bequem wie bei ihr haben. Sie fand ihn beneidenswert. Große berufliche Aussichten. Und, wie gesagt, eine treusorgende, schweigsame Mutter.

Und dann bereitete Reggie seiner Mutter eine Überraschung, die wie ein Keulenschlag auf sie herniedersauste. Natürlich verlor sie kein Wort darüber. Reginald hatte einen leitenden Posten in einer Klinik auf der Insel Trinidad angenommen. Weder hatte er sich mit Muriel beraten, noch hatte er ein Sterbenswort über diese verrückten Pläne geäußert. Dabei war er für gewöhnlich so redelustig wie sein verstorbener Vater, der leider kein Machtwort reden konnte. Mrs. Watford hatte niemals im Leben etwas so Empörendes mitgemacht, wenn sie von der Flucht der armen Lucy absah. Aber was ging dieses Mädchen sie an? Ihr Sohn ging sie an, und zwar viel zuviel. Natürlich konnte sie ihn nicht anbinden, und ihn zu bitten, sich den Blödsinn noch einmal zu überlegen, dazu war sie zu stolz. Bitten lag ihr nicht. Lieber würde sie in die Themse springen. Die Themse! Wie oft hatte sie Reggie an milden Sommerabenden in ein altes Gasthaus in Hampton Court eingeladen! Sie hatten in großer Eintracht gegessen, getrunken und schweigend die Hausboote auf dem Fluß betrachtet. Liebespaare hatte Mrs. Watford geflissentlich übersehen. Diese jungen Närrinnen wußten noch nicht, was einem mit Männern blühte. Im Laufe der Zeit war Muriels Ehemann ihr gegenüber vollkommen gleichgültig geworden, aber er hatte immer die einfachen Tugenden unterschätzt. Und eines Tages hatte ihre Freundin Nancy, die alles herausbekam, erfahren, daß John Watford sich eine kleine Freundin in Cricklewood angelacht hatte. Komische Adresse! Nancy hatte es Muriel zu ihrem eigenen Besten erzählt. Natürlich hatte Muriel ihrem Mann gegenüber kein Wort verloren. Was war da zu sagen? Sie hatte den Gedanken an Scheidung wegen Reggie verworfen. Der Junge hatte ein glückliches Heim und sollte es behalten. War Muriel bei Johns Tod vielleicht doch erleichtert gewesen, daß er ihr keine weiteren Überraschungen zufügen konnte? Übrigens war die junge Person in Cricklewood in seinem Testament mit Maß bedacht worden. Muriel fand es in Ordnung. Für dieses bescheidene Entgelt hatte das Mädchen sich mit John abplagen müssen, während sie, Muriel, den ehelichen Umgang längst abgebrochen hatte. Als sie erfuhr, daß sie nach Reggie keine weiteren Kinder erwarten konnte, hatte sie kurzerhand die Konsequenzen gezogen. Gegen seine Gewohnheit hatte John Watford in tiefem Schweigen sein Lager im Studierzimmer aufgeschlagen. Kurz danach hatte er sich die junge Person in Cricklewood zugelegt. Männer!

Natürlich ahnte der junge Reggie nichts von dem würdelosen Betragen seines Vaters, bis die arme Lucy es ihm Jahre später erzählte. Nancy konnte ja nie den Mund halten und hatte die Sache Emily und Maud brühwarm erzählt. Sieh mal an, hatte Lucys Mutter gedacht. Maud hatte sich gewundert, warum eine Person in Cricklewood geschafft hatte, was ihr nicht gelungen war. Sie hatte sich auch gefragt, ob Muriel nicht selber schuld an der Sache war; aber natürlich hatte sie das nur mit den Freundinnen besprochen. Lucy hatte an der Tür gelauscht. Sie war sommersprossig und schüchtern, und ihre Figur glich einem hölzernen Lineal; aber die arme Lucy hatte ihre

Augen im Kopf, und da war wenig, was ihr entging. Na ja, und dann war Lucy sang- und klanglos verschwunden.

Wie lange war das jetzt her? Drei Jahre? Fünf? Sieben? Muriel Watford rechnete nicht mehr nach. Reggie war nun auch schon mehrere Jahre auf der Insel Trinidad. Und vor einem Jahr hatte er geheiratet. Nicht die arme Lucy, sondern eine Französin. Seine Mutter hatte diese Überraschung mit grimmiger Miene registriert. War ein englisches Mädchen nicht gut genug? Wo alle so fest mit Lucy gerechnet hatten! Aber auch an diese Überraschung hatte Muriel Watford kaum Worte verschwendet. Was gab es da zu sagen?

Nach Reggies Weggang war es noch stiller um Mrs. Watford geworden. Selbst ihre Sherry-Parties hatte sie aufgegeben, denn sie hatte sie nur seinetwegen veranstaltet. Er sollte nicht glauben, sie schließe ihn von der Welt ab. Er war jung und brauchte mehr Unterhaltung als sie. Nun saß sie meistens mit Nancy und Maud beim Tee. Und eine gute Tasse Tee war schließlich das Beste, was man haben konnte. Wenn man Mitte Fünfzig war, lag das Leben größtenteils hinter einem. Wenigstens war Muriel Watford dieser merkwürdigen Ansicht. Wenn Bekannte sie beim Einkaufen oder im Theater nach ihrem Sohn fragten, sagte sie widerwillig, Reginald lebe im Augenblick in Port of Spain. Auf der Insel Trinidad. Westindien.

„Ist das nicht sehr weit von London, Mrs. Watford?"

„Brighton ist näher", pflegte Muriel zu antworten, wobei sie den Fragern einen ihrer berühmten Blicke, halb Ärger, halb Ironie, zuwarf. *Fragen, Fragen!* Gab es kein Ende der Belästigungen? Verstanden nicht einmal Nancy und Maud, daß sie nicht über Reggie reden konnte? Jajaja! Die Schwiegertochter stammte aus einer französischen Familie. Haiti. Auch irgendwo „da unten". *Wann* würde Reggie seine junge Frau in London vorstellen?

„Hast du ein Foto von ihr?" fragte Nancy, die leidenschaftlich gern Fotos von Leuten, die sie nichts angingen, betrachtete.

„Ich habe es verlegt. Werde es suchen", erwiderte Muriel.

Nancy zog die Augenbrauen hoch. Da stimmte etwas nicht. Muriel war krankhaft ordentlich. Seit hundert Jahren stand und lag alles auf seinem Platz. *Was* stimmte nicht? Sie warf ihrer alten, strengen Freundin einen Seitenblick zu, konnte aber keinerlei Gemütsbewegung entdecken. Da sie das Fragen nicht lassen konnte, fragte sie, ob

Blanche hübsch sei, und erhielt die Antwort, daß Schönheit im Auge des Beschauers liege. Schluß der Debatte.

Natürlich hatte die schlaue Nancy recht. Etwas stimmte nicht. Vielmehr: Nichts stimmte. Maud hatte sich nicht an der Unterhaltung beteiligt, da Muriels Schwiegertochter sie nicht interessierte. Maud brachte wenig Neugierde für Ausländer auf. Was sie von Französinnen im Fernsehen sah, hatte ihr nicht besonders gefallen. Bis auf die Kleider.

Nancy hätte gern gewußt, ob „die Französin der Familie Watford" hübsch oder häßlich war, und entschied sich für häßlich. Bestimmt wollte Muriel deshalb das Foto nicht zeigen. Ob die arme Lucy vielleicht eine Schönheit gegen Blanche Watford war? Möglich war alles. Andererseits hatte Reggie ein Auge für schöne Mädchen gehabt. Wie sein Vater. Natürlich mußten die Damen nicht aus Cricklewood stammen. Nancy sah auf der Landkarte nach, wo Port-au-Prince auf Haiti lag. Dasselbe hatte Muriel vor einem Jahr getan. Sie besaß kein Foto ihrer Schwiegertochter. Nicht einmal ein Hochzeitsbild. Was war in ihren Sohn gefahren? War Reggie so unglücklich, daß er es ihr nicht schreiben wollte? Oder so glücklich? Wenn er überhaupt schrieb, erzählte er seiner Mutter alles mögliche über die Insel. Das konnte sie in jedem Reiseführer nachlesen. Natürlich hoffte sie, daß die gelegentlichen Wirbelstürme und Erdbeben „da unten" Reggie verschonen würden. Aber den Tod wünschte man ohnehin niemandem. Über seine Frau schrieb Reggie nur, daß sie auch Ärztin sei. Mrs. Watford war der Ansicht, daß Ärztinnen nicht heiraten sollten, weil sie sich wegen ihrer Patienten nicht richtig um den Ehemann kümmern konnten. Aber sie schrieb das natürlich nicht. Außerdem wäre es zu spät gewesen. Reginald hatte erst geheiratet und es nachher seiner Mutter mitgeteilt. Wenn das nicht hinterlistig war, dann wollte Muriel einen Besen fressen!

Je mehr sie über Reggie nachdachte, desto hinterlistiger erschien ihr sein Verhalten. Das war nicht der Einfluß seiner Frau. Reggie hatte seine Flucht nach Westindien allein ausgeführt und Muriel auch bei seiner Hochzeit mit der vollendeten Tatsache bekannt gemacht. Nie würde sie das vergessen und vergeben können, und wenn sie hundert Jahre leben sollte! Aber neunundneunzig genügten ihr. Die Crowleys mißbilligten Leute, die sich, wie John Watford, vorzeitig aus dem

Staube machten. Jungen brauchten ihren Vater. Sonst machten sie Dummheiten, heirateten Französinnen, und Gott weiß, was sonst noch passierte.

Je öfter Muriel über Reggies Flucht nach Westindien nachdachte, desto unverständlicher wurde er ihr. Aber sie weigerte sich, die frühere Harmonie zwischen ihnen als Illusion abzutun. Sie *waren* glücklich miteinander gewesen. Sie hatten Spaß zusammen gehabt. Wenigstens war Muriel mit ihrem Sohn so glücklich gewesen, wie ihre Natur es erlaubte. Alles hatte sie für ihn getan. Sie hatte ihre Gewohnheiten und Neigungen den seinen angepaßt, Geldopfer für sein Studium gebracht, Munterkeit bei Müdigkeit vorgetäuscht, die Früchte vom heimischen Obstgarten eingekocht, hinter Reggie aufgeräumt – alles, alles, und noch dazu ein beinah freundliches Gesicht gemacht. Sie hatte Reggie durch seine Novembergrippen gepflegt. Nichts war ihr zuviel gewesen, obwohl sie langsam müder wurde und nicht mehr so beweglich wie früher war. Für sie waren Reggies Grippen recht nett gewesen. Sie hatte ihn dann ganz und gar für sich. Natürlich machte sie ein besonders abweisendes Gesicht. Der Bursche durfte nicht ahnen, wie glücklich sie fast jeden November war. Aber auch er hatte an seiner Mutter gehangen, auch wenn seine Freunde es nicht wissen durften! Und jetzt klebte er an dieser hergelaufenen Französin! Warum hergelaufen? Muriel wußte nichts über Blanche Bouchardon. Ihre wenigen Briefe an Muriel waren in französischer Sprache. Aber die Crowleys waren stolz darauf, keine Fremdsprachen zu verstehen. Englisch war gut genug für sie. Reggie hatte allerdings als Student französische Bücher studiert. Aber das war eine Jugendsünde. Ob diese Blanche nun endlich englisch sprach? Sie war über ein Jahr mit Reggie verheiratet.

Etwas stimmte nicht. Warum schickte ihr Sohn kein Foto von seiner jungen Frau? Oder Blanche selbst? Sie war doch wohl jung. Soviel Muriel wußte, waren Französinnen eitel. Französische Ärztinnen auch? Wer konnte das wissen? Muriel kannte Blanche nicht. Sie war ja nur die Mutter des Ehemannes.

Einmal schrieb Reggie von Port of Spain, die Bouchardons hätten „unangenehme" Zeiten auf Haiti durchgemacht. Blanche war vor der Diktatur des François Duvalier, „Papa Doc" genannt, mit ihrem Vater 1959 geflohen, als kleines Kind. „Bouchardon Père liebte persönliche

Freiheit", schrieb Reggie. Er hatte, Jahre später, Blanche in der Klinik in Port of Spain kennengelernt.

Muriel hatte die sparsame Nachricht ohne Interesse zur Kenntnis genommen. Sie hatte Einzelheiten über ihre Schwiegertochter erwartet, keine Abhandlung über westindische Tyrannen. „Papa Doc" war vor der Machtübernahme Landarzt gewesen. O diese Doktoren! Sie, Muriel Watford, machte auch schwere Zeiten durch. Im London der siebziger Jahre gab es Streiks, Unruhe, Gewalttätigkeit auf den Straßen, Geldknappheit, Morde, Entführungen und den ganzen Rest. Es tat ihr leid – sie konnte kein sentimentales Mitleid mit den Bouchardons aufbringen. Schade, daß sie nicht in Haiti geblieben waren, wo sie hingehörten! Dann hätte Reggie die arme Lucy geheiratet, irgendwie und irgendwo, und alles wäre in Ordnung gewesen.

Seltsam, daß man unwichtige und lächerliche Einzelheiten jahrelang im Gedächtnis behielt! Als Reggie seiner Mutter damals seine bevorstehende Übersiedlung nach Trinidad mitteilte, hatte die kerngesunde Muriel einen Magenkrampf bekommen. War es ein kleiner Schock? War es Empörung, daß Reggie ihr eine lebenswichtige Entscheidung sozusagen in zwölfter Stunde mitteilte? Muriel hatte die blauen Wedgwood-Schalen angestarrt, die Reggie ihr geschenkt hatte. Dann hatte sie ihn mit großer Anstrengung angelächelt.

„Ist dir nicht gut, Mutter? Du bist ganz blaß", hatte Reggie besorgt gesagt.

„Es geht mir sehr gut", hatte sie unfreundlich erwidert. „Rhabarber bekommt mir nicht besonders. Das weißt du doch."

„Warum ißt du das dann?"

„Nicht dran gedacht."

„Du mußt etwas besser auf dich aufpassen, Mutter! Besonders jetzt, wo ich ..." Reggie hatte den Satz nicht beendet.

Muriel hatte wortlos das Zimmer verlassen. Der Magenkrampf war beinah unerträglich geworden. Kurz vor Mitternacht war Reggie zum drittenmal in ihrem Zimmer erschienen. Zweimal hatte sie sich schlafend gestellt. Aber jetzt sah sie ihn voll an.

„Besser, Mama?" fragte Reggie.

Das Kosewort schmerzte, aber Muriel nickte ganz vergnügt.

„Nimm diese Pillen, falls du in der Nacht noch einmal etwas spürst."

„Danke."

„Also, schlaf schön."

Wenn er doch endlich gehen wollte!

„Nett, daß du mir die Pillen bringst", sagte Muriel höflich. „Nochmals vielen Dank."

„Hast du etwas im Hals? Du sprichst so komisch."

„Gute Nacht." Muriel hatte zur Vorsicht auch noch gegähnt.

Reggie hatte ihr Zimmer auf Zehenspitzen verlassen. Drei Wochen später war er abgeflogen. Sie hatten sich zu Hause voneinander verabschiedet.

„Du mußt mich bald besuchen, Mama", hatte Reggie gesagt.

Sie hatte genickt.

Das war nun über fünf Jahre her. Muriel war am liebsten daheim, und Reggie hatte seit seiner Heirat die Einladung nicht wiederholt. Muriel mußte sehen, wie sie mit ihrem Überschuß an Energie fertig wurde. Sie hielt sich den schmerzenden Kopf mit ihren großen, tüchtigen Händen. Für wen sollte sie jetzt sorgen? Das Reiten hatte sie längst aufgegeben. Zu kostspielig, mit einem Sohn auf der Universität! Sie fuhr nun öfter auf den elterlichen Hof und blieb lange dort. Die Eltern waren sehr alt geworden. Die Brüder hatten längst geheiratet. Niemand brauchte sie dort. Da machte sie sich nichts vor. Sie machte sich nie etwas vor. So wußte sie auch, daß ihr Sohn sie aus irgendeinem Grund nicht in Trinidad haben wollte. Sie grübelte darüber nach, konnte aber den Grund nicht entdecken. Sie wußte nur, daß ihre Schwiegertochter irgendwie mit dem Schweigen ihres Sohnes zusammenhing und daß etwas nicht stimmte. Das sagte ihr der sichere Instinkt, den alle Crowleys besaßen.

Bis jetzt war Reggies Ehe ohne Kinder geblieben. Muriel bemühte sich redlich, Reggies letzte Wochen in London zu vergessen. Aber die Kränkung saß zu tief – wie ein Wurm in gesundem Holz. Am Morgen nach Reggies Eröffnung hatte Muriel beim Frühstück ihr übliches kühles, sehr strenges Gesicht gezeigt und ihn ruhig um eine Liste der Anschaffungen für ein heißes Klima gebeten.

„Ich habe schon alles Notwendige bestellt", sagte Reggie unbehaglich. „Aber vielen Dank, Mutter." Muriels Lippen waren ein schmaler

Strich. So gründlich hatte ihr Sohn seine „Flucht" vor ihr verheimlicht! Wer hatte ihn beraten? Es stellte sich heraus, daß es die arme Lucy gewesen war, zufällig jetzt Krankenschwester in Port of Spain. Mrs. Watford war nie im Leben so erstaunt gewesen, hatte aber nur „Ach so!" gemurmelt. Was gab es da zu sagen? Das war eine Verschwörung. Aber Lucy war immer hinterlistig gewesen. Immer die Schüchternen bereiten solche Überraschungen vor.

Muriel hatte nicht geahnt, daß Lucy, die am Tod ihrer Mutter schuld war, eifrig mit ihrem Sohn korrespondiert hatte. Warum Reggie ihr das nicht erzählt hatte? Er war eben auch ein Geheimniskrämer. Wie sie.

„Ich wollte dir Mühe und Laufereien ersparen", erklärte Reggie nach einer Kunstpause. „Du mußt jetzt anfangen, mehr an dich zu denken."

Mrs. Watford gab ihm nur einen ihrer berühmten Blicke, halb Ärger, halb Ironie. Aber natürlich hatte er recht. Wer würde fortan an sie denken, wenn sie es nicht selbst tat? In jener Zeit, einige Wochen vor Reggies Abreise, verschärften sich ihre Züge und ihr Ordnungssinn. Ihre Lippen waren durch einen unsichtbaren Reißverschluß geschlossen, und sie räumte nachts, wenn sie nicht schlafen konnte, ihre unnachsichtig ordentlichen Schränke auf. Wenigstens die Dinge mußten ihre Ordnung haben. Sie war immer pünktlich gewesen – jetzt kam sie zu früh zu Nancy und Maud. Dann ging sie bei Wind und Wetter vor dem Haus ihrer Freundinnen mit großen Schritten auf und ab, bis es an der Zeit war, über Reggies Fluchtplan zu schweigen und Tee zu trinken. Selbst Nancy hatte das Fragen in jenen Wochen auf ein Minimum beschränkt. Muriel rechnete ihr das hoch an. Und Maud verkniff sich ihre spitzen Bemerkungen, so gut sie konnte. Es gab eben noch Freundschaft.

Was hatte Reggie fortgetrieben? Waren es etwa die Sherry-Parties gewesen, die sie ja nur seinetwegen gegeben hatte, ordentliche, altmodische Angelegenheiten, wo niemand seine Kleider auszog oder Rauschgift herumreichte? Allerdings waren außer der armen Lucy nur Witwen und einige ältere Ehepaare anwesend. Es gab Kekse und Sandwiches von der Größe einer Briefmarke. Über Probleme wurde nicht diskutiert – nur über abwesende Freunde oder das Wetter. Hatten Reggie und Lucy auf diesen angenehm-schläfrigen Parties ihre

Flucht nach Westindien vorbereitet? Wahrscheinlich. Bestimmt sogar! Dabei hatte die heimtückische Lucy so unschuldig und erstaunt dreingeblickt, als könne sie nicht bis drei zählen. Beständig hatte sie sich für irgendwelche Verbrechen oder Versehen entschuldigt, die sie angeblich begangen hatte. Nur für ihren Weggang aus der mütterlichen Wohnung und ihre geheime Korrespondenz mit Reginald Watford hatte Lucy Sanderson sich nicht entschuldigt.

Typisch, dachte Muriel. Aber – typisch wofür? Wohl für eine Generation, die sich mit aufopfernden Müttern langweilte. Darüber sprach man nicht.

Wenn Muriel zu diesem Schluß kam, stellte sie das Nachdenken wie einen Wasserhahn ab und räumte wieder ihren Wäscheschrank auf. Und das war ein wahrer Jammer, denn bei weiterem Nachdenken wäre sie dem wahren Grund von Reggies Flucht auf die Spur gekommen. Er brauchte Tapetenwechsel. Wie Lucy ihn gebraucht hatte. Und dieses jugendliche Bedürfnis nach Wechsel und Wandlung, dieser Durst nach fernen, exotischen Paradiesen, die allerdings immer problematischer wurden – alles das hatte wenig mit Mrs. Watford und der toten Mrs. Sanderson zu tun. Reggie und Lucy liebten ihre Mütter trotz aller Schattenseiten, die Müttern anhaften. Aber sie waren in den Zwanzigern, und da brauchten sie neue, grundverschiedene Welten und Menschen. Ob mit Recht, ob mit Unrecht – sie fühlten, daß das Leben an ihnen vorbeigehen würde, wenn sie weiter jene friedlichen Sherry-Parties besuchten und ihren verwitweten Müttern Freude machten. Das war es. Und sie waren zu jung, um zu ahnen, daß tropische Paradiese so langweilig wie der westliche Alltag werden können. Eher noch eintöniger, noch deprimierender. Fremd! Hatte nicht Voltaires Candide das Eldorado verlassen, weil es ihn langweilte? Wenn Muriel Watford etwa mit Voltaire verkehrt hätte, dann wäre ihr vielleicht ein Licht aufgegangen. Aber da sie stolz darauf war, ohne die französische Weltweisheit auszukommen, fragte sie sich weiter, was *sie* verkehrt gemacht hatte und warum Reggie ... Nach den Ansichtskarten zu urteilen, mußte Trinidad ein unordentliches Paradies sein. Ob Reggies Frau jemals ihren Wäscheschrank aufräumte? Muriel wollte es hoffen. Reggie hatte gebrauchte Wäsche auf den Fußboden geworfen.

Das beste wäre, wenn sie sich selbst überzeugte, was ihr Sohn und seine Frau „da unten" trieben. Muriel Watford hatte zwar nie im Leben jemanden unaufgefordert besucht. Aber ihr Sohn war nicht irgend jemand. Und sie hatte immer noch das Recht, ihn nach fünf oder hundert Jahren zu sehen und, zum Donnerwetter, seine Frau kennenzulernen. Und falls sie dieses Recht in den siebziger Jahren verloren hatte, weil Eltern nicht mehr wagten, ihren Kindern Vorhaltungen zu machen oder Vorschläge zu unterbreiten, dann nahm Muriel Watford sich dieses Recht. Ja, sie würde Reginald vorschlagen, nach England zurückzukommen. Und mit der Französin aus Haiti würde sie im Handumdrehen fertig werden, wie alle Crowleys mit Ausländern fertig wurden. Sie existierten nicht für sie. Und aus diesem Grunde brauchte man auf ihre Wünsche keine Rücksicht zu nehmen und konnte ihre Ansichten ignorieren. So hatte es Muriels Großvater gehalten, als ihr ältester Bruder einen amerikanischen Freund auf den Hof geschleppt hatte. Und dabei sprachen die Amerikaner doch gewissermaßen englisch und schrieben keine französischen Briefe wie Blanche Bouchardon! Ja, diese junge Person würde sie, Muriel Watford, kennenlernen! Und zwar in jedem Sinne. Nancy hatte recht. Etwas stimmte nicht mit Muriels Schwiegertochter. Natürlich würde Muriel ihrem Sohn keinen einzigen Vorwurf darüber machen, daß er sie nie eingeladen hatte. Darüber war nichts zu sagen. Das heißt, eigentlich war eine Menge darüber zu sagen. Aber man sagte es nicht. Wenigstens nicht in England.

„Wann fährst du nun nach Trinidad, Muriel?" fragte Nancy.

„Ich weiß es noch nicht genau", entgegnete sie.

Mrs. Watford wollte in drei Wochen fliegen – aber das war wieder einmal ein Geheimnis. Nur keine genauen Auskünfte!

„Bleib zu Hause, Muriel", murmelte Nancy beinah schüchtern.

„Warum willst du dich durchaus selbst bestrafen?" fragte Maud scharf und fügte dann hinzu: „Aber das ist deine Sache."

„Das meine ich auch", sagte Muriel gelassen.

Sie saßen bei Nancy in Belgravia und hatten sehr gut gegessen und getrunken. Nancy hatte noch so ein vorsintflutliches Faktotum – eine Wirtschafterin, die kochte. Muriel stellte immer fest, daß Nancy trotz ihres sündhaften Geldes und ihrer Trägheit recht bescheiden und natürlich geblieben war. Obwohl ihr Mann ein großes Tier in der Industrie gewesen war. Sie kam eben aus einer guten Familie in

Suffolk. Auch Maud brauchte nicht zu sparen. Aber beide hatten keine Kinder, und das machte ja etwas aus. Maud besaß einen feinen Wagen und fuhr Muriel jetzt oft nach Hause. Sie mochte nicht mehr gern im Regen auf den Autobus warten, was sie noch vor einigen Jahren starrsinnig getan hatte.

Nancy hatte das Zimmer verlassen. Muriel sagte nichts, und Maud schien zu schlafen. Aber plötzlich erhob sich Maud, kam dicht zu Muriel heran und legte ihr die Hand auf die Schulter. Das war noch nicht dagewesen. Eine Art Liebkosung.

„Paß auf dich auf", sagte Maud rauh und verzog sich auf ihren Sessel.

In diesem Augenblick kam Nancy mit einem Paket in Geschenkpapier. „Von Maud und mir", murmelte sie. „Etwas Praktisches."

Auf dem Paket stand *Harrods*. Feiner ging es nicht. Die Königin kaufte bei Harrods. Muriel bei Marks & Spencer. Sehr gut und solide. Aber natürlich nicht Harrods . . .

Es war ein Morgenrock, wie Muriel ihn noch nicht gesehen hatte, denn sie verschwendete keine Zeit für Besichtigungen von Kunstwerken. Und ein diskretes Muster, wie Muriel es bevorzugte.

„Baumwolle", erklärte Maud. „Das ist das Richtige für die Hitze da unten."

„Genau deine Größe", sagte Nancy zufrieden. „Du bist ja nun mal so lang."

Muriel konnte nichts sagen. Sie wollte, aber sie konnte nicht.

Wie die meisten Londoner lebte Muriel Watford für gewöhnlich in „ihrem Viertel". Hampstead war wie eine kleine Stadt und gelegentlich wie ein großes Dorf, besonders im Frühjahr und im Sommer. Nicht nur kannte man sämtliche Nachbarn und Gärten, man brauchte auch zum Einkaufen nicht ins Westend zu fahren. In Muriels Viertel gab es alles und dazu Hampstead Heath, das unvergleichliche Heideland vor der Stadt. Selbst die englischen und die indischen Supermärkte waren fast noch idyllisch. Und da gab es immer noch tapfere kleine Läden, wo man Muriel seit Jahren kannte und sie mit persönlicher Anteilnahme bediente.

„Wie geht es Ihrem lieben Sohn, Mrs. Watford?"

„Danke, gut."

„Schon was Kleines in Aussicht?" fragte eine ältere Verkäuferin, die Muriel schon Socken für Reggie verkauft hatte.

„Ich hätte noch gern ein Dutzend Druckknöpfe", erwiderte Mrs. Watford.

Mit den Jahren hatte man sich an die vielen farbigen Einwanderer in London gewöhnt. Sie strömten immer noch herein, trotz Wohnungsnot, Arbeitslosigkeit und sündhafter Preise. Sie kamen von den Karibischen Inseln, aus Indien, Afrika, China und Japan. Aber die karibischen Briten waren in der Überzahl – so erschien es Muriel. Man hörte natürlich im vielsprachigen London gelegentlich auch noch englisches Englisch. Wenn auch die Kariben afrikanischen Ursprungs ihre intimsten Angelegenheiten mit Stentorstimme in den Läden von Hampstead besprachen, war Muriel doch nicht auf das ohrenbetäubende Stimmenkonzert auf dem Flugplatz von Port of Spain vorbereitet. Auch das potenzierte Völkergemisch verwirrte sie. Natürlich wußte sie, daß die Inseln Trinidad und Tobago schon seit 1962 ein unabhängiges Staatswesen waren und die englischen Lehrmeister unmißverständlich verabschiedet hatten. Trotzdem hatte Mrs. Watford naiv und insular damit gerechnet, daß Port of Spain „ziemlich englisch" geblieben sei. Sonst würde ihr Sohn doch nicht hier leben.

Wo war Reggie? Es war empörend, daß er nicht zur Stelle war, wenn seine Mutter nach fünf Jahren einen Höflichkeitsbesuch bei ihm und seiner Frau machte. Ja, und wo war Madame? Muriel hatte nach Reggies ausgedehnten Schweigepausen keine roten Teppiche zum Empfang erwartet. Aber das war zuviel. Oder hatte er ihr Telegramm nicht bekommen? Unsinn, es war ihm nicht so wichtig! Wenn Muriel Watford nicht so stark und so starrsinnig gewesen wäre, dann hätte sie in diesem Augenblick in einem wildfremden Land hilflose Verzweiflung empfunden. Wie in einem bösen Traum befand sie sich in einer Welt, wo sie keinen Menschen, kein Haus und keinen Baum kannte. Sie stand einsam in dem Hexenkessel eines tropischen Flughafens, der Schweiß rann ihr in den Nacken, und ein leichter Schwindel trug zu ihrer Erschöpfung das Seinige bei. Jetzt bedauerte sie zu spät, daß sie Nancys und Mauds Rat, per Schiff nach Trinidad zu reisen, nicht befolgt hatte. Natürlich wäre Reggie auch nicht am Hafen gewesen, aber sie wäre auf dem Schiff langsamer in die tropische Welt gekommen. Sie war ja nun in den Fünfzigern, und jeder Arzt hätte ihr zu einer Schiffsreise geraten. Aber Mrs. Watford ging nie zum Arzt. Um sie herum dröhnendes Stimmengewirr.

„Wie geht es dir, Mann? Zurück aus dieses England?" schrie ein Mädchen mit geblümtem Kopftuch.

„Hab genug von dieses kalte England und diese mürrische Leute", erwiderte das mit „Mann" angeredete Mädchen, das etwas kleiner war.

Die beiden jungen Westinderinnen mit den blitzenden Augen, den schneeweißen Zähnen, dem hochgetürmten Kräuselhaar und der Schokoladenhaut kicherten. Aber plötzlich verstummten sie und blickten die große, schlanke, zugeknöpfte Englanddame an, die sich verstohlen umblickte und mit zitternden Händen Reggies Adresse in ihrer Handtasche suchte. Muriel war jetzt so nervös und betäubt, daß sie nicht merkte, daß ihr Paß und ihre Geldtasche aus der großen Handtasche herausgefallen waren. Sie suchte immer noch nach Reggies Adresse, als ihr die beiden jungen Mädchen ihre Besitztümer mit treuherzigem Lächeln überreichten. Muriel stammelte heiser ihren Dank.

„Freue mich sehr, sehr, Sie helfen zu können, Lady", sagte das größere Mädchen in unverfälschtem Trinidad-Englisch.

„Zu viele kluge Diebe in dieses alte Port of Spain", erläuterte das Mädchen, das in England gewesen war. „Man sagt nur ‚Robinson Crusoe', und weg ist Geld, Liebesbriefe, Ausweispapierchen und alles." Die beiden jungen Damen lachten schallend und zogen sich kichernd von der stummen Englanddame zurück, als Reggie atemlos angerast kam. Große Schweißtropfen standen ihm auf der hohen, klugen Stirn, und sein weißer Anzug war zerdrückt. Er entschuldigte sich prustend wegen der Verspätung.

„Ein Patient, Mutter! Dringende Sache. Tut mir furchtbar leid."

Er umarmte sie flüchtig. Muriel war stockstcif in seinen Armen. Sie glaubte ihm nicht. Nicht eine Sekunde! Reggie hatte immer passende Ausreden zur Hand gehabt. Schließlich sagte sie, er komme doch immer zu spät, und sie hätte sich gewundert, wenn er zur Zeit am Flugplatz gewesen wäre.

„Wo ist deine Frau, Reginald?" fragte Muriel unvermittelt. Sie nannte ihn tatsächlich Reginald. Wie eine Fremde.

Er sah sie von der Seite an. Mit demselben Ärzteblick, den sein Vater gehabt hatte. Die Mutter sah erhitzt und dabei verfallen aus. Kein bißchen erfreut über das Wiedersehen. Hatte sie sich vielleicht genauso davor gefürchtet wie er?

Während Reggie Muriels Gepäck in seinem großen, eleganten Wagen verstaute und die Frage nach seiner Frau unbeantwortet ließ, kam eine Person mit fliegenden Haaren und in einem zerknitterten Leinenkleid auf sie zugestürzt. Die kurzsichtige Muriel hielt sie von weitem für ihre Schwiegertochter, die offenbar genauso unpünktlich wie Reggie war. Übrigens war er erschreckend abgemagert. Gab Blanche ihm nichts zu essen? Oder zuwenig? Oder das Verkehrte? Daheim hatte er es sich schmecken lassen.

„Oh, Tante Muriel!" rief Lucy Sanderson und umarmte die stocksteife Galionsfigur aus ihrer frühen Jugend.

Muriel hatte zwar die arme Lucy daheim nicht gerade geschätzt, aber jetzt war sie glücklich, sie zu sehen. Sie wäre über jedes vertraute Gesicht glücklich gewesen. Und Lucy sagte tatsächlich noch „Tante" zu ihr, obwohl sie nicht verwandt waren. Sie war so herzlich zu Muriel, wie sie es daheim nie gewesen war. Und dabei so selbstsicher und vergnügt, daß keine Rede von der „armen Lucy" sein konnte. Im Wagen gab sie Muriel Eau de Cologne auf einem Papiertaschentuch und legte ihr ein Kissen auf die richtige Stelle ihres schmerzenden Rückens.

„Gutes Mädchen", sagte Muriel erstickt. Sie war ja nicht mit liebenden Aufmerksamkeiten verwöhnt. Die Abwesenheit ihrer Schwiegertochter hatte sie so getroffen, daß sie stumm dasaß und an ihrem Ärger schluckte.

Schließlich erklärte der fremde, abgemagerte Mann am Steuer, der vor Jahrhunderten ihr Reggie gewesen war, Blanche bitte vielmals um Entschuldigung dafür, daß sie nicht zum Flugplatz habe kommen können.

„Ist sie krank?" fragte Mrs. Watford frostig.

Es stellte sich heraus, daß Reggies Ehefrau sich einer eisernen Gesundheit erfreute, aber zu ihrer jährlichen Wallfahrt nach Siparia aufgebrochen war. Dort thronte *La Divina Pastora,* die berühmte „Schwarze Muttergottes", auf ihrem Altar, umgeben von Tropenblumen und den Gaben der Frommen. Viele Leiden sollten durch ihre

Vermittlung geheilt und viele Wünsche erfüllt worden sein. Es war nun April, und Blanche Watford nahm jedes Jahr an der Prozession und dem Volksfest teil. Es war nicht ihre Schuld, wenn ihre Schwiegermutter zu einem so ungünstigen Zeitpunkt in Trinidad landete. Aber sie hatte Reggie versprochen, auch für seine Mutter zu beten. Aus irgendeinem Grund teilte er Muriel das nicht mit. Reggie war ein Kapitel für sich.

Mrs. Watford hörte sich seine Erklärungen in steinernem Schweigen an. Es war ihr entfallen, daß Blanche nicht nur Französin, sondern auch noch Katholikin war; aber das war natürlich Reginalds Angelegenheit. Blanche war die erste Katholikin in einer streng protestantischen Familie. Tja, die Überraschungen nahmen kein Ende, und Muriel hatte nie etwas für Überraschungen übrig gehabt. Nie würde sie einsehen, daß die Heilige Jungfrau von Siparia wichtiger sein sollte als sie, Reggies Mutter! Aber was kam es darauf an, was sie, Muriel Watford, einsah oder nicht? Mit Lucy an ihrer Seite kämpfte Muriel einen ehrlichen und erfolglosen Kampf gegen ihre unbekannte Schwiegertochter. Immer im Leben, auch in allen Krisen mit Reggies Vater, hatte sie Fassung und Anstand bewahrt, und sie war fest entschlossen, dieser Französin ein Minimum an gutem Willen entgegenzubringen und sie eventuell gute Manieren zu lehren. Es war ja wirklich und wahrhaftig empörend, daß diese Person nicht zu ihrem Empfang erschienen war. Franzosen sollten doch so höflich sein! Maud hatte ihr das erzählt. Irren war menschlich. Obwohl die liebe Maud der Meinung war, sie irre sich nie.

Na, Muriel hatte Neuigkeiten für Maud! Ihr verstorbener Ehemann hatte in solchen Fällen „*Ipso facto*" gemurmelt. Muriel hatte ihn stets ersucht, statt lateinisch lieber englisch zu sprechen. Aber wann hätte Dr. Watford der Ältere jemals ihre Bitten erfüllt? Und dabei hieß das alberne Latein einfach, daß die Tatsachen für sich selbst sprächen. Maud, die in Cambridge studiert hatte, erleuchtete Muriel von oben herab. Damals hatte Maud jeden bedauert, der kein Latein konnte. Jetzt war sie vernünftig. Auch Maud stammte aus einer Familie, die Englisch immer gut genug für Engländer gefunden hatte. Maud wußte es natürlich besser. Leider hatte Muriel an daheim gedacht. Aber statt Hampstead Heath, das sie so unauffällig entzückte und beruhigte, sah sie das große Foto ihres verstorbenen Mannes, das sie nach seinem Tod für Reggie auf dem Schreibtisch aufgestellt hatte. Sie selbst konnte den Anblick entbehren. Das Bild zeigte ihren Mann in aufreizend guter Laune. Lächelnd und hintergründig blickte Dr. Watford senior aus halbgeschlossenen Augen auf Muriel und das Wohnzimmer in Hampstead. „Wenn es Frühling ist in Cricklewood..." Nach Reggies Flucht nach Trinidad hatte Muriel das Foto zerrissen und in den Ascheimer befördert. Nie war sie für halbe Maßnahmen gewesen. Auch jenen Akt der Heftigkeit hatte sie äußerlich ruhig vollbracht. Man konnte Muriels Gefühle nicht erraten. Was würden Blanche und die Heilige Jungfrau von Siparia von ihr denken? Je mehr Muriel in Reggies Auto bei Lucys heiterem Geplauder über die Französin nachdachte, desto schwieriger wurde die ganze Situation. Ob Reggie, als Ebenbild seines Vaters, nur eben viel netter, etwas mit Lucy Sanderson hatte? Muriel wäre nicht erstaunt gewesen. Aber von Lucy hatte man nie etwas Bestimmtes erfahren können. Trotzdem war Muriel sehr zufrieden mit Lucy. Wenigstens keine Fremde! Und so zum Vorteil verändert! Von Reggie konnte Muriel das beim besten Willen nicht behaupten. Er sagte kein Sterbenswort. Aber er mußte wohl auf den Verkehr achten. Die Westinder schienen tollkühne Fahrer zu sein.

„Paß doch auf!" rief Muriel ihrem Sohn zu. „Gleich wird der Neger in deinen Wagen fahren!"

„Ich passe auf", sagte Reggie finster.

Was hatte er nur?

„Nicht nervös werden, Tante Muriel", beschwichtigte Lucy.

Worüber war Reggie beleidigt? Das fing gut an. Plötzlich hörte Muriel die Warnungen ihrer Freundinnen. „Bleib zu Hause", hatte Nancy gesagt. Aber nun war sie eben in Trinidad und ignorierte Reggies finstere Miene. Ob sie bei ihm eine Tasse Horlicks zum Schlafen bekommen konnte? Sie hatte eine Dose in ihrem Gepäck, war aber zu müde, um ans Auspacken zu denken.

„Trinkst du noch Horlicks vorm Einschlafen, Reggie?"

„Nein."

Es war lächerlich, und Muriel fand es selbst; aber daß Reggie die Tasse Horlicks aufgegeben hatte, tat ihr direkt weh. Sie hatte immer an seinem Bett gestanden, wenn er den Schlaftrunk vorsichtig schluckte, weil er so heiß war. „Besser als Alkohol", hatte er

gemurmelt. Also jetzt trank er wohl Rumpunsch. Andere Länder, andere Getränke.

An den Wagentüren waren große Ledertaschen angebracht. Plötzlich bemerkte Muriel, daß die eine Tasche mit leeren Streichholzschachteln und die andere mit Silberpapier gefüllt war. Schon als Schuljunge hatte Reggie leere Streichholzschachteln und die silbrigen Papierhüllen der Schokoladentafeln gesammelt. *Das war Reggie!* Nicht der hagere, schweigsame Mann am Steuer, der ununterbrochen rauchte. Muriel betrachtete die Reliquien wie gebannt. Nie hätte sie geahnt, daß ihr Reggie noch existierte, wenn sie nicht nach Trinidad gekommen wäre! Aber ihr Sohn hätte sie eventuell zu diesem Besuch ermuntern können. Warum hatte er es nicht getan? War seine Frau so dagegen gewesen? Muriel wußte ganz genau, daß alle Männer taten, was ihre Frauen wollten. Dr. Watford der Ältere war die Ausnahme gewesen. Selten hatte sie in den Jahren ihrer Witwenschaft so viel an ihren Mann denken müssen. Aber da saß sein Ebenbild am Steuer. Sie wurde immer müder, bemühte sich aber, die Augen offenzuhalten, um die fremde Landschaft zu betrachten. Der Flug hatte viel Geld gekostet.

„Schlaf ein bißchen, Tante Muriel! Ich werde dich herumfahren, wenn du dich ausgeruht hast."

Lucy war munter wie ein Fisch im Wasser. Ihre Sommersprossen waren kaum sichtbar, weil sie braun gebrannt war.

„Gutes Mädchen", sagte Muriel zum zweitenmal. Warum hatte Reggie sie nicht geheiratet? Sie hatte sich auffallend zu ihrem Vorteil verändert. Muriel hätte nie zugegeben, daß ihr vor ihrer unbekannten Schwiegertochter graute. Sie mochte eben keine Ausländer. Besorgt fragte sie Lucy, ob sie denn Zeit zum Herumfahren habe. Eine Oberschwester und so weiter! Aber Lucy hatte sich Urlaub genommen. Muriel war in ihrem Schwebezustand der Erschöpfung so überwältigt von Lucys Treue, daß sie zu ihrem Entsetzen einen Kloß im Hals spürte. Sie drückte Lucys große, tüchtige Hand. England blieb England.

Fahrstraße, Staub. Wilder Verkehr. Braune, gelbe, schwarze Gesichter am Steuer mit üppigem Haar, Schmuck, feurigen schwarzen Augen und blitzendweißen Zähnen. Im Fond dieser alten Autos hockte die Familie des Fahrers nebeneinander, aufeinander, untereinander. Eine Pyramide von Familienglück. Gesang und Gelächter. Was gab es in dieser Welt zu lachen? Vielleicht fragte sich Reggie dasselbe. Er fuhr mit gerunzelter Stirn und vorgeschobener Unterlippe durch die Frederick Street, die alles an Lärm, Menschenmengen, an grellfarbigen Sporthemden und Kleidern überbot, was Muriel je im Leben gesehen hatte. Die Westinder in Hampstead waren graue Mäuse gegen die Herrschaften in dieser berühmten alten Geschäftsstraße. Muriel würde wahnsinnig werden, wenn sie zwei Monate in Port of Spain leben müßte. Aber früher zurückfliegen wäre das Eingeständnis einer Niederlage. Nein, das tat Muriel Watford weder sich noch Maud und Nancy an! Mitleid würde sie nicht ertragen können. Wenn Reggie nur ein bißchen freundlicher zu ihr wäre! Hätte Muriel sicher sein können, daß er seine Angst vor ihrer Reaktion auf seine Frau hinter seiner unnahbaren Miene verbarg, dann wäre ihr leichter zumute gewesen. Oder quälte ihn die Angst vor dem, was Blanche zu seiner stocksteifen englischen Mutter sagen würde? In Trinidad sagte man, daß ein Mann am meisten seine engsten Verwandten fürchten müsse. Schwarze Weisheit. Paßte aber verdammt genau auf Reggies Lage.

Er unterdrückte einen Fluch und bog endlich vom Hexenkessel der Frederick Street in die Queens Park Savannah ein. Es war wie die Flucht aus dem Fegefeuer ins Paradies. Grüne Stille. Große Tropenhäuser mit schattigen Veranden und den herrlichsten Gärten, die Muriel en miniature höchstens in Kew Gardens bewundert hatte. Es war so still in der Savannah, als wäre Trinidad nicht der Geburtsplatz des lärmendsten Orchesters der Welt, der *Steel Band,* gewesen. Zwischen Bäumen und Sträuchern mit farbigen Blüten hatte Reggies Garten einen Teich mit Lotoslilien, und hinter Büschen mit großen, goldschimmernden Dolden stand ein Orchideenhaus.

„Oh", murmelte Muriel. „Das ist ja . . ." Sie fand keinen Ausdruck.

Reggie entspannte sich.

„Ja, ein netter Garten", murmelte er. Unpassender konnte man ein Paradies nicht bezeichnen. Er erklärte seiner Mutter, daß die Königlich-Botanischen Gärten nördlich der Savannah, der „glorreichen Promenade" von Port of Spain, lägen.

„Da muß ich hin!" rief Muriel impulsiv wie in ihrer Jugend.

„Lucy wird dich hinbringen."

„Und du kommst nicht mit?"

„Leider muß ich in der Klinik sein. Ich kann nicht wegbleiben, solange meine Frau in Siparia ist."

„Ich verstehe", sagte Muriel kalt.

„Wann kommt Blanche zurück?" fragte Lucy schnell.

„Früher oder später, meine liebe Lucy." Kein Asiate hätte ausweichender antworten können als Dr. Reginald Watford. Aber er blickte Lucy fast beschwörend an.

„Ihre Patienten beten Blanche an", erklärte Lucy.

Mrs. Watford nahm es schweigend zur Kenntnis. Oder hatte sie nicht zugehört? Sie hatte den Blick ihres Sohnes gesehen und hielt es nicht für ausgeschlossen, daß die Französin ihrem Ehemann davongelaufen war. Wenn Reginald mit Blanche so liebenswürdig gewesen war wie mit seiner Mutter, dann würde Muriel sich nicht wundern. Vielleicht war es die beste Lösung, und Reggie würde nach England zurückgehen. Was sollte er in Trinidad, wo die Leute sogenanntes Englisch mit lächerlichem Akzent und origineller Grammatik sprachen, wenigstens auf dem Flugplatz von Piarco? Drollig war es ja, und Muriel hörte dieses Englisch immer häufiger in London; aber da verteilten sich die Einwanderer und waren auch scheuer. Oder vorsichtiger. Oder was immer sie in Läden und auf öffentlichen Plätzen für richtig hielten. Hier in Trinidad, auf ihrem eigenen Boden, waren Muriel, Lucy und Reggie, mit dem Rest der Fremden, keine Personen mehr, in deren Gegenwart Westinder sich zusammennehmen mußten. Das wäre zum Lachen! Gelacht wurde laut und ausgiebig in Trinidad. Das hatte Muriel bereits heraus. Sie hatte nicht umsonst eine Ewigkeit auf dem Flugplatz verbracht. Reggie hatte sich unentschuldbar benommen. Aber sie mußte es entschuldigen, da ihr nichts anderes übrigblieb. Und da war die Savannah – ein Parkgelände, das sie an den Park von Saint James in London erinnerte. Und Lucy, das liebe Mädchen!

Das liebe Mädchen nahm sie am Arm und führte sie zu dem großen, verträumten Landhaus, das beinah versteckt in dem riesigen Garten lag. Hier, in der Maraval Road, konnte man die Savannah überblicken. Reggie brachte den Wagen in die Garage, die für zwei Wagen gebaut war. Der zweite Wagen war wohl bei der Heiligen Jungfrau von Siparia vorgefahren.

Reggie sagte seiner Mutter nicht, daß diese Villa im schönsten und stillsten Teil der Stadt seiner Frau gehörte. Das Hochzeitsgeschenk der Bouchardons von Haiti.

Eine alte, enorm dicke, freundliche Negerin in grünem, weitem Rock, einer rosa Jacke und einem geblümten Kopftuch watschelte auf Muriel zu. Trixie Halleluja Petit war von der Plantage in Haiti, deren Oberhaupt sich gut mit der neuen Regierung stellte, mit „Mademoiselle Blanche" nach Paris und Port of Spain gezogen, wo man sie statt Béatrice einfach Trixie rief. Sie kochte französisch und kreolisch und war so altmodisch, daß sie Blanche und Reggie blind ergeben war und sich nicht um politische Unabhängigkeiten kümmerte. „Der Segen des Himmels für Madame", murmelte sie und knickste trotz ihrer Leibesfülle erstaunlich gewandt vor Muriel. „John-Bull-Doktor bester Doktor in Trinidad", fuhr sie fort und fügte dann hinzu: „Und Tobago." Muriel konnte die Mischung von kreolischem Französisch und Trinidad-Englisch kaum verstehen, wußte aber, daß die alte Frau ihren Sohn gelobt hatte. Denn Béatrice Halleluja Petit zeigte mit ihrem dicken Zeigefinger auf Reggie und lächelte ihn strahlend an.

„Halt die Pferde an, Trix!" Reggie lächelte zum erstenmal.

Mit der alten Negerin ist er nett, dachte Muriel und bekämpfte ihre Bitterkeit. Sie sah sich nach Lucy um, aber die war taktvoll verschwunden. Sie wollte wohl das erste Zusammensein von Mutter und Sohn nicht stören. Dann mußte es eben ohne Lucy gehen. Sie, Muriel, würde sich mit Reggie aussprechen – natürlich in Grenzen! –, ob er wollte oder nicht. *Kein Wort über seine Frau!* Das würde Muriel sich nicht antun.

„Ich hoffe, du wirst dich hier wohl fühlen, Mutter! Es ist alles sehr anders als daheim. Du mußt die Dinge nehmen, wie sie sind."

„Selbstverständlich. Haben alle Schlafzimmer solche Veranden?"

„Ja."

„Schön", sagte Muriel. „Schön, so ins Grüne zu sehen." Sie sah sich in dem geräumigen Gastzimmer mit der Duschkabine nebenan zufrieden um. Warum durfte sie das erst nach Jahren genießen?

„Wir essen um acht Uhr, Mutter! Ich habe Trixie Halleluja davon abgehalten, dir sofort nach deiner Ankunft kreolische Spezialitäten zu servieren. Es gibt ehrliches englisches Roastbeef. Mit Beilagen. Zwei Gemüse und Kartoffeln. Hahaha!"

Was war komisch an solidem englischem Essen? Reggies Gelächter hatte nicht lustig geklungen. Was um Himmels willen war mit ihm los? Oder mit seiner Frau?

„Lucy kommt zum Essen, Mutter! Jetzt legst du dich am besten hin. Vielleicht ein laues Bad? Ich würde die Dusche erst morgen probieren. Du darfst mir keinen Schock bekommen.“

„Vom *Wasser* kriege ich keinen Schock.“

„Leider muß ich nach dem Essen noch einmal in die Klinik. Aber Lucy wird dir Gesellschaft leisten.“

Reggie erntete einen von Muriels berühmten Blicken, halb Ärger, halb Ironie. Aber eher biß sie sich die Zunge ab, als daß sie ihren Sohn fragte, ob seine Frau ihm weggelaufen sei und was hier überhaupt gespielt werde.

„Also um acht Uhr unten, Mutter! Ich lasse dir jetzt einen geeisten Fruchtsaft heraufbringen.“

„Vielen Dank. Bitte ohne Rum! Es ist zu heiß. Übrigens, Reggie...“

Reggie war eilig verschwunden. Muriel grübelte. Das sollte sie nicht tun. Als Trixie ihr den Fruchtsaft brachte, saß Muriel stockstill auf der Veranda und starrte auf die Savannah.

Trixie Halleluja verschwand ohne ein Wort. „Gedanken brechen das Herz“, sagt man in Trinidad. Man solle lieber singen. Die Englandfrau dachte zuviel nach.

AM NÄCHSTEN Morgen frühstückte Muriel mit ihrem Sohn auf der großen Terrasse und betrachtete in schweigendem Entzücken die Flammenbäume und die sternförmigen weißen und rosa Frangipani-blüten. Überall Palmen unter heiterem blauem Himmel. Während Reggie ans Telefon gerufen wurde, fuhr ein Wagen vors Haus. Eine junge Frau mit einer roten Blüte im Haar lief auf die Terrasse zu. Erst als sie unten an der Treppe stand, sah die kurzsichtige Muriel, daß die Besucherin offenbar eine Negerin war. Was hatte sie in Reggies Haus zu suchen? Muriel rief: „Trixie, Besuch für dich!“

In diesem Augenblick kam die junge Frau mit ausgestreckten Händen auf Muriel Watford zu und sagte auf englisch: „Willkommen in Trinidad, Mrs. Watford!“

Ihre dunklen afrikanischen Augen leuchteten Muriel wie zwei Scheinwerfer ins Gesicht.

Muriel war so sprachlos, daß sie die junge Frau hilflos anstarrte und ihre Hände nicht ergriff. Ihr Instinkt sagte ihr, wer die Fremde war. Einen Augenblick wirbelten Muriels Gedanken durcheinander wie der Staub auf den Straßen dieser uralten spanischen Stadt, wenn Wirbelstürme durch Port of Spain wehten. Alles drehte sich um sie: die Terrasse, die Palmen, die Welt. Dann wurde alles schwarz.

„Reggie! Béatrice!" rief Dr. Blanche Watford. „Schnell, schnell, Madame ist ohnmächtig geworden! Vorsicht! Wir müssen sie in ihr Zimmer bringen. Und schnell einen Eisbeutel."

Als Muriel die Augen aufschlug, standen nur Reggie und Lucy an ihrem Bett. Lucy war gekommen, um Muriel zum *Blue Basin* zu fahren. Das „Blaue Becken" war ein verträumtes Tal mit einem Wasserfall, der das Wasser im Schwimmbecken beständig kühlte. Eine Oase in der Mittagsglut der Insel. Sie hatten schwimmen und ein Picknick verzehren wollen. Zwar war der Fußweg zum Becken sehr steil und uneben, aber Muriel war gut zu Fuß. Leider lag sie nun im Bett.

„Was ist passiert?" fragte Lucy später die alte Dienerin.

Trixie Halleluja zuckte die breiten Achseln. In ihren großen runden Augen war Trauer, Resignation und eine winzige Flamme der Empörung. „Duft von Frangipanibaum hat fremde Dame betäubt", sagte sie und verschwand in ihre Küche. Sie hütete ihre Zunge, denn was die Zunge zerschneidet, das heilt nicht mehr. Trixies Weisheit war sehr afrikanisch und von unbekannten Vorfahren auf sie in Haiti übergegangen.

Das junge Ehepaar stand vor Muriels Bett und blickte auf die blasse schlafende Patientin hinunter.

„Laß ihr Zeit", murmelte Reggie. Er dachte nicht daran, seine Frau mit einer billigen Ausrede über den Klimawechsel abzuspeisen. Dazu fühlte er zuviel Liebe und Respekt für sie. Außerdem hatte sie als Ärztin wohl sofort gesehen, daß ihre Schwiegermutter sich im Grunde einer robusten Konstitution erfreute.

Blanche, die Tochter eines Franzosen und einer Afrikanerin in Haiti, sagte ruhig und leise mitleidig: „Sie ist alt, Reggie! Sie verdient Nachsicht und Respekt."

Vielleicht war es gut, daß Muriel fest schlief und diesen Tribut, den man dem Alter auf den Inseln zollt, nicht hören konnte. Denn obgleich in den Fünfzigern, war sie in keiner Weise gebrechlich. Dafür hatten die Luft und die Wiesen in Suffolk gesorgt.

Auch Blanche, von André Bouchardon trotz oder wegen ihrer dunklen Haut und ihres schwarzen Kraushaars nach seiner Mutter in einer französischen Provinzstadt so genannt, war kerngesund. Und jung und fröhlich und von der Liebe belebt. Aber jetzt war ihr schönes afrikanisches Gesicht mit dem kritischen Licht in den Augen und der scharfen Nase der Bouchardons verdunkelt wie die Savannah vor einem Gewitter. Ein düsteres Feuer brannte in ihren Augen, und ihre vollen Lippen waren fest geschlossen. Sie hatte erschreckende Stimmungsumschwünge. Kindliche Heiterkeit verwandelte sich von einer Sekunde zur anderen in hellen Zorn oder düstere Schwermut. Reggie hatte sich an dieses unenglische Stimmungsbarometer immer noch nicht ganz gewöhnt; aber er akzeptierte es mit einer milden, ironischen Geduld. Er liebte zum erstenmal ...

„Ich werde die zwei Monate, die deine Mutter hier sein will, bei Freunden in San Fernando schlafen. Wir sehen uns ja täglich in der Klinik", sagte Blanche.

Sie hob die feingliedrige Hand, denn Reggie war dunkelrot vor Zorn geworden.

„Du bleibst hier. In deinem eigenen Haus!" schrie er. „Wenn es meiner Mutter nicht paßt, kann sie zurückfliegen."

Reggie war für gewöhnlich so beherrscht, daß Blanche seine Wutanfälle heimlich genoß. Ob sie ihr zeigten, daß alle Menschen ähnliche Gefühle haben, wenn man sie auf den Siedepunkt bringt?

„O Reggie", murmelte sie. „Wir werden einen Weg finden. Du kannst die alte Dame nicht zurückschicken. Du würdest dir das nie verzeihen."

Sie lehnte sich leicht an seine Schulter. Sie war viel kleiner als er, und er sah besänftigt auf ihre Locken hinab. Diese feminine junge Frau trug einen kurzgeschnittenen Lockenkopf wie ein Knabe. *La brûlante Afrique.* Aber sie konnte so sanft sein. Und besaß französische Vernunft. Reggie hatte diese Mischung vom ersten Augenblick an unwiderstehlich gefunden.

Kurz nach dem ersten Treffen in der Klinik in Port of Spain hatte er der jungen Ärztin aus Haiti Orchideen geschickt. Seine französischen Studien auf der Universität, die seine Mutter als „Jugendsünde"

bezeichnet hatte, fielen ihm beim Anblick von Blanche Bouchardon
wieder ein. So hatte er einen Vers von Baudelaire auf das Kärtchen
geschrieben, das die Blumen begleiten sollte. *Je t'adore à l'égal de la
voûte nocturne* – „Ich bete dich an wie das Gewölbe der Nacht".
Natürlich hatte er die Karte zerrissen und nur gefragt, wann er sie
wiedersehen könne. Und jetzt stand er mit ihr auf der großen
Terrasse, und alles blühte und grünte um sie herum, und er hatte eine
unmögliche Situation geschaffen.

„Verzeih mir, Blanche! Ich hab alles verkehrt gemacht."

„Alles." Blanche war immer brutal ehrlich, aber sie lächelte ihn an.
„Söhne sind nicht sehr mutig mit ihren Müttern." Sie stellte sich auf
die Zehenspitzen, um ihm einen Kuß zu geben. „Mon petit mari!" Auf
Haiti hatten sie das riesige Herrenhaus *La Petite Maison* genannt, „Das
kleine Haus".

„Vielleicht könnte Lucy mit meiner Mutter einige Wochen nach
Tobago gehen", sagte Reggie plötzlich. „Wenn du weggehst,
Blanche, gehe ich mit."

„Aber Lucy hat so viel zu tun. Sie wird doch in einem halben Jahr
heiraten."

„Ich werde sie fragen. Mehr als nein sagen kann sie nicht."

Das junge Paar war schon auf dem Weg in die Klinik, als Muriel
erwachte. Sie sah nur Lucys vertrautes Gesicht.

„Warum hat er mir nichts gesagt, Lucy?"

„Du kennst ihn doch, Tante Muriel! Er ging immer Schwierigkeiten aus dem Weg."

„Es war seine Pflicht, mich wissen zu lassen, wen er heiratet."

Lucy sagte beschwichtigend, was für eine großartige Person
Blanche sei, und Muriel gab ihr einen ihrer berühmten Blicke, halb
Ärger, halb Ironie. Sie sagte nichts. Für heute hatte sie genug geredet.

DIESES Mal bestand das Abendessen aus kreolischen Gerichten, und
Reggie, Blanche und Lucy tranken Rum, den „Sonnenschein der
Antillen". Muriel speiste in ihrem Zimmer. Zum erstenmal in ihrem
Leben war sie „leidend"; aber so ein Zustand gehörte nicht zu ihr, und
sie wußte es. Man mußte den Stier bei den Hörnern packen. Sie war
doch nicht ihr Sohn! Sie grollte Reggie, aber sie war mit sich auch
nicht zufrieden. Vor allem fühlte sie, daß sie zu ungewandt und zu

wortkarg war, um diese qualvolle Situation zu entspannen. Nun, sie
mußte ihr Bestes versuchen, auch wenn es nicht gut genug sein sollte.

Muriel zog sich den teuren Schlafrock an, den Nancy und Maud ihr
geschenkt hatten, und marschierte heroisch nach unten. Auf der von
Ampeln erhellten Terrasse tranken die drei immer noch den Sonnenschein der Antillen, aber sie sahen trotzdem nicht sonnig aus. Muriel
ging entschlossen auf ihre Schwiegertochter zu. In ihren großen, leicht
zitternden Händen hielt sie eine kostbare Wedgwood-Schale.

„Etwas aus der Heimat deines Mannes, Blanche", sagte Muriel.

Die junge Frau war ehrlich entzückt und bedankte sich in
fließendem Englisch. Dann führte sie Muriel in einen kleinen Salon
und stellte die Schale in eine Vitrine mit ihrem Sèvres-Porzellan.
„Etwas aus der Heimat meines verstorbenen Vaters", sagte sie fest.
„Und dies hier ist alter afrikanischer Schmuck, Mrs. Watford! Mein
Vater schenkte ihn meiner Mutter zur Hochzeit."

„Gott sei Dank", flüsterte Lucy auf der Terrasse. „Sie nehmen
Tuchfühlung."

„Meine Mutter hat eben mehr Mut als ich." In Reggies kühler
Stimme klang unterdrückter Stolz. Ja, seine Mutter war nicht die
Einfachste, aber sie stand ihren Mann. Natürlich war Reginald
Watford durchaus nicht so feige, wie er sich jetzt vorkam. Die Dinge
sind immer komplizierter, als sie auf den ersten Blick erscheinen.
Natürlich ging er, wie jeder Mann, häuslichen Unannehmlichkeiten
aus dem Weg; aber er hatte den Gedanken, daß seine Mutter ihre
Mißbilligung seiner Wahl unverblümt geäußert hätte, einfach nicht
ertragen. Blanche war ihm kostbar, aber er wußte alles über die
Vorurteile, die immer noch in seinem Land gegen „Farbige"
existierten. In London wäre Blanche einfach noch eine Mulattin mehr,
ob sie eine glänzende Ärztin und mit ihm verheiratet wäre oder nicht.
Der ruhige junge Mann fühlte mörderischen Groll, wenn er nur daran
dachte. Und er hatte seine eigene Mutter zu „dieser Gesellschaft"
gerechnet. War sie nicht ohnmächtig geworden, als Blanche auf sie
zuging? Aber sie hatte sich gefaßt. Das mußte man ihr lassen. Und das
wenigste, was Reggie nun machen konnte, war, daß er seiner Frau und
seiner Mutter den Übergang in eine normale Situation erleichterte.
Sowie Muriel sich erholt hätte, und sie sah schon jetzt am Abend
genau wie immer aus, wollte er mit ihr eine Woche auf die Insel

Tobago fahren und versuchen, die alte Harmonie zwischen ihnen herzustellen. Er mußte sich in der Klinik Urlaub nehmen, obwohl es nicht sehr gut paßte. Denn sie wollten im Herbst Lucy und ihren Ehemann, einen englischen Ingenieur, auf den Bahama-Inseln besuchen. Er war ein Freund von Reggie und, wie Reggie meinte, genau der Richtige für Lucy, die die geborene Mutter war. Sie wollte dann nach Tobago fahren, wenn Reggie zurückmußte.

„Wie kann ich dir danken, Lucy? Was du alles für die Watfords tust."

„Hör auf", sagte Lucy verlegen. Sie hing an Muriel und Reggie und durfte an ihren Abschied von Trinidad nicht allzuviel denken. Reggie hatte nie geahnt, daß er jahrelang für Lucy der einzige Mann gewesen war, mit dem sie mit oder ohne Heirat leben wollte. Und sie hatte sich bei Reggies Heirat gefragt, was er in Blanche sah. Allmählich hatte es ihr gedämmert. Ohne Absicht oder Anstrengung schuf das Mädchen aus Haiti jene Intimität des Geistes und der Berührung, die englische Paare mit angeborenem Mißtrauen betrachten. Weil sie ihr eigenes Leben um jeden Preis bewahren wollen und, ohne sich dessen bewußt zu sein, eine Ehe mit Möglichkeiten milder Isolierung anstreben. Durchaus nicht die schlechtesten Ehen, und Lucy hatte sich nun dazu entschlossen. Es würde gutgehen mit Reggies Freund. Dafür würde sie sorgen. Blanche hatte Reginalds Elfenbeinturm mühelos in die tropische Luft gesprengt. Lucy indessen war am englischen Kaminfeuer aufgewachsen. Aber auch sie wollte nicht mehr in ihre eigene Welt zurück, wo sie „die arme Lucy" gewesen war.

MIT dem Flugzeug ist man von Trinidad in fünfzehn Minuten auf der Insel Tobago; aber man fliegt von einer hektischen tropischen Metropolis in einen stillen Inselgarten mit Buchten und vielen kleinen Gasthäusern und privaten Strohhäuschen, wo die Gäste selbst wirtschaften können, wenn sie dem Hotelbetrieb entgehen wollen. Auch dieser Betrieb ist auf der Insel bescheiden, und die Steel Band dröhnt nur gelegentlich bei Picknicks des „Großen Hotels". Die Strände und Buchten sind teilweise von Selbstversorgern bewohnt, und in einem solchen *Cottage,* am Rand einer kleinen Bucht, im Schatten eines Palmenwäldchens, wollten Mutter und Sohn zueinanderfinden. Das war schwierig und ungewiß, denn eine Entfremdung über fünf entscheidende Jahre läßt sich nicht in einer Woche in die verlorene Vertrautheit zurückzwingen. Beide Watfords waren zu vernünftig, um dieses Wunder zu erwarten. Sie wußten, daß sie auf schwankendem Boden eine neue, andersgeartete Bindung schaffen mußten; und dazu waren Muriel und Reggie zu scheu und zu schuldbewußt. Vielleicht auch zu langsam. Reggie konnte nur eine Woche bleiben. Und was kann man in dieser Zeit, mit der Stoppuhr in der Hand, erreichen?

Aber das Bewußtsein einer Schuld drückte sie beide nieder, und wenn sie sich nicht selbst verzeihen würden, dann konnte diese bezaubernde kleine Insel ihnen nicht helfen. Die Natur hilft niemals, auch wenn sie sich, wie auf Tobago, von ihrer schönsten Seite zeigte und keine Wirbelstürme schickte, nur den kühlenden Großen Wind.

Muriel, die mit sich noch strenger als mit anderen war, konnte sich ihr Zurückweichen vor ihrer Schwiegertochter nicht verzeihen. Sie fand in der lieblichen Bucht auf Tobago, daß sie das moralische Gesetz, Duldsamkeit und Nächstenliebe, gebrochen hatte und immer noch brach. Denn sie wünschte nichts sehnlicher, als Blanche Bouchardon nie wiederzusehen. Und sie wußte, daß Reggie es wußte. Er quälte sich mit der unverdaulichen Wahrheit herum, daß er seine Mutter jahrelang abgeschrieben und aus seinem Herzen verbannt hatte. Sie, die alles für ihn getan hatte! Und selbst wenn sie nichts für ihn getan hätte, dann war sie immer noch seine Mutter und verdiente „Respekt und Nachsicht", vor allem aber Liebe. Unter dem heiteren Himmel der Insel war seine Welt dunkel und ohne Harmonie. Nicht daß er Muriel zeigen würde, wie es in ihm aussah! Er bot ihr sein freundlichstes Gesicht dar, mit dem munteren Lächeln, das er seinen Patienten zeigte. Denn natürlich war sie seine Patientin, die er mit Schulmedizin nicht heilen konnte. Blanche, ein anmutiger und unberechenbarer Schatten, stand zwischen ihnen.

Aber das Meer blieb das Meer, und Mutter und Sohn fanden sich zögernd, von Stunde zu Stunde, durch diese gemeinsame Liebe. Auf Tobago ist der Ozean, der Strand und Bucht umspült, kein Anblick. Er spielt Tag und Nacht mit. Er ist die Begleitmusik zum Dialog und die Zwischenmusik zum Schweigen der Menschen. So gab es schon am zweiten Tag keine quälenden Pausen mehr zwischen Mutter und Sohn. Wenn sie schwiegen, sang der Ozean, und der Große Wind wehte und kühlte ihre Stirnen und ihre Gedanken. Die kleine Karibin, die ihre einfachen Mahlzeiten zubereitete, sang beim Kochen. Des Abends ging sie in ihr Dorf zurück. Das Mädchen war sehr unordentlich – jedenfalls nach Muriels Ansicht. Aber zum erstenmal in ihrem Leben bemängelte Muriel nicht, daß nichts in dem Strandhäuschen auf seinem Platz lag und daß die Mahlzeiten eben erschienen, sobald die junge Insulanerin sie zubereitet hatte. Die Küchenuhr mußte sie ins Meer geworfen haben ...

Natürlich klebten Muriel und Reggie nicht den ganzen Tag zusammen. Das hätten sie in den besten Jahren daheim ebenfalls nicht ausgehalten. Muriel schwamm, ruhte im Palmengärtchen und schrieb Kartengrüße an Nancy, Maud und die Familie in Suffolk. Keine Briefe – das wäre schwierig gewesen. Besonders bei Maud, die zwischen den Zeilen las, was man ihr verschwieg. Und Nancy, die das Fragen nicht lassen konnte, hätte dauernd nach der Schwiegertochter gefragt.

Muriel schrieb einfach: „Alles andere mündlich." Als ob Maud und Nancy nicht wüßten, wie ausführlich Muriel schwieg, wie sie Fragen überhörte und Auskünfte verschluckte!

Natürlich hätte Muriel gern erfahren, was ihren Sohn zur Heirat mit Blanche Bouchardon veranlaßt hatte. Aber sie brachte es nicht fertig zu fragen, und er sagte es ihr nicht. Blanche hatte ihn durch einen Akt der Phantasie erobert. Denn Reggie hatte immer an dem Fieber der Bilder und Metaphern gekrankt, und seine Mutter hatte es beklagt. Nicht etwa, daß Blanche Voodoo-Künste anwandte, auch wenn es hieß, eine ihrer afrikanischen Ahnen sei eine rituelle Tänzerin gewesen. Blanche war modernes Haiti und war viel zu früh aus ihrer Heimat fortgekommen, um das magisch-religiöse afrikanische Erbe, das immer noch im verborgenen blühte, zu studieren oder zu akzeptieren. Wenn sie ihre Verwandten besuchte, hörte sie manchmal das Echo der Trommeln in den Bergen. Sie besuchte nie eine Voodoo-Vorführung für die Touristen; das war ein Prozent Voodoo-Ritus, und der Rest war Geschäft.

Aber der alte, machtvolle afrikanische Reichtum an Sprüchen und Legenden lebte in ihrem französisch geschulten Geist, denn Béatrice Halleluja, Mutter des mutterlosen Kindes, Beschützerin und erste Lehrmeisterin, erzählte ihr auf kreolisch jene tiefsinnigen und magischen Geschichten aus der Kindheit der Völker. Und Blanche erzählte dem jungen Dr. Watford einige Schöpfungsmythen der schwarzen Welt, und kein Voodoo-Zauber hätte ihn so bannen können wie die *Legende vom Großen Wind,* der die Völker über den Erdball verstreute. Sie waren die letzten Gäste in einem Inselgarten auf Tobago. Der Mond beschien die Bucht, und das Meer rauschte leise und schien zu verstummen.

Ja, am Anfang war die ganze Menschheit schwarz gewesen. Aber der Schöpfer der Welt tauchte seinen Riesenpinsel in verschiedene Farbtöpfe und malte einen Teil der Schwarzen weiß oder gelb oder braun oder rot. Und die weißen Menschen waren kühl und eben farblos; die Gelben lächelten wie die Sonne, die Braunen und die Roten malten und schnitzten, und da standen noch Millionen Schwarze – aber der Schöpfer der Welt hatte alle Farben aufgebraucht. Doch er gab ihnen zum Trost die glänzendsten Augen, die weißesten Zähne und das größte und wärmste Herz. Und dann rief er den Großen Wind und verteilte sie alle über die Erde: die Weißen in den Westen, die Gelben nach China und Japan, die Braunen nach Indien, Malaysia und Thailand, die Roten ins unentdeckte Amerika, und die Schwarzen mit ihrem großen, glühenden Herzen wirbelte der Wind in ihre Heimat Afrika – und überall dorthin, wo Freude und Wärme fehlten.

Dann hatte Blanche geschwiegen. Und Reginald Watford hatte sich drei Monate später sein Teilchen Freude und Wärme gesichert – gegen das Vorurteil der weißen Welt, gegen die Welt überhaupt, gegen die Prinzipien und Traditionen seiner Mutter.

Wenn Reggie seiner Mutter auch nicht diese Legende erzählte, so erzählte er ihr doch einiges über die Familie und den Hintergrund seiner Frau. Muriel konnte nicht ahnen, daß Blanche Bouchardon zu der einzigartigen Mulatten-Aristokratie von Haiti gehörte und dementsprechend sorgfältig und ein wenig isoliert von der Menge erzogen worden war. Sie gehörte also zu den Kreolen der Insel, zu den Nachkommen französischer Kolonialherren und afrikanischer Sklavinnen. Aber Blanches Mutter zählte bereits zur „schwarzen Elite" von Haiti, die in heutiger Zeit dem karibischen Inselreich starke künstlerische Impulse gibt und besonders die Malerei mit glühenden impressionistischen Akzenten bereichert. Diese Malerei hat tausend Pinsel. In Muriels Zimmer in Trinidad hing eine Landschaft, die Blanches Mutter gemalt hatte. Aber Muriel hatte dem Bild keinen

Blick gewidmet. Constable war gut genug für sie. Er war gut genug
für jeden – wie die zauberischen Bilder von Haiti, die die Künstler der
Sonne und der tausendgesichtigen Nacht abringen. Warum aus einer
einzigen Quelle trinken? Blanche Bouchardon, Ärztin und Ehefrau
eines Engländers, hatte ihre Stirn trotzdem mit wilden Blumen
bekränzt und stand im Großen Wind der Antillen. Und der
afrikanische Ebenholzbaum hat den härtesten Stamm aller Bäume.
„Ach Tod, ein anderes Mal will ich gern mit dir plaudern,
stehenbleiben und lächeln. Nicht jetzt." So drückte es der kubanische
Dichter Nicolás Guillén aus.

BLANCHE hatte eine sorglose Kindheit auf der Plantage der
Bouchardons verlebt, und kein Schatten der blutigen und heftigen
Geschichte Haitis fiel auf diese frühe Sorglosigkeit. Auch ihre erste
Schulzeit in der Hauptstadt Port-au-Prince, wo sie nach dem Tod der
Mutter mit ihrem französischen Vater und Béatrice Halleluja Petit, der
Kinderfrau, lebte, war friedlich und voll Gesang und Gelächter. Daß
Haiti die erste freie „schwarze Republik" im karibischen Inselreich
war, hatte keine Bedeutung für das Kind. Das war 1804 geschehen,
und das war lange her ... Die blutrünstige spanisch-französisch-
afrikanische Geschichte der Insel bekam für André Bouchardon, seine
kleine Tochter und Béatrice Halleluja tödliche Bedeutung, als
François Duvalier, „Papa Doc", im Jahr 1957 Oberhaupt einer
Schreckensregierung wurde. Die Tonton Macoutes, die SS des
Regimes, verfolgten und töteten alle „Freunde der Freiheit", zu denen
André Bouchardon gehörte. Über Nacht mußte er, wie tausend
andere, um sein Leben fliehen. In den ganzen vierzehn Jahren der
Diktatur kam er nicht nach Haiti zurück. Er hatte Reden gehalten und
Zeitungsartikel veröffentlicht, und seine Familie auf der Plantage
konnte ihm nicht helfen. Die Bouchardons machten sich unsichtbar
und überlebten. Blanche war sieben, die treue Béatrice siebzehn. Ihre
Mutter verkaufte Obst und Gemüse auf dem alten „Eisernen Markt"
in Port-au-Prince. Aber die Familie Petit lebte in einem Bergdorf.
Dorthin brachte Béatrice ihren französischen „Schützling" und das
Kind. Sie malte den Franzosen und das Kind mit Kohle und Pflanzen-
saft schwarz an, was das Kind urkomisch fand, denn Papa sah trotz der
Schminke genau wie Papa aus: groß, dünn, gebeugt und die blitzen-

den blauen Augen hinter einer dunklen Brille verborgen. Blanche hatte wenigstens afrikanische Augen und das richtige Haar. Kurzum, André war ein „Schwarzer", dessen Vorfahren im 18. Jahrhundert Corneille und Racine nach Haiti importiert hatten. Trotz der Nebengeräusche der Voodoo-Trommeln. Ja, die Bouchardons, hohe Beamte und Militärs, waren eine berühmte Kolonialfamilie auf Haiti.

Bevor André Bouchardon mit Kind und Amme sich nachts für ein Vermögen per Boot nach Puerto Rico absetzen konnte, lebte er in der Farmhütte der mitleidigen und immer noch demütigen Familie von Béatrice und langweilte sich, wie sich nur ein intellektueller französischer Administrator mit den Vertretern der einfachen Tugenden langweilen kann. André war äußerst höflich, aber er bedankte sich ungern. Wie bedankte man sich bei Lebensrettern, die jede Bezahlung abwiesen? Die Dankesschuld, die er viel später mit dem Ankauf der Bergfarm abtrug, drückte nicht so sehr sein Gewissen wie seine Laune auf den Nullpunkt. Blanche sah einen neuen, mißmutigen und vor allem schweigsamen Vater, dessen lange französische Nase einen bestürzenden Grad von *ennui* ausdrückte. André war im philosophischen Sinn mit dem Tod vertraut, aber er fand zu seinem maßlosen Erstaunen in dem Versteck in den Bergen heraus, daß er trotzdem leben wollte. Also langweilte er sich weiter. Béatrice fuhr manchmal nach Port-au-Prince und besuchte ihre Mutter auf dem Markt. Sie kam jedesmal mit viel Geld zu Monsieur zurück. Aber nicht einmal das heiterte ihn auf. Natürlich brauchte er das Geld, wenn er den Preis für die Flucht nach Puerto Rico bezahlen wollte. Die Hälfte der Plantage und ein Restaurant in Pétionville gehörten ihm und seinem Bruder, ferner ein Sommersitz, den Blanche später erben sollte. Die Bouchardons nannten André den „Helden" der Familie und gingen ihm weise aus dem Weg. Niemand besuchte ihn. Niemand übte die einfachen Tugenden. Es wäre stupide gewesen, und „Papa Doc" hätte sie allesamt umbringen lassen. Sie lebten nicht in einem Drama von Racine oder Corneille, sondern unter dem Todeswind der schwarzen Diktatur. André Bouchardon sah es mit seiner französischen Vernunft ein. Stupidität war eine der Todsünden, deren kein Bouchardon sich je schuldig gemacht hatte. Helden sind ein unbequemer Umgang. André hatte immer zuviel geredet. Der Rest der Familie redete zwar auch lebhaft und ausgiebig, aber diese Bouchardons sahen sich ihre

Gesprächspartner genau an und wählten den Diskussionsstoff dementsprechend. Diese diplomatische Fähigkeit war auf das Kind Blanche übergesprungen. Das Kind war aufrichtig, aber vorsichtig, äußerst vorsichtig.

Später waren André, Blanche und Béatrice nach Paris gezogen, wo Blanche Medizin studierte, anstatt zu heiraten. Das tat sie in Trinidad, wohin sie mit Béatrice nach dem Tod ihres Vaters ging. Es war eine Art von Heimkehr. Die Inseln im Karibischen Meer glichen sich wie verstreute Verwandte. Ja – Blanche war in der Welt herumgekommen.

Muriel Watford hörte diese moderne Erzählung von einer Flucht stumm und verlegen an. Ihre dünnen Lippen waren fest zusammengepreßt. In welchen Schauerfilm war ihr einziger Sohn geraten? Was gingen sie und ihn die exotischen Bouchardons auf Haiti an? Plötzlich verspürte sie brennende Sehnsucht nach der Heimat. Sie sah den elterlichen Hof im Regen. Grauer Himmel, stille, geduldige Felder, Herbst. Die Blumen ließen die Köpfe im Regen hängen, aber sie hielten stand. Das Obst wurde sortiert und eingekocht. Die Wiesen und die Menschen atmeten die frische Luft nach dem Regen. Muriel schloß einen Augenblick die Augen vor dem sonnenglühenden Strand und den Palmen und dem unerträglich blauen Himmel. *Aufdringlich!* Aber sie starrte Reggie, den Erzähler, stumm und gequält an. Da sie etwas sagen mußte, sagte sie, Blanche müsse sehr zäh sein, wenn sie das Herumzigeunern in so vielen Ländern ausgehalten habe. Reggie hörte zum erstenmal, daß politische Flüchtlinge mit Zigeunern verglichen wurden. Aber er schwieg resigniert. Er hatte seiner Mutter nur klarmachen wollen, woher seine Frau stammte und wie sorgfältig sie trotz der Umstände erzogen worden war. Heute führten ihre Verwandten das hochmoderne, elegante Hotel Bouchardon in Port-au-Prince und die berühmte Ermitage in Pétionville, dem exklusiven Erholungsort in den Bergen von Haiti, der von dollarstarken Amerikanern bevorzugt wurde. In der fernen, goldenen Vergangenheit war die Ermitage André Bouchardons Sommersitz gewesen; wochenlang hatte er mit Blanches Mutter hier geweilt. Die heutigen Bouchardons, alle distinguierte Kreolen unter dem milden Regime von „Bébé Doc", dem Sohn des Diktators, waren wieder Regierungsbeamte, Militärs und Hoteliers – steinreich, liebenswürdig und den schönen Künsten zugetan. Wie sie ihre Gelder und Besitztümer durch den Sturm der Zeit gebracht hatten, war ihre Sache. Die Villa in Port of Spain, die Blanche zur Hochzeit mit Reginald Watford bekommen hatte, war von den Bouchardons in Haiti als „kleine Aufmerksamkeit" bezeichnet worden. Die Flitterwochen hatten Blanche und Reggie in der Ermitage in Pétionville verlebt. Für Reggie war diese französisch-kreolische Welt etwas Neues und Erregendes. Dort hatte der große Wind der Geschichte aus einer Kolonie eine Republik werden lassen, und ein neuer Unternehmungsgeist war aus dem französischen Erbe entstanden.

Und Muriel hätte um ein Haar Blanche Bouchardon zu Trixie in die Küchenräume verwiesen, weil sie für die Terrasse nicht weiß genug war ... Blanche hatte Muriel den kleinen Irrtum schweigend verziehen. Mrs. Watford wußte es nicht besser. Sie hatte eben immer im Kleinen Wind gelebt. Reggie hatte seiner Mutter kurz vor seiner Abreise nach Port of Spain nochmals von den Bouchardons und von Pétionville erzählt und sah sie nun erwartungsvoll an. Muriel fragte aber nur, wann Lucy morgen käme.

Aber Lucy kam nicht nach Tobago.

Blanche kam.

DASS zwei Leute zusammen in einem Strandhaus leben und laut dem Gesetz sogar nahe miteinander verwandt sind – tatsächlich war Reginald die einzige Verbindung zwischen Muriel und Blanche –, eine solche Nähe und gemeinsame Mahlzeiten schaffen noch keine innere Beziehung. Muriel und Blanche waren nicht nur durch den Abgrund zwischen den Generationen getrennt, sondern auch durch Herkunft, Erziehung und Traditionen.

Warum war Blanche gekommen? Weil sie jung war und annahm, sie könne den Abgrund mit Grazie und gutem Willen überspringen? Hatte sie auf einen raschen Erfolg gehofft? In problematischen Situationen gibt es selten rasche Erfolge und erst recht keine Wunder plötzlicher Wandlungen der Seele und des Geistes. Falls Blanche das nicht gewußt hatte, so lernte sie es jetzt im Zusammenleben mit Mrs. Watford. Eine bittere Lektion, denn sie hatte weder auf Haiti noch in Paris und schon gar nicht auf Trinidad kühle, höfliche Abweisung erlebt. Trotzdem versuchte sie weiter, Muriels Tage heiterer zu machen, nicht mit Reden, die auf steinigen Boden gefallen wären, sondern durch schweigende, anmutige Fürsorge. Wie andere Töchter dieser besonnten Inseln brachte Blanche Bouchardon Blumen und Früchte. Diese Versuche, Freude und Farbe in ein graues Einerlei zu bringen, konnten einen Stein erweichen; und natürlich war Muriel Watford kein Stein, obwohl sie ihr Bestes tat, einem Stein zu gleichen. Sie war einfach eine sehr einsame, verbitterte, scheue Person, die ihrem eigenen Gefühl mißtraute und lernen mußte und gelernt hatte, ohne eine liebende Familie auszukommen. Sie war von Natur weder mitteilsam noch liebenswürdig, und das machte die Aufgabe, die ihre Schwiegertochter sich gesetzt hatte, zur Schwerarbeit. Aber was Muriel in tieferem Sinn unnahbar machte, war ihre energisch unterdrückte Angst, wieder von neuem, und noch schwerer, von ihren nächsten Angehörigen enttäuscht und verletzt zu werden. Sie glaubte keinen Augenblick, daß diese junge, wildfremde Ärztin sich ehrlich um ihre Zuneigung oder Anerkennung bemühe. Wenigstens Anerkennung, denn der wildeste Optimist konnte keine Zuneigung erwarten. Reggie hatte Blanche wenig von seiner Mutter erzählt; und wenn er angedeutet hatte, daß Muriel „schwierig" sei und versucht habe, ihn, den einzigen Sohn, an die Kette zu legen, dann hatte er unglücklich und schuldbewußt gehüstelt, und Blanche hatte geschickt das Thema gewechselt. So ahnte sie nicht, daß ihr Mann viel mehr an seiner Mutter hing, als er es sich oder ihr eingestanden hätte. Da er, wie Muriel, eher hart als weich und eher schweigsam als redselig wie in seiner ersten Jugend war, hatte er sich damit abgefunden, daß die lange Vertrautheit zwischen ihnen eine Sache der Vergangenheit sei. Das Leben ging weiter, und für ihn ging es so glücklich weiter, daß er manchmal den Kopf schüttelte. Blanche hatte seine Existenz vulkanisiert. Wie hätte er seiner Mutter das verständlich machen können? Er versuchte es gar nicht erst. Muriel war so spröde wie Glas; das war unbestreitbar. Warum war Reggie dann so ärgerlich auf sich? Fühlte er, daß seine Mutter ihn schweigend anklagte? Über seinen Vater hatte sie stets zu Gericht gesessen – eine peinliche Angewohnheit. Aber mit ihm, Reggie, war sie nachsichtig gewesen, wenigstens damals. Daheim. Vor tausend Jahren.

Er war dagegen gewesen, daß Blanche sich in die Höhle der Löwin wagte. Er kannte seine Mutter. Kannte er sie wirklich?

Als Ärztin kannte Blanche alle möglichen Arten von Schmerz und Mangelkrankheiten, und nach einer Woche war ihr klar, daß Muriel Watford gefühlsmäßig verkümmert war und stolz und langsam verhungerte. Blanche hatte niemals eine Frau getroffen, die sich weniger bemitleidete und ihr unfruchtbares Privatleben tapferer ertrug. Und obwohl Blanche wenig Grund hatte, sich besonders für Muriel einzusetzen, und die höfliche Kälte ihrer Schwiegermutter als Kränkung empfand, bemühte sie sich weiter um diese Steinfigur im Sommerkleid. Sie selbst war jung, glücklich und beruflich anerkannt. Sie hatte alles. *Sie* hatte Reggie. Sie hatte ihn seiner Mutter nicht fortgenommen, falls Muriel so albern sein sollte, das anzunehmen. Aber Muriel wußte nur zu gut, daß ihr Sohn seine Flucht vor ihr arrangiert hatte, bevor er etwas von Blanche Bouchardons Existenz ahnte. Muriel machte sich nie etwas vor. Und sie gab sich selbst heimlich zu, daß Blanche sich hochanständig, geradezu unbegreiflich anständig benahm. Das machte Eindruck auf sie, ob sie wollte oder nicht. Blanche folgte einfach dem Gesetz der Nächstenliebe, wenn sie sich geduldig dieser wesensfremden Engländerin annahm, deren Selbstbeherrschung sie bewunderte, obwohl sie Muriels Verschlossenheit beklagte.

Wenn Muriel die tausendfarbige Blütenpracht um sich herum betrachtete, sah sie Suffolk im Herbstregen und hatte Sehnsucht nach den vom Regen verdunkelten Wiesen und Feldern ihrer Heimat. Wie ruhig, wie unauffällig beruhigend! In diesen Visionen zwischen Kokospalmen und Flammenbäumen war es immer Herbst. Die Wintergemüse reiften, die Büsche hatten rote Beeren, im Glashaus waren Blumen und geerntetes Gemüse. Als Mädchen daheim hatte Muriel jeden Herbst Karotten und rote Rüben in Kisten mit trockenem Torf geordnet – in Reih und Glied, wie später ihre Wäsche in einem Londoner Schrank. Und die Früchte! Die Apfelernte war ein Fest für die ganze Familie gewesen. Muriel starrte einen Frangipanibaum an. Die sternförmigen rosa und gelben Blüten zeigten schon den dunklen Rand des schnellen Verfalls, und der Duft einer abgeschnittenen Blüte machte Muriel krank. Welch faulige und unerträgliche Süße! Aber Blanche hatte einen Zweig des Baumes abgebrochen; er würde schnell ein neuer Baum werden – schnell, über Nacht. Nichts für Muriel! Die schönen Oleanderbäume enthielten einen tödlichen

Saft. Blanche hatte zur Vorsicht geraten. Am besten den Baum nicht berühren! Nun, Muriel vermied sowieso Berührungen, wo immer sie konnte. So fielen auch diese ablenkenden Unterhaltungen auf steinigen Boden. Blanche seufzte.

Aber Muriel liebte den bescheidenen afrikanischen Tulpenbaum, und als sie Blanche mitteilte, das sei ein netter, ordentlicher Baum, der sozusagen seinen Platz kenne, war Blanche glücklich. Sie erzählte Muriel mit scheuem Stolz, daß solche Tulpenbäume das Heim der späteren Kaiserin Joséphine auf der Insel Martinique „bewacht" hätten. Und so, langsam und mit Vorsicht, die ihr schwerfiel, brachte Blanche ein zögerndes Gespräch in Gang. Sie war immer freundlich, weil sie fest daran glaubte, daß der geringste Akt der Freundlichkeit einen besseren Platz aus dieser Welt macht.

Tatsächlich faßte Muriel langsam Zutrauen, weil Blanche so „anständig" war. *Fairneß,* Anstand im weitesten Sinn – das war Muriels Lebensprinzip, und sie konnte ihre Augen nicht mehr vor dieser Lauterkeit verschließen. Die Blumen und Früchte der Insel brachten sie zusammen. Muriel fragte nun täglich die Fragen der geborenen Gärtnerin, und Blanche gab sachkundige Auskunft. Sie erzählte Muriel von dem Immortellenbaum ihrer Heimat, der das längste Leben aller tropischen Bäume besitzt und die Kaffeesträucher und die Kakaobäume beschattet und beschützt. Blanche sprach zum erstenmal mit Muriel über Haiti und erwähnte die Ermitage so beiläufig, daß es Muriel nicht auffiel, was für eine Luxusvilla Blanche von André Bouchardon geerbt hatte. Ja, Pétionville war ein Dorf in den Bergen ...

„Oh", sagte Muriel.

Ja, der Weg führe durch Wälder, und da gab es einen Markt in den Bergen, wo die Farmer und ihre Frauen auf den Abhängen ihre Waren ausstellten. Blanche sprach so liebevoll über das Farmervolk und dessen einfache Tugenden, daß Muriel sachte zu vermuten begann, ihre Schwiegertochter besitze selber diese Tugenden. Muriel fand auch später nicht heraus, daß Blanche auf Tobago versucht hatte, sie so zu nehmen und zu lieben, wie sie war, und nicht so, wie Blanche es sich wünschte. Blanche fror in Muriels Gegenwart, und das ist schwer erträglich für die Menschen dieser tropischen Inseln.

Trotzdem machten sie nun einträchtig Ausflüge quer durch die

Insel. Blanche hatte einen Wagen gemietet, und sie fuhren in das stille Städtchen Scarborough und blickten von der Höhe der alten Festung King George auf den mächtigen Atlantischen Ozean, „wo der Große Wind weht", wie man in Trinidad und Tobago sagt. Und dann fuhren sie über Berg und Tal die atlantische Küste entlang, und Muriel Watford stand im Großen Wind. Sie hatte sich nun an die wehenden Kokospalmen und Kakaobäume gewöhnt, hatte allerhand Pflanzen und Bäume kennengelernt und war in „Klein-Tobago" gewesen, dem „Paradies der Vögel", immer begleitet von Blanche, die darauf achtete, daß diese unermüdliche Freundin der Natur sich nicht überanstrengte. Bevor sie das „Paradies der Vögel" betraten, murmelte Blanche: „Wir müssen lauschen und dürfen wenig sprechen", und Mrs. Watford erwiderte trocken, genau das sei „ihre Tasse Tee".

Allmählich schüttelte Muriel einige Fesseln der Konvention und der Vorurteile ab, vor allem ihr prinzipielles Mißtrauen gegen ungewohnte Menschen und Sitten. Aber dieser Prozeß ging so langsam und schweigend vor sich, daß Blanche wenig davon merkte. Sie sehnte sich nach Reggie, blieb aber auf ihrem Posten. Muriel wußte selbst nicht, daß ihr Bestreben nach einer geruhsamen Existenz, nach Ordnung und Stabilität auf der kleinen Insel weniger quälend war. Oder war es Blanche, die ihre Verbundenheit mit der Natur auf fremde, mystische Weise teilte? Es bestand kein Zweifel daran, daß diese französisch erzogene junge Frau von ihren afrikanischen Vorfahren ein Gefühl des Einsseins mit Pflanzen und Bäumen hatte, das kein Mensch des Westens in solcher Intensität erlebt. Einmal stand sie mit geschlossenen Augen unter einem alten Banyanbaum; ihr immer noch kindliches, fröhliches Gesicht hatte dabei einen so ekstatischen Ausdruck, daß Muriel verlegen zur Seite blickte und das Farnkraut examinierte. Beim Abendessen, Fisch und Früchte, wie Muriel es liebte, sagte Blanche ruhig, gewisse alte Bäume hätten Kräfte und gäben Kraft. Muriel schwieg. Was war da zu sagen? Glaubte Blanche im Ernst, ihre bemerkenswerte Vitalität komme von den Bäumen auf sie herabgeregnet? Nun, möglich war alles.

Da Reggie schrieb, Blanche werde dringend in der Klinik gebraucht – daß er sie ebenfalls dringend brauche, verschwieg er –, erklärte Blanche, sie müsse nun von Muriel und von Tobago Abschied nehmen.

Zu Blanches Erstaunen sagte Muriel, sie wolle mit ihr nach Trinidad zurückfahren und, falls Blanche ihr einige freie Stunden widmen könne, mit ihr die Königlich-Botanischen Gärten gründlich studieren; sie lägen ja nördlich der Savannah.

Blanche starrte ihre Schwiegermutter sprachlos an. Dann fragte sie: „Mit *mir?*"

„Natürlich", sagte Muriel gereizt. „Mit wem sonst? Du verstehst etwas davon. Und ..." Sie räusperte sich. „Ich will diese einmalige Gelegenheit ausnutzen. Ich komme ja nicht wieder."

„Aber Sie müssen wiederkommen, Mrs. Watford!"

„Das ist nicht im Programm. Du bist den ganzen Tag beschäftigt, mein Kind, und mein Sohn will mich lieber in London haben."

„Das ist nicht wahr!" rief Blanche stürmisch.

„Natürlich ist es wahr", sagte Mrs. Watford trocken. „Vielleicht hat Reginald Pech. Aber ich bin keine Närrin und mache mir niemals etwas vor."

Dann geschah das Unerwartete. Blanche, die sich zwei Wochen lang eisern im Zaum gehalten hatte, um ihre englische Schwiegermutter nicht durch zuviel Gefühlswärme zu erschrecken, bekam einen ihrer Wutanfälle und stieß einen kreolischen Fluch aus, den Mrs. Watford zwar nicht verstand, dessen Sinn sie jedoch aus dem gellenden Ton, den funkelnden Augen und dem wilden Ausdruck erahnte. Mit einemmal erkannte sie, daß diese afrikanische Französin – oder war sie eine französische Afrikanerin? – sie, Muriel Watford, gern hatte, geradezu unbegreiflich gern. Daß Muriel ihre Gastfreundschaft für die Zukunft ablehnte, hatte sie tief beleidigt.

Plötzlich war Blanches vulkanische Wut verflogen, wie sie gekommen war. Zitternd stand Blanche vor Muriel, entschuldigte sich aus Versehen auf französisch und blickte sie flehend und traurig an. In ihren Augen standen große Tränen.

„Dummes Mädchen", murmelte Mrs. Watford heiser. „Natürlich komm ich wieder, wenn ... wenn es euch paßt."

Sie klopfte ihr beruhigend auf die Schulter, und Blanche sagte, heute abend gebe es Hummer nach kreolischer Art, und sie wolle ihn selbst so zubereiten, wie es sich gehöre.

Es hätte nicht viel gefehlt, und die beiden wären Arm in Arm ins Haus gegangen.

Die letzte Woche in Trinidad ging schnell zu Ende, aber Muriel und Blanche hatten einen heimlichen Pakt geschlossen und versuchten so aufrichtig, sich zu verstehen, daß sie harmonische Stunden zusammen verbrachten. Trixie staunte. Reggie staunte. Guter Wille düngt immer das Erdreich der Seelen, und wenn die alte Beschützerin der jungen Blanche Bouchardon weiter an die afrikanische Weisheit glaubte, daß nur ein Affe einen anderen Affen verstehe, dann waren die junge und die alte Herrin eben die Ausnahme, die diese Faustregel bestätigte. Aber niemand konnte glücklicher sein und lauter singen als Béatrice Halleluja Petit, die Blanche vor Diktatoren und Schlangen beschützt hatte. Das mutterlose Kind hatte Béatrice „Mambé", Maman Béatrice, genannt, und das blieb sie für Blanche und würde es immer bleiben. Muriel verstand das, weil sie Treue erkannte, wo sie sie fand.

Reggie dankte seiner Mutter, aber Muriel sagte sofort, der ganze Dank gebühre Blanche, und sie sei viel zu gut für ihn. Reggie lachte, und seine Mutter lächelte säuerlich. Das Lachen hatte sie längst verlernt. Vielleicht weil sie das Leben jahrelang nur von weitem betrachtet hatte, während Blanche es umarmte und ihr Sohn es langsam lernte. Denn daß Reggie nicht der alte war, der alles analysierte und ordentlich in die Schublade des Rationalismus schob – das hatte Muriel nun endgültig herausgefunden. Seine Phantasie, die sie immer beklagt hatte, fand neue Nahrung auf den Antillen und in der Liebe zu einer Tochter dieses Inselreiches.

Lucy war zu ihrem Verlobten geflogen, und Muriel vermißte sie kaum. Es gab so viel zu sehen und zu bedenken, und die Atmosphäre der Inseln tat ihr gut. Diese Menschen besaßen mehr Liebe zum Leben als Furcht vor dem Tod, und das war der tiefere Grund ihrer afrikanischen Fröhlichkeit. Muriel konnte sich keinen Reim auf den Unterschied zwischen diesen heiteren, liebenswürdigen Menschen und den karibischen Einwanderern in Großbritannien machen, die enttäuscht, verbittert und heimatlos in den Städten umherwanderten, Kinder einer reichen, freigebigen Natur, denen die magische Anziehung von Fels, Baum und Blütenregen im Blut lag und die sich in den grauen Wüsten der Londoner Vorstädte nach dem Großen Wind sehnten.

Blanche betrachtete die Bananenstauden in ihrer goldenen Überfülle. Dann sagte sie in sorgfältigem Schulenglisch: „Diese Büsche erneuern und heilen sich selbst. Wir könnten viel von ihnen lernen, wenn wir nur wollten. "

Muriel drückte freiwillig die Hand ihrer Schwiegertochter.

Beim Abschied auf dem Flugplatz nahm Reggie seine Mutter in alter Herzlichkeit in die Arme und murmelte: „Paß auf dich auf!"

Blanche lud sie für nächstes Jahr nach Haiti ein, in die Ermitage. Eine Absage werde nicht entgegengenommen, und die Familie Bouchardon werde ihr Bestes tun. „Dort wird es dir gefallen, Maman", sagte Blanche sanft. „Du kannst auf deiner Veranda in Ruhe deine Blumen und Pflanzen pflegen. Ich werde dich nicht stören. "

„Du darfst", sagte Muriel Watford. Sie lächelte tatsächlich.

Im Flugzeug blätterte sie energisch, aber ungeduldig in einem englisch-französischen Konversationsbuch, das Reggie ihr wortlos zugesteckt hatte. *Oh, dear!* Aber sie hatte sich nun den Großen Wind um die Nase wehen lassen und mußte sich in Pétionville mit den Bouchardons unterhalten können. Sie ahnte nicht, wie exquisit „das Beste" dieser kreolischen Familie war. Kopfschüttelnd las sie in dem Büchlein. Komische Sprache! Aber es mußte sein. Muriel Watford war nie für halbe Maßnahmen gewesen.

MAUD und Nancy wollten alles über die Antillen, Reggie, Lucy und die französische Schwiegertochter wissen.

„Ihre Familie mütterlicherseits ist noch älter als die Crowleys in Suffolk", sagte Muriel.

„Oh!" rief Maud, die sichtlich beeindruckt war.

Nancy, die das Fragen nicht lassen konnte, wollte wissen, ob Blanche hübsch sei, was die arme Lucy mache, wie Blanche der lieben Muriel gefalle und ob Reggie mit einer Französin glücklich sein könne. Und ob er nicht großes Heimweh habe. Ob Blanche jung, alt, groß, klein, dick oder dünn sei.

Mrs. Watford gab ihrer alten Freundin einen ihrer berühmten Blicke, halb Ärger, halb Ironie, und bat um eine vierte Tasse Tee. Sie hatte nie Einzelheiten enthüllt, nie eine Menge Fragen beantwortet und sah nicht ein, warum sie jetzt damit anfangen sollte.

Alice Ekert-Rotholz

Zwei Welten prallen in *Großer Wind – kleiner Wind* aufeinander: exotisch, farbenfroh, impulsiv die eine – zurückhaltend und rational, „europäisch" also, die andere. In dem Beschreiben dieses reizvollen Gegensatzes liegt der Weltruhm der Autorin begründet. Schon in ihrem ersten, 1954 erschienenen Roman *Reis aus Silberschalen*, der die Geschichte einer deutschen Familie in Ostasien erzählt, verstand es Alice Ekert-Rotholz meisterhaft, den Lesern im kühlen, verstandesbetonten Europa Exotik und Zauber einer fernen, fremden Tropenwelt nahezubringen. Heute besitzt die Schriftstellerin eine unübersehbar große Lesergemeinde, und ihre Romane erscheinen in dreizehn Ländern.

Kosmopolitin ist Alice Ekert-Rotholz eigentlich von Geburt an. Als Tochter eines britischen Vaters und einer deutschen Mutter wurde sie am 5. September 1900 in Hamburg geboren. 1939 zog sie nach Bangkok, wo sich ihr Mann eine Zahnarztpraxis eingerichtet hatte. In Thailand wurde Alice Ekert-Rotholz Mitarbeiterin einer Studiengruppe des katholischen Ursulinen-Ordens. Dort und im Literaturzirkel der *Young Women Christian Association* sammelte sie erste literarische Erfahrungen. 1952 kehrte Alice Ekert-Rotholz wieder nach Hamburg zurück, um als Journalistin für Rundfunk und Presse zu arbeiten. 1959 übersiedelte sie zu ihrem Sohn nach London, wo sie auch heute lebt.

Durch die Vermittlung zwischen den verschiedenen Kulturen, dem Hauptthema ihrer Romane, leistet Alice Ekert-Rotholz einen wichtigen Beitrag zur Völkerverständigung. Sie selbst wurde dadurch zu einer der ganz Großen der Gegenwartsliteratur. So schreibt zum Beispiel die *Welt:* „Alice Ekert-Rotholz besitzt Weltkenntnis und Welterfahrung wie keine zweite deutsche Autorin unserer Zeit." Und die *Saarbrücker Zeitung* schließt sich an: „Alice Ekert-Rotholz ist mit den über drei Millionen Auflage ihrer international bekannten Bücher nicht nur eine deutsche Weltautorin. Sie ist beträchtlich mehr: sie ist vielleicht die einzige deutsche Weltdame der Literatur."

Eine Kurzfassung
des Buches von
Dick Francis

Reflex

Ins Deutsche übertragen von
Peter von Wiese

Illustrationen von Walter Rane

Philip Nore gehört nicht zu den Spitzenverdienern unter den englischen Jockeys. Aber er ist zufrieden damit, daß er seine Lieblingsbeschäftigung, schnelle und riskante Hindernisrennen zu reiten, zum Beruf gemacht hat und daß ihm noch genügend Zeit für seine andere Leidenschaft, die Fotografie, bleibt.

Als es ihm gelingt, hinter die fototechnischen Tricks eines bekannten Sportfotografen zu kommen, der auf unerklärliche Weise mit dem Auto tödlich verunglückt ist, entdeckt er ein Geheimnis, das ein grelles Licht auf die dunklen Seiten des Rennbetriebs wirft. Und Philip Nore hat es plötzlich mit gefährlicheren Hindernissen und heimtückischeren Gegnern zu tun als auf der Rennbahn.

ICH schnappte nach Luft und hustete. Auf einen Ellenbogen gestützt, spuckte ich einen Mundvoll Gras und Erde aus. Das Pferd, auf dem ich eben noch gesessen hatte, hob seinen zentnerschweren Leib von meinem Knöchel, rappelte sich auf und trabte davon, als wäre nichts gewesen. Ich mußte mir Zeit lassen: Meine Brust schmerzte, meine Knochen zitterten, mein Gleichgewichtssinn stellte sich nach einem Überschlag bei fünfundvierzig Stundenkilometern und ein paar anschließenden Purzelbäumen nur langsam wieder ein. Aber es war nichts passiert. Nichts war gebrochen. Ein ganz gewöhnlicher Sturz.

Zeit und Ort der Handlung: das sechzehnte Hindernis beim Dreimeilenjagdrennen auf der Bahn von Sandown Park an einem verregneten Freitag im November. Ich erhob mich mühsam und dachte: für einen erwachsenen Mann eigentlich eine ziemlich dämliche Art, sein Leben zu verbringen.

Der Gedanke erschreckte mich. Das war mir bisher noch nie in den Sinn gekommen. Ich hatte mir nie etwas anderes vorstellen können, als auf einem Pferderücken zu sitzen, über Hindernisse zu jagen und damit meinen Lebensunterhalt zu verdienen. Das verlangte den ganzen Mann, mit halbem Herzen war da nichts zu machen. Jetzt meldete sich auf einmal der Zweifel wie ein feiner, pochender Schmerz, der beginnendes Zahnweh ankündigt. Aber ich hatte mich gleich wieder im Griff. Das Leben war schön. Alles war in Ordnung – bis auf das Wetter, den Sturz und das verlorene Rennen.

Ich stapfte in meinen hauchdünnen Reitstiefeln durch den Matsch zu den Tribünen hinauf, dachte dabei nur noch an das Pferd, mit dem ich gestartet war, und überlegte, was ich seinem Trainer sagen wollte. „Wie soll es denn springen können, wenn Sie es nicht anständig trainieren?" fand ich nicht so gut und entschied mich statt dessen für: „Vielleicht sollte man's mit Scheuklappen probieren." Der Trainer würde die Schuld sowieso mir in die Schuhe schieben und dem

Besitzer erzählen, ich hätte das Tempo falsch eingeschätzt. Der war so einer. Für diesen Stall mußte ich Gott sei Dank nicht oft reiten. Heute hatte man mich nur engagiert, weil der reguläre Jockey, Steve Millace, auf der Beerdigung seines Vaters war. So ein Angebot zum Einspringen lehnt man nicht ohne weiteres ab. Vor allem nicht, wenn man, wie ich, das Geld braucht.

Das einzig Gute an meinem Sturz war, daß der Vater von Steve Millace nicht dabeigewesen war, um ihn mit der Kamera festzuhalten. George Millace, der erbarmungslose Chronist genau der Augenblicke, an die ein Jockey lieber nicht mehr denkt, wurde wohl gerade unter die Erde gebracht. Den sind wir los, dachte ich. Der wird sich nie mehr daran weiden, Pferdebesitzern gestochen scharfe Beweise vom Versagen ihrer Jockeys vorzulegen. Jetzt würde es keine Fotos seiner automatischen Kamera mehr geben, die einen genau immer dann erwischte, wenn man gerade die Balance verlor, den Arm in der Luft hatte oder mit dem Gesicht im Dreck lag.

Andere Fotografen waren fair und knipsten einen gelegentlich auch mal als Sieger; George war Spezialist für bloßstellende, beschämende Schnappschüsse. Keiner im Umkleideraum hatte besondere Trauer an den Tag gelegt, als Steve uns erzählte, sein Vater sei gegen einen Baum gefahren. Da alle Steve gern mochten, hatte keiner eine Bemerkung gemacht. Aber Steve wußte Bescheid. Jahrelang hatte er seinen Vater verbissen gegen alle Angriffe verteidigt.

Ich trottete im Regen zurück und dachte: Komisch, jetzt sehen wir George Millace nie wieder. Ich hatte plötzlich sein Gesicht ganz deutlich vor mir – mit seinem klaren, pfiffigen Blick, der langen Nase, dem hängenden Schnurrbart, dem leicht verzogenen Mund und seinem säuerlichen Lächeln. Ein Klassefotograf, das mußte man zugeben, der immer in der entscheidenden Situation zur Stelle war, um im richtigen Augenblick auf den Auslöser zu drücken.

Endlich erreichte ich das schützende Verandadach vor dem Umkleideraum. Der Trainer und der Besitzer erwarteten mich schon.

„Das Tempo falsch eingeschätzt, was?" bellte der Trainer.

„Er ist einen Schritt zu früh abgesprungen. Vielleicht sollte man's mit Scheuklappen probieren."

„Das entscheide ich!" antwortete er scharf und zog den Besitzer mit sich fort, um nicht das Risiko einzugehen, daß ich ein paar unangenehme Wahrheiten darüber sagen könnte, daß das Pferd nicht richtig trainiert war. Ich ging zum Umkleideraum.

„Entschuldigung", sprach mich ein junger Mann an und trat mir in den Weg. „Sind Sie Philip Nore?"

„Ja, bin ich."

„Kann ich Sie einen Augenblick sprechen?" Er war etwa fünfundzwanzig, hatte lange Storchenbeine und wirkte sehr förmlich. Blasse Haut, typische Bürofarbe. Anthrazitfarbener Flanellanzug, gestreifte Krawatte.

„Sicher", sagte ich. „Wenn Sie warten, bis ich die nassen Klamotten gewechselt habe."

Als ich aufgewärmt und im Straßenanzug wiederkam, stand er immer noch unter dem Vordach.

„Ich ... äh ... mein Name ist Jeremy Folk." Er brachte eine Visitenkarte zum Vorschein: *Rechtsanwälte Folk, Langley, Son und Folk, Saint Albans, Hertfordshire.*

„Der letzte Folk hier", sagte Jeremy, „das bin ich." Er räusperte sich. „Ich soll Ihnen sagen, Sie möchten ... äh ..." Er stockte und sah mich hilflos an.

„Ich möchte was?" half ich ihm weiter.

„Ihre Großmutter besuchen." Er sprach jetzt nervös und schnell. „Sie liegt im Sterben. Sie möchte Sie sehen."

„Kommt nicht in Frage."

„Aber Sie müssen." Er sah ganz unglücklich aus. „Ich meine ..., wenn ich Sie nicht überreden kann, dann wird mein Onkel ... das ist Son" – er deutete auf die Visitenkarte und wurde immer nervöser –, „äh ... Folk ist mein Großvater, und Langley ist mein Großonkel und ... äh ... sie haben mich geschickt ..." Er schluckte. „Um die Wahrheit zu sagen, die denken, daß ich zu nichts nütze bin."

Irgend etwas in seinen Augen verriet mir, daß er nicht so dumm war, wie er sich gab. „Ich will sie nicht sehen", sagte ich.

„Aber sie liegt im Sterben", protestierte er.

„Ich wette, das tut sie nicht. Wenn sie nämlich etwas von mir wollte, würde sie genau das behaupten. Sie weiß genau, daß ich sie nur noch aus diesem Grund besuchen würde."

Er sah schockiert aus. „Sie ist immerhin achtundsiebzig."

Düster starrte ich in den Regen hinaus. Diese Großmutter hatte ich noch nie gesehen, und ich verspürte nicht das geringste Bedürfnis danach, ob sie nun im Sterben lag oder schon tot war. Ich hielt nichts von Reue und Versöhnung am Sterbebett. Dazu war es zu spät. „Kommt nicht in Frage, habe ich gesagt."

Er zuckte die Achseln. Offenbar gab er auf. Barhäuptig ging er ein paar Schritte in den Regen hinaus, wirkte ganz hilflos, machte kehrt und kam wieder zurück. „Hören Sie . . . sie braucht Sie wirklich, sagt mein Onkel."

„Wo ist sie?"

Seine Miene hellte sich auf. „In einem Pflegeheim. Ich zeige Ihnen den Weg. Es ist in Saint Albans. Sie wohnen in Lambourn, nicht wahr? Dann ist es doch gar kein so großer Umweg, oder?"

Ich seufzte. Mir blieb wohl keine andere Wahl. Daß sie seit meiner Geburt nur eisige Ablehnung für mich übrig gehabt hatte, gab mir wohl nicht das Recht, es ihr bei ihrem Tod heimzuzahlen.

Das winterlich fahle Nachmittagslicht wurde schon schwächer. Ich dachte an mein ödes Häuschen, an den öden Abend mit einem aus zwei Eiern, einem Stück Käse und schwarzem Kaffee bestehenden Abendbrot und an den bevorstehenden Kampf gegen die Versuchung, mich satt zu essen. Wenn ich mitging, würde ich wenigstens nicht ans Essen denken. „Na gut", willigte ich schließlich ein. „Fahren Sie voraus."

DIE alte Frau saß aufrecht im Bett und starrte mich an. Vielleicht starb sie bald, aber bestimmt nicht heute abend. In ihren dunklen Augen glühte die Lebenskraft. „Philip", sagte sie und musterte mich von oben bis unten. „Hah." Das klang wie eine Explosion und enthielt sowohl Triumph wie Verachtung. Genau wie ich es erwartet hatte. Ihre Sturheit und Härte hatten meine Kindheit zerstört, gar nicht zu reden vom Leben ihrer Tochter. Zu meiner Erleichterung bemerkte ich keine Anzeichen rührseliger Schwäche. Sie hatte mich nicht kommen lassen, um mich um Verzeihung zu bitten.

„Ich hab doch gewußt, daß dir das Beine macht", sagte sie, „wenn du von den hunderttausend Pfund hörst."

„Keiner hat was von Geld gesagt."

„Lüg nicht! Warum bist du sonst gekommen?"

„Es hieß, du lägst im Sterben."

Sie warf mir einen bösen Blick zu. „Tu ich auch. Das tun wir alle."

Sie hatte wirklich nichts von einer lieben, kleinen, rotbackigen Oma an sich. Ein hartes, stures Gesicht, tiefe Falten der Mißbilligung um den Mund, mausgraues Haar, dunkle hervortretende Adern auf dem Handrücken: eine hagere, böse alte Frau.

„Ich habe Mr. Folk beauftragt, dir das Angebot mitzuteilen und dich herzubringen. Das hat er getan."

Ich wandte mich ab und nahm unaufgefordert in einem Sessel Platz. Sie starrte mich lange völlig teilnahmslos an, und ich starrte ebenso teilnahmslos zurück. Ihre Verachtung widerte mich geradezu an. Was mochte sie vorhaben? Ich mißtraute ihr grundsätzlich.

„Ich vermache dir in meinem Testament hunderttausend Pfund – unter bestimmten Bedingungen", sagte sie schließlich.

„Nein", antwortete ich. „Kein Geld. Keine Bedingungen."

„Du kennst meinen Vorschlag noch nicht."

Ich erwiderte nichts. Die Neugier, die sich in mir regte, wollte ich nicht zeigen. Die Stille dehnte sich.

Schließlich sagte sie: „Du bist größer, als ich dachte. Und härter. Wo ist deine Mutter?"

Meine Mutter war ihre Tochter. „Ich glaube, sie ist tot."

„Du *glaubst! Weißt* du es nicht?"

„Nein. Sie hat mir nicht geschrieben, daß sie gestorben ist."

„Du bist zynisch und geschmacklos."

„Nach allem, wie du dich vor und seit meiner Geburt verhalten hast", erwiderte ich, „hast du kein Recht, so etwas zu sagen."

Ihr Mund öffnete sich und blieb volle fünf Sekunden lang offenstehen. Dann ging er wieder zu, und sie starrte mich mit zusammengepreßten Lippen düster an. Ich erkannte, was meine arme Mutter in ihrer Jugend hatte durchmachen müssen, und empfand plötzlich tiefe Sympathie für den hilflosen Schmetterling, der mich zur Welt gebracht hatte.

Eines Tages, als ich noch ziemlich klein war, hatte man mich in neue Kleider gesteckt und mir gesagt, ich müsse ganz besonders brav sein, denn ich würde jetzt meine Großmutter besuchen gehen. Meine Mutter hatte mich bei den Leuten abgeholt, bei denen ich lebte, und wir waren im Auto zu einem großen Haus gefahren, wo ich in der Eingangshalle warten mußte. Durch eine weißlackierte, geschlossene Tür waren laute, erregte Stimmen gedrungen, dann war meine

Mutter weinend herausgekommen und hatte mich bei der Hand genommen und zum Auto gezerrt.

„Komm, Philip. Wir werden sie nie wieder um etwas bitten, nie wieder. Sie wollte dich nicht einmal sehen. Vergiß das nicht, Philip, vergiß nie, daß deine Großmutter ein böses *Scheusal* ist."

Ich hatte nie wirklich bei meiner Mutter gelebt. Nur ab und zu waren wir für ein oder zwei furchtbar chaotische Wochen zusammen. Wir hatten kein Zuhause, keine feste Adresse. Sie war immer unterwegs und hatte das Problem, was sie mit mir machen sollte, dadurch gelöst, daß sie mich einfach für wechselnde Zeiträume bei einer langen Reihe von überraschten Freunden ablieferte.

„Sei doch so gut, Liebe, und kümmere dich ein paar Tage um Philip", sagte sie dann und schob mich wieder einer anderen fremden Frau zu. „Mein Leben ist im Augenblick so unvorstellbar kompliziert, ich weiß einfach nicht mehr, was ich mit ihm machen soll. Darum, Deborah, meine Liebe (oder Miranda oder Chloe oder Samantha oder wer auch immer), sei ein Schatz und nimm ihn ein paar Tage. Am Samstag hole ich ihn wieder ab, Ehrenwort."

Die Samstage kamen, aber nicht meine Mutter. Irgendwann tauchte sie dann doch auf, überdreht und kichernd, bedankte sich überschwenglich und holte sozusagen ihr Päckchen beim Fundbüro wieder ab.

Sie war wunderhübsch, man mußte sie einfach mögen und konnte ihr nicht böse sein. Die meisten Leute lebten auf in ihrer Gegenwart, und die Zweifel stellten sich erst ein, wenn sie später, ganz wörtlich genommen, das Baby am Hals hatten. Ich wurde ein verschüchtertes, stilles Kind. Ewig ging ich auf Zehenspitzen, um nur ja niemandem auf die Nerven zu fallen, und hatte ständig Angst, daß mich eines Tages jemand mitten auf der Straße einfach stehenlassen würde.

Wenn ich heute zurückblicke, muß ich sagen, daß ich Samantha, Deborah, Chloe und den anderen viel zu verdanken habe. Ich mußte nie Hunger leiden, man war immer gut zu mir und hat mich nie völlig abgelehnt. Aus diesem Leben, in dem es keinen festen Halt für mich gab, wurde ich mit zwölf erlöst, als ich zum ersten Mal irgendwo abgeladen wurde, wo ich für längere Zeit zu Hause sein konnte. Damals war ich imstande, fast jede Art von Hausarbeit zu verrichten, aber ich war unfähig, jemanden zu lieben.

Meine Mutter hatte mich bei zwei Fotografen, Duncan und Charlie, abgeliefert, und ich stand in ihrem großen, kahlen Studio, das die Dunkelkammer, ein Bad, einen Gasherd und ein Bett hinter einem Vorhang enthielt.

„Seid so gut und nehmt ihn bis Samstag, ihr zwei Goldschätze." Danach kamen zwar Geburtstagsgrüße und Weihnachtsgeschenke, doch ich sah sie drei Jahre lang nicht wieder. Während dieser Zeit brachten Duncan und Charlie mir mit unendlicher Geduld alles über Fotografie bei. Am Anfang machte ich die Dunkelkammer sauber, und am Ende machte ich alle Abzüge und Vergrößerungen für sie. „Unser kleiner Laborgehilfe", nannte mich Charlie.

Dann verschwand Duncan, und eines Tages kam meine Mutter hereingerauscht und nahm mich Charlie wieder weg. Sie fuhr mit mir nach Hampshire zu einem Reitstallbesitzer und dessen Frau und sagte zu ihren verwirrten Freunden: „Nur bis Samstag, ihr Lieben, er ist schon fünfzehn und sehr kräftig; er kann die Ställe für euch ausmisten ..."

Wieder kamen etwa zwei Jahre lang Glückwunschkarten und Geschenke, aber immer ohne Absenderadresse, an die man hätte eine Antwort schicken können. An meinem achtzehnten Geburtstag blieb der Glückwunsch aus, am darauffolgenden Weihnachtsfest auch das Geschenk, und ich habe nie wieder etwas von ihr gehört. Schließlich drängte sich mir die Schlußfolgerung auf, daß sie wahrscheinlich an Drogen gestorben war. Je älter ich wurde, desto mehr begann ich zu überlegen und desto besser konnte ich meine eigenen Schlüsse ziehen.

Die alte Frau starrte mich mit einem unversöhnlichen und vernichtenden Blick an. Sie war immer noch wütend über meine Worte.

Ich stand auf. „Dieser Besuch ist sinnlos. Deine Tochter hättest du vor zwanzig Jahren suchen sollen. Und ich ... ich würde sie nicht zu dir bringen, selbst wenn ich könnte."

„Ich will nicht, daß du Caroline suchst. Du hast wahrscheinlich recht damit, daß sie tot ist." Der Gedanke bereitete ihr offensichtlich keinen Kummer. „Du sollst deine Schwester suchen."

„Meine was?"

Der Blick aus den bösen dunklen Augen bekam etwas Berechnendes. „Hast du nicht gewußt, daß du eine Schwester hast? Dann weißt du's jetzt. Ich vermache dir hunderttausend Pfund in meinem Testament, wenn du sie auftreibst und hierherbringst."

Es war ein Schock für mich, und ich empfand ein stechendes Gefühl der Eifersucht auf dieses andere Kind meiner Mutter. Von jetzt an mußte ich die Erinnerung an sie mit jemandem teilen. Verwirrt sagte ich mir, daß es lächerlich war, mit dreißig noch Rivalitätsgefühle gegenüber Geschwistern zu haben.

„Also?" fragte meine Großmutter scharf.

„Ich denke nicht daran", antwortete ich. „Und wenn das alles war, dann gehe ich jetzt."

„Warte", sagte sie. „Willst du dir nicht ihr Bild ansehen? Da drüben auf der Kommode liegt ein Foto von deiner Schwester."

Gegen meinen Willen von Neugier getrieben, ging ich zur Kommode. Ich nahm das Foto, das dort lag. Es zeigte ein kleines Mädchen von drei oder vier Jahren, das auf einem Pony saß. Es hatte schulterlanges braunes Haar und trug ein gestreiftes T-Shirt und Jeans. Das Foto war offensichtlich im Hof eines Reitstalls gemacht worden, aber der Fotograf hatte viel zu weit entfernt gestanden, als daß man das Gesicht des Kindes hätte genau erkennen können. Ich drehte das Foto um, doch die Rückseite war leer. Nichts ließ auf seine Herkunft schließen.

Irgendwie enttäuscht legte ich das Foto wieder auf die Kommode und bemerkte dabei einen Umschlag, der dort ebenfalls lag. Ein Umschlag mit der Handschrift meiner Mutter, wie ich mit leiser Wehmut feststellte. Er war an meine Großmutter, Mrs. Lavinia Nore, in ihrem alten Haus in Northamptonshire adressiert, wo ich einst in der Halle hatte warten müssen.

In dem Umschlag steckte ein Brief. Ich zog ihn heraus.

„Was machst du da?" rief meine Großmutter erregt. „Der geht dich nichts an. Leg ihn zurück!"

Ich beachtete sie nicht. Der Brief war vom 2. Oktober, ohne Jahresangabe, und lautete:

> Liebe Mutter,
> ich weiß, ich habe gesagt, ich werde Dich nie mehr um etwas bitten, aber einmal muß ich es noch versuchen, ich dummes Ding. Ich schicke Dir ein Foto von meiner Tochter Amanda, Deiner Enkelin. Sie ist ein

süßes Kind, drei Jahre alt, und sie braucht ein anständiges Heim, muß in die Schule und so weiter. Ich weiß, Du willst kein Kind bei Dir haben, aber wenn Du ihr wenigstens etwas Geld monatlich gibst, dann könnte sie bei netten Leuten leben. Es sind wahre Engel, die sie lieben und gerne bei sich behalten würden. Aber sie können sich einfach finanziell kein Kind mehr leisten. Sie hat nicht denselben Vater wie Philip, Du brauchst sie also nicht so zu hassen wie ihn. Bitte, Mutter, sorge für sie. Und, bitte, bitte, antworte auf diesen Brief.

Caroline

Zur Zeit in Pine Woods Lodge, Mindle Bridge, Sussex.

Ich sah die harte alte Frau an. „Du hast nicht geantwortet?"
„Nein."
Es hatte keinen Sinn, sich über eine so weit zurückliegende Tragödie aufzuregen. Ich versuchte vergeblich, das Datum des verwischten Poststempels zu entziffern. Wie lange mochte meine Mutter zwischen Hoffnung und Verzweiflung schwankend in Pine Woods Lodge gewartet haben?

Ich steckte den Brief, den Umschlag und das Foto in die Jackentasche. Ich hatte irgendwie das Gefühl, sie gehörten mir und nicht der Alten.

„Du machst es also", sagte sie.

„Nein, wenn du Amanda finden willst, mußt du einen Privatdetektiv engagieren."

„Hab ich schon. Drei. Alle drei ohne Erfolg."

„Wenn die es nicht geschafft haben, wie soll ich es dann schaffen?"

„Du wirst dir mehr Mühe geben. Denk an das Geld."

„Du irrst dich. Wenn ich auch nur einen Penny von dir annähme, würde ich mich selbst anwidern." Ohne ihre Antwort abzuwarten, ging ich zur Tür.

Als ich hinausging, rief sie hinter mir her: „Amanda bekommt mein Geld ... wenn du sie findest."

Als ich am nächsten Tag wieder auf dem Renngelände von Sandown Park war, steckten zwar der Brief und das Foto noch in meiner Tasche, doch die Gefühle, die sie ausgelöst hatten, hatten sich wieder gelegt. Die Gegenwart verlangte jetzt in Gestalt von Steve Millace volle Aufmerksamkeit. Eine halbe Stunde vor dem ersten

Rennen kam er wutschnaubend in den Umkleideraum, Regentropfen im Haar und Zorn in den Augen. Ins Haus seiner Mutter sei eingebrochen worden, während er mit ihr bei der Beerdigung seines Vaters gewesen war.

Wir saßen nebeneinander auf den Bänken und hörten ihm entsetzt zu. Ich betrachtete die Szene: Jockeys in allen Stadien des Umziehens – in Unterhosen, mit bloßem Oberkörper, im Reitdreß, beim Stiefelanziehen –, und alle hörten mit offenem Mund zu und starrten Steve an. Automatisch griff ich nach meiner Nikon und machte ein paar Aufnahmen. Alle waren so daran gewöhnt, daß keiner mehr davon Notiz nahm, wenn ich fotografierte.

„Es war schrecklich", erzählte Steve. „Mutter hatte Kuchen gebacken und alles mögliche vorbereitet. Die Tanten und die anderen sollten nach der Beerdigung mit nach Hause kommen. Sie haben das ganze Haus auf den Kopf gestellt, den Kaffeetisch zertrümmert und alle Sachen geklaut."

Er erzählte weiter. „Sie haben Vaters Dunkelkammer ausgeräumt. Einfach alles rausgerissen. Ganz sinnlos . . . das hab ich auch der Polizei gesagt. Sie haben nicht nur die Sachen mitgenommen, die sie verkaufen können, den Vergrößerungsapparat und die Chemikalien, sondern auch seine Arbeiten – alle Fotos, die er im Lauf der Jahre gemacht hat – sind weg. Was für eine verdammte Schweinerei. Mutter sitzt nur da und heult."

Er hielt auf einmal inne und schluckte ein paarmal, als könne auch er nicht mehr. Mit dreiundzwanzig wohnte er schon lange nicht mehr bei seinen Eltern, war aber immer noch sehr stark an sie gebunden. Auch wenn George Millace sehr unbeliebt gewesen sein mochte, sein Sohn Steve hatte nie etwas auf ihn kommen lassen.

Steve war klein von Statur, hatte kluge dunkle Augen und stark abstehende Ohren, die ihm ein leicht komisches Aussehen verliehen. Er war ziemlich heftig und besaß nicht viel Sinn für Humor. Wenn er über etwas aufgebracht war, konnte er hartnäckig immer wieder darauf zurückkommen.

„Die Polizei meint, die brechen aus reiner Bosheit ein", fuhr Steve fort. „Verwüsten den Leuten die Häuser und stehlen ihre Fotos. Zu Mutter haben sie gesagt, das komme andauernd vor." Er redete und redete mit jedem, der ihm zuhörte.

Ich war mit dem Umziehen fertig und ging hinaus zum ersten Rennen.

Auf diesen Tag hatte ich mich besonders gefreut. Ich sollte Daylight im Sandown-Ausgleichshindernisrennen reiten. Ein bedeutendes Rennen, ein gutes Pferd und eine echte Siegeschance. Das kam bei mir nicht eben oft zusammen. Ich mußte nur das erste Rennen, ein Kriterium auf einem Neuling, heil überstehen, dann konnte ich vielleicht das große Rennen auf Daylight gewinnen, und ein halbes Dutzend wichtiger Leute würde sich darum reißen, mir ihre Pferde für den Gold-Cup anzubieten.

Zwei Rennen am Tag waren mein gewöhnliches Pensum. Wenn ich am Ende einer Saison unter den ersten zwanzig Jockeys auf der Gewinnliste stand, dann war ich zufrieden. Jahrelang hatte ich mir eingeredet, daß mein Erfolg nur deshalb so bescheiden ausfiel, weil ich zu groß und zu schwer sei. Obwohl ich ständig knapp vorm Verhungern war, wog ich nicht weniger als hundertvierunddreißig Pfund. Meistens ritt ich in einer Saison rund zweihundert Rennen mit etwa vierzig Siegen. Ich wußte, daß ich als „stark" und „zuverlässig", jedoch nicht als „erstklassig beim Endspurt" galt.

Mit sechsundzwanzig wurde mir langsam bewußt, daß ich nie zur Spitze aufsteigen würde. Seltsamerweise deprimierte mich das überhaupt nicht, sondern ich empfand bei dem Gedanken im Gegenteil Erleichterung. Trotzdem hätte ich nichts dagegen gehabt, wenn man mir sozusagen Pferde aufgedrängt hätte, die schon einmal den Gold-Cup gewonnen hatten.

An diesem Nachmittag belegte ich im Kriterium den fünften Platz unter achtzehn Teilnehmern. Gar nicht so schlecht. Ich legte Daylights Farben an und ging rechtzeitig auf den Paradering hinaus. Daylights Trainer, für den ich regelmäßig ritt, wartete dort schon auf mich. Der Besitzer stand neben ihm und empfing mich mit den Worten: „Heute werden Sie verlieren, Philip."

Ich grinste. „Nicht unbedingt."

„Doch, unbedingt. Ich habe nicht auf unseren Sieg gesetzt."

Meine Mißbilligung und mein Ärger waren wohl kaum zu übersehen. Victor Briggs, Daylights Besitzer, machte so etwas nicht zum ersten Mal. Doch es war seit drei Jahren nicht mehr vorgekommen, und er wußte genau, daß ich es nicht ausstehen konnte. Dieser robuste Mann in den Vierzigern war ein ungeselliger Heimlichtuer, der stets mit verschlossener, abweisender Miene zu den Rennen erschien. Man sah ihn nie anders als mit einem schweren marineblauen Mantel, dem schwarzen breitkrempigen Hut und dicken schwarzen Lederhandschuhen. Früher war er ein knallharter Spieler gewesen, und wer für ihn ritt, tat entweder, was er verlangte, oder mußte auf seinen Job im Rennstall verzichten. Auf diese Weise hatte ich Rennen verloren, die ich hätte gewinnen können. Ich mußte meinen Lebensunterhalt verdienen und die Schulden an meinem Haus abbezahlen. Deshalb war ich darauf angewiesen, für einen wirklich großen Rennstall zu reiten.

Am Anfang hatte Victor Briggs mir einen schönen Batzen Bargeld fürs Verlieren angeboten. Ich hatte abgelehnt und gesagt, daß ich bereit sei zu verlieren, wenn es sein mußte, aber daß ich nicht dafür bezahlt werden wollte. Er hatte mich einen eingebildeten Trottel genannt, doch nachdem ich sein Angebot ein zweites Mal abgelehnt hatte, behielt er sein Schmiergeld für sich. Drei Jahre lang hatte er mich in Ruhe gelassen; um so wütender machte es mich, daß der Ärger nun wieder von vorne anfing.

„Ich kann nicht verlieren", protestierte ich. „Daylight ist das beste Pferd."

„Tun Sie's einfach", sagte Victor Briggs ungerührt. „Und schreien Sie nicht so, oder wollen Sie, daß jemand von der Rennleitung Sie hört?"

Ich sah Harold Osborne, den Trainer, an. „Victor hat recht", sagte der. „Wir haben nicht auf unseren Sieg gesetzt. Du kostest uns eine Stange Geld, wenn du gewinnst, also laß es bleiben."

„Uns?"

Er nickte. „Richtig. Uns. Fall runter, wenn's sein muß. Werde Zweiter, wenn du willst, aber geh nicht als Erster durchs Ziel. Kapiert?"

Kapiert. Wieder die alte Zwickmühle.

In leichtem Galopp ritt ich mit Daylight zum Start. Wie früher setzten sich auch jetzt nüchterne Überlegungen in mir durch. Ich war kein Rebell. Sieben Jahre war ich schon bei Osborne. Wenn er mich hinauswarf, konnte ich in anderen Ställen Gelegenheitsjobs übernehmen. Dann wäre ich auf dem Abstellgleis gelandet.

Wütend war ich trotzdem. Ich wollte dieses Rennen nicht verlieren, und Betrug konnte ich nicht ausstehen. Außerdem verlor ich meine zehn Prozent Gewinnanteil, und das war genug, um meinen Zorn noch zu steigern. Warum versuchte Briggs es nach so langer Zeit wieder mit diesen krummen Touren?

Während die Teilnehmer angesagt wurden, sah ich mir die vier Pferde an, die Daylight am nächsten standen. Da war nicht eins dabei, das meinen Wallach schlagen konnte – sonst hätten die Leute ja auch nicht vier Pfund auf Daylight gesetzt, um eines zu gewinnen. Vier zu eins ...

Victor Briggs dachte nicht daran, sein Geld bei solchen Wettquoten einzusetzen. Er hatte heimlich von anderen Leuten Wetten auf sein Pferd angenommen. Wenn Daylight gewann, mußte er sie auszahlen. Harold hatte offenbar dasselbe getan. Ihm war ich immerhin eine gewisse Loyalität schuldig, ganz gleich, wie mir dabei zumute war.

Nach siebenjähriger Zusammenarbeit betrachtete ich Harold Osborne als Freund. Er konnte grob verletzend und herzlich, tyrannisch und zugleich großzügig sein. Beim Training überschrie er jeden, und die Stallburschen liefen in Scharen aus seinem Dienst. Doch ich genoß sein Vertrauen, und er hatte mich oft in Schutz genommen, wo andere Trainer mich einfach fallengelassen hätten. Er hielt es für selbstverständlich, daß ich ihm und seinem Rennstall kompromißlos ergeben war. In den letzten drei Jahren war mir das auch leichtgefallen.

Der Ansager rief die Pferde zum Start, und ich dirigierte Daylight einmal um sich selbst, bis seine Nase in die richtige Richtung zeigte. Beim Hindernisrennen gab es keine Startmaschine, sondern nur ein Startband.

Für Daylight mußte das Rennen, so machte ich mir voll Unbehagen klar, so kurz wie möglich nach dem Start beendet sein. Es würde schon schwer genug werden, überhaupt zu verlieren, doch es war praktisch Selbstmord, so lange damit zu warten, bis jeder sehen konnte, daß Daylight gewinnen würde. Wenn ich einen halben Kilometer vor dem Ziel ohne ersichtlichen Grund vom Pferd fiel, dann gab es eine Untersuchung, und ich konnte meine Lizenz verlieren. Daß ich es nicht anders verdiente, wäre kein Trost gewesen.

Der Starter legte die Hand auf den Hebel, die Bänder flogen hoch, und ich gab Daylight die Sporen. Betrug am Pferd. Betrug am Publikum. Verdammter Betrug, dachte ich.

Ich erledigte es am dritten Hindernis, wo die Bahn in einer engen Kurve den Hügel wieder hinunterlief und von den Tribünen wegführte. Die Stelle war für das Publikum schwer einsehbar und für einen Unfall wie geschaffen. An diesem Hindernis waren schon viele gescheitert. Daylight war verwirrt, weil er die falschen Befehle von mir bekam. Vielleicht fühlte er auch meine Unruhe. Pferde haben dafür ein sehr feines Gespür. Jedenfalls legte er vor dem Sprung einen unnötigen, ruckartigen Extraschritt ein.

Tut mir leid, alter Junge, aber du mußt runter. Ich gab ihm im falschen Moment die Sporen, riß scharf am Zaum, während er mitten in der Luft war, und verlagerte mein Gewicht plötzlich nach vorn vor seine Schulter.

Er kam sehr unglücklich auf, stolperte leicht und senkte tief den Kopf, um das Gleichgewicht zu behalten. Blitzartig zog ich meinen rechten Fuß aus dem Steigbügel und schwang ihn über Daylights Rücken, so daß ich ganz aus dem Sattel war und nur noch an seiner linken Seite hing. Daylight bockte dreimal; ich klammerte mich an seinen Hals und glitt an seiner Brust entlang. Dann ließ ich los und plumpste unter seinen Füßen ins Gras. Einen Augenblick sah ich nur die Erdklumpen um mich, die seine Hufe aufwirbelten. Ich ließ mich abrollen – und das vorbeigaloppierende Feld der anderen war in der Ferne verschwunden. Ich saß still auf dem Boden, löste langsam meinen Helm und kam mir unbeschreiblich erbärmlich vor.

„PECH", sagten sie im Umkleideraum. Ich fragte mich, ob einer von ihnen was gemerkt hatte, aber keiner nickte oder zwinkerte mir verstohlen zu. Da ich mich vor mir selbst schämte, starrte ich die meiste Zeit auf den Fußboden.

„Kopf hoch", sagte Steve Millace, der gerade Orange und Blau anlegte. „So was kommt vor." Dann ging er hinaus, um sein Rennen zu reiten. Niedergeschlagen zog ich mich um. Aus der Traum vom Sieg. Aus der Traum von den Trainern, die sich darum reißen, dich für den Gold-Cup zu engagieren. Aus der Traum vom großen Geld, das du so nötig gebraucht hättest. Ich ging hinaus, um beim nächsten Rennen zuzusehen.

Steve Millace trieb sein Pferd mit mehr Mut als Verstand viel zu schnell auf das vorletzte Hindernis zu und stürzte beim Aufsetzen. Es war einer jener harten, raschen Stürze, bei denen es nicht ohne Brüche abgeht. Man sah, daß Steve in Not war. Er schaffte es, sich etwas aufzurichten. Zuerst kniete er, dann setzte er sich auf die Hacken, ließ den Kopf tief hängen und schlang die Arme um die Brust. Arm, Schulter, Rippen ... zweifellos war etwas gebrochen.

Zwei Sanitäter halfen ihm in den Krankenwagen. Auch für Steve ein schwarzer Tag, dachte ich, nach all seinem Familienkummer. Warum machen wir das bloß und riskieren Knochenbrüche und Enttäuschungen, wenn wir doch in irgendeinem Büro genausoviel verdienen können?

Später traf ich Steve im Umkleideraum. Seine Schulter war bandagiert, der Arm in einer Schlinge. „Schlüsselbeinbruch", sagte er mißmutig. „So ein Mist."

Der Jockeydiener half ihm vorsichtig beim Umziehen. „Könntest du mich nach Hause fahren?" fragte mich Steve. „Zum Haus meiner Mutter, bei Ascot?"

„Klar, kann ich machen", erwiderte ich. Ich schoß ein Foto, als ihm der Jockeydiener gerade behutsam die Stiefel auszog.

„Was machen Sie eigentlich mit den vielen Bildern?" fragte der Jockeydiener.

„Die kommen alle in eine Schublade."

Er verdrehte die Augen. „Was für 'ne Zeitverschwendung."

Steve deutete auf meine Nikon. „Vater hat mal ein paar von deinen Bildern gesehen. Er hat gemeint, du machst ihn eines Tages arbeitslos."

„Das sollte wohl ein Witz sein."

Ein paar von meinen Bildern hatte George Millace tatsächlich zu Gesicht bekommen: Ich hatte im Wagen gesessen, auf einen Freund gewartet und meine Fotos durchgeblättert; er überraschte mich dabei. „Lassen Sie mal sehen. Aha, nicht schlecht. Bleiben Sie dran. Vielleicht machen Sie eines Tages ein richtiges Foto." Ich hatte gute Kontakte zu vielen Fotografen, aber mit ihm war ich nie zurechtgekommen.

Der Jockeydiener half Steve in die Jacke, er folgte mir mühsam zu meinem Wagen, und wir fuhren in Richtung Ascot los.

„Ich kann mich nicht daran gewöhnen, daß Vater nicht mehr da ist", begann Steve.

„Was ist eigentlich genau passiert? Du hast erzählt, daß er gegen einen Baum gefahren ist."

„Ja." Steve seufzte. „Er ist am Steuer eingeschlafen. Das nimmt man jedenfalls an. Er war ganz allein auf der Straße. In einer Kurve ist er einfach geradeaus weitergefahren. Er muß den Fuß nicht vom Gaspedal genommen haben. Das Auto war vorn total zertrümmert." Er schauderte. „Er hatte für eine halbe Stunde bei einem Freund haltgemacht. Sie haben ein oder zwei Whiskys getrunken. Es ist so unglaublich. Einfach eingeschlafen . . . Hier müssen wir links ab."

Lange Zeit sprachen wir kein Wort mehr. Schließlich bogen wir in eine Straße ein, die von hübschen Häuschen in baumbestandenen Gärten gesäumt war. Weiter hinten in der Straße war etwas vorgefallen. Ein Krankenwagen mit offenen Türen und blinkendem Blaulicht stand neben einem Streifenwagen vor einem der Häuser. Rein- und rausrennende Leute. Alle Vorhänge zurückgezogen, Licht in allen Fenstern.

„Nein!" rief Steve. „Das ist doch bei uns."

Ich hielt vor dem Haus. Er blieb bewegungslos sitzen und starrte wie hypnotisiert vor sich hin.

„Mutter", murmelte er. „Mutter ist was passiert." Seine Stimme klang brüchig. Sein Gesicht war angstverzerrt.

„Bleib sitzen", sagte ich ruhig. „Ich sehe nach."

Zweites Kapitel

Seine Mutter lag im Wohnzimmer auf dem Sofa. Sie zitterte am ganzen Körper, ihr Gesicht war blutüberströmt, und sie mußte dauernd husten. Man hatte ihr übel mitgespielt: Nase, Lippen und ein Augenlid waren verletzt. Ihr Kleid war zerrissen und ihr Haar zerrauft. Sie hatte keine Schuhe an. Ich hatte sie gelegentlich beim Rennen gesehen – eine nette, gut angezogene Frau, Ende Vierzig, zufrieden und offensichtlich stolz auf ihren Mann und ihren Sohn. In der verzweifelten, ausgeraubten und zusammengeschlagenen Person vor mir auf dem Sofa war sie nicht wiederzuerkennen.

Ein Polizist saß bei ihr, und eine Polizistin mit einem blutgetränkten Tuch in der Hand stand daneben. Im Hintergrund warteten zwei Sanitäter, und eine Frau, vermutlich eine Nachbarin, stand herum und machte ein besorgtes Gesicht. Das Zimmer war ein einziges Chaos. Der Boden war übersät mit Papierfetzen und zertrümmerten Möbeln. Der Polizist wandte sich mir zu. „Sind Sie der Arzt?"

„Nein." Ich erklärte, wer ich war.

„Steve ist verletzt!" rief seine Mutter. Die Angst um ihren Sohn verdrängte sofort alles andere.

„Es ist nicht so schlimm, glauben Sie mir", sagte ich hastig. „Er sitzt draußen im Wagen." Ich ging hinaus, sagte ihm Bescheid und half ihm aus dem Auto.

„Aber warum nur?" murmelte er, während wir aufs Haus zugingen. „Warum ist das passiert?"

Als wir eintraten, fragte der Polizist gerade: „Es waren also zwei, die Strümpfe überm Gesicht trugen?"

Mrs. Millace nickte. „Zwei junge Männer", sagte sie. Die Worte kamen verzerrt von ihren geschwollenen Lippen. Sie erblickte Steve und streckte ihm die Hand entgegen.

„Was hatten sie an?" fragte der Polizist.

„Jeans."

„Handschuhe?"

Sie schloß die Augen und flüsterte: „Ja."

„Was wollten sie?"

„Den Safe", sagte sie murmelnd. „,Wir haben keinen Safe', hab ich gesagt. ,Wo ist der Safe?' haben sie gefragt. Der eine hat unsere Sachen zertrümmert. Der andere ist auf mich losgegangen."

„Die bring ich um!" schrie Steve wütend.

„Bleiben Sie ruhig, Sir, bitte", beschwichtigte ihn der Polizist.

„Ich nehme an, Sie wissen", sagte ich zu ihm, „daß hier gestern schon eingebrochen worden ist?"

„Ja, das weiß ich, Sir. Ich war gestern selbst hier." Er sah mich ein paar Sekunden lang prüfend an und wandte sich dann wieder an Steves Mutter. „Haben die zwei jungen Männer irgendwas gesagt, daß sie schon gestern hier waren? Versuchen Sie, sich zu erinnern, Mrs. Millace."

Lange Zeit antwortete sie nicht. Die arme Frau, dachte ich. Diese

Gewalttätigkeit, die Schmerzen, das Leid – das ist zuviel für sie. Schließlich sagte sie: „Sie waren wie wilde Stiere. So haben sie gebrüllt. Als ich die Haustür geöffnet habe, drängten sie sich herein und stießen mich ins Wohnzimmer. Sie fingen sofort an, alles kaputtzuschlagen. Und brüllten immer wieder: ‚Sag uns, wo der Safe ist!'" Sie zögerte. „Ich glaube nicht, daß sie etwas von gestern erwähnt haben."

„Ich bring sie um", wiederholte Steve.

„Der dritte Einbruch", murmelte seine Mutter. „Vor zwei Jahren ist es schon mal passiert."

„Sie können meine Mutter doch nicht einfach so liegenlassen", erregte sich Steve. „Und ihr dauernd Fragen stellen. Wo ist denn der Arzt?"

„Ist schon in Ordnung, Steve", schaltete sich die Nachbarin ein. „Ich habe Dr. Williams angerufen. Er kommt sofort." Sie war voller Anteilnahme und Fürsorge, genoß aber gleichzeitig das Drama. „Ich war nebenan, zu Hause, weißt du, hab meiner Familie gerade den Tee gemacht, da hörte ich das Schreien. Es klang so seltsam, also bin ich rübergekommen, um nachzusehen. Und diese zwei schrecklichen jungen Männer stürmten gerade aus dem Haus, ja, stürmten ist das richtige Wort. Da bin ich hier hereingekommen und hab die Polizei angerufen und die Ambulanz und Dr. Williams."

Der Polizist war nicht zufrieden. Er fragte: „Und Sie können sich immer noch nicht an das Auto erinnern, mit dem die Kerle abgehauen sind?"

Sie verteidigte sich: „Ich achte nie auf Autos."

Ich gab mir einen Ruck und sagte zu dem Polizisten: „Ich habe Kameras im Wagen, falls Sie das alles hier fotografiert haben möchten." Er hob die Augenbrauen, überlegte kurz und nickte dann. Ich ging meine beiden Kameras holen und machte Aufnahmen in Farbe und in Schwarzweiß, darunter Großaufnahmen von Mrs. Millaces übel zugerichtetem Gesicht und Weitwinkelaufnahmen des Zimmers. Der Polizist erklärte mir gerade, wo ich die Fotos hinschicken sollte, als der Arzt eintraf.

„Geh noch nicht weg", bat mich Steve. Ich sah die Verzweiflung in seinem Blick und blieb während des folgenden hektischen Getriebes an seiner Seite.

Ich blieb sogar über Nacht, denn Steve wirkte, nachdem man seine

Mutter in die Klinik abtransportiert hatte, dermaßen erschöpft, daß ich ihn einfach nicht allein lassen konnte. Ich machte Omeletts für uns und fing dann an, ein wenig aufzuräumen, was auf dem Boden herumlag: Zeitschriften, Zeitungen, alte Briefe, auch eine flache, zwanzig mal fünfundzwanzig Zentimeter große Schachtel samt Deckel, die einmal Fotopapier enthalten hatte.

„Was soll ich mit dem Zeug machen?" fragte ich Steve.

Er saß auf der Sofakante und wirkte ziemlich mitgenommen. Immerhin hatte er auch noch ein gebrochenes Schlüsselbein, das sicher sehr schmerzte. „Leg alles irgendwo auf einen Haufen", meinte er nur. „Ein Teil davon gehört in das Regal neben dem Fernseher."

Ein leeres Holzregal lag umgekippt auf dem Teppich.

„Das alte orangefarbene Ding daneben ist Dads Ramschkiste. Sie hat immer unter den Zeitungen im Regal gestanden. Er hat sie jahrelang nicht weggeräumt. Eigentlich komisch."

Ich hob allerlei Krimskrams auf – ein durchsichtiges Stück Film, etwa acht Zentimeter breit und zwanzig Zentimeter lang, mehrere Kleinbild-Farbnegative, die entwickelt, aber leer waren, und ein hübsches Foto von Mrs. Millace, das durch Chemikalienspritzer verunstaltet war.

„Das stammt wahrscheinlich alles aus Dads Ramschkiste", sagte Steve gähnend. „Am besten schmeißt du's einfach weg."

Ich warf das Zeug in den Papierkorb. Auch ein nahezu schwarzes Schwarzweißfoto, das jemand in zwei Teile zerrissen hatte, wanderte dorthin, dazu weitere Farbnegative voller Purpurspritzer und ein sehr dunkles Foto in einem Umschlag, auf dem nur die Umrisse eines Mannes an einem Tisch zu sehen waren.

„Die hat er aufgehoben als Erinnerung an seine schlimmsten Pannen", erklärte Steve. „Es ist für mich einfach undenkbar, daß er nicht mehr wiederkommt."

Das Durcheinander auf dem Teppich bestand hauptsächlich aus zerbrochenem Porzellan, den Überresten eines Nähkastens sowie einem umgekippten Schreibtisch und dem Inhalt seiner herausgerutschten Schubladen. Die ganze Verwüstung schien keinen anderen Zweck zu haben, als Verwirrung zu stiften und Angst einzujagen.

„Wie sind sie wohl auf die Idee gekommen, daß deine Mutter einen Safe hat?" fragte ich.

„Keine Ahnung. Wenn sie einen hätte, hätte sie's ihnen doch gleich gesagt, oder? Erst Vaters Tod, dann der Einbruch gestern, als wir auf der Beerdigung waren. Ein Schock nach dem andern. Das ist einfach zuviel für sie." Er kämpfte mit den Tränen.

Du bist selbst bald am Ende, mein Junge, dachte ich. „Zeit zum Schlafengehen", sagte ich schnell. „Ich bringe dich zu Bett."

ICH schlief sehr schlecht, wachte früh auf und beobachtete, wie das Dämmerlicht des trüben Novembermorgens durchs Fenster hereinkroch. Es gibt viele Dinge im Leben, denen ich mich nur sehr ungern stelle. Wäre es nicht wunderbar, brütete ich dumpf vor mich hin, wenn man nicht an bösartige Großmütter und an die eigenen deprimierenden Betrügereien denken müßte? Ich bin normalerweise ganz glücklich und zufrieden, aber ich kann es nicht ausstehen, in die Enge getrieben zu werden. Dann muß ich aktiv werden, um da wieder herauszukommen.

Mein ganzes Leben lang hatte ich die Dinge an mich herankommen lassen. Hatte immer nur reagiert, nie selbst die Initiative ergriffen. Warum hatte ich Spaß am Fotografieren? Wegen Duncan und Charlie. Spaß am Reiten? Weil meine Mutter mich in einem Rennstall abgeliefert hatte. Jahrelang hatte ich, um zu überleben, einfach akzeptiert, was mir geboten wurde, hatte mich nützlich gemacht und war nicht unliebsam aufgefallen. Wichtige Entscheidungen hatte ich nie zu treffen. Alles hatte sich wie von selbst ergeben.

Es war mir klar, warum ich so und nicht anders war. Ich kannte meine passive Natur, doch ich hatte nicht das Bedürfnis, mich zu ändern und mein Schicksal selbst in die Hand zu nehmen. Ich hatte keine Lust, nach meiner Halbschwester zu suchen, und ich hatte keine Lust, meinen Job bei Harold zu verlieren. Ich hätte immer so weitermachen und mich einfach treiben lassen können. Doch irgendwie verlor dieses Sichtreibenlassen stets mehr an Reiz.

Trübsinnig vor mich hin sinnierend, zog ich mich an und lief hinunter. Im Vorbeigehen warf ich einen Blick in Steves Schlafzimmer. Er schlief fest. Weil ich nichts Besseres zu tun hatte, ging ich herum und sah mir das Haus an.

Am interessantesten wäre George Millaces Dunkelkammer gewesen, doch dort hatten die Einbrecher die gründlichste Arbeit geleistet.

Es war nichts mehr da als eine breite Bank an einer Wand, zwei tiefe Wasserbecken an der Wand gegenüber und ein paar leere Regale. Verfärbungen an den Wänden ließen erkennen, wo die Laborausrüstung gestanden hatte, und Flecken auf dem Boden verrieten, wo die Chemikalien ihren Platz gehabt hatten.

Ich wußte, daß er seine Farbfilme häufig selbst entwickelt hatte. Die meisten Berufsfotografen tun das nicht. Farbfilme zu entwickeln ist schwierig; deshalb vertraut man sie in der Regel einem professionellen Fotolabor an. George Millace hatte eben wirklich etwas von seinem Handwerk verstanden.

Es sah so aus, als hätte er zwei Vergrößerungsapparate gehabt, einen großen und einen kleineren. Ein Vergrößerungsapparat ist praktisch ein Kasten an einem Stab, in den ein Negativ eingeschoben werden kann. Ein grelles Licht fällt von oben durch das Negativ auf eine Grundplatte.

Der Gerätekopf mit der Lampe und dem Negativ kann an dem Stab, der Profilsäule, höher und tiefer geschraubt werden. Je höher er über der Grundplatte steht, um so größer erscheint das Bild. Je tiefer der Kopf, desto kleiner das Bild. Ein Vergrößerer ist eigentlich ein Projektor, und die Grundplatte ist die Projektionsfläche.

Außer den Vergrößerern mußte George noch eine elektrische Schaltuhr gehabt haben, um die Belichtungsdauer zu regulieren; außerdem alles mögliche Material zum Entwickeln der Filme und einen Trockner für die Abzüge. Ferner verschiedene Arten Fotopapier, lichtundurchlässige Behälter dafür, Mappen, in denen er seine Fotos aufbewahrte, Meßbecher, Papierzuschneider, Filter. Alles war gestohlen.

Ich ging wieder ins Wohnzimmer und überlegte, wann ich wohl frühestens Steve wecken und mich verabschieden konnte. Um die Zeit totzuschlagen, hob ich wieder allen möglichen Krimskrams auf, der auf dem Boden und unter den Stühlen herumlag. Halb unter dem Sofa lag ein großer, schwarzer, lichtundurchlässiger Umschlag. Ich blickte hinein. Er enthielt ein Stück durchsichtige, etwa zwanzig mal fünfundzwanzig Zentimeter große Plastikfolie, die an drei Seiten beschnitten und an einer Seite gezackt war. Noch mehr Abfall. Ich schob die Folie in den Umschlag zurück und warf das Ganze in den Papierkorb.

George Millaces Ramschkiste lag immer noch leer und offen auf dem Teppich. Die Neugier des Fotoamateurs packte mich, und ich nahm den Papierkorb zwischen die Knie und klaubte all die Bilder heraus, die George seine schlimmsten Pannen genannt hatte. Warum hatte er sie bloß aufbewahrt? Ich tat die zerkratzten und verklecksten Fotos und Filmschnipsel in die orangefarbene Schachtel und legte auch den großen lichtundurchlässigen Umschlag dazu. Ich wollte herausfinden, warum ein Experte wie George Millace diesen Dingen noch eine Bedeutung beigemessen hatte. Daraus ließ sich vielleicht etwas lernen.

Steve kam im Pyjama herunter. Er hielt sich den verletzten Arm. „Hallo! Vielen Dank", sagte er, „du hast ja aufgeräumt." Sein Blick fiel auf die Ramschkiste. „Die hat er lange draußen im Schuppen hinterm Haus aufbewahrt."

„Hat dein Vater dort noch mehr aufgehoben?"

„Jede Menge. Du weißt doch, wie Fotografen sind, immer haben sie Angst, daß ihnen was durcheinanderkommt oder verlorengeht. Er hat gesagt, nur die Filme im Schuppen seien es wert, für die Nachwelt aufgehoben zu werden. Dort hat er seine besten Negative verstaut."

„Sind die Einbrecher da auch gewesen?"

Er sah überrascht auf. „Keine Ahnung. Was sollten sie mit seinen Filmen anfangen? Der Polizist meinte, sie seien nur an der Ausrüstung interessiert gewesen, weil man die verkaufen kann."

„Dein Vater hat viele Fotos gemacht, die den Leuten gar nicht gefallen haben."

„Doch nur aus Jux." Wie immer war Steve sofort bereit, seinen Vater zu verteidigen.

„Wir können ja mal draußen nachsehen", schlug ich vor.

„Einverstanden."

Als wir den kleinen Hof betraten, gab er mir einen Schlüssel und deutete auf die grüne Tür eines Schuppens. Ich schloß auf und ging voraus. Neben einem Rasenmäher stand eine riesige Holztruhe.

Ich hob den Deckel. In der Truhe lagen drei große, graue Stahlkassetten, die einzeln in transparente Plastikfolie gewickelt waren. Auf der obersten klebte ein Zettel mit der knappen Warnung: NICHT HERAUSNEHMEN!

Ich schloß die Truhe wieder, und wir kehrten ins Haus zurück.

Steve sah jetzt eine Spur heiterer aus. „Eines ist jedenfalls gut an dieser Entdeckung. Mutter besitzt also immer noch einige seiner besten Arbeiten."

Ich half ihm beim Anziehen und verabschiedete mich bald darauf, nachdem er gesagt hatte, es gehe ihm besser, und man es ihm auch ansah. Die Schachtel mit George Millaces schlimmsten Pannen, die laut Steve auf den Müll gehörte, nahm ich mit nach Hause.

„Hast du was dagegen?" hatte ich Steve gefragt.

„Natürlich nicht. Ich weiß doch, daß du ständig an irgendwelchen Filmen rumfummelst. Genau wie er. Er hing an dem alten Kram. Keine Ahnung, warum."

Ich verstaute die orangefarbene Schachtel zusammen mit meinen zwei Kameras im Kofferraum und fuhr von Ascot zurück nach Lambourn. Als ich nach einer Stunde dort ankam, stand ein großer, dunkler Wagen vor meinem Haus.

Mein Häuschen war das mittlere einer Reihe von sieben gleichartigen, die alle kurz nach der Jahrhundertwende erbaut worden waren: zwei Zimmer oben, zwei unten und in einem kleinen Anbau auf der Rückseite eine moderne Küche. Die Straßenfront bestand aus weißgestrichenen Ziegelsteinen; für einen Vorgarten war kein Platz. Eine schwarze Haustür, die einen neuen Anstrich brauchte. Alles in allem nichts Besonderes, aber ein Zuhause.

Langsam fuhr ich an dem fremden Wagen vorbei, bog in die schmutzige Gasse am Ende der Häuserreihe ein, fuhr hinter den Häusern wieder zurück und parkte auf dem Abstellplatz neben meiner Küche. Ich konnte sehen, wie ein Mann eilig aus dem dunklen Wagen stieg. Meine einzige Überlegung war: Warum belästigt dich der Kerl ausgerechnet am Sonntag?

Ich ging durch mein Haus und öffnete die Vordertür. Dort stand Jeremy Folk, groß und schlaksig und furchtbar verlegen wie bei unserer ersten Begegnung.

„Schlafen Anwälte nicht einmal am Sonntag aus?" fragte ich.

„Es tut mir furchtbar leid, hier so früh ..."

„Schon gut. Kommen Sie rein." Er trat durch die Tür und sah sich neugierig um. Seine Erwartungen wurden enttäuscht. Was früher einmal das vordere Wohnzimmer gewesen war, hatte ich in eine Diele und eine Dunkelkammer unterteilt. Weiße Wände, weiße Fliesen auf dem Boden, nüchterne Atmosphäre, keine Hinweise auf den Besitzer.

„Hier lang", sagte ich.

Ich führte ihn durch die Diele, an Dunkelkammer und Bad vorbei zur Küche. Links von der Küche lag die enge Treppe. „Was möchten Sie?" fragte ich. „Kaffee trinken oder reden?"

„Äh ... reden."

„Dann kommen Sie mit nach oben." Ich ging wieder voraus. Eines der beiden oberen Schlafzimmer benutzte ich als Wohnzimmer, denn es war der größte Raum im Haus und bot den schönsten Blick auf die Heidelandschaft. Das Zimmer daneben war mein Schlafzimmer.

Das Wohnzimmer war ebenfalls weiß gestrichen, besaß einen braunen Teppich, blaue Vorhänge, verschiebbare Deckenleuchten, Bücherregale, Sofa, Couchtisch und Bodensitzkissen. Mein Gast sah sich mit raschen, scheuen Blicken um und versuchte, seine Schlüsse zu ziehen.

„Nehmen Sie Platz", sagte ich und wies aufs Sofa. Ich ließ mich auf ein Bodensitzkissen nieder und fragte: „Warum haben Sie nichts von dem Geld gesagt, als Sie mich in Sandown aufgesucht haben?"

Er wand sich vor Verlegenheit. „Ich wollte ... äh ... ich dachte, ich versuch's erst mal über die Bande des Blutes, verstehen Sie?"

„Und wenn das nicht geklappt hätte, dann hätten Sie's mit der Habgier probiert?"

„Gewissermaßen."

„Sie wollten rauskriegen, mit wem Sie's zu tun haben?"

Er zwinkerte nervös.

„Hören Sie", seufzte ich, „muß das sein, dieses Theater?"

Er lächelte kurz. „Es wird zur Gewohnheit", antwortete er.

Wieder sah er sich im Zimmer um, und ich wurde ungeduldig: „Also, nun sagen Sie schon, was Sie denken."

Dieser Aufforderung kam er endlich ohne Umschweife und ohne weitere Entschuldigungen nach. „Sie sind gern allein. Sie sind gefühlskalt. Sie brauchen keine persönlichen Gegenstände. Und Sie sind auch nicht eitel, es sei denn, Sie haben das Foto da gemacht." Er deutete auf das einzige Bild im Zimmer, auf dem fahlgelber Sonnenschein durch ein paar blattlose Weißbirken auf schneebedeckten Boden fiel.

„Ich hab's gemacht. Aber weswegen sind Sie hier?"

„Um Sie zu etwas zu überreden, was Sie nicht tun wollen."

„Meine Halbschwester zu suchen, von der ich nichts gewußt habe? Warum?"

„Mrs. Nore besteht darauf, jemandem ein Vermögen zu hinterlassen, der nicht aufzutreiben ist."

„Warum besteht sie darauf?"

„Das weiß ich nicht."

„Drei Detektive haben vergeblich versucht, Amanda zu finden."

„Sie hatten keine Ahnung, wo sie suchen sollten."

„Das geht mir genauso."

Er betrachtete mich nachdenklich. „Kennen Sie eigentlich Ihren Vater?" fragte er.

Ein langes Schweigen folgte. Ich starrte aus dem Fenster auf die kahle, sanft geschwungene Linie der Hügelkette. Dann sagte ich: „Ich will nichts mit einer Familie zu tun haben, zu der ich mich nicht zugehörig fühle. Die Alte kann mich nicht einfach nach all den Jahren zurückholen, bloß weil ihr gerade danach ist."

Darauf gab Jeremy Folk keine direkte Antwort. Er stand auf und sagte: „Ich habe die Berichte der Detektive mitgebracht. Ich kann verstehen, daß Sie sich da raushalten wollen. Aber ich muß Sie leider so lange belästigen, bis Sie mitmachen." Er zog einen langen, prallen Umschlag aus der Brusttasche seiner Tweedjacke und legte ihn auf den Tisch. „Hier, die Berichte, sie sind nicht sehr lang." Er wandte sich zum Gehen. „Übrigens", sagte er, „Mrs. Nore liegt wirklich im Sterben. Sie hat Rückenmarkkrebs und vielleicht noch sechs Wochen zu leben, vielleicht auch sechs Monate. Es ist also ... äh ... keine Zeit zu verlieren, das sehen Sie doch ein, oder?"

DEN größten Teil des Tages verbrachte ich in der Dunkelkammer beim Entwickeln der Schwarzweißfotos vom Überfall auf Mrs. Millace. Jeremy Folks Umschlag lag immer noch ungelesen und ungeöffnet oben im Wohnzimmer, wo er ihn hingelegt hatte. Um sechs ging ich den Trainer, Harold Osborne, besuchen, der in derselben Straße wohnte.

Sonntagabend von sechs bis sieben pflegten Harold und ich immer den Verlauf der vergangenen und die Planung der kommenden Woche zu besprechen. So launisch Harold auch war, so methodisch ging er bei der Arbeit vor. Er konnte es nicht ausstehen, wenn unsere Besprechungen gestört wurden.

An diesem Sonntag war der besondere Weihecharakter dieser Stunde bereits gestört, bevor sie angefangen hatte, denn Harold hatte Besuch. Ich betrat das Haus vom Stall aus und ging nach vorn in das gemütliche, mit Möbeln und allerlei Zeug vollgestopfte Wohnzimmer, das als Büro diente. Dort saß Victor Briggs in einem Sessel.

„Hallo, Philip!" begrüßte mich Harold lächelnd. „Nimm dir was zu trinken. Wir sehen uns gerade die Videoaufzeichnungen des gestrigen Rennens an."

Victor Briggs nickte mir ein paarmal beifällig zu und drückte mir die Hand. Heute mal ohne Handschuhe, dachte ich. Da er den breitkrempigen Hut nicht aufhatte, sah man sein schwarzes, glänzendes und dichtes Haar, das sich in der Mitte allerdings bereits zu lichten begann. Wie immer trug er eine verschlossene Miene zur Schau, um nur ja keinen seiner Gedanken zu verraten. Doch die Atmosphäre war im Augenblick eindeutig von Zufriedenheit bestimmt.

Ich öffnete eine Dose Cola und goß mir ein Glas voll ein.

„Keinen Alkohol?" fragte Victor Briggs.

„Er trinkt nur Champagner", sagte Harold, „stimmt's?" Er war glänzender Laune, und seine Stimme dröhnte noch lauter als sonst.

Harolds Kopf war von lauter kleinen, drahtigen, rotbraunen Locken bedeckt, die so widerspenstig wirkten wie seine ganze Natur. Er war zweiundfünfzig, sah aber zehn Jahre jünger aus. Dieses stämmige Muskelpaket von einem Meter achtzig wurde von einem Gesicht beherrscht, das Willensstärke verriet, obgleich es gar nicht so markant aussah. Seine Züge waren eher rundlich und schwer zu deuten. Harold schaltete den Videorecorder ein, machte es sich in seinem Sessel bequem und betrachtete noch einmal Daylights Niederlage. Er strahlte, als hätte er das Grand-National-Rennen gewonnen.

Man sah, wie ich auf Daylight dem dritten Hindernis entgegenritt, und alles schien vollständig in Ordnung. Dann kam der Sprung, die holprige Landung, die Gestalt in roter und blauer Seide flog über den Hals des Pferdes und plumpste unter dessen Füße.

Harold schaltete den Recorder aus. „Artistisch", sagte er strahlend. „Ich hab's mir zwanzigmal angesehen. Nichts zu merken."

„Jedenfalls hat niemand Zweifel angemeldet", bemerkte Victor Briggs. Obwohl er ganz ernst blieb, schien er innerlich zu triumphieren. Neben seinem Glas lag ein großer Umschlag, den er jetzt ergriff und mir hinhielt. „Hier ist mein Dank, Philip. "

Ich sagte knapp: „Sehr nett von Ihnen, Mr. Briggs. Aber es hat sich nichts geändert. Ich will nicht fürs Verlieren bezahlt werden. "

Wortlos legte Victor Briggs den Umschlag wieder zurück. Harold war wütend. Er baute sich vor mir auf. „Du selbstgefälliger Heuchler", sagte er laut. „Wenn's darum geht, das Gesetz zu brechen, dann zierst du dich nicht lange, oder? Aber über die dreißig Silberlinge rümpfst du deine fromme Nase. Du machst mich krank. "

„Und ich habe keine Lust", sagte ich mit Nachdruck, „es jemals wieder zu tun. "

„Du tust, was man von dir verlangt!" brüllte Harold.

Victor Briggs wirkte entschlossen, als er sich erhob. Beide sprachen kein Wort, blickten nur auf mich herunter.

Ich stand ebenfalls auf. Obwohl ich einen trockenen Mund hatte, versuchte ich meine Stimme so ruhig und versöhnlich wie möglich klingen zu lassen.

„Bitte ... verlangen Sie nicht von mir, daß ich das noch einmal mache. Das Verlieren kann ich nicht ausstehen, das wissen Sie. Ich will nicht, daß Sie mich noch einmal darum bitten. Ich habe es früher gemacht, zugegeben, aber gestern war das letzte Mal. "

Harold erklärte kalt: „Du gehst jetzt wohl besser, Philip. Wir reden morgen früh weiter. " Ich nickte und verließ das Haus.

Was planen die beiden jetzt, überlegte ich, als ich auf der winddurchfegten Straße von Harolds Haus zu meinem ging, wie ich es an Hunderten von Sonntagen gemacht hatte, und ich fragte mich, ob es wohl das letzte Mal sei. Er war nicht verpflichtet, mich reiten zu lassen. Ich war nicht fest angestellt, ich wurde pro Rennen vom Besitzer bezahlt und nicht pro Woche vom Trainer.

Ich machte mir keine Illusionen. Das würden sie mir bestimmt nicht durchgehen lassen. Es war irgendwie verrückt. Wie viele Rennen hatte ich in der Vergangenheit auf diese Weise ungern, aber letztlich doch verloren? Was hatte sich plötzlich geändert? Warum war es so unerträglich geworden, die Betrügerei fortzusetzen, wenn meine Weigerung das sichere Ende meiner Jockeykarriere bedeutete? Wann hatte ich mich verändert? Ich wußte es nicht, aber ich spürte, daß es zum Umkehren bereits zu spät war.

Zu Hause ging ich nach oben und las die Berichte der drei Detektive über Amanda. Das war immer noch besser, als an Briggs und Harold zu denken.

Da meine Großmutter nicht mehr genau wußte, wann der Brief ihrer Tochter bei ihr eingetroffen war, hatten alle drei sich an Standesämter und Einwohnermeldeämter gewandt und sich dort nach Amanda Nore erkundigt, Alter zwischen zehn und fünfundzwanzig, geboren wahrscheinlich in Sussex. Trotz des ungewöhnlichen Namens gab es keine Spur von ihr. Ihre Geburt war nirgends registriert.

Ich pfiff durch die Zähne. Über Amandas Alter wußte ich jedenfalls besser Bescheid. Sie war bestimmt nicht vor der Zeit geboren, in der ich bei Duncan und Charlie lebte, denn davor hatte ich meine Mutter noch ziemlich oft gesehen und hätte gewußt, wenn sie ein Kind bekommen oder erwartet hätte. Bei Amandas Geburt mußte ich demnach mindestens zwölf gewesen sein. Logischerweise konnte sie jetzt nicht älter sein als achtzehn. Jünger als zehn konnte sie auch nicht sein.

Ich war sicher, daß meine Mutter irgendwann zwischen Weihnachten und meinem achtzehnten Geburtstag gestorben war. Wahrscheinlich hatte sie sich in einer so aussichtslosen Situation befunden, bevor sie starb, daß sie sich sogar überwunden hatte, ihrer Mutter zu schreiben und ihr das Foto zu schicken. Auf dem Foto war Amanda ungefähr drei. Wenn sie noch am Leben war, dann war sie mindestens fünfzehn und mußte innerhalb der drei Jahre geboren worden sein, in denen ich bei Duncan und Charlie lebte.

Ich las weiter. Alle drei Detektive hatten die letzte bekannte Adresse meiner Mutter bekommen: Pine Woods Lodge, Mindle Bridge, Sussex, wie sie in dem Brief an meine Großmutter angegeben war. Alle waren dorthin gefahren, „um Nachforschungen anzustellen".

Pine Woods Lodge, so berichteten sie übereinstimmend, war ein altes Herrenhaus, das aus der Zeit um 1900 stammte, mittlerweile verfallen war und abgerissen werden sollte. Es gehörte einer nahezu ausgestorbenen Familie; weit entfernt lebende Erben, die kein Interesse daran hatten, das Haus zu erhalten, hatten es ursprünglich an verschiedene Organisationen vermietet (eine Liste des Maklers lag bei). In jüngster Zeit wohnten hauptsächlich Landstreicher darin.

Ich sah mir die Liste der Mieter an. Keiner war lange geblieben. Ein Pflegeheim. Ein Nonnenorden. Eine Künstlerkommune. Eine Produktionsgesellschaft für Fernsehfilme. Eine Musikergruppe. Die Bruderschaft der Heiligen Gnade. Ein Versandgeschäft.

Es waren keine Daten angegeben, doch bei dem Maklerbüro konnte man sicher noch Einzelheiten erfahren. Wenn ich mit meiner Vermutung, wann meine Mutter ihren verzweifelten Brief geschrieben hatte, richtig lag, dann müßte wenigstens herauszufinden sein, zu welcher der Mietparteien sie gehört hatte. Vorausgesetzt, ich wollte das überhaupt.

Seufzend las ich weiter. Das Foto von Amanda Nore war in vielen Exemplaren in der Nachbarschaft von Mindle Bridge verteilt worden, doch niemand hatte sich gemeldet, der das Kind, den Reitstall oder das Pony hätte identifizieren können.

Man hatte Anzeigen in den verschiedensten Zeitschriften und Zeitungen aufgegeben, in denen Amanda Nore aufgefordert wurde, mit dem Anwaltsbüro Folk, Langley, Son und Folk „in einer Angelegenheit zu ihren Gunsten" Verbindung aufzunehmen.

In keinem Schülerverzeichnis der Schulen in der Gegend von Mindle Bridge tauchte der Name Amanda Nore auf. Sie war überhaupt nirgends verzeichnet. Kein Arzt und kein Zahnarzt hatte je von ihr gehört. In der Grafschaft Sussex war nie jemand dieses Namens konfirmiert, getraut oder beerdigt worden.

Alle drei Berichte kamen zum selben Schluß: Wahrscheinlich war sie (unter einem anderen Namen) anderswo aufgewachsen und hatte nichts mehr mit Pferden und Reitställen zu tun.

Ich steckte die Berichte wieder in den Umschlag. Die Detektive hatten sich zweifellos Mühe gegeben und hatten auch alle ihre Bereitschaft ausgedrückt, weiter nach Amanda zu suchen.

Da sich meine Großmutter nie um ihre Enkel gekümmert hatte, war mir ihr plötzliches Interesse nach wie vor unverständlich. Sie hatte auch einen Sohn, den meine Mutter immer nur „mein böser kleiner Bruder" nannte. Der mußte bei meiner Geburt etwa zehn gewesen sein, war also jetzt ungefähr vierzig.

Onkel. Halbschwester. Großmutter. Ich wollte nichts mit ihnen zu tun haben, wollte sie nicht kennenlernen und wollte nicht in ihr Leben verwickelt werden. Auf gar keinen Fall würde ich nach Amanda suchen.

Entschlossen stand ich auf und ging in die Küche hinunter, um mir etwas Eßbares aus Käse und Eiern zu machen. Da ich die unliebsamen Gedanken an Harold ein wenig verdrängen wollte, holte ich George Millaces Ramschkiste aus dem Auto und öffnete sie auf dem Küchentisch. Es war mir immer noch nicht klar, weshalb George gerade diesen Abfall aufgehoben hatte.

Ich nahm den Umschlag mit dem dunklen Foto des nur in Umrissen erkennbaren, an einem Tisch sitzenden Mannes in die Hand und überlegte, warum Millace diesen überbelichteten Abzug so sorgfältig aufbewahrt hatte.

Ich zog das Foto heraus und entdeckte das große Geheimnis von George Millace.

Drittes Kapitel

Auf den ersten Blick sah es nicht besonders aufregend aus. Auf der Rückseite des Fotos klebte ein Umschlag aus dem schwefelfreien Papier, das von Fotografen für die Langzeitlagerung von entwickelten Filmen benutzt wird. In dem Umschlag steckte das Negativ, das zu dem Abzug gehörte. Obgleich der Abzug fast schwarz war, war das Negativ sowohl im Hell-Dunkel-Kontrast wie in der Detailschärfe gut durchgezeichnet.

Jetzt wurde ich neugierig. Ich ging in die Dunkelkammer und machte vier Abzüge im Format zehn mal dreizehn, von denen ich jeden unterschiedlich lang, zwischen einer und acht Sekunden, belichtete. Sogar der Abzug mit der längsten Belichtungszeit sah noch nicht so schummerig aus wie das dunkle Foto. Ich machte einen anderen Versuch. Diesmal wählte ich die günstigste Belichtungszeit, sechs Sekunden, und ließ den Abzug zu lange im Entwicklungsbad liegen, so daß die scharfen Umrisse dunkel verschwammen. Jetzt sah man einen grauen Mann vor einem schwarzen Hintergrund an einem Tisch sitzen – dieser Abzug sah fast genauso aus wie der von George.

Einen Abzug zu lange im Entwickler zu lassen ist wohl der am weitesten verbreitete Fehler in der Dunkelkammer. Angenommen, George war bei der Arbeit gestört worden und hatte das Fotopapier zu lange im Entwickler liegenlassen, dann hätte er schlimmstenfalls kurz geflucht und den verpfuschten Abzug weggeworfen. Warum hatte er ihn behalten? Und so sorgfältig aufbewahrt? Und das gestochen scharfe Negativ auf die Rückseite geklebt?

Erst als ich einen Strahler anknipste und mir den besten der vier Abzüge, die ich zuerst gemacht hatte, ganz genau ansah, begriff ich. Ich stand wie angewurzelt da und konnte nicht glauben, was sich mir da auftat.

Dann kam ich wieder in Bewegung. Ich schaltete den Strahler aus, wartete, bis meine Augen sich an das rote Licht gewöhnt hatten, und machte einen neuen, viermal so großen Abzug. Ich wollte Gewißheit haben.

Was dabei herauskam, war ein Foto zweier Männer im Gespräch. Dieselben Männer hatten bei einer Gerichtsverhandlung unter Eid ausgesagt, daß sie sich nie im Leben begegnet seien.

Ein Irrtum war ausgeschlossen. Sie saßen irgendwo in Frankreich auf der Terrasse eines Cafés, dessen Name sogar zu lesen war: Le Lapin d'Argent. In den Fenstern hingen halbhohe Vorhänge und Reklameplakate für die staatliche Lotterie; in der Tür stand ein Kellner. Im Innern konnte man die Frau an der Kasse erkennen, die mit dem Rücken zu einem Spiegel saß und auf die Straße hinausblickte. Jede Einzelheit war gestochen scharf. George Millace in Hochform.

Beide Männer saßen mit dem Gesicht zur Kamera, die Köpfe einander zugewandt und tief im Gespräch versunken. Vor jedem stand ein halbvolles Glas, zwischen ihnen eine Flasche Wein. Auf dem Tisch waren außerdem Kaffeetassen und ein Aschenbecher mit einer halbgerauchten Zigarre zu sehen. Lauter Zeichen einer längeren Zusammenkunft.

Diese beiden Männer waren in einen Skandal verwickelt, der die Welt des Rennsports vor achtzehn Monaten zutiefst aufgewühlt hatte. Elgin Yaxley, der Mann links auf dem Foto, war der Besitzer von fünf teuren, in Lambourn trainierten Rennpferden. Am Ende der Saison hatte er die fünf Pferde auf einem Bauernhof in Pflege gegeben, damit sie ein paar Wochen Auslauf hatten. Dort hatte sie jemand auf der Weide mit einem Gewehr abgeknallt – alle fünf.

Das hatte der Mann rechts auf dem Foto getan, ein gewisser Terence O'Tree. Die Polizei hatte ganze Arbeit geleistet und O'Tree ausfindig gemacht; der Staatsanwalt hatte Anklage erhoben.

Die fünf Pferde waren sehr hoch versichert gewesen. Die Versicherung, der das Ganze natürlich unglaublich faul vorkam, hatte versucht nachzuweisen, daß Elgin Yaxley und O'Tree unter einer Decke steckten. Beide hatten das hartnäckig bestritten, und es war unmöglich gewesen, eine Verbindung zwischen ihnen herzustellen.

O'Tree hatte ausgesagt, es habe ihm einfach Spaß gemacht, die Pferde abzuknallen. Dafür hatte man ihn neun Monate ins Gefängnis gesteckt und ihm empfohlen, einen Psychiater zu konsultieren.

Elgin Yaxley hatte der Versicherung eine Verleumdungsklage angedroht und ihr schließlich die volle Summe abgerungen. Danach war er von der Rennszene verschwunden.

Die Versicherungsgesellschaft hätte George Millace für sein Foto sicher einen fürstlichen Preis bezahlt, wenn sie von dessen Existenz gewußt hätte. Warum hatte George keinen Gebrauch davon gemacht? Warum hatte er das Negativ so sorgfältig versteckt? Und warum war in sein Haus dreimal eingebrochen worden?

Ich hatte George Millace noch nie leiden können, und die einzig mögliche Antwort auf diese Fragen war mir noch viel unsympathischer.

Am nächsten Morgen ging ich zu den Ställen hinüber, um den üblichen Übungsritt zu absolvieren. Harold gab sich polternd wie immer und schrie aus Leibeskräften gegen den heulenden Wind an. Gegen Ende des Trainings brüllte er mir zu: „Frühstück! Komm zu uns rüber!"

Ich nickte und ritt meine Runde zu Ende.

Harolds Frau verstand unter einem anständigen Frühstück einen riesigen Haufen von Speck, Eiern und Würstchen, der zusammen mit Bergen von Toast auf dem mächtigen Küchentisch großzügig und liebevoll angerichtet wurde. Diesen Verlockungen konnte ich nie widerstehen.

„Noch ein Paar Würstchen, Philip?" fragte Harolds Frau, legte mir direkt aus der Pfanne reichlich auf und lächelte mich an. Ihrer Meinung nach war ich erstens zu dünn, und zweitens brauchte ich

dringend eine Frau. Das bekam ich immer wieder von ihr zu hören.

„Du fütterst ihn noch zu Tode", schimpfte Harold und sagte dann zu mir gewandt: „Wir haben gestern abend die Woche nicht durchgesprochen. Pamphlet ist am Mittwoch zum Zweimeilenhürdenrennen in Kempton gemeldet; Tishoo und Sharpener sind am Donnerstag dran ..."

Eine Zeitlang sprach er über die bevorstehenden Rennen, ohne sich dabei vom Essen abhalten zu lassen. „Alles klar?" fragte er abschließend.

„Ja." Es sah so aus, als würde ich doch nicht gleich gefeuert. Ich war erleichtert, obwohl ich wußte, daß die Gefahr keineswegs vorüber war.

Harold warf einen Seitenblick auf seine Frau, die das Geschirr in die Spülmaschine einräumte, und sagte leise zu mir: „Victor mag deine Einstellung nicht. Besitzer mögen keine Jockeys, die ihnen Moral predigen."

„Dann sollten sie nicht das Publikum betrügen."

„Bist du fertig mit Essen?" fragte er gebieterisch.

Ich seufzte voller Bedauern: „Ja."

„Dann komm mit in mein Büro."

Wir gingen in den rotbraun tapezierten Raum hinüber. Ich machte auf Harolds Wunsch die Tür hinter uns zu. „Du mußt dich entscheiden, Philip", sagte er. Einen Fuß auf den schmiedeeisernen Kaminrost gestellt, stand er da: ein schwerer Mann in Reitkleidung, der nach Pferden, nach frischer Luft und nach Spiegeleiern roch. „Victor will noch ein Rennen verlieren. Er sagt, wenn du es nicht machst, müssen wir uns nach jemand anderem umsehen."

Ich schüttelte den Kopf. „Warum will er denn mit dem Quatsch wieder anfangen? Er hat doch in den letzten drei Jahren auf die ehrliche Tour einen Haufen Geld gewonnen."

Harold zuckte die Achseln. „Ich weiß auch nicht. Ist doch egal. Wir haben das doch alle schon gemacht. Warum denn auf einmal nicht mehr? Denk doch mal nach, Junge. Wem gehören die besten Pferde im Stall? Victor. Wem gehören mehr Pferde hier als irgend jemandem sonst? Victor. Und welchen Besitzer darf ich mir am allerwenigsten verärgern?"

Ich starrte ihn an. Er war ja in derselben Lage wie ich – das hatte ich mir bisher noch nicht klargemacht. Tanz nach Victors Pfeife, sonst . . .

„Ich will dich nicht verlieren, Philip", fuhr er fort. „Du bist schwierig, aber wir sind all die Jahre gut miteinander ausgekommen. Irgendwann ist bei dir auch mal Schluß. Wie lange reitest du jetzt . . . zehn Jahre? Dann hast du noch drei oder vier. Höchstens fünf. Es kommt der Tag, wo du nach einem Sturz nicht so einfach wieder aufstehst. Laß uns Klartext reden, Philip. Wen brauche ich auf die Dauer mehr, dich oder Victor?"

Wir waren beide seltsam betrübt, als wir auf den Hof hinausgingen. „Sag mir Bescheid", sagte er. „Ich will, daß du bleibst."

Ich war überrascht, aber auch geschmeichelt. „Danke", sagte ich.

Er gab mir einen ungeschickten Rippenstoß. Soviel Gefühl hatte er noch nie gezeigt. Das hätte mich mehr als alle Drohungen weichmachen und umstimmen können, doch gleichzeitig meldete sich mein Verstand und warnte mich: Das ist genau die Reaktion, mit der er rechnet. Womit kriegt man den härtesten Gefangenen klein, wenn die Folter nichts nützt? Man muß plötzlich nett zu ihm sein. Gegen Attacken setzt er sich zur Wehr, stellt sich darauf ein, doch auf Freundlichkeit ist er nicht vorbereitet; die bricht ihm das Genick. Gegen die freundliche Tour ist viel schwerer anzukämpfen.

Instinktiv versuchte ich, das Thema zu wechseln. Das erste, was mir einfiel, war George Millace und sein Foto. „Äh", begann ich, „erinnern Sie sich noch an die fünf Pferde von Elgin Yaxley, die abgeknallt wurden?"

Er sah mich erschrocken an. „Was hat das mit Victor zu tun?"

„Gar nichts. Hab nur gestern dran denken müssen."

Er war irritiert, und das verdrängte augenblicklich jede Gefühlsduselei, worüber er wahrscheinlich genauso froh war wie ich.

„Philip", sagte er scharf, „ich meine es ernst. Deine Karriere steht auf dem Spiel. Von mir aus kannst du zum Teufel gehen. Es liegt bei dir." Er wandte sich zum Gehen, drehte sich aber noch einmal um. „Wenn du dich so für Elgin Yaxleys Pferde interessierst, warum fragst du nicht Kenny?" Er deutete auf einen seiner Stallburschen, der gerade am Wasserhahn zwei Eimer füllte. „Der hat die Pferde versorgt, als er damals für Yaxleys Trainer, Bart Underfield, gearbeitet hat."

Er stapfte unmutig davon. Ich ging zu Kenny hinüber, ohne genau zu wissen, was ich ihn eigentlich fragen wollte.

Kenny war anders veranlagt als ich: Er war immun gegen Freundlichkeit und jederzeit zum Kampf bereit. Er sah mir herausfordernd entgegen. Sein Gesicht war vom Wind gerötet, seine Augen tränten leicht.

„Mr. Osborne erzählte mir, daß Sie für Bart Underfield gearbeitet haben", sagte ich. „Sie sollen auch ein paar von Elgin Yaxleys Pferden versorgt haben."

„Und?"

„Hat es Ihnen leid getan, als sie erschossen wurden?"

Er zuckte die Achseln. „Vermutlich."

„Was hat Mr. Underfield dazu gesagt? War er nicht empört?"

„Nicht daß ich wüßte."

„Aber es muß ihm doch etwas ausgemacht haben", bohrte ich weiter. „Er hatte plötzlich fünf Pferde zuwenig. Das kann sich kein Trainer bei einem so kleinen Rennstall leisten."

Kenny zuckte wieder die Achseln. Die beiden Eimer waren jetzt fast voll. Er drehte den Hahn zu. „Hab nicht den Eindruck gehabt, daß es ihm viel ausgemacht hat. Was ihn später verrückt gemacht hat, war was anderes."

„Was?"

Kenny nahm die Eimer auf. „Keine Ahnung. Er war einfach ungenießbar. Ein paar von den Besitzern hatten die Schnauze voll und suchten sich einen anderen Rennstall."

„Sie auch", bemerkte ich.

„Mhm." Er trug die Eimer über den Hof. Bei jedem Schritt klatschte Wasser auf den Boden. Ich ging neben ihm her. Er sagte: „Was hat es für einen Sinn, irgendwo weiterzuarbeiten, wenn der Laden in die Brüche geht?"

„Waren Yaxleys Pferde gut in Form?"

„Sicher. Wissen Sie, vor Gericht hat der Tierarzt ausgesagt, die Pferde seien kerngesund gewesen, am Tag bevor sie gestorben sind. Ich hab's in *The Sporting Life* gelesen." Er war jetzt bei den Ställen angelangt und setzte die Eimer ab. „Jetzt sag ich Ihnen mal was." Er sah aus, als sei er selbst überrascht von seiner Hilfsbereitschaft. „Mr. Yaxley hätte sich doch eigentlich freuen können, auch wenn die Pferde weg waren. Er hat doch einen Haufen Geld von der Versicherung bekommen. Aber einmal ist er in Underfields Stall gekommen und war richtig stinkwütend. Und stellen Sie sich vor, danach hat's angefangen, daß Underfield sauer wurde. Und Yaxley hat den Rennbetrieb aufgegeben, ist ja klar, und wir haben nix mehr von ihm gesehen. Jedenfalls nicht, solang ich da war."

Tief in Gedanken ging ich nach Hause. Als ich die Tür aufschloß, klingelte das Telefon. „Jeremy Folk", meldete sich eine bekannte Stimme.

„O nein, nicht schon wieder", protestierte ich.

„Haben Sie die Berichte der Detektive gelesen?"

„Ja, habe ich. Aber ich werde Amanda nicht suchen. Trotzdem will ich Ihnen ein bißchen helfen, sonst werde ich Sie ja doch nicht los. Aber die Suche müssen Sie schon übernehmen."

„Na schön . . .", seufzte er, „wie wollen Sie mir helfen?"

Ich teilte ihm meine Schlußfolgerungen, die Amandas Alter betrafen, mit und schlug vor, er solle sich von dem Maklerbüro die Daten der verschiedenen Mietverträge für Pine Woods Lodge besorgen. „Wahrscheinlich wohnte meine Mutter vor dreizehn Jahren dort", sagte ich. „Alles andere überlasse ich Ihnen."

„Aber ich bitte Sie", jammerte er, „Sie können die Sache hier nicht einfach abbrechen."

„Und ob ich das kann", sagte ich. „Und jetzt lassen Sie mich in Ruhe."

Dann fuhr ich nach Swindon, um den Farbfilm, den ich im Hause von Mrs. Millace geknipst hatte, zum Entwickeln zu bringen. Unterwegs dachte ich über Bart Underfield nach.

Ich kannte ihn so gut, wie man eben jeden im Renngeschäft kennt, wenn man nur lange genug in Lambourn wohnt. Man traf sich gelegentlich in Läden oder bei anderen Leuten, natürlich auch beim Rennen. Gearbeitet hatte ich nie für ihn.

Er war ein kleiner, betriebsamer Mann, der ungeheuer wichtig tat und einem besonders gern unter dem Siegel der Verschwiegenheit erklärte, was andere, erfolgreichere Trainer falsch gemacht hatten. Fremde hielten ihn immer für sehr erfahren. Die Leute in Lambourn hielten ihn für einen Esel.

Daß er so dumm gewesen sein könnte, seine fünf besten Pferde einfach freiwillig abknallen zu lassen, glaubte freilich niemand. Alle hatten Mitleid mit ihm gehabt, besonders als Elgin Yaxley die

Versicherungssumme nicht für den Kauf von neuen Pferden anlegte, sondern einfach verschwand und Bart in der Tinte sitzenließ.

Man hätte diese Pferde sehr teuer verkaufen können. Ein Versicherungsbetrug lohnte sich eigentlich nicht, deshalb hatte die Firma auch ihren anfänglichen Verdacht aufgegeben und Elgin ausbezahlt. Außerdem hatte es keine Anhaltspunkte für eine Verbindung zwischen Elgin Yaxley und Terence O'Tree gegeben.

Ich brachte meinen Film in Swindon zum Entwickeln, holte ihn ein paar Stunden später wieder ab und fuhr nach Hause.

Am Nachmittag machte ich die Farbabzüge und schickte sie mit den Schwarzweißfotos an die Polizei. Am Abend versuchte ich – ohne Erfolg – nicht an Amanda und Victor Briggs und George Millace zu denken.

Die größten Sorgen bereiteten mir Victor Briggs und das Ultimatum von Harold: mitmachen oder rausfliegen. Das Jockeydasein gefiel mir sehr gut. Jahrelang hatte ich den Gedanken einfach verdrängt, daß ich mich eines Tages nach einem anderen Beruf würde umsehen müssen. „Eines Tages" hatte immer in ferner Zukunft gelegen, jetzt war ich unmittelbar damit konfrontiert.

Außer von Pferden verstand ich nur noch etwas von Fotografie. Aber es gab Tausende von Fotografen und ein paar wenige, die sich wirklich mit Erfolg auf Pferderennen spezialisiert hatten. Nicht mehr als zehn wahrscheinlich. Wenn ich versuchte da mitzumischen, würde mich sicher niemand daran hindern, doch Hilfe hatte ich auch keine zu erwarten. Erfolg oder Mißerfolg würde einzig und allein von mir selbst abhängen.

Jeder Gedanke an Victor Briggs löste Wut in mir aus.

Wer einen Jockey zum Rennbetrug anhielt, konnte mit Recht vom Rennbetrieb ausgeschlossen werden. Aber selbst wenn ich es fertigbrachte, Briggs disqualifizieren zu lassen, würde Harold der eigentliche Leidtragende sein. Und meinen Job war ich dann auf jeden Fall los. Denn Harold würde mich bestimmt nicht weiterbeschäftigen, selbst wenn wir beide wegen meiner früheren Betrügereien unsere Lizenzen nicht verlieren würden. Victor Briggs war nur zu überführen, wenn ich Harold und mich bloßstellte. So blieb mir lediglich die Wahl zwischen Betrug oder Kündigung. Schöne Aussichten.

AM DIENSTAG passierte nicht viel, doch als ich am Mittwoch nach Kempton kam, um das Rennen auf Pamphlet zu bestreiten, herrschte im Umkleideraum Hochspannung. Es ging um zwei Themen: Ivor den Relgan war in den Jockeyclub aufgenommen worden, und das Haus von Mrs. Millace war ausgebrannt.

„Ivor den Relgan?" Der Name wurde immer wieder in allen Varianten des Erstaunens genannt. „Mitglied im Jockeyclub? Unvorstellbar!"

Der Jockeyclub, ein exklusiver und vornehmer Verein, hatte heute vormittag einen Mann in seine erlauchten Reihen aufgenommen, von dem man jahrelang nichts hatte wissen wollen, einen reichen Wichtigtuer, über dessen Herkunft niemand genau Bescheid wußte. Man nahm an, daß er aus irgendeiner unbedeutenden ehemaligen holländischen Kolonie stammte. Sein Akzent klang wie eine Mischung aus Afrikaans und australischem und amerikanischem Englisch. Er gab sich immer sehr gönnerhaft und ließ ständig durchblicken, daß er ja viel kultivierter und klüger sei als die verknöcherte britische Oberschicht. Der könne es nur guttun, wenn sie auf ihn höre. Und er schickte seine klugen Ratschläge großzügig in zahllosen Leserbriefen an die Zeitschrift *The Sporting Life*.

Ein paarmal schon hatte der Jockeyclub sich tatsächlich seine Meinung zu eigen gemacht, hatte sich aber bisher standhaft geweigert, dies offiziell zuzugeben.

Ich wunderte mich ein bißchen über die Kehrtwendung und fragte mich, wieso der Club den Verpönten nun plötzlich in seinen Schoß aufgenommen hatte.

Steve Millace kam mit kalkweißem Gesicht auf mich zu. Er trug den Arm in einer schwarzen Schlinge, seine Augen waren eingesunken und blickten verzweifelt.

„Hast du's schon gehört?" fragte er. Ich nickte. „Es ist Montag nacht passiert. Bevor jemand Alarm schlagen konnte, war schon alles zu spät."

„Deine Mutter war doch nicht etwa im Haus gewesen?"

„Sie hatten sie in der Klinik behalten. Sie ist immer noch dort. Es ist einfach zuviel für sie." Er zitterte. „Sag mir, was ich tun soll, Philip. Du hast doch gesehen, wie Mutter aussieht. Sie ist völlig am Ende ... ohne Vater ... und jetzt das Haus ... hilf mir, ich bitte dich."

„Wenn ich das Rennen hinter mir habe", sagte ich etwas mutlos, „dann lassen wir uns was einfallen."

Er ließ sich auf die Bank sinken, als wollten ihn seine Beine nicht mehr tragen. Dort blieb er sitzen und sah mir ausdruckslos beim Umkleiden zu.

Harold kam herein. Seit Montag hatte er die Lebensentscheidung, die er mir aufgebürdet hatte, nicht mehr erwähnt. Vielleicht nahm er mein Schweigen als stille Zustimmung. Jedenfalls wetterte er in seinem üblichen Tonfall: „Habt ihr gehört, wen sie in den Jockeyclub aufgenommen haben? Das nächste Mitglied wird wohl Dschingis-Khan sein."

Er ging hinaus zum Führring, und als ich dran war, traf ich ihn dort. Pamphlet trabte lässig umher, und der Rockstar, dem er gehörte, kaute an seinen Fingernägeln. Harold hatte inzwischen mehr Einzelheiten in Erfahrung gebracht. „Soviel ich höre, hat der Große Weiße Häuptling persönlich darauf bestanden, daß den Relgan in den Club aufgenommen wird."

„Lord White?" Ich war überrascht.

„Ja, der alte Schneekönig persönlich."

„Philip", säuselte der Rockstar, der heute mit dunkelblau gefärbtem Haar zum Rennen gekommen war, „bringen Sie dieses Baby heil zu Daddy zurück."

Das muß er aus alten Filmen haben, dachte ich, so sprechen doch heute nicht einmal mehr die Rockmusiker. Ich saß auf und ritt Pamphlet zum Start. Mal sehen, was sich machen läßt.

Pamphlet hatte sich offenbar ebenso wie ich vorgenommen, heute zu gewinnen. Er flog geradezu über die Hindernisse. Als wir zurückkamen, mußten wir die Umarmungen des Blauhaarigen über uns ergehen lassen, und ein leidgeprüfter Gelegenheitstrainer fragte an, ob ich im fünften Rennen einspringen würde. Sein Jockey sei verletzt... Ob es mir etwas ausmachen würde...? Etwas ausmachen? Im Gegenteil. Mit Vergnügen.

Steve hockte immer noch vor meinem Schrank.

„Hat der Schuppen auch gebrannt?" fragte ich. „Was ist mit den Negativen von deinem Vater?"

„Wie? Ja, ja, natürlich ... aber Dads Zeug war nicht drin."

Ich streifte das orange- und rosafarbene Trikot des Rockstars ab und suchte das mildere Grün und Braun des Stalles, für den ich einspringen sollte, heraus.

Als ich wiederkam, fragte ich: „Wo war es denn?"

„Ich hab Mutter erzählt, was du über Vaters Bilder gesagt hast. Nämlich, daß manche Leute etwas gegen die Aufnahmen haben, die er von ihnen gemacht hat. Sie nahm an, daß du meinst, die Einbrecher seien hinter den Filmen hergewesen. Deshalb hat sie mich am Montag gebeten, sie zu den Nachbarn zu schaffen."

Ich knöpfte das grün-braune Trikot zu und dachte nach. „Soll ich sie in der Klinik besuchen?" fragte ich.

Seine begeisterte Zustimmung machte mich verlegen. Er sei mit dem Wirt seiner Dorfkneipe zum Rennen gekommen, und wenn ich seine Mutter besuchen würde, dann könne er mit dem gleich wieder mitfahren. Er wisse nämlich nicht, wie er sonst nach Hause kommen solle, da er mit dem gebrochenen Schlüsselbein nicht selbst fahren könne. Ich hatte eigentlich nicht vorgehabt, Mrs. Millace allein zu besuchen, aber nach kurzem Nachdenken fand ich das gar nicht so schlecht.

Als Steve diese Sorge los war, heiterte sich seine Miene ein wenig auf.

„Ist dein Vater oft nach Frankreich gefahren?" fragte ich ganz nebenbei.

„Nach Frankreich? Natürlich. Longchamps, Saint-Cloud. Zu allen Rennen."

„Wofür hat er denn sein Geld ausgegeben?"

„Hauptsächlich für Objektive. Er besaß armlange Teleobjektive und interessierte sich für alles, was neu auf den Markt kam ... Warum willst du das eigentlich wissen?"

„Ich habe mich nur gefragt, was er wohl gemacht hat, wenn er nicht beim Rennen war."

„Er hat immer und überall nur Fotos gemacht. Was anderes hat ihn nicht interessiert."

Ich ging hinaus, um für die grün-braunen Farben zu reiten – und zu gewinnen. Es war einer von den seltenen Tagen, an denen einfach alles klappt. Ein regelrechter Siegesrausch hatte mich gepackt, als ich wieder vom Pferd stieg. Du kannst dieses Leben nicht aufgeben, dachte ich, du kannst es einfach nicht.

STEVES Mutter lag in einem Einzelzimmer. Ihr Kopf war auf zwei flache Kissen gebettet, und den Körper bedeckte ein dünnes, blaues Laken. Sie hatte die Augen geschlossen. Ihr Gesicht sah schrecklich aus.

Das genähte Augenlid war schwarz und geschwollen. Auch die Lippen waren geschwollen und purpurfarben. Die Nase lag in einem Gipsverband, der mit Leukoplast befestigt war. Was man von ihrem Gesicht sonst noch sah, war wund und mit Blutergüssen bedeckt. Ich hatte schon Gesichter gesehen, die von Pferdehufen so zugerichtet worden waren. Aber hier hatte jemand eine harmlose Frau in ihrem Haus brutal mißhandelt. Bei ihrem Anblick empfand ich nicht nur Mitleid, sondern auch Wut.

Das weniger lädierte Auge öffnete sich einen Spalt. „Steve hat mich gebeten vorbeizuschauen", sagte ich. „Er kann ein paar Tage lang nicht Auto fahren."

Ich zog mir einen Stuhl ans Bett. Sie streckte mir ihre Hand, die auf der Decke gelegen hatte, entgegen. Ich ergriff sie, und sie klammerte sich förmlich an mich, als suche sie Halt. Nach einer Weile legte sich ihre Angst, und sie ließ mich los.

„Hat Ihnen Steve von dem Brand erzählt?" fragte sie.

„Ja, das hat er. Es tut mir so leid."

Ein Zittern überfiel sie, und ihr Atem ging schwerer. Sie bekam keine Luft durch die Nase. „Die Polizei war heute hier", sagte sie. Ihre Brust hob sich, und sie mußte husten.

Ich legte meine Hand auf die ihre und sagte rasch: „Nicht aufregen. Dann tut es erst recht weh. Atmen Sie tief durch. Dreimal, viermal. Das wird Ihnen guttun."

Eine Zeitlang schwieg sie, während ihr das Atmen leichter wurde. Schließlich sagte sie: „Sie sind viel älter als Steve."

„Acht Jahre", bestätigte ich und ließ ihre Hand los.

„Nein. Viel ... viel älter." Sie schwieg eine Zeitlang. „Die Polizisten sagten, es sei Brandstiftung gewesen. Kerosin. Ein Zwanzigliterkanister. Sie haben ihn in der Diele gefunden." Wieder folgte eine längere Pause. „Sie wollten wissen, ob George Feinde gehabt hat. Natürlich nicht, habe ich gesagt. Dann wollten sie wissen, ob er irgend etwas besessen hat, das jemandem so wichtig war, daß er ... oh ..."

„Mrs. Millace", fragte ich ohne Umschweife, „haben die Beamten nach Fotos von George gefragt, wegen denen jemand Einbrüche und Brandstiftung begehen könnte?"

„George hätte niemals . . .", begann sie mit Nachdruck.

George hatte, dachte ich.

„Wenn Sie wollen", sagte ich langsam, „dann kann ich mir die Fotos und Negative, die Sie zu Ihren Nachbarn gebracht haben, mal ansehen. Vielleicht finde ich welche, die in die Kategorie fallen, von der wir sprechen. Wenn sie harmlos sind, können Sie der Polizei von ihnen erzählen. Natürlich nur, wenn Sie wollen."

„George ist kein Erpresser", sagte sie. Die Worte klangen seltsam verzerrt aus ihren geschwollenen Lippen, doch man spürte, wie ernst sie es meinte. Viel mehr als dieser blinde Glaube war ihr nicht geblieben. Ihr den auch noch zu nehmen, hätte ich nicht über mich gebracht.

Ich holte die drei Metallkisten bei den Nachbarn ab. Das Haus der Familie Millace stand nur noch als Gerippe, ohne Dach und ohne Fenster.

Mit Georges Lebenswerk fuhr ich wieder nach Hause und verbrachte den Abend damit, seine Dias an die weiße Wand meines Wohnzimmers zu projizieren und sie zu betrachten.

Er hatte ein erstaunliches Talent besessen. Zum ersten Mal sah ich seine Bilder, die mir über Jahre hinweg in Büchern und Zeitschriften begegnet waren, im Zusammenhang und war überwältigt von der Unbestechlichkeit seines Auges und von seinem Reaktionsvermögen. Wieder und wieder hatte er das Leben in einem entscheidenden Augenblick festgehalten, so wie ein Maler ein Bild gestaltet: Kein bedeutendes Element fehlte, kein überflüssiges Teil störte die Komposition.

Die Kassetten enthielten die besten seiner Rennplatzbilder, aber auch Dutzende von Porträts. Immer wieder war es ihm gelungen, den flüchtigen Ausdruck der Seele einzufangen. Als Ganzes genommen war diese Sammlung einfach atemberaubend.

Georges Fotografien legten das Wesen der Menschen und Dinge bloß. Und ich spürte sehr genau, daß ich die Welt nie wieder so würde sehen können wie bisher. George hatte kein Mitgefühl gekannt. Seine

Bilder waren brillant, aufregend und entlarvend, aber ohne jede Sympathie für das Objekt.

Im übrigen war keines dieser Bilder geeignet, jemanden damit zu erpressen.

Das teilte ich Marie Millace am nächsten Morgen am Telefon mit. Die Erleichterung in ihrer Stimme verriet mir, daß sie leise Zweifel gehabt haben mußte. Als sie sich dessen bewußt wurde, versuchte sie, es sofort wieder zu überspielen.

„Ich war natürlich ganz sicher", begann sie, „daß George nie . . ."

„Natürlich", antwortete ich. „Was soll ich mit den Filmen machen?"

„Mein Gott, ich weiß nicht. Was schlagen Sie vor?"

„Hm", überlegte ich laut, „es wäre wohl etwas seltsam, wenn Sie überall verkündeten, daß Georges Werk zwar noch existiert, daß sich aber niemand bedroht zu fühlen braucht. Ich muß Ihnen leider sagen, daß ich derselben Meinung bin wie die Polizei. George muß etwas besessen haben, das irgendwer um jeden Preis zerstören wollte. Regen Sie sich bitte nicht auf. Was es auch war, es ist wahrscheinlich mit dem Haus verbrannt . . . Jetzt ist alles vorbei." Gott verzeihe mir, wenn ich lüge, dachte ich und fuhr fort: „Ich denke, im Augenblick wäre es das beste, die Fotos und Negative irgendwo zu deponieren, bis es Ihnen bessergeht. Dann könnten Sie eine Ausstellung von Georges Lebenswerk machen. Die Sammlung ist grandios, wirklich."

Nach einer langen Pause sagte sie: „Ich weiß, ich verlange viel von Ihnen, aber könnten Sie die Filme in Verwahrung nehmen? Ich würde ja Steve darum bitten, aber Sie scheinen besser Bescheid zu wissen."

Ich versprach es ihr und legte auf. Dann verfrachtete ich die drei Kisten zu meinem Fleischer. Der verwahrte bereits einen Behälter mit unbelichteten Filmen von mir in seinem Kühlraum. Er war gern bereit, auch die anderen dort zu deponieren, und machte mir einen fairen Preis.

Zu Hause nahm ich mir noch einmal das Negativ und den Abzug des Fotos von Elgin Yaxley und Terence O'Tree vor und fragte mich, was ich damit machen sollte. Vielleicht hatte George damit von Yaxley das ganze Geld erpreßt, das diesem der Versicherungsschwindel eingebracht hatte. Dann mußte Yaxley jetzt verzweifelt hinter dem Foto hersein, damit es niemand anderem in die Hände fiel.

Wenn ich das Foto der Polizei gab, kam Elgin Yaxley vor Gericht. Doch dann erfuhr die Öffentlichkeit durch mich, daß George Millace ein Erpresser gewesen war.

Was wäre Mrs. Millace wohl lieber? Daß sie nie erfuhr, wer sie überfallen hatte, oder daß sie mit der Wahrheit leben mußte, daß George ein Schuft war? Die Antwort war klar.

Das Negativ und das dunkle Foto legte ich wieder in die Ramschkiste. Der große, scharfe Abzug, den ich davon gemacht hatte, kam in einen Umschlag und verschwand in meiner Kartei in der Dunkelkammer. Niemand wußte, daß ich die Sachen hatte. Niemand würde sie hier suchen. Von jetzt an würde sich überhaupt nichts mehr abspielen.

Ich schloß meine Haustür ab und fuhr zur Rennbahn, um Tishoo und Sharpener zu reiten und um mich mit dem anderen großen Problem herumzuschlagen, das mit dem Namen Victor Briggs verbunden war.

VIERTES KAPITEL

WIEDER war Ivor den Relgan das Thema Nummer eins. Er war sogar selbst erschienen und sprach vor dem Umkleideraum mit zwei Reportern. Da stand er, im teuren cremefarbenen Mantel, den er geschlossen und mit Gürtel trug. Kein Hut, gepflegte Frisur, angegrautes Haar – ein untersetzter, etwas kampflustig dreinblickender Mann, der erwartete, daß man von ihm Notiz nahm. Ich wäre ihm gern aus dem Wege gegangen, doch einer der Reporter hielt mich am Arm fest.

„Philip", sagte er. „Sie können uns helfen. Sie haben doch Ihre Kamera immer im Anschlag. Wie fotografiert man ein wildgewordenes Pferd?"

„Anvisieren und abdrücken", antwortete ich freundlich.

„Nein, Philip", protestierte er verärgert. „Sie kennen doch Mr. den Relgan, oder? Mr. den Relgan, das ist Philip Nore. Er ist Jockey, versteht sich." So beflissen und unterwürfig kannte ich den Reporter sonst nicht, doch in den Relgans Nähe waren viele Leute oft wie ausgewechselt. „Mr. den Relgan braucht Fotos von allen seinen

Pferden, aber eines bäumt sich immer auf, wenn es eine Kamera sieht. Was würden Sie tun, damit es stillhält?"

„Ich kenne einen Fotografen", sagte ich, „der so einen Wildling überlistet hat. Er hat ein Tonband mit Jagdhörnern und Hundegebell und allem, was dazugehört, ablaufen lassen. Das Pferd ist einfach stehengeblieben und hat die Ohren gespitzt. Die Bilder waren phantastisch."

Den Relgan lächelte herablassend. Offenbar sah er es nicht gern, wenn andere Leute gute Ideen hatten. Ich nickte ihm lässig zu und ging in den Umkleideraum. Der Jockeyclub hatte den Verstand verloren. Seine Mitglieder waren normalerweise umsichtige Leute, die viel Enthusiasmus und Kraft daransetzten, den Rennsport fair und sauber zu halten. In den Jockeyclub konnte man nicht einfach eintreten, man wurde von den Mitgliedern hineingewählt, und er bestand infolgedessen größtenteils aus Aristokraten, die in der Tradition erzogen waren, einer Sache zu dienen. Dem Renngeschäft bekam das ausgezeichnet. Erstaunlich, daß sie auf einen Scharlatan wie den Relgan hereingefallen waren.

Im Umkleideraum traf ich Harold zusammen mit Lord White, der ihn gerade über die Ehrenpreise für das Rennen, in dem Sharpener lief, aufklärte. Sollten wir es gewinnen, dann müßten wir, Harold und ich, ebenso wie der Besitzer, uns für eine Siegerehrung durch den Sponsor bereithalten.

„Es ist nicht als gesponsertes Rennen angekündigt worden", sagte Harold.

„Richtig. Es handelt sich um eine großzügige Geste von Mr. den Relgan." Mit einem knappen Kopfnicken ließ uns Lord White stehen.

„Wie viele Pokale muß man stiften", zischte Harold zwischen den Zähnen, „um sich in den Jockeyclub einzukaufen?" Dann fügte er mit normaler Stimme hinzu: „Hol dir den Pott, wenn du kannst. Das wäre eine echte Pointe, wenn Ivor den Relgans Pokal an Victor geht. Die beiden können sich nicht ausstehen."

„Ich wußte gar nicht, daß sie sich kennen –"

„Jeder kennt jeden", sagte Harold achselzuckend. Die Sache war für ihn erledigt, und er ging hinaus. Ich blieb noch einen Augenblick stehen und beobachtete, wie Lord White mit den anderen Trainern sprach.

Lord White war ein stattlicher, gutaussehender Mann in den Fünfzigern, mit hellen blauen Augen und dichtem hellgrauem Haar, das allmählich seinem Spitznamen alle Ehre machte. Er genoß überall großes Ansehen und war kraft seiner persönlichen Ausstrahlung, nicht auf Grund einer Wahl, das Haupt des Jockeyclubs. Man nannte ihn „Schneekönig" (ein Spitzname, der allerdings nur hinter seinem Rücken gebraucht wurde). Bei soviel offenkundiger Würde und Tugend war anscheinend eine kleine humoristische Auflockerung nötig.

Ich begann, in Tishoos Farben zu schlüpfen, und stellte zwar mit schlechtem Gewissen, aber erleichtert fest, daß Steve Millace nicht da war: Der Blick seiner bittenden Augen, die mich wieder zum Krankenbesuch auffordern würden, blieb mir erspart.

Das Rennen selbst verlief problemlos. Es gab freilich auch keine Wiederholung des gestrigen Erfolges. Tishoo gab sein Bestes für einen vierten Platz, worüber seine Besitzerin sehr glücklich war, und ich ging wieder zu meinem Schrank und zog Victor Briggs' Farben für Sharpener an.

Ein Arbeitstag wie alle andern. Jeder ist einzigartig, und doch gleichen sie sich alle. Ich hatte bestimmt schon an zweitausend Tagen so ein farbiges Trikot angelegt. Und jedesmal war Hoffnung dabei, und jedesmal hat es Schweiß gekostet. Es war mehr als ein Job, es war ein Teil meines Wesens.

Bevor Sharpener dran war, liefen noch zwei andere Rennen; deshalb zog ich eine Jacke über und ging hinaus. Ich war neugierig, ob es etwas zu beobachten gab. Es gab tatsächlich etwas zu beobachten: Lady White mit einem finsteren Ausdruck in ihrem schmalen aristokratischen Gesicht.

Lady White kannte mich nicht näher. Wie die meisten anderen Jockeys auch, hatte ich die Ehre gehabt, ihr auf ein paar Partys, die sie mit Lord White für die Rennwelt gegeben hatte, die Hand zu reichen. Jetzt zog sie ihren Nerz enger um die Schultern und blickte weiterhin düster unter ihrem breitkrempigen braunen Hut hervor. Ich folgte ihrem starren Blick und entdeckte, daß er auf ihren Mustergatten gerichtet war, der sich mit einer jungen Dame unterhielt. Das heißt, Lord White unterhielt sich nicht einfach mit der jungen Dame, sondern floß geradezu über vor Liebenswürdigkeit. Seine Augen sprühten Blitze. Dem braven Schneekönig steht heute abend eine Gardinenpredigt bevor, dachte ich belustigt.

Mit der Zeit fiel mir auf, daß ein Mann in meiner Nähe Lord White und die junge Dame ebenfalls beobachtete. Ein eher durchschnittlich aussehender Typ etwa mittleren Alters mit dunklem, schütterem Haar und schwarzer Hornbrille. Er trug graue Hosen und eine gutgeschnittene grüne Wildlederjacke. Als er merkte, daß ich ihn beobachtete, warf er kurz einen verärgerten Blick zu mir herüber und entfernte sich langsam.

Kurz vor Sharpeners Rennen stieß ich am Führring auf Victor Briggs. Er gab sich freundlich und erwähnte den zwischen uns immer noch offenen Streitpunkt mit keinem Wort. Harold hatte sich in einen Zustand der Siegesgewißheit hineingesteigert; breitbeinig, den Hut in den Nacken geschoben, stand er da und ließ den Feldstecher in seiner Hand hin- und herschwingen.

„Reine Formsache", sagte er gerade. „Sharpener war nie besser in Form, was, Philip? Der läuft heute allen davon."

Sharpener enttäuschte Harolds Optimismus nicht. Er zeigte Kraft und Mut und lief ein makelloses Rennen, so daß ich zum dritten Mal in zwei Tagen Applaus bekam. Harold schwebte geradezu vor Begeisterung zwei Meter über dem Erdboden, und Victor gestattete sich sogar ein dünnes Lächeln.

Ivor den Relgan fand sich großmütig mit der Tatsache ab, daß eine seiner Trophäen an jemanden gegangen war, den er nicht ausstehen konnte. Lord White schwänzelte um die junge Dame herum, mit der ich ihn hatte sprechen sehen, und bahnte ihr einen Weg durch die Menge. Bei der Preisverleihung klärte sich auf, um wen es sich eigentlich handelte. Auf einem mit blauem Tuch bedeckten Tisch waren ein großer und zwei kleinere silberne Pokale aufgestellt. Um den Tisch standen Lord White, Lady White, die junge Dame, Ivor den Relgan, Victor, Harold und ich. Lord White kündigte den wenigen Zuschauern an, Miß Dana den Relgan werde die Preise, die ihr Vater gestiftet habe, überreichen. Ich war bestimmt nicht der einzige, der zynische Überlegungen anstellte: Wen wollte Lord White im Jockeyclub haben – den Vater oder die Tochter? Jedenfalls war es nicht zu übersehen, daß die junge Dame den Lord um den Verstand zu bringen schien.

Dana den Relgan war durchaus geeignet, einen Mann in Verwirrung zu bringen. Sie war schlank und graziös; blondgewelltes, üppiges Haar umspielte ihr Gesicht. Ein schöngeschwungener Mund, weit auseinanderstehende Augen. Sie war viel zurückhaltender als Lord White. Victor, Harold und ich empfingen die Trophäen aus ihren Händen.

Zu mir sagte sie nur: „Gut gemacht", als sie mir das kleine silberne Ding (einen Briefbeschwerer in Gestalt eines Sattels) reichte. Sie lächelte mich an, sah durch mich hindurch und würde mich bestimmt schon nach fünf Minuten wieder vollständig vergessen haben.

Victor, Harold und ich verglichen gerade unsere Pokale, als der durchschnittlich aussehende Mann mit der Hornbrille wieder erschien. Er trat neben Dana den Relgan und sagte ihr leise etwas ins Ohr. Sie lächelte leicht und ging mit ihm zusammen weg.

Dieser doch eher harmlose Vorfall hatte auf den Relgan eine völlig überraschende Wirkung. Er stürzte hinter den beiden her, packte den ganz friedfertig wirkenden Mann an der Schulter und zerrte ihn so heftig von seiner Tochter weg, daß der Mann stolperte und in die Knie ging.

„Ich habe Ihnen doch gesagt, Sie sollen sie in Ruhe lassen", fuhr den Relgan den Mann an. Es sah so aus, als habe er keine Hemmungen, dem Gestürzten auch noch einen Fußtritt zu versetzen.

„Wer ist der Mann?" fragte ich meine Nachbarn.

Victor Briggs antwortete: „Jemand namens Lance Kinship. Ein Filmregisseur. "

„Und warum das Theater?"

Briggs wußte Bescheid. „Kokain", sagte er. „Kinship liefert das Zeug. Wird oft deswegen zu Partys eingeladen. "

Lance Kinship war wieder aufgestanden, wischte sich den Schmutz vom Hosenbein und sah den Relgan grimmig an. „Ich rede mit Dana, wann ich will. "

„Nicht in meiner Gegenwart. "

Kinship ließ sich nicht einschüchtern. „Kleine Mädchen haben Gott sei Dank nicht immer ihren Papi dabei", sagte er giftig. Den Relgan holte aus und hieb ihm die Faust mit voller Wucht mitten ins Gesicht.

Kinships Nase blutete stark. Lord White, der von der ganzen Szene peinlich berührt war, hielt ihm ein großes weißes Taschentuch hin. Kinship nahm es, ohne sich zu bedanken.

„Er braucht Erste Hilfe, meinen Sie nicht auch?" erkundigte sich Lord White und blickte sich etwas hilflos um. „Äh ... Nore", fuhr er fort, und seine Miene hellte sich auf. „Bringen Sie diesen Herrn zur Erste-Hilfe-Station, ja? Wirklich sehr nett von Ihnen." Doch als ich mich Kinship näherte, um ihn wegzuführen, wehrte dieser heftig ab.

„Dann bluten Sie eben weiter", sagte ich.

Unfreundliche Augen starrten mich durch die Brillengläser an.

„Kommen Sie mit, wenn Sie wollen", sagte ich und ging los. Aber nicht nur Kinship kam hinter mir her, sondern auch den Relgan.

„Wenn Sie Dana noch einmal zu nahe kommen, dann breche ich Ihnen das Genick", hörte ich ihn drohen.

Die Geräusche hinter mir veranlaßten mich, mich umzudrehen. Ich sah gerade noch, wie Kinship einen Karatefußstoß zwischen den Relgans Beinen landete. Den Relgan knickte zusammen und schnappte röchelnd nach Luft. Kinship wandte sich wieder zu mir um und sah mich über das sich rötende Taschentuch erneut sehr unfreundlich an.

„Da rein", erklärte ich mit einer Kopfbewegung. Wieder traf mich dieser böse Schlangenblick, dann trat er an mir vorbei durch die Tür.

Ein Jammer, daß George Millace nicht mehr unter uns weilt, dachte ich. Was für ein Fressen wäre das für ihn gewesen. Dort hätte er gestanden, den Apparat im Anschlag gehalten und mit drei Komma fünf Bildern pro Sekunde unerbittlich alles festgehalten.

Als ich später den Umkleideraum verließ, um nach Hause zu gehen, trat mir eine große, schlaksige Gestalt in den Weg. Jeremy Folk. „Was wollen Sie?" knurrte ich.

„Ich ..."

„Die Antwort ist nein."

„Aber Sie wissen doch noch gar nicht, was ich von Ihnen will."

Einen Augenblick lang schwiegen wir beide. „Ich war bei Ihrer Großmutter. Ich habe ihr erklärt, für Geld würden Sie Ihre Schwester nicht suchen. Sie müsse Ihnen ... ein anderes Angebot machen."

Ich war verwirrt. „Was für ein Angebot?"

Jeremy sah von seiner Höhe auf mich herunter und ließ den Blick dann ziellos über den Rennplatz schweifen. „Ihre Großmutter hat zugegeben", sagte er, „daß sie mit Caroline – Ihrer Mutter – einen Riesenkrach hatte und sie hinausgeworfen hat, als sie schwanger war."

„Meine Mutter", unterbrach ich, „war damals siebzehn."

Er lächelte. „Ist schon komisch, sich die eigene Mutter so *jung* vorzustellen."

Armer, wehrloser kleiner Schmetterling. „Ja", murmelte ich.

„Wenn Sie Amanda suchen, will Ihre Großmutter Ihnen verraten, warum sie Caroline hinausgeworfen hat. Dann sagt sie Ihnen auch, wer Ihr Vater ist."

Ich starrte ihn an. „War das Ihr Vorschlag? ‚Sagen Sie ihm, wer sein Vater ist, und er macht, was Sie wollen'?"

„Sie möchten es doch wissen, oder?"

„Nein", sagte ich.

„Das glaube ich Ihnen nicht. Das wäre ganz unnatürlich."

Ich schluckte. „Hat sie Ihnen seinen Namen verraten?"

Er schüttelte den Kopf. „Nein. Sie hat ihn überhaupt niemandem verraten. Wenn Sie Amanda nicht suchen, werden Sie ihn nie erfahren."

„Wissen Sie, daß Sie ein richtiges Aas sind, Jeremy? Ich habe immer gedacht, Anwälte seien hochachtbare Leute, die friedlich hinter ihren Schreibtischen thronen. Aber Sie ziehen herum und hetzen alte Damen auf."

„Diese alte Dame ist . . . eine besondere Herausforderung für mich."

„Warum hinterläßt sie ihr Geld nicht ihrem Sohn?"

„Das hat sie auch nicht verraten. Sie hat meinem Großvater nur mitgeteilt, sie wolle ihr früheres Testament annullieren und alles Amanda hinterlassen."

„Kennen Sie ihren Sohn?"

„Nein", antwortete er. „Kennen Sie ihn?"

Ich schüttelte den Kopf. Wieder ließ Jeremy den Blick ziellos über den Rennplatz schweifen und sagte dann: „Warum knacken wir diese Nuß nicht gemeinsam? Wir hätten Amanda schnell gefunden. Dann können Sie wieder in Ihr Schneckenhaus kriechen und das Ganze vergessen, wenn Sie wollen."

Der läßt nicht locker, dachte ich, ob du ihm hilfst oder nicht. Er will seinem Großvater und seinem Onkel beweisen, daß er etwas rauskriegt, wenn er es sich vorgenommen hat.

Das Geheimnis meiner Herkunft ließe sich jetzt lüften: Ich könnte erfahren, was hinter jener geschlossenen Tür bei der großen Auseinandersetzung gesprochen worden war, während ich in der Diele warten mußte. Es war nicht ausgeschlossen, daß ich meinen Vater anschließend verachtete. Aber Jeremy hatte recht, diese Chance durfte man nicht ungenutzt lassen.

„Also gut", willigte ich ein.

Er war hoch erfreut. „Fabelhaft. Können Sie noch heute abend zu ihr hinfahren? Ich melde Sie gleich an." Er stürzte zur Telefonzelle. Der Anruf verlief allerdings unbefriedigend.

„Fehlanzeige", sagte er, als er wiederkam. „Ich habe nur mit einer Schwester sprechen können. Mrs. Nore hätte einen sehr schlechten Tag gehabt und sei jetzt endlich eingeschlafen. Ich soll morgen wieder anrufen."

Weniger enttäuscht als erleichtert, ging ich mit Jeremy zum Parkplatz.

„Übrigens", sagte er, „Sie sollten James, den Sohn von Mrs. Nore, besuchen. Finden Sie heraus, warum er enterbt worden ist." Er zog eine Visitenkarte aus der Tasche. „Hier ist seine Adresse." Er hielt sie mir hin. „Sie haben doch versprochen mitzumachen."

„Versprochen ist versprochen", mußte ich zugeben und nahm die Karte. „Aber Sie sind trotzdem ein Aas."

JAMES NORE wohnte in London, und da ich schon auf halber Strecke war, fuhr ich direkt zu seinem Haus. Die Tür wurde von einem etwa vierzigjährigen Mann geöffnet. James Nore persönlich. Er war höchst überrascht, einen völlig unbekannten Neffen vor sich zu haben. Nach kurzem Zögern bat er mich ins Haus und führte mich in ein viktorianisches Wohnzimmer.

„Ich dachte, Caroline hätte dich abgetrieben", sagte er unverblümt.

Er paßte nicht zu meiner Mutter, wie ich sie in Erinnerung hatte. Er war plump, schlaff und schmallippig und hatte Tränensäcke unter den traurigen Augen. Von ihrem Frohsinn und ihrer Anmut war nichts an ihm zu entdecken. Ich fühlte mich unbehaglich in der Gegenwart dieses Weichlings.

Er hörte sich mit zusammengepreßten Lippen an, was ich über die Suche nach Amanda berichtete, und wurde immer verdrießlicher.

„Die alte Hexe kündigt mir schon seit Monaten an, daß sie mir den Hahn zudrehen will", schimpfte er wütend. „Seit sie hier aufgetaucht ist." Er sah sich im Zimmer um. Die peinliche Ordnung, die hier herrschte, konnte allerdings kaum Grund für ein Zerwürfnis mit seiner Mutter sein. „Solange ich sie in Northamptonshire besucht habe, war alles in Ordnung. Dann tauchte sie plötzlich unangemeldet hier auf."

Eine Messinguhr über dem Kamin schlug zart die halbe Stunde.

„Ich wäre schön blöd, wenn ich dir helfen würde, Carolines zweites Kind zu finden", sagte er. „Wenn sie verschwunden bleibt, fällt mir das ganze Vermögen wieder zu. Testament hin, Testament her. Auch wenn ich vielleicht Jahre darauf warten muß. Mutter ist einfach gemein." Er zuckte die Achseln. „Wolltest du nicht gehen? Es hat keinen Zweck, daß du noch länger bleibst."

Er wandte sich zur Tür, die in diesem Augenblick aufging. Im Türrahmen stand ein Mann, der eine Küchenschürze umhatte und in der einen Hand einen Kochlöffel hielt. Er war viel jünger als James und offensichtlich schwul.

„Oh, hallo, Schätzchen", begrüßte er mich. „Bleiben Sie zum Essen?"

„Er will gerade gehen", mischte sich James in scharfem Ton ein.

Ich ließ mich nicht beirren. Plötzlich paßte alles zusammen. Ich fragte den Mann mit der Schürze: „Haben Sie Mrs. Nore kennengelernt, als sie hier war?"

„Und ob, Schätzchen", sagte er voller Abscheu.

Ich blickte schnell auf James und erwischte ihn dabei, wie er heftig den Kopf schüttelte und dem anderen bedeutete, den Mund zu halten. Ich konnte ein schwaches Grinsen nicht unterdrücken, als ich zur Haustür ging.

„Ich hoffe, du hast Pech", sagte James. „Hab Caroline, dieses Biest, nie leiden können. Sie hat sich immer nur über mich lustig gemacht. Ich war froh, als sie abgehauen ist."

Ich nickte und öffnete die Tür.

„Moment mal!" rief er plötzlich. Seine Miene hatte sich etwas aufgeheitert. „Dir hinterläßt Mutter ja bestimmt nichts", begann er.

„Warum nicht?" fragte ich.

Er runzelte die Stirn. „Als Caroline schwanger wurde, hat's einen

Riesenkrach gegeben. Eine fürchterliche Szene und ein Mordsgebrüll.
Ich kann mich noch gut daran erinnern, aber ich habe bis heute keine
Ahnung, warum. Das einzige, was ich weiß, ist: Du bist schuld, daß
sich alles verändert hat. Caroline ist weggegangen, und Mutter ist eine
böse alte Hexe geworden. Sie hat dich gehaßt. "

Er sah mich erwartungsvoll an. Doch ich war nicht betroffen. Der
Haß der alten Frau machte mir schon seit Jahren nichts mehr aus.

„Trotzdem – ich gebe dir was von dem Geld ab", sagte er, „wenn du
beweisen kannst, daß Amanda tot ist. "

AM SAMSTAG vormittag rief Jeremy Folk an.

„Sind Sie morgen zu Hause?" fragte er.

„Ja, aber –"

„Gut. Ich komme vorbei. " Er legte auf und gab mir keine
Gelegenheit, ihn abzuwimmeln.

Am selben Tag traf ich in der Post Bart Underfield. Statt unserer
üblichen trockenen Begrüßung stellte ich ihm eine Frage. „Wo ist
eigentlich Elgin Yaxley jetzt, Bart?"

„Er wohnt in Hongkong. Was geht Sie das an?"

„Mir schien, ich hätte ihn gesehen. Gestern vor einer Woche. "

„Ausgeschlossen", sagte Bart. „An dem Tag ist George Millace
beerdigt worden, und Elgin hat mir ein Telegramm geschickt. Aus
Hongkong. "

„Ein Beileidstelegramm?"

„Sie spinnen wohl? Er hätte auf den Sarg gespuckt. "

„Na ja", sagte ich achselzuckend. „Ich glaube, eine Menge Leute
werden aufatmen, daß George nicht mehr da ist. "

„Aufatmen, sagen Sie? Auf den Knien werden sie Gott dafür
danken!"

„Haben Sie je mal wieder etwas von dem Mann gehört, der Elgins
Pferde abgeknallt hat? Wie hieß er gleich? Terence O'Tree?"

„Der sitzt noch im Gefängnis. Hat den Wärter angefallen. Keine
Aussicht mehr auf frühzeitige Entlassung. "

„Woher wissen Sie das?"

„Ich ... äh ... hab's neulich irgendwo aufgeschnappt. " Bart schien
auf einmal genug von unserer Unterhaltung zu haben und wollte
gehen.

„Haben Sie auch gehört, daß das Haus von George Millace abgebrannt ist? Und daß es Brandstiftung war?"

Er blieb wie angewurzelt stehen. „Brandstiftung?" fragte er überrascht. „Warum sollte jemand ... Oh!" Auf einmal ging ihm ein Licht auf. Seine Überraschung war sicher nicht gespielt. Er hatte keine Ahnung gehabt.

Elgin Yaxley war in Hongkong. Terence O'Tree saß im Gefängnis, und weder die beiden noch Bart Underfield konnten den Einbruch, den Überfall oder die Brandstiftung verübt haben.

Die naheliegenden Erklärungen waren völlig falsch.

Ich hatte ein schlechtes Gewissen wegen meiner voreiligen Schlüsse. Weil ich George Millace nicht leiden konnte, war ich nur allzu bereit gewesen, ihn für einen Erpresser zu halten. Er hatte das belastende Foto gemacht, aber es gab keinen Beweis, daß er es auch zu Erpressungen benutzt hatte. Elgin Yaxley war nach Hongkong gezogen, statt von der Versicherungssumme neue Pferde zu kaufen, doch deswegen war er noch lange kein Verbrecher.

Trotzdem hatte er gegen das Gesetz verstoßen. Er hatte einen Eid geschworen, Terence O'Tree nie gesehen zu haben, obwohl er ihn kannte. Und diese Zusammenkunft mußte vor dem Prozeß im Februar stattgefunden haben, denn seither saß O'Tree im Gefängnis. Auch der Winter vor dem Prozeß kam dafür nicht in Frage, denn sie hatten sich bei schönem Wetter im Freien getroffen. Da fiel mir ein, daß auf dem Foto auf einem der Nebentische eine Zeitung zu sehen war. Vielleicht konnte man das Datum erkennen.

Zu Hause projizierte ich sofort meinen großen neuen Abzug mit dem Episkop an die Wohnzimmerwand. Die Zeitung lag zu flach auf dem Tisch. Weder das Datum noch eine aufschlußreiche Schlagzeile waren zu erkennen. Ich studierte das Bild noch einmal ganz genau. Im Hintergrund, im Innern des Cafés, neben der Dame an der Kasse, hing ein Wandkalender. Die Buchstaben und Zahlen darauf waren gerade noch zu entziffern: Es war April vorigen Jahres. Elgin Yaxleys Pferde waren am Ende ebendieses Monats auf den Bauernhof gebracht worden. Am vierten Mai hatte man sie abgeschossen.

Ich schaltete das Episkop aus und fuhr zum Rennen nach Windsor. Während der Fahrt rätselte ich an den Widersprüchen in dieser Geschichte herum.

In Windsor stand kein besonders aufregendes Rennen bevor. Da ein starker Gegner fehlte, hatte diesmal Harolds ältestes, langsamstes Rennpferd seinen großen Tag, und ich trottete mit dem alten Grauhaar als Erster über die Ziellinie. Die Besitzerin war eine rührende ältliche Dame, die sich wie ein Kind freute. So hatte sich die Mühe wenigstens gelohnt.

„Ich wußte, daß er eines Tages gewinnen würde", jubelte sie. „Ach wissen Sie, es ist seine letzte Saison, und ich muß ihn jetzt zurückziehen." Sie tätschelte den Hals des Pferdes. „Wir werden alle mal alt, mein Lieber, nicht wahr? Nichts dauert ewig. Alles hat mal ein Ende. Aber heute war ein großer Tag."

Ihre Worte wirkten in mir nach. „Alles hat mal ein Ende. Aber heute war ein großer Tag." Immer noch sträubte ich mich innerlich gegen den Gedanken, den Beruf aufzugeben. Vor allem, wenn mich ein Victor Briggs dazu zwang. Andererseits spürte ich, daß sich in mir ganz allmählich die Bereitschaft ausbildete, diesen Gedanken zuzulassen. Das Leben ändert sich, alles hat mal ein Ende. Ich wollte es nicht, aber es passierte einfach.

Dabei hatte meine berufliche Zukunft noch nie besser ausgesehen. Ich hatte in dieser Woche überraschenderweise vier Rennen gewonnen. Fremde Trainer, Konkurrenten von Harold, boten mir fünf Rennen für die kommende Woche an. Hätte mich in diesem Augenblick jemand gefragt, ob ich meinen Beruf aufgeben wolle, dann hätte ich geantwortet: „Ja sicher. Vielleicht in fünf Jahren."

AM NÄCHSTEN Morgen erschien wie verabredet Jeremy Folk und schob seine storchenähnliche Gestalt durch die Tür. Ich führte ihn in die Küche.

„Champagner?" fragte ich.

„Es ist doch . . . äh . . . erst zehn."

„Vier Siege", erklärte ich, „die wollen gefeiert werden."

Zum ersten Schluck mußte er sich gewaltig zwingen. Seine Kleidung verriet den Versuch, etwas ungezwungener zu wirken: kariertes Wollhemd, Wollschlips, schicker hellblauer Pullover. Was er über meinen offenen Kragen und mein unrasiertes Kinn dachte, verriet er nicht.

„Haben Sie . . . äh . . . James Nore angetroffen?"

„Ja, habe ich." Ich bedeutete ihm, am Küchentisch Platz zu nehmen, und setzte mich zu ihm, die Flasche in Reichweite. „Mrs. Nore kam eines Tages unerwartet zu Besuch", erklärte ich. „Sie war noch nie bei ihrem Sohn gewesen. Sie entdeckte, daß James einen Freund hatte. Da muß ihr zum ersten Mal klargeworden sein, daß ihr Sohn homosexuell ist."

„Aha", sagte Jeremy, dem ein großes Licht aufging.

Ich nickte. „Keine Nachkommen."

„Und da ist ihr Amanda eingefallen." Er seufzte und nahm noch einen Schluck von dem blaßgoldenen Champagner. „Sind Sie sicher, daß er homosexuell ist? Hat er es zugegeben?"

„So gut wie. Aber so was spürt man ohnehin. Ich habe eine Zeitlang mit zwei Schwulen zusammengewohnt."

Er sah leicht schockiert aus. „Wirklich? Ich meine, sind Sie . . .? Aber das geht mich nichts an. Entschuldigen Sie."

„Nein, bin ich nicht", sagte ich. Er steckte die Nase tief ins Glas, um seine Verlegenheit zu verbergen. Ich dachte an Duncan und Charlie. Charlie war der ältere von beiden gewesen, solide und fleißig und nett; mein Vater, mein Onkel, mein Schutzengel, alles auf einmal. Duncan war ein Spaßmacher und ein guter Kumpel gewesen. Keiner von beiden hatte je versucht, mich zu verführen.

Eines Tages verliebte Duncan sich in einen anderen Mann und zog aus. Charlie legte mir den Arm um die Schultern, zog mich an sich und weinte. Eine Woche später tauchte plötzlich meine Mutter auf und fegte wie ein Wind ins Haus. Mit ihren großen Augen, den schmalen Wangen, den flatternden Seidenschals.

„Aber das mußt du doch einsehen, Charlie", sagte sie, „daß ich Philip nicht mehr bei dir lassen kann, jetzt, wo Duncan fort ist." Sie sah mich fröhlich an. Ihre Züge wirkten schärfer, als ich sie in Erinnerung hatte, weniger hübsch. „Geh und pack deine Sachen, Philip, Liebling. Wir fahren aufs Land."

Charlie kam in mein Zimmer. Ich wollte nicht von ihm weg. „Wir müssen tun, was deine Mutter sagt", belehrte er mich.

Er half mir packen, und ich wurde mit einem Schlag aus dem alten Leben in ein neues versetzt. Am selben Abend noch brachte man mir bei, wie man einen Pferdestall ausmistet, und am nächsten Morgen lernte ich reiten.

Charlie ertrug die Trennung von Duncan nicht und schluckte zweihundert Schlaftabletten. Er hinterließ mir alles, was er besaß, darunter die Kameras und die Dunkelkammerausrüstung. Er hinterließ auch einen Brief. „Paß auf Deine Mutter auf", stand darin. „Ich glaube, sie ist krank. Mach weiter Fotos, Du hast ein gutes Auge. Du kommst schon zurecht, mein Junge. Leb wohl. Charlie."

Ich trank Champagner und sagte zu Jeremy: „Hat der Makler Ihnen die Liste der Mieter von Pine Woods Lodge geschickt?"

„Ach ja, richtig", antwortete er, erleichtert über den Themawechsel. Er suchte in seinen Taschen. „Da ist sie." Er entfaltete das Blatt. „Wenn Ihre Mutter vor dreizehn Jahren dort gewohnt hat, dann waren ihre Mitbewohner entweder die Pfadfinder, die Fernsehfirma oder die Musiker. Die Fernsehleute haben allerdings nicht dort gewohnt, sondern nur tagsüber dort gearbeitet. Die Musiker haben in dem Haus auch gewohnt. Sie haben die elektrischen Leitungen kaputtgemacht und standen anscheinend ständig unter Drogen. Würde Ihre Mutter da irgendwo ... äh ... dazupassen?"

„Zu den Pfadfindern bestimmt nicht. Drogen paßt schon eher, aber Musiker kaum. Sie hat mich wer weiß wo in Pflege gegeben, aber nie bei Musikern. Ich würde es erst mal mit dem Filmteam versuchen."

In Jeremys Gesicht zeichnete sich ab, daß er zwischen Ungläubigkeit und Entsetzen schwankte. „Was wollen Sie damit sagen, Ihre Mutter hätte Sie wer weiß wo in Pflege gegeben, und Drogen paßten zu ihr?"

Ich erklärte ihm kurz, wie meine Kindheit verlaufen war und was ich den Deborahs, den Samanthas und Chloes zu verdanken hatte. Jeremy sah ganz erschüttert aus.

„Daß sie Drogen nahm, habe ich erst kapiert, als ich größer war", sagte ich, „aber sie hat sie bestimmt schon lange vorher genommen. Manchmal behielt sie mich eine Woche lang bei sich, und ich erinnere mich an einen eigentümlich beißenden Geruch. Marihuana. Ich vermute, sie ist an Heroin gestorben."

„Warum glauben Sie das?"

Ich goß Champagner nach. „Die Rennstallbesitzer, Margaret und Bill, haben darüber gesprochen. Einmal bin ich ins Wohnzimmer gekommen und mitten in eine Auseinandersetzung hineingeplatzt. Bill sagte gerade: ‚Sein Platz ist bei seiner Mutter', und Margaret unterbrach ihn: ‚Sie ist hero ...‘ Dann sah sie mich und sprach nicht weiter. Es ist ein Witz, ich hab mir tatsächlich eingebildet, sie hätten irgendwas von ‚heroisch‘ gesagt, und war ganz stolz auf meine Mutter." Ich lächelte gequält. „Erst Jahre später ist mir klargeworden, daß Margaret ‚heroinsüchtig‘ hatte sagen wollen. Ich habe sie gefragt, und sie hat es zugegeben. Sie glaubten damals, genau wie ich, daß meine Mutter tot war. Aber sie glaubten auch den Grund zu kennen und haben mir nichts gesagt, weil sie mir Kummer ersparen wollten. Es waren nette Leute."

Jeremy schüttelte den Kopf. „Es tut mir so leid", sagte er.

„Nicht nötig. Ich habe meiner Mutter nie nachgetrauert." Charlie allerdings hatte ich nachgetrauert, damals sogar sehr heftig, als ich fünfzehn war. Ab und zu geschah das auch jetzt noch. Ich benutzte seine Hinterlassenschaft ja fast jeden Tag, nicht nur die Fotoausrüstung, sondern auch die Kenntnisse, die ich ihm zu verdanken hatte. Jedes Foto, das ich machte, war ein Dank an Charlie.

„Ich versuch's mit den Fernsehleuten", schlug Jeremy vor. „Und Sie – werden Sie Ihre Großmutter besuchen?"

Ich antwortete ohne Begeisterung: „Ich denke schon."

„Wo könnte man Amanda außerdem noch suchen? Wenn Ihre Mutter Sie bei allen möglichen Bekannten untergebracht hat, dann muß sie dasselbe mit ihr gemacht haben."

„Ja, daran habe ich auch schon gedacht." Alle diese Menschen von früher. Schatten ohne Gesichter. „Vielleicht kann ich das eine Haus wiederfinden, wo ich war. Aber da wohnen jetzt bestimmt ganz andere Leute, die wahrscheinlich nichts von Amanda wissen ..."

Jeremy hakte sofort ein. „Das ist eine Möglichkeit. Sie müssen es versuchen."

Ich trank noch etwas Champagner und starrte gedankenvoll über den Küchentisch. George Millaces Ramschkiste lag neben der Spüle. Ich hatte plötzlich eine Idee. „Sie können gern hierbleiben, aber ich habe vor, heute ein anderes Rätsel zu lösen", sagte ich. „Es hat nichts mit Amanda zu tun. Eine Art Schatzsuche, nur daß es vielleicht gar keinen Schatz gibt."

Ich stand auf und holte das durchsichtige Stück Film aus der Schachtel, auf dem scheinbar nichts zu sehen war. „Halten Sie's gegen das Licht."

Er nahm den Film und hob ihn hoch. „Es sind leichte Flecken drauf", sagte er. „Man kann sie kaum sehen."

„Das sind Bilder. Drei Bilder. Wenn ich mir Mühe gebe und ein bißchen Glück habe, dann können wir sie vielleicht erkennen."

Er war verwirrt. „Aber was soll das? Warum?"

„Ich habe in dieser Schachtel etwas sehr Interessantes gefunden. Und ich habe das Gefühl, das andere Zeug ist auch nicht nur Abfall."

Er folgte mir in die Dunkelkammer und sah zu, wie ich dort im Schrank herumkramte. „Das sieht ja alles ungeheuer fachmännisch aus", sagte er. „Ich wußte gar nicht, daß Sie so was machen."

Ich erklärte ihm, von wem ich das Fotografieren gelernt hatte. Schließlich fand ich die Flasche mit dem Verstärker, nach der ich suchte. Ich trug sie zum Becken, unter dessen Hahn ein Wasserfilter angebracht war.

„Was ist das?" fragte Jeremy und deutete auf das Filter.

„Zum Entwickeln braucht man ganz sauberes und weiches Wasser. Es darf nicht aus einer Metallwasserleitung kommen. Sonst bekommen die Abzüge lauter kleine schwarze Flecken."

Ich mischte Wasser und Verstärkerflüssigkeit, wie es auf der Flasche angegeben war, und kippte die Lösung in die Entwicklerschale.

„Was haben Sie eigentlich vor?" fragte Jeremy.

„Ich mache von diesem Film mit den feinen Flecken einen Abzug und will sehen, was dabei herauskommt. Dann lege ich das Negativ in die Verstärkerflüssigkeit. Danach mache ich noch einen Abzug und vergleiche ihn mit dem ersten."

Er sah mir im schwachen roten Dunkelkammerlicht bei der Arbeit zu und starrte aufmerksam in die Entwicklerschale. „Kann nichts erkennen", sagte er.

„Probieren geht über Studieren", antwortete ich. Ich machte von dem klaren Filmstreifen vier verschiedene Abzüge mit vier verschiedenen Belichtungszeiten, doch jedesmal kam nur ein gleichförmiges Schwarz, Grau oder Weiß heraus.

„Es ist nichts drauf", sagte Jeremy. „Es hat keinen Sinn."

„Warten Sie's ab. Jetzt probieren wir's mit dem Verstärker."

Mit viel Hoffnung und bescheidener Erwartung ließ ich den Film in die Verstärkerflüssigkeit gleiten und bewegte ihn darin hin und her. Dann wässerte ich ihn und machte neue Abzüge mit denselben

Belichtungszeiten wie zuvor. Diesmal zeigten sich auf dem hellgrauen Abzug leichte Flecken, und auf dem nahezu weißen waren verwischte Umrisse zu erkennen.

„Das wär's dann wohl", sagte Jeremy. „Schade."

Ich überlegte. „Vielleicht kommen wir weiter, wenn ich das Negativ nicht auf Papier abziehe, sondern noch mal auf Film."

„Einen Abzug auf Film? Ich wußte gar nicht, daß das geht."

„Aber ja. Man kann auf allem Abzüge machen, was eine lichtempfindliche Schicht hat, und eine solche Schicht läßt sich praktisch überall auftragen. Auf Glas oder Leinwand oder Holz. Sogar auf Ihrem Handrücken."

Ich nahm eine neue Rolle hochempfindlichen Film, zog ihn von der Spule und schnitt den langen Streifen in fünf Stücke. Auf jedes Stück machte ich eine Kopie von dem nahezu klaren Negativ, wobei ich jedes verschieden lang dem weißen Licht des Vergrößerungsapparates aussetzte, von einer Sekunde bis zu zehn Sekunden. Nach der Belichtung wanderte jedes Stück in den Entwickler.

Ich nahm jedes Stück in genau dem Augenblick wieder aus dem Entwickler heraus, der mir der günstigste schien, tauchte es in die Fixierschale und wusch es anschließend. Das Ergebnis waren fünf neue Positive. Mit diesen wiederholte ich den ganzen Vorgang, wodurch ich diesmal fünf neue Negative erhielt. Die waren, gegen grelles Licht gehalten, wesentlich deutlicher als das Negativ, von dem ich ausgegangen war. Zwei davon zeigten ein gut sichtbares Bild. Die Flecken waren zum Leben erwacht.

„Worüber lächeln Sie?" verlangte Jeremy zu wissen.

„Sehen Sie selbst", sagte ich. „Drei Bilder von einem Mädchen und einem Mann."

Er hielt den Streifen gegen das Licht. „Wie wollen Sie das erkennen? Sie sind deutlicher, aber es sind nach wie vor nur Flecken zu sehen."

„Man lernt mit der Zeit, Negative zu entziffern. Ehrlich gesagt, bin ich hochzufrieden mit mir. Jetzt trinken wir erst mal den Champagner aus, und dann kommt der nächste Schritt: Positivabzüge von den neuen Negativen. Schwarzweißfotos. Die große Enthüllung."

„Aber was ist daran so komisch?"

„Das Mädchen ist mehr oder weniger nackt."

Beinahe hätte er seinen Champagner verschüttet. „Sind Sie sicher?"

„Wir werden's bald ganz genau wissen. Haben Sie Hunger?"

„Du lieber Gott. Es ist ja schon eins."

Wir aßen Schinken, Tomaten und Toast und leerten die Champagnerflasche. Dann kehrten wir in die Dunkelkammer zurück.

Von so schwachen Negativen Papierabzüge zu machen war immer noch eine heikle Sache. Auch dabei mußte man die Belichtungszeit richtig abschätzen und das Foto im günstigsten Augenblick aus dem Entwickler nehmen. Es klappte nicht gleich beim ersten Mal, doch schließlich hatte ich drei Bilder, die deutlich genug zeigten, was George fotografiert hatte. Ich betrachtete sie durch ein Vergrößerungsglas. Ein Irrtum war ausgeschlossen. Die Bilder enthielten gefährlichen Zündstoff.

FÜNFTES KAPITEL

ICH nahm die neuen Abzüge mit und ging mit Jeremy nach oben, wo ich das Episkop einschaltete. Es summte leise, während es warm wurde.

„Was ist das?" fragte Jeremy und sah sich die Maschine an.

„Eine Art Projektor. Was man auf dieses Brett legt, wird als großes helles Bild auf eine Leinwand projiziert – oder in meinem Fall auf eine Wand."

Ich zog die Vorhänge zu, um das bereits verblassende Nachmittagslicht auszuschließen, und legte die Abzüge ein. Der erste zeigte den Oberkörper eines Mädchens und Kopf und Schultern eines Mannes. Sie sahen einander an und umarmten sich. Beide hatten nichts an.

„Großer Gott", murmelte Jeremy.

Das zweite Bild glich dem ersten, war aber aus einem anderen Winkel aufgenommen. Man sah weniger von dem Mädchen, dafür fast das ganze Gesicht des Mannes.

„Das ist Pornographie", sagte Jeremy.

„Nein, das ist es nicht." Auf dem dritten Bild waren beide Gesichter zu sehen. Man konnte leicht erraten, womit der Mann und das Mädchen beschäftigt waren. Ich schaltete das Episkop aus und knipste das Licht an.

„Wieso behaupten Sie, es sei keine Pornographie?" fragte Jeremy.

„Ich habe die beiden schon mal gesehen", sagte ich statt einer Antwort. „Ich weiß, wer sie sind." Er starrte mich an, und ich fuhr fort: „Sie sind doch Rechtsanwalt. Was macht man, wenn man nach dem Tod eines Mannes entdeckt, daß er vielleicht ein Erpresser war?"

Er runzelte die Stirn. „Wollen Sie mir nicht sagen, worauf Sie hinauswollen?"

„Ja." Ich erzählte ihm von George Millace. Von den Einbrüchen, von dem Überfall auf Mrs. Millace und von der Brandstiftung; von dem Foto von Elgin Yaxley und Terence O'Tree in dem französischen Café und von den fünf getöteten Pferden. Ich sagte ihm auch, wer das Liebespaar war.

„George hat den Kram in dieser Schachtel sehr sorgfältig aufbewahrt", erklärte ich. „Vielleicht ist das alles Erpressungsmaterial."

„Und Sie wollen das herausfinden?"

Ich nickte langsam. „Die Erpressungsgeschichte interessiert mich weniger als die technische Seite. Ich will versuchen, ob ich seine fotografischen Rätsel lösen kann. So etwas mache ich gerne."

Jeremy starrte auf den Fußboden. Dann sagte er unvermittelt: „Ich glaube, Sie sollten das ganze Zeug vernichten."

„Vom Gefühl her stimme ich Ihnen zu, aber mein Verstand wehrt sich dagegen. George Millaces Haus wurde ausgeraubt und angezündet. Als ich das erste Bild entdeckte, dachte ich natürlich, es wäre Elgin Yaxley. Aber der hält sich in Hongkong auf. Jetzt könnte man meinen, das Liebespaar stecke dahinter. Und die waren es vielleicht auch nicht."

Jeremy stand auf und begann unruhig auf und ab zu gehen. „Hat es irgendwelche Zweifel über die Todesursache von George Millace gegeben?"

Diese Frage ließ einen Augenblick lang meinen Atem stocken. „Ich glaube nicht. Sein Sohn hat erzählt, daß er kurz bei einem Freund gehalten und ein Glas Whisky getrunken hat. Dann ist er heimwärts gefahren, am Steuer eingeschlafen und gegen einen Baum geprallt."

„Woher weiß man, daß er einen Freund besucht hat? Woher weiß man, daß er eingeschlafen ist?"

„Typische Rechtsanwaltsfragen. Ich kann sie nicht beantworten."

„Ist eine Autopsie vorgenommen worden?" fragte er weiter.

„Keine Ahnung. Ist das üblich?"

Er zuckte die Achseln. „Manchmal. Wahrscheinlich hat man seinen Blutalkohol überprüft. Dann wird man ihn auf Herzschlag untersucht haben oder auf Schlaganfall. Mehr wahrscheinlich nicht, wenn keine verdächtigen Umstände vorlagen. Aber diese Einbrüche müssen doch der Polizei zu denken gegeben haben."

Mir schwindelte leicht: „Der erste Einbruch passierte während der Beerdigung."

„Einäscherung?"

Ich nickte. „Die Polizisten haben Mrs. Millace in schreckliche Aufregung versetzt, weil sie so eine Andeutung gemacht haben, daß George Fotos besessen haben könnte, deren Vorhandensein gewissen Leuten sehr unliebsam wäre. Genaueres wußten sie freilich nicht."

„Aber wir", sagte er. „Verbrennen Sie diese Bilder. Konzentrieren Sie sich auf die Suche nach Amanda. Sonst enden Sie vielleicht wie Millace. An einem Baum."

UM SECHS verabschiedete sich Jeremy, und ich ging zu unserer wöchentlichen Besprechung bei Harold. Er hatte sechs Rennen für mich geplant. Dazu kamen noch die fünf Rennen als Ersatzmann, die man mir angeboten hatte – ein volles Programm.

„Fall bloß nicht von einem dieser Klepper, die man dir angedreht hat", schimpfte Harold. „Wozu du die noch brauchst, wenn du alle meine Pferde reitest, ist mir sowieso nicht klar." Daß ich einige meiner größten Siege für andere Ställe erritten hatte, wollte er einfach nicht zugeben.

„Nächsten Samstag lasse ich zwei von Victors Pferden in Ascot laufen", sagte er. „Chainmail. Und Daylight."

Ich warf ihm einen Blick zu, aber er sah mir nicht in die Augen.

Nach einer Weile sagte er beiläufig: „Mit Chainmail haben wir vielleicht die besten Wettchancen. Am Freitag können wir das besser beurteilen."

„Gewinnchancen", fragte ich, „oder Verlustchancen? Sagen Sie's mir, Harold. Sagen Sie's mir ganz früh am Samstag morgen, wenn Sie noch einen Rest von Gefühl für mich haben. Dann bekomme ich nämlich eine akute Gastritis. Und kann unmöglich reiten."

„Aber Victor –"

„Ich reite mir für Victor den Hintern wund, solange es ums

Gewinnen geht. Sagen Sie ihm das. Und vergessen Sie nicht, Chainmail ist zwar schnell, aber immer noch ziemlich unberechenbar. Er geht los wie ein D-Zug, aber bei den Hindernissen versucht er auszubrechen. Außerdem kann er sich's einfach nicht verkneifen, einem Pferd, das ihn anrempelt, seine Zähne ins Fell zu schlagen. Er ist schwierig, aber mutig. Wenn Sie ihn ruinieren wollen, bitte ohne mich. Und Sie werden ihn ruinieren, wenn Sie an ihm herumpfuschen. Dann wird er ein richtiges Aas."

„Du hast recht", sagte Harold. „Ich werde Victor das alles erzählen. Aber schließlich ist es sein Pferd." Er seufzte schwer. „Wenn es sein muß, gebe ich dir Zeit, krank zu werden."

DER Montag wurde ein Durchschnittstag – ein zweiter und ein dritter Platz –, und am Dienstag mußte ich überhaupt nicht reiten. Ich beschloß, es Jeremy Folk recht zu machen, indem ich versuchte, eines der Häuser wiederzufinden, wo meine Mutter mich als Kind abgegeben hatte. Ein netter kleiner Ausflug, kein anstrengender Tag.

Ich machte mich auf den Weg nach London. Dort fuhr ich kreuz und quer durch alle möglichen kleinen Straßen in den westlichen Stadtteilen Chiswick und Hammersmith. Ich war sicher, daß ich irgendwo in dieser Gegend einmal gewohnt hatte. Alle Straßen sahen gleich vertraut aus: endlose Reihen hübscher Häuschen mit Erkerfenstern, in denen Leute mit mittlerem Einkommen wohnten. Ich hatte in mehreren solcher Häuser gewohnt, aber ich konnte mich an keinen einzigen Straßennamen erinnern.

Die Buslinien halfen meinem Gedächtnis schließlich auf die Sprünge. Bei dem Haus, nach dem ich suchte, war direkt um die Ecke eine Bushaltestelle gewesen. Dort waren wir immer in den Bus gestiegen, wenn wir zum Spazierengehen an den Fluß fahren wollten. Diese Erinnerung, die immerhin über zwanzig Jahre alt war, gewann allmählich Gestalt. Wir waren oft zum Fluß gefahren, um die Hausboote zu bestaunen und den Möwen zuzusehen, und wir hatten zum anderen Ufer hinübergeblickt, wo der Park von Kew lag.

Ich fuhr zur Kew-Brücke und begann von dort die Buslinien einzeln abzufahren. Das war ein zeitraubendes und erfolgloses Unternehmen, denn keine der Haltestellen lag an einer Straßenecke. Nach einer Stunde gab ich es auf und fuhr einfach aufs Geratewohl umher.

Ein altes Wirtshaus half mir schließlich, die Orientierung wiederzufinden. Ich parkte den Wagen, ging zurück, stellte mich einfach vor die dunkelbraune Tür des „Willing Horse" und wartete, bis sich die Erinnerung einstellte. Dreihundert Meter nach links, über die Straße, dann die erste Querstraße rechts.

Wieder ging ich an Reihenhäusern mit Erkerfenstern entlang, alle drei Stockwerke hoch, schmal und gepflegt. Vor den Häusern Hecken und Büsche. Ich ging ganz langsam und konzentriert, aber ich hatte den Faden verloren. Es gab einfach keinen Anhaltspunkt. Was nun?

Beim viertletzten Haus stieg ich die Stufen hinauf und klingelte. Eine Frau öffnete die Tür.

„Entschuldigen Sie", sagte ich. „Wohnt Samantha hier?"

„Wer?"

„Samantha?"

„Nein." Sie musterte mich voller Mißtrauen von oben bis unten und schloß die Tür.

Ich versuchte es noch bei sechs weiteren Häusern. Ohne Erfolg. Beim achten erklärte mir eine alte Dame, ich würde gleich Ärger kriegen, sie habe mich von Haus zu Haus gehen sehen, und wenn ich nicht sofort damit aufhörte, würde sie die Polizei rufen. Ich ging trotzdem weiter. Sie trat sogar auf die Straße hinaus, um mir nachzublicken.

Das hat nicht viel Sinn, dachte ich. Du findest Samantha nicht. Vielleicht ist sie ausgegangen, vielleicht umgezogen, vielleicht hat sie überhaupt nie in dieser Straße gewohnt. Obwohl die alte Dame mich weiter mißtrauisch beobachtete, klingelte ich noch einmal an einer Tür, doch es war niemand zu Hause. Am nächsten Haus öffnete mir ein etwa zwanzigjähriges Mädchen.

„Entschuldigen Sie", sagte ich, „wohnt hier jemand, der Samantha heißt?" Ich hatte das nun schon so oft gesagt, daß es mir inzwischen blödsinnig vorkam.

„Samantha? Was für eine Samantha?"

„Das weiß ich leider nicht."

Sie schürzte die Lippen. Die Sache gefiel ihr nicht. „Warten Sie hier. Ich werde mal nachfragen." Sie schloß die Tür und verschwand. Ich trat ungeduldig von einem Bein aufs andere, da ich spürte, daß mich die alte Dame immer noch mit stechendem Blick beobachtete.

Die Tür ging wieder auf. Diesmal waren es zwei Personen, das Mädchen und eine ältere Frau. Die Frau sagte: „Was wollen Sie?"

„Sind Sie", fragte ich langsam, „Samantha?"

Sie musterte mich von oben bis unten, wie ich es mittlerweile gewöhnt war. Es war eine füllige Dame mit gewelltem braunem Haar.

„Sagt Ihnen der Name Nore etwas? Philip Nore, oder Caroline Nore?"

Dem Mädchen schien der Name nichts zu bedeuten, doch der Gesichtsausdruck der Frau veränderte sich schlagartig. „Was wollen Sie eigentlich?" verlangte sie zu wissen.

„Ich bin Philip Nore."

Der angespannte Ausdruck auf ihrem Gesicht verwandelte sich in ungläubiges Staunen. „Kommen Sie herein", sagte sie. „Ich bin Samantha Bergen."

Ich trat durch die Tür. Ich hatte nicht das Gefühl, nach Hause zu kommen, wie ich es mehr oder weniger erwartet hatte. Während wir die Treppe zum Untergeschoß hinunterstiegen, entschuldigte sich Samantha: „Es tut mir leid, daß ich nicht freundlicher war, aber Sie wissen ja, wie das heute ist. Man muß sehr vorsichtig sein."

Wir betraten eine große, gemütliche Wohnküche. Ein großer Tisch, Stühle. Rote Fliesen auf dem Boden. Schiebetür zum Garten. Ein Korbsessel hing an einer Kette von der Decke. Holzbalken. Kupfer. Automatisch ging ich auf den Hängesessel zu, setzte mich mit untergeschlagenen Beinen hinein und verbarg mich darin.

Samantha Bergen sah mir erstaunt zu. „Tatsächlich, der kleine Philip! Das war sein Lieblingsplatz, er hat sich immer genauso wie Sie hineingesetzt, im Schneidersitz. Ich hatte es ganz vergessen. Aber wenn ich Sie so sehe ... du lieber Himmel."

„Entschuldigen Sie", sagte ich und stand wieder auf. „Es ist ... mir einfach passiert."

„Schon gut, mein Lieber", winkte sie ab. „Es ist eben außerge-wöhnlich, Sie überhaupt wiederzusehen. Das ist alles." Sie wandte sich dem Mädchen zu. „Das ist meine Tochter Clare. Sie war noch nicht geboren, als Sie hier waren." Zu ihrer Tochter sagte sie: „Ich habe ab und zu das Kind von einer Freundin aufgenommen. Mein Gott, das muß zweiundzwanzig Jahre her sein."

Das Mädchen blickte jetzt viel freundlicher drein. Mutter und Tochter waren beide hübsch, beide trugen Jeans und Blusen, und beide waren ungeschminkt. Das Mädchen war schlanker als seine Mutter, seine Haare waren dunkler, doch beide hatten sie große graue Augen, eine gerade Nase und ein rundes, sanftes Kinn. Und sie schienen beide intelligent zu sein.

Sie hatten offenbar gearbeitet. Auf dem Tisch lagen die Korrekturfahnen für ein Buch. Clare sagte: „Mutters Kochbuch."

Samantha fügte hinzu: „Clare arbeitet in einem Verlag."

Wir setzten uns an den Tisch, und ich erklärte ihnen, daß ich meine Halbschwester Amanda suche, daß ich ohne viel Hoffnung aufgebrochen und mehr oder weniger zufällig an ihrer Tür gelandet sei. Samantha schüttelte bedauernd den Kopf. „Ich habe gar nicht gewußt, daß Caroline eine Tochter hatte."

„Erzählen Sie mir von meiner Mutter", bat ich. „Wie war sie?"

„Caroline? Hübsch war sie und liebenswert. Und immer strahlend und lustig. Man konnte ihr nichts abschlagen. Aber ... sie nahm Drogen." Samantha sah mich besorgt an und schien erleichtert, als ich nickte. „Sie wollte Sie nicht dabeihaben, wenn sie mit ihren Freunden zusammen war und alle high waren. Sie kam immer und bat mich, Sie für einige Tage hierzubehalten. Sie waren so ein stiller kleiner Kerl und so lieb."

„Wie oft hat sie mich hierhergebracht?" erkundigte ich mich zögernd.

„Oh, fünf- oder sechsmal. Zuletzt waren Sie etwa acht Jahre alt. Dann konnte ich Sie nicht mehr aufnehmen, da Clares Geburt bevorstand."

Ich wollte wissen, ob meine Mutter je über meinen Vater gesprochen hatte.

„Nein, nie. Sie sollte abtreiben, hat es aber nicht getan." Sie schnitt eine Grimasse. „Sie säßen wohl nicht hier, wenn sie gehalten hätte, was sie ihrer Mutter, dem alten Drachen, versprochen hatte."

Clare hatte uns Tee gemacht. Samantha wollte wissen, was aus mir geworden war.

„Ich bin Jockey."

Sie wollten es nicht glauben. „Sie sind viel zu groß", sagte Samantha.

„Jockeys müssen nicht unbedingt klein sein."

„Ein verrückter Beruf", meinte Clare. „Und ziemlich sinnlos."

„Clare!" protestierte Samantha.

„Wenn Sie damit sagen wollen", entgegnete ich freundlich, „daß ein Jockey nichts zum Wohl der Gesellschaft beiträgt, dann irren Sie sich. Sport und Spiel, Entspannung und Erholung, das braucht der Mensch. Ich trage dazu bei."

„Und das Wetten?" bohrte Clare weiter. „Braucht der Mensch das auch?"

„Ein harmloses Risiko. Man setzt sein Geld aufs Spiel und nicht sein Leben."

„Aber Sie tragen das Risiko."

„Ich wette nicht."

„Seien Sie vorsichtig", warnte ihre Mutter. „Clare nimmt Sie glatt auseinander."

Clare schüttelte den Kopf. „Ich glaube, ebensogut könnte man versuchen, den Wind auseinanderzunehmen."

Samantha sah sie überrascht an. Dann wollte sie von mir wissen, wo ich wohnte.

„In Lambourn, einem Dorf in den Hügeln von Berkshire."

Clare sah mich stirnrunzelnd an und schien angestrengt zu überlegen. „Lambourn. Gibt es da nicht viele Rennställe?"

„Stimmt."

„Hm." Sie dachte einen Augenblick nach. „Mein Chef gibt ein Buch über Dörfer und dörfliches Leben heraus. Das Material sei noch ein bißchen spärlich, meinte er neulich und hat mich gefragt, ob mir etwas dazu einfiele. Er hat gerade ein Kapitel über ein Dorf fertig, das eine eigene Opernbühne hat. Haben Sie was dagegen, wenn ich ihn mal anrufe?"

Bevor ich antworten konnte, hatte sie schon den Telefonhörer in der Hand.

Samantha beobachtete sie voll mütterlichen Stolzes. „Clare überfährt Sie einfach", sagte sie. „Mich hat sie auch überfahren mit diesem Kochbuch. Sie hat mehr Energie als ein Kraftwerk. Mit sechs hat sie mir erklärt, sie wolle Verlegerin werden, und sie ist auf dem besten Wege dazu. Sie ist bereits die zweitwichtigste Person nach dem Mann, mit dem sie gerade telefoniert."

Das Wunderkind beendete sein Telefongespräch. „Er ist interessiert. Er will mit mir hinfahren und sich alles ansehen. Wenn der Ort was hergibt, schickt er einen Textautor und einen Fotografen hin."

„Ich habe viele Fotos von Lambourn gemacht. Wenn Sie wollen ..."

„Tut mir leid, dazu brauchen wir einen Profi. Mein Chef würde allerdings gerne bei Ihnen vorbeikommen, falls Sie Lust haben, uns mit Informationen und Tips behilflich zu sein."

„Ja, ich habe Lust."

„Prima." Plötzlich strahlte sie mich an. Sie weiß, daß sie ein kluges Kind ist, dachte ich. Aber sie kann nicht so gut verbergen, daß sie es weiß, wie Jeremy Folk. „Können wir am Freitag kommen?" fragte sie.

Sechstes Kapitel

Als ich am nächsten Tag nach Newbury kam, bemerkte ich Lance Kinship, der an der Spitze eines Gefolges von Kameraleuten und Toningenieuren auf dem Rennplatz umherzog. Im Umkleideraum erfuhr ich, daß er die Erlaubnis der Rennleitung erhalten hatte, Hintergrundaufnahmen für einen Film hier zu machen. Ich hängte mir meine Kamera um und knipste die Filmleute an ihrer Kamera.

Kinship gab seiner Mannschaft großspurig Anweisungen, und alle hörten ihm angespannt zu. Ich hielt fest, wie sie ihre Augen angestrengt auf ihn gerichtet hielten, die Köpfe aber halb abgewendet hatten. Es war ganz deutlich zu sehen, daß sie die Anweisungen von jemand befolgten, den sie nicht leiden konnten. Einmal drehte Kinship gerade den Kopf und blickte direkt in mein Objektiv, als ich auf den Auslöser drückte.

Mißgelaunt kam er auf mich zu. „Was machen Sie da?" Eine völlig überflüssige Frage.

„Reine Neugier", antwortete ich freundlich.

Skeptisch musterte er meine Kamera durch seine Brille. „Eine Nikon." Er hob den Blick zu meinem Gesicht und runzelte die Stirn. Er schien mich wiederzuerkennen, wußte aber nicht, wo er mich einordnen sollte.

„Wie geht's der Nase?" fragte ich höflich.

Ein mißbilligendes Grunzen zeigte an, daß er sich erinnerte. „Laufen Sie ja nicht in die Aufnahme", sagte er. „Sie sind kein typischer Jockey. Ein Jockey, der eine Nikon mit sich rumschleppt, verhunzt mir nur das Bild." Mit einem knappen Nicken ließ er mich stehen und entfernte sich mit seiner Truppe in Richtung Führring.

Die Filmleute waren dabei, als ich mich auf einem exaltierten Neuling für Harold zum Start einreihte. Sie waren Gott sei Dank nicht dabei, als der Neuling beim achten Hindernis auf der Sprungseite mit den Vorderbeinen in den Graben geriet und das Hindernis mit einer Art Überschlag passierte. Irgendwann flog ich bei diesem wilden Salto aus dem Sattel, und der Himmel meinte es gut mit mir. Als die zehn Zentner Pferd auf den Boden krachten, lag ich nicht darunter.

Ein paar Minuten lang blieb das Tier erschöpft und keuchend liegen. Es gab Pferde, die ich gern hatte, und andere, die ich nicht ausstehen konnte. Dies hier war ein ungeschickter, sturer Gaul, der sich nicht führen ließ und am Anfang einer langen, erfolglosen Springkarriere stand. Ich wartete, bis er wieder auf den Beinen war, stieg auf und ließ ihn zurück zu den Tribünen traben.

Ich war gerade beim Umziehen, als man mir sagte, daß draußen ein Mann den Jockey mit der Kamera suche.

„Na, da sind Sie ja", stieß Lance Kinship hervor, als hätte ich ihn warten lassen. „Hören Sie, Sie haben doch heute ein paar Fotos gemacht. Wenn sie was taugen, kaufe ich sie Ihnen ab. Wie wär's?"

„Na ja ..." Ich war überrascht und verwirrt. „Gut, wenn Sie wollen."

„Schön. Meine Leute sind drüben beim Ziel. Machen Sie ein paar Fotos, wie sie den Endspurt des nächsten Rennens filmen. Reklamefotos. Klar?"

Ich ging meine Kamera holen. Als ich wiederkam, erwartete er mich mit allen Zeichen der Ungeduld. Ich müsse mich beeilen, erklärte er, denn das Team werde gleich seinen Standort wechseln. Man wolle auf dem Parkplatz das Publikum beim Verlassen der Rennbahn filmen.

Eigentlich war es seltsam, daß er keinen eigenen Fotografen mitgebracht hatte, wenn er Reklamefotos brauchte. Ich fragte ihn danach.

„Versteht sich", antwortete er. „Ich hatte ja einen. Aber der ist gestorben. Hab vergessen, mich nach einem neuen umzusehen." Wir gingen sehr schnell, und er atmete in kurzen Stößen. „Dann habe ich Sie heute gesehen. Da fiel es mir wieder ein. Ein paar Reporter haben gemeint, Sie könnten es übernehmen. Wenn die Fotos nicht gut sind, kaufe ich sie nicht, klar?"

Ich wollte wissen, wie der Fotograf hieß, der gestorben war.

„Ein gewisser Millace. Ist mit dem Wagen verunglückt. So, da sind wir. Fangen Sie an."

Er ließ mich stehen, um seinen Leuten neue Anweisungen zu geben. Wieder hörten sie ihm nur widerwillig zu. Solche Bilder wird er bestimmt nicht kaufen wollen, dachte ich. Ich wartete deshalb, bis er gegangen war, und knipste das Team bei der Arbeit.

Die Pferde kamen auf die Bahn und trabten zum Start. Neben mir stand ein kraushaariger Junge, der die Synchronklappe handhabte. Er sagte in plötzlicher Wut: „Spielt sich auf, als wär's ein ganzer Spielfilm. Und wir drehen nur einen Reklamestreifen. Dauert auf der Leinwand genau eine Sekunde, ein Klacks."

Ich konnte ein Grinsen nicht ganz unterdrücken. „Und wofür machen Sie Werbung?"

„Für irgend'ne Brandymarke."

Kinship kam zurück und erklärte mir, es sei sehr wichtig, daß er auf meinen Fotos gut zu sehen sei. Der kraushaarige Junge schnitt eine Grimasse hinter seinem Rücken, während ich Lance Kinship versicherte, ich werde mich selbst übertreffen.

Glücklicherweise gelangen mir ein paar anständige Bilder. Kinship gab mir seine Karte und versprach mir noch einmal, die Bilder zu kaufen, wenn sie ihm gefielen. Er nannte keinen Preis, und ich wollte das Thema nicht anschneiden. Geschäftstüchtigkeit war nicht meine Stärke. Wenn du vom Fotografieren leben müßtest, dachte ich bitter, dann wärst du bald verhungert.

Zu Hause zog ich die Küchenvorhänge zu und kramte wieder einmal in George Millaces Ramschkiste. Was ihm seine hinterhältigen Fotos eingebracht hatten, hätte ich schon gerne gewußt.

Ich nahm mir noch einmal den großen, schwarzen, lichtundurchlässigen Umschlag vor und zog seinen Inhalt heraus: die durchsichtige Plastikfolie von der Größe einer Schreibmaschinenseite und noch etwas, was ich vorher nicht bemerkt hatte, nämlich zwei Bogen Papier von ungefähr derselben Größe. Kaum hatte ich einen Blick darauf geworfen, schob ich sie hastig wieder in den Umschlag, da mir plötzlich klar wurde, daß George sie bestimmt nicht zufällig licht-geschützt aufbewahrt hatte. Auf dieser Folie und auf diesen Bogen waren vielleicht Bilder verborgen. Wenn das der Fall war, dann hatte ich keine Ahnung, wie ich sie hätte entwickeln können.

Ich starrte den schwarzen Umschlag an und ging in Gedanken die verschiedenen Entwickler durch. Es gab so viele verschiedene Film- und Papiersorten, und für jede brauchte man den richtigen Entwick-ler. Das hieß, ich mußte erst das Fabrikat der Folie und des Papiers herausbekommen, bevor ich weitermachen konnte.

Ich legte den schwarzen Umschlag beiseite und nahm mir die leeren Filmnegative vor. Es handelte sich um 35-mm-Farbnegative. Einige waren vollständig leer, und auf den anderen war auch nicht mehr zu sehen als ein paar unterschiedlich große, rote Kleckse. Ich reihte die Filmstreifen nebeneinander auf. Dabei machte ich die erste interes-sante Entdeckung.

Die völlig leeren Negative stammten alle von einer Filmrolle, die mit den roten Flecken von einer anderen. Jeder Streifen enthielt sechsunddreißig Bilder. Ich konnte die Fabrikate unterscheiden, denn jeder Hersteller hat seine eigene Art der Bildnumerierung. Ich glaubte nicht, daß mich das weiterbringen würde. Doch etwas anderes brachte mich vielleicht weiter, und das hing mit den Gesetzen der Farbfoto-grafie zusammen.

Farbdias geben die natürlichen Farben wieder, auf den Farbnegati-ven erscheinen dagegen die Komplementärfarben. Der natürliche Farbton wird erst wieder sichtbar, wenn ein Abzug vom Farbnegativ gemacht wird. Die additiven Grundfarben des Lichts sind Blau, Grün und Rot. Ihre Komplementärfarben auf dem Negativ sind Gelb, Magenta (Purpur) und Cyan (Blaugrün). Damit das Weiß und die Spitzlichter gut herauskommen, versehen alle Hersteller ihre Nega-tive mit einer orangefarbenen Maske, die die Gelbanteile absorbiert.

George Millaces Negative waren durchweg leicht orange getönt. Angenommen, unter dem Orange war ein gelbes Bild? Wenn ich von diesen Negativen Abzüge machte, dann kam vielleicht das unsichtbare gelbe Bild in der Komplementärfarbe Blau zum Vorschein.

Das ist einen Versuch wert, sagte ich mir. Ich ging in die

Dunkelkammer, mischte die entsprechenden Chemikalien und ließ die Farbentwicklungsmaschine arbeiten. Die Kontaktabzüge bestätigten augenblicklich, daß sich unter dem Orange Blau befand – leider kein blaues Bild, sondern einfach nur Blau.

Farbfotografie ist ein weites Feld. Auf einem blanken Negativ nach einem Bild suchen heißt mit verbundenen Augen durch einen Wald wandern. Ich probierte alles aus, was mir einfiel, aber ich hatte nur teilweise Erfolg. Am Schluß hatte ich Abzüge von sechsunddreißig gleichmäßig blauen Rechtecken, jeweils vier davon auf einem Blatt, und weitere sechsunddreißig, die zusätzlich grünliche Flecken aufwiesen.

Es schien klar, daß George Millace nicht einfach zweiundsiebzigmal ein blaues Rechteck aufgenommen hatte. Als mir schließlich dämmerte, was er tatsächlich getan hatte, war ich zu müde, um noch einmal von vorn anzufangen. Ich räumte auf und ging ins Bett.

JEREMY FOLK rief am nächsten Morgen in aller Frühe an und wollte wissen, ob ich schon bei meiner Großmutter gewesen sei.

„Ich gehe schon noch", sagte ich. „Am Samstag, nach dem Rennen in Ascot."

„Was haben Sie denn gemacht?" fragte er. „Sie hätten doch diese Woche längst hingehen können. Vergessen Sie nicht, sie liegt wirklich im Sterben."

„Ich hatte viele Rennen", sagte ich. „Und viel Arbeit im Labor."

„Mit den Sachen aus der Schachtel?" fragte er argwöhnisch.

„Mhm."

„Was ist dabei herausgekommen?"

„Blaue Fotos. Reines, tiefes Blau. George Millace hat einen dunkelblauen Filter vor seine Kamera geschraubt und durch diesen blauen Filter ein Schwarzweißbild auf ein Farbnegativ fotografiert."

„Reden Sie jetzt chinesisch?"

„Nein, das ist die Sprache von George Millace. Eine raffinierte Geheimsprache. Warten Sie nur, bis ich das Blau dechiffriert habe, dann haben wir wieder einen von George Millaces Superknüllern in der Hand."

„Seien Sie bloß vorsichtig."

Ich versprach es. So etwas sagt sich leicht.

In Wincanton mußte ich zweimal für Harold und dreimal für andere Trainer reiten. Es war trocken, aber es ging ein scharfer Wind. Ich absolvierte meine Runden ohne Schwierigkeiten und ging beim Neulingsrennen mutterseelenallein als Erster durchs Ziel.

Früher, als das alles noch neu für mich war, hatte ich jedesmal Herzklopfen, wenn ich zum Start ritt. Jetzt, zehn Jahre später, klopfte mein Herz nur noch vor den großen Rennen wie dem Grand National. Damals hatte mir die verflixte Aufregung schwer zu schaffen gemacht, jetzt war alles nur noch Routine. Schlechtes Wetter, lange Reisen, Enttäuschungen und Kränkungen – das alles hatte ich geschluckt und in Kauf genommen. Es gehörte eben zum Beruf. Nach zehn Jahren sah ich es jetzt anders: Das *war* der Beruf, der Berufsalltag. Die Siege waren die seltenen Feste.

Was zählte eigentlich in diesem Beruf? Genaugenommen nichts weiter als meine Vorliebe für Schnelligkeit und meine Liebe zu Pferden. Außerdem mußte man springen und möglichst schnell Fehler beim Springen korrigieren können. Nichts davon – außer vielleicht die Liebe zu Pferden – konnte mir als Fotografen im geringsten von Nutzen sein.

Als ich am Spätnachmittag zu meinem Wagen ging, war ich nervös und reizbar. Ich wollte nicht Fotograf werden, sondern Jockey bleiben. Alles sollte so weitergehen wie bisher. Ich wollte keine Veränderung.

Am nächsten Morgen stand schon in aller Frühe Clare Bergen vor meiner Tür. Sie kam in Begleitung ihres Chefs, des Verlegers. Das war ein dunkelhaariger junger Mann mit einem energischen Händedruck. Clare trug einen hellen Wollhut, eine Lammfelljacke, gelbe Skihosen und riesige pelzbesetzte Stiefel. Na schön, dachte ich, in diesem Aufzug wird sie nur die Hälfte unserer Pferde in Angst und Schrecken versetzen. Die nervöse Hälfte.

Ich hatte mir von Harold einen Landrover geliehen und fuhr sie damit zu den Ställen. Eine Zeitlang sahen wir den Pferden beim Training zu. Dann kehrten wir zu mir nach Hause zurück und machten Kaffee. Der Verleger wollte sich ein bißchen die Füße vertreten und beschloß, einen Spaziergang zu machen. Clare ließ sich noch eine zweite Tasse eingießen und sagte: „Die meisten meiner Bekannten verachten Leute, die mit Pferden zu tun haben."

„Jeder fühlt sich gern überlegen", antwortete ich, ohne mich gekränkt zu fühlen.

„Macht Ihnen das nichts aus?"

„Was die Leute denken, ist ihr Problem, nicht meins."

Sie sah mir direkt in die Augen. „Was könnte Sie verletzen?"

„Wenn es heißt, ich sei gestürzt, und in Wirklichkeit ist das Pferd gestürzt und ich mit."

„Ist das ein Unterschied?"

„Ein sehr großer sogar. Was verletzt Sie?"

„Wenn man mich für dumm hält."

„Das", sagte ich, „ist eine bestechend ehrliche Antwort."

Sie schien verlegen und wich meinem Blick aus. Dann sagte sie, das Haus und die Küche gefielen ihr, und ob sie sich das übrige auch ansehen dürfe. Ich zeigte ihr das Wohnzimmer, das Schlafzimmer und zum Schluß die Dunkelkammer.

Sie war verblüfft: „Sie haben erwähnt, daß Sie fotografieren, aber ich hatte keine Ahnung . . . Kann ich Ihre Bilder sehen?"

„Wenn Sie wollen." Ich ging an mein Archiv und suchte eine Mappe heraus. „Da ist es ja schon. Lambourn."

„Und was ist in den anderen?" wollte sie wissen. Sie las die Aufschriften auf den Ordnern laut vor: „Amerika, Frankreich, Kinder, Jockeydasein. Was bedeutet Jockeydasein?"

„Den Alltag eines Jockeys, nichts weiter."

Sie zog den prallvollen Ordner heraus und nahm ihn mit in die Küche. Am Küchentisch blätterte sie ihn Bild für Bild durch. Ohne Kommentar.

„Kann ich die Fotos von Lambourn sehen?" fragte sie. Auch die sah sie schweigend durch.

„Ich weiß, daß sie nicht umwerfend sind", sagte ich freundlich. „Zerbrechen Sie sich nicht den Kopf. Ich lege keinen Wert auf Artigkeiten."

Sie sah mich zornig an. „Sie wissen ganz genau, daß sie gut sind." Sie schloß den Ordner. „Die können wir meiner Meinung nach gut gebrauchen. Aber das kann ich selbstverständlich nicht allein entscheiden."

Sie zündete sich eine Zigarette an. Zu meiner Überraschung sah ich, daß ihre Finger zitterten. Irgend etwas hatte sie verstört. Eine buntschillernde Maske schien von ihr abgefallen, ihre Hektik schien wie weggeblasen.

„Was ist los?" erkundigte ich mich schließlich.

Sie warf mir einen raschen Blick zu. „So was wie Sie habe ich die ganze Zeit gesucht."

„So was?" wiederholte ich verdutzt.

„Ich möchte … ich muß ein Buch herausbringen, das mich im Verlagsgeschäft mit einem Schlag bekannt macht als jemand, der erfolgreiche Bücher machen kann. Es muß etwas Außergewöhnliches sein. Und jetzt … habe ich es gefunden."

„Aber", sagte ich leicht verdattert, „Lambourn ist doch nichts Neues. Und außerdem bringt Ihr Chef doch das Buch heraus."

„Das doch nicht, Sie Dummkopf. Das hier." Sie legte die Hand auf den Ordner mit der Aufschrift „Jockeydasein". „Wenn man diese Bilder richtig arrangiert … eine bestimmte Lebensform damit vorführt … eine Art Autobiographie mit soziologischem Begleittext … Auch die Art und Weise, wie dieser Wirtschaftszweig funktioniert …, das kann ein Knüller werden. Sie haben doch bisher nichts davon veröffentlicht, oder?"

Ich schüttelte den Kopf. „Nein, nirgends. Hab's nie versucht."

„Sie sind komisch. Haben dieses Talent und machen keinen Gebrauch davon."

„Fotografieren tut doch jeder."

„Sicher. Aber nicht jeder macht Fotoserien, die ein ganzes Milieu widerspiegeln. Die schwere Arbeit, die Hingabe, das schlechte Wetter, das tägliche Einerlei, die Triumphe, die Quälerei … Sehen Sie hier", sagte sie und zog das letzte Foto aus dem Ordner. „Ein Mann, der einem Jungen die Stiefel von den Füßen zieht. Der Junge hat eine gebrochene Schulter. Man sieht ganz genau, daß der Mann es so vorsichtig wie möglich macht. Man sieht auch, daß es weh tut. Man sieht überhaupt alles." Sie legte das Bild an seinen Platz zurück und sagte ganz ernsthaft: „Versprechen Sie mir, daß Sie nicht gleich losgehen und diese Bilder an jemand anderen verkaufen?"

„Natürlich", sagte ich.

„Und erzählen Sie meinem Chef nichts davon. Das soll mein Buch werden, nicht seins. Sie haben vielleicht keinen Ehrgeiz. Ich schon."

Sie drückte mir den Ordner in die Hände, und ich verstaute ihn wieder im Schrank. Als ihr Chef zurückkam, bekam er nur die Fotos von Lambourn zu sehen. Er war mehr als zufrieden damit, und kurze Zeit später verabschiedeten sich die beiden und nahmen die Bilder mit.

Ich sagte mir, Clares Optimismus werde sicher bald nachlassen. Dann würde ich einen Entschuldigungsbrief bekommen, in dem stand, daß sie nach reiflicher Überlegung ... Jedenfalls versprach ich mir nichts von der Sache.

Ich fuhr nach Swindon und holte die Filme ab, die ich dort zum Entwickeln gegeben hatte. Den Rest des Freitags verbrachte ich damit, meine Aufnahmen von Lance Kinship und seinem Team zu vergrößern. Am Abend beschriftete ich die Vergrößerungen. Ich kam mir ziemlich albern vor, als ich die Worte hinzusetzte: „Copyright Philip Nore". Aber ich hatte so ein Gefühl, als ob Charlie mir mahnend über die Schulter blickte: „Das ist deine Arbeit – sie muß deinen Namen tragen."

Arbeit. Schon das Wort verschaffte mir ein ungutes Gefühl. Es war das erste Mal, daß ich es für meine Knipserei benutzte.

Unsinn, dachte ich. Ich bin Jockey.

Samstag morgen um zehn rief Harold an. Ich rechnete damit, daß er mir sagen würde, ich solle mich krank melden. Statt dessen legte er los: „Geht's dir gut? Hoffentlich. Ich habe Victor alles Wort für Wort erzählt. Ich habe ihm klargemacht, daß du dir für ihn den Hintern wund reiten würdest, solange es ums Gewinnen geht. Und was denkst du, hat er geantwortet? ,Sag diesem Dummkopf, daß ich genau das von ihm erwarte.'"

„Soll das heißen ..."

„Das soll heißen", bellte Harold, „er hat sich's anders überlegt. Du kannst auf Chainmail gewinnen, wenn du's schaffst. Das würde ich dir sogar dringend empfehlen. Wir sehen uns in Ascot." Er knallte den Hörer auf die Gabel.

Es sah ganz so aus, als habe Harold Victor versprochen, daß Chainmail auf jeden Fall gewinnen würde. Wenn das so war, dann saß ich vielleicht tiefer in der Tinte als je zuvor.

In Ascot gingen Gerüchte um, es stünden umwälzende Neuerungen im Rennbetrieb bevor.

Im Umkleideraum fragte jemand: „Stimmt es, daß der Jockeyclub ein Komitee für die Anstellung bezahlter Rennkommissare gebildet hat? Daß das keine ehrenamtliche Tätigkeit mehr sein soll?"

„Lord White soll dem Plan zugestimmt haben", berichtete ein anderer, „und Ivor den Relgan soll Vorsitzender werden."

Ich wandte mich ihm zu. „Das bedeutet, den Relgan ist mit einem Schlag einer der mächtigsten Männer in der Branche, oder?"

Er zuckte die Achseln. „Ich weiß nicht, ob es wirklich stimmt. Einer der Reporter hat es eben erzählt."

An diesem Nachmittag konnte man förmlich sehen, wie das Gerücht sich ausbreitete und die unangenehme Überraschung die Runde machte.

Die einzigen, die überhaupt nicht davon betroffen zu sein schienen, waren Lord White, Lady White, Ivor den Relgan und Dana den Relgan.

Sie standen in der schwachen Novembersonne an der Bahn; die Frauen waren beide in Nerz gehüllt. Lady White sah verstimmt, ja unglücklich aus. Dana den Relgan, ein Bild jugendlicher Lebensfreude, lachte und scherzte augenzwinkernd mit Lord White, der sich in ihrem Lächeln sonnte und seine Jahre abzuwerfen schien wie eine Schlange ihre Haut. Ivor den Relgan zeigte der Welt ein selbstgefälliges Lächeln und fuchtelte wichtigtuerisch mit seiner Zigarre herum, als gehöre ihm ganz Ascot.

Harold tauchte neben mir auf.

„Dschingis-Khan", sagte er bissig, „schickt sich an, die Weltherrschaft zu übernehmen. Weißt du, was passieren wird? Sie geben den Relgan die Vollmacht, sich die Rennkommissare auszusuchen, und der Club bezahlt sie dann. Einfach unglaublich. Der alte Schneekönig ist so vernarrt in das Mädchen, daß ihr Vater alles von ihm bekommen wird, was er will."

„Scheint Ihnen ja mächtig viel auszumachen", sagte ich verwundert.

„Natürlich tut es das. Hindernisrennen ist ein toller Sport und im Augenblick noch frei und unabhängig. Diese Freiheit wird ehrenamtlich von Aristokraten garantiert, die nicht für Geld, sondern aus Liebe zur Sache arbeiten. Wenn den Relgan bezahlte Rennkommissare einstellt, was glaubst du wohl, für wen die arbeiten? Für uns? Für den Rennsport? Oder für Ivor den Relgan?"

Wir beobachteten die Gruppe. Lord White faßte Dana ununterbro-chen an – am Arm, an der Schulter, an der Wange. Ihr Vater lächelte nachsichtig dazu, während sich die arme Lady White immer mehr in ihren Nerz verkroch.

„Irgendwer", knurrte Harold grimmig, „muß dem ein Ende machen."

Ich wandte mich bekümmert ab und sah Lance Kinship langsam auf mich zukommen. Sein Blick flackerte nervös, und er sah immer wieder von mir zu den Relgan hinüber. Offenbar wollte er mit mir sprechen, ohne von ihm gesehen zu werden.

„Ich habe die Bilder im Wagen", sagte ich zu ihm.

„Gut, gut. Sie können sie mir nach dem letzten Rennen geben. Ich möchte mit der jungen Dame sprechen." Er blickte zu Dana hinüber. „Können Sie ihr etwas ausrichten? Ohne daß der Mann da es hört?"

„Ich kann's versuchen", willigte ich ein.

„Gut. Sagen Sie ihr, sie soll nach dem dritten Rennen zu den privaten Pferdeboxen kommen." Er gab mir die Nummer einer Box.

Ich nickte, und er machte sich davon. Er hatte sich als feiner Herr aus dem Landadel gekleidet – Tweedanzug, brauner Filzhut, kariertes Hemd. Ein schwerer Mißgriff waren allerdings die hellgrünen Socken, die er dazu trug und die das Bild des blaublütigen Gentlemans empfindlich störten.

Eine erbärmliche Existenz, dachte ich. Will unbedingt zur Spitzen-klasse gehören und handelt dafür mit weißem Pulver in kleinen Päckchen.

Ich blickte von ihm zu den Relgan. Der benutzte seine Tochter Dana für ähnliche Zwecke. Trotzdem hatte Ivor den Relgan nichts Erbärmliches. Er war ein machtgieriger und egoistischer Typ, der über Leichen ging. Ich trat auf ihn zu und bedankte mich noch einmal in einschmeichelndem Ton für die Silbertrophäen, die er in Kempton verteilt hatte. „Ich bin sehr stolz", begann ich, „diesen silbernen Sattel zu besitzen."

„Freut mich", antwortete er knapp. Sein Blick streifte mich ohne das geringste Interesse. „Meine Tochter hat ihn ausgesucht."

„Erstklassiger Geschmack", bemerkte Lord White zärtlich.

Dann wandte ich mich direkt an Dana: „Ist das ein Einzelstück, oder gibt es noch mehr davon?" Ich trat ein, zwei Schritte beiseite, so daß sie, um mir zu antworten, sich von den Männern abwenden mußte. Noch bevor sie mir mitgeteilt hatte, daß sie nur diesen einen gesehen habe, flüsterte ich ihr zu: „Lance Kinship ist hier und möchte Sie sehen."

„Oh." Sie warf einen raschen Blick auf die beiden Männer. „Wo?"

„Nach dem dritten Rennen in einer Privatbox." Ich gab ihr die Nummer und verzog mich.

Daylight war beim dritten Rennen dran, Chainmail beim vierten. Ich wollte gerade zum Start im dritten Rennen reiten, als ich von einer freundlichen Dame aufgehalten wurde, in der ich zu meiner großen Überraschung Mrs. Millace erkannte. Von dem fürchterlichen Zustand, in dem sich ihr Gesicht befunden hatte, war nichts mehr zu erkennen. Sie war zwar bleich und sah noch etwas krank aus, aber die Wunden waren verheilt.

„Sie sehen fabelhaft aus", staunte ich.

„Man hat mir versprochen, daß keine Narben zurückbleiben", sagte sie, „und so ist es auch. Kann ich Sie sprechen?"

„Wie wär's nach dem vierten Rennen? Wenn ich mich umgezogen habe?"

Sie nannte den Namen einer Bar auf den Tribünen, und wir verabredeten uns dort. Am Führring warteten Harold und Victor Briggs schon auf mich. Wir wechselten kein Wort. Alles Wichtige war bereits gesagt worden.

Während ich auf Daylight endgültig zum Start trabte, dachte ich über ein Wort nach, das mir sonst nicht viel Kopfzerbrechen bereitete: Mut.

Ein Pferd im vollen Galopp über ein Hindernis zu bringen war für mich das Natürlichste von der Welt. Es machte mir Spaß. Über meine Sicherheit machte ich mir einfach keine Gedanken. Ich war allerdings auch nie so leichtsinnig wie Steve Millace. Der warf einfach sein Herz über die Hürde und hetzte das Pferd hinterher. Diese Art zu reiten erwartete Victor Briggs heute auch von mir. Und zwar gleich zweimal hintereinander.

Daylight und ich gaben eine Vorstellung, die überhaupt nicht zu uns beiden paßte, indem wir uns mehr aufs Glück als auf unseren Rennverstand verließen. Daylight war in der Lage, die Entfernung zu einem Hindernis abzuschätzen und seine Bewegung entsprechend einzurichten. Doch von meiner Hast angesteckt, setzte er einfach zum Sprung an, sobald das Hindernis vor ihm auftauchte. Dreimal touchierte er die oberste Latte ziemlich heftig. Über das letzte Hindernis flog er hinweg, als sei es nur ein Schatten am Boden. Aber wir gewannen das Rennen trotz unserer Gewaltanstrengung nicht. Ein stärkeres, schnelleres und besser trainiertes Pferd verwies uns mit drei Längen auf den zweiten Platz.

Als ich im Absattelring die Riemen löste, keuchte Daylight heftig, seine Hufe stampften den Boden. Er war in einem schweren Erregungszustand. Victor Briggs sah zu, ohne eine Miene zu verziehen.

„Tut mir leid“, sagte ich zu Harold, der mich zum Umkleideraum begleitete.

Er grunzte bloß und meinte dann: „Bring dich auf Chainmail nicht um. Du würdest damit lediglich beweisen, daß du ein Riesentrottel bist.“ Doch er hielt mich auch nicht an, meinen Reitstil zu ändern. Vermutlich sah auch er es lieber, wenn Victor Briggs’ Pferde faire Rennen liefen, auch wenn es nicht ohne Schinderei abging.

Mit Chainmail freilich sah die Sache anders aus. Das vierjährige

Springpferd war ziemlich labil. Was ich mit ihm trieb, kam der
Anstiftung eines Minderjährigen zum Straßenraub gleich. Er kämpfte
schwer und flog nur so dahin. Ohne Sinn und Verstand trieb ich ihn
bis zur äußersten Grenze seiner Leistungsfähigkeit. Ich ritt hem-
mungslos für Victor Briggs, als ginge es um mein Leben.

Aber es reichte nicht. Chainmail wurde nur Dritter.

Wieder sah Victor Briggs mit ausdrucksloser Miene zu, als ich
seinem stampfenden, sich aufbäumenden, erregten Pferd den Sattel
abnahm. Ich zurrte die Gurte am Sattel fest und blieb einen
Augenblick direkt vor ihm stehen. Wir sprachen beide kein Wort,
während wir uns ausdruckslos anstarrten. Ich hätte zwei Siege
gebraucht, um meinen Job zu retten, und ich hatte nicht einen einzigen
geschafft. Kühnheit genügte nicht. Victor wollte Siege sehen. Wenn
man allerdings keine Siege garantieren konnte, dann hatte man
wenigstens ein sicherer Verlierer zu sein. Genau wie vor drei Jahren.
Aber damals war ich noch jung, unbekümmert und naiv gewesen.
Jetzt hing mir alles zum Hals heraus. Ich ging mich umziehen und
dann zu meiner Verabredung mit Mrs. Millace.

ALS ich die Bar betrat, fand ich sie in Gesellschaft. Sie unterhielt sich angeregt mit einer anderen Dame, in der ich zu meiner Überraschung Lady White erkannte.

„Ich komme später wieder", erklärte ich und wollte mich zurückziehen.

„Nein, nein", sagte Lady White und stand auf. „Ich weiß, daß Marie unbedingt mit Ihnen sprechen will." Die beiden Frauen umarmten sich, und Lady White verließ die Bar – eine schmale, geschlagene Dame, die versuchte, so zu tun, als wisse ihre Umwelt nichts von ihrer Niederlage.

„Wir sind zusammen zur Schule gegangen", erklärte Mrs. Millace. „Ich mag sie sehr gern."

„Wissen Sie Bescheid . . . über . . . "

„Über Dana den Relgan? Ja. Möchten Sie etwas trinken?"

„Ich hole uns was." Ich holte einen Gin Tonic für sie und eine Cola für mich und nahm in dem Sessel Platz, in dem Lady White gesessen hatte.

Die Bar, die in den Farben Grün und Weiß gehalten und mit Bambusmöbeln ausgestattet war, sah sehr einladend aus. Im Augenblick war sie fast leer. Ein idealer Ort für eine private Unterhaltung und außerdem gut geheizt.

Mrs. Millace sagte: „Wendy – Lady White – hat mich eben gefragt, ob ich die Affäre ihres Mannes mit Dana für ein bloßes Strohfeuer halte. Was hätte ich sagen sollen? Ich habe sie beruhigt, es dauere bestimmt nicht lange." Sie schwenkte nachdenklich ihren Drink, daß die Eiswürfel leise klirrten. „Es ist so furchtbar. Wendy hatte gedacht, es sei endlich vorbei."

„Endlich vorbei? Hat es nicht gerade erst angefangen?"

Sie seufzte. „Wendy hat erzählt, daß ihr Mann diesem Mädchen schon vor Monaten auf den Leim gegangen sei. Dann sei das unselige Geschöpf von der Bildfläche verschwunden, und Wendy glaubte, die Verbindung sei abgerissen. Jetzt ist Dana wiederaufgetaucht, unübersehbar, und jedermann weiß Bescheid. Wendy tut mir so leid. Eine scheußliche Geschichte."

„Kennen Sie Dana den Relgan persönlich?" fragte ich.

„Nein, überhaupt nicht. George hat sie wohl gekannt. Als wir letzten Sommer in Saint-Tropez waren, hat er mir erzählt, er hätte sie gesehen. Aber ich bin nicht sicher, ob er sie tatsächlich näher kannte; er hat gelacht, als er von ihr sprach. Na ja, darüber wollte ich eigentlich nicht mit Ihnen reden. Ich wollte mich bei Ihnen bedanken; Sie waren so nett zu mir. Und ich wollte Sie noch einmal wegen der Ausstellung fragen, die Sie vorgeschlagen haben. Vielleicht kann ich aus dem Werk, das George hinterlassen hat, ein bißchen Geld machen. Ich brauche nämlich ... äh ... "

„Das brauchen wir alle", tröstete ich sie. „Aber war George denn nicht versichert?"

„Schon. Aber es reicht nicht zum Leben."

„Hatte er vielleicht", fragte ich vorsichtig, „Ersparnisse auf ... na ja ... auf irgendwelchen Sonderkonten?"

Der freundliche Ausdruck auf ihrem Gesicht verschwand, und sie wurde mißtrauisch. „Stellen Sie mir jetzt die gleichen Fragen wie die Polizei?"

„Mrs. Millace, denken Sie doch an die Einbrüche und an die Brandstiftung."

„Nie hätte George so etwas getan", fuhr sie auf. „Das habe ich Ihnen schon gesagt."

Ich seufzte. Dann wollte ich wissen, welchen Freund George auf dem Rückweg von Doncaster besucht habe.

„Das war kein Freund, nur ein Bekannter namens Lance Kinship. George hat mich damals am Vormittag angerufen und mir Bescheid gegeben, daß er etwas später nach Hause kommen werde. Er müsse noch bei Kinship vorbeischauen. Der wollte, daß George ihn bei der Arbeit fotografiere. Er ist Filmregisseur oder so was Ähnliches. George hat ihn einen egoistischen Giftzwerg genannt, aber er zahle gut. Das waren so ziemlich die letzten Worte, die ich von ihm gehört habe."

Sie schniefte, kramte nach einem Taschentuch und wischte sich die Augen. „Entschuldigen Sie. Das allerletzte, was er zu mir gesagt hat, war, ich solle eine Flasche Ajax-Fensterreiniger kaufen. Verrückt, nicht wahr? Außer ,auf Wiedersehen' waren die letzten Worte, die George zu mir gesprochen hat: ,Kauf bitte eine Flasche Ajax.'" Sie schluckte. „Ich weiß nicht einmal, wozu er das brauchte."

„Mrs. Millace ..." Ich streckte ihr meine Hand entgegen, und sie klammerte sich wieder daran fest wie in der Klinik. Aber ihre

Erregung legte sich schnell, und sie lachte verlegen. Ich erkundigte mich, ob eine Autopsie gemacht worden sei.

„Oh ... wegen Alkohol? Ja, man hat eine Blutprobe gemacht. Er hatte nur ganz wenig, hat man mir gesagt. Er hat bei diesem Kinship nur zwei kleine Whiskys getrunken. Die Polizei wußte von mir, daß George dort vorbeifahren wollte, und hat Kinship vernommen. Kinship hat mir geschrieben, es tue ihm leid. Aber es ist nicht seine Schuld. Bei weiten Fahrten wurde George oft am Steuer müde."

Ich erzählte ihr, daß Lance Kinship mir den Auftrag gegeben hatte, die Fotos zu machen, um die er ursprünglich George gebeten hatte.

„George hat immer gesagt, eines Tages würden Sie loslegen und ihm den Markt verderben", sagte sie mit einem dünnen Lächeln.

Ich versprach, ihr die Adresse einer Agentur zu besorgen, und fragte nach ihrem derzeitigen Aufenthaltsort. Sie wohnte bei Freunden in der Nähe von Steves Wohnung. Wie es danach weitergehen sollte, wußte sie noch nicht. Sie hatte keine Möbel, keinerlei Hausrat. Und was für sie am schlimmsten war: Sie hatte nicht einmal ein Foto von George.

Als ich mich von Mrs. Millace verabschiedete, war eben das fünfte Rennen gelaufen. Ich holte die Fotos für Lance Kinship aus dem Wagen und ging zum Umkleideraum. Vor der Tür stand Jeremy Folk und trat verlegen von einem Bein aufs andere. „Sie werden gleich umkippen", warnte ich ihn.

„Oh." Er hörte auf herumzuzappeln. „Ich dachte –"

„Sie dachten, wenn Sie hier nicht aufkreuzen, dann tue ich am Ende nicht, was Sie von mir verlangen. Vielleicht haben Sie recht."

„Ich bin mit der Bahn gekommen", meinte er daraufhin zufrieden. „Ich dachte, Sie könnten mich vielleicht nach Saint Albans mitnehmen."

„Das werde ich wohl müssen."

Lance Kinship entdeckte mich und kam, um seine Fotos abzuholen. Ich machte ihn mit Jeremy bekannt und erklärte diesem, daß Lance Kinship der Mann war, bei dem George Millace seinen letzten Drink genommen hatte.

Kinship sah uns beide prüfend an; dann schüttelte er traurig den Kopf. „Ein toller Kerl, dieser George", sagte er. „Ein Jammer."

Er zog die Fotos aus dem Umschlag und betrachtete sie mit über den

Brillenrand hochgezogenen Augenbrauen. „Sehr schön", lobte er.
„Sie gefallen mir. Was wollen Sie dafür haben?"

Ich nannte eine astronomische Summe, doch er nickte nur, zog eine
fette Brieftasche heraus und bezahlte auf der Stelle in bar.

„Ich brauche mehr Abzüge", sagte er. „Das Ganze zweimal."

„Noch mal zwei Abzüge von allen Bildern?" fragte ich überrascht.

„Aber ja. Von allen. Sehr hübsch, wirklich. Wollen Sie sehen?" Er
hielt sie Jeremy einladend hin, der sie ebenfalls mit hochgezogenen
Augenbrauen studierte.

„Da sieht man wirklich", sagte Jeremy zu Kinship, „daß Sie ein sehr
berühmter Regisseur sind."

Strahlend packte Kinship die Fotos in den Umschlag und verließ
uns. Bereits nach zehn Schritten zog er sie wieder heraus, um sie
jemand anderem zu zeigen.

„Das sieht nach Vollbeschäftigung für Sie aus", meinte Jeremy.
Während ich noch überlegte, ob er damit recht hatte, fesselte etwas
viel Bemerkenswerteres meine Aufmerksamkeit. Ich sagte zu Jeremy:
„Sehen Sie die beiden Männer, die da drüben miteinander sprechen?
Der eine ist Bart Underfield, ein Trainer aus Lambourn. Und der
andere ist einer der beiden Männer vor dem französischen Café auf
dem Foto, von dem ich Ihnen erzählt habe. Das ist Elgin Yaxley ...
zurück aus Hongkong."

Vor drei Wochen war George verunglückt, vor zwei Wochen war
sein Haus angezündet worden, und jetzt war Elgin Yaxley wieder da.
Die Schlüsse, die ich daraus zog, waren diesmal bestimmt nicht
voreilig: Elgin Yaxley war überzeugt davon, daß das diskriminierende
Foto bei dem Brand verschwunden sei, und Elgin Yaxley fühlte sich,
nach seinem breiten Lächeln zu schließen, völlig sicher.

Jeremy sagte: „Das kann kein Zufall sein. Haben Sie das Foto
noch?"

„Natürlich."

„Ich glaube, ich hatte unrecht", fuhr Jeremy nachdenklich fort, „als
ich Ihnen riet, den Inhalt der Schachtel zu verbrennen."

Ich grinste. „Morgen werde ich mir die blauen Rechtecke mal
vornehmen."

„Wissen Sie schon, wie?"

„Ich hab so eine Idee. Wenn ich die orangefarbenen Negative mit

Blaulicht auf hochempfindliches Schwarzweißpapier vergrößere, dann bekomme ich vielleicht ein Bild."

Jeremy riß verblüfft die Augen auf.

Auf der Fahrt nach Saint Albans berichtete er, was er über das Filmteam herausbekommen hatte.

„Sie haben nur sechs Wochen in Pine Woods Lodge gearbeitet. Ich habe mir vom Makler die Rechnungsbelege zeigen lassen und gefragt, ob er sich an jemanden aus dem Team erinnere, an den ich mich wenden könnte. Er hat mir die Adresse des Regisseurs gegeben. Der arbeitet immer noch fürs Fernsehen und war die Unfreundlichkeit in Person. Er half mir keinen Schritt weiter. ‚Vor dreizehn Jahren?‘ grunzte er unter seinem Riesenschnauzbart hervor. ‚Denken Sie vielleicht, ich kann mich an irgendwelche lausigen sechs Wochen vor dreizehn Jahren erinnern?‘"

„Schade."

„Dann habe ich einen der Darsteller von damals ausfindig gemacht, der augenblicklich in einer Kunsthandlung arbeitet. Es war genau dasselbe. ‚Vor dreizehn Jahren? Junge Frau mit kleinem Kind?‘ Nichts zu machen."

Ich seufzte. „Wie lange wohnten denn die Musiker dort?"

„Drei Monate etwa."

„Und nach ihnen?"

„Die Sektierer." Er schnitt eine Grimasse. „Es ist so schrecklich lange her."

„Versuchen wir was anderes", schlug ich vor. „Wir veröffentlichen Amandas Foto in der Zeitschrift *Pferd und Hund* und fragen die Leser, ob jemand den Stall identifizieren kann. Den gibt es doch wahrscheinlich noch."

Er seufzte. „Na schön. Aber ich sehe schon kommen, daß diese Suche uns mehr kostet, als die ganze Erbschaft einbringt."

Als wir das Pflegeheim in Saint Albans erreicht hatten, setzte Jeremy sich mit einer Illustrierten ins Wartezimmer. Ich ging nach oben zu der sterbenden alten Frau. Sie saß, von Kissen gestützt, aufrecht im Bett und sah mir starr entgegen, als ich ins Zimmer trat. Das harte, scharfe Antlitz war immer noch von zähem Leben erfüllt, die Augen blickten unverändert böse. Sie begrüßte mich nicht, sondern fragte nur: „Hast du sie gefunden?"

„Nein."

Sie preßte die Lippen zusammen. „Versuchst du es?"

„Hör zu, ich habe eine ganze Menge Zeit damit verbracht, aber ich habe in meinem Leben auch noch anderes zu tun." Ich setzte mich in einen Sessel. „Deinen Sohn habe ich übrigens auch besucht", sagte ich.

Wut und Abscheu malten sich auf ihrem Gesicht – und überraschenderweise auch eine tiefe Enttäuschung.

„Ist es dir so wichtig", fragte ich, „in deiner Nachkommenschaft weiterzuleben?"

„Sonst ist der Tod sinnlos."

Ich dachte daran, wie sinnlos das Leben war, aber ich hielt den Mund. Eines Tages wacht man auf, man lebt, man strampelt sich ab und stirbt.

Vielleicht hatte sie recht – vielleicht lag der Sinn des Lebens nur darin, das Leben selbst durch Generationen fortzupflanzen. „Ob dir's paßt oder nicht", sagte ich, „dein Erbgut lebt auch in mir und pflanzt sich vielleicht durch mich noch fort."

Diese Vorstellung gefiel ihr aber nicht. Ihr Gesicht wurde noch starrer. „Der junge Rechtsanwalt meint, ich soll dir sagen, wer dein Vater war."

Ich konnte mich nicht mehr beherrschen und sprang auf. Obwohl ich gekommen war, um es zu erfahren, wollte ich jetzt nichts mehr davon hören.

„Hast du Angst davor?" fragte sie voll Verachtung und grinste höhnisch.

Unfähig zu antworten, stand ich da. Ich wollte es wissen und auch wieder nicht, ich hatte Angst und hatte auch wieder keine. Ich war vollkommen durcheinander.

„Ich habe deinen Vater schon gehaßt, als du noch gar nicht auf der Welt warst", sagte sie bitter. „Sogar jetzt noch kann ich deinen Anblick kaum ertragen, denn du siehst ihm ähnlich. Schmal ... und sportlich ... und du hast dieselben Augen."

Ich schluckte und wartete wie benommen ab, was jetzt kommen würde.

„Ich liebte ihn." Die Worte brachen aus ihr hervor. „Ganz vernarrt war ich in ihn. Er war dreißig und ich vierundvierzig. Seit fünf Jahren war ich Witwe. Ich war einsam. Wir wollten heiraten."

Sie hielt inne. Mehr brauchte sie nicht zu sagen, den Rest konnte ich
mir denken. Ihr jahrelanger Haß auf mich – endlich war er erklärt. Es
war so einfach . . . und so leicht zu verzeihen.

Ich holte tief Luft. „Und wie . . . hieß er?"

Sie starrte mich an. „Das werde ich dir nicht sagen. Ich will nicht,
daß du ihn ausfindig machst. Er hat mein Leben zerstört. Er hat meine
siebzehnjährige Tochter unter meinem eigenen Dach verführt und
war nur hinter meinem Geld her. So einer war dein Vater. Ich tue dir
einen einzigen Gefallen – ich verschweige dir seinen Namen."

Ich nickte. „Es tut mir leid", sagte ich unbeholfen.

Ihr Blick verfinsterte sich noch. „Du mußt Amanda für mich
finden." Sie schloß die Augen. „Ich kann dich nicht mehr sehen",
sagte sie. „Geh jetzt."

„UND?" fragte Jeremy, als ich wieder herunterkam.

Ich berichtete kurz, was sie gesagt hatte. Er reagierte genauso wie
ich. „Arme alte Frau."

„Ich könnte einen Drink gebrauchen", sagte ich.

SIEBTES KAPITEL

FARBFOTOS sollen normalerweise so natürlich wie möglich aussehen,
und das ist keineswegs so leicht zu bewerkstelligen, wie es sich anhört.
Zunächst einmal variieren die Farben von Hersteller zu Hersteller, und
jeder Film und jede Sorte Fotopapier bringt andere Resultate hervor.
Das liegt daran, daß die vier hauchzarten Schichten lichtempfindlicher
Emulsion auf dem Fotopapier nicht in jeder Packung vollständig
gleich sind. Mit diesen Emulsionen verhält es sich ähnlich wie mit
Stoffarben: Es ist fast unmöglich, zwei Stücke Stoff in zwei
verschiedenen Lösungen vollständig gleich zu färben.

Damit nun alle Farben trotzdem möglichst natürlich wirken,
benutzt man Farbfilter – farbige Glas- oder Plastikscheiben, die man
zwischen die Lampe des Vergrößerungsapparates und das Negativ
schiebt. Stimmt die Filtermischung, dann stimmt auch das Endresul-
tat: Blaue Augen sehen auf dem Foto blau aus und kirschrote Lippen
kirschrot.

Mein Vergrößerungsgerät besaß drei Filter in den üblichen Farben, die den drei Farbschichten der Filmnegative entsprachen: Gelb, Magenta (Purpur) und Cyan (Blau). Mit dem Gelb- und dem Magentafilter ließen sich zum Beispiel natürliche Hautfarben bei einer Porträtaufnahme erzielen, wenn man jedes Filter eine bestimmte Zeit lang und im richtigen Verhältnis zum anderen einsetzte.

Die Kunst bestand im richtigen Dosieren. Schickte man das Licht durch beide Filter eine gleich lange Zeit hindurch, dann kam ein kräftiges Blau heraus.

An diesem schicksalhaften Sonntag morgen ging ich also in meine Dunkelkammer und setzte meinen Vergrößerungsapparat in Betrieb. Ich schob die Filter in den Gerätekopf, und zwar in einer Kombination, die normalerweise unsinnig war – eben volles Cyan und volles Magenta zusammen, was ein kräftiges Blau erzeugen mußte.

Schwarzweißfotopapier ist für blaues Licht empfindlich. Meine Überlegung war: Ein Abzug der scheinbar unbelichteten Negative auf Schwarzweißpapier mit starker Blaufilterung würde den Blauanteil der Negative absorbieren und den Kontrast zwischen der Gelbschicht und der orangefarbenen Maske darüber verstärken – mit anderen Worten: das Bild hervortreten lassen.

Ich vermutete, daß das, was unter der orangefarbenen Abdeckung verborgen war, auf keinen Fall schwarzweiß war, denn dann hätte es trotz des Blaus sichtbar sein müssen. Das, wonach ich suchte, mußte grau sein.

Ich bereitete alles vor: Entwickler, Stoppbad, Fixierbad. Dann legte ich die sechsunddreißig Negative, die keine Flecken aufwiesen, in den Kontaktrahmen ein, um davon Kontaktabzüge herzustellen.

Das größte Problem war die richtige Belichtungszeit, denn durch die starke Blaufilterung war das Licht, das zu den Negativen drang, wesentlich schwächer als gewöhnlich. Sechsmal war meine Arbeit umsonst und das Resultat unbrauchbar. Die Kontaktabzüge waren alle gleichförmig grau bis schwarz; die Negative wollten ihr Geheimnis nicht preisgeben, was ich auch anstellte.

Schließlich verkürzte ich in meiner Verärgerung die Belichtungsdauer radikal. Das Ergebnis war ein nahezu weißer Abzug.

Wieder enttäuscht, tauchte ich das Blatt in das Stoppbad, fixierte es, wässerte es und knipste das helle Licht an. Die Bildnumerierung war

schwach zu erkennen, und fünf der kleinen Rechtecke, die unregelmä-
ßig unter den sechsunddreißig auf dem Blatt verstreut waren,
enthielten graue geometrische Figuren. Ich war auf dem richtigen
Weg.

Ich mußte lächeln. George hatte eine echte Rätselaufgabe gestellt,
und ich war der Lösung ganz nahe.

Nachdem ich mir die fünf Bildnummern notiert hatte, machte ich
der Reihe nach von jedem eine Vergrößerung auf 20-mal-25-
Zentimeter-Papier. Ein paarmal verschätzte ich mich in der Belichtungszeit und bekam nur undeutliche, dunkelgraue Abzüge, doch
endlich entwickelte sich ein erkennbares Bild – graue Zeichen auf
weißem Grund. Ich nahm den Abzug mit in die Küche. Er war zwar
noch naß, aber ich konnte genau sehen, was darauf war: ein Brief, der
mit einem alten abgenutzten Farbband auf weißes Papier getippt
worden war. Er trug kein Datum, war nicht mit der Hand unterschrieben und lautete:

> Sehr geehrter Mr. Morton,
> ich nehme an, die beiden beiliegenden Fotografien werden Sie interes-
> sieren. Die eine zeigt, wie Sie unschwer sehen können, Ihr Pferd Amber
> Globe beim Rennen in Southwell am Montag, dem 12. Mai, weit im
> Hintertreffen. Die zweite zeigt Ihr Pferd Amber Globe, wie es beim
> Rennen in Fontwell am Mittwoch, dem 27. August, als erstes durchs
> Ziel geht.
>
> Wenn Sie sich die Fotos genau ansehen, dann werden Sie feststellen,
> daß es sich nicht um dasselbe Pferd handelt. Die Pferde sind ähnlich, aber
> nicht identisch.
>
> Ich bin sicher, daß dieser Unterschied für den Jockeyclub von großem
> Interesse sein könnte.
>
> Ich werde Sie aber in Kürze anrufen, um Ihnen einen anderen
> Vorschlag zu machen.
>
> Hochachtungsvoll
George Millace

Ich las diesen Brief sechsmal. Mir war, als blicke ich in einen
Abgrund. Die geometrischen Muster auf den anderen vier Negativen
würden sich sicher auch als Briefe entpuppen. Was ich entdeckt hatte,
war nichts anderes als Georges höchst eigenwillig angelegte Geheim-
kartei. Wenn ich die anderen Briefe ebenfalls vergrößerte und las,

dann stand mir eine schwere moralische Entscheidung bevor: Was sollte – oder mußte – ich tun?

Um diese Entscheidung noch etwas hinauszuzögern, ging ich ins Wohnzimmer hinauf und las in den Rennberichten alles über Amber Globe nach. Das Pferd war im allgemeinen nicht besonders gut gelaufen, hatte dann aber auf einmal mühelos gesiegt – und zwar bei sehr hohen Quoten. Das hatte sich durchschnittlich zweimal pro Saison wiederholt. Amber Globes letzter Sieg fiel auf den 27. August vor vier Jahren. Seitdem war das Pferd bei keinem Rennen mehr aufgetaucht.

Der ehrenwerte Mr. Morton und sein Trainer hatten zwei Pferde unter dem Namen Amber Globe laufen lassen. Das bessere war immer bei den großen Rennen in Erscheinung getreten, nachdem das schlechtere die Quoten in die Höhe getrieben hatte. Die Frage, wie George das herausbekommen hatte, war nicht zu beantworten, denn die fraglichen Fotos hatte ich ja nicht gefunden.

Ich starrte eine Zeitlang aus dem Fenster auf die Hügelkette hinaus und hoffte vergeblich auf eine Eingebung, wie ich mich als Mitwisser vor der Verantwortung drücken könnte.

Ich sah keinen Ausweg.

Verwirrt und beunruhigt ging ich schließlich in die Dunkelkammer zurück, um die anderen vier Vergrößerungen zu machen. Ich las die fotografierten Briefe in der Küche. Sie zeigten George, wie er wirklich gewesen war: hinterhältig und gerissen. ·

Der zweite Brief lautete:

Sehr geehrter Mr. Ford,
ich nehme an, der beiliegende Satz Fotos wird Sie interessieren. Er beweist, daß Sie in Ihrem Trainingsstall einen Mann beschäftigen, der disqualifiziert worden ist. Ich muß Sie sicher nicht darauf aufmerksam machen, daß die Rennleitung eine fortgesetzte Verbindung solcher Art aufs schärfste mißbilligen, vielleicht sogar einen Entzug Ihrer Trainerlizenz erwägen würde.

Ich könnte natürlich Abzüge dieser Fotos an den Jockeyclub schicken. Ich werde Sie aber in Kürze anrufen, um Ihnen einen anderen Vorschlag zu machen.

Hochachtungsvoll
George Millace

Bonnington Ford war ein drittklassiger Trainer und so ehrbar und vertrauenswürdig wie ein Taschendieb. Auch in diesem Fall hatte ich die dazugehörigen Fotos nicht gefunden und konnte nichts unternehmen, selbst wenn ich es gewollt hätte.

Bei den letzten drei Briefen lag die Sache anders. Der erste davon lautete:

> Sehr geehrter Mr. Yaxley,
> ich nehme an, das beiliegende Foto wird Sie interessieren. Wie Sie sehen, widerspricht es eindeutig einer Aussage, die Sie neulich unter Eid in einem gewissen Prozeß gemacht haben.
>
> Ich bin sicher, daß auch der Jockeyclub sich sehr für dieses Foto interessieren würde, ebenso die Polizei, der Richter und die Versicherungsgesellschaft. Ich werde Sie aber in Kürze anrufen, um Ihnen einen anderen Vorschlag zu machen.
>
> > Hochachtungsvoll
> > George Millace

Der nächste Brief schlug dem Faß den Boden aus:

> Sehr geehrter Mr. Yaxley,
> seit meinem gestrigen Brief haben sich neue Gesichtspunkte ergeben. Ich habe den Bauern besucht, auf dessen Hof Sie Ihre armen Rennpferde untergebracht haben, und habe ihm unter dem Siegel der Verschwiegenheit eine Kopie des Fotos gezeigt, das ich Ihnen geschickt habe. Ich habe angedeutet, das Gericht werde die Sache vielleicht noch einmal aufgreifen und seinen eigenen Anteil an der Tragödie unter die Lupe nehmen.
>
> Ich versicherte ihm jedoch, daß ich schweigen werde, und er belohnte mich mit der erfreulichen Information, daß Ihre fünf guten Pferde keineswegs tot sind. Die fünf Pferde, die erschossen wurden, sind dafür eigens von Ihrem bäuerlichen Freund billig ersteigert worden. Diese Pferde wurden von Terence O'Tree pünktlich wie verabredet erschossen. Terence O'Tree wußte nichts von diesem Austausch.
>
> Ihr bäuerlicher Freund hat auch bestätigt, daß Sie selbst auf seinem Hof erschienen sind, um den Abtransport der wertvollen Pferde zu überwachen. Ihr Freund hat Sie dahin gehend verstanden, daß die Tiere in den Fernen Osten verschifft werden sollten, wo ein Käufer auf sie wartete.

Ich lege ein Foto seiner von ihm signierten Bestätigung dieser Abmachung bei. Ich werde Sie in Kürze anrufen, um Ihnen einen Vorschlag zu machen.

Hochachtungsvoll
George Millace

Der letzte Brief war mit Bleistift geschrieben:

Sehr geehrter Mr. Yaxley,
ich habe die fünf Pferde gekauft, die T. O'Tree erschossen hat. Ihre eigenen Pferde haben Sie abgeholt, um sie in den Fernen Osten zu exportieren. Ich habe über die Bezahlung hinaus, die Sie mir für diesen Dienst angeboten haben, keine weiteren Forderungen an Sie.

Mit vorzüglicher Hochachtung
David Parker

Ich dachte an Elgin Yaxley, wie ich ihn neulich in Ascot gesehen hatte: selbstgefällig lächelnd und sich in Sicherheit wiegend. Alles mögliche ging mir durch den Kopf – Recht und Unrecht, Gerechtigkeit … Elgin Yaxley war das Opfer von George Millace … die Versicherungsgesellschaft war das Opfer von Elgin Yaxley. Ich wußte nicht, was ich tun sollte.

Nach einer Weile ging ich wieder in die Dunkelkammer. Diesmal nahm ich alle Negative mit Magentaflecken und machte Kontaktabzüge davon. – Auf dem knapp belichteten hellen Blatt waren fünfzehn kleine graue Rechtecke zu sehen. Schaudernd löschte ich das Licht, verließ das Haus, schloß die Tür ab und ging die Straße hinauf zu meiner Besprechung mit Harold.

„PASS doch auf", sagte Harold scharf. „Was ist denn mit dir los? Ich rede mit dir über Coral Key, den du am Mittwoch in Kempton reiten sollst, und du hörst überhaupt nicht zu."

Ich versuchte, mich auf das Thema zu konzentrieren.

„Coral Key", wiederholte ich. „Der gehört Victor Briggs. Hat sich Victor irgendwie über die gestrigen Rennen geäußert?"

Harold schüttelte den Kopf. „Solange er mir nicht ausdrücklich sagt, daß du die Finger von seinen Pferden lassen sollst, solange hältst du noch die Zügel in der Hand."

Ich ging wieder in mein stilles Haus zurück und machte Vergrößerungen von den fünfzehn Negativen mit Magentaspritzern. Zu meiner Erleichterung enthielten nicht alle Drohbriefe – nur die ersten zwei.

Ich hatte damit gerechnet, einen Brief zu finden, der etwas mit dem Liebespaar zu tun hatte, und ich hatte mich nicht getäuscht. Es war der zweite Brief, und nachdem ich mich von der ersten Überraschung erholt hatte, begann ich lauthals zu lachen, bis ich keine Luft mehr bekam. Ich war jetzt wieder besserer Laune und sah den kommenden Enthüllungen gefaßter entgegen.

Die letzten dreizehn Negative enthielten Georges Notizen darüber, wann und wo er die diskriminierenden Fotos geschossen hatte, und über das Absendedatum der Erpresserbriefe. Diese Art von Notizbuch war ihm wohl am sichersten erschienen. Ich las alles mit großem Interesse, fand aber leider keinen Hinweis darauf, wie seine „anderen Vorschläge" ausgesehen hatten. Es war nicht zu erfahren, wieviel Geld George herausgeschlagen und wo er es versteckt hatte.

Ich ging spät ins Bett und konnte lange nicht einschlafen. Am nächsten Morgen hängte ich mich ans Telefon. Erst rief ich den Herausgeber der Zeitschrift *Pferd und Hund* an, den ich persönlich kannte, und bat ihn, Amandas Foto in der nächsten Ausgabe abzudrucken. Die Sache sei sehr wichtig und die Zeit knapp. Er versprach es mir, wenn ich das Foto noch am Vormittag im Redaktionsbüro abgeben würde.

Dann rief ich Lord White in seinem Haus in den Cotswold Hills an.

„Eine Unterredung?" fragte er. „Worum handelt es sich?"

„Um George Millace, Sir."

„Meinen Sie den Fotografen, der vor kurzem gestorben ist?"

„Ja, Sir. Seine Frau ist mit Ihrer Frau befreundet."

„Gewiß, gewiß", sagte er ungeduldig, und obwohl er nicht übermäßig begeistert war, gab er mir einen Termin für den nächsten Tag.

Dann rief ich Samantha an und lud sie und Clare zum Abendessen ein. Sie schien sich über die Einladung zu freuen, aber sie selbst hatte schon etwas vor. „Clare kann bestimmt. Sie kommt gern."

„Wirklich?"

„Aber ja, Sie komischer Kerl. Um wieviel Uhr?"

Ich sagte, ich würde sie um acht Uhr abholen. Samantha versprach, es auszurichten, und erkundigte sich, wie die Suche nach Amanda verliefe. Es entwickelte sich ein langes Gespräch. Mir war, als kenne ich sie schon mein Leben lang. Und gewissermaßen war es ja auch so.

Dann fuhr ich nach London in die Redaktion von *Pferd und Hund* und lieferte Amandas Foto ab. Der Begleittext sollte lauten: „Wo befindet sich dieser Stall? Philip Nore verspricht demjenigen zehn Pfund Belohnung, der sich als erster mit der richtigen Adresse meldet – besonders wenn es ein Kind ist."

„Kind?" fragte der Herausgeber und schrieb meine Telefonnummer dazu. „Wird diese Zeitschrift von Kindern gelesen?"

„Von ihren Müttern."

„Scheint ja eine delikate Sache zu sein", murmelte er.

SAMANTHA war schon ausgegangen, als ich Clare abholte.

„Kommen Sie rein und trinken Sie was", begrüßte mich Clare, als sie die Tür aufmachte. „Scheußliches Wetter heute abend."

Ich trat aus dem kalten Novemberwind ins Haus, und sie führte mich in ein langgestrecktes, gemütliches Wohnzimmer.

„Erinnern Sie sich an dieses Zimmer?"

Ich schüttelte den Kopf.

„Wo ist das Bad?" fragte sie. Ich antwortete sofort: „Oben rechts. Blaue Badewanne."

Sie lachte. „Direkt aus dem Unterbewußtsein." Sie reichte mir ein Glas Wein, und wir setzten uns in die mit hellem Samt bezogenen Sessel. Sie trug ein scharlachrotes Seidenhemd und schwarze Hosen und hob sich prachtvoll von den gedämpften Farben des Zimmers ab.

„Ich habe Sie am Samstag reiten sehen", sagte sie. „Im Fernsehen. Sie sind schrecklich leichtsinnig. Was passiert, wenn Sie bei einem dieser Stürze wirklich mal was abkriegen?"

„Dann wird es schwierig. Wer nicht reitet, verdient kein Geld."

„Was passiert, wenn Sie tödlich verunglücken?"

Ich lächelte. „Das Risiko ist nicht so groß, wie Sie denken. Aber wenn man wirklich Pech hat, dann gibt es immer noch die Jockey-Unterstützungskasse."

„Was ist das?"

„Eine private Stiftung der Rennwirtschaft. Sie sorgt für die Witwen und Waisen tödlich verunglückter Jockeys und hilft den schwerverletzten, die am Leben geblieben sind."

Etwas später gingen wir aus und aßen in einem kleinen Restaurant,
das im Stil einer französischen Bauernküche eingerichtet war –
gescheuerte Holztische, Bastteppiche und tropfende Kerzen in Weinflaschen.

Während des Essens kam Clare wieder auf meine Fotos zu sprechen.
Sie wollte noch einmal nach Lambourn kommen, um sich die Mappe
mit den Bildern aus dem Jockeydasein genauer anzusehen. „Sie
haben bestimmt bisher nichts davon verkauft? Sie haben es mir versprochen."

„Nein, davon nicht." Ich erzählte ihr von Lance Kinship und wie
seltsam es mir vorkam, daß man auf einmal meine Fotos kaufen
wollte.

„Es spricht sich herum", sagte sie. Sie trank ihren Kaffee aus und
lehnte sich in ihrem Stuhl zurück. Sie schien nachzudenken. „Sie
brauchen einen Agenten."

Ich versuchte ihr zu erklären, daß ich für Mrs. Millace sowieso einen
auftreiben müsse, doch sie ließ mich gar nicht erst ausreden. „Nicht
irgendeinen Agenten", sagte sie. „Mich."

Ich muß sehr verblüfft ausgesehen haben. „Na klar!" sagte sie
lächelnd. „Was macht ein Agent? Er kennt den Markt und verkauft
Ihre Sachen. Wenn ich Ihnen Bildaufträge für andere Bücher vermittle – egal welche, würden Sie annehmen?"

„Ja, aber . . ."

„Kein Aber. Es ist sinnlos, Superfotos zu machen, wenn keiner sie
sieht." In ihren hellwachen Augen spiegelte sich das Kerzenlicht. Was
für eine entschlossene und selbstsichere junge Dame sie war! Sie hatte
die Zukunft im Visier, vor der ich noch zurückschreckte. Was hätte sie
wohl dazu gesagt, daß ich sie gern geküßt hätte – da sie doch im
Augenblick mit wesentlich nüchterneren Gedanken beschäftigt war?

„Ich würde es gern versuchen", sagte sie eindringlich. „Machen Sie
mit?"

„Clare nimmt Sie glatt auseinander", hatte Samantha gesagt.

Nimm's, wie's kommt, es wird schon schiefgehen, dachte ich und
sagte: „Einverstanden." Sie strahlte vor Freude. Und als ich sie später
vor ihrer Haustür küßte, hatte sie nichts dagegen.

IM LAUFE des Dienstagvormittags hob ich viermal den Telefonhörer ab, um meine Verabredung mit Lord White abzusagen. Viermal legte ich wieder auf. Ich mußte hingehen.

Das Haus, in dem Lord White lebte, war ein verwitterter Steinklotz. Sehr würdevoll, aber nicht sehr wohnlich. Vornehme Fenster blickten mit hochgezogenen Augenbrauen mißbilligend auf all das welke Laub, das in der Auffahrt umhertrieb. Die Stelle des Gärtners war offenbar unbesetzt. Unkraut überwucherte den Kies. Ich klingelte, und man ließ mir Zeit, mir über die wirtschaftliche Lage Seiner Lordschaft Gedanken zu machen.

Lord White empfing mich in einem kleinen Wohnzimmer, dessen Einrichtung aus ehrwürdigen, frisch abgestaubten und polierten Antiquitäten bestand. Doch die Sesselbezüge waren an mehreren Stellen geflickt. Geldmangel, lautete meine Diagnose. Er schüttelte mir die Hand und bat mich, Platz zu nehmen. Es kostete mich eine schreckliche Überwindung anzufangen.

„Sir", begann ich. „Es tut mir sehr leid, Sir, aber ich fürchte, es wird ein großer Schock für Sie sein, wenn Sie den Grund meines Besuches erfahren."

Er runzelte leicht die Stirn. „Dieser George Millace?"

„Ja, und bestimmte Fotos, die er gemacht hat."

Ich hielt inne. Zu spät. Wäre ich bloß nicht hergekommen. Hätte ich mich doch bloß wie üblich herausgehalten. Doch es mußte sein. Voller Unbehagen öffnete ich den großen Umschlag, den ich mitgebracht hatte. Ich reichte ihm das erste der drei Fotos von dem Liebespaar. Er hatte sich bei Dana den Relgan sträflich zum Narren gemacht. Trotzdem tat er mir jetzt sehr leid.

Seine erste Reaktion war jäher Zorn. Er sprang auf und zitterte vor Wut. Was ich mir erlaubte, schrie er, wo ich die Frechheit hernähme, die Geschmacklosigkeit, ihm so etwas Widerwärtiges vor Augen zu führen.

Ich nahm die anderen beiden Fotos aus dem Umschlag und legte sie mit der Bildseite nach unten auf die Armlehne meines Sessels. „Sie werden sehen", sagte ich, „die andern sind noch schlimmer."

Er mußte offensichtlich seinen ganzen Mut zusammennehmen, um die beiden Fotos auch noch anzusehen. Er verstummte, starrte verzweifelt auf die Bilder und sank wieder in seinen Sessel. Man sah ihm seine Qual und sein Entsetzen an. Der Mann, der mit Dana auf den Fotos beim Liebesspiel zu sehen war, hieß Ivor den Relgan.

Nach einer Weile sagte Lord White: „Auf Fotos kann man alles fälschen." Seine Stimme zitterte. „Fotos lügen."

„Diese nicht", erklärte ich bedauernd. Ich zog einen Abzug des Briefes aus dem Umschlag, den George Millace geschrieben hatte, und reichte ihn ihm. Ich kannte den Brief auswendig. Er lautete:

> Sehr geehrter Mr. den Relgan,
> sicher werden die beiliegenden Fotografien Sie interessieren, die ich vor ein paar Tagen in Saint-Tropez habe aufnehmen können. Sie zeigen Sie, wie Sie sehen, in einer kompromittierenden Position mit der jungen Dame, die als Ihre Tochter bekannt ist. (Es ist sicher unklug, derlei auf einem Hotelbalkon zu tun, wo man von einem Teleobjektiv entdeckt werden kann.) Es gibt, will mir scheinen, zwei Möglichkeiten.
>
> Die eine: Dana den Relgan ist Ihre Tochter, dann handelt es sich um Inzest. Die andere: Dana ist nicht Ihre Tochter. Dann stellt sich die Frage, warum Sie sie dafür ausgeben. Hat es vielleicht etwas damit zu tun, daß ein bestimmtes Mitglied des Jockeyclubs eingewickelt werden soll? Erhoffen Sie sich, in den Club aufgenommen zu werden? Oder noch andere Vorteile?
>
> Ich könnte diese Fotos natürlich dem betreffenden Lord zukommen lassen. Ich werde Sie aber in Kürze anrufen, um Ihnen einen anderen Vorschlag zu machen.
>
> Hochachtungsvoll
> George Millace

Lord White schien vor meinen Augen um Jahre zu altern. Die Falten in seinem Gesicht vertieften sich, und der feurige Blick des Verliebten war schlagartig erloschen. Schließlich fragte er: „Wo haben Sie die her?"

„Nach George Millaces Tod hat sein Sohn mir eine Kiste mit allerhand Kram von seinem Vater gegeben. Darunter waren diese Fotos."

Wieder folgte ein langes Schweigen. Ich konnte sehen, wie er litt. Dann sagte er: „Warum bringen Sie mir diese Bilder? Um mich zu demütigen?"

Ich schluckte. „Es gibt Leute, Sir, die über den steigenden Einfluß von Ivor den Relgan sehr beunruhigt sind."

„Und Sie haben es übernommen, dem ein Ende zu machen?"

„Hm ..., richtig, Sir."

Er sah mich grimmig an, und als wolle er seine Zuflucht zu einem Wutausbruch nehmen, wetterte er los: „Das Ganze geht Sie nichts an, Nore."

Ich brachte erst keinen Ton heraus. Es fiel mir schon schwer genug, mir selbst einzureden, daß es mich etwas anging. Doch schließlich antwortete ich unsicher: „Sir, wenn Sie mit gutem Gewissen sagen können, daß Ivor den Relgans plötzlicher Machtzuwachs nicht das geringste mit Ihrer Neigung zu Dana den Relgan zu tun hat, dann muß ich Sie beschämt um Verzeihung bitten."

Er starrte mich nur an. „Bitte, gehen Sie", sagte er starr.

„Jawohl, Sir." Ich stand auf und ging zur Tür.

„Warten Sie, Nore. Ich muß nachdenken. Kommen Sie, setzen Sie sich bitte wieder." Seine Stimme klang immer noch hart, anklagend und abwehrend.

Ich setzte mich wieder in meinen Sessel. Er stand am Fenster, kehrte mir den Rücken zu und blickte hinaus auf wuchernde Rosenbüsche und unbeschnittene Hecken. Schließlich sprach er wieder, doch ohne sich zu mir umzudrehen. „Wie viele Leute haben diese Bilder gesehen?"

„Ich weiß nicht, wie vielen sie George Millace gezeigt hat. Bei mir hat sie nur ein Freund gesehen. Er war dabei, als ich sie gefunden habe. Aber er kennt die den Relgans nicht."

„Haben Sie die Absicht", fragte er leise, „damit für die Belustigung des Rennbahnpublikums zu sorgen?"

„Nein." Ich war entsetzt. „Bestimmt nicht."

„Und erwarten Sie vielleicht eine Belohnung ... eine Gefälligkeit ... oder Geld ... für Ihr Schweigen?"

Es war wie eine Ohrfeige. Ich stand auf. „Keineswegs", sagte ich. „Ich bin nicht George Millace. Es ist wohl besser, wenn ich mich jetzt verabschiede." Meine Eitelkeit war schwer getroffen. Ich ging.

AM MITTWOCH rief mich Harold an, um mir mitzuteilen, daß Coral Key in Kempton doch nicht laufen würde. „Das blöde Vieh hat sich heute nacht im Stall gestoßen und verletzt", sagte Harold. „Victor wird das gar nicht gern hören." Ich konnte also den ganzen Tag zu

Hause bleiben und nutzte die Zeit, um die Abzüge für Lance Kinship zu machen.

Am Donnerstag hatte ich in Kempton nur ein einziges Rennen zu reiten. Eine schwache Woche zum Geldverdienen, dachte ich, während ich dorthin fuhr.

Kaum war ich auf der Rennbahn angelangt, als ein Trainer auf mich zukam und mir anbot, in mehreren Rennen für einen erkrankten Jockey einzuspringen.

Seine Pferde waren nicht gerade umwerfend. Eines davon brachte ich auf den dritten Platz, das nächste stürzte beim zweitletzten Hindernis. Wir kamen beide mit ein paar Prellungen, aber ohne Brüche davon. Das dritte Pferd, das mir von Anfang an zugedacht war, war auch nicht viel besser: noch ein halbes Baby, tapsig und ängstlich. Wir gingen, wie zu erwarten war, in der Mitte des Feldes durchs Ziel.

Dann kam die Überraschung des Nachmittags: Clare war da. Sie wartete vor dem Umkleideraum auf mich.

„Hallo", begrüßte sie mich. „Ich bin mit dem Zug gekommen und wollte die Sache mal im Original kennenlernen." Sie lächelte. „Ist das ein typischer Tag?"

Ich warf einen Blick auf den grauen, windigen Himmel und auf die donnerstäglich gelichteten Zuschauerreihen und dachte an die drei belanglosen Rennen, die ich geritten hatte. „So ziemlich", sagte ich. „Wie wär's mit einer Tasse Tee? Oder einem Drink? Oder einem Ausflug nach Lambourn?"

Sie überlegte kurz. „Lambourn", sagte sie dann. „Von dort kann ich doch mit dem Zug zurückfahren, oder?"

Während der Fahrt empfand ich eine ungewohnte Zufriedenheit. Obwohl ich doch seit jeher ein Einzelgänger war, fand ich es sehr passend, sie neben mir im Auto sitzen zu haben.

Das kalte Haus war rasch aufgeheizt. Gerade als ich das Teewasser aufsetzte, läutete das Telefon. Ich hob ab, und fast wäre mir das Trommelfell geplatzt, denn eine durchdringende Stimme kreischte: „Bin ich die erste?"

Ich zuckte zusammen und hielt den Hörer auf Distanz. „Welche erste?" fragte ich.

„Die erste!" Eine Kinderstimme. Ein Mädchen. „Seit Stunden rufe ich alle fünf Minuten an. Bin ich die erste? Sagen Sie, daß ich die erste bin!"

Da dämmerte es mir. „Du bist die erste. Hast du *Pferd und Hund* gelesen? Es kommt doch erst morgen heraus."

„Meine Tante hat es schon am Donnerstag im Laden. Auf dem Heimweg von der Schule hole ich es für Mami ab. Mami hat das Bild gesehen und gesagt, ich soll Sie anrufen. Bekomm ich jetzt die zehn Pfund, ja?"

„Wenn du weißt, wo der Stall ist, ja, natürlich."

„Mami weiß es. Sie sagt es Ihnen. Sie können gleich mit ihr sprechen."

Man hörte Geräusche im Hintergrund, dann die Stimme einer Frau, die angenehm und längst nicht so aufgeregt klang.

„Sind Sie der Philip Nore, der bei den großen Hindernisrennen mitreitet?"

„Ja", antwortete ich, und das schien ihr zu genügen.

„Ich weiß, wo der Stall ist. Allerdings werden dort keine Pferde mehr gehalten. Er ist in Horley, in der Nähe vom Flughafen Gatwick. Der Name ist immer noch Zephyrhof-Stallungen, aber der Reitstall ist schon seit Jahren geschlossen. Man hat Wohnungen daraus gemacht. Wollen Sie die genaue Adresse?"

„Ja, natürlich", sagte ich. „Und auch Ihren Namen und Ihre Adresse, bitte."

Sie gab mir beides, und als ich alles aufgeschrieben hatte, fragte ich: „Wissen Sie zufällig, wie die Leute heißen, die jetzt dort wohnen?"

„Puh", machte sie verächtlich. „Versprechen Sie sich nur nichts von denen. Sie haben das ganze Terrain wie eine Burg verrammelt, um sich wütende Eltern vom Leib zu halten. Es ist eine von diesen religiösen Kommunen, die Gehirnwäsche betreiben. Sie nennen sich die Bruderschaft der Heiligen Gnade."

Mir stockte der Atem.

„Vielen Dank. Ich schicke Ihrer Tochter das Geld."

„Was war?" fragte Clare, als ich langsam den Hörer auflegte.

„Das ist die erste echte Spur zu Amanda." Ich erzählte ihr von meiner Anzeige und von den verschiedenen Mietern der Pine Woods Lodge.

Clare schüttelte den Kopf. „Wenn diese Gnadenbrüder wissen, wo

Amanda ist, dann werden sie es dir bestimmt nicht sagen. Hast du nie von ihnen gehört? Die laufen ständig mit einem honigsüßen Lächeln herum, aber dahinter sind sie hart wie Stahl. Sie ködern junge Menschen mit Freundlichkeit und schönen Liedern für den ‚einzigen Glauben‘, und wer einmal drin ist, der kommt nie wieder raus. Die armen Teufel lieben sogar ihr Gefängnis."

„Gehört hab ich schon von ihnen. Aber ich habe nie begriffen, was das soll."

„Geld", sagte Clare knapp. „All die lieben kleinen Gnadenbrüder gehen mit Engelsgesichtern und Sammelbüchsen herum und füllen die Taschen ihres großen Meisters."

Wir setzten uns zum Teetrinken an den Tisch.

Amanda in einem Reitstall in Horley, Caroline dreißig Kilometer entfernt in Pine Woods Lodge. Gnadenbrüder in Pine Woods Lodge, Gnadenbrüder in Horley. Das konnte kein Zufall sein.

„Willst du hingehen?"

Ich nickte. „Wahrscheinlich morgen nach dem Rennen."

Wir tranken Tee und sprachen über ihr Leben und über meines. Später gingen wir zum Essen in ein gutes Lokal.

„Ein schöner Tag", sagte Clare beim Nachtisch. „Wie erreiche ich jetzt meinen Zug?"

„Am Bahnhof in Swindon. Ich fahre dich hin. Du kannst aber auch hierbleiben."

„Ob ich wohl errate, was für eine Art Einladung das ist?"

„Das würde mich nicht überraschen."

Sie senkte den Blick und beschäftigte sich sehr eingehend mit ihrem Löffel.

Wenn sie so lange überlegen mußte, würde sie bestimmt nicht dableiben. „Philip . . ."

„Alles klar", sagte ich leichthin. „Wer nie fragt, kriegt auch nie was." Ich bezahlte die Rechnung. „Gehen wir."

Auf der Fahrt zum Bahnhof war sie schweigsam. Erst als wir auf dem Bahnsteig standen und auf den Zug warteten, ließ sie mich wissen, was sie dachte.

„Wir haben morgen eine Sitzung der Verlagsleitung", erklärte sie. „Ich bin zum ersten Mal dabei. Vor einem Monat bin ich in die Chefetage aufgerückt."

Ich war sehr beeindruckt und sagte es ihr. Daß eine zweiundzwanzigjährige Frau dem Chefteam eines Verlages angehört, kam bestimmt nicht sehr oft vor. Jetzt verstand ich auch, warum sie nicht bleiben wollte.

Der Zug fuhr ein. Bevor sie hineinkletterte, gab sie mir einen Kuß. Einen kurzen, leidenschaftslosen Kuß. Wir sehen uns bald, sagte sie, und ich sagte, ja, bis bald. Wegen der Verträge, sagte sie. Wir haben viel zu besprechen.

„Komm am Sonntag!" rief ich.

„Ich gebe dir Bescheid. Wiedersehen!"

„Wiedersehen!"

Der Zug wollte nicht länger warten. Ich fuhr heim in mein leeres Haus und fühlte mich zum ersten Mal richtig einsam darin.

BEIM Rennen in Newbury am Freitag begrüßte mich Harold mit schadenfrohem Grinsen. „Hast du schon gehört? Dschingis-Khan hat den Laufpaß bekommen."

„Sind Sie sicher?" fragte ich.

Harold nickte. „Heute morgen hat der Jockeyclub in London eine außerordentliche Sitzung abgehalten. Ein Freund von mir war dabei. Lord White hat vorgeschlagen, alle Pläne zur Bildung eines Komitees unter dem Vorsitz von Ivor den Relgan fallenzulassen. Da er sowieso der geistige Vater dieser Idee war, hat ihm niemand widersprochen. Das ist der beste Kurswechsel seit der Vernichtung der Großen Armada."

Harold konnte nicht ahnen, wie erleichtert ich war. Mein Besuch bei Lord White hatte seinen Zweck erfüllt. Ich mochte den Mann und war froh, ihm nicht umsonst weh getan zu haben.

An diesem Nachmittag ritt ich einen Neuling, der als Zweiter durchs Ziel ging; danach eine sensible Stute, die nur mit halbem Herzen dabei war und beim Zweimeilenhindernisrennen Vierte wurde.

Ich zog mich um. Vor dem Umkleideraum wartete Lord White auf mich. „Ich muß mit Ihnen sprechen", sagte er. „Gehen wir ins Zimmer der Rennleitung."

Ich folgte ihm und zog die Tür hinter uns zu. Er postierte sich hinter einem der Stühle, die den großen Tisch umstanden, und hielt die

Lehne mit beiden Händen umklammert, als sei sie ein Schutzschild.

„Ich muß mich entschuldigen", sagte er förmlich, „für das, was ich Ihnen am Dienstag unterstellt habe. Ich war erregt . . . trotzdem war es unverzeihlich."

„Das geht in Ordnung, Sir. Ich verstehe."

„Ich will den Relgans Austritt aus dem Jockeyclub verlangen. Um dem Nachdruck zu verleihen, habe ich die Absicht, ihm diese Fotos zu zeigen, die er natürlich schon kennt. Ich meine aber, daß ich dazu Ihre Einwilligung brauche."

„Ich habe nichts dagegen. Tun Sie damit, was Sie für richtig halten."

Lord White ließ die Stuhllehne los und ging an mir vorbei zur Tür. „Ich kann nicht sagen, daß ich Ihnen dankbar bin", erklärte er, „aber ich bin in Ihrer Schuld." Er nickte mir kurz zu und verließ den Raum. Er hatte seine Würde wiedergefunden.

Später erfuhr ich das Neueste von Mrs. Millace. Steves Schlüsselbein war geheilt, und sie war nach Newbury gekommen, um ihn reiten zu sehen, obgleich es sie, wie sie bekannte, fast umbrachte, den eigenen Sohn beim Jagen über die Hindernisse zu beobachten. Ich lud sie in eine der Bars ein. Wir setzten uns und tranken Kaffee.

„Sie sehen viel besser aus", sagte ich.

Sie nickte. „Ich fühle mich auch besser." Sie war beim Friseur gewesen und hatte sich neue Kleider gekauft. Allerdings war sie immer noch sehr blaß und hatte verweinte Augen. George war erst vor vier Wochen gestorben.

Sie nippte an ihrem heißen Kaffee und sagte: „Was ich Ihnen letzte Woche über die Whites und Dana den Relgan erzählt habe, können Sie vergessen. Wendy geht es jetzt viel besser. Ihr Mann hat vergangenen Dienstag etwas über Dana den Relgan erfahren, was ihm nicht gefällt. Er hat sich nicht näher darüber geäußert, aber auf jeden Fall sei seine Affäre mit Dana beendet, er sei ein Narr gewesen und ob sie ihm verzeihen würde."

„Und wird sie es tun?"

„Oh, ich denke doch. Wendy sagt, was ihm passiert ist, ist typisch für Männer um die fünfzig. Sie wollen sich selbst beweisen, daß sie noch jung sind. Sie versteht ihn, wissen Sie."

„Sie offenbar auch", sagte ich.

„Lieber Gott, ja", meinte sie lächelnd. „Man erlebt es ja immer wieder."

Als wir ausgetrunken hatten, gab ich ihr eine Liste mit Adressen von Bildagenturen, bei denen sie ihr Glück versuchen konnte, und versprach, ihr nach Kräften zu helfen. Dann sagte ich, ich hätte noch ein Geschenk für sie. Ich holte meine Mappe aus dem Umkleideraum und überreichte ihr einen zwanzig mal achtundzwanzig Zentimeter großen Umschlag.

Sie öffnete ihn. Er enthielt ein Foto, das ich einmal von George gemacht hatte. George, den Blick auf mich gerichtet, mit seiner Kamera und mit seinem bekannten zynischen Lächeln. George in typischer Pose: das eine Bein vorgestellt, das Gewicht auf dem andern, den Kopf ein wenig zurückgebogen. George, der die Welt als schlechten Witz betrachtete. George, wie er gelebt hatte.

Marie Millace warf ihre Arme um meinen Hals und drückte mich an sich, als wollte sie mich nie mehr loslassen.

ACHTES KAPITEL

DER Zephyrhof war zu einer Art Festung ausgebaut. Das ganze Gelände war mit einem zwei Meter hohen Staketenzaun umgeben, das riesige Eingangstor geschlossen. Ich saß in meinem Wagen und wartete darauf, daß es sich öffnete. Doch niemand kam heraus oder ging hinein. Nach zwei Stunden fruchtlosen Wartens gab ich auf und nahm mir in einem nahe gelegenen Hotel ein Zimmer.

Bei meinen Nachforschungen kam nicht viel heraus. Gewiß, sagte die Dame am Empfang, gelegentlich stiegen hier Leute ab, die hofften, ihre Kinder vom Zephyrhof zurückholen zu können. Kaum einem sei es je gelungen; sie hätten ihre Kinder nie allein sprechen dürfen. Rechtlich könne man auch nichts machen. Die Kinder seien ja alle volljährig.

Am Abend klapperte ich alle Kneipen ab und unterhielt mich mit den Leuten über die Bruderschaft.

„Kommen sie denn nie heraus?" fragte ich. „Zum Einkaufen zum Beispiel?"

In der Regel erntete ich ein schwaches Lächeln auf meine Frage. Sie kämen schon heraus, aber immer in Gruppen und immer nur, um Geld zu sammeln.

„Alle versuchen, irgendwas zu verkaufen", sagte einer. „Polierte Steine und solches Zeug. Die reinste Bettelei."

„Sie sind harmlos", sagte ein anderer, „und lächeln immer, wenn man sie sieht."

Ob sie am Vormittag auf Sammeltour gingen, wollte ich wissen. Und wo?

„Sicher. Am ehesten treffen Sie sie hier mitten in der Stadt."

Ich bedankte mich und ging schlafen. Am nächsten Morgen um zehn Uhr parkte ich meinen Wagen in der Stadtmitte und wanderte zu Fuß herum. Ich hatte Zeit bis elf Uhr dreißig; dann mußte ich wieder nach Newbury, wo ich das dritte Rennen reiten sollte.

Ich bekam keinen Sammeltrupp der Bruderschaft zu Gesicht. Keine Kahlköpfe mit Glöckchen und Gesang. Einzig ein junges Mädchen legte mir lächelnd die Hand auf den Arm und fragte, ob ich einen wunderhübschen Briefbeschwerer kaufen wolle. Der polierte Stein lag in ihrer Handfläche.

„Ja", sagte ich. „Wieviel kostet er?"

„Es ist für einen guten Zweck. Was Sie geben möchten." Sie hielt mir eine einfache Pappschachtel mit einem Schlitz im Deckel hin.

„Für was für einen guten Zweck?" fragte ich freundlich und schob eine Pfundnote durch den Schlitz.

„Oh, für viele gute Werke", sagte sie und lächelte wieder.

„Wie heißen Sie?" fragte ich.

Statt einer Antwort wurde ihr Lächeln noch breiter, und sie reichte mir den Stein. „Vielen, vielen Dank", sagte sie. „Ihre Gabe wird viel Gutes bewirken."

Ich sah ihr nach. Sie ging die Straße entlang, zog einen neuen Stein aus der Tasche ihres weiten Rockes und sprach einen anderen Passanten an. Das kann nicht Amanda sein, dachte ich, dazu ist sie zu alt.

„Möchten Sie einen Briefbeschwerer kaufen?" Eine andere Stein-verkäuferin hatte meinen Weg gekreuzt.

„Ja." – Nach einer halben Stunde hatte ich vier Briefbeschwerer erstanden. Das vierte Mädchen fragte ich: „Ist Amanda heute vormittag auch draußen?"

„Amanda? Wir haben keine ..." Sie blickte flüchtig zu einem Mädchen auf der anderen Straßenseite hinüber.

„Schon gut", sagte ich. „Danke für den Stein."

Sie schenkte mir ein strahlendes, vollständig leeres Lächeln und ging weiter. Ich wartete ein Weilchen, bevor ich zu dem Mädchen hinüberschlenderte, auf das sie so unvermittelt den Blick gerichtet hatte. Es war ein sehr junges, ziemlich kleines Mädchen mit einem runden, weichen Gesicht und ausdruckslosem Blick. Sie trug einen langen Rock und einen Parka darüber. Ihr Haar war mittelbraun wie meines, nur glatt. Sie sah mir nicht ähnlich. Sie konnte das Kind meiner Mutter sein oder auch nicht. „Amanda", sprach ich sie an.

Sie zuckte zusammen, sah mich zweifelnd an. „Ich heiße nicht Amanda."

„Wie denn?"

„Mandy."

„Mandy. Und weiter?"

„Mandy North."

Ich versuchte, ganz ruhig zu atmen, lächelte sie an und fragte sie, wie lange sie schon im Zephyrhof wohne.

„Mein Leben lang", sagte sie einfach.

„Und sind Sie glücklich dort?"

„Ja, natürlich. Wir tun Gottes Werk."

„Wie alt sind Sie?"

„Achtzehn ... Aber ich sollte nicht über mich selbst sprechen."

Ihre Kindlichkeit war auffallend. Sie war offenbar nicht gerade geistig zurückgeblieben, aber doch etwas einfältig. Sie schien gar kein richtiges Leben in sich zu haben, keine Freude. Verglichen mit anderen Teenagern wirkte sie wie eine Schlafwandlerin. „Wie hieß denn Ihre Mutter, Mandy?"

Das schien sie zu erschrecken. „So was dürfen Sie nicht fragen."

„Als Sie klein waren, hatten Sie da ein Pony?"

Einen Augenblick lang schien eine unvergeßliche Erinnerung in ihren leeren Augen aufzuleuchten. Dann fiel ihr Blick über meine Schulter auf jemanden, der hinter mir stand, der Ausdruck naiver Freude auf ihrem Gesicht verwandelte sich in Scham, und sie wurde rot. Ich wandte mich um. Hinter mir stand ein kräftiger Mann, der gut und teuer gekleidet war und sehr verärgert aussah.

„Keine Unterhaltungen, Mandy", sagte er streng zu ihr. „Denk an die Regel. Du wirst künftig wieder bei der Hausarbeit mitmachen. Geh jetzt, die Mädchen werden dich nach Hause bringen." Er wies mit dem Kopf auf eine Gruppe junger Mädchen und ließ Mandy nicht aus den Augen, als sie mit schleppenden Schritten zu ihnen hinüberging. Arme Mandy. Arme Amanda. Arme kleine Schwester.

„Was wollen Sie eigentlich?" fragte mich der Mann. „Sie haben jedem der Mädchen einen Stein abgekauft. Was haben Sie im Sinn?"

„Nichts", erwiderte ich. „Die Steine gefallen mir."

Er sah mich zweifelnd an. Ein anderer Mann gesellte sich zu ihm. Er hatte zuvor mit den Mädchen gesprochen, die sich jetzt auf den Heimweg machten.

„Der Kerl hat die Mädchen nach ihren Namen gefragt", sagte der zweite Mann. „Er hat nach Mandy gesucht."

Die beiden starrten mich mit zusammengekniffenen Augen an. Ich fand es an der Zeit aufzubrechen. Ich schlug die Richtung zum Parkplatz ein. Sie folgten mir auf dem Fuß. Am Eingang zum Parkplatz standen noch fünf weitere Männer herum, und ich wurde von allen sieben eingekreist. „Was wollen Sie?" fragte ich.

„Was wollten Sie von Mandy?" kam die Gegenfrage.

„Sie ist meine Schwester."

Das stiftete eine gewisse Verwirrung. Sie sahen einander an. Dann erklärte einer: „Sie hat keine Familie. Ihre Mutter ist vor Jahren gestorben. Sie lügen."

Und ein anderer: „Wenn ihr mich fragt, das ist ein Reporter."

Das brachte sie augenblicklich alle gegen mich auf, obwohl ihre Religion ihnen doch eigentlich Sanftheit gebot. Sie traten und stießen mich, ohne mich allzusehr zu verletzen. Es sollte wohl nur eine Warnung sein. Als ich mich schließlich losgemacht hatte und zum Wagen hinkte, verfolgte mich keiner. Eines hatte ich ihnen nicht preisgegeben, obwohl es mir die ganze Auseinandersetzung hätte ersparen können – daß nämlich Mandy, wenn sie tatsächlich meine Schwester war, ein Vermögen erben würde.

HAROLD wartete auf dem Rennplatz bereits auf mich. Er runzelte mißbilligend die Stirn. „Du kommst zu spät. Warum hinkst du?"

„Hab mir den Knöchel verknackst."

„Ich hoffe, du kannst trotzdem reiten. Sharpener ist ganz wild darauf zu siegen; du kannst ihn auf deine übliche Art reiten. Aber keine Heldentaten. Verstanden?"

Ich nickte, ging hinein und zog Victor Briggs' Farben an. Alle Knochen taten mir weh. Ich hoffte nur, daß es mich beim Reiten nicht stören würde.

Als ich wieder hinauskam, erblickte ich Elgin Yaxley und Bart Underfield. Sie schlugen einander auf die Schulter und wirkten leicht angetrunken. Yaxley verzog sich, und Bart prallte bei einer übertrieben schwungvollen Drehung mit mir zusammen.

„Hallo, Mann", grüßte er mich und ließ mir seine Alkoholfahne ins Gesicht wehen. „Sie sollen es als erster wissen. Elgin bekommt neue Pferde. Die kommen natürlich in meinen Stall. Die Renngemeinde wird Augen machen. Elgin ist ein Mann mit Ideen."

„Ist er", bestätigte ich trocken.

Bart verließ mich, um seine frohe Botschaft anderen Ohren zu verkünden.

Ich sah ihm nach. Irgendwie gefiel mir das nicht. Elgin Yaxley glaubte sich unentdeckt ... Die Menschen ändern sich nicht. Wer einmal betrogen hat, versucht's immer wieder.

Ich befand mich immer noch in derselben Zwickmühle. Gab ich die Beweise für Elgin Yaxleys Betrug an die Polizei weiter, dann mußte ich erklären, wo ich das Foto herhatte. Von George Millace, dem Verfasser von Erpresserbriefen. Von George Millace, dem Mann einer tapferen Frau, die sich gerade mühsam aus den Trümmern ihres Lebens herausarbeitete. Wenn Recht und Gerechtigkeit nur damit zu erreichen wären, daß sie noch tiefer in ihr Elend gestürzt würde, dann mußte die Gerechtigkeit wohl noch etwas warten.

Das Rennen, in dem Sharpener lief, war nicht das Ereignis des Tages, doch er war der Favorit. Berstend vor Lebensfreude, flog er um das langgezogene Oval der Rennbahn, daß ich meine liebe Not hatte mitzuhalten, denn die Auseinandersetzung auf dem Parkplatz hatte mich doch einige Kraft gekostet.

Sharpener siegte, und ich war lächerlicherweise völlig erschöpft. Ein strahlender Harold sah mir zu, wie ich mit zitternden Fingern den Sattelgurt zu lösen versuchte. Das Pferd stampfte und warf mich fast um.

„Du bist doch nur drei Kilometer geritten, was ist los mit dir?" erkundigte sich Harold erstaunt.

Ich bekam endlich die Schnallen auf und zog den Sattel herunter. Meine Arme fühlten sich schon wieder etwas kräftiger an, und ich antwortete grinsend: „Nichts. Es war ein gutes Rennen."

Ich ging in den Umkleideraum und setzte mich auf die Bank. Während ich wartete, daß ich wieder voll zu Kräften kam, rang ich mich zu einem Entschluß durch, was ich Elgin Yaxley betreffend unternehmen sollte.

Ich hatte mir während der letzten zwei Wochen angewöhnt, alle in Frage kommenden Fotos ständig im Wagen mitzuführen für den Fall, daß ich sie brauchte. Da waren die Abzüge für Lance Kinship dabei und die vier Fotos, die Yaxley betrafen. Die holte ich jetzt aus meinem Wagen.

Dann stöberte ich Yaxley auf und überredete ihn, mich zum Eingangstor zu begleiten, wo wir uns ungestört unterhalten könnten. „Sie wollen bestimmt nicht, daß uns jemand hört", sagte ich.

„Was zum Teufel soll das bedeuten?" fragte er ungehalten.

„Eine Botschaft von George Millace", antwortete ich.

Sein Gesichtsausdruck erstarrte, seine Selbstzufriedenheit war verschwunden, und in seinen Augen blinkte die nackte Angst.

„Ich habe ein paar Fotos, die Sie vielleicht gern sehen würden", sagte ich und reichte ihm den Umschlag.

Yaxley wurde erst totenbleich, dann lief er rot an. In dem Umschlag fand er alle Einzelheiten der alten Geschichte – das Treffen im Café, die beiden Briefe von George, die Bestätigung des Bauern David Parker. Er blickte mich entsetzt und ungläubig an.

„Beliebig viele Abzüge", sagte ich, „können jederzeit an die Versicherung, an die Polizei und so weiter gehen."

Er brachte nur ein ersticktes Ächzen heraus.

„Es geht auch anders", sagte ich. „So, wie's George Millace gemacht hat."

Noch nie hatte mich jemand so voll Haß angestarrt, und es ging mir ziemlich an die Nieren. Aber ich mußte herausbekommen, was George seinen Opfern abgeknöpft hatte, wenigstens einem von ihnen, und dies war die beste Gelegenheit dazu.

Ich sagte einfach: „Ich will genau das gleiche wie George Millace."

„Nein!" Es war nicht eigentlich ein Schrei, mehr ein Aufheulen, voll Entsetzen und Hoffnungslosigkeit.

„Aber ja", sagte ich.

„Das kann ich nicht. Nicht zehn. So viel habe ich nicht."

Ich starrte ihn an. Er mißverstand mein Schweigen und fand wimmernd die Sprache wieder. Er bettelte, flehte, schmeichelte.

„Ich hab große Ausgaben gehabt. Es ist nicht leicht gewesen. Können Sie mich nicht in Ruhe lassen? George hat gesagt, versprochen, es wäre nur einmal ... und jetzt kommen Sie daher ... fünf meinetwegen", sagte er, als ich weiter stumm blieb. „Wie wär's mit fünf? Das reicht doch. Mehr hab ich nicht. Ich hab's einfach nicht."

Ich starrte ihn an und wartete ab.

„Also gut. Also gut." Er zitterte vor Verzweiflung und Zorn. „Siebeneinhalb. Das ist alles, was ich habe, du gottverdammter Blutsauger ... Du bist schlimmer als George Millace."

Er suchte in seinen Taschen herum und brachte Scheckbuch und Kugelschreiber zum Vorschein. Ungeschickt benutzte er den Umschlag mit den Fotos als Unterlage und füllte den Scheck aus, den er mir dann mit zitternden Fingern hinhielt. „Nicht wieder nach Hongkong", winselte er. „Ich hasse Hongkong."

„Das Reiseziel bleibt Ihnen überlassen, aber aus England müssen Sie verschwinden." Ich nahm den Scheck aus seiner zitternden Hand entgegen. „Danke", sagte ich.

„Zum Teufel mit dir."

Er wandte sich um und stolperte davon. Er war erledigt. Geschieht ihm recht, dachte ich ungerührt. Soll er nur leiden. Es war sowieso nicht für lange. Ich wollte nur sehen, wieviel er George bezahlt hatte. Dann wollte ich den Scheck zerreißen.

Ich wollte, aber ich tat es nicht. Als ich nämlich den Scheck ansah, fiel es mir wie Schuppen von den Augen, und ich bekam große Achtung vor dem, was ich plötzlich begriffen hatte. Das war „der andere Vorschlag", den George Millace in allen seinen Briefen angedeutet hatte! Elgin Yaxleys Scheck über siebentausendfünfhundert Pfund war weder auf mich ausgestellt noch auf den Überbringer, und auch nicht auf das Konto von George Millace, sondern für die Jockey-Unterstützungskasse.

Ich lief überall herum und versuchte, den Exjockey aufzutreiben, der die Kasse augenblicklich verwaltete, und fand ihn schließlich in der Kabine einer der Fernsehgesellschaften. Der Raum war überfüllt. Ich winkte ihn zu mir her und übergab ihm den Scheck.

Er sah ihn sich an und geriet ins Stottern: „Pha ... phantastisch!"

„Ist Elgin Yaxley zum ersten Mal so großzügig?"

„Eben nicht. Vor ein paar Monaten hat er zehntausend gestiftet, kurz bevor er nach Hongkong gegangen ist."

„Haben Sie noch andere Schecks in dieser Höhe bekommen?" forschte ich nach.

„Nicht oft."

„War Ivor den Relgan ein großzügiger Stifter?"

„Ja, schon, von ihm haben wir am Anfang der Saison tausend bekommen. Irgendwann im September."

Ich bedankte mich und ging zum Umkleideraum, um mich für das letzte Rennen fertigzumachen.

Als ich in den Führring kam, musterte Harold mich streng: „Du siehst aus, als wärst du verdammt mit dir zufrieden."

„Mit dem Leben zufrieden, einfach mit dem Leben."

Ich war tatsächlich mit mir zufrieden. Ich hatte einen Sieg herausgeritten. Ich konnte ziemlich sicher sein, Amanda gefunden zu haben. Ich hatte einige Püffe und Stöße einstecken müssen, aber was machte das schon? Alles in allem: kein schlechter Tag.

„Das Pferd hier", erklärte Harold mit großem Ernst, „braucht einen freien Blick aufs Hindernis. Kapiert? Geh nach vorn. Ich will nicht, daß er gleich am Anfang im Feld herumgeschubst wird."

Ich nickte. Diesmal waren dreiundzwanzig Pferde am Start, nahezu das Maximum, das bei einem solchen Rennen erlaubt war. Harolds Pferd schwitzte jetzt schon vor Nervosität und Aufregung.

„Jockeys, bitte aufsitzen!" kam die Ansage. Das Startband flog hoch, und wir braußten los. Ich ging wie befohlen in Führung und kam als erster problemlos über das erste Hindernis. Auch das zweite schafften wir vor dem Feld mit einem passablen Sprung. Beim dritten Hindernis wartete das Verhängnis auf uns: Der Gaul schien mit allen vier Füßen hängengeblieben zu sein.

Wir krachten gemeinsam auf die Bahn, und zweiundzwanzig Pferde kamen nach uns über das Hindernis.

Pferde geben sich die allergrößte Mühe, einem Reiter und einem anderen Pferd, die auf dem Boden liegen, auszuweichen. Doch diesmal waren es so viele, so dicht beieinander, daß es ein Wunder gewesen wäre, wenn ich nichts abbekommen hätte. Man kann nie sagen, wie viele galoppierende Hufe einen treffen – es geht jedesmal viel zu schnell. Ich kam mir vor wie eine im Sturm zusammengebrochene Vogelscheuche, als die Pferde über mich hinwegbrausten. Ich lag zusammengekrümmt auf der Seite, starrte ein Grasbüschel vor meiner Nase an und dachte: Was für eine dämliche Art, sein Geld zu verdienen. Beinahe hätte ich aufgelacht: Das hatte ich doch neulich schon gedacht.

Plötzlich waren eine Menge Helfer da, die mich wieder auf die Beine brachten. Nichts schien gebrochen. Ein Krankenwagen brachte mich zurück zu den Tribünen. Ich überzeugte den Arzt, daß ich noch alle Knochen beisammenhatte, und zog mich dann behutsam um.

Draußen erwartete mich Harold. „Ich fahre dich nach Hause", erbot er sich. „Einer von den Stallburschen bringt deinen Wagen nach."

Ich widersprach nicht. Einträchtig schweigend fuhren wir nach Lambourn. Ich fühlte mich mächtig zerschlagen und zitterte wieder am ganzen Körper, doch das würde vorübergehen. Es ging immer vorüber. So lange, bis ich zu alt dafür war.

Harold hielt vor meiner Haustür. „Bist du sicher, daß du in Ordnung bist?"

„Ich nehme gleich ein heißes Bad; das hilft. Danke."

Es dunkelte bereits. Ich ging durchs Haus, zog die Vorhänge zu, knipste die Lampen an. Baden, was essen, Aspirin, schlafen, dachte ich.

Meine Nachbarin, Mrs. Jackson, kam vorbei, um mir mitzuteilen, daß gestern jemand vom Finanzamt wegen der Gebäudesteuer dagewesen sei.

„Hoffentlich ist es Ihnen recht, daß ich ihn hereingelassen habe. Ich bin ihm nicht von der Seite gewichen. Er hat nichts angerührt. Nur die Zimmer gezählt."

„Das ist sicher in Ordnung, Mrs. Jackson."

„Und Ihr Telefon", sagte sie, bevor sie ging, „hat immerzu geläutet. Ich kann es durch die Wand hören, wissen Sie."

Ich rief Jeremy Folk an. Er war nicht im Büro. Ob ich eine

Nachricht hinterlassen wolle? „Sagen Sie ihm, ich hätte gefunden, wonach wir gesucht haben."

Kaum hatte ich aufgelegt, klingelte es wieder. Ich hob ab und vernahm eine aufgeregte Kinderstimme. „Ich weiß, wo der Reitstall ist. Bin ich der erste?"

Ich sagte bedauernd nein. Zehn weiteren Kindern, die während der nächsten zwei Stunden anriefen, konnte ich auch nichts Besseres sagen. Ich begann zu fragen, ob sie eine Ahnung hätten, wie es zu dem Verkauf an die Bruderschaft gekommen sei. Schließlich stieß ich auf einen Vater, der darüber Bescheid wußte.

„Wir waren mit den Leuten, die den Reitstall hatten, gut befreundet", erzählte er. „Sie wollten nach Devon ziehen und suchten einen Käufer. Da kamen eines Tages diese Fanatiker mit Koffern voller Bargeld und kauften das Anwesen auf der Stelle."

„Woher wußten die Kerle davon? War es zum Verkauf ausgeschrieben?"

„Nein." Er dachte nach. „Jetzt fällt's mir wieder ein. Es hing mit einem Kind zusammen, das immer zum Ponyreiten kam. Ein süßes kleines Mädchen. Mandy Soundso. Sie wohnte wochenlang bei unseren Freunden. Ihre Mutter war krank, todkrank, und diese Sektierer kümmerten sich um sie. Von der Mutter haben sie erfahren, daß der Stall zu verkaufen sei. Sie wohnten damals in einem Abbruchhaus, glaube ich, und suchten etwas Besseres."

„An den Namen der Mutter können Sie sich wahrscheinlich nicht erinnern?"

„Tut mir leid, nein."

„Sie haben mir sehr geholfen", sagte ich. „Ich schicke Ihrem Sohn die zehn Pfund, auch wenn er nicht der erste war."

Nachdem ich gebadet und gegessen hatte, nahm ich das Telefon aus der Küche mit hinauf ins Wohnzimmer, wo ich eine weitere Stunde lang davon beim Fernsehen gestört wurde. Gegen neun hatte ich es gründlich satt. Ich trug das Telefon wieder hinunter in die Küche und ging ins Badezimmer, um mir die Zähne zu putzen – da klingelte es an der Haustür.

Fluchend ging ich und öffnete die Tür.

Vor mir stand Ivor den Relgan mit einer Pistole in der Hand.

„Hände hoch", sagte er. „Ich komme rein."

Ich zweifelte nicht daran, daß er mich umbringen würde. Zum zweitenmal an diesem Tag blickte ich in haßerfüllte Augen. Aber gegen den Relgans Haß wirkte der von Elgin Yaxley bloß wie schlechte Laune. Er richtete die tödliche, schwarze Waffe auf mich. Ich machte zwei oder drei Schritte rückwärts. Er trat ins Haus und stieß die Tür mit dem Fuß zu. „Sie werden dafür büßen", zischte er, „was Sie mir angetan haben. George Millace war ein Teufel. Sie sind schlimmer."

Ich befürchtete, daß ich keinen Ton herausbekommen würde. Aber es gelang mir, mit krächzender Stimme zu fragen: „Haben Sie sein Haus niedergebrannt?"

Seine Augen flackerten. „Wir sind eingebrochen, haben alles kurz und klein geschlagen und dann angezündet", sagte er wütend. „Dabei war das Zeug die ganze Zeit bei Ihnen."

Ich hatte die Grundlagen seiner Macht zerstört.

Jetzt stand er, bildlich gesprochen, nackt da, wie auf seinem Balkon in Saint-Tropez. George hatte die Fotos benutzt, um den Relgan von dem Versuch abzuhalten, in den Jockeyclub hineinzukommen. Ich hatte sie benutzt, um ihn hinauswerfen zu lassen. Vorher hatte er in der Welt des Rennsports ein gewisses Ansehen genossen. Damit war es jetzt vorbei. Nicht aufgenommen zu werden war eine Sache. Aufgenommen und wieder hinausgeworfen zu werden war etwas ganz anderes.

„Rückwärts", befahl er. „Dorthin. Los!"

Er fuchtelte mit der Pistole herum.

„Die Nachbarn werden den Schuß hören", sagte ich verzweifelt.

Er grinste nur und gab keine Antwort. „Weiter zurück, durch diese Tür."

Es war die Tür zur Dunkelkammer. Sie war zu. Die Dunkelkammer bot keine Sicherheit, sie ließ sich nicht abschließen. Du mußt rennen, fuhr es mir durch den Kopf. Mußt es wenigstens versuchen. Ich begann schon auf einem Absatz kehrtzumachen, als die Küchentür aufflog. Für den Bruchteil einer Sekunde glaubte ich, den Relgan habe mich verfehlt und die Kugel habe das Glas der Küchentür zersplittert. Dann wurde mir klar, daß er gar nicht geschossen hatte. Durch den Hintereingang war jemand ins Haus eingedrungen. Zwei stämmige junge Männer mit Nylonstrümpfen über den Gesichtern.

„Nehmt ihn euch vor", sagte den Relgan und deutete mit der Pistole auf mich.

Maries zerschlagenes Gesicht fiel mir plötzlich ein und wie sie sie beschrieben hatte: „Wie wilde Stiere ... jung ... Strümpfe über den Gesichtern ..."

Sie kamen rasch auf mich zu, sich gegenseitig anrempelnd, kampflustig, zerstörungswütig. Ich versuchte mich zu wehren. Allmächtiger Gott, dachte ich. Doch nicht dreimal an einem Tag.

Ich sah nichts mehr, konnte nicht schreien, kaum atmen. Sie trugen Handschuhe aus aufgerauhtem Leder, die mir die Haut aufrissen. Die Faustschläge in mein Gesicht machten mich fast wahnsinnig. Als ich auf dem Boden lag, traten sie mich mit ihren Stiefeln. Ich verlor das Bewußtsein.

Irgendwann kam ich wieder zu mir. Alles war still. Ich lag auf den weißen Fliesen mit dem Gesicht in einer Blutlache. Völlig benebelt fragte ich mich, wessen Blut das sein mochte, und versuchte, die Augen zu öffnen. Mit den Lidern stimmte etwas nicht. Aha, dachte ich, du bist noch am Leben.

Hatte er auf mich geschossen? Um das zu prüfen, versuchte ich mich zu bewegen. Das war ein großer Fehler. Mein ganzer Körper fiel in eine Art Starrkrampf, und der unerwartete, höllische Schmerz drückte mir nahezu den Atem ab. Das war schlimmer als ein Knochenbruch, schlimmer als die bösartigste Verrenkung, schlimmer als alles ...

Die Nerven, dachte ich, die melden alle Verletzungen und lassen keine Bewegung zu. Eine Art Selbstverteidigung des Körpers wahrscheinlich, aber es war kaum auszuhalten. Ich bewege mich nicht, versprach ich, nur ... laßt mich los. Es dauerte eine Ewigkeit, bis der Krampf langsam, zögernd sich löste.

Wie ein nasser Sack Zement blieb ich liegen. Ich war zu schwach, um etwas zu tun, konnte nur beten, daß der Krampf nicht wiederkommen möge. Zu kaputt, überhaupt noch viel zu denken, außer an den Relgan und daß er wiederkommen und sein blutiges Geschäft zu Ende führen würde. Daß ich sterben würde. Verbluten.

Ewigkeiten vergingen.

Das Licht im Haus brannte, aber die Heizung war nicht an. Mir wurde sehr kalt. Kälte stoppt die Blutungen, dachte ich. Stundenlang lag ich ganz still und wartete einfach. Kaputt, aber noch am Leben. Meine Überzeugung wuchs, daß ich am Leben bleiben würde. Und daß ich noch einmal Glück gehabt hatte. Wenn ich nur keine komplizierten Brüche hatte, dann würde ich mit dem Rest schon fertig werden.

Die ganze Nacht, den ganzen Morgen und bis in den Vormittag hinein blieb ich auf dem Fußboden liegen.

Ich hatte Splitter im Mund und spürte mit der Zunge die scharfen Kanten abgebrochener Zähne. Irgendwann hob ich den Kopf vom Boden. Kein Krampf.

Ich lag im hinteren Teil der Diele bei der Treppe. Das Telefon war oben. Wenn es mir gelang, dorthin zu kommen, konnte ich Hilfe rufen. Ganz vorsichtig versuchte ich mich aufzusetzen. Es ging nicht. Halb liegend schob ich mich ein paar Zentimeter über den Boden bis zur Treppe. Mit der Hüfte lag ich noch auf dem Boden, Schulter und Kopf waren auf den Stufen. Nach einer Stunde hatte ich auch meine Hüfte drei Stufen hochgebracht, und der Krampf war wieder da. Das reicht, dachte ich dumpf. Ich blieb wieder still liegen. Eine Ewigkeit lang.

Jemand klingelte vorne an der Haustür. Ich wollte niemanden sehen. Ich wollte mich nicht bewegen müssen. Ich wollte keine Hilfe mehr. Nur Ruhe, Frieden, Zeit.

Es läutete wieder. Dann kam jemand durch die zertrümmerte Hintertür. Nur nicht den Relgan, dachte ich.

Natürlich war er es nicht. Es war Jeremy Folk. Er trat in die Diele und blieb erschrocken stehen. „Philip", sagte er nur. Er beugte sich über mich. „Ihr Gesicht . . ."

„Ja, ja."

„Was ist passiert? Sind Sie beim Rennen gestürzt?"

„Ja", log ich. „Bin gestürzt."

„Aber das Blut. Da ist ja alles voll Blut."

„Lassen Sie's", sagte ich. „Ist schon trocken."

„Können Sie sehen? Ihre Augen sind . . ." Er hielt inne.

„Durch eines kann ich sehen", sagte ich. „Das reicht."

Er wollte mich aufheben, das Blut abwaschen. Ich wollte liegenbleiben, wo ich war. Bloß keine Debatten. Erst als ich ihm von den Krämpfen erzählte, ließ er mich in Ruhe. „Ich hole einen Arzt."

„Bin ganz in Ordnung. Tun Sie einfach gar nichts."

„Na schön . . ." Er gab nach. „Wollen Sie Tee oder so was?"

„Es muß noch Champagner dasein. Im Küchenschrank."

Er hielt mich wohl für verrückt. Doch Champagner ist das beste Mittel, das ich kenne. Hilft praktisch in allen Lebenslagen. Ich hörte den Korken knallen, und schon war er mit zwei Wassergläsern wieder da. Er stellte eines neben meiner linken Hand auf die Treppe, vor meinen Kopf. Na schön, dachte ich. Du kannst es ja probieren. Irgendwann müssen die Krämpfe ja aufhören. Der Arm war fast steif, aber es gelang mir, die Hand um das große Glas zu legen, und ich schaffte mindestens drei ordentliche Schlucke, bevor alles wieder anfing. Doch diesmal war der Krampf schwächer und kürzer. Es wurde allmählich besser.

Wieder klingelte es an der Haustür. Jeremy öffnete. Es war Clare. Sie war zu ihrem verabredeten Besuch erschienen.

Sie kniete neben mir und rief: „Das ist kein Sturz! Das hat dir jemand angetan, nicht wahr?"

„Trink einen Schluck Champagner", sagte ich.

„Ja. Schon gut." Sie stand auf und diskutierte mit Jeremy über mich. „Wenn er auf der Treppe liegenbleiben will, dann lassen Sie ihn. Er hat unzählige Verletzungen abbekommen. Er weiß schon, was das beste ist."

Mein Gott, dachte ich. Eine Frau, die dich versteht. Unglaublich.

Die beiden machten sich miteinander bekannt, setzten sich in die Küche und tranken meinen Champagner. Auf der Treppe wurde die Lage langsam besser. Ich trank noch ein bißchen Champagner und hatte das Gefühl, daß ich mich wohl bald würde aufsetzen können.

Es klingelte an der Haustür. Eine wahre Epidemie.

Clare ging aufmachen. Ich war sicher, sie würde niemanden, wer immer es sein würde, hereinlassen. Aber das schaffte sie nicht. Die junge Frau vor der Tür war nicht aufzuhalten. Sie schob Clare beiseite, und ich hörte, wie sie mit klappernden Absätzen auf mich zurannte. „Ich muß ihn sehen!" rief sie wie von Sinnen. „Ich muß wissen, ob er noch am Leben ist."

Die Stimme kannte ich. Ich brauchte das hübsche Gesicht nicht zu sehen, das jetzt, von Entsetzen verzerrt, auf mich niederstarrte. Es war Dana den Relgan.

NEUNTES KAPITEL

„O NEIN!" rief sie.

„Ich bin", brachte ich durch meine geschwollenen Lippen, „am Leben."

„Er hat gesagt, vielleicht seien Sie tot, vielleicht auch nicht. Es schien ihm vollständig egal zu sein, wenn man Sie umgebracht hätte ... Er war sich offenbar gar nicht bewußt, was das bedeuten würde."

Clare schaltete sich ein. „Soll das heißen, daß Sie wissen, wer es war?"

Dana sah sie geistesabwesend an. „Würde es Ihnen etwas ausmachen, uns allein zu lassen."

„Aber er ist ..." Clare unterbrach sich. „Wir sind in der Küche, Philip."

Dana kauerte sich neben mich auf die Treppe. Ich betrachtete sie durch meinen einen Sehschlitz. Wovor hat sie so entsetzliche Angst? fragte ich mich. Das goldfarbig gesträhnte Haar fiel ihr ins Gesicht und berührte mich fast. Der Seidenstoff ihrer Bluse strich über meine Hand. Ihre Stimme war weich ... und flehend.

„Bitte", sagte sie. „*Bitte* ..."

„Bitte was?" In ihrer Verzweiflung war sie unglaublich anziehend. Ich spürte das Bedürfnis, ihr zu helfen.

„Bitte geben Sie mir, was ich für George Millace geschrieben habe." Ich lag da, ohne zu antworten. Ich wußte einfach nicht, was ich sagen sollte, doch sie mißverstand mein Schweigen und ließ eine wahre Flut leidenschaftlicher Bitten auf mich los.

„Ich weiß, Sie denken, wie kann ich Sie nur um den geringsten Gefallen bitten, nachdem Ivor Ihnen das angetan hat. Aber bitte, ich flehe Sie an, geben Sie's mir zurück."

„Ist den Relgan Ihr Vater?" fragte ich.

„Nein." Ein Flüstern, ein kleiner Seufzer. „Wir haben ... eine Beziehung. Bitte, bitte, geben Sie mir die Zigaretten."

Die was? Ich hatte keine Ahnung, wovon sie sprach. Ich versuchte, trotz meiner Artikulierungsschwierigkeiten deutlich zu sprechen, und sagte: „Erzählen Sie mir von Ihrer Beziehung zu den Relgan und zu Lord White."

„Wenn ich es tue, geben Sie's mir dann wieder? Bitte? Ja?"

Mein Schweigen machte ihr Hoffnung. Es folgte ein Schwall von Erklärungen und Entschuldigungen; alles lief darauf hinaus: Ich bin ein Opfer, man hat mich mißbraucht, ich bin nicht schuld.

„Ich bin seit zwei Jahren mit ihm zusammen ... Nicht verheiratet ... Letzten Sommer hatte er eine fabelhafte Idee. Er war so stolz darauf. Wenn ich mitmachte, sagte er, dann sorge er dafür, daß ich nie mehr Not leiden müsse. Finanziell, meine ich." Eine hübsche Umschreibung für eine faustdicke Bestechung.

„Er sagte, beim Rennen gäbe es einen Mann, der gern mit jungen Mädchen flirte. Ivor bat mich, seine Tochter zu spielen und den Mann dazu zu bringen, mit *mir* zu flirten. Ivor sagte, der Mann hätte eine superweiße Weste, und er wolle sich einen Jux mit ihm machen."

„Und Sie haben eingewilligt", sagte ich.

Sie nickte. „Er war lieb, John White. Es war gar nicht schwer. Na ja, ich hatte ihn gern, hab ihn einfach angelächelt, und er ... also, es stimmte, er suchte ein hübsches Mädchen." Armer Lord White, dachte ich. Geködert mit seiner Sehnsucht nach Jugend.

„Ivor wollte John natürlich ausnützen. Ich fand nichts Schlimmes dabei. Alles lief gut, bis Ivor und ich für eine Woche nach Saint-Tropez gingen. Dann schrieb plötzlich dieser widerliche Fotograf an Ivor, er solle die Finger von Lord White lassen, oder er zeige ihm Bilder. Fotos von Ivor und mir. Ivor war außer sich."

„Weiß er, daß Sie hier sind?"

„Nein!" Sie war entsetzt. „Er haßt Drogen. Unser einziger Streitpunkt. George Millace hat mich gezwungen, diese Liste zu schreiben, und hat gesagt, er zeige John die Bilder, wenn ich es nicht tue. Ich haßte George Millace. Aber Sie geben sie mir zurück, nicht wahr? Bitte, Sie müssen. Sonst bin ich bei allen wichtigen Leuten erledigt. Ich bezahle auch dafür, wenn Sie sie mir wiedergeben."

„Was soll ich Ihnen geben?"

„Die Zigarettenschachtel natürlich, auf die ich die Liste geschrieben habe."

„Ja. Warum haben Sie sie auf eine Zigarettenschachtel geschrieben?"

„George Millace hat gesagt, mach die Liste, und ich habe gesagt, ich tu's nicht, egal was passiert, und dann hat er gesagt, na gut, schreib sie mit diesem roten Filzstift auf das Cellophanpapier von dieser Zigarettenschachtel. Er hat gesagt, niemand würde ein Gekritzel auf Cellophanpapier beachten." Sie hielt inne und wurde plötzlich mißtrauisch. Sie fragte: „Sie haben sie doch, oder? George Millace hat sie Ihnen mit den Fotos gegeben, nicht wahr?"

„Was für eine Liste haben Sie geschrieben?"

„Sie haben sie gar nicht! Sie haben sie nicht, und ich habe Ihnen alles erzählt ... ganz umsonst!" Sie sprang auf; ihr Gesicht war wutverzerrt und gar nicht mehr hübsch. „Sie Miststück! Ivor hätte Sie umbringen sollen." Sie rauschte durch die Diele und knallte die Haustür hinter sich zu.

Clare und Jeremy kamen aus der Küche.

„Was wollte sie?" fragte Clare.

„Etwas, was ich nicht habe."

Sie wollten mehr wissen, aber ich sagte nur: „Ich erzähl's euch morgen", und sie gingen wieder in die Küche und ließen mich in Ruhe.

Zwar hatte ich noch Schmerzen am ganzen Körper, aber ich konnte mich jetzt doch wieder bewegen. Bewegung, sagte ich mir, ist jetzt alles. Und waschen wollte ich mich endlich. Ich setzte mich auf und lehnte mich mit dem Rücken gegen die Wand. Gar nicht so schlecht. Kein Krampf. Und jetzt aufstehen. Einfach mal versuchen.

Clare und Jeremy hatten mich gehört und kamen aus der Küche. Mit ihrer Hilfe kam ich auf die Füße. Ich stand wackelig, aber aufrecht. Jeremy führte mich durch die Diele ins Bad, murmelte dann etwas von Blut wegwischen und ließ mich allein.

Ich klammerte mich an den Handtuchhalter und besah mein Gesicht im Spiegel. Es war unkenntlich. Das Haar war blutverklebt, das eine Auge unter dicken Wülsten verschwunden, das andere nur noch ein Schlitz. Purpurfarbene Lippen. Zwei abgebrochene Vorderzähne. „Eine Woche wird's schon dauern", seufzte ich. Ich ließ warmes Wasser ins Waschbecken laufen, tupfte erst das getrocknete Blut mit einem Schwamm ab und trocknete dann vorsichtig das Gesicht mit einem Handtuch. Das reicht erst mal, dachte ich.

Draußen in der Diele gab's einen dumpfen Schlag.

Ich öffnete die Badezimmertür. Clare kam gerade aus der Küche. „Alles in Ordnung?" fragte sie. „Du bist nicht hingefallen?"

„Nein. Wahrscheinlich Jeremy."

In aller Ruhe gingen wir nach vorn, um nachzusehen, was er fallen gelassen hatte, und fanden Jeremy selbst mit dem Gesicht nach unten auf dem Boden liegen, noch halb in der Dunkelkammer. Das Wasser, das er von dort in einer Schüssel geholt hatte, war rund um ihn herum verschüttet, und es roch stark nach faulen Eiern. Herrgott, dachte ich, und es war als Anrufung gemeint, nicht als Fluch. Ich faßte Clare um die Taille und zerrte sie zur Haustür, riß die Tür auf und schob sie hinaus. „Bleib draußen", sagte ich. „Es ist Gas."

Ich nahm einen tiefen Zug von der nächtlichen Winterluft und ging zurück. Ich fühlte mich so schwach und verzweifelt. Trotzdem beugte ich mich über Jeremy, ergriff seine Handgelenke und zog ihn über die weißen Fliesen. Meine kraftlosen Arme und Beine zitterten entsetzlich. Heraus aus der Dunkelkammer, durch die Diele und zur Haustür waren es keine vier Meter, aber mir platzten fast die Lungen.

Clare ergriff einen von Jeremys Armen, und gemeinsam zerrten wir ihn nach draußen. Ich brachte es gerade noch fertig, die Tür zu schließen, dann lag ich auf den Knien auf der kalten Straße, keuchte und schnappte nach Luft und fühlte mich völlig am Ende. Clare hämmerte bereits an die Tür des Nachbarhauses.

Sie kam mit dem Lehrer zurück, der dort wohnte. „Beatmen Sie ihn", sagte ich.

„Ja, gut." Er kniete sich neben Jeremy nieder, drehte ihn auf den Rücken und begann eine Mund-zu-Mund-Beatmung. Er wußte offenbar Bescheid. Clare lief wieder zum Haus des Lehrers, um einen Krankenwagen zu rufen.

Jeremy rührte sich nicht. Großer Gott, dachte ich, laß ihn leben. Das Gas in meiner Dunkelkammer war für mich bestimmt gewesen, nicht für ihn. Es hatte mich dort die ganze Zeit über erwartet, die ich in der Halle gelegen hatte. In wirrem Durcheinander dachte ich: Jeremy, stirb nicht. Alles meine Schuld. Hätte George Millaces Abfall einfach verbrennen sollen. Das Zeug gar nicht anrühren dürfen. Ich hab uns alle an den Rand des Todes gebracht.

Aus den Häusern kamen jetzt Leute, viele brachten Decken, und alle wirkten sehr erschrocken. Der Lehrer ließ nicht ab, Jeremy zu beatmen, obgleich man ihm ansah, daß er nicht mehr an einen Erfolg glaubte.

Stirb nicht.

Clare fühlte Jeremys Puls. „Ich spüre ein schwaches Flattern", sagte sie. Der Lehrer faßte neuen Mut.

Die Ambulanz kam, außerdem ein Streifenwagen und Harold und ein Arzt. Experten lösten den Lehrer ab und pumpten Luft durch Jeremys Lungen. Hinein und heraus. Sie legten Jeremys stocksteifen Körper auf eine Bahre und schoben ihn in den Krankenwagen. Der Puls war da. Eine ausführlichere Diagnose wollten sie nicht geben. Sie schlossen die Türen hinter ihm und fuhren ihn nach Swindon in die Klinik. Stirb nicht, flehte ich. Es ist meine Schuld.

Ein Löschzug kam herangebraust. Die Feuerwehrmänner trugen Gasmasken. Sie brachten Meßinstrumente mit und gingen um das Haus herum zum Hintereingang. Nach einer Weile kamen sie vorn wieder heraus. Sie erklärten den Polizisten, daß das Haus nicht betreten werden dürfe, da der Giftgasanteil noch zu hoch sei.

„Was für ein Gas ist es?" fragte ein Polizist.

„Schwefelwasserstoff. Wirkt tödlich: Es lähmt die Atmung. Irgendwas da drin erzeugt immer noch Gas."

Der Polizist wandte sich an mich. „Was kann das sein?" fragte er.

Ich schüttelte den Kopf. „Keine Ahnung."

Er wollte wissen, was mit meinem Gesicht passiert sei. „Bin beim Pferderennen gestürzt", antwortete ich.

Dann zog der ganze Zirkus weiter zu Harolds Haus, wo das Durcheinander erst richtig losging. Harold telefonierte mit Jeremys Vater. Ein Polizeiinspektor traf ein und stellte tausend Fragen. Ich erklärte ihm, ich wisse nicht, wie Schwefelwasserstoff in meine Dunkelkammer gelangt sei. Ich kenne niemanden, der den Wunsch haben könnte, meine Dunkelkammer unter Gas zu setzen. Ich dachte, wenn Jeremy stirbt, sag ich's ihm. Sonst nicht.

Der Inspektor glaubte mir nicht. Woher ich so schnell gewußt hätte, daß es sich um Gas handelte? Clare habe ausgesagt, ich hätte blitzschnell das Richtige getan. Wie sei das zu erklären?

„Wegen des Geruchs. In Fotolabors wird Natriumsulfid verwendet."

„Ist das ein Gas?" fragte der Inspektor erstaunt.

„Nein. Ein kristallines Pulver, das sehr giftig ist. Damit kann man Schwefelwasserstoff erzeugen. Aber ich weiß nicht, wie das funktioniert."

„Aber Sie wußten, daß es Gas war."

„Weil ich es eingeatmet habe. Man spürt es sofort."

Dann kam er auf meine Verletzungen zu sprechen. „Bleiben Sie dabei, Sir, daß sie vom Sturz bei einem Rennen herrühren?" Es sähe nämlich, das müsse er leider sagen, weit mehr danach aus, als ob ich zusammengeschlagen worden sei.

„Es war ein Sturz", wiederholte ich.

Der Inspektor zuckte die Achseln. Als er wieder fort war, sagte Harold: „Ich hoffe, du weißt, was du da erzählst. Dein Gesicht war in Ordnung, als wir uns auf der Rennbahn verabschiedet haben."

„Ich erkläre dir das alles später einmal", murmelte ich.

Harolds Frau bemutterte Clare und mich. Sie machte uns etwas zu essen und richtete zwei Betten für uns her. Und um Mitternacht war Jeremy immer noch am Leben.

ALS Harold am nächsten Morgen in das kleine Zimmer trat, in dem ich geschlafen hatte, saß ich auf der Bettkante, und mir tat immer noch alles weh. Die junge Dame, sagte er, sei nach London zur Arbeit gefahren. Die Polizei wolle mich sprechen. Und Jeremy sei immer noch ohne Bewußtsein.

Es wurde ein lausiger Tag. Die Polizei durchsuchte mein Haus. Später kam der Inspektor in Harolds Haus, um mir den wichtigsten Fund mitzuteilen. „Am Wasserhahn in Ihrer Dunkelkammer ist ein Filter", sagte er. „Wofür brauchen Sie den?"

„Wasser, das man zu Fotoarbeiten benützt", antwortete ich, „muß sauber sein."

Da die schlimmsten Schwellungen an den Augen und am Mund bereits etwas zurückgegangen waren, konnte ich besser sehen und sprechen, was immerhin eine Erleichterung war.

„Ihr Wasserfilter", fuhr der Inspektor fort, „ist ein Schwefelwasserstoff-Erzeuger."

„Unmöglich. Ich benutze ihn dauernd. Es ist nichts weiter als ein Weichmacher. Er kann auf keinen Fall Gas erzeugen."

Er sah mich einen Augenblick lang prüfend an. Dann ging er

wieder. Als er in Begleitung eines jungen Mannes wiederkam, hatte er eine Schachtel dabei.

„Nun, Sir", wandte sich der Inspektor mit der routinierten Höflichkeit eines mißtrauischen Polizisten an mich, „ist dies Ihr Wasserfilter?" Er öffnete die Schachtel, in der ein Filter lag. Obendrauf saß das kurze Gummistück, das normalerweise auf den Hahn geschoben wird.

„Sieht so aus", bestätigte ich.

Der Inspektor gab dem jungen Mann ein Zeichen. Der zog ein Paar Plastikhandschuhe über und nahm den Filter aus der Schachtel. Es war eine schwarze Kunststoffkugel von der Größe einer Grapefruit, oben und unten durchsichtig. Er schraubte sie auseinander.

„Da drin", sagte er, „ist normalerweise nur eine Filterpatrone. Doch in dem Gegenstand, mit dem wir es hier zu tun haben, befinden sich zwei Patronen übereinander. Jetzt sind sie beide leer, doch die untere enthielt Natriumsulfidkristalle, die obere Salzsäure. Eine Art Membrane muß als Trennschicht zwischen den beiden Behältern gedient haben. Als der Hahn aufgedreht wurde, hat der Wasserdruck die Membrane platzen lassen oder sie aufgelöst, so daß es zu einer Mischung der beiden Chemikalien gekommen ist. Salzsäure und Natriumsulfid, die durch Wasser vermischt werden, erzeugen Natriumchlorid und Schwefelwasserstoff."

Es folgte ein langes, bedrückendes Schweigen.

„Sie sehen also, Sir", faßte der Inspektor schließlich zusammen, „daß es sich keinesfalls um einen Unfall handeln kann."

„Richtig", erwiderte ich etwas benommen, „aber ich weiß ehrlich nicht, wer so ein Ding bei mir eingebaut haben könnte. Er hätte doch wissen müssen, was für einen Filter ich benutze, oder?"

Wieder folgte Schweigen. Sie erwarteten offenbar, daß ich ihnen einen Namen nennen würde. Damit konnte ich jedoch nicht dienen. Den Relgan konnte es nicht gewesen sein. Warum hätte er sich diesen teuflischen Trick ausdenken sollen, wenn seine Schläger doch nur noch ein- oder zweimal kräftiger hätten zuzulangen brauchen, um mich endgültig zu erledigen? Elgin Yaxley konnte es auch nicht gewesen sein; das war zeitlich unmöglich. Überhaupt kam keiner von den Leuten in Frage, an die George Millace seine Briefe geschrieben hatte. Zwei dieser Geschichten waren abgeschlossen, eine war noch offen, doch in dem Fall hatte ich nichts unternommen. Der Betreffende wußte nicht, daß der Brief noch existierte.

Das alles ließ nur den einen, sehr beunruhigenden Schluß zu: Jemand glaubte mich im Besitz von etwas, das ich nicht besaß. Dieser Jemand wußte, daß ich George Millaces Erpressermaterial übernommen hatte. Er wußte, daß ich einiges davon benutzt hatte, und er wollte mich daran hindern, damit weiterzumachen. Was ich besaß, war bestimmt nicht der gesamte Nachlaß von George Millace. So besaß ich zum Beispiel nicht die Zigarettenschachtel, auf die Dana den Relgan ihre Drogenliste geschrieben hatte. Ich besaß nicht, wovon sich der Unbekannte bedroht gefühlt hatte. Aber was mochte das sein?

„Nun, Sir?" unterbrach der Inspektor meine Grübelei.

„Ich habe die Dunkelkammer am Mittwoch zum letzten Mal benutzt. Seitdem ist niemand in meinem Haus gewesen. Nur meine Nachbarin, der Mann vom Finanzamt . . .", ich verstummte.

Sie fielen beinahe über mich her: „Was für ein Mann vom Finanzamt?"

„Fragen Sie Mrs. Jackson", antwortete ich. Das würden sie tun, meinten sie.

„Sie hat gesagt, er hätte nichts angerührt."

„Aber er kann sich den Filter angesehen und sich Typ und Größe gemerkt haben", sagte der junge Mann. „Möglicherweise ist er später wiedergekommen. Ich schätze, man braucht keine dreißig Sekunden, um die Filterpatrone gegen die Chemikalien auszutauschen. Auf jeden Fall hat der Betreffende gute Arbeit geleistet."

Schließlich verließen sie mich und nahmen den Filter mit.

Ich rief in der Klinik an. Jeremys Zustand war unverändert.

Am Nachmittag fuhr Harolds Frau mich hin. Ich durfte Jeremy nicht sehen, lernte aber seine Eltern kennen. Sie waren viel zu verzweifelt, um mir böse zu sein. Ich könnte nichts dafür, meinten sie. Aber ich wurde den Gedanken nicht los, daß sie später anders darüber denken würden.

Bei Harold wartete ich so lange, bis der Inspektor anrief und mir mitteilte, ich könne wieder in mein Haus zurück. Nur die Dunkelkammer durfte ich nicht betreten. Sie war von der Polizei versiegelt worden.

Ich wanderte ruhelos in meinem Haus herum und wurde von den entsetzlichsten Schuldgefühlen geplagt. Die Polizei hatte überall Spuren ihrer Durchsuchung hinterlassen. Freilich hatten sie die restlichen Abzüge von George Millaces Briefen, die in meinem Wagen lagen, nicht gefunden. Und die Schachtel mit den scheinbar leeren Negativen hatten sie in der Küche stehengelassen.

Ich öffnete sie. Da war immer noch das eine ungelöste Rätsel: der schwarze, lichtundurchlässige Umschlag mit dem Bogen, der eine durchsichtige Plastikfolie zu sein schien, und den zwei Blatt Schreibmaschinenpapier. Vielleicht war die Gasfalle installiert worden, weil ich diesen Umschlag besaß. Aber was besaß ich da eigentlich? Das mußte ich möglichst schnell herausfinden, bevor mein unbekannter Feind zum zweiten Mal und mit mehr Erfolg zuschlug.

Ich bat Harolds Frau, mich noch eine Nacht zu beherbergen. Am nächsten Morgen rief Jeremys Vater an. „Wir wollten Ihnen nur sagen, daß er wieder bei Bewußtsein ist", informierte er mich. „Er ist immer noch an das Beatmungsgerät angeschlossen, aber die Ärzte sagen, er kommt durch."

„Danke", sagte ich unbeschreiblich erleichtert. Es war wie ein Freispruch von lebenslänglichen Schuldgefühlen.

Später rief Clare an.

„Es geht ihm besser. Er ist nicht mehr bewußtlos", sagte ich.

„Ich bin ja so froh."

„Kann ich dich um einen Gefallen bitten? Ich möchte mich für ein, zwei Nächte bei Samantha einquartieren."

„Wie in den alten Tagen? Warum nicht? Wir erwarten dich zum Abendessen."

Harold wollte wissen, wann ich wohl wieder reiten könnte. Mit etwas Physiotherapie würde ich wahrscheinlich bis Samstag wieder fit sein, beruhigte ich ihn.

Vorläufig fühlte ich mich überhaupt nicht fit. Trotzdem packte ich ein paar Sachen zusammen, holte Georges Ramschkiste aus der Küche und fuhr zu Samantha. Die Begrüßung fiel ziemlich dramatisch aus, als die beiden Frauen meine Blutergüsse, meine Platzwunden und meinen Dreitagebart sahen.

„Es ist ja viel schlimmer geworden", sagte Clare und besah sich den Schaden genau.

„Es sieht zwar schlimm aus, ist aber besser geworden."

Samantha war ganz verstört. „Clare hat mir erzählt, daß Sie zusammengeschlagen worden seien, aber ich hätte nie gedacht ..."

„Hören Sie", sagte ich, „ich kann auch woandershin gehen."

„Reden Sie keinen Unsinn, und setzen Sie sich. Das Essen ist fertig."

Sie sprachen nicht viel und erwarteten offenbar auch von mir keine Konversation. Als wir beim Kaffee saßen, sagte Samantha sanft: „Wenn Sie müde sind, gehen Sie nur schlafen."

Sie folgten mir nach oben. Ohne nachzudenken, ging ich automatisch in das kleine Zimmer neben dem Bad.

Beide lachten. „Wir waren gespannt, ob Sie sich erinnern würden", sagte Samantha.

Am nächsten Morgen ging Clare zur Arbeit, und ich döste in dem Hängesessel in der Küche. Am Donnerstag fuhr ich zur Massage und Physiotherapie in die Klinik. Dazwischen rief ich vier verschiedene Fotografen an, aber keiner wußte, wie man von Plastikfolien oder von Schreibpapier Abzüge herstellen kann.

Dann fuhr ich wieder zu Samanthas Haus zurück. Die Wintersonne stand tief, und Samantha putzte gerade die Scheiben der Schiebetür zum Garten. „Tut mir leid, daß ich die ganze Kälte hereinlasse, aber es dauert nicht lang", entschuldigte sie sich.

Ich sah ihr zu. Sie putzte die Außenflächen. Dann kam sie herein und verriegelte die Tür. Auf dem Tisch stand eine Plastikflasche. AJAX, stand in großen Buchstaben darauf. Ich runzelte die Stirn, versuchte mich zu erinnern. Wo hatte ich das Wort Ajax gehört? Ich stand auf, um die Flasche näher zu besehen. AJAX-FENSTERREINIGER stand in kleineren Buchstaben darauf. MIT AMMONIAK. Ich schüttelte die Flasche und öffnete sie. Es roch seifig, aber nicht so stechend wie pures Ammoniak.

„Warum könnte ein Mann seine Frau bitten, ihm flüssiges Ajax mitzubringen?" fragte ich.

„Was für eine Frage", sagte Samantha. „Keine Ahnung."

„Sie wußte es auch nicht", überlegte ich laut.

Samantha nahm mir die Flasche aus der Hand und fuhr mit ihrer Arbeit fort. Ich setzte mich wieder in den Hängesessel und schaukelte sacht darin.

Sie warf mir einen Seitenblick zu und lächelte. „Wer hat Sie zusammengeschlagen?" Die Frage kam ganz nebenbei, aber sie war ernst gemeint. Wenn ich nicht antworten wollte, konnte ich es ohne weiteres bleibenlassen, sie würde bestimmt nicht in mich dringen. Doch damit würde auch ein für allemal die Grenze unserer Beziehung gezogen sein.

Was willst du eigentlich hier, fragte ich mich selbst, wo du dich immer mehr zu Hause fühlst? Ich hatte nie eine Familie haben wollen, hatte stets gefühlsmäßige Verstrickungen vermieden, die mich ersticken könnten. Wenn ich mich auf das Leben in diesem Hause einließe, würde ich nicht sehr bald schon Ausbruchsgedanken haben? Die Freiheit suchen? Konnte man sich von Grund auf ändern?

Samantha interpretierte mein Schweigen genauso, wie ich es mir gedacht hatte. Unmerklich änderte sich ihr Verhalten. Es blieb freundlich, aber das Gefühl von Vertrautheit war verschwunden. Noch ehe sie mit dem Fenster fertig war, war ich wieder ihr Gast, nicht mehr ihr ... ja was eigentlich? Ihr Sohn, ihr Bruder ... ein Teil von ihr. Sie lächelte mich strahlend an und setzte Wasser für den Tee auf.

Clare kam von der Arbeit nach Hause. Sie stellte zwar keine Fragen, aber auch sie schien auf etwas zu warten.

Beim Abendessen war es soweit. Ich erzählte ihnen alles über George Millace und fand es ganz natürlich. „Und das", sagte ich am Schluß, „ist noch nicht das Ende. Es gibt kein Zurück. Ich habe nun mal damit angefangen. Ich habe darum gebeten, ein paar Tage hier unterkriechen zu dürfen, weil ich mich in meinem Haus nicht sicher fühlte. Ich gehe auch nicht dorthin zurück, bevor ich weiß, wer mich umbringen wollte."

Clare sagte: „Das wirst du vielleicht nie erfahren."

„Sag das nicht", mischte sich Samantha ein. „Wenn er es nicht herausfindet ..."

Ich brachte den Satz für sie zu Ende: „Dann kann ich mich nicht verteidigen."

Wir waren alle sehr nachdenklich, aber nicht niedergeschlagen an diesem Abend. Aus der Klinik in Swindon kam gute Kunde. Jeremy wurde zwar noch beatmet, aber seinen Lungen ging es eindeutig besser.

AM FREITAG morgen blieb ich lange im Badezimmer und verbrachte viel Zeit damit, meine Bartstoppeln loszuwerden. Die Platzwunden waren alle geheilt und die Schwellungen abgeklungen, doch da waren immer noch die abgebrochenen Zähne.

„Sie brauchen Kronen", sagte Samantha und bestand darauf, ihren Zahnarzt anzurufen. Bereits am späten Nachmittag hatte ich provisorische Kronen. Porzellankronen sollten später gemacht werden.

Nach einer weiteren Gymnastikstunde in der Klinik fuhr ich nordwärts nach Essex, um eine Firma zu besuchen, die Fotopapier herstellt. Ich fuhr persönlich hin, statt zu telefonieren, denn ich dachte mir, man würde mich dann nicht so leicht abwimmeln können. Das war dann auch der Fall.

Im Verkaufsbüro erklärte man mir überaus höflich, daß ein Fotopapier, das wie Folie oder wie Schreibmaschinenpapier aussehe, hier vollständig unbekannt sei. Ob ich eine Probe dabeihätte?

Nein, die hätte ich nicht. Ob ich mit jemand anderem sprechen könnte?

Das sei schlecht möglich, war die Antwort.

Ich machte keinerlei Anstalten zu gehen. Schließlich meinte man, Mr. Christopher könne mir vielleicht weiterhelfen, vorausgesetzt, daß er nicht zu beschäftigt sei.

Mr. Christopher erwies sich als ein etwa neunzehnjähriger junger Mann mit einem abenteuerlichen Haarschnitt und einem chronischen Husten. Aber wenigstens hörte er mir aufmerksam zu.

„Dies Papier und diese Folie sind nicht beschichtet?"

„Nein, ich glaube nicht."

Er zuckte die Achseln. „Dann können natürlich auch keine Bilder drauf sein."

Ich saugte an meinen provisorischen Kronen und stellte ihm eine anscheinend unsinnige Frage. „Wann könnte ein Fotograf Ammoniak benötigen?"

„Überhaupt nie. Nicht für Fotos. Ich kenne keinen Entwickler, keinen Aufheller und kein Fixiersalz, das Ammoniak enthält."

„Gibt es hier jemanden, der mehr wissen könnte?" fragte ich.

Er sah mich mit einem mitleidigen Blick an, der besagen sollte: Wenn das jemand wissen könnte, dann nur ich.

„Können Sie nicht mal fragen", beschwor ich ihn. „Wenn es

tatsächlich ein Verfahren gibt, bei dem Ammoniak angewendet wird, dann würden Sie es doch auch wissen wollen, nicht wahr?"

„Ja, da können Sie Gift drauf nehmen." Er nickte mir kurz zu und verschwand.

Ein paar Minuten später kam er wieder und brachte einen bebrillten älteren Herrn mit.

„Ammoniak", sagte dieser, „wird für fotografische Zwecke nur in industriellen Ingenieurbüros benutzt. Man entwickelt damit sogenannte Blaupausen. Es handelt sich, genauer gesagt, um das Diazotypie-Verfahren. Was ist denn mit Ihrem Gesicht passiert?"

„Habe bei einer Auseinandersetzung den kürzeren gezogen. Bitte . . . das Diazotypie-Verfahren. Was ist das?"

„Ein technischer Zeichner liefert eine Zeichnung. Zum Beispiel ein Maschinenteil. Die Industrie braucht mehrere Kopien der Originalzeichnung. Also macht man Blaupausen davon."

„Bitte weiter."

„Von Anfang an?" fragte er. „Nun gut. Die Originalzeichnung auf durchsichtigem Papier kommt unter eine Glasscheibe, die sie fest auf ein Blatt Diazopapier preßt. Diazopapier ist auf der Rückseite weiß; auf der anderen Seite hat es eine gelbe oder grünliche Beschichtung, die ammoniakempfindlich ist. Die Originalzeichnung wird dann eine bestimmte Zeit lang bestrahlt. Da sie auf durchscheinendem Papier gemacht ist, bleicht das Licht die Farbschicht auf dem Diazopapier weg, nur unter den Linien der Originalzeichnung nicht. Das Diazopapier wird dann in heißen Ammoniakdämpfen entwickelt. Dabei tritt das, was von der Farbschicht stehengeblieben ist, hervor und wird als schwarze Linien sichtbar. War es das, was Sie wissen wollten?"

„Genau das. Sieht Diazopapier wie Schreibmaschinenpapier aus?"

„Es kann so aussehen, wenn es auf die entsprechende Größe zugeschnitten ist."

„Und durchsichtige Plastikfolie?"

„Könnte Diazofilm sein", sagte er. „Dafür braucht man keine heißen Ammoniakdämpfe zum Entwickeln. Irgendein kaltes, flüssiges Ammoniak genügt. Aber seien Sie vorsichtig. Wenn Ihre Folie glasklar ist, dann bedeutet das, daß die gelbe Schicht schon nahezu ausgebleicht ist. Wenn eine Zeichnung darauf ist, dann müssen Sie aufpassen, daß Sie das Blatt nicht mehr zu lange dem Licht aussetzen."

„Was heißt zu lange?" fragte ich ängstlich.

„Bei Sonnenlicht dürfte schon nach dreißig Sekunden von der Schicht nichts mehr zu sehen sein. Bei normaler Zimmerbeleuchtung nach fünf bis zehn Minuten."

„Es ist in einem lichtundurchlässigen Umschlag."

„Dann könnten Sie Glück haben."

„Und die beiden Blätter? Sie sehen auf beiden Seiten weiß aus."

„Damit ist es nicht anders", sagte er. „Sie sind dem Licht ausgesetzt worden. Es kann eine Zeichnung darauf sein oder auch nicht."

„Und wie mache ich heißen Ammoniakdampf?"

„Ganz einfach", sagte er. „Gießen Sie etwas Ammoniak in einen Topf, und lassen Sie es heiß werden. Halten Sie das Papier darüber in den Dampf."

„Was halten Sie von einer Flasche Champagner zum Mittagessen?" fragte ich.

GEGEN sechs Uhr abends war ich wieder in Samanthas Haus und hatte einen billigen Kochtopf und zwei Flaschen Ajax dabei. Ich war todmüde. Samantha war ausgegangen; Clare arbeitete am Küchentisch. Sie sah mich prüfend an und fand, ich brauche einen doppelten Cognac. „Und gieß mir bitte auch einen ein", fügte sie hinzu.

Eine Zeitlang hockte ich ihr gegenüber am Tisch und nippte an meinem Cognac. Sie hatte den Kopf tief über das Buch gebeugt, an dem sie gerade arbeitete. Ich sah nur das dunkle Haar.

„Könntest du mit mir zusammenleben?" fragte ich unvermittelt.

Sie blickte mich zerstreut und stirnrunzelnd an. „Ist das eine theoretische Frage oder ein echter Antrag?"

„Ein Antrag."

„Ich könnte nicht in Lambourn leben", sagte sie, „zu weit ab vom Schuß. Du könntest nicht hier leben, zu weit weg von den Pferden."

„Irgendwo dazwischen."

Sie betrachtete mich nachdenklich. „Na ja..." Sie suchte Zuflucht bei ihrem Cognac und nippte ein paarmal daran. Ich wartete. Es kam mir vor wie eine Ewigkeit. „Von mir aus", sagte sie schließlich, „könnten wir es mal versuchen."

Ich strahlte vor Zufriedenheit.

„Grinse nicht so selbstgefällig." Sie beugte wieder den Kopf über ihr Buch, las aber nicht weiter. „So geht das nicht. Wie soll ich denn arbeiten? Ich mach jetzt das Abendessen."

Sie brauchte eine Ewigkeit, um die tiefgefrorenen Fischfilets zuzubereiten, wobei meine Arme um ihre Hüften lagen und mein Kinn auf ihrem Haar. Als wir endlich aßen, hätte ich gar nicht sagen können, wie es schmeckte. Ich fühlte mich leicht, fast schwerelos. Ich hatte nicht damit gerechnet, daß sie ja sagen würde, und hatte noch weniger mit diesem abenteuerlich aufregenden Gefühl gerechnet, das ihre Antwort ausgelöst hatte. Daß ich mich um jemand kümmern sollte, konnte ich jetzt nicht mehr als lästige Pflicht empfinden. Es war eher eine Auszeichnung.

Nach dem Essen versuchte sie, ihre Arbeit zu Ende zu bringen, und ich holte den schwarzen, lichtundurchlässigen Umschlag aus George Millaces Ramschkiste. Im Küchenschrank fand ich eine flache Glasschüssel. Ich legte die Filmfolie aus dem Umschlag hinein, goß Ajax-Fensterreiniger darüber und wartete mit angehaltenem Atem.

Fast sofort zeichneten sich dunkle, rötlichbraune Linien ab. Ich verteilte die Flüssigkeit über das ganze Blatt, damit die ganze Beschichtung mit Ammoniak bedeckt wurde, bevor das Licht sie wegbleichte.

Es waren keine technischen Zeichnungen, sondern handschriftliche Notizen. Als sie nach und nach sichtbar wurden, begann ich zu lesen. Das mußte es sein, was Dana den Relgan auf die Zigarettenschachtel geschrieben hatte: Heroin, Kokain, Marihuana. Menge, Datum, Preis, Dealer. Kein Wunder, daß sie diese Liste zurückhaben wollte.

Clare sah von ihrer Arbeit auf. „Was hast du gefunden?"

„Was die kleine Dana von mir wollte."

Sie warf einen Blick darauf. „Das ist ganz schön belastend. Wie ist es plötzlich zum Vorschein gekommen?"

„George Millace war ein ausgekochter Profi. Er hat sie mit einem roten Filzstift auf die Cellophanhülle schreiben lassen. Ihr schien das weniger gefährlich, denn diese Hülle ist sehr dünn und leicht zerreißbar. Dabei wollte George nichts weiter als klare Linien auf transparentem Material, um eine Blaupause davon machen zu können. Und da ist sie."

Ich erklärte ihr, was ich in Essex erfahren hatte. „War die Liste einmal auf diese Weise festgehalten, konnte das Cellophanpapier ruhig in Fetzen gehen. Die Liste war zudem vor dem Zugriff von Einbrechern sicher, wie alles andere auch. "

„Er muß ein ungewöhnlicher Mann gewesen sein. "

Ich nickte. „Sehr ungewöhnlich. Allerdings sollte die Lösung seiner Rätsel eigentlich sein Geheimnis bleiben. "

„Und die Fotos, die du zu Hause hast?" Sie wurde plötzlich ganz aufgeregt. „In deinem Fotoarchiv. Wenn jemand ... "

„Nur ruhig Blut. Alle Negative und Dias sind im Gefrierraum der Metzgerei in meiner Straße. "

„Alle Fotografen", sagte sie, „sind wahrscheinlich irgendwie verrückt. "

Erst viel später fiel mir auf, daß ich gar nichts dabei gefunden hatte, daß sie mich einen Fotografen nannte. Ich hatte einfach vergessen, daß ich eigentlich ein Jockey war.

Sie ging sich die Haare waschen. Ich goß das Ajax aus der Schüssel in den Topf. Den Topf stellte ich aufs Feuer und öffnete wegen der Dämpfe die Schiebetür zum Garten. Dann hielt ich die beiden Blätter, die aussahen wie Schreibmaschinenpapier, über das köchelnde Ajax und sah zu, wie Georges Handschrift sichtbar wurde, als hätte er mit Geheimtinte geschrieben. Beide Blätter zusammen ergaben einen handgeschriebenen Brief. Er mußte ihn auf ein transparentes Material geschrieben haben – eine Cellophantüte, Glas, ein Stück Film ohne Beschichtung oder ähnliches. Dann hatte er den Brief auf Diazopapier gelegt, ihn kurz dem Licht ausgesetzt und das belichtete Papier sofort in dem lichtundurchlässigen Umschlag verstaut.

Und dann? Hatte er den Originalbrief abgeschickt? Hatte er ihn abgeschrieben? Sicher war nur, *daß* er diesen Brief verschickt hatte. Denn ich wußte, was daraufhin passiert war.

Und ich konnte mir jetzt auch denken, wer mich umbringen wollte.

ZEHNTES KAPITEL

HAROLD entdeckte mich vor den Räumen der Rennleitung in Sandown. „Wenigstens siehst du etwas besser aus. Hat der Doktor dich wieder gesund geschrieben?"

„Er hat keine Sekunde gezögert." Nach Ansicht des Arztes bewies ein Jockey, der wegen einer Verletzung eine Woche frei nahm, etwas zuviel Selbstmitleid.

„Victor ist hier", sagte Harold.

„Haben Sie's ihm erzählt?"

„Hab ich. Er will am Montag zum Training seiner Pferde kommen. Dann möchte er mit dir sprechen."

„Und was gibt's heute? Kann ich Coral Key auf Sieg reiten?"

„Victor hat keine besonderen Anweisungen gegeben."

„Das mach ich nämlich nicht mehr mit", sagte ich. „Wenn ich ihn reite, dann reite ich auf Sieg. Egal, was Victor sagt."

„Du bist ja auf einmal verdammt aggressiv."

„Ich spare Ihnen nur Geld. Setzen Sie nicht darauf, daß ich verliere wie auf Daylight."

Würde er bestimmt nicht tun, meinte er. Dann sagte er noch, die wöchentliche Besprechung am Sonntag sei überflüssig, ich würde ja sowieso am Montag mit Victor reden ... Ich hatte leise Zweifel, ob nach diesem Montag überhaupt je wieder eine Besprechung notwendig sein würde.

Auf dem Weg zum Führring sah ich Bart Underfield. Er hielt gerade einem Reporter einen Vortrag über ausgefallene Fütterungsmethoden. „Es ist Quatsch, Pferden Bier und Eier zu geben. Ich mache das nie."

Der Reporter verkniff es sich – oder vielleicht wußte er nicht Bescheid darüber –, daß Trainer, die auf Eier und Bier schworen, im ganzen wesentlich erfolgreicher als Bart waren.

Als Bart mich erblickte, wechselte sein Gesichtsausdruck von Überheblichkeit zu schmallippiger Verachtung. Entschlossen trat er zwei Schritte vor, um mir den Weg zu versperren, aber er sagte nichts.

„Ist was, Bart?"

Wahrscheinlich fand er nicht die Worte, die stark genug für seinen Haß waren. „Wart's nur ab", preßte er schließlich grimmig hervor. „Dich krieg ich noch." Hätte er einen Dolch gehabt und wären wir allein gewesen, hätte ich ihm nicht einfach den Rücken gekehrt und ihn stehengelassen, wie ich das jetzt tat.

Victor Briggs wartete auf mich im Führring. Wieder machte er auf mich den Eindruck eines düster vor sich hin brütenden Kolosses. Kein

Lächeln, kein Wort. Als ich zur Begrüßung höflich den Finger an die Kappe legte, starrte er mich nur ausdruckslos an.

Unter Victor Briggs' Pferden war Coral Key etwas Besonderes. Ein sechsjähriger Neuling, ursprünglich ein vielversprechendes Jagdpferd. Einige berühmte Pferde haben so angefangen, und Coral Key weckte die schönsten Hoffnungen. Ich hatte nicht die Absicht, seine Karriere zu vermasseln. Ich sah Victor Briggs herausfordernd an und wartete darauf, daß er mir sagte, er wünsche nicht, daß das Pferd gewinne.

Doch Briggs sagte nichts. Er beobachtete mich nur.

Harold gab sich ungeheuer betriebsam, als könne er durch solche Geschäftigkeit die gespannte Atmosphäre zwischen dem Besitzer und seinem Jockey neutralisieren. Ich saß auf und ritt auf die Bahn hinaus und hatte das Gefühl, ein elektrisch geladenes Feld kurz vor der Explosion verlassen zu haben. Das hatte auch Harold gespürt.

Ich reihte mich zum Start ein. Guter Boden. Sieben andere Pferde, kein Star darunter. Coral Key hatte Chancen. Ich rückte die Rennbrille zurecht und nahm die Zügel auf.

„Jockeys zum Start!" kam das Signal. Die Pferde bewegten sich in einer Linie langsam aufs Startband zu. Dreizehn Hindernisse, drei Kilometer. Sieh vor allem zu, schärfte ich mir ein, daß er gut springt. An den Hindernissen können wir am meisten herausholen.

Zwei Hindernisse kamen gleich nach dem Start; hinter den Tribünen ging es ein Stück bergauf, oben kam die Kurve und in dem folgenden Gefälle das Hindernis, wo ich mich von Daylights Rücken hatte fallen lassen. Bis hierhin hatte Coral Key keine Schwierigkeiten. Er nahm die Hindernisse fehlerlos. Dann kam die Kehre, hinter der sieben Hindernisse rasch aufeinanderfolgten. Ich verlor eine Länge damit, daß ich Coral Key vor dem ersten zügeln mußte, um den richtigen Absprung zu finden, doch beim siebten hatte ich zehn Längen aufgeholt. Aber zum Triumphieren war es noch zu früh. Im Schlußbogen lag Coral Key an zweiter Stelle und brauchte eine Verschnaufpause. Noch drei Hindernisse. Zwischen den letzten beiden holten wir das Pferd an der Spitze ein. Nebeneinander nahmen wir das letzte Hindernis und rasten den Hügel hinauf aufs Ziel zu, die Pferde langgestreckt wie im Flug. Ich gab mein Bestes.

Das andere Pferd gewann mit zwei Längen.

Im Absattelring sagte Harold mit einem Unterton von Besorgnis: „Er ist gut gelaufen" und tätschelte Coral Key den Hals. Victor Briggs stand stumm neben ihm.

Ich zog den Sattel herunter. Ich konnte mir nicht vorstellen, wie ich dieses Rennen hätte gewinnen sollen. Das andere Pferd war stärker und schneller gewesen. Ich war in guter Verfassung. Ich hatte mir nichts durch schlechte Sprünge verscherzt. Ich hatte einfach nicht gewonnen. Jetzt benötigte ich viel Selbstvertrauen, um Victor Briggs gegenüberzutreten, und genau das fehlte mir im Augenblick.

Ich gewann das andere Rennen, das weniger wichtig und nur für die Besitzer, vier Geschäftsleute, von Bedeutung war. „Tolle Leistung", lobten sie mich. Victor Briggs stand zehn Schritte entfernt und starrte düster zu uns herüber.

Clare, die mit zum Rennen gekommen war, fragte später: „Ich vermute, das war ein Sieg im falschen Rennen."

„Ja."

Ich musterte den flotten, dunklen Mantel, die hohen, glänzenden Stiefel, blickte in die großen grauen Augen und auf den freundlich lächelnden Mund und dachte: Unglaublich, daß ein Wesen wie Clare vor dem Umkleideraum auf dich wartet. Wie ein wärmendes Feuer in einem kalten Haus. „Hast du was dagegen", fragte ich, „wenn wir einen kleinen Abstecher zu meiner Großmutter machen?"

DER alten Frau ging es eindeutig schlechter. Sie saß nicht mehr aufrecht im Bett, sondern verschwand fast in den Kissen. Sogar ihre Augen schienen den Kampf gegen die Krankheit bereits verloren zu haben; sie blickten nicht mehr so aggressiv wie früher.

„Hast du sie mitgebracht?" fragte sie. Nach wie vor keine Begrüßung, kein freundliches Wort. Ihr Haß gegen mich loderte unverändert stark.

„Nein", antwortete ich. „Ich habe sie nicht mitgebracht. Sie ist nicht mehr zu finden."

Ein schwaches Husten ließ die schmalen Schultern erzittern. Die Augenlider schlossen sich für ein paar Sekunden und öffneten sich dann wieder. Eine schlaffe Hand versuchte, sich ins Laken zu krallen.

„Hinterlaß James dein Geld", sagte ich.

Sie schüttelte den Kopf.

„Dann spende etwas für irgendwelche Hilfsorganisationen. Oder für die medizinische Forschung."

„Die hat mir nicht viel genützt, oder?"

„Na schön", sagte ich langsam, „wie wär's mit einem frommen Orden?"

„Du bist wohl verrückt. Ich hasse die Religion. Die verursacht nur Ärger. Und Kriege. Keinen Penny gebe ich dafür her."

Ich nahm ungebeten im Sessel Platz.

Amanda mußte man in ihrer Sekte verloren geben. Sie war geprägt von ihr, versorgt darin, vielleicht sogar geliebt, und vierzehn Entwicklungsjahre ließen sich nicht rückgängig machen. Sie mit Gewalt herauszuholen konnte unvorhersehbare psychische Schäden zur Folge haben.

Um ihrer selbst willen mußte man sie in Frieden lassen, wie merkwürdig dieser Friede auch scheinen mochte. Wenn sie eines Tages selbst zur Besinnung kam, um so besser. Bis dahin war es nur wichtig, daß sie versorgt war.

„Kann ich etwas für dich tun?" fragte ich. „Außer Amanda zu finden, natürlich. Soll ich dir etwas besorgen? Brauchst du irgendwas?"

Meine Großmutter lächelte höhnisch. „Glaub bloß nicht, du könntest dir mit deinem Getue eine Erbschaft erschleichen."

„Ich würde auch einem Hund zu trinken geben, der krepiert. Selbst wenn er alles wieder ausspuckt."

Sie riß den Mund auf. Die Lippen versteiften sich. „Was unterstehst du dich?"

„Und du, was unterstehst du dich? Dein Geld interessiert mich einen Dreck."

Der Mund schloß sich zu einer dünnen Linie. Dann sagte sie: „Geh!"

„Ich gehe. Aber zuerst noch ein Vorschlag. Warum legst du nicht ein Treuhandvermögen für Amanda an – für den Fall, daß man sie einmal findet? Setze viele Treuhänder ein, und richte es so ein, daß jemand, der vielleicht nur hinter ihrem Geld her ist, auf keinen Fall drankommen kann. Nur Amanda darf von dem Geld profitieren; Unterhaltszahlungen dürfen nur auf Anweisung der Treuhänder erfolgen. Hinterlaß ihr das Geld – aber mit stahlharten Klauseln."

Sie lag jetzt ganz still. Ich wartete. Mein Leben lang hatte ich darauf gewartet, daß von meiner Großmutter einmal etwas anderes als Bösartigkeit kam.

„Geh endlich", sagte sie.

„Sehr gern." Ich stand auf und ging zur Tür.

„Schick mir ein paar Rosen", sagte meine Großmutter.

Clare und ich fanden einen Blumenladen, der noch offen war. Es waren nur noch fünfzehn mickrige rosa Rosen mit überlangen, dünnen Stielen da. Wir fuhren zum Pflegeheim zurück und lieferten sie bei einer Schwester ab. Ich legte eine Karte bei, auf der ich versprach, nächste Woche schönere zu schicken.

„Sie hat es nicht verdient", sagte Clare.

„Sie ist eine arme alte Frau. "

AM NÄCHSTEN Tag gingen wir nachmittags Jeremy besuchen. Er lag in einem hohen Bett. Ein Beatmungsgerät stand daneben, doch der Kranke atmete selbständig. Er sah schmal und bleich aus, die Augen freilich blickten so intelligent wie eh und je.

Von meinen Entschuldigungsversuchen wollte er nichts hören. „Ich hätte ja nicht in Ihr Haus zu kommen brauchen", sagte er. „Es war mein eigener Wille." Er sah mich prüfend an. „Ihr Gesicht sieht gut aus. Wieso heilt es bei Ihnen so schnell?"

„Gewohnheitssache. "

Er lachte schwach. „Ein komisches Leben führen Sie – ständig Verletzungen ausheilen. "

„Wie lange müssen Sie hier noch bleiben?"

„Drei oder vier Tage. Sobald es sicher ist, daß die Nerven mitmachen, kann ich nach Hause. Sonst ist nämlich alles in Ordnung."

Wir blieben nicht lange, denn das Sprechen strengte ihn sehr an. Als wir uns verabschiedeten, sagte er: „Wissen Sie, das Gas war so schnell, ich konnte nichts mehr unternehmen. Als ob mir die Lungen platt gewalzt wurden. "

Nach kurzem Nachdenken sagte Clare: „Keiner von euch wäre noch am Leben, wenn er allein im Haus gewesen wäre. "

Nachdem wir gegangen waren, sagte sie: „Du hast Jeremy nichts von Amanda erzählt. "

„Hat noch Zeit. "

„Als wir in der Küche saßen, hat er mir von deiner Nachricht erzählt, daß du Amanda gefunden hättest. Deswegen ist er am vergangenen Sonntag zu dir gekommen. Er sagte, dein Telefon sei gestört gewesen, darum sei er selbst hingefahren. "

„Ich hatte es ausgestöpselt. "

„Seltsam, diese Zufälle. Sind es Zufälle?"

Ich brachte sie zum Bahnhof und fuhr dann weiter nach Lambourn. Mein Haus kam mir seltsam fremd vor, nicht tröstlich und bergend, wie man es von seinem Zuhause erwartet. Zum erstenmal empfand ich die Kahlheit, die Gefühlskälte, die Jeremy bei seinem ersten Besuch so aufgefallen war.

Irgendwie paßte das Haus nicht mehr zu mir, ich hatte mich zu sehr verändert.

Am nächsten Morgen legte ich auf dem Küchentisch eine Anzahl von Fotografien verschiedener Leute aus und bat meine Nachbarin, Mrs. Jackson, herüberzukommen und sie sich anzusehen.

„Wonach soll ich suchen, Mr. Nore?" fragte sie.

„Nach jedem, den Sie schon mal gesehen haben. "

Bereitwillig studierte sie gründlich die Gesichter der Reihe nach. Bei einem der Fotos rief sie, ohne zu zögern: „Na so was! Das ist er! Der Mann vom Finanzamt, den ich hier hereingelassen habe. Die Polizisten waren gar nicht nett zu mir deswegen. Wer rechnet denn schon damit, daß einer sich als Finanzbeamter ausgibt, wenn er gar keiner ist. "

„Sind Sie ganz sicher, Mrs. Jackson?"

„Ganz sicher. Er trug sogar denselben Hut. "

„Bitte, schreiben Sie es für mich auf die Rückseite, Mrs. Jackson. " Ich gab ihr einen Filzschreiber und diktierte den Text: Dieser Mann habe am Freitag, dem 27. November, das Haus von Philip Nore betreten, nachdem er sich als Finanzbeamter ausgegeben habe. „Jetzt unterschreiben Sie bitte, Mrs. Jackson. Und wenn es Ihnen nichts ausmacht, dann schreiben Sie bitte denselben Text auch bei diesem Foto auf die Rückseite. "

Das tat sie, langsam und gründlich. „Werden Sie diese Bilder der Polizei geben?" wollte sie wissen. „Werden die wiederkommen und mich ausfragen?"

„Ich glaube kaum", antwortete ich.

VICTOR BRIGGS war in seinem Mercedes gekommen, doch in die Berge, wo die Trainingsställe lagen, fuhr er mit Harold im Landrover. Ich ritt zu Pferd hinauf. Die Vormittagsarbeit verlief zur allgemeinen Zufriedenheit, und wir alle begaben uns, wie wir gekommen waren, zum Stall zurück.

Als ich in den Hof ritt, stand Victor Briggs neben seinem Wagen und wartete auf mich.

„Steigen Sie ein“, sagte er.

Kein überflüssiges Wort, die übliche Kleidung, Handschuhe gegen den eisigen Wind, alles wie immer, und wie immer schien er den Tag zu verdunkeln. Wenn man seine Aura sehen könnte, dachte ich, dann wäre sie bestimmt schwarz.

Ich setzte mich auf den Beifahrersitz, und Victor glitt hinters Steuer und fuhr zurück in die Berge. Oben auf einem Hügel, von dem aus man die halbe Grafschaft Berkshire überblicken konnte, hielt er an. Er schaltete die Zündung aus, lehnte sich in seinem Sitz zurück und sagte: „Nun?“

„Wissen Sie schon, was ich sagen will?“ fragte ich.

„Mir kommt manches zu Ohren. Zum Beispiel, daß den Relgan seine Schläger zu Ihnen geschickt hat.“

Ich sah ihn aufmerksam an. „Wo haben Sie das gehört?“

Er preßte die Lippen zusammen, antwortete dann aber doch. „Im Spielclub.“

„Haben Sie auch die Hintergründe erfahren?“

Seine Mundwinkel verzogen sich ein wenig, was bei ihm als leichtes Lächeln gelten konnte. „Ich habe gehört, Sie hätten dafür gesorgt, daß den Relgan schneller aus dem Jockeyclub wieder raus war, als er hineingekommen ist.“

Victor Briggs musterte mich amüsiert. Meine Verblüffung schien ihm offensichtlich Freude zu bereiten.

„Haben Sie auch gehört, wie?“ wollte ich wissen.

Er antwortete mit leisem Bedauern: „Nein. Nur, daß Sie es geschafft haben. Die Schläger haben gequatscht. Dämliche Hornochsen. Mit denen tut sich den Relgan keinen Gefallen. Können nie den Mund halten.“

„Die Typen haben auch George Millaces Frau zusammengeschlagen. Haben Sie das ebenfalls gehört?“

Er nickte nach kurzem Zögern, sagte aber nichts dazu. Ein verschwiegener, schwerfälliger Mann mit einem Draht in eine Welt, von der ich kaum eine Ahnung hatte. Spielclubs, Rollkommandos, Tratsch aus der Unterwelt.

„Die Schläger haben geglaubt, Sie wären tot", sagte er. „Einer hat Angst bekommen und erzählt, sie wären mit den Stiefeln zu weit gegangen."

Nach einer Pause sagte ich: „George Millace hat Ihnen einen Brief geschrieben."

Er schien fast erleichtert und stieß einen langen Seufzer aus.

Er hat gewartet, um ganz sicherzugehen, dachte ich.

„Wie lange haben Sie ihn schon?" erkundigte er sich.

„Drei Wochen."

„Sie können ihn nicht benutzen. Sie bringen sich selbst in Schwierigkeiten."

„Woher wissen Sie, daß ich ihn habe?"

Er sagte langsam: „Ich habe gehört, Sie hätten George Millaces ... Archiv."

„Aha. Hübsches, unverfängliches Wort, Archiv. Wie haben Sie erfahren, daß ich es habe? Von wem?"

Er dachte nach. Dann sagte er widerstrebend: „Von Ivor und Dana. Unabhängig voneinander. Ivor war zu erregt, konnte den Mund nicht halten. Er sagte, Sie wären hundertmal schlimmer als George Millace. Und ein andermal fragte Dana, ob ich wüßte, daß Sie Kopien von George Millaces Erpresserbriefen besäßen und Gebrauch davon machten. Sie hat mich auch gefragt, ob ich ihr helfen könnte, das sie belastende Material zurückzubekommen. Ich habe nein gesagt."

„Wo haben Sie mit ihnen gesprochen? In Spielclubs?"

„Ja."

„Gehören diese Clubs Ihnen?"

Nach einer Pause sagte er: „Ich habe zwei Partner. Die Kundschaft weiß nicht, daß ich Teilhaber bin. Ich tauche überall auf, spiele und spitze die Ohren. Ist Ihre Frage damit beantwortet?"

Ich nickte. „Ja, danke. Diese Schläger, sind das Ihre?"

„Sie sind bei mir angestellt", sagte er trocken. „Als Rausschmeißer. Nicht als Schläger für Frauen und Jockeys."

„Das war ein kleiner Nebenverdienst, was?"

Statt einer Antwort sagte er: „Ich habe erwartet, daß Sie Forderungen stellen würden, wenn Sie den Brief haben."

Ich dachte an den Brief, den ich Wort für Wort auswendig kannte:

> Sehr geehrter Mr. Briggs,
> es interessiert Sie sicher zu erfahren, daß ich im Besitz der folgenden Information bin. Während der letzten sechs Monate haben Sie und ein Buchmacher, mit dem Sie sich zu diesem Zweck zusammengetan haben, bei fünf verschiedenen Gelegenheiten das Wettpublikum betrogen. Sie haben dafür gesorgt, daß die Favoriten, auf die besonders hoch gewettet wurde, ihre Rennen nicht gewinnen konnten.
>
> Ich besitze eine eidesstattliche Erklärung des betreffenden Buchmachers. Aus ihr geht hervor, daß alle fünf Pferde von Philip Nore geritten wurden, der ohne Frage gewußt hat, was er tat.
>
> Ich könnte diese Erklärung an den Jockeyclub schicken. Ich werde Sie jedoch in Kürze anrufen, um Ihnen einen anderen Vorschlag zu machen.

Der Brief war über drei Jahre alt. Drei Jahre lang hatte Victor Briggs seine Pferde korrekt laufen lassen. Kaum war George Millace gestorben, hatte Victor das alte Spiel wiederaufgegriffen – und da hatte sein empfindlicher Jockey nicht mehr mitmachen wollen.

„Ich hatte nicht die Absicht, Ihnen zu erzählen, daß ich diesen Brief besitze", sagte ich.

„Warum nicht? Sie wollten reiten und siegen. Sie hätten damit mein Einverständnis erzwingen können."

„Ich wollte nichts weiter, als daß Sie diese Pferde korrekt laufen lassen, daß Sie ihnen eine Chance geben."

Er starrte mich lange ausdruckslos an. „Ich will Ihnen was sagen", sagte er schließlich. „Gestern habe ich alle Besitzerprämien zusammengerechnet, die ich seit Daylights Rennen in Sandown gewonnen habe. Die für die zweiten und dritten Plätze und die für Sharpeners Siege. Dabei hat sich herausgestellt, daß ich im letzten Monat mit Ihren korrekten Rennen mehr Geld verdient habe als mit dem Daylight-Manöver."

Er wartete auf eine Reaktion von mir, doch ich starrte ihn nur an. „Ich habe eingesehen", fuhr er fort, „daß Sie keine faulen Sachen mehr machen. Sie sind älter geworden. Stärker. Wenn Sie weiter für mich reiten, werde ich Sie nie wieder bitten, ein Rennen für mich zu verlieren. Genügt Ihnen das? Ist es das, was Sie hören wollen?"

Ich blickte hinaus in die windgepeitschte Landschaft. „Ja."

Nach einer Weile sagte er: „George Millace hat kein Geld verlangt."

„Eine Stiftung für die Jockey-Unterstützungskasse?"

„Sie wissen alles, was?"

„Ich habe einiges herausgefunden", sagte ich. „George war nicht daran interessiert, Geld für sich selbst zu erpressen. Er erpreßte" – ich suchte nach dem richtigen Wort – „Verzicht. Er hatte seinen Spaß daran, Leute kleinzukriegen, und meistens ist er nicht einmal besonders hart dabei vorgegangen. Wenn er aber jemanden bei einem Schwindel erwischt hat, den hat er sich mit Genuß vorgenommen. Für jeden hatte er einen ‚anderen Vorschlag', der angenommen werden mußte, wenn der Betreffende nicht bloßgestellt werden wollte. Ivor den Relgans Machtstreben sollte ein Ende gemacht werden. Dana sollte mit den Drogen aufhören. Bei jedem war es etwas anderes."

„Und ich sollte", sagte Victor mit einem Anflug trockenen Humors, „aufhören, mich zu disqualifizieren. Sie haben ganz recht. Als George Millace mich anrief, sagte er, er verlange nichts weiter als Anstand von mir. Das waren seine Worte. ‚Solange Sie sich anständig aufführen, Victor', hat er zu mir gesagt, ‚passiert nichts.' Er hat mich Victor genannt, als wäre ich sein Hündchen. ‚Wenn mir irgend etwas aufstößt, Victor', hat er gesagt, ‚dann werde ich mit meinem Teleobjektiv so lange hinter Philip Nore hersein, bis ich ihn erwische, und dann, Victor, sind Sie beide am Ende.'"

„Und das war alles? Keine weiteren Forderungen?"

„Er hat mir vorgeschlagen, der Jockey-Unterstützungskasse tausend Pfund zu spenden. Im übrigen hat er sich damit begnügt, mir beim Rennen immer zuzublinzeln."

Ich lachte.

„Ja, sehr komisch. Wollen Sie noch was wissen?"

„Eigentlich nicht. Aber Sie können in Zukunft etwas für mich tun. Spitzen Sie doch überall die Ohren. Es handelt sich um Danas Drogen."

„Dummes Ding. Der kann man nichts sagen."

„Doch, man kann – bald. Man kann sie noch retten. Und außerdem . . ." Ich erklärte ihm, was ich wollte.

Er hörte aufmerksam zu. Als ich fertig war, erntete ich sogar etwas wie ein Lächeln von ihm. „Im Vergleich zu Ihnen", sagte er, „war George Millace ein blutiger Anfänger."

VICTOR fuhr davon, und ich ging zu Fuß durch die Hügel nach Lambourn zurück.

Ein seltsamer Mann, dachte ich. In einer halben Stunde hatte ich mehr über ihn erfahren als in den sieben Jahren zuvor und wußte doch so gut wie nichts. Immerhin hatte er meine Forderungen freiwillig erfüllt. Ich konnte in meinem Job, ohne Einschränkungen und solange ich wollte, weitermachen, und er hatte mir seine Hilfe in einer anderen, nicht minder wichtigen Sache zugesagt. Daß es dazu gekommen war, lag meiner Ansicht nach nicht nur daran, daß ich den verhängnisvollen Brief besaß.

Während ich durch die kahle, hügelige Landschaft wanderte, überdachte ich noch einmal die Ereignisse der letzten Wochen. Jeremys Hartnäckigkeit hatte mich dazu gebracht, nach Amanda zu suchen; bei der Suche nach Amanda hatte ich eine Großmutter, einen Onkel und eine Schwester kennengelernt. Etwas wenigstens hatte ich auch über meinen Vater erfahren. Plötzlich war ein Gefühl für meine Herkunft da, das mir bisher gefehlt hatte. Ich hatte nun Verwandte wie alle anderen Menschen. Nicht unbedingt liebevolle oder besonders großartige, aber es gab welche. Ich hatte nicht nach ihnen verlangt, aber jetzt waren sie da, fest in meinem Bewußtsein verankert wie Wurzeln in der Erde.

Von der Hügelkuppe, auf der ich jetzt stand, konnte ich auf mein Haus hinuntersehen. Fast ganz Lambourn erstreckte sich da unten vor meinem Blick. Harolds Haus und der Reitstall. Die ganze Häuserzeile, meines in der Mitte. Sieben Jahre lang war das mein Dorf gewesen, sieben Jahre lang hatte ich seine Luft geatmet, seine Klatschgeschichten miterlebt, war glücklich gewesen, unglücklich oder keines von beiden. Hier war ich zu Hause gewesen. Doch jetzt war ich im Begriff, diesen Ort zu verlassen, nicht nur in Gedanken, auch leibhaftig. In Zukunft würde ich woanders leben, zusammen mit Clare. Ich würde als Fotograf arbeiten. Ich trug meine Zukunft in mir; sie wartete auf mich. Ich hatte mein Schicksal angenommen.

Bis zum Ende der Saison wollte ich noch reiten. Noch sechs

Monate. Dann wollte ich die Reitstiefel an den Nagel hängen. Ich hatte immer noch Spaß daran und auch die nötige Kondition. Besser aufhören, dachte ich, bevor beides nachläßt.

Ich stieg den Hügel hinunter und empfand nicht das leiseste Bedauern.

Elftes Kapitel

Zwei Tage später kam Clare mit dem Zug nach Lambourn, um aus meinen Mappen die Fotos auszusuchen, die sie brauchte. Da sie jetzt meine Agentin sei, meinte sie, werde sie dafür sorgen, daß das Geschäft in Schwung komme.

An diesem Tag mußte ich nicht reiten. Mit Clare zusammen wollte ich Jeremy aus der Klinik abholen und ihn nach Hause fahren. Ich hatte auch Lance Kinship angerufen, um ihm zu sagen, daß seine Abzüge fertig seien. Ob es ihm recht sei, wenn ich sie bei ihm ablieferte, ich käme praktisch an seinem Haus vorbei. Das wäre prima, meinte er.

„Ich möchte Sie auch um etwas bitten", sagte ich.

„Ja? Aber sicher. Was Sie wollen."

Jeremy sah viel besser aus. Seine Haut war nicht mehr so grau und feucht wie am Sonntag. Wir halfen ihm, auf dem Rücksitz Platz zu nehmen, und stopften eine Decke um ihn herum, die er empört wieder wegschob. Er sei kein Frührentner, sondern Anwalt und absolut lebensfähig. „Apropos Anwalt", sagte er. „Mein Onkel war gestern hier. Leider nichts Gutes. Die alte Mrs. Nore ist Montag nacht gestorben."

„O nein!" rief ich.

„Sie wußten doch Bescheid. Es war nur eine Frage der Zeit. Mein Onkel hat zwei Briefe mitgebracht, die ich Ihnen geben soll. Sie sind in meinem Aktenkoffer."

Ich holte sie heraus und las sie noch auf dem Klinikparkplatz. Der erste enthielt eine Kopie ihres Testaments.

Jeremy erklärte: „Mein Onkel ist am Montag morgen dringend ins Pflegeheim gerufen worden. Ihre Großmutter wollte ihr Testament machen. Ihren Eigensinn hat sie bis zum Schluß behalten."

Ich entfaltete die mit Maschinenschrift bedeckten Blätter. „Im vollen Besitz meiner geistigen Kräfte widerrufe ich, Lavinia Nore, hiermit alle bisherigen Testamente."

Dann kamen eine Menge gesetzliche Regelungen und komplizierte Rentenarrangements für eine alte Köchin und einen Gärtner. Die letzten beiden Absätze lauteten:

> Die Hälfte meines Reinnachlasses geht an meinen Sohn, James Nore.
> Die andere Hälfte meines Reinnachlasses geht an meinen Enkel, Philip Nore, und zwar ohne Einschränkungen und ohne stahlharte Klauseln.

Die alte Hexe hatte mich besiegt.

Ich öffnete den anderen Umschlag und fand eine hingekritzelte Notiz darin:

> Ich glaube, Du hast Amanda gefunden und hast es mir verschwiegen, weil ich mich darüber geärgert hätte. Ist sie eine Nonne geworden?
> Du kannst mit meinem Geld machen, was Du willst. Wenn es Dich anwidert, wie Du einmal gesagt hast, dann bist Du selbst schuld.
> Dann gib es eben meinen Urenkeln.
> Mickrige Rosen.

Ich gab Clare und Jeremy das Testament und den Brief. Sie lasen beides schweigend.

„Was hast du vor?" fragte Clare.

„Ich weiß nicht. Aufpassen, daß Amanda nie verhungert, denke ich. Außerdem ..."

„Genießen Sie's", meinte Jeremy. „Die alte Frau hat Sie gern gehabt."

Ich fragte mich, ob er recht hatte. Liebe oder Haß. Vielleicht hatte beides ihr diesen Letzten Willen diktiert.

Ich ließ den Motor an. Auf dem Weg nach Saint Albans machten wir einen Abstecher zu Lance Kinships Haus. „Entschuldigt mich einen Augenblick", sagte ich. „Dauert nicht lange."

Es schien ihnen nichts auszumachen. Das Haus war – typisch für Kinship – im nachgemachten klassizistischen Stil mit pompöser Fassade und protzigen Eingangssäulen errichtet. Ich holte die Fotos aus dem Kofferraum und klingelte.

Lance öffnete. Er trug weiße Jeans, Segeltuchschuhe und ein rot-weiß gestreiftes T-Shirt. Regisseurskluft. Nur das Megaphon fehlte.

„Kommen Sie herein. Ich gebe Ihnen gleich das Geld."

„Danke. Viel Zeit habe ich aber nicht. Meine Freunde warten draußen."

Er warf einen Blick auf den Wagen, hinter dessen Scheiben die neugierigen Gesichter von Clare und Jeremy zu erkennen waren. Dann führte er mich in ein riesiges Wohnzimmer mit Parkettboden, das mit viel zu vielen schwarzlackierten Möbeln vollgestopft war. Verchromte Glastische. Jugendstillampen.

Ich gab ihm das Päckchen mit den Fotos. „Sehen Sie ruhig nach, ob sie in Ordnung sind."

Er zuckte die Achseln. „Warum sollten sie das nicht sein?" Trotzdem öffnete er den Umschlag und zog das oberste Foto heraus. Es zeigte ihn, direkt in die Kamera blickend und gekleidet wie ein feiner junger Herr aus dem Landadel. Brille, Filzhut, autoritäres Gehabe.

„Drehen Sie es um", sagte ich.

Er tat, wie geheißen, und las, was Mrs. Jackson geschrieben hatte: „Dies ist der Finanzbeamte ..." Die Verwandlung, die mit ihm vorging, war so total, als sei ein anderer Mensch in seine Haut geschlüpft. Vor mir stand auf einmal der Lance Kinship, dessen Existenz ich bisher immer nur vermutet hatte. Nicht der etwas lächerliche Angeber, sondern der labile Psychopath, der sich hinter der Maske des Angebers versteckte. Seine Unfähigkeit, die Realität zu sehen, war das eigentlich Gefährliche an ihm. Und die theatralische Pose, die ihm zur zweiten Natur geworden war und es ihm erlaubte, in einem Mord die Lösung seiner Probleme zu sehen.

„Bevor Sie sich dazu äußern", sagte ich, „sollten Sie sich ansehen, was sonst noch in dem Umschlag ist."

Er ließ das Bild des großen Filmregisseurs auf den Boden fallen. Mit vor Wut zitternden Fingern durchblätterte er die Abzüge, die er bestellt hatte, und ließ sie ebenfalls fallen. Dann stieß er auf die Reproduktion von Dana den Relgans Drogenliste. Man sah ihm an, wie erschrocken er war.

„Sie schwor, Sie hätten keine Ahnung gehabt, wovon sie sprach", preßte er heiser hervor.

„Sie sprach von der Drogenliste, die sie von Ihnen hatte, komplett mit Daten und Preisen. Wie Sie sehen, kommt Ihr Name oft darin vor.“

„Ich bringe Sie um“, sagte er.

„Die Gelegenheit haben Sie verpaßt. Wenn das Gas mich getötet hätte, wären Sie fein raus gewesen, aber das hat ja nicht geklappt.“

Er versuchte nicht einmal zu leugnen, sondern sagte nur: „Alles ist schiefgegangen. Aber ich dachte, es macht nichts.“

„Sie dachten, es macht nichts, weil Dana den Relgan Ihnen erzählt hat, daß ich die Liste nicht hätte. Und wenn ich die Liste nicht hatte, dann konnte ich auch George Millaces Brief nicht haben, und Sie hatten keinen Grund mehr, mich umzubringen. Jetzt ist es zu spät dazu, denn all dies Beweismaterial ist inzwischen vervielfältigt. Es gibt noch einen Abzug von Ihrem Foto mit der Identifikation durch Mrs. Jackson. Meine Bank, mehrere Anwälte, verschiedene Freunde – alle haben Anweisung, das gesamte Material der Polizei zu übergeben, wenn mir etwas zustoßen sollte. Von jetzt an liegt es sehr in Ihrem Interesse, daß ich am Leben bleibe.“

Langsam wurde ihm die volle Bedeutung meiner Worte klar. Er starrte auf die Drogenliste, dann wieder auf mich. „George Millaces Brief...“

Ich nickte. Georges handgeschriebener Brief lautete:

> Sehr geehrter Mr. Kinship,
> ich habe von Dana den Relgan eine hochinteressante Liste bekommen. Eine Liste der Drogen, die Sie ihr während der letzten paar Monate geliefert haben. In gewissen Kreisen scheint es kein Geheimnis zu sein, daß Sie, wenn man Sie einlädt, sich erkenntlich zeigen – mit Marihuana, Heroin und Kokain.
>
> Ich könnte natürlich Dana den Relgans freimütige Liste den Behörden übergeben. Ich werde Sie aber in Kürze anrufen, um Ihnen einen anderen Vorschlag zu machen.

„Ich habe ihn sofort verbrannt“, murmelte Lance Kinship.

„Hat George Sie angerufen, um Ihnen zu sagen, daß Sie in Zukunft keine Drogen mehr verkaufen dürften und daß er eine großzügige Stiftung an die Jockey-Unterstützungskasse von Ihnen erwarte?“ Sein Mund schnappte auf und zu. „Oder hat er Ihnen seine Bedingungen genannt, als er Sie hier besucht hat?“

„Ich sage Ihnen gar nichts."

„Haben Sie etwas in seinen Whisky getan?"

„Beweisen Sie das doch!" rief er triumphierend.

Das war natürlich unmöglich. George war eingeäschert worden. Man hatte sein Blut nur auf Alkohol untersucht, nicht auf Schlafmittel.

George, dachte ich bedauernd, hatte sich ein Opfer zuviel ausgesucht. Er hatte geglaubt, einen Wurm zu zertreten, und hatte nicht gemerkt, daß es eine Kobra war. Wahrscheinlich hatte er sich über Lance Kinships Wut amüsiert. War lachend weggefahren. Armer George.

„Wann sind Sie auf die Idee gekommen, daß ich Ihren Brief haben könnte?"

Er schäumte. „In den Clubs hieß es, daß Sie irgendwelche Briefe besäßen. Daß Sie den Relgan ruiniert hätten, daß Sie schuld seien an seinem Ausschluß aus dem Jockeyclub. Haben Sie gedacht, ich warte, bis ich an die Reihe komme?"

„Unglücklicherweise", antwortete ich langsam, „sind Sie jetzt an der Reihe. Und wie George Millace will ich kein Geld von Ihnen. Es ist Ihr Pech, verstehen Sie, daß meine Mutter an Heroin gestorben ist."

Er fauchte mich an: „Ich habe Ihre Mutter doch gar nicht gekannt!"

„Nein, natürlich nicht. Sie haben sie nicht selbst beliefert, das ist keine Frage. Aber ich habe eben ein altes Vorurteil gegen Dealer."

Unbeherrscht trat er einen Schritt auf mich zu. Mir fiel der flotte Karatestoß ein, den er den Relgan in Kempton verpaßt hatte, und ich fragte mich, ob er das mit seinen Turnschuhen hier auf dem Parkettboden ebenso gut hinkriegen konnte. Er wirkte nicht gefährlich, eher grotesk. Ein nicht mehr junger Mann mit beginnender Mittelglatze und Brille, der im Dezember zu Hause Strandkleidung trug. Immerhin ein Mann, der imstande war, einen Mord zu begehen, wenn man ihn entsprechend reizte.

Er kam mir nicht nahe genug, um mich zu treffen. Er trat auf die auf dem Boden liegenden Fotos, rutschte aus und fiel hart auf ein Knie. Er hatte buchstäblich die Haltung verloren – und damit auch sein Selbstvertrauen, denn als er zu mir aufsah, lag kein Haß mehr in seinem Blick, nur Angst.

Ich sagte: „Ich will nicht dasselbe wie George. Ich will nicht, daß Sie aufhören, Drogen zu verteilen. Ich will, daß Sie mir verraten, wer Sie mit Heroin versorgt. Sie müssen eine feste Quelle haben."

Er kam wieder auf die Beine und starrte mich entgeistert an. „Das kann ich nicht. Unmöglich. Ich wäre ein toter Mann."

„Seinen Namen will ich", sagte ich freundlich. Die Quelle, dachte ich. Die große Quelle, die all die kleinen Händler versorgt. Im Drogengeschäft hatte man es mit einer Art riesigem Polypen zu tun: Man hackt einen Arm ab, und ein anderer wächst nach. Der Kampf gegen das Rauschgift war nie zu gewinnen. Trotzdem mußte er gekämpft werden, und sei es auch nur um der törichten kleinen Mädchen willen, die sich systematisch zu Tode schnupften. Um Danas willen. Um Carolines, meiner Mutter, dieses armen Schmetterlings willen.

„Es bleibt unter uns", sagte ich. „Niemand wird je erfahren, daß Sie gesungen haben, es sei denn, Sie selbst halten nicht dicht wie den Relgan in den Spielclubs. Wenn Sie mir den Namen nicht sagen, dann erzähle ich den Polizeibeamten, die den Mordversuch in meinem Haus untersuchen, daß meine Nachbarin Sie eindeutig in Ihrer Rolle als Finanzbeamter identifiziert hat. Das reicht nicht für eine Anklage, aber es reicht auf alle Fälle für eine Untersuchung. Man wird wissen wollen, wo Sie die Chemikalien herhaben und so weiter."

Er sah ganz krank aus.

„Dann werde ich dafür sorgen, daß sich überall herumspricht, wie unklug es ist, Sie einzuladen – trotz Ihrer kleinen Aufmerksamkeiten, weil die Polizei jeden Augenblick eine Razzia machen könnte. Ich weiß, wo Sie überall verkehren. Ich habe meine Informationen." Und würde sie auch in Zukunft haben, hätte ich hinzufügen können, dank Victor Briggs. „Ein Anruf beim Rauschgiftdezernat, und Sie sind der ungebetenste Gast in ganz England."

„Ich ... ich ..."

„Ja, ich weiß", sagte ich. „Diese Einladungen sind Ihr ganzes Leben. Ich erwarte nicht von Ihnen, daß Sie damit aufhören. Auch Ihre kleinen Aufmerksamkeiten können Sie weiter mitbringen. Sie sollen mir nur sagen, wo das Zeug herkommt. Ich werde Ihre Informationen ans Rauschgiftdezernat weitergeben. Aber keine Angst. Es wird sich keine Verbindung zu Ihnen herstellen lassen. Ihr augenblicklicher

Lieferant freilich wird wahrscheinlich aus dem Verkehr gezogen werden. Dann werden Sie sich nach einem anderen umsehen müssen. In einem Jahr oder so frage ich Sie vielleicht nach dessen Namen."

Sein Gesicht war schweißüberströmt. Er konnte es nicht fassen. „Sie meinen, das geht ewig so weiter?"

„Sie haben George Millace umgebracht. Sie haben versucht, mich umzubringen. Sie haben meinen Freund beinahe umgebracht. Denken Sie, ich lasse Ihnen das durchgehen?"

Er starrte mich an.

„Ich will nicht viel", sagte ich. „Nur ab und zu ein paar Worte, schriftlich. Keine Angst, es passiert Ihnen nichts. Ich verspreche es Ihnen. Mein Name wird nie auftauchen, auch Ihrer nicht." Victor würde dafür sorgen. Verschwiegen und diskret, wie er war.

„Ist das ... ist das sicher?"

„Bestimmt." Ich zog ein Notizbuch und einen Filzschreiber aus der Tasche. „Schreiben Sie jetzt", sagte ich. „Den Namen."

Er setzte sich an einen seiner verchromten Glastische. Mit leicht irrem Blick schrieb er einen Namen und eine Adresse auf. Ein Arm des Polypen war unter dem Beil.

„Bitte auch unterschreiben", sagte ich beiläufig.

Er wollte protestieren, schrieb dann aber: „Lance Kinship". Darunter setzte er schwungvoll: „Filmregisseur".

„Großartig", sagte ich trocken. Ich nahm ihm das Notizbuch ab und verstaute es wieder in meiner Tasche – ein kleines Dokument, aber es würde ihn schwitzen lassen. Ein Jahr lang. Und noch eins und noch eins. Ich würde es fotografieren und an einem sicheren Ort aufbewahren.

Er stand nicht auf, als ich ihn verließ. Er hockte nur da in seinem T-Shirt und seinen weißen Hosen und brachte kein Wort mehr heraus. Es wird nicht lange vorhalten, dachte ich. Bald gibt er sich wieder so aufgeblasen wie vorher. Ein Affe bleibt ein Affe.

Ich ging hinaus zum Wagen, wo Clare und Jeremy geduldig warteten. Bevor ich einstieg, ließ ich mir Zeit, ein paarmal tief die kalte Winterluft einzuatmen.

Das Leben der meisten Menschen hat nichts mit Weltgeschichte zu tun, überlegte ich. Für sie geht es nicht um Wohl und Wehe der ganzen

Menschheit, sondern um ihre nächste Umgebung. Dort können sie für ein bißchen Gerechtigkeit sorgen. Weder mein Leben noch das von George Millace hatte etwas mit dem Schicksal der Völker zu tun. Doch unser Handeln kann das Leben einzelner Menschen beeinflussen und ändern. Das hatten George und ich getan.

Ich hatte George nicht leiden können, solange er am Leben war. Doch das spielte jetzt, wo er tot war, keine Rolle mehr. Jetzt fühlte ich mich ihm tief verbunden. Ich kannte sein Denken, seine Absichten, ich wußte, woran er geglaubt hatte. Ich hatte seine Rätsel gelöst. Ich hatte die Waffen abgeschossen, die er geladen hatte.

Ich stieg in den Wagen.

„Alles in Ordnung?" fragte Clare.

„Ja, alles in Ordnung", sagte ich.

Dick Francis

Dick Francis hat selbst erlebt, was es für einen Vollblutjockey bedeutet, wenn er sich nach einem anderen Beruf umsehen muß. Neun Jahre lang hatte er – in der Nachfolge von Vater und Großvater – als Profi im Sattel gesessen, bis ein schwerer Sturz seine Jockeylaufbahn 1957 beendete.

Als er dann eine Zeitlang für eine Londoner Zeitung als Sportreporter über Pferderennen berichtete, überlegte er sich, daß es viel interessanter und einträglicher sein müßte, über dieses Thema Romane zu schreiben. „Aber ich hätte nie angefangen, Bücher über den Pferdesport zu verfassen, wenn ich nicht selbst Jockey gewesen wäre", versichert er. Inzwischen liegen fast zwanzig spannende Romane von Dick Francis über die faszinierende Welt des Pferdesports vor.

Auf den traditionellen englischen Rennbahnen in der Nähe seines Wohnortes in der englischen Grafschaft Oxfordshire, aber auch auf den berühmten Rennplätzen in aller Welt holt er sich, meistens in Begleitung seiner Frau Mary, Anregungen für den nächsten Roman. Mary Francis hilft auch bei den Recherchen. Für *Reflex* hat sie sich eingehend mit Fotografie beschäftigt – und ist inzwischen selbst eine beachtliche Fotografin geworden.

Wenn die Rahmenhandlung eines neuen Romans festliegt und die langwierigen Recherchen abgeschlossen sind, macht sich Dick Francis mit der Disziplin, die er sich während seines Jockeydaseins angeeignet hat, an die Arbeit. Jeden Morgen zur selben Zeit sitzt er am Schreibtisch – allerdings erst nachdem er einen kleinen Ausritt gemacht hat, um sich – so bekennt er etwas wehmütig – „wie früher, den Wind um die Nase wehen zu lassen".

SHEILA
Deutsche Buchausgabe: „Sheila“
(One Child)
Scherz Verlag, Bern und München 1981
© 1980 by Torey L. Hayden

DIE VERLORENE OASE
Deutsche Buchausgabe: „Die verlorene Oase“
(The Doomed Oasis)
Paul List Verlag KG, München 1976
© 1960 by Hammond Innes

GROSSER WIND – KLEINER WIND
© 1980 by Hoffmann und Campe Verlag,
Hamburg

REFLEX
Deutsche Buchausgabe: „Reflex“ (Reflex)
Verlag Ullstein GmbH, Berlin 1982
© 1980 by Dick Francis

Die ungekürzten Ausgaben von
„Sheila“,
„Die verlorene Oase“,
„Großer Wind – kleiner Wind“
und „Reflex“
sind im Buchhandel erhältlich.